Waldo

L'EMPIRE D'EURASIE

Professeur des universités en histoire et en sciences politiques à la Sorbonne et à l'Institut d'études politiques de Paris, Hélène Carrère d'Encausse est membre de l'Académie française depuis 1990 et secrétaire perpétuel depuis 2000. Elle est l'auteur de nombreux ouvrages dont *L'Empire éclaté* (1978, prix Aujourd'hui), *Lénine, Nicolas II* et *Catherine II*, tous traduits en plusieurs langues étrangères. Elle a été professeur invité dans les universités des États-Unis, du Royaume-Uni, du Japon et de Russie.

Paru dans Le Livre de Poche :

La Russie inachevée

Victorieuse Russie

HÉLÈNE CARRÈRE D'ENCAUSSE
de l'Académie française

L'Empire d'Eurasie

Une histoire de l'Empire russe
de 1552 à nos jours

FAYARD

© Librairie Arthème Fayard, 2005.
ISBN : 978-2-253-12188-6 – 1ʳᵉ publication LGF

La Russie doit se reconnaître comme Occident, Orient-Occident, unifiant deux mondes et non les séparant.

Nicolas BERDIAEFF, 1915.

SOMMAIRE

Introduction 11

Chapitre premier. De Moscou à la Russie 19

Chapitre II. Naissance d'un empire 28

Chapitre III. Vers l'Empire universel 58

Chapitre IV. L'expansion coloniale 83

Chapitre V. *Pax russica I* 117

Chapitre VI. *Pax russica II* 139

Chapitre VII. Le « Tsar blanc » ébranlé 155

Chapitre VIII. Quand la « prison des peuples » s'ouvre 189

Chapitre IX. Les avatars de l'autodétermination 219

Chapitre X. *Pax sovietica I* Le compromis politique 274

Chapitre XI. *Pax sovietica II*
Le compromis culturel 317

Chapitre XII. Tous soviétiques! 352

Chapitre XIII. L'Empire éclaté 399

Conclusion 445

Glossaire 475
Bibliographie générale 479
Bibliographie par chapitre 485
Index 517
Cartes 529

Introduction

« Les steppes russes sont un prolongement de la steppe asiatique. » Faut-il déduire de ce jugement porté par René Grousset dans *L'Empire des steppes* que la Russie appartient à cet empire ? ou qu'elle a constitué un nouvel empire des steppes ? Non. L'empire dont René Grousset fut l'historien était proprement asiatique ; l'Empire russe a toujours été d'Europe *et* d'Asie.

Empire d'Eurasie, pour paraphraser le titre de Grousset ? Certes, car l'Eurasie qualifie l'espace, la géographie. Mais la caractéristique de l'Empire russe est qu'il fut par nature – par l'espace, les hommes et le destin – l'Europe et l'Asie rassemblées.

Qu'est-ce au juste qu'un empire ? Est-il mot plus difficile à définir ? Il a servi à qualifier les situations historiques les plus hétérogènes et contradictoires : l'Empire bulgare du VIIIe siècle, l'empire de Charlemagne, l'empire de Napoléon, l'empire de Bokassa ! Entre ces formations historiques appelées empires, rien de commun, ni le modèle de société, ni le système politique, ni le mode de fonctionnement.

Littré définissait l'empire comme un « État gouverné par un empereur », ce qui était vrai de Rome, de Byzance, de l'Empire napoléonien et de combien d'autres. Mais l'Empire britannique avait un roi à sa tête, et le titre d'empereur n'apparaît en Russie qu'après les débuts de l'Empire. Au demeurant, le *Grand Dictionnaire encyclopédique* russe, publié en 1995, complète ainsi la définition de Littré : « On nommait aussi de cette manière les États qui avaient des possessions coloniales, par exemple l'Empire britannique. »

Le mot « empire » a une longue histoire qui remonte à Rome, à l'*imperium* romain. Jean-Baptiste Duroselle tenait celui-ci pour le plus représentatif, le plus achevé des empires que l'histoire des hommes ait connus. Il résultait « de l'*autorité*, de la conquête et de la domination imposées par un peuple à d'autres peuples ». La plus remarquable caractéristique de l'*imperium* romain était, selon lui, sa durée et donc sa capacité à imposer pendant de longues périodes la *pax romana* à l'intérieur de frontières interminables et parfaitement défendues. À cet empire l'historien ne reconnaissait qu'un équivalent dans la suite des siècles : l'Empire russe, puis soviétique. Comment ne pas citer aussi Paul Veyne, éminent spécialiste de l'histoire romaine : « Dans le cas de Rome, le mot d'empire se justifie d'abord par la conquête. Rome soumet des peuples divers, et empire veut dire hégémonie. À l'arrivée, l'hégémonie devient un empire intégré, un État multinational. » Cela ne s'applique-t-il pas aussi parfaitement à l'empire de Russie ? Empire que, comme celui de Rome, Toynbee qualifiait d'« États universels », c'est-à-dire d'États géographiquement étendus, « que ceux qui vivaient sous leur autorité ressentaient comme mondiaux ».

Dans l'histoire des empires, celui de Russie tient à divers égards une place exceptionnelle. Il se caractérisait d'abord par la continuité territoriale et par l'unité de deux continents, l'Europe et l'Asie ; l'espace russe fut dès les origines partie intégrante de l'Empire euro-asiatique. Il se définissait aussi par sa dimension puisque, par la taille, il occupa la troisième place dans l'histoire des empires, après ceux des Mongols et des Britanniques, et loin devant l'espace de la *pax romana*. Mais il fut tout aussi remarquable par sa durée. Sur ce plan, il fut certes devancé par les Empires romain, byzantin et ottoman, mais, sur les deux derniers, il a eu l'avantage de la stabilité. Byzance a été affaiblie et transformée par des invasions multiples ; la déroute de Lépante, moins de trois siècles après la naissance de l'Empire ottoman, signale déjà le début de son déclin. Il en va tout autrement de l'Empire russe qui, durant trois siècles et demi, ne cessa de s'étendre et de se renforcer, et qui, après deux brèves ruptures, en 1904-1905 et en 1917, se recomposa et reprit sa marche en avant pour encore trois quarts de siècle.

Si l'on met ensemble ces trois traits caractéristiques – dimension, durée, maintien du contrôle sur l'ensemble de l'espace impérial durant un temps déterminé –, on constate alors que l'Empire russe a occupé la première place dans l'histoire mondiale des empires.

Ce fut enfin un empire multinational auquel la continuité territoriale conféra un caractère très particulier. À la différence des empires maritimes où populations de la métropole et des colonies étaient séparées, dans l'Empire russe, fruit de conquêtes territoriales continues, la cohabitation des peuples fut constante et posa de façon aiguë le problème des rapports entre dominants et dominés qui, dans un même espace, durent apprendre à vivre ensemble en dépit de leurs différences.

La *pax romana* avait été la réponse de Rome à ce problème. La très longue durée de l'Empire russe soulève trois questions :

Comment ceux qui gouvernaient ont-ils conçu la *pax russica* ? La situation des grands-princes, plus tard empereurs de Russie, était d'autant plus particulière que leur empire ne fut pas l'aventure rapide et éphémère d'un conquérant – tels Charlemagne, qui conquit l'Europe occidentale entre 768 et 814, ou Napoléon, qui gagna et perdit son empire en quinze ans –, mais une conquête qui se poursuivit sur plus de trois siècles et qu'il fallait donc, pendant tout ce temps, à la fois élargir et intégrer ! Cet empire ne fut pas non plus l'aventure d'une seule dynastie qui lui imprimait sa propre légitimité et en garantissait la durée – tels les Omeyyades en Orient, ou les Habsbourg en Europe –, mais de deux dynasties et même de deux systèmes. La rupture de 1917 qui fait succéder les bolcheviks aux Romanov n'a nullement empêché la recomposition de cet empire.

Deuxième question : la quête d'une *pax russica* a-t-elle toujours suivi une même logique ? A-t-elle toujours obéi aux mêmes objectifs ? Et quels furent les modes d'organisation d'un empire que son expansion continue ne cessa de modifier, que son immensité territoriale et sa diversité humaine, encore une fois sur un espace ininterrompu, confrontaient à des problèmes qu'aucun autre n'avait dû affronter avant lui ? En cela l'Empire russe ne disposait d'aucun modèle qu'il pût imiter ; ses successeurs ont même cru, après 1917, offrir un modèle inédit à l'humanité entière en créant l'État universel parfait. Son échec implique-t-il pour autant la fin des empires ? ou simplement la fin d'un modèle ?

Enfin, l'histoire mouvementée de cet Empire d'Eurasie pose une question importante pour l'avenir de tout le continent européen : l'Eurasie constitue-t-elle, au-delà de l'Empire russe, une nouvelle entité viable des relations internationales au moment où tous les pays tendent à se fondre dans de grandes formations ? Ou bien s'agit-il d'un ensemble dépassé dont chaque composante cherchera à rejoindre l'univers auquel elle appartient prioritairement : ou l'Europe ou l'Asie ? En d'autres mots, faut-il réduire ce phénomène à une

Europe de l'Atlantique à l'Oural, comme le pensait le général de Gaulle, ou bien accepter l'idée d'une Eurasie allant de Brest-Litovsk au Pacifique ?

*

La formation de l'Empire russe a été un processus qui s'est étendu sur plus de trois siècles. Mais ce processus fut discontinu, fait d'avancées – trois vagues longues, chacune de plusieurs décennies, voire, pour la première, presque d'un siècle et demi – séparées par de longs temps d'arrêt durant lesquels l'Empire consolida et organisa ses conquêtes, mais jamais ne recula. Cette expansion territoriale qui s'opéra presque toujours simultanément dans des directions différentes, vers l'Europe et vers l'Asie, se sera surtout réalisée par la force, par la conquête de populations et parfois de terres à peine habitées, mais aussi, dans certains cas – Ukraine, Géorgie, par exemple –, avec l'accord des États qui seront incorporés à l'Empire. Sans doute, par la suite, les peuples incorporés par accord mutuel se rebelleront-ils à l'occasion : tel fut le cas de la Géorgie. Parfois la conquête militaire fut aisée, se réduisant pour les troupes russes à une progression guère coûteuse en hommes, tant la résistance des peuples était faible : ainsi en Asie centrale. Mais parfois aussi elle se heurta à une lutte longue, désespérée, comme celle que conduisit au Caucase l'imam Chamil. L'histoire si diverse de l'expansion russe a pour corollaire la variété des situations et des objectifs poursuivis.

Dans un premier temps, ce fut une petite principauté, Moscou, qui se lança à l'assaut des terres russes divisées et soumises à la Horde d'Or. En les rassemblant, en leur imposant son hégémonie, cette principauté grandissante avait pour objectif de pouvoir opposer à la

Horde d'Or un interlocuteur unique qui deviendrait un jour un adversaire capable de la vaincre. Mais la domination de Moscou sur la Russie du Nord-Est eut auparavant pour effet de jeter les fondements d'un État russe qui, au XVIᵉ siècle, fort de sa puissance militaire, se retournera contre l'envahisseur extérieur. À une phase première – celle de la lutte pour l'unité et la formation d'un État russe – succédera une période de conquêtes au détriment d'États qui menaçaient cette Russie naissante : Horde d'Or au sud, Livonie et État polono-lituanien (ou Rzeczpospolita) à l'ouest. Les victoires remportées durant cette deuxième phase, qui desserrent l'étau pesant sur le jeune État russe, ouvrent la voie au temps des grandes conquêtes territoriales à l'ouest et au sud, et ancrent la Russie en Europe, c'est-à-dire en Pologne et sur les bords de la mer Noire. Enfin, dans un dernier temps, c'est un véritable empire colonial que la Russie va acquérir en Asie et en Extrême-Orient.

Comment ignorer la diversité des peuples conquis, celle des situations existantes, et donc la nécessité d'organiser l'Empire en fonction de cette diversité ? L'expansion continue a eu pour corollaire le renforcement de la métropole par la centralisation du pouvoir et la clarification du système politique. À l'origine, la Russie se confondait avec la principauté de Moscou, dont les grands-princes n'étaient que les vassaux de la Horde d'Or, mais déjà suzerains des princes qu'ils avaient vaincus. Puis, l'État devenu indépendant et s'affermissant, Ivan IV prit le titre de tsar en 1547[1]. Enfin, en 1721, Pierre le Grand fut proclamé empereur et la Russie empire, reconnue comme tel par les grandes nations d'Europe.

---

1. Les dates indiquées pour les événements russes sont celles du calendrier julien ou ancien style.

Dernier trait de cette expansion qui va se poursuivre continûment jusqu'à la limite du possible – lorsque la Russie, limitée par la mer Noire au sud, l'océan Pacifique à l'est, se heurta aux grands États ou empires européens à l'ouest : l'aventure maritime n'y tient guère de place. Certes, à la fin du XVIIIe siècle, la Russie a pris pied en Amérique, en Californie, et a lancé des expéditions vers le Mexique et Hawaï. Mais ces aventures lointaines dont l'Alaska fut la principale conquête attirèrent peu de colons et provoquèrent une vive opposition anglaise et américaine. En 1867, la Russie en tira les leçons en vendant l'Alaska aux États-Unis. Durant quelques décennies, elle avait été ainsi américano-eurasienne, donc présente sur trois continents ; le détroit de Béring avait, un temps, rompu la continuité territoriale de l'Empire. La renonciation à l'Alaska la rétablit. Dès lors, l'ambition russe ne dépassera plus le cadre de l'Eurasie, marquée par la volonté de créer un empire terrestre compact aux frontières interminables mais continues.

Chapitre premier

De Moscou à la Russie

Pour les nations d'Occident, le xve siècle fut le temps d'un essor extraordinaire en tous domaines. De grands souverains – Louis XI en France, Isabelle et Ferdinand en Espagne, les Tudors en Angleterre, Maximilien en Autriche – s'attachent alors à construire des États organisés sur les ruines de l'anarchie féodale. Ce sont aussi les débuts de la Renaissance, de l'imprimerie, et la découverte par Christophe Colomb et Vasco de Gama d'horizons nouveaux. À cette civilisation européenne qui s'épanouit, la Moscovie – qui va devenir Russie – ne peut prendre part. Au demeurant, qui, en Europe, pense à ces terres lointaines, fragmentées en petits États rivaux que surveillent au nord deux puissants voisins, la Lituanie et la Suède, tandis que de l'est et du sud les forces de la Horde d'Or font encore peser, sur ces principautés que Moscou s'efforce de rassembler, la menace d'invasions destructrices tout en jouant des rivalités entre princes?

C'est dans ce contexte compliqué de pressions extérieures et de guerres locales que la principauté de Moscou va progressivement s'imposer et préparer l'unification des terres russes.

20 — L'Empire d'Eurasie

Le nom de Moscou est apparu dans les chroniques en 1147, lorsque le prince Georges Dolgorouki – ce qui signifie « aux Longues Mains » : tout un programme pour l'avenir ! –, ébloui par le panorama de la Moskova qu'il vient de découvrir, décide de fonder sa capitale sur ses rives. En ce XIIe siècle, le rêve de ce prince semble bien difficile à mettre en œuvre, car de puissantes principautés dominent l'espace environnant. Il ambitionne de rassembler Riazan, Souzdal, Vladimir, Tver et surtout Novgorod la Grande, qui, dans le sillage des cités hanséatiques, apparaît encore comme le centre politique de la Russie du Nord-Ouest : cité immense, fort peuplée, fière de ses institutions démocratiques et d'innombrables églises et monastères qui contribuent à son éclat et à sa richesse.

Si l'environnement politique était défavorable aux progrès de Moscou, les conditions géographiques lui étaient propices. La ville est située au cœur de la Russie du Nord-Est, région où les hommes et les pouvoirs se sont rassemblés depuis la chute de Kiev ; au confluent aussi des deux grandes voies fluviales donnant accès à tout le pays et offrant à terme la possibilité de le contrôler. On a cependant trop souvent insisté sur ces atouts géographiques, comme s'ils eussent garanti de manière inéluctable le succès de l'entreprise moscovite. Facteur favorable, certes, mais ce fut avant tout l'habileté politique des princes de Moscou qui leur assura une autorité croissante sur la Russie du Nord-Est. Disposant au départ d'une assise territoriale fort modeste, ils surent affirmer peu à peu leur ambition de peser d'un plus grand poids que d'autres princes dans la politique de la région.

Ils furent surtout habiles à jouer de la faveur mongole contre leurs rivaux ; et, avec le soutien de ces envahisseurs, ils firent reconnaître leur suprématie. Au milieu du XIIIe siècle, les Mongols, rentrés de Hongrie[1], entendaient lancer une vaste expédition en Europe à partir de Moscou. Pour ce faire, ils mirent la terre russe en coupe réglée, organisant de manière systématique – ce qui avait jusqu'alors été improvisé et irrégulier – la levée de l'impôt et celle des hommes. Pour mener à bien leur projet, il leur fallait des complicités locales : ce fut la chance de Moscou.

Au service des Mongols

En 1327, Ivan Kalita, prince de Moscou, comprit qu'il pouvait se présenter aux Mongols comme l'allié indispensable à la conduite de leur politique d'exactions. Les événements régionaux lui en offraient en effet l'occasion. La ville de Tver s'était révoltée et les représentants de la Horde y avaient été massacrés. Monté sur le trône de la Horde d'Or qui dominait alors les terres russes, Ouzbek Khan décida d'accepter l'offre de services du prince de Moscou pour briser la rébellion. La récompense pour une opération de police menée au service de l'occupant ne fut pas négligeable : Ivan Kalita se vit octroyer par les Mongols le titre de grand-prince ; il fut aussi chargé de collecter l'ensemble du tribut exigé des principautés russes par le khan, et de rendre la justice parmi les princes. Le rêve du fondateur de Moscou prenait ainsi corps, puisque sa principauté était reconnue comme le centre politique d'un pays certes occupé, mais ayant vocation à rassembler les terres russes.

---

1. La Hongrie avait été conquise en 1241 par les troupes mongoles dirigées par le khan Batu, prince gengiskhanide. En 1249, elles quittèrent la Hongrie et se dirigèrent vers la Volga.

La soumission aux Mongols présentait encore d'autres avantages pour Moscou. Si la Horde d'Or continuait à soumettre la terre russe aux pillages, à enlever les hommes, à détruire tout sur son passage, elle respectait les possessions du prince de Moscou, caractérisées dès ce moment par la sécurité dont y bénéficiaient les personnes et les biens. La conséquence en fut que se multiplièrent les ralliements des boyards à ce prince qui incarnait l'autorité et la prospérité sauvegardées. Protégés par Moscou qui jouissait de la *pax mongolica*, les marchands russes se mirent pour leur part à emprunter la route de la Caspienne et de la mer Noire. Centre politique, Moscou devenait aussi peu à peu centre de commerce.

Les khans de la Horde d'Or auront de même contribué à assurer la prééminence religieuse de Moscou où fut transféré en 1326 le siège métropolitain qui, de Kiev, avait déjà migré à Vladimir.

Métropole religieuse, Moscou se signalait enfin par sa puissance militaire croissante. Symbole de ce statut nouveau, une enceinte de pierre s'éleva en 1367 autour du cœur de la cité, la rendant invulnérable aux attaques ennemies.

En 1378, tablant sur l'appui de l'Église et sur ses forces militaires, le grand-prince va abandonner la politique de coopération avec la Horde d'Or, qui a tant servi Moscou, pour devenir le chef de file de la résistance des Russes rassemblés contre les Mongols, ce qui ajoutera une nouvelle dimension à son prestige et lui gagnera le cœur des masses misérables, terrorisées, soumises au joug et aux exigences de l'occupant. Au demeurant, dans le dernier tiers du siècle, ce dernier commence à faire montre de faiblesse ; les querelles intestines se multiplient au sein de la Horde d'Or ; en vingt ans, de 1360 à 1380, n'a-t-elle pas vu défiler quatorze souverains ?

De Moscou à la Russie 23

Conscients de l'affaissement progressif de la puissance mongole, les princes russes pensent que le moment est propice pour secouer le joug et refusent de payer le tribut. Loin de briser la rébellion, les représailles qui leur sont infligées lui donnent un second souffle, d'autant plus que le favori des Mongols, le grand-prince de Moscou, Dimitri, en prend alors le commandement. Son appel à résister est entendu dans toutes les principautés, à l'exception de Novgorod et de Riazan qui, par jalousie, restent encore plus hostiles à Moscou qu'aux occupants. C'est une véritable croisade nationale qui rassemble les principautés russes autour du centre de pouvoir qu'elles reconnaissent. Une nation commence inconsciemment à se forger contre les deux ennemis traditionnels alliés face à la Russie et qui s'efforcent de la prendre en tenailles : les Lituaniens au nord, les Mongols au sud.

Koulikovo : naissance d'une nation

Aussi habile chef de guerre que fin politique, Dimitri a élaboré un plan de bataille qui prend au dépourvu les remarquables guerriers mongols. Invaincus jusqu'alors, ceux-ci vont essuyer une incroyable défaite à Koulikovo, sur les rives du Don. Pour les Russes, c'est la divine surprise, l'espoir fou d'avoir brisé le joug. Au vrai, l'espoir vaut surtout pour l'avenir : dans l'immédiat, il faut constater que, si la Horde d'Or est vaincue et affaiblie, elle dispose encore de ressources en Asie : c'est la Horde Blanche, à laquelle Tamerlan va prêter son aide pour y asseoir le pouvoir d'un énergique prince gengiskhanide, Toktamych, qu'il proclame khan légitime. Démoralisée par son échec, la Horde d'Or l'adopte, reconstitue ses forces sous son autorité, tant et si bien que le prince Toktamych envoie à Dimitri

Donskoï (nom que lui a valu sa victoire sur le Don) un ultimatum : c'est à lui, désormais, que les princes devront payer tribut et jurer obéissance. Encore pleins du souvenir de leur victoire, les princes russes – celui de Moscou en premier lieu – croient à des rodomontades. Seuls ceux de Novgorod et de Riazan – toujours inspirés par leur haine de Moscou – se rangent aux côtés des Mongols et participent à l'assaut contre la principauté, cœur de la rébellion et première victime de la revanche des khans. Malgré la résistance acharnée de ses troupes et de sa population, Moscou tombe, est incendiée et ses habitants massacrés. Le rêve d'indépendance semble tourner court, de même que celui de la prééminence de Moscou, qui retourne à la vassalité.

La chute de Moscou n'est pourtant qu'un bref épisode, grâce à l'habileté de ses princes, qui décident une fois encore de jouer tour à tour la carte du soutien aux Mongols et celle de la résistance à leur domination. Ce jeu subtil vient à son heure, car, en dépit de triomphes passagers, la Horde d'Or décline inéluctablement. La rivalité qui oppose son chef, Toktamych, incendiaire et bourreau de Moscou, à Tamerlan, lequel l'a d'abord soutenu mais se montre ensuite soucieux d'éliminer un rival potentiel pour maintenir sa propre autorité, ouvre au grand-prince de Moscou des perspectives qu'il sait exploiter. En 1391, croyant son ex-protégé Toktamych hors course – il lui a déjà trouvé un remplaçant –, Tamerlan s'en retourne paisiblement dans sa Transoxiane. Furieux, Toktamych négocie le soutien inattendu de Vassili, grand-prince de Moscou, élimine son successeur et remercie le prince en dotant la Moscovie de territoires et de villes qui n'avaient jamais été siens.

Pour étrange qu'il a pu paraître, le revirement de Vassili se justifiait. La place centrale de Moscou dans le système encore éclaté des principautés russes était à nouveau reconnue et ne serait plus jamais remise en cause. Même par Tamerlan lorsque, se ravisant, celui-ci déciderait de chasser son ex-protégé, si insolent, et aurait en définitive raison de Toktamych au terme d'un nouvel affrontement. En 1395, Tamerlan parcourra les terres de la Horde d'Or, perpétrant incendies et massacres, notamment à Astrakhan et Sarai. Moscou sera aussi respectée par les successeurs de Toktamych lorsque, au début du XVe siècle, ils reprendront leurs raids contre les principautés russes et leurs exigences fiscales. C'est que, déjà, la principauté est en passe de devenir un puissant État.

La métamorphose russe

Ivan III, qui régna quarante-trois ans (1462-1505), fut à la fois le héraut de la libération nationale et le grand rassembleur de la terre russe. En 1480, il proclame la fin du joug mongol et le refus de lui concéder quoi que ce soit. Mais, surtout, il s'attaque à Novgorod, l'éternelle rivale, qui n'a cessé de mettre en cause la prééminence de Moscou. Les autorités de Novgorod sont accusées d'être à la solde du pape et de la Lituanie. Or, depuis 1453 et la chute de Byzance, puis l'échec du concile de Florence à réconcilier les Églises d'Orient et d'Occident, la métropole de Moscou revendique le titre de centre de l'orthodoxie et de la chrétienté orientale. L'assaut donné à Novgorod, après celui qu'a subi Riazan, a ainsi les allures d'une croisade et revêt son caractère impitoyable.

En 1478, la liberté de Novgorod a cessé d'exister et Ivan III s'empare de ses possessions situées au nord de la cité. La Moscovie, qui a déjà étendu son autorité à diverses principautés russes, touche ainsi à la Finlande, à la mer Blanche, et, avançant jusqu'à la ville de Viatka, à la Petchora, aux défilés de l'Oural, prend pied en Asie.

Dans cette expansion vers la Sibérie du Nord-Ouest, qui fut largement militaire, les troupes russes soumirent des tribus souvent animistes ou bouddhistes dont Moscou devait respecter les us et les structures à condition que les chefs locaux reconnaissent l'autorité russe et lui paient tribut. Même si l'évêque de Perm voulut jouer un rôle missionnaire, les conversions qu'il imposa – plus qu'il ne les obtint par la persuasion – ne furent pas d'un grand effet. Les croyances et cultes locaux allaient subsister durablement, comme en témoigneraient ultérieurement des voyageurs attentifs, tel l'abbé Chappe d'Auteroche. Ces conquêtes septentrionales mirent un terme à la rivalité qui avait opposé si longtemps Moscou à la grande principauté vaincue. Novgorod avait su pacifier les tribus finnoises ; c'est Moscou qui allait en profiter.

La colonisation russe et le développement des échanges ne commenceront qu'au siècle suivant ; mais il est significatif qu'au temps où les Européens découvrent au-delà des mers des horizons qui deviendront leurs empires, Moscou, qui est en train de devenir la Russie, fait une découverte semblable en Asie dans la continuité de son espace. Le rassemblement des terres russes et les débuts politiques de l'Eurasie s'opèrent d'un même mouvement. *La Russie naissante est d'emblée eurasienne.*

Les forces croissantes de la Russie vont inciter ses dirigeants – Ivan III à la fin de son règne, puis Vassili III (1505-1533) – à s'interroger sur les directions possibles de cette expansion. La Russie est alors en effet contenue à l'est par la Lituanie et la Suède, tandis qu'au sud les riches terres de la Volga constituent en soi un pôle d'attraction, mais, mérite supplémentaire, conduisent aussi vers la Caspienne. Pour les souverains, la question est ouverte, que privilégier dès lors que la menace de la Horde d'Or ne pèse plus et que l'unité territoriale est assurée : un mouvement vers la Volga et le puissant khanat de Kazan ? ou bien faut-il rêver de l'est, de la Sibérie, les progrès accomplis contre Novgorod ayant de ce côté déjà ouvert la voie ?

Jusqu'au début du XVIe siècle, le développement de la Moscovie, son œuvre de rassemblement des terres russes, les combats et les alliances contre ou avec les Mongols ont relevé d'une politique de construction et de préservation de l'État. Si cet État naissant est agrandi, si les débuts d'un empire se dessinent, c'est par une marche en avant qui exige de toujours gagner de l'espace, sous peine de perdre tout espoir de devenir une véritable puissance. Pour la première fois, l'unité russe réalisée et l'expansion vers le nord-est inspirent donc aux princes russes un débat de politique étrangère. Les visées sur la Volga impliquent une confrontation avec le khanat de Kazan. L'objectif sibérien, région immense, à peine peuplée, oriente la Russie vers le Pacifique, mais la rapproche aussi de la Chine qui risque de s'opposer à Moscou pour le contrôle de cet espace. Quel que soit en définitive le choix stratégique du grand-prince et de ses conseillers, la Moscovie, devenue déjà un État étendu, ayant gagné en Asie des possessions étrangères à son histoire, incarne, après des siècles de domination par des puissances nomades, la revanche sur celles-ci d'une société sédentaire et en partie urbaine.

La confrontation qui s'annonce avec Kazan, les projets futurs en Sibérie témoignent que l'Empire des steppes cède la place à d'autres vocations impériales – avant tout à celle, si particulière, d'une Russie encore européenne mais qui déjà prend pied en Asie et se découvre une composante asiatique.

Chapitre II
Naissance d'un empire

Dans son *Cours d'histoire russe*, le grand historien Vassili Klioutchevski a résumé l'évolution de l'État en invoquant la nécessité permanente où il s'est trouvé de se défendre contre le monde extérieur, en d'autres termes de se conformer à son intérêt national. Et il ajoute : « Il fut formé au XIVe siècle sous la pression du joug étranger ; il se consolida et s'agrandit aux XVe et XVIe en combattant pour sa survie à l'ouest, au sud et au sud-est. » Vassili III avait été l'un des grands artisans de l'unification des terres russes, de la formation de l'État russe. Le combat mené pour sa survie au XVIe siècle fut avant tout l'œuvre d'Ivan IV, dit le Terrible, qui fit la guerre aux khanats musulmans héritiers de la Horde d'Or, mais aussi aux États situés à l'ouest, qui commandaient l'accès à la Baltique – Livonie, Lituanie, Pologne –, et à l'est, où il allait annexer la Sibérie. Ce passage d'une politique de consolidation des acquis à une politique impériale conquérante – même si la sécurité de l'État lui servit toujours de justification – exigeait à la fois une réelle vision politique, une volonté implacable, et la durée.

Le règne d'Ivan IV fut long : près de quatre décennies. Sa personnalité était remarquable, même si elle se manifesta au fil du temps de manière toujours plus violente, allant jusqu'à verser dans la déraison. Il sut néanmoins imposer une vision de l'intérêt de son pays et forger les moyens de la mettre en œuvre. Dans les débuts de son règne, il se montra attentif aux conseils de deux hommes qui lui furent très proches avant que ne surviennent entre eux et lui des ruptures dramatiques : Alexis Adachev et surtout son ami d'enfance, le prince Andreï Kourbski. Par la suite, il les accusera tous deux d'avoir assassiné son épouse Anastasia ; il le fera dans un élan de fureur qui marquera chez lui le passage de mœurs encore paisibles à un déchaînement de violences continues dont l'apogée sera le meurtre de son propre fils. Après cette rupture de 1560, il s'est voulu seul maître des choix de politique étrangère auxquels ses conseillers rejetés avaient jusqu'alors apporté leur contribution.

Ivan IV se donna les moyens d'une grande politique extérieure en décidant d'une réforme militaire novatrice. Cette réforme, constituée de mesures adoptées entre 1550 et 1556, imposait à tous les nobles et propriétaires terriens de fournir des hommes et des équipements à l'État. Ainsi se constitua sur un principe égalitaire une véritable armée permanente, toujours prête au combat. Les arquebusiers *(streltsy)* en étaient l'élément principal. Doté d'armes modernes, le corps des arquebusiers était composé d'hommes libres qui s'engageaient à servir l'État durant toute leur vie. Une infanterie fut aussi mise sur pied. Enfin, la Russie équipa ses troupes d'armes pour la plupart sorties de ses propres fabriques. Un ministère de la Guerre – *razriadnyi prikaz* – était chargé de gérer l'ensemble des problèmes humains et matériels de l'armée d'Ivan IV.

Milioukov qualifiera l'État d'Ivan d'« État militaro-national », véritable camp retranché d'où vont partir les expéditions qui assureront à la Russie des agrandissements territoriaux en lui conférant une puissance telle qu'elle transformera progressivement un pays jusqu'alors menacé en empire.

Disposant de telles capacités humaines et d'une incomparable puissance de feu, Ivan put ouvrir le débat avec ceux de ses conseillers les plus proches qu'il écoutait encore : par où commencer ? où porter l'effort ? Vers la puissance tatare, héritière de la Horde d'Or ? ou vers l'ouest ? Au terme de cette réflexion, c'est la Volga, contrôlée par les khanats musulmans, qui va devenir sa cible prioritaire.

La fin de la Horde d'Or

La Volga hantait Ivan IV et la conscience collective des Russes. Ce fleuve avait longtemps été la frontière séparant les sociétés rurales des nomades et livrant les premières aux assauts répétés des peuples de la steppe. De la Volga surgissaient périodiquement les conquérants qui avaient brisé Kiev et menaçaient toute la Russie du Nord-Est. Son centre politique et administratif, symbole de la puissance des Mongols, était Saraï, ville édifiée sur la basse Volga, où se situaient les instances d'autorité qui imposaient partout la règle mongole. Saraï était bien le lieu où se jouait la sujétion de la Russie. C'est là, en effet, que les princes russes devaient se rendre, vassaux fidèles du khan, pour lui demander le *yarlik*, le droit de collecter les impôts au bénéfice de l'occupant. C'est à Saraï que s'exprimait leur soumission et que se manifestaient aussi leurs rivalités pour être reconnus comme les plus fidèles alliés et collaborateurs du Mongol.

Dans le courant du XVᵉ siècle, trois changements étaient pourtant intervenus dans les rapports entre Russes et Mongols, qui allaient favoriser par la suite les projets d'Ivan IV.

Tout d'abord, une division du camp mongol coïncida avec la montée en puissance de Moscou. Dans la première moitié du XVᵉ siècle, trois principautés ou khanats vont se détacher de la Horde d'Or pour suivre une destinée propre : le khanat de Kazan en 1438, celui de Crimée en 1441, et, la même année, celui d'Astrakhan. La Horde d'Or perdit aussi le contrôle de la horde Nogaï qui campait sur le Iaïk (plus tard, ce fleuve se nommera Oural), tandis qu'un descendant de Djötchi-Chaïban (petit-fils de Gengis Khan) s'en allait former l'État chaibanide en Asie centrale. En Sibérie, enfin, le khanat ne put empêcher les tribus kazakhes de s'emparer de la steppe pour y installer leur propre État. Ainsi la Horde d'Or, si puissante du XIIIᵉ au XVᵉ siècle, se trouva-t-elle progressivement remplacée par des formations étatiques multiples qui, souvent, subirent l'influence de peuples et de tribus installés sur ces terres bien avant l'invasion mongole.

Deuxième changement, ébranlement même dans les relations entre la Russie et ses adversaires de la Volga : la victoire des Turcs sur Byzance en 1453, qui désignait la Russie comme rempart de la chrétienté contre le nouvel empire musulman. Or, pour la Russie, la survie de la chrétienté passait d'abord par le contrôle de la Volga, dominée par des khans acquis à l'islam et alliés potentiels de l'Empire turc.

Un troisième changement dans les équilibres politiques de ce temps est lié à la religion en Russie. La victoire russe de Koulikovo, événement militaire, avait revêtu d'emblée une dimension religieuse, même si la campagne engagée par le prince Dimitri en 1380 était loin de constituer une croisade au sens strict du terme. Mais, partant pour le combat, le prince avait été béni par les autorités religieuses de Moscou et par le supérieur du monastère de la Sainte-Trinité, Serge de Radonèje, dont le prestige était immense et qui avait délégué deux moines pour escorter les combattants. À l'heure de la victoire, le prince et l'Église proclamèrent qu'elle était le fruit des desseins divins, et le succès militaire fut compris par la conscience collective comme celui de la Croix sur le Croissant.

Le moment d'une telle confrontation avait été bien choisi. L'effondrement progressif de la Horde d'Or s'accompagnait de la montée de l'islam chez les Tatars, qui s'émancipaient. Au même moment, l'Église orthodoxe s'imposait aux Russes comme recours contre l'occupant. La qualité de certains de ses clercs – le futur saint Serge au premier chef –, le rôle rassembleur de son monastère, celui de défenseurs de la foi revendiqué par les princes de Moscou, tout contribuait à transformer le combat entre les successeurs de la Horde d'Or et la Russie en confrontation entre chrétienté et islam. Chrétienté orthodoxe, il faut le préciser, puisque le progrès de la Russie s'accomplit aussi contre un autre adversaire : la Lituanie catholique.

Affaiblir Kazan fut donc l'objectif majeur des princes de Moscou au XVe siècle. Vassili II, dit l'Aveugle, y consacra tous ses efforts, retournant contre les Tatars la mise à profit des dissensions princières qui avait si bien réussi par le passé aux Mongols. En 1453, il octroya à un prince tatar, Kasym, un territoire baptisé khanat de Kasymov, qui affaiblit d'emblée Kazan. Le khanat de Kasymov, petit État vassal de la Russie, attira, sitôt créé, de nombreux transfuges de Kazan, déjà convaincus que l'avenir appartenait à ceux qui coopéreraient avec Moscou et ses alliés. La riposte ne tarda pas, mais la force était du côté de Moscou. En 1461, le khanat de Kazan, momentanément vaincu, dut demander la paix et accepter de payer tribut à la Russie. Le rapport historique se trouva d'autant plus vite inversé qu'Ivan III, succédant en 1462 à Vassili l'Aveugle, multiplia dans le même temps les expéditions contre les principautés russes encore indépendantes : Tver, Viatka, Riazan, qu'il acheva de réduire et soumettre, montrant par là ce qu'était devenue la puissance russe. La leçon fut entendue à Kazan, qui se voyait privé dans le même temps de son principal allié, la Lituanie, victime elle aussi du dynamisme politique de la Russie.

Forte de ses conquêtes de principautés rebelles, celle-ci se trouvait encore aux prises avec un rival de taille, l'Empire ottoman qui entendait, comme Ivan III, profiter de la décomposition de la Horde d'Or pour annexer les khanats. Au milieu du XVe siècle, la Crimée était hors de portée des Russes : l'Empire ottoman l'avait sous son contrôle. Lorsque la lutte pour la Volga s'engagea, ses débuts ne semblèrent pas favorables à la Russie. La Crimée, qui lui était hostile, exerçait son influence sur le khanat d'Astrakhan, dont l'impuissance politique était patente, voire sur celui de Kazan, apparemment en position de vassal de la Russie. Mais les progrès de l'Empire ottoman d'un côté, ceux de la Russie de l'autre, inquiétaient Kazan, où l'on craignait que les princes russes ne se lassent un jour de contrôler la Volga de l'extérieur et ne procèdent à une annexion pure et simple, qu'autorisait leur puissance militaire.

À la charnière des XVe et XVIe siècles, l'équilibre régissant les rapports entre Moscou et Kazan était de plus en plus précaire ; peut-être pour anticiper un coup de force de la Russie, le khan de Kazan décida de l'attaquer préventivement, massacrant des marchands et enlevant des civils russes. Ce n'était encore qu'un début. En 1521, le khan Muhammad Giray réédita ce type d'attaque contre la Russie. Kazan manifestait ainsi son rejet des liens instaurés au siècle précédent. Dans le même temps, la Crimée, proche de l'Empire ottoman, devenait pour la Russie une menace nouvelle. La Russie avait pourtant beaucoup sacrifié à l'établissement de relations spécifiques avec ce khanat : c'était même la raison première pour laquelle Ivan III s'était par le passé retenu d'annexer purement et simplement Kazan ; il veillait à ne pas inquiéter le khan de Crimée. Mais, au milieu du XVIe siècle, cette politique de prudence se révéla impossible à poursuivre. Les raids de Kazan s'accélérant, la frontière russe devenait précaire. Des centaines de captifs prenaient le chemin du sud.

Durant les années de la minorité du jeune Ivan, les querelles intestines pour la succession de Vassili avaient freiné les initiatives extérieures. Mais, à partir de 1547, couronné tsar, Ivan IV décida d'en finir avec le khanat redouté. Deux campagnes militaires mal préparées, en 1547 et 1549, échouèrent à cause des rivalités au sein de la noblesse russe. Mais, en 1551, Ivan se prépara à un troisième assaut, cette fois en contrôlant lui-même les préparatifs militaires et les relations entre ceux qui le servaient. Dans le même temps, la diplomatie vint renforcer les efforts de guerre. Kazan se vit offrir la paix contre l'acceptation de trois conditions : libération de tous les captifs russes, abandon des territoires conquis, et, surtout, accord sur le choix d'un khan favorable à la Russie. Toutes furent jugées inacceptables. Ce fut, au printemps de 1552, le début d'une guerre qui s'acheva le 2 octobre par la prise de Kazan. Une longue période de l'histoire russe prenait fin. La Russie dominait enfin la Volga, symbole pour elle de tous les dangers. Longtemps terrifiée par les Mongols, soumise à eux, puis menacée par leurs successeurs tatars, elle venait de renverser une domination séculaire et devenait à son tour dominatrice.

Kazan conquise, il fallait organiser la victoire russe pour qu'elle porte tous ses fruits, c'est-à-dire intégrer et russifier le khanat tatar. Le tsar se donnait pour tâche d'établir sur les berges de la Volga la *pax russica*; mais son Église entendait elle aussi recueillir sa part de la victoire en y substituant l'orthodoxie à l'islam. Le pouvoir russe fut représenté à Kazan par un gouverneur militaire ou *voïévode*, le général-prince Alexandre Gorbatyi, assisté de mille cinq cents militaires issus de la noblesse pauvre, à qui les postes d'administrateurs régionaux offraient des avantages matériels inattendus. Trois mille *streltsy*, accompagnés d'unités de cosaques, furent détachés à Kazan pour en assurer la défense.

L'administration de cette conquête entraîna aussi une réorganisation des instances politiques centrales. En 1553, la cour *(dvor)* de Kazan fut installée à Moscou et allait devenir quelques années plus tard le *prikaz* de Kazan, sorte de ministère dont le statut était d'emblée très élevé, puisqu'il s'agissait de l'un des quatre grands *prikazy*, avec ceux qui étaient chargés de l'administration militaire, des affaires étrangères *(posol'skii)* et des domaines concédés[1]. Le nouveau *prikaz*, à qui incombait avant tout la collecte des impôts, des taxes prélevées sur les marchands, devait en outre recruter et payer tous ceux qui travaillaient pour l'autorité russe, militaire ou civile. Son statut témoignait de l'importance accordée à Kazan par le tsar.

Peupler de Russes le khanat conquis était indispensable pour mieux en assurer le contrôle. Les militaires qui avaient participé à la prise de Kazan se virent offrir

---

1. *Pomestnyi prikaz*. Le Pomestie était un domaine octroyé par le prince en échange de services, *prikazy* est le pluriel de *prikaz*.

des terres en échange de leur installation dans la nouvelle province russe. Nombre d'entre eux acceptèrent cette offre bien tentante pour des hommes qui avaient été souvent confrontés auparavant à la pénurie des terres. La rumeur de cette bonne fortune arriva jusqu'au cœur de la Russie et des cohortes de paysans se mirent spontanément en route pour bénéficier du partage. Sans doute allaient-ils manquer à la campagne russe, mais la colonisation volontaire était considérée comme une chance, un moyen d'ancrer la Russie proprement dite sur les rives de la Volga.

L'Église va ajouter sa propre contribution à celles des instances du pouvoir et des colons, afin de transformer Kazan en province russe. À l'origine, en 1552, le projet commun de l'Église et du souverain était d'extirper toute trace d'islam des terres conquises, et d'y implanter sans délai le christianisme. À Kazan, la construction, au lendemain de la conquête, d'une importante cathédrale sur les lieux mêmes où se dressait auparavant une mosquée en fut le symbole. Partout des églises et des monastères s'édifièrent, et, de fait, les communautés religieuses se multipliant à un rythme soutenu, leur présence et leur activité entraînèrent la conversion de nombreux nobles, dont certains offrirent leurs services à Ivan le Terrible. Dès 1555, Kazan devint un centre religieux orthodoxe – élevé au rang d'éparchie – et Ivan IV décréta que le dixième des impôts qui y étaient prélevés, de même que des terres confisquées, seraient attribués à l'Église. Prestigieuse capitale musulmane, Kazan, dans l'esprit d'Ivan et de la hiérarchie orthodoxe, était un tremplin pour l'expansion du christianisme en terres d'islam. Pourtant, le tsar ne souhaitait pas détruire autoritairement l'islam. Il interdit ainsi les conversions forcées et toute démarche antimusulmane susceptible de heurter la conscience des populations. Il comptait sur l'éclat de la Russie et de son Église pour gagner les peuples conquis à la religion orthodoxe. Mais son successeur, dévot fanatique, opta pour la solution inverse : celle de la christianisation par la violence. L'islam fut alors réduit au silence et apparemment brisé. Il faudra attendre Catherine II pour que l'État russe mette fin aux persécutions frappant les musulmans et à un messianisme dont les effets n'avaient pas été heureux. Catherine II renouera ainsi avec la vision d'Ivan IV, convaincu, au lendemain de la conquête de Kazan, que l'intégration des musulmans, pour être réelle, devait être volontaire. Cet esprit de tolérance, animant un souverain dont la violence naturelle ne cessera plus de s'exacerber, illustre bien le caractère contradictoire de sa personnalité.

Administrateurs, militaires, colons, clercs et moines furent aussi suivis par les marchands, à qui la prise de Kazan ouvrait la route de la Perse, de la Chine et de l'Inde. Après les marchands russes, les Anglais découvrirent qu'ils pouvaient, en partant de Moscou, emprunter la même voie, et ils engagèrent des négociations en vue d'obtenir un droit de transit. Pour Ivan, quel triomphe ! Jusqu'alors, la Russie moscovite, ignorée de tous, était isolée de l'Ouest par de puissants États catholiques ; soudain, sa capacité à commander la voie commerciale vers l'Extrême-Orient lui assurait la reconnaissance de l'Angleterre, un des plus puissants États d'Europe.

La victoire remportée en 1552 sur le khan de Kazan revêtait d'emblée une portée internationale. Mais elle créait aussi de nouveaux problèmes et, partant, de nouveaux enjeux. Il fallait qu'Ivan prévienne toute tentative de révolte régionale. Inquiet, le khan de Crimée s'efforçait de rassembler des partisans ; Ivan comprit qu'il fallait d'urgence le priver d'un éventuel soutien d'Astrakhan. C'est pourquoi la conquête du khanat d'Astrakhan fut organisée et parachevée en 1554 presque sans coup férir. Un khan soutenu par Moscou maintint dans un premier temps la fiction d'une indépendance protégée par les Russes. Mais cette solution n'était pas viable, compte tenu de la menace que la Crimée faisait toujours peser sur la présence russe. À peine deux ans plus tard, le khan de Crimée, soutenu par les Ottomans, se lança à l'assaut d'Astrakhan et réussit à gagner à sa cause Dervich Ali, le prince du khanat soumis à la Russie. L'opération s'acheva par la déroute des troupes venues de Crimée. Mais Ivan IV en conclut que, comme Kazan, Astrakhan devait, pour la sécurité de la Russie, passer sous son contrôle total. Les règles de gouvernement des terres conquises établies pour Kazan furent donc étendues à Astrakhan, elle aussi placée sous l'autorité d'un *voïévode*.

Cette décision d'annexer se trouva rapidement justifiée, la Crimée servant continûment de base à des raids rassemblant des Tatars en exil et des troupes venues de Crimée que soutenait le sultan Selim II. L'attaque la plus massive contre les conquêtes russes eut lieu en 1569 ; mais la Russie y était préparée, ses troupes bénéficièrent de la neutralité des populations conquises et purent démontrer que leur patrie était maîtresse de la Volga.

Cette position, conquise de haute lutte mais que rien ne pourrait dès lors ébranler, fut pour l'avenir russe d'une importance décisive. La Volga commandait l'accès à la rivière Kama et, au-delà, aux richesses incomparables et inexploitées de la Sibérie. Avec les conquêtes de Kazan et d'Astrakhan, Ivan IV n'avait pas seulement brisé le cycle infernal des invasions et assuré la sécurité de son État ; il confirmait la vocation eurasienne de la Russie.

Échec à l'ouest

Kazan et Astrakhan conquises, fallait-il aller plus loin au sud et écraser la Crimée ? Ou bien fallait-il se tourner vers d'autres adversaires situés à l'ouest qui voyaient eux aussi avec inquiétude la montée en puissance de la Russie et qu'Ivan IV soupçonnait de se préparer à l'attaquer ?

Le débat entre Ivan IV et ses conseillers fut vif. Adachev et Kourbski plaidaient pour la poursuite de la lutte contre les musulmans, arguant de la difficulté de guerroyer avec succès à l'ouest contre des États bien mieux organisés et équipés que ceux des khans. Mais Ivan IV était convaincu qu'avant de poursuivre en Crimée il lui fallait prévenir les menaces émanant de l'ouest. La Livonie ou la Pologne ne seraient-elles pas tentées de tirer profit du long engagement de son armée en Crimée pour passer à l'attaque et empiéter sur l'espace russe ? Peut-être aussi le tsar était-il conscient du mépris dans lequel l'Europe tenait son pays, et voulait-il, par une campagne qui lui ouvrirait l'accès à la mer, s'imposer à elle. Certes, portant intérêt à la voie commerciale vers l'Extrême-Orient ouverte par la prise de Kazan, l'Angleterre traitait avec la Russie ; mais le commerce et ses profits ne suffisaient pas à Ivan, obsédé par sa volonté d'obtenir une vraie reconnaissance politique de la puissance russe qui se traduirait par l'expansion territoriale et l'accès à la mer.

La route de l'ouest, celle de la Baltique, était interdite aux Russes, gardée qu'elle était par la Livonie et l'ordre des chevaliers Porte-Glaive, la Lituanie, la Pologne et la Suède. En 1558, contre l'avis de ses conseillers, Ivan décida de donner priorité à ce côté et déclencha une guerre contre la Livonie. Il disposait alors du concours des troupes tatares. Kazan vaincue était devenue une auxiliaire de la politique russe ; ses troupes étaient conduites par Chah Ali, ancien khan placé par Ivan à la tête du petit État vassal de Kasymov. En ce milieu du XVIᵉ siècle, la Livonie se trouvait dans un état de grande faiblesse en raison de conflits internes. Ses troupes furent incapables de résister aux cavaliers tatars qui déferlèrent sur les villes livoniennes convoitées par Ivan et qui devaient lui ouvrir l'accès au commerce maritime. Narva, Dorpat et une douzaine d'autres places fortes tombèrent ainsi aux mains des nouveaux conquérants.

L'année suivante, ce fut au tour de la Courlande d'être envahie. Le grand maître de l'ordre des chevaliers Porte-Glaive en appela au roi de Pologne Sigismond-Auguste II et signa avec lui un traité d'alliance. Ivan IV se heurta alors à son conseiller Adachev – ils étaient déjà au bord de la rupture –, qui prônait une trêve. Ivan ne devait jamais pardonner à « ce chien d'Alexis » ce qu'il tenait pour une trahison. Il allait régler ce compte plus tard, mais, sans plus attendre, il décida de repartir en guerre contre la Livonie, plaçant ses troupes sous les ordres de Kourbski, avec qui il n'était pas encore brouillé.

L'an 1560 fut marqué par la défaite des Porte-Glaive ; la forteresse de Fellin, résidence du grand maître de l'ordre, tomba. Ivan IV pouvait pavoiser : il avait brisé le puissant État des Porte-Glaive. Pourtant, cette victoire de 1560 marquait aussi le début des échecs russes à l'ouest.

Le succès des armes russes avait effrayé les États voisins. En premier lieu l'empire des Habsbourg. Ferdinand Iᵉʳ, suzerain de l'ordre des chevaliers Porte-Glaive, tenta de s'interposer, demandant à Ivan de mettre un terme aux combats et l'engageant à parachever plutôt son œuvre en Crimée. Surtout d'ordre commercial, les escarmouches entre les deux pays furent autant de manifestations de leur désaccord. Mais Ferdinand Ier savait déjà que d'autres pays plus directement intéressés que le sien étaient décidés à faire reculer Ivan : la Pologne, la Lituanie, la Suède, le Danemark, qui ne tenaient pas à être écartés de la répartition des dépouilles livoniennes ou du contrôle sur ce pays. Ivan déploya alors tout son génie politique pour neutraliser certains adversaires et se concentrer sur les autres. Il signa un traité de paix avec le Danemark et la Suède pour se retourner contre la Lituanie qui avait tenté en vain de négocier avec lui. Il lui arracha la citadelle de Polotsk le 15 février 1563. Comme la Livonie, la Lituanie parut alors promise à une conquête totale. Pourtant, comme les victoires russes de 1560, cette dernière marque le début des revers et la nécessité de renoncer au rêve d'atteindre la Baltique. En 1561, les armées polono-lituaniennes défont les Russes et les obligent à quitter le sol de la Lituanie. Ivan s'obstinera à poursuivre la guerre, mais il se trouve déjà aux prises avec des problèmes intérieurs grandissants, sans doute liés à un drame personnel et à l'altération de sa personnalité.

En 1560, Anastasia, sa première femme, qu'il avait réellement aimée, succomba. La réaction d'Ivan fut proche de la folie. Il s'en prit à tous ses conseillers, qu'il accusa de l'avoir assassinée. Karamzine appelle ce moment « une révolution terrible dans l'âme du tsar et dans le sort de l'Empire », et il dépeint ainsi le souverain : « Avant ce moment modèle des souverains, religieux, sage, zélé pour la gloire et le bonheur de ses États », le voici qui, en un instant, donne libre cours à ses passions, à une cruauté foncière, à des mœurs dissolues. Commence le temps des persécutions et des exécutions, qui suscitent les craintes des boyards et poussent nombre d'entre eux à fuir.

En 1565, pour asseoir son autorité, le tsar coupe en deux son pays et en livre une partie à l'*opritchnina*, institution qui y dispose de la totalité des pouvoirs et y sème une terreur qui va durer sept ans. Ses fidèles partent, des familles princières sont exterminées, même la population la plus modeste, épouvantée, essaie de quitter l'espace de l'*opritchnina*. Toute la vie du pays se trouve désorganisée, le commerce paralysé ; le désastre économique sera tout aussi grand que le naufrage social.

Ces sept années de terreur furent peu propices aux progrès militaires ; pourtant, Ivan s'obstina à conquérir la Livonie, achevant ainsi de ruiner son pays. Les campagnes des années 1573 à 1577 lui apportèrent certes succès sur succès ; la Livonie parut à nouveau gagnée ; seules Reval et Riga, qu'il devait prendre en 1578, lui échappaient encore. Mais, jusqu'alors, Ivan IV avait eu affaire à des adversaires faibles : à la Suède, dont les moyens militaires étaient inférieurs aux siens ; à l'État polono-lituanien, né de l'union scellée à Lublin en 1569, la *Rzeczpospolita*, et affaibli par la difficile élection d'un roi de Pologne. Tout change avec l'élection du Hongrois Étienne Báthory au trône de Pologne-Lituanie en 1575.

Jeune – il a trois ans de moins qu'Ivan –, énergique et doté d'une intelligence politique aiguë, Étienne Ier Báthory décide d'emblée qu'il doit mettre un frein à l'expansion russe. Ayant réorganisé son armée, recruté un très grand nombre de mercenaires, s'étant posé en champion du monde catholique contre la Russie, ayant enfin obtenu l'aide de la Suède, il engage un combat qui, en cinq ans, de 1577 à 1582, va priver la Russie de toutes ses conquêtes à l'ouest. Au terme d'un quart de siècle de guerres, Ivan IV va se retrouver coupé de tout accès à la Baltique, à l'exception d'une mince bande de terre à l'embouchure de la Neva.

Autant avaient été grands et définitifs les succès en direction de la Crimée et donc de la mer Noire, autant l'ouverture à l'ouest aura été un long rêve aussi coûteux que frustrant. L'Europe restera longtemps encore fermée à la Russie. Ce rêve européen reprendra ailleurs, en Ukraine, puis, plus tard, là où il avait échoué. Mais – le destin eurasien de la Russie se confirme ici – l'immense déception européenne va se trouver compensée à l'est par l'acquisition de territoires infinis en Sibérie. Autant la désespérante et inutile aventure à l'ouest se sera révélée onéreuse, autant la Sibérie sera aisée à conquérir à un très faible coût.

Sibérie : la nouvelle frontière

L'entrée triomphale de la Russie dans l'immensité sibérienne est due tout à la fois à l'héritage historique de Novgorod, à l'action de personnes privées (marchands de fourrures, Cosaques) et à l'État – celui-ci venant en dernier.

Examinons d'abord l'apport de Novgorod, dont la Russie a pris possession en 1470. Fière de ses institutions, fière d'avoir échappé au joug mongol, la cité prestigieuse avait réussi dès le XIIe siècle à s'avancer fort loin en terres sibériennes. Au terme de campagnes militaires successives, elle avait acquis toute la région de la Petchora, située au-dessous de la mer Blanche ; puis, ayant relié cette région à celle de l'Ob, Novgorod mena dans ses possessions une intense collecte de fourrures, recherchées sur tous les marchés – tant ceux d'Europe que ceux des Mongols. La Russie hérita de ces facilités, mais, pendant près d'un siècle encore, hantée qu'elle était par le problème mongol, elle se consacra à son projet musulman tout en hésitant à accorder une priorité politique à l'ouest. Dans ce débat, la Sibérie fut un temps oubliée. C'est la conquête de Kazan et l'installation sur la Volga qui ouvrirent aux Russes – surtout aux marchands – de séduisantes perspectives commerciales. Cette conquête coïncidait avec le développement de l'Europe, qui voyait croître ses besoins en matières premières que la Sibérie pouvait lui fournir à l'envi – des fourrures en premier lieu. L'État russe comprit alors tout l'intérêt de cette région qu'il avait jusqu'alors négligée et où ne s'aventuraient encore que des entrepreneurs privés. La chance voulut que les succès russes sur la Volga fissent si grande impression sur le khan Edigeï qui régnait en Sibérie que, félicitant Ivan IV, il s'en proclama le vassal. La malchance voulut qu'Edigeï fût tué en 1567 par un khan rival, lequel dénonça l'acte de vassalité et adopta une posture d'hostilité à l'égard de la Russie, rassemblant autour de lui les tribus vogoules et ostiaks et leur interdisant de payer tribut. L'appui que lui prêtait la horde Nogaï mit un moment en péril les intérêts russes.

La conquête de la Sibérie aura été d'abord l'œuvre de grands marchands, les Stroganov, et de l'hetman cosaque Ermak. Leur étonnante alliance aura apporté à l'État russe, longtemps observateur de leurs efforts combinés, un espace immense, source de puissance et de richesses.

Les Stroganov furent les premiers arrivés dans la région. Ces entrepreneurs d'une inventivité exceptionnelle, issus d'une famille paysanne, étaient déjà, au milieu du XVIe siècle, à la tête de diverses entreprises – pêcheries et activités en dérivant – et monopolisaient le commerce avec les peuples sibériens. En 1558, ils obtinrent du tsar l'exclusivité des activités économiques dans la région de la Kama, ce qui leur ouvrit la Sibérie proprement dite. Exemptés d'impôts, ils devinrent les maîtres du pays, assurant sa défense et rendant la justice parmi les allogènes *(inorodtsy)*. Leurs entreprises ne cessant de se développer – mines de sel, métaux –, ils furent contraints de faire appel à une main-d'œuvre toujours plus nombreuse et à des spécialistes souvent venus de loin. Leurs succès économiques les convainquirent que la région de la Kama ne pourrait suffire à leurs ambitions et qu'il leur fallait aller plus loin vers l'est, vers l'Oural puis vers l'Ob. Ils allaient s'y heurter aux khans de Sibérie, qui les tenaient pour une avant-garde de la Russie contre laquelle ils étaient en rébellion. Du tsar occupé en Livonie, gêné par les crises internes, les Stroganov savaient seulement qu'ils ne pouvaient attendre aucune aide. D'où l'idée de recourir aux Cosaques, et l'entrée d'Ermak sur la scène sibérienne.

Comme les Stroganov, l'hetman Ermak Timofeievitch est une figure remarquable, l'un des deux plus grands chefs des Cosaques du Don. Refusant la domination de la Horde d'Or, rejetant les propositions d'alliance de la Turquie et des khans, ces Cosaques avaient toujours opté pour une attitude tout aussi indépendante de Moscou. Ils considéraient que leur devoir était de défendre leur sol et de refuser de pactiser avec ceux – quels qu'ils fussent – qui pouvaient le convoiter. À la différence des Cosaques du Dniepr qui servirent tour à tour la Pologne, la Suède ou la Russie, ceux du Don jamais n'ont pris les armes contre cette dernière, mais, ce faisant, ils ne reconnaissaient d'autre autorité que la leur, en aucun cas celle du tsar. Ermak incarnait ce choix-là. Il était réputé pour son courage et pour son aptitude à rassembler les Cosaques autour de lui. Son indépendance d'esprit le conduisit d'abord à combattre les Nogaï, qu'il brisa définitivement, ce qui provoqua le courroux du tsar, dont la ligne politique consistait alors à respecter le compromis négocié avec les hordes asiatiques, Nogaï en tête. Furieux de l'indiscipline d'Ermak dont les troupes comptaient dans leurs rangs des boyards qui avaient fui l'*opritchnina* – autre motif de sa colère –, Ivan IV exigea que l'hetman fût envoyé à Moscou et lui fût livré pour y être exécuté. Mais les Cosaques n'étaient guère disposés à trahir l'un des leurs, et Ermak était encore moins disposé à capituler. Il rassembla donc en 1577 une troupe de six cents Cosaques avec laquelle, suivant le cours de la Volga, puis celui de la Kama, il s'en fut offrir ses services aux Stroganov.

La rencontre entre le héros cosaque rebelle et les aventuriers qui monopolisaient la part des terres sibériennes échappant au khan fut, d'après les chroniques, haute en couleur. Qui décida de leur alliance ? Les Stroganov ou Ermak ? L'histoire ne le dit pas, mais ce dernier et ses Cosaques fournirent aux aventuriers la force militaire qui leur manquait encore. Au cours de l'hiver et du printemps de 1580, Ermak se prépara à partir en campagne contre le khan Kutchum et s'approcha toujours plus près de la capitale du khan, Isker, qui deviendra plus tard Sibir. La grande confrontation entre Tatars et Cosaques eut lieu en octobre 1581 : aux trente mille Tatars rassemblés par le khan, les forces cosaques, numériquement très inférieures, mais fortement armées et bien entraînées, infligèrent une défaite sans appel. La victoire de l'hetman fut facilitée par la panique qui gagna les Tatars en constatant le peu d'effet produit par leurs armes ; un grand nombre d'entre eux désertèrent alors le champ de bataille. Le khan lui-même prit la fuite et, le lendemain, ayant rassemblé ses biens les plus précieux, quitta précipitamment sa capitale, la laissant sans défense, ce qui permit aux Cosaques de s'en emparer sans coup férir le 26 octobre. Les assaillants avaient perdu cent sept des leurs, mais le khanat de Kutchum n'existait plus. Ermak envoya au tsar une délégation conduite par Ivan Kolbo – Ivan Kolychev de son vrai nom –, un boyard qui avait fui chez les Cosaques la répression de l'*opritchnina*, provoquant par là l'ire du souverain. La délégation, chargée de très nombreux présents, était accompagnée de prisonniers tatars ; elle devait remettre au tsar un message d'Ermak demandant grâce pour ses initiatives passées et lui apportant, en gage de fidélité, la Sibérie, qu'il avait conquise. Le pardon fut accordé et le tsar, jusqu'alors occupé en Livonie et peu soucieux des affaires sibériennes, manifesta son autorité sur ses nouvelles possessions en y dépêchant un détachement de cinq cents hommes, placé sous le commandement du prince Ivan Volkonski.

Cet intérêt nouveau pour la Sibérie survécut à la mort du tsar, le 19 mars 1584. Son successeur, Fiodor, fut tout autant que lui attaché aux nouvelles possessions. Alors qu'il montait sur le trône, informé des pertes subies par les troupes d'Ermak en butte au harcèlement des Tatars, qui n'acceptaient pas l'autorité russe, il lui dépêcha des renforts. Ceux-ci furent néanmoins insuffisants à décourager les attaques sporadiques lancées contre les Russes par le khan Karachi, qui avait réussi à associer à sa résistance des petits peuples allogènes, tels les Ostiaks et les Vogoules. Le 5 août 1585, Ermak et trois cents Cosaques furent pris au piège dans leur propre campement, et exterminés.

Ainsi s'achevait l'épopée du conquérant de la Sibérie, mais sa disparition n'évinça pas la Russie de la région qu'il avait conquise. Les Stroganov y colonisaient les terres dont ils avaient le contrôle et y construisaient de petites agglomérations où des paysans venaient s'établir. Malgré les assauts perpétuels des Tatars contre ces lieux de peuplement, la résistance russe s'était organisée ; les troupes venues en renfort des Cosaques avançaient toujours plus à l'intérieur de la Sibérie, dont le centre, en 1587, devint Tobolsk, aux confins de l'Irtych et du Tobol, qui se substitua à Sibir, la capitale abandonnée par le khan. Sept cents cosaques et arquebusiers y formaient une garnison permanente. Sur les bords de l'Ob, des forteresses s'édifièrent : Berezov (1593), Surgut (1594), Naryn (1596). La population de Sibérie accepta d'autant mieux la domination russe que cette présence militaire renforcée apportait la sécurité dans la région. Les chefs locaux durent payer le *yasak* (l'impôt en fourrures) aux Russes et non plus aux représentants du khan, mais, ce prélèvement étant constant, ils s'y soumirent sans protester. La dernière étape des tentatives de résistance locales fut marquée en 1598 par la victoire russe sur le khan Kutchum, définitivement défait, ce qui convainquit les Ostiaks et les Vogoules qu'il avait jusqu'alors manœuvrés de la nécessité de se plier à la règle russe.

Dès lors, l'implantation de l'autorité russe se poursuivit sans discontinuer en dépit de la grave crise interne du Temps des troubles. Le système russe était désormais implanté en Sibérie et la colonisation y progressait rapidement. Pour des raisons de sécurité, elle s'organisa à l'origine autour des campements cosaques mais eut tôt fait de se développer car, dès le règne de Fiodor, puis celui de Boris Godounov, Moscou comprit quelle chance économique la Sibérie représentait pour l'avenir du pays. La doctrine officielle de la Russie est simple : consolider la conquête et retirer de la région le maximum de richesses – fourrures, mais aussi métaux précieux et semi-précieux – sans que la colonisation coûte à Moscou. Pour cela, il convient d'inciter au développement agricole de la région afin que ses habitants arrivent à se suffire à eux-mêmes. Les colons, volontaires ou contraints, constituèrent rapidement un peuplement où Russes et allogènes se mêlaient dans la proportion approximative d'un quart de Russes pour trois quarts d'habitants d'origine. Ce brassage assura sinon l'intégration, du moins la pacification des populations. Les colons étaient surtout des paysans, poussés les uns par la volonté d'obtenir des terres, les autres par la nécessité de fuir les contraintes militaires, fiscales, voire légales auxquelles ils eussent été astreints en Russie. Pour la plupart, la Sibérie représente alors la nouvelle frontière, ouvrant sur un monde de liberté et de prospérité. Les hommes d'Église suivent : le clergé y devient vite nombreux. Les monastères sont dotés d'importantes propriétés terriennes, et l'an 1621 est marqué par la fondation de l'archevêché de Tobolsk, ayant autorité sur l'ensemble de la Sibérie.

Le système politique instauré par la Russie en Sibérie était prudent à la fois parce que Moscou s'inquiétait de l'esprit de résistance des peuples sibériens, qui s'était déjà si fortement manifesté, et parce que l'objectif économique – la collecte du tribut en fourrures – nécessitait une coopération de la population locale. De là les droits et privilèges reconnus aux chefs de tribu et de clan qui géraient seuls leurs possessions, y rendaient la justice et y collectaient le *yasak*. Moscou refusait que l'administration russe et les colons interviennent dans la vie des allogènes. Il en alla de même de l'Église à qui il fut vivement recommandé de ne pas chercher à convertir des peuples souvent animistes, bouddhistes ou encore dominés par des chamans.

Mais cette tolérance n'excluait pas l'autorité dont étaient dotés les *voïévodes* et les forces militaires, laquelle se manifestait périodiquement par des expéditions punitives. Les forteresses érigées surtout le long des fleuves étaient le symbole manifeste de la puissance russe. Les encouragements donnés à l'afflux massif de colons servirent aussi le pouvoir : sous la pression d'un nombre croissant de Russes, la population allogène aura d'autant plus tendance à accepter cette autorité extérieure.

Les affaires de Sibérie avaient été confiées à la fin du XVIe siècle au *prikaz* de Kazan, plus particulièrement à un bureau *(stol)* sibérien. Mais, dès lors que la Russie s'y trouvait confrontée à des conflits internes – notamment au Temps des troubles, quand les Kalmouks en profitèrent pour se soulever –, le règlement de ce type de problèmes fut confié au ministère des Affaires étrangères ou *posol'skii prikaz*. Pour le *prikaz* de Kazan, la Sibérie n'était qu'une colonie gérée directement, alors que pour les Affaires étrangères, la région relevait plutôt des relations avec de petits chefs étrangers. Après que les troubles eurent été liquidés en Russie, le premier tsar Romanov, Michel, conscient de l'importance de la région, décida de réorganiser ses rapports avec Moscou. Les affaires sibériennes furent alors détachées de l'administration de Kazan et confiées à un *prikaz* de Sibérie placé sous l'autorité d'un *diak* (un ministre avant la lettre).

Cette organisation, qui prend forme à une époque où l'espace russe n'est pas encore très étendu, est révélatrice de la conception qui prévaudra jusqu'à la dislocation de l'Empire en 1917 : chaque partie de celui-ci devait être organisée en tenant compte de sa spécificité, et non en tant que partie d'un ensemble colonial global, comme l'Angleterre en offrira le modèle avec le *Colonial Office*.

Ukraine : un pas vers l'Europe

La réunion de l'Ukraine à la Russie en 1654 – car ce n'est pas d'une simple annexion qu'il s'agit alors – fut l'aboutissement d'une crise religieuse, politique et nationale commencée un demi-siècle plus tôt. Comme toujours dans le processus d'expansion territoriale de la Russie, les pressions extérieures et les conflits internes, entremêlés, ont favorisé les progrès de l'Empire.

Au tout début, il y eut la décision du pape Clément VIII, en 1596, de soutenir l'Union de Brest, qui organisait une Église uniate – Église catholique conservant le rituel et les coutumes de l'Église d'Orient, ainsi que l'usage du slavon – en pays orthodoxe ukrainien sous autorité polono-lituanienne. L'Ukraine, qui avait fait partie jusqu'alors du grand-duché de Lituanie, était pour l'essentiel incorporée, depuis l'Union de Lublin de 1569, dans la partie polonaise de la République, donc en milieu catholique. À cette conséquence de l'Union de Lublin s'en ajoutait une autre : les paysans qui, dans le système lituanien, avaient le statut d'hommes libres furent soumis au servage comme leurs homologues de Pologne. Seuls les Cosaques échappèrent à cet asservissement et la liberté de ceux-ci fascinait ceux-là.

Après l'Union de Brest, deux Églises coexistèrent en Ukraine : l'Église uniate, soutenue par la Pologne, et l'Église orthodoxe, persécutée mais qui gardait en général la faveur des fidèles. La pression polonaise eut même pour effet de provoquer une renaissance spirituelle dans certains milieux ukrainiens orthodoxes ; le métropolite Piotr Mohyla fonda ainsi à Kiev le Collegium, centre de culture ukrainienne et orthodoxe, mais ouvert à l'influence occidentale et latine. Dans le même temps, cette pression assimilatrice exercée par la Pologne en matières religieuse et linguistique sur les paysans ukrainiens incita ceux-ci à fuir vers le Sud, domaine des Cosaques du Dniepr ou Zaporogues, qu'ils rejoignirent et renforcèrent.

La division des Églises s'étendit à la steppe, où les Cosaques faisaient face aux Polonais qui, soucieux de les contrôler, s'évertuèrent à les diviser en camps opposés : d'un côté, des Cosaques dont le statut et l'autonomie politique étaient reconnus, officialisés par une procédure d'enregistrement, et qui se virent accorder par les Polonais un traitement privilégié en échange duquel on attendait d'eux qu'ils soutinssent l'Église uniate et, plus généralement, la politique polonaise (mais ces Cosaques, en dépit du traitement de faveur dont ils jouissaient, hésitèrent à se plier à de telles exigences) ; de l'autre, ceux qui ne disposaient pas de privilèges spéciaux, qui ne dépendaient que de leur hetman et qui se rangèrent spontanément aux côtés de la paysannerie orthodoxe, alliés à elle contre le catholicisme et la Pologne. Révoltes et répressions vont dès lors se multiplier, nourrissant un puissant sentiment antipolonais qui entraînera un glissement progressif de tous les Cosaques dans le camp national et orthodoxe.

Deux personnages d'égale qualité et d'aussi remarquable personnalité vont dominer alors le processus de rattachement de la Russie à l'Ukraine : un hetman cosaque, Bogdan Khmelnitski, qui va engager en 1648 la « guerre de libération » de l'Ukraine ; et le tsar Alexis, dit le Très Paisible.

Alexis Mikhaïlovitch, fils du premier Romanov, était caractérisé par une grande foi, une culture étendue, notamment dans le domaine religieux, et par la volonté de ne pas se plier, comme l'avait fait son père, à l'influence de puissants conseillers, les boyards. Vêtu d'habits à la mode byzantine, Alexis n'en fut pas moins ouvert à l'Occident, préparant la voie à son fils

Pierre Ier, le futur Pierre le Grand. Il invita de nombreux étrangers en Russie, rêva d'envoyer des jeunes gens étudier en Europe, et, en fusionnant l'Ukraine et la Russie, fit avancer la Russie en Europe ou plutôt installa l'Europe en Russie. Pondéré, très conscient des contraintes extérieures, il fit montre d'une extrême prudence dans la conduite des relations russo-ukrainiennes, ce qui explique probablement que ce premier pas russe vers l'ouest fut une réussite remarquable.

Son interlocuteur, l'hetman Bogdan Khmelnitski, était doté d'une personnalité non moins puissante. Né en 1595 dans une famille cosaque, il avait reçu une excellente éducation et connaissait bien plusieurs langues, notamment le latin et le polonais. En 1620, lors d'un combat contre les Tatars où son père avait été tué, il fut fait prisonnier et emmené en Turquie où il vécut deux ans et apprit le turc, si bien qu'à son retour de captivité il fut invité à servir le roi de Pologne en qualité de proche collaborateur. Plus tard, en 1638, lorsque les Cosaques révoltés furent écrasés par les troupes polonaises, Khmelnitski se retira un temps parmi les siens ; mais le roi le rappela afin d'aller négocier en France l'envoi de Cosaques pour combattre en Espagne aux côtés des Français. Il se battit aussi contre les Tatars avant de rompre à jamais avec les Polonais. À l'origine de cette rupture, un drame personnel qui lui permit de mesurer le mépris des Polonais envers son peuple : un noble polonais envahit en son absence sa propriété, y mit le feu, tua son fils et enleva sa femme ; la plainte adressée par notre héros au roi de Pologne n'eut d'autre effet – le roi élu était sans pouvoir – que d'inspirer à ce dernier ce conseil : « Contre la force, utilise la force. » Ce que fit Bogdan Khmelnitski, qui s'efforça dans un premier temps de se venger des Polonais par la guerre. En 1647, il tenta de conclure contre eux un accord avec le khan de Crimée. Lui-même venait d'être élu hetman des Cosaques Zaporogues et en tirait une légitimité nouvelle. Mais la lutte était par trop inégale et une confrontation entre Polonais et Cosaques dispersa ces derniers. Au bout de trois années de combats meurtriers, Khmelnitski fut convaincu que le mieux était de recourir à une solution politique : l'union avec la Russie.

Les Ukrainiens avaient périodiquement rêvé à ce moyen radical de se débarrasser de la domination polonaise. En 1625, le premier tsar Romanov, Michel, avait été sollicité de prendre l'Ukraine sous sa protection ; puis ç'avait été au tour de son fils Alexis. Mais tous deux, occupés ailleurs et soucieux d'éviter une guerre avec la Pologne, avaient repoussé les avances ukrainiennes. En 1648, il était devenu urgent de trouver une solution à ce problème. Khmelnitski avait réussi à imposer l'autorité des Cosaques Zaporogues sur une grande partie de l'Ukraine. Comme les Polonais n'entendaient pas perdre ces territoires, les Cosaques étaient contraints de trouver un allié qui pût les protéger et assurer leur indépendance. Leur premier choix s'était porté sur le khan de Crimée et sur l'Empire ottoman, mais c'étaient là des soutiens par trop incertains ; l'un comme l'autre étaient d'ailleurs peu soucieux d'affronter la Pologne. Restait la Russie, déjà sollicitée par le passé. Comme son père, le tsar Alexis hésitait. Il finit néanmoins par se décider à consulter le *zemski sobor*, qu'il réunit le 1er octobre 1653 et plaça devant le dilemme suivant : ou bien la Russie acceptait de prendre sous sa protection l'hetman, l'armée zaporogue et les territoires qu'ils contrôlaient, ou bien c'était le sultan turc qui le ferait. Le *zemski sobor* ne tergiversa pas : il pressa le tsar d'accepter la demande de l'Ukraine. Le 8 janvier 1654, à Pereislavl', où se trouvait l'état-major cosaque, l'accord fut conclu et Alexis Mikhaïlovitch devint pour ses nouveaux sujets « tsar et grand-prince autocrate de toutes les Russies, Grande et Petite ». Le tsar garantissait à l'armée cosaque un statut juridique particulier, l'autogestion, le droit d'élire librement son hetman, des privilèges et une certaine liberté d'action en politique étrangère. Il reconnaissait aussi à la noblesse, au métropolite et aux villes d'Ukraine leurs privilèges et leur droit à se gouverner librement.

L'accord de Pereislavl' n'était cependant pas dénué d'ambiguïtés. Pour Alexis, la « Petite Russie » *(Malorossiia)* faisait partie de son patrimoine *(votchina)* et ses habitants étaient ses sujets. Pour les Cosaques, l'accord impliquait simplement la protection du tsar. C'est la conception russe qui l'emportera et la Petite Russie deviendra partie intégrante de l'Empire pour près de trois siècles et demi.

Les années qui suivirent l'accord de Pereislavl' allaient clarifier la situation. La Pologne ne se résignant pas à cette perte, une première guerre opposa en 1654 la Russie à la Pologne-Lituanie ainsi qu'à la Suède, vers laquelle s'étaient tournés les Cosaques Zaporogues déçus par les prétentions russes ; puis une autre mit en 1658 la Russie aux prises avec la Pologne, cette dernière étant cette fois soutenue par les cosaques. La défaite des Polono-Cosaques permit à la Russie de rogner les privilèges de ces derniers et de légitimer au cours des années suivantes, par l'armistice d'Androussovo, en 1667, et par ses suites, la partition de l'Ukraine. Le Dniepr devait servir de frontière entre la Russie et la Pologne. La partie de l'Ukraine située sur la rive gauche du fleuve était attribuée à la Russie ; la rive droite, à la Pologne. Kiev fit l'objet d'un accord temporaire : situé sur la rive droite du Dniepr, le berceau de la chrétienté slave fut placé pour deux ans sous l'autorité de Moscou. Quant à Smolensk, l'autorité russe devait s'y exercer durant treize ans. Mais ces accords ne furent pas respectés et, en 1686, un traité russo-polonais attribua définitivement les deux villes à la Russie qui, après avoir rassemblé ses principautés dispersées pendant deux siècles, ressoudait enfin, en s'emparant de Kiev, passé et présent.

Dans les années qui suivirent, l'union avec l'Ukraine fut loin d'être paisible. La Turquie continuait de la convoiter et le tsar Alexis, puis son successeur durent combattre jusqu'en 1681 pour mettre un terme à ces espérances de conquête. Par ailleurs, à la mort de Bogdan Khmelnitski en 1657, les Ukrainiens se divisèrent et certains, à la faveur d'une lutte acharnée pour le pouvoir, remirent en question l'Union de 1654. Partisans de la Russie, de la Pologne, voire de la Turquie, s'opposèrent avec acharnement. Pourtant si prudent dans le passé, le tsar Alexis ne transigea jamais ; il savait combien l'Ukraine était précieuse pour l'Empire. Non seulement sa possession signifiait le rapprochement de la Russie avec l'Europe, mais elle lui apportait aussi des élites plus occidentales, plus cultivées, que Moscou intégra parmi ses cadres dirigeants. L'Église ukrainienne elle-même était plus ouverte, mieux éduquée que celle de Russie. Kiev, grand centre théologique de formation slavo-latine, contribua à diffuser en Russie – tout au moins dans les élites – une pensée occidentale qui y était jusqu'alors inconnue.

La Russie n'hésita pas à pratiquer dans ses nouvelles possessions une politique de centralisation administrative et culturelle de plus en plus poussée. En 1662, on institua le *malorossiiskii prikaz*, succédant à un *kazakskii prikaz* créé en 1616 et supprimé en 1646. Ce ministère, chargé de traiter des questions ukrainiennes, ne jouit que d'une brève autonomie puisque, un quart de siècle après sa fondation, il fut « coiffé » par le ministère des Affaires étrangères *(posol'skii prikaz)*. Après la mise en place des collèges par Pierre le Grand en 1708, la même subordination au collège des Affaires étrangères fut maintenue. Mais la libre élection des hetmans limitait quelque peu le poids de Moscou sur les autorités locales en dépit des efforts russes pour les orienter. Aussi les institutions qui avaient été préservées purent-elles continuer à jouer leur rôle d'instances de décision locales. En revanche, l'Église subit davantage la pression russe : le métropolite de Kiev se retrouva soumis au patriarcat de Moscou. Quant à la langue russe, elle se développa progressivement parmi les élites, reléguant peu à peu l'ukrainien au rang de parler paysan.

Pourtant, maints signes du statut particulier de l'Ukraine – contrôlée par le Centre, mais non assimilée au territoire russe – subsisteront au moins jusqu'à la fin du XVIIe siècle : outre le rôle et les privilèges reconnus aux Cosaques, le maintien d'une frontière douanière avec la Russie, la place des Affaires étrangères dans l'organisation des rapports entre le Centre et la « périphérie » ukrainienne, enfin le remarquable développement de la culture ukrainienne, son rayonnement religieux autour de Kiev, et même le prestige de son système scolaire, plaçant ce territoire à l'avant-garde de la Russie et contribuant au progrès intellectuel général. L'Ukraine unie à la Russie est l'un des plus grands succès de ce temps où l'Empire se constitue – succès qui, en l'équilibrant, l'empêche de basculer totalement vers son pôle asiatique.

Chapitre III

Vers l'Empire universel

Ayant acquis et consolidé une indépendance fondée sur le rassemblement des terres, les souverains russes s'étaient attachés à assurer la sécurité de leur État. Pour y parvenir, ils avaient œuvré de façon opiniâtre à renforcer l'unité d'un peuple dont la moitié au moins échappait au cadre étatique légal et à son espace ; ils avaient aussi dû faire face au problème de frontières ouvertes au sud et à l'ouest, et donc propices aux attaques extérieures. Renforcer les liens, affirmer le contrôle sur toute une fraction du peuple russe, rectifier des frontières par trop vulnérables : tels avaient été les impératifs qui, depuis Ivan le Terrible, avaient guidé les tsars. Inspirés par une préoccupation de cohésion nationale et de sécurité, ces impératifs avaient conduit à une extension territoriale continue qui donne à la Russie, dès la fin du XVIIe siècle, une configuration bien différente de celle qu'elle avait à l'époque où avait été réalisé le rassemblement des terres.

Si ses voisins immédiats ont pu être affectés, voire amputés par cette obsession sécuritaire de la Russie, pour les autres grands États d'Europe, celle-ci demeure alors une réalité géopolitique lointaine, extérieure à leurs préoccupations, étrangère à la grande scène des relations internationales. La rupture va se produire lorsque Pierre le Grand montera sur le trône et que ses projets changeront de nature, modifiant les équilibres géopolitiques de l'époque.

Une « fenêtre » sur la Baltique

Avant le règne de Pierre Ier, la Russie était déjà entrée en conflit avec ses voisins : avec la Suède, pour tenter de progresser vers la Baltique ; avec la Turquie, par l'intermédiaire des Tatars, pour assurer la sécurité de ses territoires méridionaux ; avec la Pologne, enfin, pour parachever l'union du peuple russe. Mais, à travers tous ces conflits, elle s'efforçait d'améliorer ses positions et de défendre ses intérêts sans qu'ils fussent inscrits dans une vision globale dont elle n'avait pas encore les moyens, tant l'insécurité intérieure et celle de ses frontières pesaient sur elle, lui imposant des choix d'urgence.

La Sibérie, l'Ukraine orientale, les khanats de la Horde d'Or furent autant de conquêtes répondant certes aux besoins de sécurité les plus pressants, mais qui permettaient aussi d'imaginer une nouvelle étape de la politique étrangère russe, fondée sur un sentiment de plus grande assurance.

La fin du XVIIe siècle fut marquée par un temps d'arrêt dans l'expansion. Il est vrai que les difficultés intérieures ne manquaient pas aux successeurs du sage tsar Alexis. Les dernières années de son règne furent perturbées par un de ces soulèvements qui jalonnent l'histoire de la Russie, témoignant de la faible intégration sociale ou nationale de ses peuples, surtout lorsqu'ils sont installés aux confins : la grande révolte de Stenka Razine.

La progression des tsars sur la Volga, la pacification de la steppe, avec la disparition de la Horde d'Or, avaient créé l'espoir d'un contrôle solidement établi sur ces espaces conquis, certes, mais nullement dominés. Or, en 1667, Stenka Razine, Cosaque du bas Don, que l'on pouvait croire fidèle à l'État russe – n'avait-il pas fait partie des ambassades que les Cosaques du Don envoyaient périodiquement à Moscou? –, organisa sur la Volga le pillage systématique des bateaux du tsar et des marchands, et monta pour son compte une véritable armée de brigands, soulevant les *streltsy* de la garnison d'Astrakhan et, pour finir, mettant en coupe réglée tout le littoral de la Caspienne, le Daghestan puis la vallée du Don. Le sud de la Russie était le champ de ses rapines. Puis, ayant triomphé dans le Sud, le Cosaque brigand se proclama libérateur de tout le peuple, et, remontant la Volga avec le projet d'atteindre Moscou, il le rameuta et le souleva contre tout ce qui incarnait l'ordre établi. Cette révolte sera matée, mais le souvenir en demeurera ancré au cœur des tsars. Il leur inspirera la conviction que c'est à eux seuls qu'il appartient de décider du bien du peuple, que ce peuple peut à tout moment s'enflammer, que l'ordre dépend donc de la puissance de l'État et de celle de l'autocrate.

À la révolte populaire vont s'ajouter les soubresauts d'une succession difficile, qui ne s'achèveront que lorsque Pierre Ier prendra effectivement le pouvoir en 1694. Ce sera le début d'un règne remarquable qui durera trente et un ans et qui transformera la Russie, encore moscovite, en un État moderne et en un véritable empire.

Lorsqu'il monte sur le trône, le tsar a vingt-deux ans, une longue expérience de l'instabilité russe et des projets précis. Klioutchevski a relevé que, si Pierre le Grand a hérité de ses prédécesseurs – d'Alexis en particulier – une vision de la nécessaire modernisation de la Russie par des réformes, la transformation (et non la révolution, précisera Klioutchevski) qu'il va engager requiert des moyens considérables. Puissance et politique extérieure vont être, pour le nouveau tsar, les moyens de construire cet État modernisé.

Dès le début de son règne, Pierre laisse entrevoir ses conceptions. Une flotte et l'accès aux mers : telle a toujours été son obsession, guère encouragée par la situation géographique de son pays. Dans quelle direction se tourner pour répondre à cette ambition ? Vers la Suède, qui commande l'accès à la Baltique ? Mais elle est par trop puissante. Vers la Turquie, qui tient la mer Noire, « rêve russe vieux de deux siècles » ? Mais l'Empire ottoman soutient dans l'ombre le khanat de Crimée qui menace la sécurité russe par des raids réguliers sur les terres d'Ukraine nouvellement conquises.

Le choix de Pierre se porte sur l'Empire ottoman, auquel il va tenter à deux reprises d'arracher la forteresse d'Azov. Il échoue une première fois à la conquérir en 1695, mais réussit à la prendre au printemps de 1696 ; le vieux rêve russe paraît alors réalisé et l'ambition de construire une flotte peut se donner libre cours. Les troupes cosaques ont été de tous les combats et l'hetman Ivan Mazeppa – on reviendra plus tard sur ce héros légendaire des Cosaques – s'est rangé aux côtés de Pierre. En 1700, le traité russo-ottoman consacre la possession d'Azov par la Russie, même si le tsar accepte, pour compenser quelque peu cette prise, de restituer aux Tatars certains territoires conquis par les Cosaques.

Entre-temps, conforté par ses victoires, rassuré sur l'avenir maritime de son pays, Pierre Ier s'en va en 1696-1697, avec sa « Grande Ambassade », visiter l'Europe incognito. Durant cette équipée, le souverain n'en poursuit pas moins sa réflexion sur les actions à venir. Et c'est toujours l'Empire ottoman qui retient sa pensée. Il imagine qu'il pourra rassembler contre les adversaires de la Croix une coalition de princes chrétiens dont le pape Innocent XI a défini les objectifs en créant la Sainte Ligue. De cette croisade Pierre attend qu'elle lui rapporte la Crimée, qu'il juge indispensable à la sécurité du sud de la Russie. Mais, rentré au pays, il doit tirer les leçons de son expédition européenne et de ses rencontres avec les souverains qu'il voulait associer à son projet anti-ottoman : nul n'est disposé à l'y aider. De là un grand revirement, la volonté de s'attaquer à un autre puissant pays auquel son père et son grand-père se sont déjà heurtés sans succès : la Suède.

Malgré les revers passés, cette guerre s'impose à l'esprit du tsar. La Suède n'est-elle pas le pays qui détient la clé de la Baltique, autre direction des ambitions russes ? Certaines régions sous domination suédoise – Narva, la Carélie orientale, l'Ingrie – ne sont-elles pas des terres de la Russie, puisqu'elles ont appartenu à Novgorod ? Ne peut-on les inclure dans le projet de rassemblement des terres russes ? Le moment semble propice, car Pierre vient de se trouver un allié : le roi de Pologne. Ce souverain, Auguste II le Fort, a avec lui bien des points communs : un physique exceptionnellement puissant, une vitalité intense. Nouvellement élu roi grâce, entre autres, au soutien russe, Auguste II est prêt à attaquer la Suède aux côtés de Pierre. Ce projet exige le plus grand secret, et les préparatifs sont poursuivis dans la discrétion mais avec intensité. L'accord des souverains est facilité par deux facteurs : la Suède interdit aux deux pays l'accès à la Baltique ; la mort de Charles XI porte sur le trône suédois un jeune héritier de quinze ans que l'on peut croire inexpérimenté dans l'art de la guerre, donc propre à être vaincu. Les efforts diplomatiques pour isoler la Suède sont conduits avec célérité, et le Danemark y est associé.

Ce que Pierre Ier ignorait, c'est que le jeune roi Charles XII était un génie militaire ; il le prouva en mettant en déroute les armées russes à Narva. Le prestige que le tsar s'était acquis à Azov s'évanouit aussitôt. Mais, comme il l'avait fait après son premier échec devant Azov, Pierre se remit à l'œuvre pour reconstruire et équiper son armée. Surtout, la chance changea alors de camp : Charles XII, qui craignait la Pologne davantage que la Russie, se détourna du front russe pour aller combattre les troupes d'Auguste II. Pierre en profita pour remporter des victoires dans le golfe de Finlande et y poser les jalons de ses futures possessions sur la Baltique – Saint-Pétersbourg en 1703, Kronstadt en 1704 –, et avancer en Livonie.

Cette période de succès fut brève, dans la mesure où les Polonais abandonnèrent le combat. En 1704, ils élirent roi de Pologne Stanislas Leszczyński, et le pays se trouva partagé entre deux rois légitimes, le nouvel élu et Auguste, que soutenait Pierre et dont la légitimité s'effritait. Conscient des incertitudes polonaises, Charles XII se tourna alors de nouveau vers la Russie qu'affaiblissaient au même moment des révoltes intérieures à Astrakhan, sur le Don et sur la Volga où les *streltsy*, les Cosaques et les Bachkirs conduisaient leurs propres aventures. Pierre dut à la fois mater ces révoltes – il le fit à sa manière, incomparablement cruelle – et tenir tête à Charles XII.

Celui-ci trouva en terre russe un allié de poids, le chef cosaque Mazeppa, qui vint avec ses troupes lui prêter main-forte. Le personnage de Mazeppa et son revirement – soutien à Pierre à Azov, soutien à Charles XII contre Pierre dix ans plus tard – méritent qu'on s'y attarde pour tenter de les comprendre. Ivan Mazeppa n'était ni un homme ordinaire ni un simple traître ; c'était un Cosaque hanté par la volonté de préserver l'indépendance des siens. Il a inspiré – ce qui témoigne assez de sa qualité – Voltaire, Pouchkine, Byron, Schiller et maints autres écrivains. Sans doute Pouchkine n'a-t-il vu en lui que sa propension à trahir. Mais ne faut-il pas aussi prendre en compte l'agitation qui règne en Ukraine en ce début de siècle ? Ne faut-il pas considérer les inquiétudes des Cosaques qui soupçonnent Pierre de vouloir les transformer en simples troupes d'appoint de l'Empire, et de supprimer l'Hetmanat, symbole de leur statut particulier ? Traître ou patriote, Mazeppa a négocié son soutien à Charles XII, et l'Europe entière se passionne pour ses menées. Mais, une fois encore, la chance va servir Pierre. Au lieu d'avancer vers Moscou comme le souhaitait Mazeppa, Charles XII se tourne vers l'Ukraine, où il compte rassembler des Cosaques pour lancer ensuite l'assaut final contre la Russie. Mais il est déçu : les Cosaques n'aimaient certes pas Pierre, mais ils aimaient moins encore les Suédois. Seuls les Zaporogues répondirent à son appel ; l'apport était plutôt mince pour l'armée suédoise. À Poltava, quand Russes et Suédois se retrouvent face à face, les vingt-huit mille hommes de Charles XII ne peuvent faire le poids face à une armée russe de quarante mille hommes. Les Suédois sont écrasés. Pierre pavoise. Toutes les cloches de Russie sonnent à pleine volée, et dans les églises les services se succèdent pour chanter l'aide que Dieu a apportée à la Russie. Pierre peut écrire alors : « Maintenant, avec l'aide de Dieu, a été posée la dernière pierre de fondation de Saint-Pétersbourg. »

La signification de cette victoire s'impose à tous. La route de la mer est désormais ouverte à la Russie. Et qui ne comprend alors que l'équilibre européen a changé ? La Russie a triomphé d'un pays estimé invincible. L'axe politique de l'Europe s'est déplacé vers l'est, englobant pour la première fois les terres du tsar.

Succès éphémère : un an à peine après son triomphe à Poltava, Pierre se retrouve face aux Turcs. Ceux-ci ont été poussés à une nouvelle confrontation avec la Russie par Charles XII, mais aussi par le khan de Crimée, Devlet-Giray, pour qui la présence russe à Azov constitue une menace directe, et enfin par Mazeppa, acharné à opposer l'Ukraine à Moscou. L'hetman mourra en décembre 1709 à Istanbul avant d'avoir pu constater le succès de ses entreprises antirusses. Un an plus tard, en novembre 1710, le sultan déclare la guerre à la Russie et défait sur le Prout une armée russe très inférieure en nombre à la sienne – quarante mille hommes contre cent cinquante mille. Pierre Ier échappe de justesse à la captivité.

La défaite du Prout, la poursuite des efforts russes dans la Baltique – à l'automne de 1710, les armées russes ont pris Reval, Riga, la Liflandie (plus tard Lettonie et Estonie) et Vyborg, qui installent la Russie dans la région – ainsi que l'hostilité persistante de Charles XII inspirent à Pierre un tournant stratégique : il va négocier avec le sultan, lui rendre Azov, renoncer à entretenir une flotte au sud pour se consacrer à écraser la Suède et à rendre définitives ses conquêtes sur le littoral de la Baltique.

La préférence accordée aux gains territoriaux au nord plutôt qu'à ceux, plus précaires, au sud fut heureuse et bénéficia aussi à la politique intérieure russe. En 1713, Pierre transféra sa capitale à Saint-Pétersbourg, marquant ainsi sa volonté de privilégier la nature européenne de l'Empire. Dès l'année suivante, il va multiplier les victoires navales et terrestres qui ruineront à jamais la suprématie suédoise dans la région. La progression russe en Finlande, aux abords de la Suède, inquiète les États européens. L'Angleterre n'est pas disposée à accepter une entrée en force de la Russie dans la Baltique, c'est-à-dire en Europe, car elle bouleverserait l'équilibre politique des puissances ; pour l'empêcher, elle tente vainement de soutenir la Suède au cours des laborieux pourparlers qui aboutissent à la signature du traité de Nystadt en août 1721.

La fin de la longue guerre du Nord coïncide avec l'affaiblissement des deux ennemis traditionnels de la Russie : la Suède et la Pologne. Cette dernière paie alors ses oscillations perpétuelles entre les deux camps. Le territoire russe englobe les rives de la Baltique par l'acquisition pour des siècles de la Liflandie, de l'Estlandie, d'une partie de la Carélie, de Vyborg. Seule la Finlande est restituée à la Suède.

C'est alors que Pierre reçoit du Sénat le titre d'empereur et que la Russie devient empire. Un empire qui s'étend à présent de la Baltique à la Sibérie, renforçant ainsi son caractère dual, d'Europe et d'Asie. Un empire d'Eurasie.

La Pologne dominée

La fenêtre ouverte par Pierre le Grand sur la Baltique était de la plus haute importance du point de vue des grands équilibres internationaux. En termes d'espace, certes, elle ne modifiait que peu la Russie telle que celle-ci était sortie de la première vague de conquêtes, mais ce qui comptait le plus pour elle était l'accès enfin gagné à la mer.

Pierre le Grand disparu en 1725, sa succession ouvre une période troublée, marquée par l'arrêt des efforts expansionnistes. Ses héritiers qui se succèdent quatre décennies durant n'ont pas de politique étrangère, à l'exception d'Élisabeth Ire, qui participe à la guerre de Sept Ans et confirme par là la vocation européenne de la Russie. Mais la géographie du pays ne sera pas modifiée par cette alliance momentanée avec les ennemis traditionnels.

Tout va en revanche basculer avec Catherine II, véritable héritière de Pierre le Grand, qui reprendra à son compte le projet d'occidentalisation de l'empereur et une politique étrangère dynamique grâce à laquelle elle accomplira le rêve d'implantation de Pierre au sud et étendra le territoire russe vers l'ouest.

Peut-être est-il bon, à ce point, d'insister un bref moment sur ce qui unit les deux grands souverains russes du XVIIIe siècle, et qui, en dépit de leurs différences, leur confère une personnalité commune.

Pierre, dont on a souvent souligné la constitution puissante et exubérante, était aussi l'homme des débordements physiques : en témoignent les beuveries qui marquèrent sa jeunesse et ses emportements irrémédiables, dont la mort de son fils Alexis sous la torture qu'il a lui-même commandée. Mais, au-delà des aspects excessifs de sa personnalité, certaines constantes s'imposent à l'attention. Son enfance fut modelée à la fois par une éducation médiocre et par la présence permanente autour de lui du monde occidental sous la forme de jouets et d'objets d'art propres à former son goût. Sa mère, la tsarine Nathalie, élevée à l'occidentale, avait favorisé à la Cour cette ouverture sur l'étranger. Son père le tsar Alexis avait consolidé ce penchant. À cela Pierre a ajouté dès sa jeunesse une intense curiosité pour les livres – il s'est formé presque tout seul –, pour les mathématiques et les sciences exactes, et pour tout ce qui touche à l'art militaire et au monde de la mer. L'enfant à l'éducation quelque peu négligée a su, en mûrissant, la compléter et l'étendre jusqu'à se révéler en définitive un autodidacte de génie. Tout, dans cette autoformation, l'a préparé à vouloir moderniser son pays en imitant l'Occident, à vouloir le doter de la puissance fondée sur l'instrument militaire dont il a découvert par lui-même tous les aspects.

À bien des égards, Catherine lui ressemble. Sa première éducation a certes été soignée, mais brève, puisqu'elle est partie à quinze ans pour la cour de Russie. Comme Pierre, c'est par la lecture qu'elle a ensuite formé seule son esprit et acquis des connaissances encyclopédiques. À la différence de Pierre dont l'intelligence était tournée vers les sciences, la sienne l'était vers les lettres et l'histoire; l'Europe à laquelle elle s'identifiait était d'abord pour elle l'univers de l'esprit français. Mais, comme Pierre, elle a manifesté, sitôt montée sur le trône, une vision géopolitique qui guidera son action durant son très long règne, dont l'objectif sera d'ancrer la Russie en Europe et de lui ouvrir les mers. Comme Pierre, Catherine agira en suivant ce dessein général et en ne prêtant l'oreille à ses conseillers que dans la mesure où ils l'aident à le mettre en œuvre. La puissance de la Russie, son intérêt national : tels auront été les maîtres mots de l'action des deux souverains dont l'œuvre forme en définitive un ensemble. Femme de passions et d'excès, comme Pierre, Catherine n'y sacrifia jamais son projet politique, mais mit une intelligence et une puissance de travail remarquables à son service. En cela aussi, les deux souverains furent semblables.

À peine installée sur le trône et après un bref laps de temps consacré à engager des réformes intérieures, Catherine II se tourne vers la politique extérieure. Elle y est incitée par l'attitude méprisante, voire hostile, des cours française et autrichienne envers son pays. En 1763, à la fin de la guerre de Sept Ans, la jeune impératrice a proposé aux belligérants de contribuer à la recherche d'un compromis ; son offre a été dédaigneusement repoussée. La paix de Paris, signée les 10 et 15 février 1763, ne doit rien à la Russie.

Louis XV ne fit jamais mystère de son refus de voir la Russie jouer un rôle international, et il entendait bien en faire la démonstration à propos d'une question particulièrement sensible, celle de la Pologne. Si affaibli que fût ce pays dans la seconde moitié du XVIIIe siècle, les puissances européennes, France et Russie en tête, prétendaient y exercer une influence prépondérante. Les souverains russes successifs déploraient qu'en dépit du rattachement de l'Ukraine orientale à leur pays, la Pologne eût conservé son autorité sur d'autres territoires ukrainiens et sur la Biélorussie. Français et Russes avaient rivalisé, tout au long du siècle, pour placer leurs favoris respectifs sur le trône de Pologne. Mais, depuis la victoire de Poltava, c'était la Russie qui menait le jeu. Pierre le Grand avait réussi à rendre à Auguste II le Fort le trône dont l'avait momentanément chassé le candidat de la France, Stanislas Leszczyński. Son successeur, Auguste III, était aussi redevable de sa position à la protection russe, et quand il disparaît en 1763, Catherine II entend bien régler le problème à sa manière, en renforçant l'influence russe. Au terme de manœuvres complexes, elle réussit à faire élire son candidat, Stanislas-Auguste Poniatowski qui, de surcroît, a été son amant, dotant ainsi la Pologne d'un roi à sa dévotion – du moins le croit-elle. (Ce n'est d'ailleurs pas le premier souverain qu'elle hisse au pouvoir : peu auparavant, elle a réinstallé sur le trône de Courlande l'ancien favori de l'impératrice Anne, Biron.)

Ayant ainsi « fait un roi de Pologne », selon sa propre expression, Catherine pouvait espérer vivre en bonne intelligence avec ce pays, mais elle fut déçue. Le roi Stanislas-Auguste II manifesta d'emblée de fortes velléités d'indépendance. De surcroît, les voisines de la Pologne, Prusse et Autriche, n'étaient guère disposées à accepter l'influence prééminente de la Russie sur ce pays, d'autant moins qu'en peu d'années Catherine avait accumulé les succès face à l'Empire ottoman et dans les Balkans, modifiant profondément les équilibres politiques en Europe. Ni Frédéric II ni Joseph II ne s'accommodaient de ces changements dont la Russie était seule à bénéficier. Du coup, l'idée d'un partage de la Pologne fit son chemin à Berlin comme à Vienne, et, pour l'imposer à la Russie, les deux larrons multiplièrent les empiètements territoriaux. Catherine céda, et le traité du 25 juillet 1772 répartit certains territoires polonais entre les trois États au prétexte que l'instabilité de ce pays constituait une menace pour eux tous. Catherine obtint alors pour son pays la Russie blanche jusqu'au Dniepr et à la Dvina, avec Polotsk, Vitebsk et la Livonie polonaise, et vit confirmer son contrôle sur la Courlande. Avec 12,7 % du territoire polonais et un million trois cent mille sujets nouveaux, la Russie montrait un appétit bien plus mesuré que celui de l'Autriche. Surtout, il faut noter qu'elle récupérait en fait des territoires qui avaient été siens avant de lui être enlevés par la Lituanie. Succès modeste, donc, mais ce n'était là que le début des acquisitions territoriales à l'ouest.

Le deuxième coup porté à la Pologne le sera près de vingt ans plus tard, en 1791. Les circonstances s'y prêtent. Le roi Stanislas-Auguste II est toujours en quête d'appuis contre la Russie. Au terme d'une dramatique crise intérieure, un coup d'État manipulé par la Diète *(Seim)* a lieu le 3 mai 1791 ; il a pour effet d'abolir le système politique polonais, si faible – roi électif, *liberum veto*, confédérations agitées –, et de faire adopter une nouvelle Constitution promulguée par le roi. La monarchie devient héréditaire, le *liberum veto* est supprimé. Pour la Russie, quelle défaite ! Débarrassée de ses démons politiques intérieurs, la Pologne ne va-t-elle pas retrouver assez de force pour jouer à nouveau un rôle international ? Catherine II ne peut l'accepter. La Révolution, en limitant l'action extérieure de la France, prévient une réaction de Paris en faveur de la Pologne et encourage la Russie à réagir. Un traité russo-prussien, signé le 12 janvier 1793, organise un deuxième partage de la Pologne. La Russie reçoit cette fois 250 000 kilomètres carrés et trois millions de sujets. Les territoires qui lui échoient sont les provinces orientales, de la frontière de la Courlande à la Galicie : Minsk, la Petite-Russie, la Podolie. Une fois encore, la part russe est constituée de territoires et de ressortissants russes et lituaniens, tandis que la Prusse annexe des Slaves. La Diète polonaise et le roi doivent s'engager à abolir la Constitution du 3 mai 1791, si dérangeante pour la Russie. Enfin le traité russo-polonais du 5 octobre 1793 place la Pologne et ses institutions sous « protection russe », et prévoit un accord de défense mutuelle soumettant les forces polonaises à la Russie.

Catherine II peut se réjouir de ce succès qui lui livre géographiquement une belle portion de la Pologne, et tout le pays politiquement. Mais sa joie va être de courte durée, car l'insurrection de Varsovie, conduite par Kościuszko au printemps de 1794, paraît un moment remettre en question les succès russes. L'insurrection est matée grâce aux efforts conjoints de la Prusse, où règne alors Frédéric-Guillaume II, et de la Russie de Catherine ; et elle sert de prétexte à l'ultime partage de la Pologne par le traité du 13 octobre 1795 et par celui de Saint-Pétersbourg en 1796. La Pologne cesse alors d'exister au bénéfice de ses trois gourmands voisins. Pour sa part, la Russie obtient cette fois la Lituanie jusqu'au Niémen, et le reste de l'Ukraine et de la Biélorussie jusqu'au Boug, soit en tout 120 000 kilomètres carrés. L'Empire annexe pour l'essentiel des territoires orthodoxes et, une fois encore, Catherine évite d'inclure dans ses frontières des sujets polonais. Elle justifie ces annexions en soulignant que, puisqu'il s'agit d'atteindre la limite des pays gouvernés autrefois par les descendants de Riourik, elle parachève le « rassemblement des terres de la Rus' » et accueille dans l'Empire des nationaux *(edinoplemenniki)* orthodoxes.

L'organisation des territoires nouvellement acquis, appelés « districts rattachés de Pologne », devait obéir au principe de l'unité territoriale de l'Empire. Ces entités furent intégrées dans le système des gouvernements instauré en 1775 : gouvernements de Vitebsk et Moghilev (Biélorussie orientale annexée en 1772) ; gouvernements de Podolie, de Volhynie et partiellement de Kiev (Ukraine de la rive droite) ; gouvernements de Minsk, de Vilnius et de Grodno (Lituanie) ; duché de Courlande. Les institutions polonaises y furent supprimées, mais les Polonais expérimentés dans les fonctions administratives furent maintenus à leur poste. Le russe fut imposé en Biélorussie comme langue de l'administration et des tribunaux, et des fonctionnaires russes y occupèrent la plupart des emplois. En Lituanie, la langue polonaise fut maintenue dans l'administration et la justice ; celle-ci conserva son statut hérité du Code de la principauté lituanienne du XVIe siècle. Si Catherine s'engagea à respecter la liberté religieuse de ses nouveaux sujets catholiques, les pressions ne manquèrent pas pour intégrer les uniates à l'Église orthodoxe.

L'Empire russe s'était étendu à l'ouest de manière significative. Était-ce un véritable succès ? Depuis 1763 et le premier partage, la Russie avait acquis en Pologne une position d'influence privilégiée. Avait-elle intérêt à échanger un État tampon qu'elle dominait et qui la séparait de voisins ambitieux contre une partie d'un pays démembré dont la population se révélerait par la suite toujours incontrôlable et farouchement antirusse ? De surcroît, avait-elle avantage à se trouver par là au contact direct de ses deux copartageants ?

L'étude attentive des instructions et des comportements de Catherine II atteste qu'elle eût préféré une solution qui préservât l'intégrité d'une Pologne dotée d'une indépendance théorique mais en réalité sous contrôle russe. Les pressions prussiennes et autrichiennes – pour ces deux pays, acquérir une portion de Pologne était préférable à une Pologne préservée mais reléguée au rang de chasse gardée de la Russie – la conduisirent néanmoins peu à peu à accepter une solution coûteuse pour son pays. Les insurrections polonaises qu'il lui fallut réprimer soulèvent en effet l'indignation de la communauté européenne. Les élites russes gagnées dès la fin du XVIIIe siècle et de façon croissante aux idées de la Révolution française condamneront la domination de la Pologne par leur pays et leur opposition s'en nourrira. Reste qu'en dépit de ces inconvénients, l'extension de l'Empire à l'ouest, l'intégration consolidée de l'Ukraine, celle de la Biélorussie renforcent alors la Russie dans sa prétention à être le centre du monde slave.

À l'assaut de la mer Noire

Protecteur des khanats de la Horde d'Or, l'Empire ottoman était depuis des siècles, pour la Russie, source d'inquiétudes permanentes et de frustrations. Il interdisait ses progrès vers le sud. De surcroît, il était au XVIIIe siècle l'un des pions d'une politique française qui entendait maintenir la Russie à l'écart du grand jeu des puissances européennes. L'Empire ottoman avait contraint Pierre le Grand à battre en retraite et à renoncer à ses visées sur la mer Noire. Catherine II, qui entendait réaliser le rêve manqué de son prédécesseur, eut la question ottomane à l'esprit dès le début de son règne, mais il lui fallut peu de temps pour constater que ses succès en Pologne avaient conduit Louis XV et Marie-Thérèse d'Autriche à décider d'utiliser la Turquie pour freiner ses ardeurs en Europe. Pouvait-elle ignorer les propos de Choiseul : « Le nord de l'Europe se soumet toujours plus à l'impératrice de Russie... Il s'y prépare une situation inquiétante pour la France. Le meilleur moyen de contrecarrer ses projets [...] est de provoquer une guerre contre elle. Seuls les Turcs peuvent nous rendre ce service » ?

Poussés par la France et à un moindre degré par l'Autriche, les Turcs multiplièrent d'abord les provocations : jetant en prison pour trois ans l'envoyé de Catherine à Constantinople, encourageant les actions antirusses du sultan de Crimée, arguant enfin du traité du Prout de 1712 pour exiger de la Russie qu'elle ne se mêle plus des affaires polonaises. Pour Catherine, la situation en 1768 est plus qu'inconfortable : peut-elle lutter sur deux fronts, en Pologne, où les confédérés menacent son autorité, et contre les Turcs proches de la Podolie, qui s'apprêtent à voler au secours de ces derniers ? L'enjeu est de taille : c'est sa capacité à maintenir son autorité sur la Pologne et à sauvegarder son autorité internationale qu'elle doit prouver. Céder devant le Sultan aurait aussi pour conséquence que les khanats de la Volga, constatant sa faiblesse, entreraient en dissidence et se placeraient probablement sous la protection de la Sublime Porte.

En ce temps-là, la Russie n'est pas prête à affronter les troupes turques ; c'est pourquoi le ministre des Affaires étrangères de Catherine II, Panine, en appelle à la « solidarité des chrétiens ». En vain. La guerre commence donc dans les pires conditions : les Turcs contrôlent la Crimée et, au-delà, le sud de l'espace russe, tout en étant maîtres de la mer Noire ; le champ de bataille est éloigné des bases de la Russie qui, dans ce conflit, doit faire face à deux adversaires, et même trois si l'on compte les Tatars de Crimée ; enfin, les troupes russes sont très inférieures en nombre aux forces ottomanes.

Pourtant, c'est la Turquie qui fut défaite. Elle dut affronter les exigences indépendantistes de la Crimée, que Panine avait soigneusement attisées. Plus grave encore que les défaites terrestres, la flotte turque fut battue dans la rade de Chio et coulée dans la baie de Tchesme le 6 juillet 1770. Le bilan du côté turc est désastreux : Azov, la Crimée, les abords de la mer Noire, du Dniepr au Dniestr, la Bessarabie, la Valachie tombent aux mains des Russes. S'y ajoute le surprenant savoir-faire russe dans la guerre navale. Nul n'imaginait que la Russie pût conduire victorieusement un combat sur mer. Catherine avait confié à Alexis Orlov le commandement de la flotte stationnée en mer Baltique pour soutenir l'effort de guerre contre les Turcs. La victoire totale qu'il remporta à Tchesme hissa d'un coup le pays au rang de puissance maritime. Comme la France, comme l'Angleterre, la Russie est alors devenue une puissance globale. Fou de mer et de bateaux, Pierre le Grand avait échoué à donner cette dimension à son pays. Fidèle à ce qu'elle tenait pour sa mission, Catherine accomplit le rêve du grand empereur. Pour les puissances européennes, c'est la fin d'une illusion : la Russie ne peut plus être tenue à l'écart de leur concert. Se pose donc la question : jusqu'où ira-t-elle ? Pourra-t-on l'empêcher d'atteindre la Méditerranée ?

Pour Catherine, la tâche était loin d'être achevée. L'Empire ottoman était certes affaibli par ses défaites, mais aussi par un début de soulèvement des Grecs, encouragés par les succès russes. Néanmoins, il représentait encore un grand danger pour la Russie. La Crimée devint alors l'objectif prioritaire de Catherine, car elle avait compris qu'en la conquérant, elle priverait le Sultan de ses moyens d'action aux abords de l'Empire russe. Telle serait donc l'étape suivante du plan de l'impératrice.

L'urgence d'une action en Crimée tenait aussi au fait que le khan, conscient des visées de la Russie, tentait de son côté d'attirer les Cosaques Zaporogues dans son camp pour les utiliser militairement contre elle. Catherine ne pouvait ignorer une telle menace, car les Cosaques avaient maintes fois combattu la Russie aux côtés de ses ennemis, et le souvenir de la trahison de Mazeppa n'était pas si lointain. En 1771, elle décida de déclencher la guerre et promit aux Tatars, s'ils se soumettaient à l'autorité russe, de reconnaître leur indépendance et de les protéger contre le Sultan. Les victoires militaires de la Russie dans la guerre de Crimée aboutirent à un accord par lequel Moscou érigeait ce pays conquis, qui rejetait la domination de la Porte, en État souverain sous protection russe. Au fil des longues négociations, la Turquie, poussée par une France soucieuse avant tout d'interdire à la Russie la liberté de commercer en mer Noire, tergiversa. L'échec des pourparlers conduisit à une reprise des combats russo-turcs en 1773-1774. Mais la Russie dut suspendre les hostilités pour un temps : sur son sol s'était soulevé un ataman cosaque, Pougatchev, qui prétendait être le véritable Pierre III (mari de Catherine, détrôné en 1762 et mort dans une rixe) et qui réclamait son trône dans une de ces folles équipées dont la Russie était coutumière. Ce n'est que lorsque Pougatchev fut lâché par ses troupes cosaques, brisé par la trahison, et que le contrôle de l'État se trouva progressivement rétabli sur l'ensemble du territoire russe que le traité réglant le problème criméen et consacrant la paix russo-turque fut signé à Kutchuk-Kainardji, le 21 juillet 1774.

Catherine sortait victorieuse d'une dramatique épreuve intérieure, ce qui lui permit d'imposer ses conditions au nouveau Sultan, Abdul Hamid Ier, et au-delà, d'une certaine façon, aux protecteurs français de ce dernier. Sa victoire était totale. Le traité consacrait l'indépendance de la Crimée sous protection russe, comportait des conquêtes territoriales significatives : Azov, symbolique à cause de Pierre le Grand, Kertch, la steppe située entre le Boug et le Dniepr, et l'entrée russe dans le Caucase avec la mainmise sur la Kabarda. La Russie y gagnait la liberté de navigation et de commerce en mer Noire, ainsi que l'accès à la mer Égée par les Détroits. Elle obtenait en outre pour ses commerçants le statut de la nation la plus favorisée. Elle se voyait enfin reconnaître le rôle de protectrice des chrétiens de l'Empire ottoman. Neuf ans plus tard, ce succès en Crimée allait être complété par l'annexion de la région.

Dans l'intervalle, la position de la Russie dans le monde et dans son face-à-face avec l'Empire ottoman a changé. En 1775, Louis XV mort, son successeur, Louis XVI, féru d'histoire et de géographie – de géopolitique, dirions-nous aujourd'hui –, mesure la portée des succès russes et la nécessité, pour la politique étrangère française, de les accepter et de s'y adapter. Catherine comprend que du côté français les oppositions à l'expansion russe ont fait long feu. Surtout, elle constate que, dans les années qui suivent l'accession au trône du nouveau souverain, la guerre américaine va mobiliser l'attention de Paris.

L'Empire ottoman se trouve alors lui aussi dans une situation précaire. En 1778, les Turcs vont tenter de prendre leur revanche sur mer. Défaits par les batteries russes postées en Crimée, qui ont empêché un débarquement de leurs troupes, ils ne peuvent que constater que la mer Noire est en train de devenir une zone d'influence russe, et que leur puissance navale déclinante ne saurait y faire opposition. En Crimée aussi vont surgir des problèmes. Les rivalités des princes locaux, les uns soutenus par la Russie, les autres par la Porte, y créent un chaos croissant, entraînant de multiples rébellions et un climat de guerre civile latente.

De ces désordres Catherine conclut que l'annexion est la seule solution qui vaille en Crimée, et elle l'annonce par le Manifeste du 8 avril 1783. L'Empire ottoman ne peut réagir, aucune capitale occidentale n'étant disposée à lui apporter son soutien contre la Russie. Par la convention signée à Aynali-Kavak le 9 janvier 1784, la Porte doit reconnaître à la Russie la possession de la Crimée, qui sera nommée « région de Tauride », divisée en sept districts et organisée comme une simple région russe. Ici, c'est l'assimilation qui l'a emporté.

Caucase : la route de l'Inde ?

L'annexion de la Crimée et la soumission de la Porte ne mirent pas fin aux ambitions russes au sud. Forte de ses succès, encouragée, voire poussée par Potemkine, son favori, qui avait accompagné l'aventure de Crimée, Catherine rêvait de conquérir Constantinople. N'était-ce pas un devoir pour la Russie, « Troisième Rome » ? Ce « projet grec » devait donner naissance à un État de Dacie réunissant la Moldavie, la Valachie et la Bessarabie, placé sous la protection russo-autrichienne et gouverné par un souverain de religion grecque. Projet qui ne sera jamais mis à exécution devant la vive opposition turco-française, et la Russie ne trouvant aucun allié pour la soutenir.

Consciente des difficultés rencontrées par son projet grec, Catherine tourna alors son ambition vers le Caucase. La chance l'y servit, car les petits États chrétiens de Géorgie (Kartvélie et Imérétie) recherchaient sa protection contre les visées annexionnistes de leurs deux puissants voisins musulmans, Perse et Turquie. La Crimée conquise, la Russie put accéder à leur demande ; en 1783, elle plaça la Géorgie orientale sous protectorat.

L'accord conclu avec le roi Irakli II ouvrait de nouvelles perspectives à l'État protecteur ; pourquoi ne pas progresser désormais vers le nord, vers les montagnes du Caucase où les peuples tchétchènes et daghestanais se mobilisaient, craignant de perdre de leur indépendance ? Pourquoi ne pas aller aussi vers l'est, où la Russie allait tenter de négocier avec le souverain persan les territoires du khan du Karabakh, peuplés d'Arméniens ?

Sitôt la Géorgie placée sous protectorat, le Caucase, tout en lui ouvrant ces alléchantes perspectives, est source de difficultés. La défense de l'islam va servir de slogan pour rassembler les peuples du Caucase du Nord contre la Russie dans une « guerre sainte » à laquelle Cheikh Mansur les appelle en 1785. Parti de Tchétchénie, le mouvement s'étend rapidement aux Avars, aux Kabardes, aux Koumyks et aux Nogaï. Ces guerriers sont nombreux à avoir adhéré tardivement à la foi du Prophète, mais ils éprouvent un sentiment d'unité que renforcent des traditions et des règles de vie communes. De surcroît, ils soupçonnent la Russie de vouloir propager le christianisme – elle se dit protectrice des chrétiens de l'Empire ottoman et cette prétention a été renforcée par le traité de Kutchuk-Kainardji –, ce qui leur fait redouter une élimination progressive de l'islam. La première guerre sainte échoue à cause des dissensions claniques qui affectent Tchétchènes et Daghestanais. Cheikh Mansur doit se replier sur la Kabarda avant de fuir en pays ottoman. La bataille perdue au cœur du Caucase va alors se déplacer vers les provinces danubiennes où Cheikh Mansur, refusant la défaite, va rejoindre les forces ottomanes lors de la deuxième guerre russo-turque (1787-1791). Il participe aux efforts ottomans pour gagner tout le Caucase à la guerre contre la Russie, mais ses troupes, alliées aux Turcs, sont vaincues aux abords de la Kabarda par une puissante armée russe renforcée de transfuges kabardes. En 1791, dernière année du conflit, marquée par la victoire russe d'Anapa, Cheikh Mansur est fait prisonnier et envoyé en Russie où il mourra en captivité. Le souvenir de la guerre sainte et celui de son chef n'en vivront pas moins longtemps au Caucase, où la volonté d'échapper à la domination russe nourrira les guérillas durant des décennies.

L'agitation permanente des peuples de la montagne caucasienne et l'échec des tentatives de conquête du Karabakh n'empêchent pas Catherine de rêver, un temps, à un plan alternatif au projet grec : un projet persan, voire indien ! Le prétexte lui en est fourni en 1795 lorsque le nouveau chah de Perse envahit la Géorgie, brûle Tiflis et tente d'éliminer les Russes de la région. La réaction de la Russie est l'œuvre de Platon Zoubov, dernier favori de l'impératrice, qui lui propose d'attaquer les Persans afin de reconquérir la Géorgie – ce sera fait en 1796 –, puis de marcher sur Ispahan et même d'atteindre le Tibet. La mort de Catherine mettra un terme à cette folle équipée. L'armée du général

Valerian Zoubov, frère du favori, partie en campagne avec ordre de « franchir les frontières de la Perse », est aussitôt rappelée en Russie. Mais la campagne interrompue n'aura pas été vaine : Bakou et Derbent tombent sous domination russe ; comme la mer Noire peu auparavant, la Caspienne est ouverte à la Russie, base propice à une nouvelle progression au Caucase.

Entre-temps, il aura cependant fallu gagner une autre guerre contre la Turquie, toujours encline à remettre en cause les acquis russes – en Crimée et au Caucase – et les traités qui les ont consacrés. Cette seconde guerre russo-turque fut bien plus malaisée à gagner que la première, car la Russie vit se dresser contre elle une coalition rassemblant l'Angleterre, la Prusse et la France ; or Catherine II savait aussi que son allié autrichien, Joseph II, ne lui porterait pas secours. Au terme de ce conflit difficile, la Russie aura réussi une fois encore à mettre la flotte turque en déroute et l'Empire ottoman à genoux. Le traité de Jassy, qui consacre ses victoires, confirme son emprise sur la Géorgie et repousse la frontière russo-turque le long du Dniestr en lui attribuant les territoires situés entre ce fleuve et le Boug. Si Catherine doit alors abandonner l'espoir de voir apparaître des principautés danubiennes indépendantes sous protection russe, elle a définitivement acquis pour son pays le littoral de la mer Noire, celui de la mer d'Azov, le Kouban, la Géorgie et une position forte sur la mer Caspienne.

Ainsi, de quelque côté que l'on regarde la Russie à la fin du règne de cette grande impératrice, un constat s'impose : poursuivant l'œuvre de Pierre le Grand, elle a doté son pays d'un empire qui en change profondément la nature autant que l'espace. Pierre Ier et plus encore celle qui s'est voulue sa fille spirituelle avaient hérité de positions territoriales permettant à la Russie de se dire la « seconde Kiev », c'est-à-dire un grand État russe et orthodoxe ayant effacé toutes les conséquences géographiques des siècles de domination tatare et, à un degré moindre, de pressions polono-lituano-suédoises. À la mort de Catherine II, c'est une Russie « Troisième Rome » qui a fait son apparition sur la scène internationale. C'est un État offensif, conquérant, incorporant dans ses nouvelles frontières des catholiques et des musulmans ; un État présent sur les mers et pouvant à bon droit se poser en protecteur des chrétiens des Balkans.

L'Europe découvre à ses frontières un empire universel qu'elle n'a pu empêcher de croître et de s'affirmer sur terre comme sur mer, et dont l'expansion est encore loin d'être terminée. Le XIXe siècle va consacrer de nouveaux succès russes et témoigner de la vocation eurasienne de l'Empire.

Chapitre IV

L'expansion coloniale

Avec les conquêtes de Pierre le Grand et de Catherine II, l'Empire russe semblait avoir atteint ses dimensions définitives. S'il a désormais accès aux mers, si ses frontières sont devenues sûres du fait que les anciens adversaires de la Russie ont été absorbés (Pologne), se sont inclinés devant sa puissance (Suède), ou connaissent alors une période de déclin (Empire ottoman), le temps des conquêtes serait-il pour lui révolu ? Telle fut, un bref moment, l'illusion des grandes puissances.

Caucase-Transcaucasie : le royaume de la complexité

Paul Ier, fils de Catherine II, se consacra d'abord à consolider les territoires acquis au Caucase. Comme sa mère, il tenait cette zone pour essentielle aux intérêts de la Russie, mais il décida de modifier les méthodes de pacification et de donner un coup d'arrêt à l'entreprise indienne qu'il jugeait par trop hasardeuse. C'est surtout en Kabarda qu'il manifesta sa volonté de composer avec les élites locales. Située au sud du Terek, jouxtant les pays ossètes et tchétchènes, depuis le règne de Pierre le Grand la Kabarda fascinait la Russie qui y multipliait les tentatives d'annexion. Au XVIᵉ siècle déjà, Russes et Kabardes avaient signé un accord de coopération militaire qui plaçait la région sous suzeraineté russe. Cet accord avait été aussitôt contesté par les élites locales que soutenait naturellement l'Empire ottoman.

L'activité déployée au Caucase par les favoris successifs de Catherine II, Potemkine et Zoubov, eut un double et contradictoire effet : elle renforça la mainmise de la Russie sur la région et suscita une colère croissante des chefs tribaux, ce qui aida Cheikh Mansur à en faire le centre de sa révolte. Exaspérée par les oppositions rencontrées, Catherine II eut tôt fait de placer la Kabarda sous l'autorité directe de la Russie, et la soumit en 1792 à la loi russe. C'est cette russification légale et politique d'une région particulièrement sensible que Paul Iᵉʳ tente de tempérer en déclarant que, comme les chrétiens, les musulmans ont droit à ce que soient reconnues leurs spécificités. Pour autant, le nouvel empereur n'hésite pas, en 1801, à franchir un pas décisif en annexant la Géorgie à la Russie. Une décision d'ailleurs mal expliquée, le souverain ayant omis d'indiquer quelle forme politique prendrait l'autorité russe et quel rôle serait dévolu à la dynastie des Bagratides.

Deux mois après ce geste qui va bouleverser le Caucase, Paul Iᵉʳ est assassiné et Alexandre Iᵉʳ, le petit-fils préféré de Catherine II qu'elle a souhaité pour héritier, doit à son tour décider de l'avenir de cette région si complexe, toujours traversée de volontés politiques contraires.

Alexandre opte pour une mainmise totale sur la Géorgie, l'extension à ce royaume si ancien de l'administration et des règles russes, au mépris d'une très vieille culture et de traditions nationales fortement enracinées. La Géorgie est traitée brutalement, avec mépris, et la plupart de ses cadres sont privés de leurs fonctions.

Nombreux sont alors les Russes, ignorants d'une longue histoire et d'une culture raffinée, qui tiennent les Géorgiens pour des « Asiates barbares », et le Caucase tout entier pour un univers de « brigands pillards ». Parmi les Caucasiens, ceux qui s'agitent le plus, convaincus que l'annexion de la Géorgie n'est qu'un premier pas qui va permettre à la Russie de placer sous sa coupe tout le Caucase du Nord, ce sont les Tchétchènes.

En Géorgie, un gouverneur brutal, le général Paul Tsitsianov, instaure alors une autorité fondée exclusivement sur la force, c'est-à-dire sur la russification et l'élimination des élites locales. Cette attitude, qui vise à étendre la domination russe à partir de la Géorgie vers le Caucase du Nord, a les résultats inverses de ceux qu'en attendait son auteur. Elle provoque en Géorgie la révolte de 1804 et de violents sursauts dans la Kabarda, en Ossétie et en Tchétchénie, où les tribus cherchent à prévenir un progrès des ambitions russes.

En 1806, l'assassinat du général Tsitsianov, mais aussi les guerres napoléoniennes, qui requièrent les efforts militaires d'Alexandre, détournent pour un temps son attention du Caucase et allègent la pression qu'endure la région. Mais, dès 1816, le Caucase revient au premier plan des préoccupations du souverain. Napoléon défait, la Russie entend se consacrer à la consolidation de son empire et cet espace devient une de ses priorités. Pour étendre la loi de l'Empire à une région aussi agitée, le tsar y nomme un héros de la guerre contre l'empereur des Français, le général Ermolov, qui se donne pour tâche de « pacifier » les tribus et de construire les lignes de fortifications qui témoigneront de la puissance russe. Au-delà du Caucase et de ses tribus, c'est l'Empire ottoman et la Perse qui sont visés par ces démonstrations de force. Le premier fort construit en 1818 se situe à Groznyï, en pays tchétchène ; ce site deviendra ensuite la capitale russe de cette région. En 1828-1829, l'utilité de ces fortifications saute aux yeux : adossée à ces positions stratégiques, la Russie fait la guerre à la Perse et à la Turquie en même temps. Elle enlève à la première les khanats d'Erevan et de Nakhitchevan, et à la seconde la Meskhétie. Reste la montagne du Caucase, domaine des tribus, que la Russie s'efforce d'abord d'intimider puis de conquérir par la force.

Des démonstrations de force, il en faut, pensait le général Ermolov. Ne disait-il pas : « La terreur que mon nom inspire préserve nos frontières bien plus sûrement que toutes nos forteresses »? Et Pouchkine de lui faire écho : « Humilie-toi, Caucase, voici Ermolov ! » La brutalité de ce dernier n'a cependant pas suffi à prévenir la montée du mouvement des mürides, dont la révolte, née au Daghestan, va embraser tout le Caucase.

Longtemps les peuples de cette région étaient restés animistes, célébrant en pleine nature d'innombrables divinités protectrices. Des missionnaires échouèrent à les gagner au christianisme, et c'est l'islam qui, à partir du XVIe siècle, s'y fraya un chemin grâce aux efforts des Tatars et des Turcs. Cette islamisation fut d'abord superficielle, limitée aux plaines, n'éliminant ni les divinités premières ni surtout les règles coutumières ou *adat*. Mais, au début du XIXe siècle, des confréries soufies vont s'implanter dans la montagne, conférant à l'islam caucasien son caractère particulier. La plus célèbre et populaire sera la confrérie des naqchbandis, née en Asie centrale au XIVe siècle, qui arriva certainement au Caucase par la Turquie, où elle comptait de nombreux adeptes. Vers 1820, la rumeur se répandit au Daghestan que dans des villages reculés des maîtres du soufisme commençaient à instruire des disciples, leur enseignant les fondements de cette version mystique de l'islam, « voie de la vérité ». Ermolov entendit lui aussi la nouvelle et s'inquiéta de l'influence que pouvaient avoir ces guides *(murchid)* sur ceux qui venaient à eux pour apprendre et que l'on appela mürides (d'où le nom de müridisme servant à désigner l'ensemble des confréries). À l'origine, l'enseignement des *murchid* n'était nullement belliqueux, il ouvrait la voie à l'union mystique avec Dieu et la lutte devait être d'abord intérieure et spirituelle, combat du fidèle contre ses propres démons. Mais, très vite, le müridisme tourna à la croisade antirusse, et le rôle propre de la confrérie des naqchbandis, qui s'imposa au Daghestan et s'étendit au pays tchétchène, fut en l'occurrence considérable. Dans sa pratique tout au moins, cette confrérie était caractérisée par un vif attrait pour le pouvoir, renforcé par une propension à passer de l'état de méditation à une activité sociale à laquelle la notion de guerre sainte va donner un contenu. Vers 1827, les prédicateurs de la confrérie vont appeler leurs fidèles à livrer cette guerre sainte *(gazavat)* contre l'envahisseur infidèle russe, et leur combat va durer un quart de siècle.

Deux jeunes gens écoutaient alors passionnément un maître que les Russes estimaient encore peu dangereux, Mollah Muhammad de Yagarl. Ils se nommaient Qazi Muhammad et Chamil. Tous deux étaient natifs de l'*aoul* (ou village) de Gimri. Le premier se vit confier par son maître la mission de conduire le *gazavat* sous le nom de Qazi Mollah. Après avoir prêché un temps dans les *aoul*, il réunit une troupe de huit mille mürides et se lança avec elle à l'assaut des positions russes. Passionné mais piètre stratège, il rencontra maints échecs et, en 1832, fut tué au combat. Pour les Russes placés depuis la destitution d'Ermolov sous l'autorité de Paskievitch, la mort de Qazi Mullah fut un soulagement ; ils crurent la rébellion éteinte, ignorant que celui qui serait son véritable chef, Chamil, allait prendre la tête d'une longue et épuisante lutte contre leur domination.

De Chamil on savait alors peu de chose. Né en 1797 dans une famille de nobles avars, compagnon de l'imam disparu, Chamil passa quelques années à étudier auprès d'un maître prestigieux, Mollah Djemal ud Din, descendant du Prophète, qui le prépara réellement au rôle qui allait devenir le sien, celui d'imam, de chef de guerre et de chef d'État. Chamil était un fin lettré, aussi remarquable par sa foi que pour sa nature indomptable. Troisième imam du Caucase après une période de transition malheureuse, il restera à jamais le plus vénéré de tous les chefs de la résistance. Homme politique imaginatif, il fut le fondateur d'un État théocratique, un imamat que l'historien soviétique Pokrovski comparait à l'État fondé par Mahomet à Médine. Le pouvoir de Chamil reposait sur l'élection et imposait à tous la charia, loi commune à tous les musulmans en lieu et place de l'*adat* (droit coutumier). Il condamna notamment la vendetta, si répandue au Caucase, affirmant que le droit de décider de la vie d'autrui appartenait exclusivement au chef incarnant l'État. La personnalité de Chamil, qui a nourri depuis deux siècles une légende glorieuse, est aussi remarquable que contradictoire. Il fut tout à la fois leader religieux, homme d'État, chef de guerre et stratège. Son rêve fut d'unifier tout le Caucase sous la bannière noire des mürides. Pour y réussir, il manifesta à l'égard des clans qui lui refusaient leur appui une violence extrême, pillant et brûlant les villages, coupant les mains, décapitant. Homme d'une foi profonde, il agissait ainsi au nom d'une mission suprême dont il se sentait investi. Il se montra tout aussi cruel avec les Caucasiens qu'avec les Russes. Jamais, pourtant, son aura n'en fut ternie. S'il combattit longtemps avec succès, c'est qu'il sut regrouper autour de lui les Tchétchènes, les Daghestanais et les Avars du Caucase oriental, qui, sous la direction de Hadji Mourat, célébré par Tolstoï, le rejoignirent en 1840 ; mais il ne put rassembler durablement les Ossètes, les Tcherkesses et surtout les Kabardes, et ce fut en dernier ressort sa faiblesse.

Face à ces combattants de la foi si bien organisés, la Russie aligna cent cinquante mille hommes parfaitement équipés et dirigés par des chefs aguerris. En dépit d'un tel déploiement de forces, très coûteux pour le Trésor russe, la guerre fut longue ; surtout, elle allait laisser des traces profondes dans les rapports russo-caucasiens. Parce qu'il s'agissait d'une guérilla se déployant en milieu montagnard, les troupes russes, rompues à la guerre classique, furent longtemps incapables de dominer des adversaires soulevés par la foi et par une farouche volonté d'indépendance. La pacification rêvée mais impossible devint donc une guerre d'extermination. Tous les moyens étaient bons, et d'abord l'intimidation des populations : villages brûlés, champs et troupeaux détruits, populations affamées et pourchassées. Cette campagne ne sera jamais pardonnée par ceux qui la subirent, non plus que par leurs descendants. En 1856, la fin de la guerre de Crimée permit à l'empereur Nicolas Ier de diriger vers le Caucase toutes ses forces, jusqu'alors retenues ailleurs, et d'infliger enfin une défaite totale à Chamil. La reddition de l'imam revêtit la forme d'une « paix des braves » : le tsar le reçut solennellement, le couvrit d'honneurs et accepta ensuite que de son lieu d'exil, Kalouga, où il vécut entouré de sa nombreuse famille, il pût voyager. En 1870, il se rendit ainsi à Constantinople, au Caire, à La Mecque, enfin à Médine, où il mourut en bon musulman, ainsi qu'il l'avait souhaité.

Mais la reddition de Chamil ne mit pas fin à la résistance du Caucase. La plaine tchétchène se montra certes solidaire de son chef, mais les clans de la montagne refusèrent la défaite. Cette différence d'attitude s'explique par leur affiliation à des confréries différentes. Comme les membres de son clan et comme l'ensemble de la plaine, Chamil adhérait à la Naqchbandiya. Les clans de la montagne se rattachaient à la confrérie de la Qadiriya, fondée au XIIe siècle par Abd al-Qadir al-Ghilani, de Bagdad, qui, loin de suivre son exemple et celui de son clan, continuèrent la guérilla. Les Tcherkesses, qui guerroyaient de leur côté contre les Russes, firent de même, mais furent les cibles privilégiées des troupes impériales qui entendaient surtout soumettre le littoral de la mer Noire. Vaincus, ils s'exilèrent dans l'Empire ottoman. De nombreux Tchétchènes les y suivirent, ainsi que des Abkhazes, des Kabardes et des Nogaï. Exil massif, en vagues successives, qui blessa profondément la population caucasienne de la montagne. Jamais, sur les ruines de la guerre et l'amertume de la patrie perdue, une paix totale ne pourra plus être instaurée au Caucase. Des soulèvements éclatèrent encore en pays tchétchène et au Daghestan pendant la guerre russo-turque de 1877-1878 : dirigés au Daghestan par Hadji Muhammad, en Tchétchénie par Ali Bek Hadji, ils allaient démontrer que la guerre du Caucase n'était nullement terminée. Pour l'occasion, les fidèles des deux grandes confréries présentes en pays tchétchène combattirent côte à côte, et la répression russe ensanglanta derechef la montagne du Caucase.

En dépit des guerres et des révoltes, l'organisation de la Transcaucasie et du Caucase se poursuivit et connut de multiples évolutions. En Transcaucasie, la Russie avait constitué un domaine différencié incluant principalement des chrétiens, mais aussi des musulmans. Incorporée dès 1801, la Géorgie était chrétienne et la protection des fidèles y avait servi à légitimer son annexion, ce qui n'empêcha pas certains de ses princes de s'élever contre le fait accompli. Le roi d'Imérétie, Salomon II, appela même Napoléon à son secours. Sans doute l'Empire tenta-t-il de se concilier la noblesse géorgienne, à laquelle il promit l'égalité avec la noblesse russe, y incorporant nombre de ses hauts représentants. Mais, à un niveau plus moyen, les nobles géorgiens incapables de produire les titres requis furent déclassés, ce qui suscita chez eux ressentiments et velléités d'opposition. L'Église autocéphale de Géorgie fut elle aussi victime de l'annexion de 1801 : elle fut rattachée en 1811 à l'Église russe et soumise à un exarque russe. Faut-il s'étonner qu'au XIXe siècle elle soit devenue le symbole et le lieu de ralliement d'une volonté d'indépendance jamais éteinte ?

La guerre russo-perse de 1804-1813 avait apporté à l'Empire les khanats du nord de l'Azerbaïdjan, tandis que l'Azerbaïdjan méridional demeurait partie intégrante du monde persan. Les lendemains de la révolution russe et de la Seconde Guerre mondiale montreront les conséquences régionales et même internationales de cette division que la Russie, en dépit de maints efforts, sera incapable de surmonter. La partie de l'Azerbaïdjan devenue russe posait de difficiles problèmes d'intégration, et, au contraire du statut privilégié accordé aux Tatars, dont la noblesse avait été reconnue dès le XVIe siècle par l'Empire, jamais les nobles azerbaïdjanais ne bénéficieront des mêmes dispositions.

Enfin la guerre conduite en 1828 contre la Perse permit à la Russie d'annexer l'Arménie orientale, tandis que sa partie occidentale devait rester encore un temps sous domination ottomane. L'Église arménienne et les nombreux monastères de la région conservèrent leur autonomie, même s'ils furent soumis à un certain contrôle russe. À l'opposé du catholicos de Géorgie dominé par un exarque russe, celui d'Etchmiadzin était reconnu par la Russie comme chef spirituel de tous les Arméniens de Russie et de la diaspora.

La coopération du pouvoir russe avec les aristocraties locales des États de Transcaucasie, la possibilité souvent laissée à de brillantes cultures de vivre et s'épanouir expliquent qu'en fin de compte les conquêtes se traduisirent, au-delà des crises sporadiques, par une incorporation relativement paisible des peuples dans l'Empire, permettant aux sentiments nationaux – notamment en Géorgie – de s'affirmer tout au long du XIXe siècle. Il en alla tout autrement au Caucase, où l'Empire pensa longtemps être confronté à de purs brigands, et où l'incorporation à la Russie releva davantage d'une logique coloniale. Le prestige de Chamil, même après sa mort, le rôle des confréries soufies, la structure clanique de la société y ont nourri durablement un esprit de résistance à la Russie dont on pourra encore constater la force durant la Seconde Guerre mondiale.

La frontière toujours repoussée

Alors qu'elle ne sera conquise qu'au milieu du XIXe siècle, l'Asie centrale a été très tôt présente dans la conscience des dirigeants russes. Des raisons économiques ainsi que le trafic de prisonniers expliquent pourquoi les échanges entre Russes et émirats centro-asiatiques, arrêtés au temps de la conquête mongole, furent rétablis au XVIe siècle. L'artisan de ce retour aux échanges fut l'Anglais Anthony Jenkinson, agissant tout à la fois pour le compte des marchands de Londres et pour celui de la London Muscovy Company, ainsi que comme envoyé d'Ivan IV. Non seulement cet envoyé très spécial apporta en Russie de précieuses informations sur les possibilités commerciales et l'état économique de l'Asie centrale, mais il conduisit jusqu'en Russie des représentants des émirats afin d'y négocier. Il y rapatria aussi vingt-cinq captifs russes, gage de bonne volonté des souverains des émirats.

Les deux parties n'avaient pas alors les mêmes priorités. Pour les marchands venus d'Asie centrale, il importait d'atteindre sans encombre le marché russe et d'échapper aux embûches dressées sur leur chemin par les pillards kalmouks. Pour la Russie, les relations commerciales devaient surtout contribuer à nouer des liens politiques. Au XVIIIe siècle, elle est installée à Orenbourg (1735) et à Astrakhan ; ses caravanes doivent transiter par l'Asie centrale pour se rendre en Perse et en Inde ; or, sans voies sûres conduisant vers ces pays, aucun commerce ne saurait exister. C'est l'époque où la Russie rêve d'expansion lointaine, où elle entend faire concurrence dans ces pays à une puissance anglaise grandissante. Les marchands russes qui s'y rendent subissent tout au long du chemin les pires ennuis : caravanes pillées, enlèvements, assassinats. À la fin du siècle, au besoin de sécurité des caravanes russes s'ajoute une autre exigence : favoriser le commerce des marchandises que la Russie achète en Asie et fournit à l'Europe – soie, coton, turquoises. Le Trésor impérial tout autant que les marchands y trouvent avantage. Et la guerre de Sécession vient encore donner une nouvelle impulsion au commerce russe : les exportations américaines arrêtées, plus que jamais la Russie a intérêt à importer en Europe le coton d'Asie centrale. Elle y est aussi intéressée pour sa propre production manufacturée, qui se développe alors à un rythme rapide.

Marchands russes, fabricants de produits manufacturés à partir du coton exhortent alors le gouvernement impérial à acquérir une position de force dans les émirats producteurs ou à faire pression sur ceux qui servent de zones de transit : ils doivent favoriser la Russie et elle seule. Dès lors, la question est posée : comment atteindre cet objectif sans les priver de leur indépendance ?

L'intérêt russe pour l'Asie centrale obéit encore à un autre motif : le commerce des captifs et des esclaves. Durant plusieurs siècles, ce commerce n'a guère heurté les sentiments des tsars. Les princes de Kiev vendaient en effet des esclaves à Byzance ou à l'Europe. Ils en achetaient aussi pour répondre à leurs propres besoins en main-d'œuvre. Plus tard, Tobolsk et Astrakhan devinrent de grands marchés d'esclaves où les émirs d'Asie centrale allaient s'approvisionner. Des captifs originaires d'Asie, souvent enlevés par des marchands, étaient eux aussi vendus sur ces marchés, les conquêtes russes dans la steppe accroissant sur place la demande en force de travail. La seule limite à ce trafic humain était la religion : on s'efforçait en Russie de vendre aux Turcs des Tatars musulmans plutôt que des prisonniers suédois chrétiens. L'envers du tableau était constitué des captifs russes que l'Empire, fort d'une puissance et d'un prestige grandissants, n'appréciait pas de voir proposés aux acheteurs sur les marchés de l'Asie centrale, ou même expédiés en Inde. De surcroît, la Russie manquait de main-d'œuvre, ce qui lui rendait ces pratiques d'autant moins tolérables. Les nécessités du commerce, le problème du « bétail » humain, tout l'incita dès lors à vouloir étendre ses conquêtes en Asie centrale.

Périodiquement, Moscou approchait certains khans – ainsi celui de Khiva en 1703 – pour leur proposer sa protection en échange d'un acte de soumission. Dans le cas de Khiva, la proposition aboutit d'abord à un accord. Puis le khan, devenu vassal de la Russie, fut détrôné et son successeur dénonça l'accord. De telles expériences restaient généralement sans suite. Il en alla de même de textes plus complets. Un traité formel lia Boukhara à la Russie en 1842 ; il engageait l'émirat à cesser ses attaques contre les sujets russes installés dans les plaines kazakhes ou turkmènes, à ne plus prendre de Russes en captivité, enfin à ne pas donner asile aux Kazakhs rebellés contre la Russie ; en échange, l'Empire, oublieux des brigandages passés, assurait à l'émirat que le commerce entre les deux États serait sûr et régulier. Le traité ne fut jamais appliqué et la nouvelle version qui en fut proposée par Pétersbourg en 1858 fut solennellement signée et pareillement méprisée par la partie centro-asiatique. Quant aux relations avec les nomades, elles étaient plus incertaines encore. Tout concourait donc à convaincre la Russie que la conquête des émirats ainsi que des terres des nomades était devenue une nécessité.

Sédentaires par tradition, même si, au fil de leur histoire, ils se sont livrés à de grandes migrations, les Russes ont toujours été confrontés, de par leur position géographique, aux sociétés nomades qui leur inspiraient la peur tant pour leurs vies que pour leurs biens. Nomades surgissant des steppes orientales, détruisant le berceau de la Rus' et une éblouissante civilisation ; nomades plus proches d'eux, installés aux confins du monde russe, effectuant périodiquement des raids sur la plaine et imposant leurs règles de vie et leur ordre politique aux principautés. La chute de Kazan fait reculer la menace émanant du monde nomade et la Russie, qui se constitue alors, peut enfin faire triompher ses propres traditions. Mais l'élargissement de l'espace russe découlant de la puissance croissante des tsars le met partout au contact de la steppe et dans une situation inédite, puisque ce sont les sédentaires qui sont dès lors porteurs de menaces pour la survie des sociétés nomades. Après les siècles de domination nomade exercée sur elle, la Russie paysanne va, durant près de trois cents ans, progresser dans la steppe, la conquérir et la coloniser.

La conquête des steppes kazakhes a été pour la Russie une très longue aventure dont on peut situer les premiers moments lors de la chute de Kazan, puis, au XVIIIe siècle, lors de l'installation russe en Bachkirie. Aventure aisée en apparence, car l'avancée vers l'est et le sud s'est faite à partir du magnifique tremplin qu'était Kazan, base invitant à une expansion continue. Le territoire conquis au terme de cette progression est immense : il s'étend du pays tatar et de la Volga aux marches de la Chine, à l'est, et de l'Oural aux émirats d'Asie centrale, au sud.

La première étape de l'expansion russe vers la steppe kazakhe fut l'avancée en terre bachkire, commencée sitôt que Kazan fut conquise, en 1552. Conscients que cet événement bouleversait l'équilibre de la région, les Bachkirs envoyèrent des représentants à Ivan le Terrible pour lui dire leur volonté de paix, voire de soumission. Au vrai, ils accordaient peu de sens à ces propos. Ils prenaient simplement acte de la présence russe à leurs abords, pour tenter d'en limiter les effets, tandis qu'Ivan et ses successeurs tinrent la mission bachkire pour un aveu de faiblesse et pour une marque d'acceptation de la conquête future de leur pays par la Russie. Au demeurant, à peine eurent-ils fait acte de soumission que les Bachkirs multiplièrent les coups de force et les révoltes locales, exprimant par là leur volonté de préserver leur indépendance. Les Russes avaient affaire à forte partie, car la population bachkire était en majorité nomade, donc habituée aux déplacements rapides et à des combats marqués par les techniques et les méthodes militaires des Mongols qui, par le passé, avaient toujours triomphé en Russie. Pour pacifier les terres bachkires et préparer les voies de la colonisation, les tsars entreprirent de construire des lignes de fortifications autour de Kazan, puis sur la Kama. Voyant s'élever ces forteresses, les Bachkirs réagirent violemment à ce qu'ils considéraient comme une violation de leurs terres, annonciatrice de projets conquérants. En 1662, exaspérés par les exigences fiscales de la Russie et l'afflux massif de colons, ils engagèrent une guérilla. Ce conflit armé, qui dura deux ans, incita la Russie à renforcer ses effectifs militaires sur la ligne de forts existante et à se doter de moyens d'action supplémentaires. Une nouvelle avancée, des fortifications, des accrochages endémiques ravagèrent la région tout au long des décennies suivantes ; le pouvoir russe en tira chaque fois avantage pour pousser ses lignes, passant de la Kama au fleuve Oural, et construisant Orenbourg. Il associa les Cosaques du Iaik (plus tard rebaptisés Cosaques de l'Oural) à cette progression continue en territoire bachkir... Mais les Cosaques se montrèrent réticents à aider la Russie et nombre d'entre eux allèrent par la suite se joindre aux grandes révoltes de Stenka Razine, puis, plus tard, de Pougatchev. Peu à peu, la Bachkirie fut envahie par la Russie ; colons et hommes d'Église suivaient les militaires qui, d'étape en étape, de ligne fortifiée en ligne fortifiée, firent de la région une province russe.

Prévoyante, Catherine II créa en 1763 une administration chargée d'organiser la colonisation des terres conquises et d'y attirer des colons de Russie, mais aussi d'Allemagne, son pays natal. Dès le début du XIXe siècle, cette pénétration humaine, fruit de l'avancée des militaires et de l'édification de fortifications destinées à consacrer la présence russe, eut pour conséquence que la Russie se trouva pour de bon au contact de la steppe. Ses habitants, les Kazakhs, nomades et turcophones, occupaient un immense territoire allant du sud de l'Oural aux bords de la Caspienne, d'un côté, de l'Altaï au Tian Chan et aux abords de la Chine, de l'autre, enfin, du nord au sud, de la Sibérie aux khanats centro-asiatiques. Ces Kazakhs que les Russes nommaient Kirghiz étaient divisés en trois hordes (ou *yuz*) : Petite Horde à l'ouest, Moyenne Horde au nord, Grande Horde à l'est, elles-mêmes subdivisées en clans dirigés par des chefs. Chaque horde était gouvernée par un khan. À la différence des Bachkirs qui n'eurent pour adversaires que les Russes, les Kazakhs devaient aussi faire face, à l'est, aux Mongols occidentaux, contre lesquels ils recoururent parfois à la protection russe. Au XVIIIe siècle, les khans de la Petite et de la Moyenne Horde se soumirent à la Russie, mais, comme les Bachkirs auparavant, ils ne se sentirent pas liés par ces actes de vassalité, alors que, pour les monarques russes, ces accords étaient définitifs. La Russie profita de cette souveraineté ambiguë, mais aussi des conflits de chefs au sein des hordes, voire des clans, pour destituer les responsables kazakhs et placer les hordes sous tutelle russe avant de les abolir. Ces interventions au prétexte d'exercer des médiations entre chefs ou clans rivaux furent facilitées par une présence militaire qui ne cessait d'avancer et de déplacer ses lignes de défense ; entre 1820 et 1840, plusieurs forts furent ainsi édifiés dans la steppe, dont celui d'Akmolinsk, donnant naissance à de nouvelles lignes fortifiées.

Exaspérés par la progression de leur puissant voisin, les Kazakhs se révoltèrent, harcelèrent les marchands, les colons, les troupes russes, avant d'en venir à un soulèvement général. Celui-ci se produisit au sein de la Moyenne Horde, placée en 1821 sous tutelle de l'administration russe de Sibérie occidentale, située à Omsk, et privée de son khan. La mainmise russe sur la horde et l'arrivée massive de colons furent à l'origine de l'explosion de fureur des Kazakhs, qui se rassemblèrent autour d'un chef remarquable, Kenesary Kasymov (sultan Kenisari Qasym Uli, 1802-1847). Un temps proche des Russes, ce dernier organisa de manière magistrale le grand soulèvement de 1837 dans l'intention de rétablir le khanat. Il fut tué en combattant en 1847, mais il faudra encore dix ans aux forces russes pour venir à bout des rebelles et rétablir l'ordre dans la steppe. Qualifié par les Russes de « révolté », Kasymov sera, pour les Kazakhs, un héros national révéré dont la légende, à l'instar de celle de l'imam Chamil au Caucase, nourrira durablement l'imaginaire populaire.

Pour briser l'opposition des Kazakhs, le pouvoir russe joua alternativement de la carotte – en stipendiant les chefs loyaux à Moscou et en manipulant dans la mesure du possible l'élection des khans – et du bâton – en destituant les khans réticents, ce qui fut le cas en 1821 de celui de la Moyenne Horde. Plus encore, au début du XIXe siècle, la Russie encouragea la formation d'une nouvelle horde kazakhe, dite horde de Bokey. À l'origine de cette création, un fils de Nurali Khan, Bokey Nurali Khan, fomenta une sécession au sein de la Petite Horde d'où il était issu, attirant à lui des tribus sensibles à la puissance, mais probablement aussi aux encouragements financiers de la Russie. En 1812, Bokey fut nommé khan par Pétersbourg – nommé et non élu, ce qui était contraire à la tradition, mais la fonction et le titre furent de toute façon abolis en 1845. En dépit d'une colonisation intense, du poids de l'armée russe, des forts qu'elle y construisait et des garnisons qu'elle y installait pour protéger les colons et en inciter d'autres à venir dans un climat de sécurité garantie, les

Kazakhs ne cessèrent de s'opposer à leurs conquérants. Ils étaient soutenus par l'émir de Khiva qui les aidait aussi matériellement, malgré les protestations russes. En 1839, deux ans après le soulèvement de Kenesary Kasymov, le général Perovski, gouverneur militaire d'Orenbourg, passa des menaces aux actes en attaquant Khiva. L'expédition hâtivement décidée tourna à la catastrophe et l'on décida alors à Pétersbourg que le mieux était d'encercler la steppe dans un réseau serré d'ouvrages militaires que l'on multiplierait afin de la couper de l'Asie centrale, d'où les Kazakhs attendaient toujours un secours.

Au départ, l'avancée russe au Kazakhstan n'avait pas été inspirée par une volonté colonisatrice ; la Russie voulait avant tout protéger ses routes commerciales et la vie de ses marchands. Mais, au début du XVIIIe siècle, la situation changea brutalement. Le pays kazakh vit affluer un grand nombre de paysans russes fuyant le servage et attirés dans cette région par la conviction que de riches terres agricoles s'y offraient à eux. Le mouvement fut d'abord spontané, puis encouragé par la réaction du pouvoir russe. La présence militaire de la Russie s'accrut alors, Pétersbourg entendant assurer la protection de ses sujets, fussent-ils des fuyards. La pression militaire grandissante signifiant davantage de sécurité pour les colons, le courant migratoire s'amplifia et fut rapidement stimulé par le pouvoir. Les révoltes des nomades contre une colonisation rampante avaient conduit la Russie à faire en retour le choix d'une colonisation systématique de la steppe.

À partir des années 1730-1740, les Kazakhs furent soumis à un impôt sur les *kibitka* (tentes ou foyers enregistrés) ; ils furent aussi dotés d'un statut juridique particulier, celui d'« allogènes » – *inorodtsy* –, qui leur conférait le privilège d'échapper aux obligations militaires et la possibilité de jouir d'une autonomie administrative, mais ne faisait pas d'eux, en revanche, des sujets de plein droit. Ils jouissaient ainsi du statut des autres nomades incorporés dans l'Empire depuis 1552 et qui ne purent participer à la Grande Commission convoquée par Catherine II en 1767.

Au milieu du XIXe siècle, la steppe kazakhe était déjà totalement dominée par la Russie. À l'emprise militaire, concrétisée par les forteresses qui l'encerclaient, à l'emprise politico-administrative que l'on examinera plus loin, s'ajouta une colonisation massive des terres cultivables et des pâturages par des paysans venus de Russie et d'Ukraine, ce qui eut sur les rapports entre le Centre et le pays kazakh des effets dont on pourra juger l'aspect désastreux sur le long terme. L'abolition du servage en 1861 contribua aussi à la mainmise russe sur la région, car, si elle libéra les paysans, elle les laissa dépourvus de terres alors que le Kazakhstan en regorgeait, ce qui les fit s'y précipiter toujours plus nombreux. On comptait à la fin du siècle deux cent mille nouveaux venus issus de ce courant.

La colonisation fut aussi encouragée par le Statut de la Steppe daté de 1891, dont les nouvelles règles limitaient le droit de propriété des Kazakhs. En 1895, ces dispositions furent renforcées par la création d'un « Fonds de la terre » habilité à mettre à la disposition des paysans en quête de parcelles celles qui « n'étaient pas utiles aux Kazakhs ». Les colons utilisèrent ces textes pour s'approprier les terres les plus fertiles et les meilleurs pâturages, pourtant indispensables aux nomades pour leurs migrations saisonnières. Tout un mode de vie s'en trouva mis en cause, et les Kazakhs se soulevèrent à maintes reprises. En 1916, à l'heure où l'Empire se trouva ébranlé, on put prendre toute la mesure des rancœurs accumulées au sein du monde kazakh.

Au cœur de l'Islam

Devenue russe, la Steppe était bordée par les trois émirats d'Asie centrale – Boukhara, Khiva, Kokand – sans que des frontières bien définies séparassent ces entités. Jusqu'au milieu du XIXe siècle, ils avaient été protégés de la Russie par cette steppe que les nomades gardaient jalousement. Soudain, la grande puissance et les petits États d'Asie centrale se retrouvaient face à face. Tout en progressant dans cette région, la Russie pouvait dès lors renouer avec le rêve caressé au siècle précédent par Catherine II : conquérir l'Inde. Deux projets furent alors élaborés dans la capitale russe. Mais la guerre de Crimée et la défaite russe eurent pour conséquence l'abandon du projet indien et son remplacement par l'idée, plus réaliste, d'une conquête de l'Asie centrale.

La région était fort vulnérable à plusieurs titres. C'était une région de déserts et de semi-déserts – le Karakoum et le Kyzyl-Koum' –, traversée par deux grands fleuves – Amou-Daria et Syr-Daria – autour desquels la vie des hommes s'organisait dans des oasis très peuplées. La compétition politique était vive entre les trois émirats, car ils étaient séparés par des frontières floues, parcourus sans relâche par des tribus qui ne reconnaissaient aucune autorité étatique, et vivaient toujours sous la menace de leurs grands voisins : Perse, Afghanistan, Chine. De surcroît, leurs habitants, Ouzbeks ou Tadjiks, musulmans certes, mais divisés en sunnites et chiites, cohabitaient difficilement ; les luttes intestines et les conflits entre émirats les affaiblissaient en permanence. Pour illustrer ces conflits, il suffit de rappeler qu'en 1842 l'émir de Boukhara attaqua et annexa un temps la ville de Kokand.

Les trois émirats se trouvaient au contact non seulement de la Steppe, mais, on l'a dit, de la Perse, de l'Afghanistan, de l'Inde et de la Chine, ce qui ne pouvait être indifférent à une Russie que les progrès de sa puissance incitaient à avancer ses pions là où l'Empire britannique se trouvait encore en position dominante. Toujours le fameux rêve indien...

L'émirat de Khiva, anciennement Khorezm, était situé au sud de la mer d'Aral et bordé sur sa frontière méridionale par le royaume des nomades turkmènes, qui se déplaçaient entre la mer Caspienne et les rives de l'Amou-Daria, jusqu'à l'Iran et à l'Afghanistan. Au cœur de l'émirat se trouvait l'oasis de Khiva, centre d'une brillante civilisation. Peuplée de quelque soixante-quinze mille habitants, Khiva comptait, outre des Ouzbeks, majoritaires, des Karakalpaks, des Turkmènes et des Kazakhs. L'émirat de Boukhara occupait pour sa part un vaste territoire situé entre le Syr-Daria et l'Amou-Daria; la vallée du Zerafshan y rassemblait une population nombreuse – plus de deux millions et demi d'habitants –, Ouzbeks pour moitié, Tadjiks pour un tiers, et comportant une minorité de Turkmènes. Deux villes prestigieuses, Boukhara la Sainte (Boukhara-i Charif) et Samarkand, en étaient les centres politiques et culturels. Enfin, Kokand se trouvait entre le Syr-Daria et le Sin-kiang chinois, mais la vie s'y concentrait autour de la riche vallée de la Ferghana et de l'oasis de Tachkent. Trois millions d'habitants – Ouzbeks, Kazakhs et Kirghiz – y vivaient dans les plaines, mais aussi dans la plus grande ville d'Asie centrale : Tachkent.

Dès lors qu'elle eut pénétré dans la Steppe, la Russie y poursuivit tout naturellement sa marche : l'absence de frontières naturelles, les divisions politiques de la région, le voisinage des Anglais l'incitaient à remplir un « vide politique », de crainte de voir ces derniers le faire. « En cas de conflit avec l'Angleterre, c'est seulement en Asie que nous pourrons la combattre avec des chances de succès et l'affaiblir », écrivit en 1858 l'attaché militaire russe à Londres, Nicolas Ignatiev.

Sans doute la pénurie de coton américain conférait-elle un intérêt supplémentaire à la conquête de ces oasis où le coton était abondamment cultivé ; mais les motifs de l'avancée russe dans les émirats n'ont été que secondairement d'ordre économique. Ce qui, au début des années 1860, incite à conquérir cette région, c'est la liberté de mouvement acquise à la fin de la guerre du Caucase et de celle – même si elle a été désastreuse – de Crimée. La Russie a alors une revanche à prendre et elle entend démontrer – toujours face à l'Angleterre – qu'en dépit de sa défaite elle reste un puissant empire.

Enfin, les conquêtes dans la Steppe pouvaient à tout moment être remises en cause aussi longtemps que les Kazakhs espéraient que les émirats viendraient à leur secours. Dominer la région, priver d'alliés potentiels les nomades de la Steppe : le projet de conquête assis sur ces objectifs séduisit, mais ne fit cependant pas l'unanimité. Les responsables militaires et les gouverneurs des territoires voisins plaidaient certes que la sécurité des postes qu'ils contrôlaient imposait d'étendre l'autorité russe à l'Asie centrale. Le plus acharné porte-parole civil de la thèse expansionniste était Nicolas Ignatiev qui avait conduit deux missions à Boukhara et Khiva, et négocié en 1860 le traité de Pékin avec la Chine. Promu directeur du département d'Asie au ministère des Affaires étrangères, il tenait un discours agressif, contrastant avec celui de son ministre, le prince Gortchakov, inquiet que des initiatives russes intempestives ne vinssent empoisonner des relations russo-anglaises déjà difficiles. La thèse prudente de Gortchakov était soutenue par le ministre des Finances, Reitern, qui arguait de la situation du Trésor, appauvri par la guerre de Crimée, pour prôner un arrêt de la politique expansionniste. Partagé entre sa circonspection naturelle et l'espoir de rendre du lustre à peu de frais à la puissance russe, Alexandre II était en accord avec son ministre de la Guerre, le comte Dimitri Milioutine, qui s'efforçait de tenir la balance égale entre les deux camps et entendait concilier un projet expansionniste avec une évaluation pondérée des chances de succès russes. Finalement, ce furent les hommes de terrain qui, par des décisions ponctuelles, imposèrent le choix d'une conquête par étapes.

Dès 1853, quelques expéditions isolées à la frontière kazakhe avaient permis à l'Empire de se convaincre de la faiblesse des émirats. En juillet de cette même année, le général Perovski s'était emparé d'une forteresse située sur le Syr-Daria – Ak Meshit –, en territoire contrôlé par Kokand ; il la rebaptisa Fort-Perovsk et en fit une base pour la progression des troupes russes. D'autres forts furent construits, qui installaient la Russie à la frontière, voire à l'intérieur de l'émirat, tandis qu'à l'est les troupes russes s'emparaient en 1865 de Pichpek et de la région d'Issik Kul, aux abords de la Chine. Durant ce « grignotage » de Kokand, les Russes veillèrent à ménager les deux autres émirats tout en avançant vers les villes de Turkestan et Chimkent, que le général Tcherniaïev échoua à conquérir en 1864. L'émir de Kokand comprit que seule une véritable guerre pourrait, pourvu qu'il la gagnât, le sauver.

Du côté russe, le débat s'ouvrit après les prises de Chimkent et de Turkestan : que convenait-il de faire ? Continuer d'avancer ou consolider les acquis ? Et, dans la première hypothèse, de quel côté fallait-il faire porter l'effort ? Réponse : la Russie devait en tout cas conquérir au plus vite Tachkent, car, plaidait le général Tcherniaïev, l'émir de Boukhara, soucieux de profiter des difficultés de Kokand, convoitait lui aussi cette ville. La thèse de Tcherniaïev l'emporta d'autant mieux qu'en 1865 on décida de rattacher tous les territoires conquis entre la mer d'Aral et la région d'Issik Kul à celle d'Orenbourg, sous l'autorité d'un gouverneur doté de pouvoirs spéciaux, le général Tcherniaïev en personne. Fort de sa position et bien qu'il n'en eût pas reçu l'ordre de la capitale, il se lança en juin 1865, avec mille neuf cent cinquante hommes et deux cents canons, à l'assaut de Tachkent, défendue certes par trente mille hommes, mais pauvrement équipés et guère en état de s'opposer aux troupes russes. Tachkent fut conquise au bout de quelques jours, le 7 juin. Effrayé par ce succès, l'émir de Boukhara, Muzzafar ud-Din, exigea que les troupes russes quittent Tachkent, et prit en otage une mission russe. Dans le même temps, il remplaça le khan de Kokand, qui avait fui Tachkent, par un souverain de son choix. Multipliant négociations et harcèlements militaires, il ne cessa de faire pression sur la Russie, mais en vain : Tachkent était le centre névralgique de l'Asie centrale et la Russie ne pouvait plus, dès lors qu'elle l'avait conquise, l'abandonner. En août 1866, un décret impérial proclama son annexion à la Russie.

L'effondrement de Kokand fit passer Boukhara, dont la puissance avait été longtemps surestimée, au premier plan des préoccupations russes. C'est alors que les pressions économiques trouvèrent leur place dans la politique expansionniste. La conquête de Tachkent ouvrait la cité, centre des échanges de toute la région, aux marchands russes, qui s'y précipitèrent et qui, soutenus par la presse centrale – notamment *Birjevye viedomosti*

(Les Nouvelles de la Bourse) –, insistèrent auprès du tsar pour que ces conquêtes territoriales fussent consolidées et que Boukhara, tenue pour un danger permanent, fût au plus tôt annexée.

L'organisation des territoires déjà acquis, mise en place en 1867, contribua à pousser à la prise de Boukhara. En effet, les territoires situés au nord de Kokand furent détachés du gouvernement d'Orenbourg, érigés en gouvernement du Turkestan et placés sous l'autorité du général Constantin von Kaufmann, lequel fut doté de pouvoirs quasi illimités. Cette décision entraîna le soulèvement de Boukhara à l'appel du clergé, qui proclama la guerre sainte. L'émir marcha alors sur le Zerafchan. Mais il fut incapable d'empêcher Kaufmann de s'emparer sans coup férir de Samarkand. Ses troupes se débandèrent devant l'armée russe, qui les pourchassa. L'émir se résigna alors à capituler et signa avec Kaufmann, le 30 juin 1868, un traité de paix, six mois après celui qui avait consacré la défaite de Kokand. Boukhara devenait un État vassal de la Russie et lui cédait Samarkand, quoique à des conditions particulières.

La situation resta troublée dans la partie orientale de l'émirat où éclata, peu après la signature du traité, une révolte des tribus, plus dirigée contre l'émir que contre les Russes, à qui Muzzafar ud-Din se résolut alors à demander assistance. Les troupes du tsar en vinrent rapidement à bout et le traité de 1873 plaça la Boukharie orientale sous autorité russe. Entre-temps, des troupes venues de Makhatch-Kala, au Caucase, traversèrent la Caspienne, s'emparèrent du golfe de Krasnovodsk et purent, à partir de là, progresser dans le désert turkmène.

Un seul émirat indépendant subsistait encore : Khiva, mais il était encerclé par les régions militaires russes du Caucase, d'Orenbourg et du Turkestan. En 1873, après avoir soigneusement préparé l'assaut contre sa capitale, le général von Kaufmann y pénétra, le 29 mai. Y régnait alors un grand désordre politique en raison d'un coup d'État survenu au même moment, ce qui imposa au khan, qui n'avait guère les moyens de résister ou de tenter de négocier, de signer un traité de paix, le 12 août.

La conquête de Khiva permet de mieux mesurer le statut privilégié que le khan de Boukhara avait obtenu. Parce que Boukhara-i Charif était un centre religieux renommé, les troupes russes installées partout alentour le respectèrent, au contraire de Khiva. Bien que vaincu, l'émir de Boukhara se trouva lié à la Russie par un traité d'amitié qui évoluera certes, en 1885, vers une forme de relations plus inégale. Mais, en 1872, l'émir Muzzafar ud-Din est encore un souverain indépendant, alors que le khan de Khiva se reconnaît « serviteur docile de l'empereur de Russie ».

À Kokand, la situation restait troublée. Amputé de ses villes les plus prestigieuses, le khanat continuait d'exister, mais toujours affaibli par des troubles internes et des rivalités politiques qui fournissaient à la Russie de nombreux prétextes à y intervenir. Les habitants de Kokand s'indignaient des impôts exigés d'eux et contre lesquels ils se soulevèrent en 1874, provoquant en retour une répression impitoyable conduite par leur propre khan. Malmenés par leur souverain, un certain nombre d'entre eux fuirent au Turkestan et demandèrent à la Russie qu'elle le ramène à la raison ! En 1875, une autre rébellion éclata, mettant aux prises un Kiptchak, Abdur Rahman Avtobashi, et les responsables de Kokand. À l'origine, elle était dirigée contre le khan, lequel fut démis au profit de son fils ; puis, au fil des désordres, elle tourna en guerre sainte contre les Russes, alors que les chefs locaux avaient perdu toute autorité. Tirant les conséquences de cette situation, le général von Kaufmann prit Kokand le 29 août, imposa un règlement au nouveau khan, mais ne réussit pas pour autant à apaiser la rébellion. Il reviendra au général Skobelev de défaire les rebelles à Andijan, en janvier 1876. Le khanat de Kokand fut dès lors aboli et remplacé par la région de la Ferghana, placée sous l'autorité de Skobelev, qui avait réussi à y rétablir l'ordre.

Restait à régler la question du Turkménistan, où une première avancée à partir du Caucase avait déjà eu lieu avant la chute de Boukhara.

Au moment où fut signé le traité entre la Russie et Khiva, la presse anglaise souleva la question de l'Afghanistan et du pays turkmène, qui en commandait l'accès. La Russie avait déjà répondu à cette question le 19 janvier 1873 en assurant que « l'Afghanistan [était] en dehors de [sa] sphère d'influence ». Trois ans plus tard, cette assurance était réitérée, mais, s'agissant du Turkménistan, le prince Gortchakov fut à cette occasion infiniment moins affirmatif, soulignant que tout dépendrait des Turkmènes, qui se montraient alors fort agressifs. L'expédition de 1873 se conclut par la formation d'une zone militaire transcaspienne, dont les deux centres, Mangichlak et Krasnovodsk, venaient d'être conquis et placés sous l'autorité de l'armée du Caucase, le tout constituant une base remarquable pour surveiller, voire envahir le pays turkmène. Une tentative d'invasion déboucha en 1877 sur une sévère défaite, lourde de conséquences pour la Russie et pour son prestige de puissance conquérante. Toute l'Asie centrale en fut ébranlée ; on s'y interrogea sur la puissance réelle de l'Empire qui, jusqu'alors, avait triomphé de tous les obstacles. Conscient de l'effet de cette défaite, Alexandre II mit en garde le général Skobelev contre toute initiative qui conduirait les peuples d'Asie centrale à douter de la capacité de la Russie à se maintenir dans la région.

Bien préparée, la guerre lancée trois ans plus tard fut marquée par une série de victoires : prise de la forteresse de Gök Teppe, le 12 janvier 1881, par les troupes de Skobelev après un siège long et sanglant ; prise d'Ashabad, le 15 janvier, par le colonel Kouropatkine. Les tribus turkmènes se rendirent. Durant trois ans, la prudence prévalut dans l'armée russe qui avait pour consigne de ne pas dépasser l'oasis, à l'est, ni de s'approcher de la frontière persane, afin d'éviter une réaction anglaise ou anglo-persane. L'oasis d'Akhal Tekke, conquise à ce moment, fut réunie à la zone militaire transcaspienne pour former une « région transcaspienne » dont Ashabad devint le centre.

Durant ces trois années d'expectative, la région avait été constamment troublée par les incursions des Turkmènes Maris (de Merv), que les Russes finirent par convaincre de se rallier à eux en janvier 1884. L'oasis de Merv fut alors organisée en district russe. L'Angleterre réagit immédiatement à une annexion qu'elle jugeait dangereuse pour l'Afghanistan. Aux yeux de Londres, Merv était la clé de l'Afghanistan et l'on y voyait avec inquiétude les troupes russes avancer vers la passe de Zulficar, tenue pour décisive pour sa défense. La guerre anglo-russe semblait dès lors inévitable. Mais Alexandre III, conscient du péril, imposa la solution de sagesse : un arrêt de l'expansion. En 1885-1887, le problème frontalier de Zulficar fit l'objet d'un règlement cosigné par les deux États. La Russie reconnaissait que sa sphère d'influence ne pouvait s'étendre à l'Himalaya ; et, pour éviter tout conflit ultérieur, elle proposa à Londres un accord amiable sur une délimitation de la frontière afghane. La frontière définie en 1887 allait de l'Amou-Daria au Khorasan persan, mais laissait incertaine la zone conduisant à la Chine, et l'Angleterre conservait le contrôle du Pamir. Ce n'est qu'en 1895 que le dernier acte de l'expansion russe en Asie centrale se jouera avec la délimitation de la frontière du Pamir.

En définitive, la conquête de la Steppe et de l'Asie centrale avait été – malgré des combats parfois difficiles, ponctués de révoltes – relativement peu coûteuse en vies humaines pour la Russie. Mais beaucoup plus pour les peuples conquis, qui allaient en conserver un ressentiment durable.

En 1895, la Russie avait atteint des limites qu'elle ne pouvait dépasser, mais l'espace occupé était immense et il fallait à présent l'organiser.

L'entrée en Extrême-Orient

La Sibérie, on l'a vu, avait été apportée à l'Empire par les Cosaques et les marchands. Cette conquête ouvrait encore sur de plus vastes horizons, pensaient les trappeurs, désireux d'aller toujours plus loin pour y trouver des fourrures. En 1631, portés eux aussi par l'esprit de conquête, les Cosaques arrivèrent au lac Baïkal et, de là, atteignirent la mer d'Okhotsk. L'un d'eux, Simon Dejnev, suivit le cours de la Kolyma jusqu'à son embouchure et, par les bords de l'océan glacial arctique, arriva à la mer de Béring. Après le cœur de la Sibérie, l'Extrême-Orient et l'Alaska devenaient les objectifs de l'expansion russe, tandis qu'au sud une autre avancée le long de l'Amour allait mettre les Cosaques face à la Chine.

La Russie était déjà bien implantée dans cette région proche du Pacifique, puisqu'elle avait pris pied au Kamtchatka, mais l'empereur chinois Kangxi n'acceptait pas cette présence. Il tenta de repousser l'Empire russe, soudain arrivé aux abords du sien. Les accrochages se multiplièrent et il ne fallut pas moins que la médiation de deux jésuites pour convaincre les deux parties de signer un accord fixant leurs frontières respectives. En 1689, le traité russo-chinois de Nertchinsk apaisa – sur cette frontière-ci – le conflit pour un siècle et demi.

Ayant constaté, dans sa marche vers le Pacifique, que l'opposition de la Chine rendait impossibles de nouvelles avancées au sud, la Russie reporta ses efforts au nord vers la route maritime de l'Alaska, domaine de la baleine et surtout de la loutre de mer, dont la fourrure était très prisée à cette époque. La Compagnie russo-américaine fut fondée en 1797 et le gouvernement lui accorda le monopole du commerce des fourrures. Mais l'opposition violente de certains petits peuples – notamment celle des Aléoutiens, désespérés par les effets néfastes de la présence russe, porteuse tout à la fois d'impôts, de vodka, de tabac et de maladies, qui fit chuter leur nombre de vingt mille à deux mille cinq cents – et la difficulté d'assurer la vie matérielle des colons décidèrent la Russie à pousser loin vers le sud et à construire des forts, dont Fort-Ross, qui deviendra plus tard San Francisco. Cette présence russe en Californie devait permettre d'approvisionner en vivres les trappeurs du Nord et de les protéger. Mais l'illusion fut brève, car la Russie se heurtait là à l'Empire espagnol, hostile lui aussi à son expansion.

Dans un premier temps, seuls les États-Unis n'étaient pas défavorables aux progrès russes dans la mesure où ils menaçaient les intérêts anglais, Russes et Américains nourrissant alors une hostilité commune à l'égard de l'Empire britannique. Mais les États-Unis convoitaient l'Alaska et, en 1841, la Russie leur céda dans un premier temps Fort-Ross ; puis, en 1867, confrontée à l'opposition des grandes puissances et à l'épuisement de son Trésor par suite de la guerre de Crimée, elle leur vendit l'Alaska. L'idée n'était pas neuve : en 1853 déjà, le comte Nicolas Mouraviev (nommé plus tard Mouraviev Amourski en souvenir de son rôle dans la conquête de l'Amour), gouverneur de la Sibérie orientale, avait plaidé pour cette cession, au motif que, rapprochant la Russie des États-Unis, elle lui permettrait d'agir plus librement en Extrême-Orient. Le calcul était juste : en 1875, la Russie s'empara de Sakhaline tandis que le Japon récupérait les îles Kouriles. L'île et l'archipel étaient, en droit, possessions chinoises, mais la Chine, si puissante deux siècles plus tôt, n'était plus en mesure de contester ces conquêtes. Elle fut contrainte de reconnaître par les traités d'Aigun (1858) et de Pékin (1860) la souveraineté russe sur les territoires situés au sud et à l'est de l'Amour. Un siècle plus tard, ces « traités inégaux » allaient empoisonner les relations entre les deux plus puissants États communistes, mais, dans la seconde moitié du XIXe siècle, la Chine, qui avait pu défendre ses vues lors de la signature du traité de Nertchinsk, dut accepter la révision de ses termes. En effet, la possession de la vallée de l'Oussouri était décisive pour la présence de la Russie en Extrême-Orient ; elle y construisit le port de Vladivostok, dont l'importance stratégique se révélerait considérable, puisqu'il lui permettrait de surveiller le Japon et les Kouriles, et, au sud, la Corée, elle aussi objet de ses convoitises. Ce port complétait en outre le dispositif naval russe dans le Pacifique, dont Port-Arthur serait l'autre clé. Jusqu'à la fin du siècle, la Russie va poursuivre sa progression en Extrême-Orient où, faible et humiliée, la Chine ne peut la gêner, mais où elle va se heurter aux ambitions japonaises jusqu'au désastre de 1904.

De fait, la construction du Transsibérien lui crée de nouveaux besoins, notamment un droit de passage ferroviaire, passé Kharbin, à travers le territoire de la Mandchourie. La Russie l'obtient de la Chine : c'est le prix de l'aide qu'elle lui avait apportée contre le Japon dans l'affaire du traité de Simonoseki par lequel ce dernier avait imposé à Pékin des conditions draconiennes ; en 1895, Pétersbourg a exigé que ce traité soit révisé et le Japon lui gardera durablement rancœur de cette humiliation.

La construction de Port-Arthur et de Dairen renforce les positions russes. C'est l'époque où les grandes puissances arrachent pièce par pièce des concessions à une Chine en complète décomposition. Ce comportement typiquement impérialiste divise les responsables russes. Witte, ministre des Finances, s'intéresse avant tout au marché chinois et, à la différence des grandes puissances rivales, plaide en faveur d'ambitions modérées. Mais les militaires, conduits par le général Kouropatkine, veulent que la Russie, comme les autres empires, tire avantage de la faiblesse chinoise et participe au partage de ses dépouilles. En 1900, la révolte des Boxers fournit le prétexte attendu pour pénétrer en Mandchourie. Mouvement imprudent qui donne raison à Witte, car il provoque aussitôt une mobilisation nippo-anglaise et éveille l'hostilité américaine. La Russie doit retirer ses troupes de Mandchourie, mais en fait alors entrer subrepticement en Corée.

Le rêve coréen était déjà bien ancré dans la politique russe. Il avait été développé et défendu par une personnalité remarquable, le prince Oukhtomski, longtemps directeur des *Nouvelles pétersbourgeoises*, qui était en 1895 directeur de la Banque russo-chinoise et maître d'œuvre du Transsibérien. Oukhtomski appartenait au groupe de penseurs qui, en ces années-là, conféraient à l'idéologie russe une teinte eurasienne. Le destin de la Russie et de son empire n'était-il pas, disait-il, en Asie où elle était déjà présente de par ses positions sibériennes et où s'ouvraient à elle d'immenses potentialités économiques et stratégiques ? Pourtant, la conquête de la Corée n'est pas non plus des plus aisées, car le Japon se tient aux aguets. Il suggère alors à sa puissante voisine une entente portant sur une délimitation de leurs sphères d'influence : la Mandchourie à la Russie, au Japon la Corée. Convaincue de son destin asiatique, sa position intransigeante renforcée par le mépris dans lequel elle tient le Japon, la Russie refuse le compromis. Il faudra peu d'années pour qu'elle mesure et paie son imprudence.

Au tournant du siècle, la Russie ne doute pas de ses chances d'expansion. L'Empire patiemment construit depuis la chute de Kazan a certes atteint partout ses limites, mais ce sont celles que l'ordre international ou que la nature imposent. Aussi longtemps qu'il était possible d'avancer, militaires, administrateurs, marchands et hommes d'Église ont continué à le faire. Sans doute la Russie s'est-elle en fin de compte heurtée à d'autres empires qui l'ont contrainte à s'arrêter. Mais, souvent aussi, ce sont des frontières naturelles qui ont été atteintes : où aller dès lors que la Russie était arrivée au bord du Pacifique ? de l'océan Glacial arctique ? Commencée dans des espaces contigus, espaces habités par des peuples étrangers au monde des puissances – Tatars, nomades des steppes, petits peuples de Sibérie –, la progression russe ne deviendrait un problème international que du jour où elle se heurterait à d'autres empires et à d'autres ambitions. Il était logique que l'expansion, tôt arrêtée à l'ouest – en Pologne au XVIIIe siècle – où de puissants États étaient organisés de longue date, pût se poursuivre à l'est pendant plus d'un siècle encore. Mais, au XIXᵉ siècle, les empires étaient déjà solidement constitués et les conquêtes russes ont débouché sur de dangereuses confrontations. Durant près de trois siècles, les grands États d'Europe ont constaté la puissance impériale russe et ses progrès ; ils l'ont acceptée. Mais, au terme de ce processus d'expansion, ils lui imposent de jouer le jeu de l'équilibre des puissances.

Sans doute cet empire a-t-il apporté à la Russie des bénéfices matériels immenses, un territoire considérablement agrandi, une population accrue, des ressources économiques d'autant plus importantes que l'industrialisation rapide du pays, à la fin du XIXᵉ siècle, en fait un gros consommateur de matières premières. Mais il a surtout ancré la Russie dans le concert des puissances, et, au-delà, dans le cercle des « grands ».

De la longue progression de cet empire complexe, colonial en Asie, multinational et sans dimension coloniale à l'ouest, à l'image de celui des Habsbourg, deux traits méritent d'être retenus en conclusion : la volonté de s'avancer, grâce aux conquêtes territoriales, aussi loin que possible en Europe, pour que la Russie soit reconnue comme faisant indiscutablement partie du continent européen et de sa civilisation ; mais, une fois cet objectif atteint, le déplacement des tentatives d'expansion se fait à l'est, toujours plus en avant en Asie. Contradictions dans la vocation de la Russie ? Plutôt complémentarité des efforts d'un pays qui, visant à une reconnaissance européenne, n'a pu y atteindre que par une course à la puissance reposant sur l'unité réalisée entre l'héritage européen de la Rus' et une destinée asiatique fondée sur la continuité du continent.

CHAPITRE V

Pax russica I

Intégrer ? ou respecter les différences ?

Composé de nations et de peuples de tailles et de cultures très différentes, issus de formations historiques et politiques diverses (États, organisations tribales, clans) mais vivant tous sur un espace continu, l'Empire russe avait à faire face à des problèmes d'organisation infiniment plus complexes que ceux rencontrés par les empires aux composantes dispersées. Ainsi l'Empire français à son apogée, avec ses possessions africaines ou indochinoises, pouvait-il leur appliquer les mêmes principes d'organisation, ou des principes différents, voire opposés, sans susciter pour autant de réactions communes. Alors que la définition des rapports centre/périphérie en Russie est caractérisée par deux traits contraires : la centralisation comme principe général, la diversité des statuts comme pratique. Avec néanmoins une propension constante à accroître la centralisation.

Dans *L'Empire des tsars et les Russes*, Leroy-Beaulieu soulignait l'opposition entre « le sol russe, fait pour l'unité, l'aire géographique la plus uniforme, et l'hétérogénéité des hommes vivant sur ce sol ». Il concluait en s'interrogeant sur une question pour lui fondamentale, celle du degré de cohésion de ce vaste empire. La cohésion fut en effet le problème qui se posa à tous les gouvernants russes dès qu'ils eurent dépassé le stade du rassemblement des terres. Comment faire vivre ensemble et en paix une communauté humaine exceptionnellement hétérogène ? Tel fut le défi rencontré par tous les souverains en quête d'une *pax russica*.

À l'époque où l'Empire se développait au-delà de ses limites proprement russes, l'État avait déjà atteint un certain degré de maturité. En 1833, le comte Ouvarov, ministre de l'Instruction publique, en avait défini les principes fondamentaux : orthodoxie, autocratie, génie national. Plus tard, sous le règne de l'empereur Alexandre III, Pobedonostsev, haut procureur du Saint-Synode, précisa que la Russie était russe et orthodoxe. Ces principes pouvaient-ils s'appliquer sans heurt à des peuples qui n'étaient ni russes ni orthodoxes ?

Le caractère russe de l'Empire avait aussi été inscrit dans sa dénomination, laquelle avait d'ailleurs évolué : *rossiiskaia imperiia* – c'est-à-dire empire de Russie – après avoir été qualifié de *russkaia imperiia* (empire russe). Par ailleurs, depuis la chute de l'Empire byzantin et l'affirmation de la vocation de la Russie à être la Troisième Rome, l'orthodoxie était une composante essentielle du projet forgé par tous les souverains pour définir la nature de leur pays. Mais si l'État avait été réellement réduit à ces deux dimensions, l'Empire eût très tôt été menacé d'une permanente épreuve de force, ce qui ne fut pas le cas. Longtemps y régna une certaine paix, caractéristique de la vie commune en son sein et résultat de subtils choix politiques et culturels. Sans de tels choix, il n'y aurait pas eu de *pax russica*.

La conception de la cohabitation des peuples de l'Empire, forgée au début du XIXe siècle, est due largement à Alexandre Ier, héritier des espaces conquis par sa grand-mère, Catherine II, et formé suivant la volonté de celle-ci par le penseur suisse La Harpe. Alexandre Ier avait emprunté à son maître son admiration pour l'Amérique et l'esprit de liberté qu'elle incarnait. N'avait-il pas exposé à La Harpe, dans une lettre du 27 septembre 1797, son grand projet : « Donner la liberté à mon pays... et ensuite quitter le pouvoir » ? Son modèle était sans aucun doute George Washington qui, l'année précédente, avait agi de la sorte. Pour Alexandre Ier, les États-Unis, à l'opposé de la Révolution française que, à l'instar de Catherine II, il tenait pour une malédiction pour le peuple français, offraient l'exemple d'un bon usage du pouvoir, dont la finalité était d'assurer la liberté des hommes. En Russie, c'est dans le cadre de l'Empire qu'il entendait appliquer ce modèle américain. La Pologne lui fournira l'occasion d'expérimenter son programme et, hélas, de l'abandonner. Mais, avant d'en venir à cet épisode, il n'est pas inutile d'examiner les solutions qu'à travers le temps le pouvoir russe aura apportées à l'organisation de ses rapports avec les territoires conquis.

Centralisation et diversité

La recherche de rapports équilibrés entre les États ou territoires conquis et le Centre a été la première et la plus décisive composante du système impérial russe. Celui-ci a certes évolué, mais ses principes fondamentaux – autorité émanant du Centre, adaptation à la diversité des peuples et des traditions historiques – ont été des constantes de l'organisation politique de l'Empire. La loyauté de ses sujets de toutes origines envers le souverain – bien plus qu'envers l'État – en était une des exigences fondamentales. Quant à l'État, trois instances ont été au fil des âges responsables en dernier ressort de l'ensemble de son organisation politique : la Douma des boyards, jusqu'au règne de Pierre le Grand ; le Sénat, jusqu'en 1810 ; ensuite le Conseil d'État. Il leur incombait de contrôler l'activité des institutions chargées des nouvelles possessions : *prikazy* d'abord, collèges ensuite, puis ministères.

Les *prikazy*, nés dans la seconde moitié du XVIe siècle et installés à Moscou, ont déjà été évoqués comme premières structures administratives des territoires conquis. Celui de Kazan fut l'ancêtre de toutes les administrations territoriales. Il y eut ensuite un *prikaz* de Sibérie, puis un de Petite Russie, c'est-à-dire d'Ukraine, des *prikazy* de Liflandie (ou Lettonie), de Lituanie et même, pour un temps, il exista un *prikaz* cosaque. Hors du cadre territorial, le *posol'skii prikaz*, qui était en fait le ministère des Affaires étrangères, était responsable, dans certains cas, des territoires conquis ; dans d'autres cas, il en partageait les responsabilités avec une instance territoriale. Lorsqu'il relevait du *posol'skii prikaz*, un territoire disposait d'un véritable degré d'autonomie, car il s'agissait alors de relations entre États. Dépendre des *prikazy* territoriaux placés sous l'autorité de la Douma des boyards et, plus tard, du Sénat, impliquait déjà un certain état de dépendance à l'égard des instances russes, et l'évolution inéluctable vers un statut commun de région russe.

Dans la région administrée par le *prikaz* (ou collège après 1720) fonctionnait une administration territoriale placée sous l'autorité d'un *voïévode* ou d'un *namestnik*, qui contrôlait lui-même des autorités locales représentatives d'une tradition de gestion antérieure à la conquête. Les réformes de Pierre le Grand et de Catherine II eurent pour effet de remettre les affaires de l'Empire à différents collèges ou ministères, et de confier l'autorité régionale à des gouverneurs généraux et à des gouverneurs placés sous leur autorité.

Dès 1697 – au début du règne de Pierre le Grand –, le jeune empereur, partant accomplir incognito son tour d'Europe, confie le pouvoir à un comité de cinq personnes proches de lui et de la dynastie des Romanov, qui va alors s'attacher à reconstruire toute la structure administrative. De nouveaux *prikazy* sont institués (on en comptera quinze en tout), chargés des divers secteurs de la vie publique. De l'organisation territoriale antérieure ne vont plus subsister durablement que les *prikazy* de Kazan et de Sibérie, tandis que les territoires conquis seront de plus en plus traités comme de grandes régions russes. Sur le terrain, les gouverneurs généraux coifferont les responsables d'une autonomie locale limitée, tandis que les instances centralisées de la capitale – c'est-à-dire le ministère des Affaires étrangères et celui de la Guerre – incarneront le projet commun.

La grande différence statutaire entre les divers territoires de la sphère coloniale incorporés à l'Empire aura tenu aux autorités centrales dont ils dépendaient. Ainsi, en Asie centrale, les khanats de Boukhara et de Khiva, qui conserveront jusqu'à la révolution leur statut d'États souverains sous protectorat, relevaient de la compétence du ministère des Affaires étrangères. À la tête de l'État, l'émir dirigeait les institutions traditionnelles, mais un agent russe servait auprès de lui tout à la fois d'ambassadeur et de représentant de la puissance protectrice. Par son truchement passaient ses vœux. Au contraire, le gouverneur général de la Steppe relevait du ministère de l'Intérieur et celui du Turkestan dépendait du ministère de la Guerre. La région transcaspienne, conquise en 1884, resta jusqu'en 1890 sous l'autorité du vice-roi du Caucase, puis fut placée sous celle du ministre de la Guerre. Même si cette dernière région n'était pas érigée en gouvernement, mais en région *(oblast)* dirigée par un commandant, ce dernier, comme les gouverneurs généraux, était nommé directement par l'empereur.

L'Asie centrale, elle, fut administrée par des militaires ; les régions qui la composaient étaient divisées en districts et ces deux niveaux étaient soumis à des responsables de l'armée. À la base, les institutions d'autogouvernement local étaient organisées en entités particulières, dites *volost'*, et coiffées par des colons russes, les indigènes n'étant pas dotés de tous les droits civiques. Les sédentaires disposaient d'institutions d'autonomie locale parfois nommées par l'autorité militaire russe, parfois élues. Quant aux nomades, ils étaient confrontés à des pratiques et à des instances en rupture totale avec celles dont ils avaient hérité. Cette rupture était délibérée, le pouvoir russe espérant par là affaiblir leurs solidarités traditionnelles et leur capacité à se rebeller.

Cette flexibilité des statuts de l'espace colonial ne s'inspirait pas du choix opéré au début de l'expansion, à Kazan, et ensuite étendu à la Crimée. Aux termes du Manifeste du 8 avril 1783 proclamé au lendemain de l'annexion de celle-ci, la doctrine de l'Empire était claire : l'organisation administrative du khanat de Crimée pouvait être conservée sous l'autorité d'un gouverneur russe. Fonctionnaires russes et aristocrates tatars cooptés dans la noblesse de service travaillaient en commun. Reconnue par l'Empire, s'étant vu garantir ses privilèges et ses biens, la noblesse tatare accepta la domination russe dans la mesure où elle ne l'arrachait pas à ses traditions. Au contraire de la Crimée, l'Ukraine fut traitée de manière quelque peu chaotique. Après une période au cours de laquelle la Russie respecta les particularités cosaques, elle les oublia, puis les supprima. En 1654, le tsar avait accepté de se contenter d'un simple pouvoir de contrôle sur l'Hetmanat : celui-ci devait subsister, et l'hetman, élu par le Conseil de tous les Cosaques, être responsable des instances inférieures, élues elles aussi et disposant de véritables pouvoirs. Le *malorossiiskii prikaz* créé en 1662 pour traiter de ces problèmes fut placé sous l'autorité du *posol'skii prikaz* et l'on se trouvait donc alors dans le cadre de relations égalitaires. Mais la trahison de Mazeppa, servant de prétexte au gouvernement russe pour limiter progressivement l'autorité de l'hetman, marqua un virage vers la centralisation. La réforme administrative de 1720 substituant les collèges aux *prikazy* permit d'accélérer le processus. Un collège spécifique fut créé, qui n'était plus rattaché aux Affaires étrangères, ce qui signalait un changement de statut et définissait non plus des rapports interétatiques, mais plutôt des rapports de Centre à régions. Catherine II conduisit cette évolution à son terme en abolissant l'Hetmanat et en transformant l'Ukraine en gouvernement *(goubernia)* russe. L'intégration de l'Ukraine à la Russie se trouva ainsi parachevée à la fin du XVIIIe siècle.

À l'inverse de l'Ukraine, toujours davantage intégrée, les États de la Baltique bénéficièrent d'un respect constant de leur autonomie, et c'est le principe d'autorité indirecte qui leur fut appliqué. La Livonie et l'Estonie furent certes organisées en gouvernements placés sous l'autorité de gouverneurs généraux, mais ceux-ci étaient en majorité issus de l'aristocratie balte. Le système légal et les administrations régionales en place furent maintenus et, hormis le gouverneur général nommé par le Centre, les liens avec l'Empire furent des plus souples. Dans le cadre de ses réformes administratives, Catherine II tenta un moment de rapprocher les structures des États baltes de celles de la Russie, mais Paul Ier annula l'essentiel des dispositions prises par sa mère.

L'autonomie dont jouissait les États baltes était encore plus grande dans le cas de la Finlande, rattachée à la Russie en 1808. La principauté conserva ses institutions, ses lois, ses fonctionnaires. Seul le gouverneur général représentait la Russie, mais il agissait en toute indépendance du Centre. La Finlande eut sa monnaie propre ainsi qu'une frontière douanière la séparant de la Russie. Elle n'était en définitive liée à l'Empire que par la personne du tsar, grand-prince de Finlande, mais qui se gardait bien d'intervenir dans ses affaires. Comment ne pas rappeler ici la phrase du conseiller préféré d'Alexandre Ier, Mikhaïl Speranski : « La Finlande est un État. Ce n'est pas un gouvernement » ?

La Pologne, elle, fut infiniment moins bien traitée, en premier lieu parce que son statut avait été élaboré au fil des partages qui la rattachaient à la Russie. Après le dernier d'entre eux, on y étendit le système des gouvernements créé en 1775. Le pays fut alors divisé : gouvernement général de Varsovie et gouvernements de la Vistule – gouvernements de Kiev, de Volhynie et Podolie, de Vilna, de Grodno et de Kovno. Les institutions polonaises, en particulier la *Sejm* qui lui conférait son unité, avaient été supprimées. Mais la Russie assura à ses nouveaux sujets le maintien des droits et privilèges dont ils avaient joui jusqu'alors, et le statut lituanien fondé sur le Code du XVIe siècle fut confirmé.

Au XIXe siècle, les conceptions libérales d'Alexandre Ier inspirèrent aux Polonais l'espoir qu'une organisation plus indépendante de la Russie leur serait reconnue. En juin 1815, le congrès de Vienne avait encouragé la naissance d'un royaume de Pologne : en réalité, celui-ci était le fruit d'un quatrième et dernier partage de son territoire. Alexandre Ier pensait alors unir une grande partie de ce pays sous son autorité en le dotant d'un statut particulier, de quasi-indépendance, qui eût préservé la totalité de ses institutions. Il avait écrit au président du Sénat qu'il faisait « l'impossible pour adoucir les rigueurs de la séparation et garantir aux Polonais la jouissance de leur nationalité ». Le royaume de Pologne, placé sous protectorat russe, disposait d'une Constitution et d'un Parlement, et reconnaissait l'empereur de Russie pour monarque. La noblesse polonaise était alors convaincue que ce royaume reconstitué, englobant toutes les acquisitions russes des trois précédents partages, pourrait, par la volonté d'Alexandre Ier, jouir d'une existence étatique souveraine. Si cette illusion perdit rapidement tout crédit, ce n'est pas en raison d'un revirement ou d'un discours hypocrite d'Alexandre Ier, mais parce que celui-ci avait rencontré une très vive opposition au sein même de l'Empire. Porte-parole du refus de ce projet libéral, l'historien Karamzine exposa ses vues, le 17 octobre 1819, dans une note adressée à l'empereur, intitulée *Opinion d'un citoyen russe* et consacrée à la question du rétablissement de la Pologne : « Faut-il dire que Catherine II a partagé la Pologne en violant le droit ? Mais vous agiriez bien plus illégalement en essayant d'effacer son injustice par la division de la Russie. Nous nous sommes emparés de la Pologne par le fer, ce qui est le droit de tous les États... Il n'existe pas de forteresses éternelles en politique. Si l'on pense autrement, nous devrions restaurer les États de Kazan, d'Astrakhan, la république de Novgorod, le grand-duché de Riazan, etc. En ce domaine, c'est tout ou rien. » Et, dans son *Histoire de l'État russe*, Karamzine concluait brutalement : « En un mot, le rétablissement de la Pologne entraînera le déclin de la Russie. »

Les rapports entre la noblesse polonaise et le pouvoir russe eurent tôt fait de se tendre. La responsabilité en incomba probablement aux deux parties. Les Polonais étaient conscients des réticences de l'entourage d'Alexandre Ier à l'égard de ce qui était dénoncé comme un libéralisme excessif et dangereux. Le coup d'État de décembre 1825 leur fit espérer un affaiblissement politique de l'Empire et les incita à durcir leurs exigences. L'événement eut en Russie et en Pologne des conséquences opposées. Il provoqua à Pétersbourg une réaction autoritaire qui aggrava les tensions entre Varsovie et la capitale russe, et accéléra en retour une radicalisation du mouvement national polonais. La conséquence en fut le soulèvement de 1830, engendré par un malentendu. Persuadés d'être en accord avec les révolutions qui secouaient à l'époque l'Europe, les Polonais se croyaient invulnérables alors qu'Alexandre Ier n'était déjà plus là pour les défendre. Son successeur, Nicolas Ier, croyait, comme Karamzine, qu'une Pologne restaurée menacerait l'équilibre de l'Empire. Sachant que la Russie avait été ébranlée par le coup d'État de décembre, il en conclut à la nécessité de restaurer avant tout l'autorité impériale. Le royaume de Pologne, victime de cette réaction, fut alors rayé de la carte de l'Empire, tandis que les régions polonaises étaient incorporées au droit commun de leurs homologues russes.

Le Caucase constitue dans l'organisation de l'Empire un cas particulier, compromis entre la diversité des traitements accordés à l'Asie centrale et la rigueur dont souffrit longtemps la Pologne. La complexité historique et culturelle qui caractérise la région explique que la Russie ait voulu imaginer là des statuts adaptés à toutes les situations. Deux catégories de systèmes de relations avec le Centre furent donc élaborées. Tout d'abord des États vassaux dont les souverains étaient maintenus en place par la Russie, dotés de privilèges et couverts de cadeaux, symboles de leurs liens avec l'Empire. Mais ces États, dont l'existence et les systèmes légaux étaient préservés et la dynastie protégée, ne disposaient d'aucune liberté d'action extérieure et devaient payer tribut à la Russie. Au contraire, d'autres entités territoriales furent placées sous administration directe. En dépit de cette division théorique d'une apparente netteté, des pratiques identiques s'appliquaient souvent aux deux catégories, Moscou n'hésitant pas à s'ingérer dans la vie des États vassaux. Progressivement, l'intégration et l'uniformité l'emportèrent. Si la Transcaucasie avait pu être paisiblement organisée, au Caucase il fallut attendre la fin de la guerre pour remplacer l'administration militaire par une administration civile. Sa partie orientale fut érigée en région du Terek, sa partie occidentale en région du Kouban, tandis que le Daghestan faisait l'objet d'une organisation particulière rattachée à la Transcaucasie. Au milieu du XIXe siècle, enfin, le Caucase fut soumis au système des gouvernements : on en comptait onze à la fin du siècle. Symbole de cette incorporation d'une région complexe, la Transcaucasie fut un temps gouvernée par le vice-roi[1] résidant à Tiflis.

Élites et cultures nationales

La diversité des statuts élaborés pour les composantes nationales et ethniques de l'Empire n'a eu d'égale que la diversité des politiques d'encadrement et d'organisation culturelles.

---

1. Le titre usuel de vice-roi, utilisé depuis 1854, remplaçait le titre officiel de lieutenant de l'empereur ou *namestnik*. En 1882, Alexandre III le supprima, mais il réapparut à la fin du siècle.

Dans le cas des peuples européens soumis, la Russie considérait qu'ils appartenaient au même univers de civilisation que le sien. S'agissant de faire appel aux élites nationales et de définir la politique culturelle qui leur convenait, le critère président au choix russe était celui de leur loyauté.

Dans la hiérarchie des statuts, la Finlande fut privilégiée. Administrée par ses élites, conservant toutes les structures – armée comprise – d'un État, s'étant vu reconnaître le droit de garder sa culture, sa langue, et même de rester fidèle à l'influence culturelle et linguistique suédoise, elle put tirer bénéfice de son rattachement à la Russie pour parachever l'œuvre de développement national commencée du temps de la domination suédoise. La nation finlandaise prit conscience de sa spécificité et de ses ambitions au sein d'un État qui était certes un protectorat, mais que la Russie traitait avec tolérance et surtout avec distance. La Finlande fut aussi autorisée à préserver son organisation sociale subdivisée en ordres, à conserver une paysannerie libre et un système éducatif où dominait l'inspiration luthérienne. Elle fut, dans l'Empire russe, une exception, une sorte de terrain d'expérimentation des transformations que l'ensemble du pays connaîtrait brièvement un jour.

Dans toutes les autres possessions européennes de la Russie, l'évolution fut assez uniforme. Elle se caractérisa dans un premier temps par la tentative de faire appel aux élites nationales en les associant au pouvoir. Puis, au fil des événements – révoltes polonaises de 1830 et 1863, apparition d'un fort mouvement slavophile, changement de souverain –, on constate une tentation croissante de substituer à une emprise russe modérée une russification s'étendant à tous les domaines de la vie culturelle et sociale.

Les Baltes allaient pourtant jouir d'avantages assez proches de ceux de la Finlande, puisque leurs élites assurèrent durablement la direction et l'administration de la Livonie et de l'Estonie, et qu'ils conservèrent leurs organes traditionnels d'autogestion et les privilèges de leurs villes. Mais l'incorporation dans l'Empire pesa sur la paysannerie, qui fut asservie. Les Baltes connurent aussi quelques moments de régression de leur autonomie. Dans la dernière décennie de son règne, Catherine II avait déjà voulu les réduire au statut commun, mais Paul Ier avait rapporté ses dispositions uniformisantes ; ils conservèrent donc leurs privilèges politiques et leur liberté culturelle jusqu'au règne d'Alexandre III, mais, à partir de 1881, ils furent soumis, comme les autres nations, à une tentative – partiellement réussie – de russification en tous domaines. Elle frappa en premier lieu un système éducatif remarquable : la célèbre université de Dorpat fut russifiée et il en alla bientôt de même du reste de l'enseignement. Le gouvernement russe cherchait par là à séparer les populations d'une noblesse qui restait attachée à sa tradition germanique. Entreprise dangereuse, car les nationalismes estonien et letton se développèrent par réaction à cette pression russificatrice.

La Pologne fut soumise pour sa part à une politique changeante, parfois même désordonnée. Au moment de son incorporation à l'Empire, les souverains russes, souhaitant utiliser sa noblesse, intégrèrent à la noblesse russe, avec tous leurs privilèges, ceux de ses membres qui pouvaient faire la preuve de leurs titres. La langue polonaise resta en usage dans l'administration et les institutions judiciaires. La culture polonaise put s'épanouir dans les universités et les écoles. Mais, après le soulèvement de 1830, Nicolas Ier adopta à ce chapitre des solutions brutales : les universités de Varsovie et de Vilnius furent fermées, les écoles placées sous surveillance sévère. La langue russe fut progressivement introduite dans le système scolaire, l'administration et la justice.

Le soulèvement de 1863 entraîna un changement radical dans l'attitude russe à l'égard de la Pologne. Après cette date, la doctrine de Pétersbourg fut explicitée : si la Pologne n'était pas reprise en main et soumise de fond en comble à une russification, elle serait toujours en rébellion. Le gouvernement russe craignait aussi que les nationalistes polonais qui avaient choisi l'exil en Europe occidentale n'influencent leurs compatriotes. Quant aux slavophiles russes, très actifs à l'époque, ils militaient pour que la loi russe fût imposée totalement à la Pologne. La noblesse polonaise avait été privée de ses revenus lorsque Alexandre II avait aboli le servage ; elle fut aussi interdite de responsabilités régionales. Elle perdait par là même son rôle d'intermédiaire entre le pouvoir impérial et la société. La langue russe fut partout introduite au détriment non seulement du polonais, mais du biélorusse, de l'ukrainien et du lituanien. Progressivement, les fonctionnaires polonais furent éliminés de l'administration et la Pologne réduite au rang de province russe, statut qu'elle conserverait jusqu'à la Première Guerre mondiale.

Dernier territoire européen de l'Empire, l'Ukraine était pour la Russie une part indissociable de son identité, de son histoire, de sa culture. Elle avait donné à la Russie une chance de renouer des liens étroits avec la tradition occidentale, et, pour cette raison, Moscou, sous le règne du tsar Alexis, puis Saint-Pétersbourg, sous celui de ses successeurs, s'ouvrirent largement à l'élite ukrainienne. Les rapports culturels entre la Russie et l'Ukraine se développèrent dans deux directions opposées.

D'abord dans le sens d'une véritable importation des élites ukrainiennes par la Russie, dont le XIXᵉ siècle littéraire porte témoignage. Gogol est certes l'une des gloires de la littérature russe, mais c'est l'Ukraine qui nourrit une grande partie de son œuvre, et ses héros « petits-russiens » sont porteurs d'un message fort ambigu : leur obscurantisme, leur corruption ne sont-ils pas les fruits de la domination russe qui a oblitéré la civilisation venue de Kiev ? Comme le philosophe Mikhaïl Maksimovitch, Gogol incarna l'intégration de l'intelligentsia ukrainienne à la culture russe, mais aussi une certaine tendance à s'en émanciper.

De son côté, la Russie considérait que les élites ukrainiennes étaient russes ; que la Pologne avait certes tenté de les attirer de son côté, mais qu'il importait de les arracher à l'influence polonaise. Après le soulèvement de 1863, l'interdiction de l'étude de la langue et de tout écrit en ukrainien fut justifiée par la nécessité de saper l'influence politique que la Pologne cherchait à exercer par leur intermédiaire. L'enseignement à tous les niveaux se dispensa désormais en russe, de même que l'administration et la justice n'usèrent plus que du russe. Le centre d'une vie culturelle proprement ukrainienne se déplaça dès lors à Lviv (Lvov), en Galicie ; mais l'université de Kiev, qui était depuis 1834 le lieu privilégié d'étude de la langue et de la culture ukrainiennes, et vers laquelle se tournaient des élites de Russie, conserva, malgré les interdits, tout son prestige et son autorité intellectuelle. Deux Ukraines coexistent dès lors : la Petite-Russie, contrainte de s'aligner culturellement sur l'Empire, et l'Ukraine occidentale, qui deviendra le centre d'une renaissance nationale ukrainienne.

Depuis le règne de Catherine II, l'Ukraine était aussi le domaine des colons allemands qu'elle y avait appelés et qui jouissaient à l'origine d'un statut particulier, conservant leur langue, des organes d'autogestion et l'exemption des obligations militaires. Au cours du xixᵉ siècle et surtout dans sa seconde moitié, le sort favorisé des communautés allemandes fut progressivement remis en question, notamment par la suppression des organes d'autogestion et par la russification linguistique du système administratif. Mais ce n'est qu'à la fin du siècle, en 1890, que le russe fut introduit dans les écoles primaires, à égalité avec l'allemand. À la différence de la Pologne, la russification était loin d'y être généralisée ; elle marquait seulement l'intention d'incorporer culturellement, à terme, ces Allemands au peuple russe.

Les peuples de la partie asiatique de l'Empire étaient perçus par la Russie de manière toute différente. Ils étaient « asiatiques », c'est-à-dire barbares ; on les tenait donc pour étrangers à la civilisation tout court. Nul ne songeait à les « intégrer » ; il suffisait de les maintenir sous un contrôle efficace et de les contraindre à se comporter en sujets loyaux.

Au lendemain de la conquête de Kazan, les musulmans avaient été désignés comme *inovertsy* (adeptes d'une foi différente). Mais cette définition à partir d'un critère religieux céda la place, au xixᵉ siècle, à un concept scientifiquement plus ambitieux, celui d'*inorodtsy* (allogènes). Le terme fut d'abord appliqué dès 1798 aux peuples nomades pour qui Speranski élaborera en 1822 un statut juridique. Par la suite, tous les sujets asiatiques de l'Empire furent appelés « allogènes ». Seuls firent exception les chrétiens de Transcaucasie, Géorgiens et Arméniens, que le pouvoir russe, souvent oublieux de leur très ancienne culture, percevait certes comme asiatiques, mais dont il était cependant obligé de reconnaître la christianisation, combien antérieure à celle même de la Russie !

Pour les allogènes, surtout ceux désignés ainsi à l'origine, le problème des élites se posa en termes particuliers. Pour gouverner les petits groupes de chasseurs et de pêcheurs du Grand Nord, puis les clans ou tribus de Sibérie, les Russes choisirent la coopération avec les autorités traditionnelles, donc une large autogestion. Ces allogènes devaient acquitter le *yasak* et, pour certaines catégories, des impôts locaux, mais tous échappaient aux obligations militaires. Quant au problème linguistique, il ne se posait guère pour eux. Nombre de petits peuples ne disposant pas d'une langue écrite et les écoles étant inexistantes dans le Grand Nord, la Russie put se livrer – sur une petite échelle, au demeurant – à ce qu'elle tenait pour sa mission civilisatrice, c'est-à-dire commencer leur éducation.

Le problème de la langue fut résolu de manière fort différente selon qu'il s'agissait de musulmans ou de peuples chrétiens. Curieusement, les seconds furent traités bien plus rudement que les premiers, que la Russie n'aura jamais vraiment cherché à russifier. La coopération avec les élites, ou, pour les peuples moins avancés, avec les autorités traditionnelles, aura été un principe général de conduite pour l'Empire, qui cherchait ainsi à gagner la loyauté de ses sujets.

Le modèle adopté pour la partie orientale de l'Empire fut celui qui avait été expérimenté en pays tatar après une première phase russificatrice à laquelle Catherine II avait mis fin. Elle interdisait toute politique de christianisation forcée ou de russification linguistique à ceux qui avaient en charge le pays tatar et la Crimée. Et l'enseignement de la langue tatare était obligatoire aussi bien dans les établissements religieux – *mekteb* – que dans les écoles russo-tatares fondées plus tard par un professeur de l'Académie religieuse de Kazan, Ilminski. La solution que celui-ci élabora en 1863 mérite de retenir l'attention, car elle tentait de prévenir les difficultés à venir.

Le système scolaire fondé à Kazan par ce sage, et qui devait être étendu à tous les peuples orientaux de l'Empire, répondait à deux objectifs : former une élite d'origine musulmane, convertie au christianisme et d'esprit européen ; doter les peuples musulmans ou partiellement islamisés – les Kazakhs en premier lieu – de langues littéraires utilisant la graphie russe, afin de briser les solidarités que créait immanquablement le recours à une langue commune – arabe, tatar, etc. – et de les arracher à la tradition musulmane tout en leur assurant une identité culturelle propre. Le XIXe siècle aura été le temps d'une intense réflexion sur les cultures nationales des peuples orientaux de l'Empire dans la mesure où, après la conquête limitée à la Volga dont la Russie avait cru pouvoir assimiler sans difficultés les habitants, les grandes avancées en Asie centrale et au Caucase avaient transformé l'est et le sud de l'Empire en véritable univers musulman. Comment convaincre les allogènes de se montrer des sujets loyaux de cet Empire sans leur faire éprouver un sentiment de dépossession identitaire ? Comment former leurs élites ?

Les solutions hésitantes et souvent marquées de choix contradictoires élaborées à Kazan avant le règne de Catherine II, puis au cours de l'expansion ultérieure, ne pouvaient suffire. Les responsables politiques russes furent aidés dans leur réflexion par la volonté modernisatrice et occidentalisante de certains sujets de l'Empire. Au Kazakhstan, trois personnalités remarquables – un orientaliste, Tchokan Valikhanov, descendant des princes de la Moyenne Horde ; un ethnographe appartenant à une famille aristocratique du Kazakhstan,

Ibray Altynsaryn ; et le fils d'un chef de clan, l'écrivain Abay Kounanbaev – furent les avocats de la coopération avec les Russes. « Sans les Russes, disait Valikhanov, les Kazakhs ne sont que des Asiates, et le resteront », ce qui, pour cet occidentaliste passionné, n'était pas imaginable. À leur instigation, des écoles russo-kazakhes furent fondées dans la Steppe en 1840 ; les écoles militaires d'Omsk et d'Orenbourg ouvrirent grandes leurs portes à de jeunes élèves kazakhs ; et le développement d'une langue littéraire kazakhe fut leur ambition première. Point n'était besoin, dans ces conditions, d'imposer le russe dans la vie publique, puisqu'une élite fière de sa formation en langue russe s'y frayait rapidement une place. Quant aux responsables russes, ils défendaient l'idée que la langue kazakhe devait servir partout et en toute occasion pour autant que les intéressés en manifesteraient le désir.

Si la Steppe kazakhe mobilisait tant d'efforts, c'est que les Russes y étaient confrontés à des nomades que leur mode de vie rendait difficilement intégrables ; et surtout que la Steppe devenait le domaine de colons toujours plus nombreux, qui déstabilisaient la vie économique et les structures tribales des nomades. C'est pourquoi les autorités russes ressentaient la nécessité de se gagner des alliés dans cette région.

Il en alla tout autrement du Turkestan et des émirats placés sous protectorat russe. Au Turkestan, le général von Kaufmann, nommé gouverneur général en 1867, exposa d'emblée la politique qu'il entendait conduire dans sa région : ne pas se mêler des affaires de la population, ne pas s'ingérer dans ses convictions religieuses ni dans son mode de vie, et définir avec clarté l'étendue des droits dévolus à la population locale. S'agissant de la formation des élites, le Turkestan posait en effet un problème tout différent de celui que la Russie avait rencontré dans la Steppe. L'islam y était implanté de longue date et le Turkestan disposait déjà d'un réseau d'enseignement musulman très dense. Pour le général von Kaufmann, la question qui se posait était celle de l'attitude à adopter à l'égard des établissements islamiques existants. L'idéal, pensait-il, eût été de les fermer et de les remplacer par des écoles russes, ce qui eût assuré l'apprentissage de la langue russe. Mais cette solution était contraire à l'idée même de « non-ingérence » en milieu musulman. Kaufmann décida alors de créer des écoles élémentaires bilingues destinées aux enfants des Russes et des allogènes qui souhaiteraient les fréquenter. En réalité, beaucoup plus d'enfants russes que d'enfants allogènes furent ainsi scolarisés, ce qui empêcha ensuite les seconds d'accéder à l'enseignement secondaire et supérieur dispensé à Tachkent. Ces écoles obtinrent donc des résultats modestes ; elles n'en réussirent pas moins à former un embryon d'intelligentsia allogène qui, par la suite, put s'intégrer dans le système administratif et politique de la région. Mais le mot d'ordre était de laisser les allogènes libres de décider du type d'écoles où ils souhaitaient envoyer leurs enfants. Leur choix, on le verra, se portera plutôt sur des établissements non russes.

La participation des Turkestanais à la gestion des affaires publiques se faisait à l'échelon du district – *uezd* – où le commandant militaire russe était assisté de deux collaborateurs, dont l'un pouvait être originaire de la région. C'est dans les villages et les districts ruraux que les allogènes pouvaient détenir une certaine autorité, alors que dans les villes dominaient les responsables militaires russes. Kaufmann avait confié aux allogènes les responsabilités judiciaires et fiscales locales, mais il était convenu qu'en cas de conflit ou d'opposition à la législation russe les autorités du gouvernement général reprendraient le contrôle de toutes les affaires. La théorie de la non-ingérence du général von Kaufmann avait pour corollaire une exigence : la loyauté totale des intéressés à l'égard de la Russie.

Les difficultés qui se multipliaient dans la région étaient moins dues à l'hostilité des allogènes qu'au très faible degré d'éducation de la population nomade, incapable de choisir ses représentants et de trouver en son sein des cadres compétents. Du coup, les élections des élites locales furent manipulées par les Ouzbeks sédentaires, mieux pourvus matériellement, souvent urbains et qui connaissaient peu le monde des nomades. Circonstance aggravante : les administrateurs russes – des militaires relativement peu éduqués, eux aussi – étaient réputés corrompus et incompétents.

Si, dans un premier temps, Kaufmann fut loué en Russie pour la sagesse de son gouvernement et de ses méthodes – mais aussi pour ses conquêtes continues, puisque ses troupes n'avaient cessé de progresser en direction de l'Afghanistan –, il fut ensuite vivement critiqué. En 1882, une commission d'enquête se rendit au Turkestan pour évaluer la politique préconisée par le gouverneur général, qui n'était d'ailleurs plus en état de la défendre : l'année précédente, un accident cérébral l'avait privé de l'usage de la parole et l'avait laissé paralysé. Mais, si l'on jugea sa gestion trop onéreuse et parfois incohérente, les principes qui l'avaient guidée – la non-intervention, le maintien des langues locales, le recours à des collaborateurs loyaux – furent maintenus.

Pourtant, à Saint-Pétersbourg, on sous-estima longtemps l'intérêt de la région pour la Russie, hormis sur le plan stratégique. La présence russe au Turkestan nourrissait certes le rêve d'accéder à l'Inde et d'y concurrencer l'Empire britannique ; mais ce rêve était trop coûteux en termes de maintien de troupes. Quant à l'intérêt économique de la région, les hommes d'affaires russes et le gouvernement n'en étaient guère convaincus, du moins au début, et le petit nombre de colons qui s'y étaient aventurés témoignait du scepticisme général. Ce n'est qu'avec l'extension à l'Asie centrale du réseau ferroviaire transcaspien, et surtout avec l'achèvement de la liaison Orenbourg-Tachkent, au début du XXᵉ siècle, que le pouvoir russe commença à considérer que la région pouvait jouer un rôle important dans le développement économique de l'Empire.

Hésitant sur la manière de traiter ses sujets musulmans, l'Empire ne l'était plus dès lors qu'il était question des États vassaux chrétiens. La russification linguistique y fut une règle constante, même si le pouvoir russe chercha aussi – mais seulement à certains moments, marqués par des ruptures – à associer l'élite locale à sa gestion des affaires publiques. En Géorgie et en Arménie, la langue des écoles fut le russe, y compris dans les établissements de formation religieuse. Quant à l'impression d'ouvrages dans ces langues, elle fut interdite. Tout au contraire, dans les territoires musulmans du Caucase, la tolérance qui prévalait en Asie centrale servit aussi de ligne de conduite. À la différence du sort réservé aux États chrétiens de Transcaucasie, le pouvoir russe, dès lors qu'il traitait avec les allogènes, n'intervint pas dans le domaine de l'éducation. L'islam resta toujours une des grandes inquiétudes du système colonial russe, convaincu que la religion du Prophète pouvait mobiliser les populations qui s'en réclamaient et déstabiliser l'ensemble de l'Empire. De là l'extrême prudence avec laquelle il traita ces peuples. De là aussi le privilège qui leur était accordé de ne pas être appelés à servir dans l'armée.

Chapitre VI

Pax russica II

De même que l'Empire a imposé à ses sujets une politique différenciée, tantôt pour les intégrer administrativement et culturellement, tantôt pour respecter leurs différences, de même et plus encore, lorsque la religion est en cause, les statuts des Églises et des cultes varient dans l'espace qu'il domine.

Peut-être faut-il, pour bien comprendre le problème, considérer d'abord le rôle de l'Église orthodoxe dans l'Empire. Église autocéphale, elle a été, depuis le début du règne des Romanov, une composante essentielle du système politique russe. Le premier souverain de la dynastie, Michel, était fils d'un dignitaire de l'Église qui fut élevé au patriarcat; le pouvoir fut dès lors partagé entre celui qui incarnait l'autorité spirituelle et le détenteur de l'autorité temporelle. Jusqu'au règne de Pierre le Grand, Dieu et César furent à égalité les maîtres de la Russie. La reconquête des territoires occupés par les catholiques ou par les Tatars musulmans, tout autant que la chute de Byzance, un siècle et demi avant l'accession au trône des Romanov, avaient nourri la prétention des responsables russes, religieux et laïcs, à présenter la Russie comme la Troisième Rome. Tout contribua donc, jusqu'en 1721, à placer l'Église russe en position d'inspirer l'idéologie de l'État et, souvent, de participer au pouvoir. En 1721, Pierre le Grand, résolu à réduire l'Église à un rang second, sans pouvoir politique, supprima le patriarcat et plaça la hiérarchie religieuse sous l'autorité d'une instance émanant du pouvoir d'État, le Saint-Synode.

Si c'en était fini de l'autorité politique dont avait joui l'Église, celle-ci n'en resta pas moins l'Église de l'État et de la Russie, celle qui assurait l'unité et fournissait les références morales du régime et de la société. Aussi longtemps que les Tatars avaient dominé l'espace russe, c'est contre les catholiques de Pologne-Lituanie que s'était affirmée l'orthodoxie de l'État russe. Dès le XVe siècle, le grand-prince de Moscou avait été soutenu par le métropolite de la capitale – le patriarcat ne serait créé qu'en 1589 – dans sa prétention à rassembler les terres de la Rus', c'est-à-dire du peuple orthodoxe. Au XVIe siècle, l'Empire mongol déclinant, l'Église orthodoxe soutint ce qui allait devenir une véritable croisade contre l'islam. Le rôle national de l'Église orthodoxe s'est donc très tôt confondu avec son rôle religieux, et l'orthodoxie a été le trait dominant d'une nation russe en train de prendre conscience d'elle-même. Faut-il dès lors s'étonner si l'Empire, lorsqu'il se constitue et se trouve d'emblée confronté à d'autres religions, a dû définir sa politique à la fois à l'égard des fidèles de Mahomet et vis-à-vis du Vatican?

Avant la conquête et en dehors des raids, Russes et musulmans avaient déjà eu quelques habitudes de vie commune. Des Tatars vivaient à Moscou depuis le début du XVe siècle et y formaient une communauté qui tendait à en coloniser certaines zones. La ville porte encore les traces de cette cohabitation dans les vocables tatars dont sont dérivés certains noms de rues ou de quartiers – Kitaigorod, du turc *kitai*, forteresse; Baltchug, mot tatar signifiant « terrain argileux » ; Arbat, dont on ne peut dire avec certitude si l'origine est *arba* (tatare) ou *arbad* (arabe), mais qui sans aucun doute fut ainsi nommé par des musulmans.

Invention d'une politique musulmane

Premiers sujets conquis, donc : les Tatars. Les Russes pouvaient-ils oublier que ces musulmans avaient été leurs conquérants pendant près de trois siècles ? Les impératifs religieux se doublaient à leur égard d'un esprit de vengeance qui se traduisit au début par une politique de conversions forcées. Le premier artisan en fut, à Kazan, l'archevêque Gouri, qui venait d'y être nommé. Il fut chargé de convertir, mais de le faire sans violence. Tout, cependant, se passa dans un climat de terreur, puisque les mosquées furent rasées tandis que des Églises orthodoxes étaient partout érigées à la hâte, symboles de la domination russe, certes, mais aussi du triomphe de la Croix sur le Croissant.

La politique de conversion qui se poursuivit jusqu'au Temps des troubles donna naissance à une communauté non négligeable de Tatars convertis que l'on nomma *Kriachtchen*. Les premiers Romanov se montrèrent ensuite plus prudents, freinant ces conversions qui provoquaient un mécontentement visible parmi la population tatare. Mais, avec Pierre le Grand, la politique de christianisation à outrance reprit et dura jusqu'à ce que Catherine II y mît fin.

Le pouvoir russe avait jusqu'alors opéré une distinction brutale entre deux catégories de Tatars : ceux qui acceptaient de se convertir et ceux qui résistaient au prosélytisme orthodoxe. À l'intention des premiers, le nouvel archevêque de Kazan, Mgr Tikhon, fonda une école destinée à des enfants convertis – on les y enrôlait souvent de force – qui, ayant une parfaite maîtrise du tatar, étaient chargés ensuite de convertir à leur tour leurs compatriotes. L'entreprise n'eut guère de succès, en dépit des pressions exercées sur les néophytes. Malgré cet échec, d'autres écoles et un séminaire pour Tatars furent ouverts en 1728 ; un Tatar fut même ordonné prêtre orthodoxe.

Ayant échoué à convaincre les Tatars de renoncer à leur foi et constatant le faible effet des pressions et actes de violence, notamment des baptêmes forcés, le pouvoir recourut ensuite à des mesures d'intimidation administratives et fiscales. Pour les convertis, exemption d'impôts pendant trois ans et pas d'obligations militaires. À ceux qui refusaient d'épouser le christianisme, les impôts et la conscription. En 1728, le pouvoir russe franchit un pas supplémentaire en interdisant aux musulmans tout prosélytisme ; celui-ci était sanctionné par la destruction des mosquées qui y serviraient, voire, pour ceux qui s'y livreraient, par la peine de mort. D'année en année, les persécutions s'aggravèrent. En 1731, on commença à expulser de leurs villages les musulmans fidèles à leur foi dès lors que s'y trouvaient des convertis, au prétexte de préserver ces derniers d'une influence pernicieuse. Et l'on créa à Kazan le « Comptoir des néophytes », chargé de convertir massivement. Il y réussit, à cette nuance près que la majeure partie des nouveaux chrétiens étaient des animistes et non pas des musulmans qui, eux, s'opposaient fermement, en dépit des pressions et des représailles, à l'idée de renier leur foi.

Catherine II mit fin à ce prosélytisme chrétien. Le revirement qu'elle imposa à la politique russe tenait certes au constat de l'opposition violente qu'elle avait suscitée, mais aussi à l'attachement de l'impératrice aux idées libérales des philosophes français dont elle se réclamait. Sans doute était-elle une orthodoxe fervente, convertie lors de son arrivée en Russie à l'âge de quinze ans ; mais elle n'avait pas pour autant abandonné l'esprit de tolérance de ses maîtres français. Enfin, durant la révolte de Pougatchev, qui avait failli briser son règne, elle avait pu constater que les Tatars, auxquels le chef cosaque en appelait, avaient, tout comme les Bachkirs, répondu dans une certaine mesure à l'attente du rebelle. La loyauté toute relative dont ils avaient dans l'ensemble fait preuve à l'occasion de cette crise était compréhensible : les dispositions moins hostiles aux musulmans adoptées par Catherine II dès le début de son règne n'avaient pas suffi à faire oublier un passé d'intolérance.

Le Comptoir des néophytes avait alors été dissous. Les mesures militaires discriminatoires pesant sur les musulmans qui ne se convertissaient pas avaient été rapportées ; dès ce moment, toute la population allogène, quelle que fût son affiliation religieuse, n'avait plus été soumise aux obligations militaires, et elle avait été dotée d'un régime fiscal unifié. En 1767, les Tatars furent conviés à participer à la Grande Commission législative, et leurs députés purent exposer à loisir leurs doléances et réclamer le droit de professer leur religion. Ils furent entendus. Catherine II autorisa alors la construction d'une mosquée à Kazan – 80 % des mosquées avaient auparavant été détruites –, puis leur édification sur tout le territoire conquis ; elle interdit enfin les conversions forcées : en 1773, dans une déclaration intitulée *Tolérer toutes les religions*, elle évoqua particulièrement l'islam et enjoignit aux autorités et aux missionnaires orthodoxes de ne plus chercher à imposer leur confession. La même année, l'oukaze du 17 avril reconnaissait la liberté religieuse à tous les musulmans de l'Empire et leur accordait le droit de construire des mosquées et d'ouvrir des écoles religieuses. C'était la réponse aux revendications des délégués tatars adressées à la Grande Commission.

Dernière étape de ce tournant : l'impératrice dota l'islam d'un statut administratif propre, qui en faisait une religion légale de l'Empire. En 1782, un muftiat fut installé à Orenbourg, puis transféré à Oufa ; une Assemblée spirituelle des musulmans compléta le dispositif en 1788. Le mufti, nommé par décret par le gouvernement russe, était, comme les membres du Saint-Synode, rémunéré par le pouvoir russe. Il avait autorité sur les Tatars et les Bachkirs en matière religieuse, mais aussi en matière civile, car le droit musulman était reconnu dans ces régions, sauf pour les cas de crimes. Seuls les Kazakhs musulmans déjà annexés échappaient à l'autorité du mufti, puisqu'ils se réclamaient de leur propre droit coutumier – *adat* – et non de la charia.

La tolérance prônée par Catherine II eut des conséquences religieuses, mais aussi économiques. Sur le plan religieux, cette politique assura une certaine loyauté des allogènes à la Russie. Pougatchev n'aurait pas fait recette dix ans plus tard en pays tatar, car ses habitants étaient réconciliés avec une Russie qui acceptait leur spécificité. Mais une autre conséquence non moins remarquable et imprévue fut un certain recul du christianisme : libres de leur choix, nombre de musulmans christianisés décidèrent d'en revenir à l'islam. Et dès lors qu'elle bénéficiait de la liberté d'éduquer, de propager sa doctrine, d'imprimer le Coran et de prêcher, la foi du Prophète gagna d'autant plus de terrain que les Tatars percevaient aussi l'islam comme une expression de leur identité face aux Russes qu'ils n'avaient plus de raison de haïr, mais dont ils se voulaient différents. Au cours de ces années – presque un siècle –, la tolérance assura une véritable expansion de l'islam, même là où il était peu implanté, dans la steppe kazakhe ou chez les petits peuples animistes – Tchouvaches, Oudmourtes, Maris.

Asie centrale : le compromis

L'effet économique de la politique de tolérance religieuse mérite aussi mention. Durant cette période où la progression russe tendait à s'orienter vers l'Asie centrale et le marché des émirats, les négociants russes se heurtaient à un obstacle de nature confessionnelle : les infidèles y étaient en effet frappés d'interdit. Les Tatars, en revanche, y étaient les bienvenus. Catherine II décida d'utiliser les marchands tatars, qu'elle traitait en classe privilégiée, comme intermédiaires à son service. Ainsi, encouragés par la Russie, ces marchands s'installèrent en Asie centrale et en Sibérie, atteignant même la Mandchourie et la Chine, partout partenaires premiers du commerce local. Ce rôle dévolu à la bourgeoisie marchande tatare la renforça. Les Tatars y gagnèrent aussi une influence culturelle en Asie centrale, où ils apportaient leur dynamisme économique et l'islam. Les Kazakhs (ou Kirghiz) ont ainsi été islamisés par les mollahs tatars arrivés sur les terres de la Moyenne Horde à la suite des marchands.

L'emprise des Tatars sur l'Asie centrale aura eu un corollaire inverse : l'influence exercée par l'islam d'Asie centrale sur l'islam tatar. Ce dernier, presque déraciné par la christianisation forcée des XVIe et XVIIe siècles, avait été affaibli. La politique de tolérance promulguée par Catherine II incita les Tatars à aller étudier dans les grandes écoles islamiques (ou *medresseh*) des émirats, en premier lieu Boukhara, afin de renouer les liens coupés avec le savoir islamique. Or, si ces *medresseh* étaient prestigieuses, elles étaient aussi porteuses d'un islam traditionaliste et fanatique. Ainsi, d'Asie centrale à Kazan se développa un islam conservateur qui allait conférer un caractère particulier au nationalisme tatar, car, comme l'écrira l'orientaliste russe Barthold, « pour un peuple privé de son indépendance politique, la religion est la seule expression de son unité nationale ».

Au cours de la seconde moitié du XIXe siècle, la politique russe envers l'islam allait être modifiée ou du moins rendue plus difficile, car cette période fut marquée par l'entrée dans l'Empire de peuples musulmans successifs dont les situations et les comportements religieux lui imposaient de s'adapter à chacun.

Le Caucase, conquis en 1856 après la défaite de Chamil, incitait déjà à une réflexion nouvelle. Le soufisme y dominait, impliquant une influence iranienne et turque. La situation était compliquée par l'existence de plusieurs confréries ou *tariqat* – Naqchbandiya, Qadiriya, Chaziliya – qui se greffaient souvent sur les structures tribales et claniques des peuples de la région. L'autorité russe se trouva ainsi confrontée à des systèmes d'autorité divers, enracinés dans l'organisation sociale et jaloux de leur indépendance. Même si la Qadiriya, fondée au XIIe siècle, avait deux cents ans d'antériorité sur la Naqchbandiya, la seconde exerça une influence considérable au Caucase et au Daghestan, parce qu'elle attirait aussi bien sunnites que chiites, branches musulmanes présentes toutes deux dans la région. La pénétration russe au Caucase s'était, on l'a vu, rapidement heurtée à l'opposition de chefs religieux : Cheikh Mansur, Gazi Muhammad et surtout Chamil. Le prestige de ces imams qui proclamaient la guerre sainte contre la Russie et se posaient en fondateurs d'un État théocratique ne pouvait laisser espérer un accord entre la puissance chrétienne et l'islam. Tolstoï a décrit le face-à-face entre Nicolas Ier et Chamil comme celui de deux absolutismes, l'européen et l'asiatique. En dépit du jugement sévère qu'il portait sur la guerre du Caucase, l'écrivain soulignait par là le caractère inconciliable de ses deux chefs de file, dont l'un, combien prestigieux, Chamil, incarnait l'islam. Après la reddition de ce dernier et le ralliement à la Russie des clans qui se réclamaient de lui et de la confrérie des Naqchbandis, il est intéressant de noter que nombre d'entre eux, dans un second temps, rejoignirent la Qadiriya dont l'orientation antirusse était très marquée. Quant aux montagnards rebelles, soit ils fuirent en Turquie, soit ils s'installèrent dans un isolement hostile où leur foi leur servit de rempart contre une Russie qui dut se contenter de maintenir par la force l'ordre dans la région. Aucune autre politique ne fut alors imaginée.

Du coup, c'est le Turkestan, cas en apparence plus simple, qui retint l'attention. Sa conquête, entre 1865 et 1884, achevée par la prise de Merv, fut relativement aisée. Elle entraîna une réévaluation de l'attitude officielle à l'égard de l'islam. Le Turkestan et les émirats étaient peuplés de musulmans convaincus sur lesquels les Tatars s'étaient attachés à exercer leur influence religieuse et économique. Dès lors, deux impératifs s'imposaient à la Russie : éviter la formation d'un « front musulman » ; traiter chaque région en fonction de ses spécificités et de la manière dont s'y posait le problème de l'islam. Voilà qui explique que plusieurs politiques furent alors simultanément mises en œuvre.

La Russie voulut d'abord éliminer d'Asie centrale les Tatars, leur activité y devenant plus gênante qu'utile. Installée là grâce à ses conquêtes, la Russie n'avait plus besoin de ces intermédiaires, devenus pour elle des rivaux dont, de surcroît, la position était affectée par le développement des liaisons ferroviaires directes entre la métropole et les territoires conquis. Ainsi, Kazan n'était plus le point de passage obligé des échanges. Affaiblis économiquement, les Tatars l'étaient aussi religieusement, victimes du prosélytisme orthodoxe qui avait repris sur leur territoire et entraînait un regain de conversions. Pour la Russie, celles-ci devaient, à terme, provoquer une dénationalisation des Tatars ralliés au christianisme, les Kriachtchen, que l'on encouragea alors à constituer un groupe distinct à l'intérieur de leur communauté nationale ; c'était une forme d'assimilation rampante. Pour entretenir la foi des convertis, les associations religieuses orthodoxes se multiplièrent à Kazan, organisant des réunions et surtout publiant à leur intention des textes orthodoxes en langue tatare. L'élite nationale tatare comprit les dangers d'une politique qui divisait leur communauté en opposant musulmans et chrétiens ; on verra plus loin les réponses qu'elle y apporta.

L'habileté de la politique religieuse russe consista à multiplier les statuts différents. Aux Tatars soumis à une christianisation brutale ou rampante, il convient ainsi d'opposer leurs frères de Crimée, traités tout autrement. Ceux-ci avaient conservé leurs biens *waqf* (biens de mainmorte), alors qu'à Kazan ces biens avaient été confisqués par l'État russe. La conséquence en fut qu'au clergé de Kazan, appauvri et désemparé par une perte de prestige incontestable, s'opposait la puissance du clergé criméen qui, fort de ses richesses préservées, était disposé – tout comme la noblesse de Crimée que la Russie avait reconnue et intégrée sans lui demander de rompre avec l'islam – à coopérer avec le pouvoir russe, à condition que ses privilèges ne fussent pas remis en cause. Ainsi la Russie évita-t-elle adroitement qu'une solidarité musulmane unît Tatars de Kazan et Tatars de Crimée.

Dans la steppe kazakhe, la politique russe visa à préserver les nomades tardivement islamisés de l'influence culturelle que les Tatars tentaient d'exercer sur eux. Deux principes aidèrent la Russie à réaliser cet objectif. Elle avait en premier lieu fondé ses espoirs sur la noblesse kazakhe, dont elle n'avait ni rogné les richesses ni ébranlé le statut, même si elle ne l'avait pas intégrée dans la noblesse russe ; honorée, cette noblesse allait être le fer de lance de la modernisation du peuple kazakh en collaboration avec les Russes. Second principe : respect de l'islam, superficiellement implanté et donc jugé peu dangereux, et respect des traditions sociales propres à la société nomade. En résumé, pas de russification, mais une coopération visant à assurer l'évolution de la société vers une modernité combinant progrès intellectuel et maintien des traditions.

On a vu combien le système scolaire russo-kazakh répondait à cette ambition, de même que le soutien russe au développement de la langue nationale. Cette politique, qui écarta durablement les Kazakhs de l'influence tatare, eut pour effet d'assurer à la puissance impériale des années de paix dans la Steppe. Paix qui allait être rompue, à la fin du XIXe siècle, par l'afflux massif de colons russes qui chassèrent les Kazakhs des meilleures terres, ce qui entraîna de leur part une vive réaction d'hostilité. Mais le moment n'est pas venu d'évoquer cette réaction : c'est encore la politique subtile et originale de la Russie dans la Steppe au cours des années 1840-1890 qui constitue une des composantes les plus remarquables de la *pax russica* en milieu musulman.

En Asie centrale, la Russie joua le jeu d'une coopération religieuse d'un type particulier : conservatrice, dogmatique, destinée à isoler la région de toute influence extérieure. Le clergé y conserva le bénéfice des *waqf* – une fois encore, la différence avec le traitement subi par les Tatars est ici saisissante –, et la Russie n'intervint guère dans son existence ni dans ses orientations. Tout au contraire, l'enseignement des écoles coraniques, fidèle à une tradition inchangée, parut le meilleur garant de la stabilité sociale. Aussi le pouvoir russe le protégea-t-il. Dans les émirats sous protectorat, surtout à Boukhara, prestigieux centre religieux, la Russie ne pouvait intervenir, mais il lui importait que l'Asie centrale tout entière ne devînt pas un espace cohérent unifié autour de l'islam. À chacune des parties de l'espace centro-asiatique la politique russe reconnut donc une spécificité.

Dernier centre de l'islam : la Transcaucasie, où les Azéris avaient les yeux tournés à la fois vers la Perse, en raison des solidarités chiites, et vers la Turquie, leur langue étant turque et eux-mêmes tendant à se dire Turcs. La politique russe fut caractérisée à leur égard par la tolérance. L'attachement des Azéris à l'islam fut respecté et on ne tenta nullement de pratiquer une politique russificatrice au détriment d'une culture turco-iranienne dont on comprenait le puissant enracinement. L'hostilité des Azéris à l'égard des Arméniens les mobilisait aussi davantage que celle qu'ils pouvaient vouer à la présence russe.

L'habileté de la politique suivie par l'Empire tenait à l'évaluation de tous les facteurs contradictoires qui faisaient de la Transcaucasie musulmane une zone peu préoccupante pour lui. De surcroît, la découverte, dans les dernières années du XIXe siècle, du pétrole, la transformation rapide de Bakou en centre industriel allaient rapprocher Russes et Azéris autour d'un même intérêt, et écarter le pays azéri, doté d'un tel pactole, du reste du monde musulman.

Une large partie de son nouvel espace impérial étant musulmane, la Russie, qui, depuis le XVIe siècle, avait intégré l'islam dans la définition de sa politique en territoires conquis, a su en faire durant plusieurs décennies un élément de paix dans ses relations avec ses administrés.

Les relations religieuses avec les peuples chrétiens furent en revanche marquées par l'intolérance dès lors que ceux-ci relevaient de Rome ; ils furent l'objet de politiques différenciées lorsqu'il s'agissait des peuples chrétiens du Caucase. On a déjà évoqué le cas de ces derniers : la mise sous tutelle de l'Église de Géorgie, le respect affiché pour celle d'Arménie. Ces oppositions ne sont pas sans rappeler les différences de traitement des Tatars à Kazan et en Crimée. La Russie prévenait ainsi la formation éventuelle d'un front des chrétiens du Caucase. Elle ne pouvait accepter que leurs Églises autocéphales devinssent un jour les centres d'une opposition commune.

Le Vatican, c'est l'ennemi !

Polonais et Ukrainiens – ces derniers lorsqu'ils étaient catholiques – auront eu à payer le prix de leur attachement à Rome. Qu'ils fussent chrétiens ne troublait en rien ceux qui, à Pétersbourg, définissaient les moyens les plus sûrs d'empêcher les Églises d'être un lieu de rassemblement de la conscience nationale. La Russie avait de longue date réfléchi à ses rapports avec les fidèles d'une Église rattachée à une autorité extérieure, le Vatican. Le tsar Alexis, qui avait intégré des Ukrainiens catholiques en 1654, avait certes imposé son autorité à l'Église d'Ukraine; en 1686, le patriarche avait été habilité à nommer non seulement le métropolite de Kiev, mais aussi le clergé local, et un grand nombre de prêtres russes furent alors envoyés en Ukraine. Mais Alexis s'accommoda néanmoins de l'existence des catholiques ukrainiens. Très hostile à l'Église orthodoxe, soucieux de l'affaiblir, Pierre le Grand était quant à lui partisan d'une cohabitation entre catholiques et orthodoxes, à condition que les premiers s'abstinssent de tout prosélytisme. Catherine II fut d'abord fidèle à ses principes de tolérance avant de s'opposer non pas aux catholiques en tant que tels, mais au Vatican. Elle avait soutenu les Jésuites lorsque le pape Clément XIV avait ordonné la dissolution de l'ordre, puis décidé seule de promouvoir l'évêque de Mohilev au rang d'archevêque.

La conquête par l'Empire de territoires polonais allait donner à la politique russe une inflexion nettement anticatholique. Après le soulèvement de 1830, l'Église romaine fut accusée d'encourager la rébellion, et le pouvoir russe abolit ses principales structures. En 1839, l'Église uniate fut dissoute dans les territoires de l'Ouest et ses fidèles intégrés de force à l'Église orthodoxe. Alexandre II revint dans un premier temps sur la politique anticatholique de Nicolas Ier et fit quelques concessions à l'Église polonaise en nommant un archevêque au siège vacant de Varsovie; mais le soulèvement de 1863 l'incita à mettre fin à cette détente momentanée et à attaquer partout l'Église romaine. En Pologne, les évêques furent démis, les monastères fermés, les rapports avec Rome prohibés. L'Église uniate subit de même la rigueur de la répression. Lorsque Alexandre III monta sur le trône, les Églises catholique et uniate n'avaient plus d'existence tangible dans l'Empire. Enfin l'Église luthérienne, puissante dans les provinces baltes, souffrit elle aussi de cette intolérance ; sans être formellement interdite, elle fut, de même que ses fidèles, l'objet de pressions constantes destinées à encourager les conversions à l'orthodoxie.

Maître d'un espace hétérogène où civilisations, religions, traditions se côtoyaient, s'interpénétraient, voire se bousculaient, l'Empire russe, dans le double souci de tenir compte de situations très différentes et d'éviter d'unifier des oppositions, avait très tôt eu pour principe de gouvernement de ne pas adopter une politique rigide et uniforme. Cette approche subtile est compréhensible à la lumière des curiosités de l'élite intellectuelle russe, même si son homologue bureaucratique ne les partageait pas toujours. La continuité de l'espace impérial explique en partie les affinités de cette élite avec certains peuples conquis. Les liens intellectuels entre Russes, Ukrainiens, Polonais et Baltes étaient anciens, le pouvoir les avait même encouragés à diverses périodes, et ils avaient enrichi la Russie. L'intérêt des élites pour le Caucase et le monde musulman n'était pas moindre. Dès 1716, Pierre le Grand n'avait-il pas ordonné qu'une traduction du Coran fût faite en russe ? Elle fut reprise en 1792 et suivie de plusieurs autres traductions. Quant à Catherine II, elle avait fait imprimer en 1787 par l'Académie des sciences le texte arabe du Coran. Comment s'étonner dès lors de l'attention portée à la civilisation et à la littérature de l'Islam par de grands auteurs russes tels que Joukovski, Griboïedov mais aussi Pouchkine et Lermontov ? Cette attirance des écrivains, dont Léon Tolstoï témoigna également en étudiant à la faculté des langues orientales l'arabe et le persan, aura eu pour corollaire l'émergence en Russie d'une puissante école d'orientalistes et la constitution de fonds de sources orientales d'une qualité exceptionnelle. Les administrateurs – généralement militaires – russes auront ainsi souvent subi l'influence de cette élite intellectuelle et cherché, au-delà d'une politique de puissance, à mieux comprendre la nature de cet empire multiple, eurasien, qu'était leur patrie.

Dans sa volonté d'instaurer une *pax russica*, le pouvoir russe aura combiné la recherche pure et simple de l'ordre sur les terres dominées et le rêve de forger un empire reconnaissant les diversités culturelles pour assimiler progressivement une gamme si différente de peuples et de civilisations. Si, durant quelques décennies, ce rêve parut entrer dans la réalité, les réactions des peuples conquis, que la Russie croyait pouvoir contrôler à défaut de toujours les assimiler, dessinent l'autre face de cet empire.

Chapitre VII

Le « Tsar blanc » ébranlé

La *pax russica* a produit une si forte impression sur le monde extérieur qu'à la fin du siècle, gouvernements et investisseurs se précipitent en Russie pour prendre part à sa puissance. Pourtant, au moment même où la Russie fascine les pays en quête d'alliances et les hommes en quête de richesses, une question commence à se poser : n'est-ce pas un mirage qui s'offre aux yeux, et non la réalité de la puissance ?

Les souverains russes étaient pour leur part convaincus que « l'ordre régnant à Varsovie » s'était étendu à tout l'espace dominé ; que si le temps des conquêtes était achevé, celui de la puissance du « Tsar blanc » serait sans fin. Ces certitudes ont durablement rassuré Alexandre III et Nicolas II, et inspiré leurs politiques intérieures.

L'un et l'autre étaient pourtant conscients des oppositions montantes en Russie : Alexandre II, le tsar libérateur, n'avait-il pas trouvé la mort en 1881 sous les coups d'un terroriste après toute une série de tentatives d'assassinat ? Ses successeurs se persuadaient néanmoins que la contestation et ses violences étaient le fait de minorités dont une politique coercitive aurait raison. Ils estimaient aussi que l'épopée impériale, témoignage de la puissance russe, contribuerait à vaincre les oppositions. En somme, pour eux, la *pax russica* était garante de la solidité de tout le système politique russe. Ainsi rassurés, les deux derniers souverains ne virent pas que, dans les interstices de cette *pax russica*, de subtils changements s'opéraient, annonciateurs d'ébranlements futurs.

La partie orientale de l'Empire fut la première affectée par de telles évolutions. C'est là que des peuples allaient progressivement s'interroger sur leurs rapports avec leurs dominateurs, réfléchir à leur identité et mettre en question la légitimité de la présence russe sur leur sol.

Tradition ou réforme ?

Premier conquis, premier soumis à une politique de christianisation et de russification, le peuple tatar est aussi – faut-il s'en étonner ? – le premier à prendre conscience du tribut payé à sa confrontation avec les Russes et des menaces que celle-ci fait peser sur son identité. La division de sa communauté entre convertis et musulmans, sciemment organisée par le pouvoir russe, les entraves et plus encore les interdits pesant sur la vie des fidèles et l'activité des clercs n'auront-ils pas pour conséquence, à terme, de briser l'unité du peuple tatar, jusqu'alors rassemblé autour de sa foi et de sa langue ? Ce peuple s'enorgueillit aussi de son influence extérieure en Asie centrale, où il assume traditionnellement des fonctions culturelles et commerciales qui donnent toute son extension à la notion de communauté turco-musulmane. Or, après 1860, les Tatars sont évincés de cette région, repoussés vers leur espace d'origine, privés du rôle qui leur conférait jusqu'alors un grand prestige. À constater ces reculs, ils s'interrogent sur les moyens de préserver au mieux leur communauté et ses intérêts. Et ils hésitent alors entre deux réactions : peuvent-ils sauvegarder leur identité et leur communauté en s'enfermant dans leurs certitudes religieuses, pour mieux fermer la voie à toute influence russe ? ou est-il une réponse autre que le conservatisme rigoureux ? Une réponse qui leur permettrait d'échapper à l'assimilation voulue par les Russes tout en s'adaptant au monde moderne ?

Considérant qu'on ne peut préserver l'identité turco-musulmane en s'isolant et en se tournant vers le passé, les élites tatares penchent en majorité pour la seconde solution. L'autre attitude leur avait déjà nui, paralysés qu'ils étaient par le dynamisme russe. La bonne méthode, ils le pressentent, consiste à revendiquer leur identité mais en empruntant aux Russes les moyens de s'adapter au monde moderne ; le salut réside dans la combinaison de la tradition et de l'ouverture à leur temps.

Cette réflexion novatrice, les Tatars la doivent à l'un de leurs plus remarquables intellectuels, Ismail bey Gasprinski (1851-1914). Originaire d'une famille de la petite noblesse de Crimée, Gasprinski avait fait ses études à l'école des cadets de Moscou, puis avait complété sa formation en France et en Turquie. De ce triple apport, il avait en premier lieu tiré sa curiosité pour les idées slavophiles qui jouissaient alors d'une large influence en Russie. Les slavophiles, enfants du romantisme, qu'ils voulaient adapter à leur pays, étaient convaincus que la Russie devait trouver une voie propre vers la modernité en prenant appui sur sa culture et sur son histoire. Mais loin de s'enfermer dans le seul cadre de la Russie, ils prétendaient étendre leur conception à l'ensemble des peuples slaves pour en faire le ciment d'une unité fondée sur la religion commune, l'orthodoxie, et sur la parenté des langues et des cultures. Cette conception du panslavisme, unissant la volonté de préserver les identités et de rassembler une communauté de culture et de foi, ne pouvait que séduire Gasprinski. Formé aussi aux idées des Jeunes-Turcs et de la Révolution française, il rejoignait le panslavisme dans son aspiration à concilier identité et communauté ; mais au monde slave il substituait le monde turc, et, parti de sa Crimée natale, il aspirait à l'incorporer à la composante turque de l'Empire et à moderniser celle-ci dans un commun effort fondé sur la foi, la langue et la culture partagées. Comme les panslaves, il croyait au ciment religieux et à la nécessité de préserver une communauté étendue. Avec les Jeunes-Turcs, il était convaincu de la nécessité, pour son peuple et pour les peuples turcs de l'Empire, de se moderniser et d'emprunter au conquérant son expérience de l'adaptation à un monde en bouleversement. Gasprinski rejetait les nostalgies conservatrices de nombre de ses compatriotes, leur répétant qu'il fallait ancrer le peuple tatar dans l'ère des changements économiques, de l'industrialisation, de l'espace ouvert par le progrès des transports, et que, pour y atteindre, la société se devait d'être éduquée. La Russie, pour lui, faisait partie du monde occidental et l'expérience russe devait aider ses compatriotes à trouver place dans ce monde. Il écrivit alors : « La Russie est la médiatrice entre l'Europe et l'Asie, entre le savoir et l'ignorance, entre le mouvement et l'immobilisme. »

Pour diffuser ses idées, Gasprinski fonda en 1883 un journal au titre significatif : *Terjuman* (« L'Interprète » ou « Le Truchement »). Mais l'éducation restait sa préoccupation première, car il pressentait qu'elle serait le principal champ d'affrontement entre conservateurs et réformateurs, en Crimée d'abord, et, au-delà, dans toute la composante musulmane de l'Empire. Gasprinski échoua en partie à mettre en œuvre la partie linguistique de son projet. Rêvant d'unifier les peuples turcs autour d'une langue commune, il pensait que, pour y parvenir, il fallait leur proposer une langue simple, accessible à tous, libérée de trop nombreux emprunts à l'arabe et au persan, et enrichie de sa propre langue, le tatar de Crimée. Cette langue turque simplifiée et rénovée, dont *Terjuman* fut le véhicule privilégié, connut un très vif succès dans tout l'espace musulman sous domination russe. Mais, se heurtant à d'autres rêves unificateurs, l'unité linguistique dont rêvait Gasprinski ne fut pas réalisée. C'est en définitive l'éducation, terrain de combat de tous les sujets de l'Empire, qui fut la préoccupation commune des musulmans, car à travers elle tout était remis en cause : la religion et sa place dans la société, la modernisation de l'islam, la formation des élites et celle de la société tout entière.

Si l'islam était au cœur de la réflexion sur l'éducation, c'est qu'en milieu musulman nul ne pouvait être éduqué hors des *mekteb* (écoles) et des *medresseh* où prévalaient une conception figée de la foi du Prophète, et, par voie de conséquence, des méthodes excluant toute réflexion personnelle. L'influence du mouvement wahhabite qui, au XVIIIe siècle, prétendait régénérer l'islam par un retour à sa version primitive, purifiée de toutes les additions datant de l'époque médiévale, des errements mystiques, de l'intellectualisme étranger, de tous les apports historiques, enfin, au bénéfice de la pure tradition issue du Coran et de la sunna, n'avait pas été sans influencer l'enseignement des grands centres musulmans de Russie, Kazan et surtout Boukhara, dont l'autorité spirituelle s'étendait à l'ensemble de l'Asie centrale. La réaction wahhabite n'était pas le fruit d'une génération spontanée, mais était née d'un constat : celui du déclin du monde musulman, que l'on imputait aux pressions politiques et spirituelles de l'Occident. Partout, c'est le constat de ce déclin qui entraîna une réflexion sur ses causes et sur les réponses à y apporter. De l'Arabie, où naît le wahhabisme, à l'Inde, en passant par la Libye ou par l'Empire russe, des musulmans s'interrogent alors avec anxiété et répondent tantôt en accusant leur communauté de s'être écartée de l'islam primitif, tantôt en mettant l'accent sur la confrontation avec un Occident dominateur, cause du déclin, certes, mais peut-être parfois modèle à suivre pour trouver le chemin d'une régénération morale et politique. Telle fut notamment la thèse de Djamal al-din al-Afghani[1].

Qu'elles qu'aient été les analyses, une conclusion s'impose à tous ceux qui s'y livrent alors : la nécessité d'une rénovation spirituelle. Seuls, peut-être, les Turcs, dans la seconde moitié du XIXe siècle, voulurent apporter d'emblée une réponse plus politique que spirituelle à la crise de l'islam et de la société musulmane : ce fut l'ottomanisme. Mais, en ce temps où le monde musulman sur lequel l'Occident a établi sa domination ressent tragiquement le renversement historique qu'elle implique, la Turquie constitue une exception. Elle est seule à avoir échappé à la dépendance étrangère. Si ses penseurs estiment nécessaire une réforme, c'est en considérant la situation politique d'ensemble du monde musulman, et non pas au regard d'une crise turque. Car le sentiment du déclin n'affecte pas la Turquie.

---

1. Djamal al-din al-Afghani (1838-1897). Penseur et agitateur qui joua un rôle important dans la réforme de l'islam au XIXe siècle. Voir Keddie (N.), *Sayyid Jamal al-din al-Afghani, Political Biography*, Berkeley, 1971.

Dans la composante musulmane de l'Empire russe, tout au contraire, et d'abord chez les Tatars, le débat sur la crise de l'islam s'engage très tôt. Dès le milieu du XIXe siècle, Chihab-ud-din Marjani, clerc musulman et historien réputé, s'interroge : comment l'islam peut-il survivre dans un monde moderne où l'Occident, ses modes de pensée, le rationalisme des Lumières et la foi dans le progrès ont imposé leur autorité ? Le salut doit être cherché dans deux directions contraires qu'il faudra concilier : la voie du retour à la pureté originelle de l'islam et une adaptation aux exigences du monde moderne. Ce qui signifie, pour l'individu, de penser librement, d'apporter à chaque question sa propre réponse, fondée, certes, sur le Coran, mais compris de manière personnelle. Ces exigences ont pour corollaires l'abandon de la soumission aveugle aux autorités traditionnelles et la transformation de l'enseignement des *medresseh* : rejet de la philosophie scolastique, introduction de l'enseignement des sciences, et, surtout, de la langue russe, véhicule de la pensée occidentale.

Si Marjani eut l'immense mérite d'insister sur une certaine liberté de pensée et sur la compatibilité de l'islam avec la science moderne, il revient à Gasprinski et à ses émules d'Asie centrale d'avoir mis en place un système éducatif destiné à bousculer l'islam traditionnel et à former des élites nouvelles. La communauté musulmane se divise alors en tenants de la tradition (qadymistes) et en réformateurs (djadids). La polémique qui les oppose porte sur l'éducation, mais, au-delà, sur l'évolution nécessaire des autorités musulmanes, notamment des mollahs, clergé qui existe alors en Russie, alors qu'en général l'islam n'est pas censé en connaître. Les djadids s'interrogeaient : que sont ces mollahs, sinon des parasites vivant à la charge de la communauté et détournant l'enseignement de l'islam à leur profit ?

En 1905, un disciple de Marjani, Riza ud-din Fakhriddin, qui deviendra plus tard mufti d'Oufa, proposera un programme de libéralisation de l'organisation religieuse musulmane en vigueur en Russie : élection des muftis jusqu'alors nommés par le souverain ; contrôle des mollahs par ces autorités religieuses et par des laïcs éduqués. Ce programme proprement révolutionnaire ne sera pas retenu, mais il témoigne de la volonté de changement qui anime les djadids. Faute de pouvoir radicalement transformer l'islam et les musulmans, ils préparent l'avenir dans les écoles réformées qui voient partout le jour. Nées en pays tatar, ces écoles pénètrent rapidement en Asie centrale et chez les Kazakhs. Au départ, ce sont les Tatars qui introduisent ces écoles réformées au Turkestan et dans la Steppe, mais – fait important pour le développement de la conscience nationale des autres peuples – le relais est vite pris par les élites locales, que ce soit à Tachkent, à Samarkand et même à Boukhara, dont la vie intellectuelle était dominée par un clergé conservateur, fort du soutien de l'émir. En territoire contrôlé par la Russie, les autorités impériales, peu conscientes des conséquences politiques de ce projet réformateur, mais sensibles à l'accent mis sur la connaissance de la langue russe, auront plutôt tendance à protéger ces entreprises.

L'importance accordée par les Tatars et leurs émules turkestanais et kazakhs à l'éducation était pourtant lourde de conséquences politiques, car elle touchait à l'avenir des peuples musulmans. Chacun comprenait que l'éducation n'était pas une fin en soi, mais le moyen de répondre à la question qui hantait tous les esprits : comment sortir d'une domination humiliante et en revenir à la splendeur et à la puissance passées du monde musulman ?

Au-delà donc de la modernisation des esprits, c'est un problème politique qui est posé. Il est débattu dans des écrits porteurs d'idées de renouveau spirituel et politique qui pénètrent alors en Asie centrale. En 1881, Gasprinski, inspiré par la révolution des Jeunes-Turcs, a publié un opuscule qui a connu un succès considérable dans la périphérie russe : *L'Islam russe – pensées, remarques et observations d'un musulman*. Tout en affirmant qu'il ne rejette pas le modèle russe, c'est l'idéal panturc que propage son ouvrage. L'unité des peuples turcs devient dès lors le rêve des musulmans de Russie. Traditionalistes ou réformateurs, tous subissent la fascination du panturquisme et vont répétant : « Notre sang est turc, notre langue est turque, notre foi nous est donnée par le saint Coran, c'est pourquoi nous formons une seule nation ! » Certes, le progrès d'une conscience nationale – exception faite des élites tatares – est encore incertain, freiné par les solidarités claniques et tribales ; les habitants d'Asie centrale et de la Steppe s'affirment avant tout musulmans. Mais c'est imprudemment que les autorités russes en concluent que leur domaine oriental est un espace de paix, et l'islam une religion conservatrice propre à maintenir le calme dans les esprits.

Guerre sainte contre l'Empire

La sérénité des autorités russes allait être sérieusement battue en brèche par la révolte qui éclata en 1898 à Andijan et prit d'emblée les allures d'une guerre sainte.

N'avaient pourtant pas manqué les signes avant-coureurs qui auraient dû les alerter. Depuis la conquête, des manifestations sporadiques à connotation antirusse secouaient l'Asie centrale. Presque toujours elles étaient religieuses, mettant en cause « l'infidèle installé en terre d'islam ». C'est ainsi que, vers 1880, la Ferghana fut le théâtre d'une agitation fomentée par les autorités religieuses locales. Cinq ans plus tard, dans les districts d'Osh, de Margelan et surtout d'Andijan, un grand propriétaire foncier appela à un soulèvement contre la domination de « l'infidèle Ak Padishah » (le Tsar blanc), et il fallut plusieurs expéditions militaires pour rétablir le calme dans la région. Mais le chef de la rébellion échappa à toutes les recherches, ce qui témoignait de la solidarité de la population avec lui et de la popularité de ses slogans.

Le mouvement écrasé, quelques années d'un calme relatif suivirent, mais Andijan restait le centre d'une activité religieuse protestataire visible. En 1895, un clerc musulman se réclamant de la confrérie de Naqchbandis entreprit d'y collecter des fonds pour la guerre sainte. Arrêté, relâché dans des conditions incertaines, mais probablement en raison de l'agitation populaire, il réussit à s'évanouir dans la nature. Le mouvement était déjà en marche.

En 1898 éclata à Andijan une révolte qui s'étendit aussitôt aux districts d'Osh Namagan et de Margelan. Une fois encore, le mouvement était dirigé par un chef soufi *(ishan)*, de la confrérie des Naqchbandis, Muhammad Ali, dit Madali, remarquable figure de prophète dont la mémoire sera révérée des décennies durant dans toute la Ferghana. Il avait fait édifier à ses frais une madrasa, deux mosquées, une bibliothèque, et il jouissait à cause de cela d'un véritable pouvoir politique en même temps que d'une haute autorité spirituelle. Le mouvement dont il prit la tête n'avait pas été improvisé, c'était le fruit d'une longue préparation dont témoignaient les sursauts antérieurs, le financement de la révolte par sa confrérie et les dons des fidèles. Surtout, ce soulèvement rendait compte d'un projet politique clairement défini : le rassemblement des croyants en vue de chasser l'occupant infidèle. Madali proclama la guerre sainte en mai 1898, et, à la tête d'une troupe de deux mille fidèles massés derrière le drapeau vert de l'islam, il marcha sur Andijan. Le gouverneur général lui opposa des forces très supérieures qui le défirent au terme d'une série de combats. Madali et ses plus proches lieutenants furent pendus, tandis que nombre de combattants prenaient, fers aux pieds, le chemin de la Sibérie.

Lors du procès qui avait précédé les exécutions, Madali fut accusé d'avoir agi pour le compte du Sultan. Mais la thèse du complot extérieur que les autorités russes tentaient d'accréditer ne résista pas au discours ferme du chef religieux et ne convainquit personne en Asie centrale où la popularité du mouvement était considérable. Il exposa clairement que son projet était de soulever toute la région pour rétablir le khanat et un pouvoir théocratique. La rapidité et l'ampleur de la réaction russe l'en avaient empêché.

La commission d'enquête chargée, après les événements, d'en étudier les sources et les buts conclut à un véritable rejet de la présence russe en Asie centrale. Elle constata aussi – c'était le plus inquiétant pour les autorités russes – que la révolte ne se limitait pas aux élites, mais que Madali avait réussi à mobiliser les masses pauvres, profondément troublées par l'appel à la guerre sainte. La répression russe fut à la mesure de la découverte de cette guerre à dimension populaire. Des villages entiers furent accusés de complicité avec la rébellion ou de simple bienveillance à son égard. Ils furent rasés, leurs habitants chassés de leurs maisons, tandis que des colons russes invités à les y remplacer furent dotés de terres bien irriguées et propres à la culture du coton, richesse de la région.

La révolte d'Andijan laissera dans la conscience des Turkestanais le rêve déçu de l'indépendance, le souvenir éclatant de Madali, héros de l'islam, et la rancœur ineffaçable d'avoir été privés de terres, sentiment renforcé par la présence, odieuse pour eux, des nouveaux possédants : les colons russes. Quant au pouvoir impérial, cette révolte l'aura d'autant plus perturbé qu'elle lui rappelait un autre chef religieux et des événements survenus près d'un demi-siècle auparavant à l'autre extrémité de son espace musulman : Chamil et la guerre sainte du Caucase. De cet incendie religieux rallumé là où on ne l'attendait pas, la Russie tira des conclusions imprudentes et souvent incohérentes. Sa première réaction fut de déplorer une politique inconsciente qui « avait ignoré » les signes avant-coureurs de la révolte jusqu'à la crise d'Andijan. La commission d'enquête ayant dénoncé la force de la propagande panislamique et l'absence de réaction des autorités face à elle, le tsar, indigné, démit le gouverneur et le remplaça par le général Doukhovski, qu'il chargea de faire montre d'une autorité sans faille, usant avant tout de moyens militaires. Le nouveau gouverneur décida de renforcer la troupe et la police, de suspendre l'élection des autorités traditionnelles, et il autorisa les colons à s'armer pour constituer des groupes d'autodéfense.

Le débat politique à Pétersbourg porta sur l'attitude à adopter à l'égard de l'islam et de ses deux tendances opposées : fallait-il imputer le drame au fanatisme musulman et à une politique russe qui avait préféré l'ignorer, c'est-à-dire à la politique de non-ingérence prônée par Kaufmann? Fallait-il jouer la carte de la modernisation des élites locales et d'une coopération avec elles? Le gouverneur Doukhovski souhaitait collaborer avec la société musulmane, mais n'osait trancher entre les deux thèses. Dans le doute, il décida de placer sous contrôle politique les établissements d'enseignement musulman et refusa de créer, comme on le lui suggérait, une administration religieuse musulmane de l'Asie centrale. Les partisans d'une telle administration plaidaient qu'elle pourrait détacher les musulmans de la région de leurs coreligionnaires de la Volga, et, à terme, diviser le sentiment panislamique au bénéfice d'un attachement à l'islam de la seule Asie centrale. Le nouveau gouvernement espérait pouvoir miser sur une élite ouverte à la culture russe qui, avec le temps, favoriserait la réconciliation de toute la communauté musulmane avec la Russie. Mais la révolte d'Andijan suggérait que l'évolution du sentiment populaire allait en sens inverse, et les grandes secousses politiques de 1904-1905 allaient encore contribuer à élargir le fossé.

On ne peut cependant ignorer que, dès la fin du XIXe siècle, la réflexion des autorités russes rejoignait à certains égards celle des modernisateurs musulmans. Les uns et les autres tendaient à privilégier un islam modéré et moderne que l'on pût opposer à son versant fanatique. Ce débat qui, on le sait, agite l'Occident à l'orée du XXIe siècle avait déjà mobilisé les esprits dans l'Empire russe plus d'un siècle auparavant ; mais nul ne sut alors y apporter une réponse satisfaisante.

La défaite du Tsar blanc

Au début du XXe siècle, Nicolas II crut un moment que l'expansion russe en Asie pourrait trouver un nouvel élan. Peu auparavant, il avait opposé une méprisante fin de non-recevoir aux offres japonaises d'y partager des zones d'influence, car c'est sur la Corée que se fixaient alors ses ambitions. Le Japon ne devait pas oublier ce refus, qu'il prit de surcroît pour un affront.

En dépit de l'opposition nippone à son projet, Nicolas II persévéra. Il avait envoyé des troupes en Mandchourie, sous prétexte d'y aider la Chine, et les y avait ensuite maintenues. Surtout, après que des aventuriers russes se furent avancés dans la région du Yalou pour y développer des entreprises forestières, le pouvoir russe déclara qu'il devait les protéger et en profita pour pénétrer en Corée. Tokyo et Londres n'acceptèrent pas le fait accompli, et pas davantage la prétention de la Russie à tenir l'Extrême-Orient pour sa chasse gardée. Le traité anglo-japonais de janvier 1902 témoigne de l'inquiétude des États signataires et garantit au Japon l'aide britannique dans l'hypothèse d'un conflit avec la Russie. Pourtant, le Japon souhaitait éviter ce conflit et renouvela son offre de partage de zones d'influence afin de détourner Saint-Pétersbourg de ses ambitions en Corée. À Tokyo, le pouvoir espérait qu'un compromis pourrait ainsi être atteint, car il était conscient que la politique russe en Corée ne faisait pas l'unanimité dans l'entourage du tsar.

La politique extrême-orientale était en effet l'objet d'un vif débat en Russie. D'un côté, Witte, le plus proche et le plus influent des collaborateurs de l'empereur, soutenu par le ministre des Affaires étrangères, Lamsdorff, et par Pobedonostsev, plaidait pour une politique de prudence : que la Russie s'installât durablement en Mandchourie, qu'elle exerçât une influence en Chine, mais qu'elle renonçât à la Corée, dont la conquête serait très coûteuse en termes militaires aussi bien qu'en politique étrangère. Le général Kouropatkine soutenait aussi cette thèse, arguant que la Russie devait avant tout consolider dans les Balkans et les Détroits les positions indispensables à sa puissance. Face à ce groupe de modérés, une coalition fort hétérogène pressait Nicolas II de se lancer dans l'aventure coréenne et de courir la chance d'une guerre extérieure gagnable à peu de frais, assuraient ses membres. Cette coalition rassemblait le grand-duc Alexandre Mikhaïlovitch, cousin de l'empereur, son protégé l'officier de cavalerie Bezobrazov, aventurier intéressé par l'exploitation des ressources du Yalou, et le ministre de l'Intérieur, Plehve, partisan d'une aventure extérieure dans l'espoir de mettre ainsi fin aux troubles internes qu'il était lui-même incapable de juguler ; à eux se joignaient enfin une poignée d'amiraux désireux d'éprouver les capacités de la flotte russe.

Nicolas II pencha d'emblée du côté des bellicistes et nomma en juillet 1903 l'un des plus ardents d'entre eux, l'amiral Alexeïev, vice-roi d'Extrême-Orient. Quel meilleur symbole pour ses ambitions ! La chute de Witte fut un autre signal des intentions guerrières de l'empereur, qui n'avait jamais oublié le coup de sabre que lui avait porté à la tête un Japonais, en 1890, alors que, grand-duc héritier, il découvrait l'Extrême-Orient. Jamais il n'aima les Japonais, qu'il tenait en très grand mépris et qu'il était convaincu de pouvoir vaincre aisément. Non seulement il prêtait l'oreille à ses conseillers les plus agressifs, mais même à Guillaume II. Son « cher cousin Willy » ne lui écrivait-il pas, le 3 février 1904 : « Tout homme sans parti pris se voit contraint de reconnaître que la Corée doit être et sera russe. » Propos peut-être moins amical et innocent que ne l'imaginait Nicolas II...

Mais l'initiative de la guerre revint au Japon dans une démarche qui préfigurait celle qui serait dirigée presque un demi-siècle plus tard contre les États-Unis. Sans avertissement ni déclaration de guerre, les Japonais attaquèrent dans la nuit du 9 février 1904 la flotte russe dans la rade de Port-Arthur. Après ce Pearl Harbor avant la lettre, les succès nippons se succédèrent et la guerre tourna vite au désastre pour la Russie. Nicolas II croyait à la cohésion nationale, à l'aide divine et à la puissance de sa flotte. Mais les vaisseaux japonais qui traquaient la flotte russe l'écrasèrent à Port-Arthur et à Moukden avant de l'anéantir totalement à Tsoushima, le 15 mai 1905. Nicolas II dut se résoudre à négocier. Le 5 septembre, la paix de Portsmouth contraignit la Russie à abandonner une moitié de Sakhaline, Port-Arthur et Dairen, et à reconnaître au Japon la liberté d'action en Corée. Compte tenu de l'ampleur de la défaite, ces conditions de paix, qui laissaient à la Russie des positions stratégiques substantielles en Extrême-Orient et lui évitaient l'humiliation de payer des indemnités au vainqueur, étaient en dernier ressort acceptables, ou moins catastrophiques qu'il n'était prévisible. Nicolas II, confronté au même moment à une forte agitation intérieure, ne mesura pas les effets de sa déroute sur ses sujets musulmans.

Cette mise en échec de la Russie, que les puissances européennes, non moins aveugles que Nicolas II, réduisirent à un affaiblissement momentané de l'Empire, fut perçue de tout autre manière à la périphérie de ce dernier et plus largement dans tout le monde colonial. Pour la première fois depuis que la Russie était engagée dans son expansion impériale, pour la première fois aussi depuis que s'édifiaient les grands empires européens, le conquérant avait été vaincu par un peuple étranger à l'Occident. Aux confins de l'Empire russe, mais aussi parmi les sujets des autres grands empires, et là où se manifestaient encore leurs ambitions coloniales, la défaite russe apparut comme « la première défaite de l'homme blanc », la première étape d'une revanche des colonisés. La réflexion sur les causes du déclin du monde musulman et sur les moyens d'en sortir, qui reliait les wahhabites d'Arabie aux penseurs de l'Inde, à ceux de la steppe kazakhe et à Djamal al-din al-Afghani, trouvait là une réponse. Du jour où les empires faibliraient, le monde des colonisés pourrait entrevoir la voie de sa renaissance. Et, pour les musulmans de Russie, l'effondrement russe signifiait bien que les peuples dominés pouvaient déjà rêver d'émancipation.

Ce rêve s'étendait fort loin. Un officier de méharistes, Bernard Vernier, rapporta dans ses souvenirs qu'un quart de siècle plus tard les nomades de Syrie saluaient encore, à la veillée, le succès japonais et la défaite du Tsar blanc comme le premier moment de la revanche des peuples dominés. Tsoushima en vint ainsi à occuper une place centrale dans les rêves de reconquête des Arabes, des Indiens et des peuples de l'Afrique.

On put mesurer avec précision les effets de ce désastre russe dans les consciences. Entre 1903 et 1905, le gouvernement impérial, désireux de familiariser avec la Russie la jeunesse de ses possessions musulmanes – toujours la quête d'un islam moderne… –, y organisa des voyages à l'intention des écoliers et étudiants. Proche de cette jeunesse, Ostroumov constata que l'admiration manifestée d'abord par ces jeunes visiteurs devant la splendeur de la capitale disparut instantanément à l'annonce de la défaite et fit place à des réactions de mépris.

Mais tout cela, le pouvoir ne le perçut pas. L'Empire, il est vrai, était alors – autre conséquence de sa défaite en Orient – ébranlé en son cœur même.

1905 : éveil d'une conscience nationale

En janvier 1905 éclata la première des révolutions qui, en douze ans, allaient balayer la monarchie. Ce fut une révolution proprement russe, née dans la capitale, qui s'étendit ensuite à Moscou et aux autres grandes villes. La défaite militaire exacerbait alors un mécontentement populaire latent. Elle se greffait sur une agitation politique et sociale dont Nicolas II peinait à comprendre les ressorts, tout comme il peinait à imaginer une politique capable de l'endiguer.

Déjà, le début du siècle avait été marqué par l'agitation estudiantine, ce qui avait conduit le pouvoir à fermer les universités et à envoyer les étudiants soupçonnés d'humeur révolutionnaire dans des unités militaires disciplinaires. Disposition redoutable, car ces jeunes gens allaient y devenir des propagandistes de la révolution. Leur prédication produisit des effets visibles lors du conflit avec le Japon, puisque les cheminots, souvent cibles de leur discours, seront enclins à contester la guerre et à bloquer les convois militaires expédiés en Extrême-Orient. Les attentats aussi se multiplièrent : en juillet 1904, Plehve, l'impopulaire ministre de l'Intérieur, fut assassiné.

À ces événements dramatiques, le prince Sviatopolk-Mirski, qui lui succéda, voulut opposer une politique modérée. Il était convaincu que des concessions politiques, un assouplissement des contraintes et des contrôles pourraient apaiser une société en quête de changements. On lui doit le bref « printemps politique » de 1904, marqué par un relâchement de la censure, la réouverture des universités, des retours d'exilés, la remise en cause de la politique de russification à la périphérie et, surtout, l'encouragement donné aux zemstvos – premières instances élues de la société russe – à se manifester et à élaborer des propositions politiques. En novembre 1904, le Congrès national des zemstvos – un congrès légal ! – présenta un véritable programme de réformes tendant implicitement à faire évoluer le système politique vers un certain constitutionnalisme. Les débats qui avaient entouré et préparé ce congrès et une « campagne de banquets » inspirée de l'exemple révolutionnaire français avaient mobilisé les élites libérales russes et retentirent jusque dans les terres musulmanes de l'Empire.

Ce « printemps politique » suscita de grands espoirs ; mais, loin d'apaiser les mouvements sociaux, il les encouragea. Ses effets se firent sentir dans les usines de la capitale et parmi les étudiants, qui en profitèrent pour reprendre leur propagande.

Sur ce fond de tableau éclairé par les feux d'une guerre perdue, le Dimanche rouge lancé par le pope Gapone – personnage ambigu, provocateur à la solde du gouvernement, mais aussi fanatique convaincu de remplir une mission sacrée –, manifestation pacifique que le pouvoir réprima dans l'affolement, tourna à la révolution dans la capitale et provoqua des grèves qui gagnèrent les villes de province et la paysannerie.

1905 fut certes avant tout une révolution russe, mais son écho et ses conséquences sur les peuples de l'Empire furent considérables. Dans la partie occidentale – Pologne et Ukraine –, le sentiment national, déjà puissant, fut moins affecté par la révolution que ne le fut le mouvement ouvrier.

En Pologne, la classe ouvrière, qui vivait jusqu'alors en marge de la vie politique, dominée par la noblesse terrienne et l'intelligentsia, se trouva soudain au premier plan des événements. Le nombre de grèves et leur dimension, dans les années 1905-1906, y furent supérieurs à ce que connut alors la Russie européenne. Les intellectuels se rapprochèrent du mouvement ouvrier, qui organisa une grève générale à caractère politique, phénomène jusqu'alors presque inconnu en Europe. C'est en 1905 qu'émerge en Pologne une classe ouvrière qui jouera désormais un rôle central dans la vie politique de ce pays ; on la retrouvera tout aussi combative en 1956 et dans le mouvement Solidarność.

En Ukraine, la révolution prit la forme d'un mouvement national à caractère culturel, attaché avant tout à affirmer la force de la langue et de la culture ukrainiennes. Les deux premières Douma élues après la révolution de 1905 donnèrent la mesure du sursaut national des mois révolutionnaires. Les députés ukrainiens, qui étaient au nombre de quarante dans la Douma de 1906, furent quarante-sept en 1907 ; ils s'attachèrent à y plaider avant tout la cause de l'autonomie nationale de l'Ukraine.

1905 eut des conséquences encore bien plus inquiétantes pour l'avenir de l'Empire à sa périphérie coloniale, en Transcaucasie et en Asie centrale, là où le pouvoir pensait avoir instauré une autorité inébranlable. Dans ces deux parties extrêmes de l'Empire, les événements ne suivirent pas le même cours, ne connurent pas la même ampleur, mais leur signification fut identique : c'est la domination russe qui y était mise en cause, et le développement de la conscience nationale s'en trouva accéléré.

La Transcaucasie dans la tourmente

En Transcaucasie, la révolution de 1905 entraîna d'emblée un ébranlement considérable et qui, caractérisé par une exceptionnelle explosion de violences, dura plus longtemps que dans le reste de l'Empire. Comme l'ensemble du Caucase, cette région est avant tout remarquable par sa diversité humaine et, partant, linguistique. À la veille de la révolution de 1905, vingt-deux nationalités et près de quarante langues s'y côtoient, partagées entre cinq millions et demi d'habitants. Quatre groupes nationaux dominent alors ce peuplement hétérogène : les Tatars – terme qui recouvre à l'époque une dizaine de peuples turcs ou turco-tatars, le nom d'Azéris n'apparaissant qu'en 1905 – représentaient 37 % de la population ; ils étaient suivis par les Géorgiens, comptant pour près du quart, les Arméniens (20 %) et les Russes (5 %).

Clivages ethniques, clivages religieux, clivages sociaux : le pouvoir russe avait toujours essayé de jouer de cette situation compliquée pour asseoir son autorité ; mais la ligne directrice de sa politique caucasienne avait varié au fil du temps, dépendant des hommes nommés sur le terrain tout autant que du Centre. Le dernier gouverneur général, Golitsyne, en place de 1896 à 1904, se montra particulièrement autoritaire, tout comme son administration, et la période fut marquée par leur volonté de russifier totalement la région. La décision de confisquer les biens du clergé arménien en juin 1903, prise d'un commun accord par le prince Golitsyne et Plehve, ministre de l'Intérieur, témoigna du désir d'annihiler les fondements de la culture arménienne.

Mais la révolution de 1905 avait déjà commencé en Transcaucasie dès 1902, bien avant le Dimanche rouge. Il y eut d'abord à cela des raisons économiques : une dépression touchait les activités pétrolières et minières et affectait par contrecoup cheminots, ouvriers et paysans. Des grèves avaient éclaté à Batoum et à Tiflis, préfigurant la grève générale de l'été de 1903 qui allait paralyser complètement ces deux villes ainsi que Bakou. Au même moment, un soulèvement paysan avait bouleversé la Géorgie occidentale, où se créa, à l'inspiration des sociaux-démocrates, une éphémère « république de Gourie » qui proclama le boycott de l'administration russe.

En territoire arménien, jusqu'alors plutôt paisible, la confiscation des biens du clergé provoqua de violentes manifestations où paysans, ouvriers et intellectuels huaient la Russie et le tsar à l'occasion d'interminables défilés qui débouchaient parfois sur de sanglants affrontements. Le terrorisme se développa aussi, encouragé par le parti Dachnak – Fédération révolutionnaire arménienne – qui incitait les Arméniens à la désobéissance civique et, comme en Géorgie, au boycott de l'administration russe.

À Bakou, enfin, la grève générale éclata en décembre 1904. Soigneusement préparée par divers groupes politiques, cette grève aux origines purement économiques s'acheva sur le triomphe politique des grévistes, c'est-à-dire sur la première convention collective arrachée au patronat par le mouvement ouvrier russe. Elle avait rassemblé des ouvriers musulmans, russes et arméniens qui, en défendant leurs intérêts communs, avaient oublié tous les clivages ethniques.

Lorsque le Dimanche rouge survint dans la capitale de l'Empire, la classe ouvrière caucasienne, satisfaite de son récent succès, s'organisait déjà en unions professionnelles, montrant ainsi qu'à Bakou existait un véritable mouvement ouvrier de type européen. Mais la révolution de 1905 allait être aussi en Transcaucasie le temps d'une guerre ethnique opposant Arméniens et Turcs, qui éclata à Bakou en février, pour gagner ensuite les provinces orientales et centrales où cohabitaient les deux groupes. Tout commença par un pogrome dont furent victimes des Arméniens de toutes classes – ouvriers, paysans, commerçants – et dans lequel les autorités russes se gardèrent bien d'intervenir. Puis les violences embrasèrent ensuite Erevan, Nakhitchevan, Tiflis et les campagnes, avant de reprendre à Bakou. Cette guerre ethnique dura toute l'année 1905. Livrés à la haine des musulmans, les Arméniens s'armèrent. Le parti Dachnak organisa des groupes d'autodéfense, les équipa et s'engagea dans un terrorisme antimusulman dont le gouverneur de Bakou, accusé de tolérer et même de soutenir les pogromes, fut lui aussi victime. Le vice-roi Vorontzov-Dachkov, dépassé par l'ampleur de cette guerre d'un type inédit, fit alors appel aux sociaux-démocrates géorgiens, leur demandant, pour enrayer les massacres, d'user de la force. Mais cet appel à l'aide fut entendu avant tout par les Centuries noires, qui intervinrent à Bakou en tuant et pillant à l'envi, sans faire de différence entre les camps en présence. Ces affrontements ethniques durèrent jusqu'au printemps de 1906; près de deux cent mille personnes y avaient pris une part active, aussi laissèrent-ils derrière eux des cortèges de morts, des haines inexpiables et une effroyable misère.

Les conséquences politiques de ce conflit furent nombreuses et allaient peser lourdement sur l'avenir de l'Empire. Il avait opposé deux forces politiques : le parti arménien Dachnak, qui y avait gagné son statut de représentant des Arméniens, assurant leur protection, organisant leur défense, et les dressant à l'occasion contre les musulmans; en face, les socialistes – mencheviks et bolcheviks – qui s'étaient efforcés de freiner les haines nationales en en appelant à la solidarité de classe, mais sans grand succès.

Le combat qui ravagea le Caucase et fit de cette région, avec la Pologne, l'un des hauts lieux de l'agitation révolutionnaire en 1905 ne doit cependant pas dissimuler l'aspect positif de l'activité des trois grands groupes nationaux : l'élaboration de programmes de réformes, fruit de réflexions parallèles mais proches, qui seront transmis à Saint-Pétersbourg. Cette activité réformatrice menée en dépit de la crise dramatique qui a sévi caractérise le rôle des élites, leur volonté de profiter du climat politique de 1905 pour faire modifier les statuts existants au sein de l'Empire, donc, en dernier ressort, transformer les rapports Centre/périphérie. Quant à leurs revendications, elles ne sont pas très différentes : les Géorgiens veulent obtenir l'autonomie pour la Géorgie ; les Arméniens souhaitent que la Russie devienne un État constitutionnel et libéral au sein duquel ils se satisferaient d'une autonomie locale ; les Tatars réclament que leurs intérêts politiques – ceux de la noblesse terrienne azérie, ceux de la bourgeoisie industrielle liée au pétrole – et leurs spécificités culturelles – religion musulmane et langue – soient pris en compte, et rêvent d'un développement économique régional qui bénéficie aux masses musulmanes.

Au-delà de ces revendications portées par les élites et transmises aux gouverneurs, voire au ministre de l'Intérieur, s'imposent trois constats qui témoignent des changements apportés par la révolution de 1905 en Transcaucasie, où elle a revêtu les formes les plus diverses.

Émergence ou consolidation du sentiment national, d'abord. Chez les Géorgiens, ce sentiment, lié à une longue histoire, celle de royaumes prestigieux, tendit à prendre une tournure politique, celle de la revendication du droit de la nation géorgienne à vivre dans un cadre étatique propre. L'identité arménienne, moins politique, se confondant avec l'identité religieuse et la culture portée par l'Église, c'est la défense de celle-ci qui fut la revendication première : les Arméniens s'opposèrent d'abord à la Russie dans la mesure où elle avait voulu réduire le rôle de leur Église nationale. Quant aux Azéris ou Tatars, ils se manifestèrent tout à la fois par l'action de leurs élites et une hostilité générale aux Arméniens.

Ensuite, la grande crise ethnique a contribué à mobiliser les masses musulmanes autour de ses propres élites. Dans les trois groupes, les événements de 1905 ont dressé les communautés les unes contre les autres plus que contre les Russes, et le séparatisme à proprement parler n'est pas encore à l'ordre du jour.

Enfin, des partis politiques ont réussi à canaliser les ferveurs nationales – mencheviks en Géorgie ; Dachnak en Arménie ; et à Bakou, le parti marxisant Hümmet, né en 1904. Ces partis n'ont pas encore défini clairement leurs buts, mais ils attirent déjà vers le socialisme tous ceux qui tentent de déchiffrer l'avenir.

La révolution de 1905 aura donc profondément marqué la Transcaucasie et va préfigurer des évolutions dans tout l'Orient. Celui-ci a en effet observé avec passion cette première révolution intervenue en milieu « oriental ». La révolution jeune-turque de 1908, le Mouvement constitutionnel iranien se trouveront accélérés par la fuite vers la Perse ou la Turquie de militants des partis socialistes de Transcaucasie, qui, lorsque sera venu dans l'Empire le temps de la répression, y chercheront refuge.

Révolution coloniale au Turkestan

Contrairement à la Transcaucasie, l'Asie centrale, qui était une véritable colonie, ne connut pas de révolution en 1905 mais en fut pourtant bouleversée.

Trait caractéristique des conséquences de la révolution : elles ont inspiré aux Russes des évaluations totalement opposées. Les gouverneurs présents sur le terrain affirmèrent à Saint-Pétersbourg que la région n'avait guère été affectée par les troubles qu'avait connus l'Empire. Mais l'administration locale attira progressivement l'attention du pouvoir central sur le fait que cette région s'installait dans un état de rébellion généralisée, voire de guerre larvée contre la Russie, et que c'était là la forme qu'y prenait après coup la révolution de 1905. Désemparé par des jugements si contraires, le gouvernement russe y envoya une commission présidée par le sénateur Pahlen afin d'enquêter sur tous les aspects des bouleversements que lui signalait l'administration. Le constat établi par cette commission permet de mieux prendre la mesure d'un phénomène aussi contradictoire que déconcertant : calme remarquable de la région en 1905 ; véritable révolution coloniale dans les années qui suivent.

En 1905, la population de la région est majoritairement allogène, mais la présence russe y pose déjà des problèmes considérables. Cinq millions cinq cent mille Turkestanais et trois cent vingt mille Russes : cette répartition peut de prime abord paraître peu menaçante pour les premiers. Mais c'est ne pas tenir compte de divers facteurs. Tout d'abord, on avait assisté à une rapide augmentation du nombre des Russes à la veille de la guerre. Près du sixième de leur nombre, soit cinquante mille personnes, arrivées au début du siècle, étaient des paysans que la mauvaise récolte de 1905 avait incités à fuir la Russie centrale dans l'espoir de bénéficier du partage des terres au Turkestan. Or, ces colons tardifs vont voir leurs attentes déçues, le temps de l'attribution des terres étant révolu. Ils chercheront, pour survivre, des solutions improbables, errant entre ville et campagne, constituant une masse frustrée, étrangère à tout cadre de vie organisé, prête à rallier les éléments les plus mécontents de la société. Ceux-ci sont les ouvriers des petites entreprises de transformation du coton et de la soie, soit environ quinze mille personnes, et autant de cheminots, auxquels s'ajoutent deux mille ouvriers des mines. Cet ensemble constitue déjà un prolétariat. Ces activités n'attirent guère la population allogène et il s'agit donc d'un prolétariat russe. Il est renforcé par les militaires, parmi lesquels les unités chargées de la protection du réseau ferroviaire méritent de retenir l'attention. Le gouvernement a incorporé à ces unités les étudiants chassés des universités lors des manifestations du début du siècle : des éléments ultrapolitisés. Ces unités et le prolétariat naissant vont alors attirer l'attention des exilés politiques, dont le nombre va passer de cinquante à quatre cents – nombre infime, certes, au regard de la population régionale et même russe, mais considérable par l'influence qu'ils vont exercer sur le prolétariat. Étudiants et exilés vont dispenser à la masse russe encore mal organisée une certaine éducation politique en rassemblant ouvriers et soldats dans de petits cercles de discussion, et tenter de dépasser l'éclatement des groupes de prolétaires par le biais d'activités collectives. Le rôle des étudiants dans les « écoles politiques du dimanche » qui se multiplient alors se révélera très important : ils sauront y propager les idées pour lesquelles ils ont été exclus des universités et envoyés en exil.

Face à la population russe qu'unissent un sourd mécontentement et une certaine méfiance envers la population autochtone, la masse des Turkestanais est encore peu consciente des courants novateurs qui agitent les autres régions musulmanes de l'Empire. Elle est largement étrangère aux tentatives de ses élites, souvent à dominante tatare, pour développer une véritable conscience nationale, et tout aussi étrangère au progrès des idées et aux mouvements politiques qui agitent la Russie. La faible propagation de la langue russe – l'éducation est donnée majoritairement dans les écoles dirigées par le clergé conservateur – contribue à isoler les allogènes des Russes.

C'est sur cette toile de fond qu'éclate la révolution de 1905 et que les vagues en déferlent jusqu'aux confins de l'Empire. En Asie centrale, elles atteignent des lieux précis et des groupes limités : les centres ferroviaires, les entreprises où travaille un prolétariat russe, et, gravitant autour des voies ferrées, les Russes arrivés tardivement, plus ou moins chômeurs, écartés de la terre, et qui constituent une masse de manœuvre particulièrement malléable pour ceux qui aspirent à se rattacher aux événements de Russie.

Le tour des flambées révolutionnaires de l'année 1905 est vite fait : 1er mai, été, octobre et enfin novembre, lorsqu'une grève générale est déclenchée en Asie centrale. À Tachkent surgit alors un comité révolutionnaire qui va se transformer en un Gouvernement provisoire à l'existence brève. Le mouvement est en général peu étendu dans le temps, car à chaque grève les propriétaires des entreprises s'empressent de faire des concessions qui ont pour effet de convaincre leurs ouvriers de reprendre le travail. Qui a participé à cette révolution sporadique et limitée ? Des Russes pour l'essentiel, cheminots, ouvriers et même lycéens. Quant aux allogènes, on ne trouva parmi eux que des cas isolés.

Une deuxième caractéristique de cette révolution est que ses participants russes revendiquent pour eux soit des avantages politiques, comme en Russie, soit des avantages sociaux, mais ne se préoccupent ni du sort des allogènes ni du problème de la domination subie par la région. Certes, ils mettent en cause l'autocratie, mais ils le font en tant que Russes, dans leurs propres rapports avec le pouvoir central. Pour ce qui est de la population musulmane qu'ils côtoient, ils manifestent à son encontre une certaine hostilité qu'exprime un slogan alors très répandu : « Donnez-nous les terres que les indigènes conservent. »

1905 est donc un mouvement urbain, prolétaire et surtout « petit-blanc », tandis que la campagne – hors les marginaux russes – semble rester à l'écart de cette agitation.

Pourtant, tout va très vite changer, et le rapport Pahlen éclaire cette évolution rapide. Ce que la commission constate et qui va l'effarer, c'est qu'il s'agit non pas d'une jacquerie, mais du développement d'un brigandage indigène comme expression de la révolte des musulmans contre la domination impériale et contre ses représentants locaux. Le brigandage qui s'attaque aux possédants, aux propriétaires fonciers, a toujours sévi en Asie centrale ; mais il s'agissait jusque-là d'actes isolés ou de soulèvements limités. À partir de 1906 voit le jour un brigandage organisé : de véritables troupes sillonnent le Turkestan, multipliant coups de force, confiscations et agressions contre les riches propriétaires, mais surtout contre les colons et l'administration russes. Le terme d'expropriation, qui recouvre au Caucase les activités du futur Staline, sert aussi de mot d'ordre au Turkestan. Ce mouvement que les autorités russes qualifient de « rassemblement de brigands » apparaît à la population musulmane comme l'expression de ses revendications et une façon de défendre ses intérêts contre les Russes. Les brigands trouvent refuge dans les villages musulmans et ceux-ci leur délèguent fréquemment quelques membres de la communauté pour participer aux opérations perpétrées contre les Russes ; souvent aussi des paysans « prennent le maquis » de leur propre chef pour aller se joindre à une troupe réputée dont les chefs sont considérés comme des héros de la cause nationale et des intérêts des plus démunis, car, tout en « expropriant » l'administration et les colons russes, nombre de ces brigands, véritables Robins des bois, protègent leurs coreligionnaires pauvres, voire leur distribuent une part du butin.

C'est ainsi que, dans la région de Samarkand, l'admiration populaire se porte sur un personnage qui entrera dans la légende, Namaz, bandit recherché par la police russe, mais caché et adulé par ses compatriotes.

Sur ces bandes de brigands, la commission Pahlen fournit une étude sociologique et un bilan d'activité propres à inquiéter Saint-Pétersbourg. Sociologiquement, elles sont constituées avant tout de paysans dépossédés de leurs terres par les Russes et que la commission qualifie dans son rapport de « prolétariat sans terre ». Privé de moyens d'existence, s'adonnant au brigandage, ce « prolétariat » est soutenu par l'ensemble de la paysannerie musulmane, car il incarne ses revendications. D'abord sociales, celles-ci ont pris très vite une coloration nationale, puisque c'est la Russie qui a enlevé leurs terres aux allogènes.

En 1906-1909, ce brigandage, en passe de se transformer en véritable mouvement paysan, est encore indépendant de la réflexion nationale et réformatrice de l'intelligentsia, mais, progressivement, les deux courants vont se rejoindre. Jusqu'en 1917, le brigandage et les attaques contre l'administration russe redoublant, et la réflexion intellectuelle se développant, toujours plus revendicative sur le plan national, l'hostilité à la Russie et au système colonial va devenir une constante commune aux deux mouvements. À la lumière du rapport Pahlen, le pouvoir russe doit conclure qu'il règne au Turkestan un véritable « état de guerre ». Ses représentants multiplient d'ailleurs les avertissements : « Il ne faut pas que la population allogène commence à douter de la puissance russe ; parmi les allogènes, il y a toujours des fanatiques qui n'attendent qu'une occasion de rééditer le soulèvement d'Andijan. »

Sensible à ces propos alarmistes, Nicolas II décida d'infliger au Turkestan une punition politique. Si, dans la première Douma, les Turkestanais n'étaient pas représentés, alors qu'on comptait en son sein vingt-cinq musulmans, ils avaient eu droit à cinq délégués dans la deuxième. Lorsque, le 3 juin 1907, celle-ci fut dissoute, Nicolas II modifia la loi électorale et le Turkestan se trouva privé de toute représentation « en raison de l'état de guerre » qui y sévissait, alors même que, pour réduite qu'elle fût, la représentation des musulmans y était préservée. Mais le pouvoir russe tira de l'agitation croissante dans la région une autre conclusion politique : c'est que le clergé conservateur était seul capable de maintenir la population locale à l'écart des mouvements nationaux et de l'influence de l'élite réformatrice. L'alliance avec l'islam conservateur devint dès lors le mot d'ordre pour la région. C'est à son clergé que le pouvoir confia l'éducation et la vie culturelle, abandonnant le rêve de voir naître une élite sachant le russe et se rapprochant de la Russie.

Dans ce choix stratégique, le pouvoir russe ne prenait pas en compte le développement de l'intelligentsia nationale et le combat qu'elle menait pour la rénovation de l'islam contre le clergé conservateur ; du coup, cette intelligentsia va lutter seule dans le cadre du système éducatif, dans ses écoles rénovées, pour former au plus vite une jeunesse musulmane modernisée. Opposés à la Russie, qui a choisi contre eux les conservateurs, les réformateurs vont se réclamer tout naturellement de l'islam moderniste à coloration turque. Contre la Russie, contre le système colonial, ils deviendront les hérauts d'un réformisme panturc présenté comme la solution d'avenir pour le Turkestan.

Le rapide succès de l'entreprise scolaire des réformateurs et le développement de leur emprise sur les esprits ne vont pas passer inaperçus de certains administrateurs russes. Dès 1911, le gouverneur général Samsonov donne l'alarme, affirmant qu'en l'espace de quelques années l'absence de sentiment national au Turkestan a fait place à une intense activité nationale. Il conclut qu'il y a urgence à changer de politique et à opposer aux élites turco-musulmanes modernisées des élites russifiées, donc à miser sur un système scolaire propageant la langue russe et capable d'attirer les musulmans. Il propose de surcroît de placer sous un contrôle rigoureux tous les établissements d'éducation musulmans. Analyse juste. Il est patent que les choix stratégiques successifs de la Russie – « ignorer l'islam » avant 1905, coopérer avec sa version la plus conservatrice après 1905 – ont conduit à méconnaître la montée d'une élite nationale tournée vers le monde turc hors frontières et se posant en garante d'un avenir purement turkestanais.

1905, qui, aux yeux d'un Turkestan où régnait la *pax russica*, avait d'abord été une révolution propre au colonisateur russe, fut par là même à l'origine d'une prise de conscience antirusse, donc d'un mouvement anticolonial. Nulle part la *pax russica* n'aura aussi radicalement sombré.

Tout en prenant conscience de son statut colonial, ce qui contribuera à radicaliser ses élites, le Turkestan va aussi s'intégrer dans le mouvement panmusulman alors en plein essor et qui confère une certaine unité aux espoirs et aux revendications. En 1905, sous l'impulsion d'intellectuels tatars, les promoteurs d'une réunion panislamique de l'Empire ont demandé l'autorisation de convoquer un congrès musulman. Bien que l'autorisation leur en eût été refusée, un premier congrès musulman s'est tenu clandestinement à Nijni-Novgorod, en août, rassemblant entre cent vingt et cent cinquante participants sous la présidence de deux Tatars, Gasprinski et Yussuf Aktchura, et d'un Azéri, Ali bey Topchibachy. Cette réunion connut deux temps importants : la création d'une union appelée, selon ses fondateurs, à rassembler tous les sujets musulmans de l'Empire, et le vote d'une résolution énumérant toutes les revendications des congressistes. Deux d'entre elles étaient particulièrement novatrices : l'exigence de l'égalité des droits politiques, civils et religieux pour les musulmans et les Russes, et le droit de fonder une organisation unitaire des musulmans avec convocation de congrès périodiques.

Les congressistes avaient aussi affirmé leur volonté de créer une organisation commune à tout l'islam russe, divisée en seize régions placées sous l'autorité d'une assemblée élue par un congrès régional, l'ensemble des assemblées constituant l'Assemblée centrale de l'Union des musulmans, dont Bakou serait le siège. En définitive, seule l'Assemblée de Kazan (centre de la région de Haute-Volga) vit le jour. Elle convoqua un deuxième congrès musulman dans la capitale de l'Empire, en janvier 1906. Une fois encore, cette réunion n'avait pas été autorisée ; officiellement, ses participants se rendaient à des banquets – c'était le « printemps des banquets », déjà évoqué –, « couverture » légale du congrès interdit. Ce fut l'occasion de mesurer les progrès politiques accomplis en quelques mois, car les travaux des congressistes furent consacrés à l'élaboration d'une stratégie visant à assurer le succès électoral des musulmans à la Douma et à définir les moyens d'y participer. Après des débats houleux et une vive opposition des représentants de Crimée et du Caucase, la majorité décida de s'allier à un parti russe, le Parti constitutionnel-démocrate (dit K.-D. ou Cadet).

Six mois plus tard, un troisième congrès, réuni légalement, cette fois-ci, à Nijni-Novgorod, accueillit des représentants de tous les mouvements politiques musulmans, à l'exception des sociaux-démocrates, encore ultraminoritaires. Ce congrès s'entendit sur une stratégie – utiliser la Douma pour faire aboutir les revendications les plus urgentes : égalité des droits ; organisation d'un enseignement musulman, mais financé par l'État, sans intervention russe et n'imposant pas la langue russe ; enfin, réforme agraire d'envergure qui doterait de terres ceux qui en étaient démunis ou qui en avaient été dépossédés (il s'agissait naturellement des paysans musulmans victimes des colons). Bien que les musulmans eussent été représentés dans les quatre Doumas – vingt-cinq députés dans la première ; trente-cinq dans la deuxième ; dix dans la troisième ; sept dans la dernière –, leur participation les déçut, car nul ne leur y prêta attention et aucun parti politique, pas même les K.-D. qu'ils avaient tenté de rallier, ne soutint leurs revendications. Ils avaient cru que des solutions parlementaires régleraient leurs problèmes ; leurs espoirs déçus seront on ne peut plus lourds de conséquences. Ayant pris conscience de l'indifférence des libéraux européens, même de ceux qui étaient aussi des dominés, tels les Polonais de l'Empire, les musulmans vont se tourner dès lors vers des solutions inspirées par une vision coloniale et antirusse. Découragés aussi par le constat que des réformes modérées ne peuvent être obtenues par la voie légale, convaincus de leur isolement, ils vont se rapprocher des partis socialistes et, pour s'entendre avec eux, ils vont se radicaliser. Le seul véritable vainqueur de ce long combat sera le nationalisme antirusse.

Chapitre VIII

Quand la « prison des peuples » s'ouvre

Ébranlé par la défaite de 1904 et la révolution de 1905, l'Empire n'était pas pour autant à bout de souffle. C'est à contrecœur, certes, que Nicolas II va accepter de tirer la leçon des événements tragiques de 1904-1905 et de réformer politiquement le régime en le faisant évoluer de la monarchie absolue vers un système constitutionnel. Mais il n'imaginait pas alors que les rapports avec les peuples dominés dussent être modifiés. Tout au contraire, il pensait que l'espace impérial tenait lieu de « réserve » à la monarchie ; l'unité du Centre et de la périphérie avait, dans son esprit, la solidité d'un dogme.

S'adressant à la troisième Douma, le président du Conseil, Stolypine, s'employa à convaincre de leur chance les députés polonais qui déploraient d'être mal lotis et soumis à un traitement inégalitaire : « Considérez les choses de notre point de vue et reconnaissez qu'il n'est de sort plus heureux que celui de citoyen russe…, alors vous aurez tous les droits. » Stolypine ne croyait pas à l'existence d'une « question nationale » au sein de l'Empire et il n'hésita pas, pour donner corps à son programme de réforme agraire, à inviter les paysans russes qui le souhaitaient à s'exiler en Sibérie, en

Extrême-Orient et en Asie centrale pour y trouver des terres, oubliant que dans cette dernière région les indigènes n'avaient cessé de manifester leur hostilité à la colonisation russe.

Oublier les nations

Entre 1905 et 1914, de nombreuses décisions témoignèrent du refus du pouvoir impérial de céder aux aspirations des nations. La réduction de leurs représentations dans les Doumas successives en fut un premier signe. Les lois fondamentales de 1906 qui donnaient naissance à une vie parlementaire avaient reconnu le droit de vote à tous les groupes ethniques, y compris les allogènes et les Juifs. La conséquence en fut qu'au sein de la première Douma les Russes étaient à peine majoritaires (deux cent soixante-dix députés pour deux cents non-russes), même si la représentation des divers groupes ethniques était par ailleurs fort inégale, la part principale revenant aux Ukrainiens et aux Polonais. Mais, dès la deuxième Douma, le poids des Russes se fit plus lourd. Et lorsqu'elle fut dissoute, la volonté de représenter assez équitablement les diverses nations fit place à une conception inéquitable, exposée dans le Manifeste du 3 juin 1907 : « La Douma, créée pour consolider l'État russe, doit être russe par l'esprit. » Déjà la loi fondamentale du 23 avril 1906 avait, dans ses articles 1 et 3, fourni une indication des nouvelles orientations en matière nationale en précisant que « l'État russe [était] unitaire et indivisible », et « la langue russe [...] la langue officielle de l'État »; la réglementation de l'usage des langues locales dans les institutions officielles était renvoyée à des dispositions spéciales. Puis la loi électorale de 1907 modifia profondément les conditions de représentation, ce qui conduisit dans les deux dernières assemblées à une augmentation constante du nombre de Russes et à l'exclusion de certains groupes – musulmans du Turkestan et des Steppes.

Au cours des années d'avant guerre, le gouvernement revint souvent sur des concessions qu'il avait accordées antérieurement. Ainsi la Finlande, qui avait vu reconnaître son statut particulier en 1905, en fut-elle privée en 1910, et soumise à nouveau au droit commun. Il en alla de même en Pologne, où les concessions en matières scolaire et administrative furent abolies. Les Ukrainiens furent pour leur part victimes d'interdits frappant leurs manifestations culturelles, notamment les publications dans leur langue. Loin de brider le sentiment national des trois nations, ces dispositions le développèrent et les Ukrainiens, constatant le statut privilégié de leurs frères englobés dans l'Empire austro-hongrois, en tirèrent argument pour contester le sort qui leur était échu en Russie.

Affirmation de la primauté russe et de l'unité de l'Empire : ces traits ne suffisent pourtant pas à décrire l'attitude du pouvoir à l'égard des nationalités. Sans doute était-il poussé dans cette direction par l'inquiétude que lui inspiraient les événements de 1905 ainsi que la montée d'un nationalisme russe exacerbé par l'humiliation de la défaite face au Japon et nourri d'un antisémitisme profond. Dans le même temps, certains responsables russes s'inquiétaient des conséquences du tournant russificateur. Les élites libérales élues dans les Doumas – notamment les K.-D. –, des hommes d'État comme Witte, des gouverneurs tel le « vice-roi du Caucase » Vorontsov-Dachkov, poussaient à en revenir à une politique nationale plus souple. Mais ces flottements entre russification et centralisation, et quelques timides tentatives pour atténuer une politique hostile aux nationalités ne donnèrent jamais naissance à des choix cohérents, ce qui ne fit qu'alimenter en dernier ressort les désillusions et frustrations.

Au surplus, le véritable problème politique, celui de l'évolution de l'État vers un certain fédéralisme propre à apaiser les inquiétudes de la périphérie, ne fut jamais posé au sommet du pouvoir. Cette hésitation constante sur les rapports entre celui-ci et celle-là finit par convaincre les élites nationales qu'il leur appartenait de se saisir du problème et de proposer, voire d'opposer des solutions claires à un pouvoir indécis sur l'avenir des peuples de l'Empire. C'est pourquoi le débat sur la question nationale, durablement négligé par le Centre, va prendre une dimension nouvelle, dès 1914, avec des protagonistes hostiles à l'Empire et dont l'influence à la périphérie ira grandissant.

Réformer ou détruire l'Empire ?

Méconnue par le pouvoir, la question nationale avait pourtant inspiré un débat qui s'était déroulé tout le temps que s'était étendu l'Empire.

Les premiers à s'interroger avaient été les décabristes, héros de la révolution manquée de 1825. Inspirés par l'exemple américain, les aristocrates libéraux qui débattent alors de l'avenir de l'Empire prônent la fin du centralisme et la réorganisation de l'État russe sur des bases fédérales afin de faire droit aux aspirations des nations. Pour eux, il ne peut y avoir de progrès démocratique en Russie sans que les peuples dominés aient été sinon émancipés, du moins dotés de droits égaux à ceux des Russes.

Sans doute les décabristes ne sont-ils pas unanimes dans leurs propositions sur la « liberté des nations ». Certains d'entre eux souhaitent voir reconnaître à tous une très large autonomie ; d'autres craignent qu'une telle solution ne débouche sur des séparatismes et une dislocation de la Russie.

Rien de plus malaisé que de vouloir concilier l'intérêt national russe et celui des nations, et la suite de l'histoire – celle du XXe siècle – montrera qu'il n'existait pas de solution équilibrée. La réflexion sur ce thème difficile n'a d'ailleurs pas été que russe. À Kiev, la confrérie de Cyrille-et-Méthode – société secrète fondée en 1846 par de jeunes intellectuels – mêlait, dans son programme, aspirations nationales et volonté de transformer politiquement l'Empire. Sur le premier point, le programme de la confrérie était très précis et articulé : il prônait l'indépendance des États slaves regroupés au sein d'un vaste État fédéral. Dans ce projet, la langue était une composante essentielle de la nation, et un trait particulièrement original de cet État fédéral était que Kiev avait été choisie pour en être la future capitale. Ces idées furent développées par le grand historien ukrainien Mykola Kostomarov, qui appelait à un retour à la tradition de la Rus', donc aux origines politiques de la Russie. Elles relevaient du « fédéralisme », écrivait-il, ajoutant que la dérive vers un modèle centralisé avait été la conséquence de l'adoption par les princes de Moscou des principes centralistes et hiérarchisés de l'État mongol. Le « rassemblement des terres russes » avait marqué à ses yeux une rupture radicale avec la tradition historique et le triomphe du modèle politique mongol.

Le débat allait reprendre force dans la seconde moitié du XIXe siècle lorsque les revendications nationales se multiplièrent au sein des deux grands empires multinationaux, Russie et Autriche-Hongrie. Et c'est encore d'Ukraine que vint alors la réflexion la plus fructueuse. Dans les années 1880, Mihailo Dragomanov, intellectuel ukrainien influent, élabora un programme fédéraliste qu'il souhaitait étendre à tout l'Empire. Il était hostile aux séparatismes, qu'il tenait pour les produits d'un nationalisme exacerbé, dangereux pour la paix entre les nations, mais il abhorrait tout autant les solutions centralistes. Le fédéralisme, pensait-il, devait apporter une réponse satisfaisante aux aspirations nationales, favoriser une cohabitation paisible entre les nations en même temps qu'il contribuerait à développer une véritable conscience internationaliste. L'espace fédéral qu'il imaginait devait recouvrir tout l'est de l'Europe, peuplé de Slaves et de non-Slaves, et prendre la forme d'un État regroupant au sein d'un système volontaire et égalitaire des régions russes et des régions ukrainiennes.

Cette « union libre » des nations ne préfigure-t-elle pas l'État plurinational soviétique, même si Dragomanov entendait privilégier les destins nationaux alors que la variante soviétique les avait soumis à l'État fédérateur ? On ne saurait en tout cas sous-estimer l'influence de l'idée fédéraliste en Russie, notamment en ce qu'elle concourut au développement du panslavisme.

En 1863, l'échec de l'insurrection polonaise conduit les Polonais à ouvrir un débat plus radical, auquel le socialisme, divisé sur la question nationale, va proposer des réponses multiples. L'agitation intellectuelle autour de ce problème n'est pas moins vive en Transcaucasie, où Géorgiens et Arméniens se regroupent autour de partis politiques gagnant d'autant plus crédit et influence que leurs propositions mettent en avant la question nationale.

À partir de 1900, l'Internationale socialiste s'empare du thème de discussion. Rappelons que le problème de la nation n'avait guère préoccupé Marx et Engels. Sans doute l'un et l'autre avaient-ils pris grand soin de comprendre les problèmes historiques concrets posés par le fait national, et constaté qu'à l'ère du capitalisme il jouait un rôle réel, incontournable. De là leur certitude – acte de foi plus que raisonnement – que le triomphe du prolétariat entraînerait le dépérissement des nations. Ils considérèrent donc cette catégorie historique temporaire, liée à l'époque du capitalisme ascendant et de la lutte des classes, comme un phénomène qui ne méritait pas de mobiliser à l'excès les socialistes. En 1896, au congrès de Londres, la IIe Internationale, fidèle à la pensée des pères fondateurs mais confrontée à la montée des forces nationales, en conclut que leur combat devait être lié à la lutte des classes, mais en position subordonnée.

Les socialistes des empires multiethniques, qui vivaient quotidiennement la réalité des relations entre nations, étaient divisés sur les solutions appropriées. Les marxistes autrichiens réfléchissaient à une réforme de l'Empire – l'Autriche-Hongrie était déjà engagée dans cette voie – pour répondre au problème national. En face d'eux, les Russes proches de Lénine posaient en préalable une rupture radicale avec le système politique existant.

Dans le premier camp, Karl Kautsky, Karl Renner et Otto Bauer garderont toujours à l'esprit la situation concrète de l'Empire bicéphale. Kautsky a eu le grand mérite d'inaugurer la réflexion socialiste sur le fait national dans le livre qu'il lui consacre, *La Nationalité moderne*, où il est présenté comme une réalité culturelle indéniable dont la langue est la manifestation première. Contre Marx et Engels, il en conclut que le mouvement ouvrier ne peut faire l'économie d'un programme national. Renner, juriste de formation, poursuit dans cette voie en s'efforçant d'inscrire la nation dans le cadre politique de l'État, auquel il assigne le rôle de régulateur et d'organisateur de la vie nationale. Mais, plus encore que Kautsky et Renner, c'est Otto Bauer qui fait progresser de manière décisive le débat sur ce problème complexe.

Dans son livre *La Question des nationalités et la Social-Démocratie*, Bauer poursuit un double objectif : fournir aux nations les arguments propres à consolider leur conscience d'elles-mêmes, et débarrasser le mouvement ouvrier de l'hypothèque nationale en le réconciliant avec des nations dont il reconnaît les aspirations. On lui doit cette définition : « La nation est l'ensemble des hommes liés par une communauté de caractères. » Pour lui, le destin de la nation tient avant tout à l'histoire commune des hommes qui la composent, et la communauté de caractères découle prioritairement de la langue partagée. Partant, au contraire de Marx, Otto Bauer considère que la nation n'est pas une catégorie éphémère liée à une phase déterminée de la lutte des classes, mais qu'étant une réalité permanente de l'histoire humaine elle lui survivra. Le socialisme doit donc offrir pour perspective à chaque travailleur non pas le dépassement de la nation, mais son appropriation. Si « les travailleurs n'ont pas de patrie », ainsi que l'a écrit Marx, c'est en dernier ressort parce que les possédants la leur ont confisquée, et il appartient au socialisme de la leur restituer.

Ainsi, dans la pensée d'Otto Bauer, l'internationalisme prolétarien implique une cohabitation harmonieuse entre les nations. Encore convient-il d'en définir les moyens. La culture, c'est-à-dire la langue et la conscience historique, étant la composante essentielle de la nation, c'est dans l'autonomie culturelle extraterritoriale personnelle que réside la solution. De là une différenciation entre le domaine de l'État, dont les compétences doivent être limitées aux questions d'intérêt général, et le principe de l'autodétermination personnelle extraterritoriale, qui régit les rapports sociaux. Otto Bauer a longuement réfléchi aux rapports entre cultures nationales et culture prolétarienne, et il conclut à la nécessité de les équilibrer dans un ensemble cohérent dont les premières seront la partie extérieure et visible. Grand détracteur d'Otto Bauer, Staline – on y reviendra – lui empruntera pourtant ce principe et en nourrira sa propre définition de l'harmonisation des cultures existant en Russie.

À la périphérie de l'Empire, notamment en Transcaucasie, les partis nationaux se sont emparés des propositions austro-marxistes, principalement de celles d'Otto Bauer. Les mencheviks géorgiens ont repris à leur compte l'idée d'autonomie culturelle extraterritoriale, et les ouvrages de Bauer, traduits en russe, ont suscité en Géorgie des débats passionnés.

On comprend mieux cette orientation à la lumière de l'évolution politique de la Russie après 1905 : l'Empire avait riposté à la montée des aspirations nationales en adoptant des dispositions conservatrices, voire en revenant sur les statuts existants, et l'accent avait été brutalement mis sur la russification. Face à cette réaction autoritaire, les partis politiques russes agissant en milieu national – notamment les socialistes – se refusaient à envisager un éclatement de l'Empire, mais cherchaient simplement les moyens d'assurer aux minorités une existence nationale autonome. Quant à la social-démocratie russe, elle ne pouvait se contenter de suivre la pensée de Marx, peu préoccupé de la question nationale, car sa réflexion et son action étaient situées dans le cadre d'un Empire multiethnique ; elle ne voulait pas davantage adhérer aux thèses austromarxistes, pourtant séduisantes pour les nationalités.

Le problème juif aura de surcroît contribué à donner au débat national en Russie une dimension propre. C'est en effet le poids de la classe ouvrière juive dans l'Empire qui explique en grande partie la prise en compte du problème national par les socialistes russes. Dans un pays où cette classe était encore, à la fin du XIXe siècle, peu nombreuse et inorganisée, le prolétariat juif, concentré, relativement plus éduqué que les Russes, conscient de sa spécificité en raison de l'environnement antisémite dans lequel il devait survivre, constitua le fer de lance de cette réflexion. Très tôt, le mouvement ouvrier juif, qui ne souhaitait à l'origine que s'intégrer à la classe ouvrière russe, s'était divisé entre partisans de l'assimilation et partisans du départ vers la Terre promise que le sionisme, né dans l'Empire, encourageait. C'est ainsi qu'en 1897 était né le Bund. Mouvement ouvrier juif, celui-ci avait trouvé son origine dans l'inquiétude d'intellectuels juifs marxistes – dont Martov était le plus brillant représentant – qui étaient parfaitement assimilés mais qui ressentaient durement les clivages séparant, voire opposant, ouvriers russes et ouvriers juifs. Pour sortir de cette situation, ils revendiquaient naturellement l'égalité nationale ; mais ils avaient imaginé pour première étape la création d'un parti ouvrier spécifique qui rassurât les Juifs et favorisât leur dialogue avec les Russes.

Le programme austromarxiste fut adopté par le Bund. Pour ce parti, les Juifs, dispersés dans l'Empire, privés d'un territoire propre, unis par la conscience de la discrimination dont ils étaient victimes, devaient être reconnus comme nationalité et bénéficier, à ce titre, de l'autonomie culturelle extraterritoriale. Cette revendication se heurta à l'opposition du marxisme orthodoxe russe, d'abord représenté par Plekhanov, partisan de « l'égalité pour tous les citoyens, sans distinction d'origine religieuse ou nationale », et surtout par Lénine, qui refusait catégoriquement d'affaiblir l'unité du Parti social-démocrate naissant en le soumettant aux exigences des groupes nationaux. L'unité du Parti, obsession de Lénine, ne pouvait s'accommoder des aspirations du Bund, ni même de son existence : Lénine en vint à la rupture dès 1903. Mais la révolution de 1905 et l'agitation croissante à la périphérie le convainquirent de la nécessité d'élaborer des positions précises sur la question nationale.

Si, sur le fond – la nation comme catégorie historique éphémère –, Lénine reste fidèle à Marx, il ne peut ignorer l'écho que les thèses austromarxistes rencontrent parmi les élites nationales, et la division des partis sur cette question. Au congrès de Londres, en 1907, les sociaux-démocrates caucasiens se battent pour que la social-démocratie russe accepte la formation d'organisations nationales en son sein. Les partis ou groupes socialistes de l'Empire exigent la reconnaissance du fait national dans les programmes.

Les mencheviks, qui attirent des membres du Bund, mais aussi Trotski, vont imposer à Vienne, en 1912, l'élaboration d'un programme national et affirment hautement leur intention de faire reconnaître par le Parti le principe de l'autonomie culturelle. Les socialistes-révolutionnaires (S.-R.) ont pour leur part inscrit dès 1905 dans leur programme une large autonomie et le principe fédéral. Si Plekhanov, père de la social-démocratie russe, campe toujours sur une attitude de refus, Lénine, plus pragmatique, soucieux d'éviter à son parti d'être affaibli par les propositions séduisantes des mencheviks ou des S.-R., prend très rapidement conscience de la nécessité de répondre à l'impatience des nationalités.

Sa réponse va être doublement de principe. Dans un cadre temporel déterminé – celui où sévit encore le capitalisme – et un espace précis – l'Empire multinational russe –, il admet la nécessité de reconnaître le fait national et ses implications. Son raisonnement ne vaut donc que pour la période précédant la révolution et le triomphe de la classe ouvrière. À cette réponse il ajoute deux développements : celui qu'il charge l'un de ses proches, Djougachvili, dit Staline, qu'il qualifie de « merveilleux Géorgien », d'élaborer ; et sa propre contribution au problème, qui domine ses écrits des années 1913-1914.

Au « merveilleux Géorgien » il confie en 1913 le soin de répliquer à Otto Bauer. Le choix est judicieux. Venu du Caucase, région ethniquement si complexe, Staline est, plus que tout autre bolchevik, conscient des réalités nationales. Fidèle de Lénine, il ferraille inlassablement contre les mencheviks géorgiens et leur oppose l'intransigeance des positions bolcheviques. Enfin, au moment où le chef des bolcheviks fait appel à lui, il se trouve en exil à Cracovie, donc disponible. Il va exécuter la commande qui lui est faite dans un long article, « Le marxisme et la question nationale », qui ne répond sans doute pas pleinement à l'attente de Lénine. Pourtant, la contribution du Géorgien est loin d'être négligeable. D'abord par la définition de la nation qu'il propose : « communauté stable, historiquement constituée, communauté de langue, de territoire, de vie économique et de formation psychique qui se traduit dans la communauté de culture ». Qu'un seul de ces critères de la nation vienne à manquer, et la nation n'existe pas. Même si Staline la situe dans le cadre du capitalisme ascendant, donc suggère son caractère transitoire, il contredit cet hommage à la position de Marx et Lénine en énumérant des caractères de la nation qui en supposent la permanence et la stabilité. Ce travail, censé condamner les thèses austromarxistes, en est en réalité très imprégné, les réalités nationales caucasiennes ayant probablement pesé sur le raisonnement de l'auteur.

Sans doute est-ce la raison pour laquelle Lénine en vient peu après à traiter lui-même le problème dans un ouvrage intitulé *Sur le droit des nations à l'autodétermination*, qu'il complétera ultérieurement par plusieurs articles. Cette contribution léninienne au débat en souligne toute la difficulté. Sur le fond, pas davantage que Marx ou Rosa Luxemburg, il n'est disposé à reconnaître un statut à la nation. Comme eux, il reste convaincu que le prolétariat doit être capable de triompher des différences nationales ; mais il a été contraint de constater que, là où le problème national existe – en Russie en premier lieu –, l'ignorer conduit à affaiblir le mouvement ouvrier, voire à le diviser. Pour Lénine, la lutte des classes a pour finalité et tâche historique d'assurer l'unité de la classe ouvrière qui seule peut, à terme, effacer les diversités nationales. Mais, pour y atteindre, il admet la nécessité d'un compromis avec ses principes, c'est-à-dire une alliance tactique et temporaire avec les nations, qui les associe au combat ouvrier. Dès lors, pour donner force à cette tactique, il faut reconnaître aux nations « le droit à l'autodétermination jusqu'à la séparation et la formation d'un État indépendant ». En raisonnant ainsi, Lénine poursuit un seul but : assurer au bout du compte la victoire de la classe ouvrière et de l'internationalisme, afin de faire naître, après la révolution, un État prolétarien unifié. La proposition d'autodétermination doit rassurer les nations méfiantes et frustrées, mais elle a aussi pour fonction de briser le chauvinisme de la nation dominante. C'est une pédagogie de l'internationalisme que Lénine propose ainsi. Mais, pour le long terme, c'est-à-dire pour la révolution et l'État qui en sortira, il refuse le fédéralisme – faire place aux nations dans l'organisation postrévolutionnaire n'a plus de sens –, voire toute forme d'autonomie. L'autodétermination ne vaut que pour le stade du capitalisme, comme « exception au principe général du centralisme démocratique », écrit-il, et il ajoute aussitôt : « La séparation n'entre nullement dans notre programme. »

En 1913, Lénine écrit à Gorki : « Une guerre entre la Russie et l'Autriche serait très profitable à la révolution. Mais il y a peu de chances que François-Joseph et Nikki[1] nous fassent ce plaisir. » La guerre qu'il souhaite sans y croire éclatera peu après, opposant les Empires centraux – et pas seulement l'Autriche – à la Russie. Au scandale de Plekhanov et même de Trotski, Lénine affirmera dès lors que la défaite de la Russie sera la chance de la révolution, et qu'il y faut contribuer en utilisant divers moyens, dont la propagande défaitiste et l'agitation des nations. Son radicalisme heurte alors non seulement la majorité des bolcheviks, mais aussi bien des élites nationales guère préparées à pareil discours défaitiste.

Indifférent aux critiques, Lénine va continuer à réfléchir et, constatant les difficultés militaires de la Russie, va aller au-delà de ses propositions de 1913, destinées à la phase prérévolutionnaire, et dessiner un avenir qu'il pressent. Comment faire pour que les autodéterminations qui accompagneront la décomposition de l'Empire n'obèrent pas ensuite l'existence de l'État ouvrier ? Déjà, il imagine la réponse : l'autodétermina-

---

1. Nicolas II.

tion obtenue à la faveur de la révolution aura eu pour acteur la bourgeoisie ou une classe ouvrière faible, ce qui la rend révocable. En revanche, lorsque le prolétariat national aura triomphé, il devra s'autodéterminer à son tour en fonction de ses intérêts de classe, et voudra s'unir à l'État prolétarien dont il a été séparé – union irrévocable, parce que fondée sur les idéaux prolétariens.

Cette théorie sera mise à l'épreuve des faits à partir de 1917 ; mais, auparavant, la guerre et les stratégies antirusses des États belligérants auront accéléré le processus de décomposition de l'Empire.

Dès 1914, tous les belligérants ont songé à utiliser l'arme de l'autodétermination des nations pour affaiblir leurs adversaires. La première manifestation publique de ce recours à l'arme nationale fut la conférence des Nationalités, qui se tint à Lausanne en juin 1916. L'Union des nationalités, fondée à la veille de la guerre pour débattre de façon impartiale, pensait-on, des problèmes de toutes les nations, avait organisé cette conférence pour affaiblir l'Empire austro-hongrois. Mais ce projet tourna rapidement à l'entreprise antirusse. Oublieux du projet fondateur, relativement équilibré, les représentants des Empires centraux se dépensèrent à Lausanne pour que la Russie y fût mise en accusation par ses sujets non russes. Sans doute ceux-ci étaient-ils relativement prudents dans leurs propos et leurs demandes, lesquelles allaient de l'égalité des droits à l'autonomie dans le cadre d'une fédération. Deux exceptions témoignaient cependant déjà d'une certaine radicalisation des esprits. Un délégué finnois et un délégué des Turcs Djagataï – c'est-à-dire d'Asie centrale – y réclamèrent l'indépendance complète pour leurs peuples. Sans doute exposaient-ils là des vues minoritaires, mais la grande révolte qui allait éclater quelques semaines plus tard dans la Steppe montrerait que ces mots d'ordre extrémistes n'étaient pas étrangers à l'évolution des esprits à la périphérie de l'Empire.

La grande révolte de la Steppe

C'est la guerre et les besoins humains qu'elle entraînait qui furent à l'origine de la révolte de la Steppe. Les défaites infligées à la Russie par les armées des Empires centraux avaient entraîné des pertes territoriales importantes, privant l'Empire de nombre de ses sujets polonais, lituaniens, biélorusses et baltes; elles avaient aussi révélé aux nationalités la faiblesse de leur dominateur. Les victoires allemandes en incitèrent certaines à mettre en question leurs liens avec l'Empire. Les critiques exprimées à la conférence de Lausanne rendirent compte de cette soudaine prise de conscience de l'ébranlement du colosse russe et des possibilités qu'il ouvrait aux activités nationales. Mais ce sont surtout les pertes humaines des combats de 1915-1916 qui eurent les plus graves conséquences pour la périphérie. Le 25 juin 1916, le gouvernement décida en effet de faire appel aux allogènes pour compléter ses unités. Depuis la conquête, ceux-ci avaient été exemptés de toutes obligations militaires. Sans doute leur fut-il alors précisé qu'il ne s'agissait pas de les envoyer au front, mais de renforcer les bataillons ouvriers à l'arrière. Mais la décision indigna les intéressés, d'autant plus qu'elle coïncidait avec une exaspération croissante de la population de la Steppe et du Turkestan devant la pénurie de terres. Les vagues de colons s'étaient certes réduites en 1915-1916, mais la situation des allogènes restait très précaire. Si l'on ajoute que le gouvernement russe avait installé dans la région des camps de prisonniers de guerre, on conçoit combien la pression économique subie par ses habitants avait augmenté. Et l'on comprend que tout était réuni pour susciter une réaction violente, même si, étrangement, le pouvoir central et même les autorités russes locales étaient persuadés que le calme régnait toujours dans cette partie éloignée de l'Empire.

Une révolte éclata le 4 juillet 1916 en pays ouzbek. Les violences se multiplièrent et la répression confiée à l'armée n'eut d'autre effet que de les déplacer. Rapidement, la révolte quitta l'espace ouzbek pour gagner les plaines kirghizes, où elle prit une tout autre dimension, celle d'un soulèvement général.

Le problème de la terre était particulièrement aigu en pays kirghiz. C'est là que les colons avaient été le plus gourmands et les tensions y étaient déjà fortes bien avant le décret du 25 juin. Les signes avant-coureurs du conflit étaient nombreux et les colons, inquiets de l'agitation qu'ils voyaient monter chez les allogènes, s'armaient. Quant à ces derniers, ils étaient à l'écoute des rumeurs annonçant de nouvelles confiscations. Déjà les Dunganes venus de Chine au XIXe siècle commençaient à y retourner, convaincus du sérieux d'une telle menace. Le 6 août, ce fut l'explosion. Organisés en détachements de quelques milliers d'hommes, les allogènes se lancèrent à l'assaut des lieux de peuplement russes et des postes militaires, détruisant sur leur passage tout symbole de vie européenne. Affolés, les colons en appelèrent à l'armée, constituèrent des groupes d'autodéfense et en profitèrent, lorsqu'ils étaient en position de force, pour arracher encore des terres à leurs détenteurs. Ce fut un bain de sang. Les nomades et les paysans sans terre s'étaient rassemblés autour d'un chef, Amangeldi Uli, qui sera plus tard l'un des hauts responsables communistes en Asie centrale. Il assiégea Turgay, galvanisant ses troupes par des slogans appelant tout à la fois à la guerre sainte contre les Russes et à la restitution des terres à leurs propriétaires légitimes. Le général Lazarev, responsable de la défense de la plaine, eut finalement raison de la révolte, mais Amangeldi Uli refusa de déposer les armes jusqu'à l'amnistie générale, laquelle ne serait proclamée qu'après la révolution de Février par le Gouvernement provisoire. Le bilan du soulèvement fut effroyable : plusieurs milliers de Russes et plus de cent mille Kazakhs et Kirghiz avaient trouvé la mort, tandis que deux cent mille nomades avaient fui vers le Kazakhstan chinois. Brisés, victimes de nouvelles confiscations de terres, leurs troupeaux massacrés, les nomades allaient aborder en situation d'extrême faiblesse l'ère postrévolutionnaire où les bolcheviks, maîtres du pouvoir, mettraient un terme définitif à leur mode de vie en les exterminant.

En pays turkmène, les ordres de mobilisation provoquèrent certes une certaine résistance, mais les tribus, prudentes, n'allèrent pas jusqu'au soulèvement. Confrontations avec les troupes russes, attaques et sabotages périodiques des voies de communication : elles se livrèrent à un harcèlement des Russes qui s'acheva par l'exode massif des nomades vers la Perse et l'Afghanistan.

Le Turkestan, enfin, fut le théâtre d'une véritable guérilla qui dura plusieurs mois ; mais le général Kouropatkine disposait d'importants moyens militaires et il eut raison des insurgés en les isolant, en les affamant et en arrêtant tous les meneurs. De nombreux Kirghiz furent exilés dans la région inhospitalière de Naryn, où ils ne devaient guère trouver de moyens de survie.

En définitive, pour les nomades de la Steppe et les sédentaires du Turkestan, le soulèvement se solda par d'immenses pertes humaines, un appauvrissement général et la mainmise russe sur toutes les terres encore disponibles. Dans cette terrible confrontation, les allogènes ne furent ni entendus ni soutenus par les partis politiques russes d'opposition, pourtant actifs en Asie centrale depuis 1905. Ces partis ont ignoré la région durant ces mois de révolte, et pas une voix russe ne s'est élevée pour protester contre la répression et les confiscations. Le fossé entre les Russes et cette périphérie coloniale s'est alors élargi considérablement, et on n'aura que bien peu d'années à attendre pour mesurer les conséquences de ce qui était déjà un divorce entre les communautés. Les élites nationales novatrices étaient désemparées ; elles n'avaient pas eu l'initiative de la protestation et ne surent comment soutenir les insurgés, si ce n'est par quelques meetings où les propos enflammés l'emportaient sur les décisions. En définitive, ce fut le clergé conservateur qui se montra le plus actif au cours de cette période. Son influence était grande parmi les sédentaires, moindre parmi les nomades, mais le thème de la guerre sainte entre Russes et musulmans, se mêlant à la protestation des pauvres contre les colons riches, contribua à lui assurer une énorme popularité. La révolte de 1916 préfigure déjà la direction que prendra, dans cette partie coloniale de l'Empire, la révolution de 1917.

L'Empire décomposé

La chute de la monarchie en février 1917 fait naître un immense espoir dans la plupart des groupes sociaux et parmi les nations de Russie. La révolution est d'abord un phénomène urbain, né dans les deux capitales russes, et qui s'étend rapidement aux grandes villes et aux zones industrielles. On fait grève dans la plupart des régions et des soviets se constituent à Helsinki, Reval, Riga, Kiev, Odessa, Minsk, Tiflis, Bakou, Tachkent, sur le modèle des grands soviets russes. Les troubles gagnent aussi les campagnes, où les paysans s'emparent des terres, ainsi que la périphérie coloniale, où, fidèles à la tradition, les colons, effrayés par les allogènes, s'arment contre eux. La révolution a pris d'emblée un tour social, mais, gagnant nations et nationalités, elle y donne à penser que le Gouvernement provisoire va répondre à leur volonté d'émancipation. Cet espoir est vite déçu. Le 25 avril, le soviet de Petrograd se prononce certes pour l'autonomie nationale sur le plan culturel, mais il est inconscient du fait que ce projet est déjà dépassé par les événements et par la montée des passions. Les hommes au pouvoir sont alors obsédés par la volonté de poursuivre la guerre, ce qui impose le maintien d'un espace unifié. Ils sont aussi victimes de leur légalisme, qui les incite à repousser toutes les décisions au lendemain de l'élection d'une Assemblée constituante. Pour les nations, cette attente est intolérable, ce qui explique leur entrée massive dans le processus révolutionnaire qui revêt avant tout pour elles le sens d'une marche vers l'émancipation.

Sans doute le Gouvernement provisoire n'ignore-t-il pas leurs aspirations et fait-il quelques gestes pour les satisfaire. Il proclame ainsi l'égalité des droits et des libertés, et reconnaît aux nations des droits culturels. Les Juifs et les Inorodtsy, jusque-là victimes de règles discriminatoires, sont rattachés au droit commun.

Polonais et Finlandais, qui avaient joui dans l'Empire de statuts particuliers du fait de l'Histoire et de leur expérience politique, revendiquent en 1917 une indépendance totale, et les circonstances leur permettent, pour des raisons différentes, d'imposer leur volonté. La guerre et l'occupation allemande ont arraché les Polonais à l'autorité russe et leur indépendance est restaurée en 1916 par l'Empire allemand à seule fin d'affaiblir la Russie. Il convient de préciser que ce nouvel État polonais se réduit à sa seule partie russe. En Finlande, où un État moderne s'est développé depuis le milieu du XIXe siècle, le Parlement (Landtag), qui a connu des phases successives d'existence puis de suppression ou de limitation de ses compétences, incarne la volonté d'indépendance politique du pays. Il recouvre son autorité, qui avait été restreinte après 1907, et devient le vecteur de la reconquête nationale. En juillet 1917, le Landtag, au sein duquel les sociaux-démocrates sont alors majoritaires, proclame son « autorité suprême » sur toute la politique finlandaise, ne laissant à la Russie qu'un droit de regard sur sa diplomatie.

Les Ukrainiens ne sont pas moins désireux de mettre à profit la situation difficile du Gouvernement provisoire pour avancer dans la voie du changement de leurs rapports avec la Russie. Les paysans, qui constituent 90 % de la population, mettent sur pied une Union paysanne et un soviet. Le Congrès des paysans ukrainiens, réuni en juin, réclame une réforme agraire et l'autonomie politique. Le mois suivant voit naître un Conseil panukrainien des députés ouvriers, émanation du congrès ouvrier panukrainien.

En marge de ce mouvement spontané qui se radicalise à grande vitesse, les élites nationales se montrent en général plus modérées. Le 15 mars, les représentants des partis et organisations politiques fondent à Kiev la Rada, esquisse de Parlement. L'historien Mikhaïl Hrouchevski, revenu le 27 mars de son exil en Russie, est porté à la tête de cette Rada, et, dès le 1er avril, au cours d'un rassemblement de cent mille personnes, il réclame l'autonomie de l'Ukraine, tout en assurant le Gouvernement provisoire de sa loyauté. Mais la situation évolue rapidement. Le congrès national panukrainien, réuni du 17 au 21 avril, reconnaît la Rada et la transforme en parlement révolutionnaire, où vont siéger les paysans et ouvriers déjà organisés. Dans le même temps, un Comité militaire ukrainien est élu par le Congrès militaire panukrainien, et Simon Petlioura en prend la tête.

Les événements d'Ukraine inquiètent le pouvoir russe bien plus que ceux de Pologne et de Finlande, car, en raison du nombre d'habitants de cette nation, de l'importance économique et stratégique de son territoire, c'est la puissance russe qui est ici en jeu. La réponse de Petrograd ne se fait pas attendre. Le Gouvernement provisoire remplace les gouverneurs par des commissaires, généralement russes. Un double pouvoir se met ainsi en place : celui des instances ukrainiennes et celui que leur oppose Petrograd. Les Ukrainiens exigent alors une véritable reconnaissance de leur autonomie, marquée par la présence d'une représentation ukrainienne aux futures conférences de paix, et par l'échange entre Kiev et Petrograd de commissaires, préfiguration d'un futur échange d'ambassadeurs. C'en est trop pour le Gouvernement provisoire, qui refuse toute concession. La réponse ukrainienne est brutale : le 23 juin, le 1er *universal* (décret) de la Rada proclame qu'« à partir de maintenant, nous construisons notre vie nationale nous-mêmes », et ajoute que l'Assemblée constituante ukrainienne, seule détentrice du pouvoir législatif, met en place un secrétariat général de la Rada, véritable gouvernement révolutionnaire de huit membres, dont quatre sont des sociaux-démocrates et deux des socialistes-révolutionnaires. Petrograd est contraint de négocier.

Une délégation dirigée par Kerenski et trois ministres eurent la tâche ardue d'entrer en pourparlers avec les trois chefs de file du mouvement national d'Ukraine : Hrouchevski, président de la Rada, Vinitchenko, chef du gouvernement révolutionnaire, et Petlioura, responsable des forces militaires. Kerenski fut contraint de reconnaître les institutions ukrainiennes, obtenant en échange qu'elles s'engagent, en attendant la réunion de l'Assemblée constituante, à ne pas décider de manière unilatérale et définitive de l'indépendance ukrainienne. Une fois encore, le légalisme l'emportait au sein du Gouvernement provisoire, provoquant le mécontentement des Ukrainiens sans lui gagner pour autant le soutien des éléments modérés en Russie.

L'été de 1917 fut marqué par une rapide évolution de la situation. Les K.-D. se retirèrent du Gouvernement provisoire. En Ukraine, paysans et ouvriers s'indignèrent que la Rada « pactisât » avec Petrograd, et les revendications sociales montantes eurent le double effet d'affaiblir les institutions ukrainiennes et de donner au Gouvernement provisoire un prétexte à limiter ses concessions.

Pourtant, un grand événement eut lieu à Kiev du 21 au 28 septembre 1917 : la convocation du Congrès des peuples de Russie, dont le mot d'ordre était la transformation du pays en fédération de peuples libres. Parce qu'il avait lieu à Kiev, ce congrès témoignait de l'importance prise par les Ukrainiens dans l'agitation nationale qui gagnait toute la Russie. S'il n'eut pas de suites, c'est que la phase suivante de la révolution se dessinait déjà et qu'en Ukraine aussi les conflits entre Rada et Gouvernement provisoire, Rada et soviets radicaux, conduisaient à une certaine anarchie, évocatrice de celle qui régnait à Petrograd. La révolution d'Octobre allait clarifier les rapports entre un nationalisme ukrainien encore insatisfait et les vainqueurs du coup d'État russe.

Ailleurs, l'évolution fut plus lente et moins dramatique pour ceux qui dirigeaient alors la Russie. Le territoire biélorusse et les provinces baltes étant pour partie sous occupation allemande, les éléments nationalistes qui se trouvaient dans les régions non occupées avaient peu de moyens de mettre en place des institutions nationales représentatives. Le Caucase, pour sa part, était nettement plus agité, même si la proximité du front ottoman imposait à toutes les parties une certaine retenue. Le Gouvernement provisoire y soutenait un Comité extraordinaire pour la Transcaucasie, mais c'étaient alors les soviets de Tiflis et de Bakou qui mobilisaient les partis socialistes de la région et se posaient en porte-parole des ambitions de chaque nation. Les mencheviks, en position dominante à Tiflis, étaient encore enclins à coopérer avec le Gouvernement provisoire et avec le soviet de Petrograd, car des Géorgiens – Tseretelli et Tchkeidze – y jouaient un rôle important. Au soviet de Bakou, beaucoup plus hétérogène, des membres du parti azerbaïdjanais Mussawat, qui militait pour une organisation fédérale de la Russie, côtoyaient des Dachnak arméniens, décidés à soutenir le Gouvernement provisoire aussi longtemps qu'il combattrait l'Empire ottoman, tandis que mencheviks et bolcheviks, encore minoritaires, ne cessaient d'y gagner en influence.

La périphérie musulmane fut le théâtre d'une confrontation plus progressive avec le Centre, mais celle-ci allait peser sur les événements à venir. Dans la Steppe et au Turkestan, la répression qui avait suivi la grande révolte de 1916 avait brisé les populations. La révolution leur fut un soulagement, mais les plaies de 1916 étaient encore trop vives pour que quiconque songeât à s'engager dans le mouvement qui bouleversait la Russie. La population russe de cette périphérie, nombreuse, attachée à ses privilèges et aux terres confisquées, n'avait qu'un seul objectif : préserver sa mainmise sur la région. Si elle soutint d'abord le Gouvernement provisoire, ce fut pour s'opposer aux aspirations nationales et sauver la domination russe et ses positions acquises. Au Turkestan, sitôt la révolution connue, le gouverneur général déclara qu'il s'y ralliait et se mettait au service du soviet de Tachkent « pour empêcher un soulèvement des allogènes ». Le ton était donné. Le Gouvernement provisoire soutint l'autorité du général Kouropatkine et décréta que tous ceux qui exerçaient des responsabilités dans la région devaient rester à leur poste. Ce n'est qu'en avril que le gouverneur général du Turkestan fut remplacé par un Comité exécutif du Gouvernement provisoire, tandis que le gouverneur de la Steppe était placé sous l'autorité directe du pouvoir central.

Constatant la mainmise russe sur la Révolution, les musulmans se mobilisèrent progressivement sous la conduite de responsables nationaux qui avaient participé à la vie de la Douma ou aux luttes pour y associer l'Asie centrale. Les responsables turkestanais organisés dans un Centre national prirent part, en mai, à Moscou, au Congrès panrusse des musulmans, qui réunissait politiques, intellectuels et membres du clergé. Ce congrès, comme on pouvait s'y attendre, se divisa sur la question des rapports à établir avec la Russie. Deux thèses s'opposaient : celle des Tatars, défenseurs de l'« autonomie culturelle extraterritoriale » au sein d'une république unitaire, car ils craignaient que le fédéralisme ne fût un frein au progrès économique et social des musulmans ; celle des Turkestanais qui, au contraire, plaidaient pour un État fédéral reconnaissant des autonomies territoriales, projet plus conforme, pensaient-ils, aux conditions du monde colonial dont ils faisaient partie. Cette dernière thèse l'emporta avec près de deux tiers des voix. Mais ses tenants brillèrent par leur absence au second congrès panmusulman tenu à Kazan en juillet, en raison certes de l'offensive du général Kornilov, qui entravait les déplacements dans leur région, mais surtout parce qu'à la même époque ils combattaient sur place les autorités russes, acharnées à développer leur pouvoir au Turkestan et à en exclure les musulmans au prétexte que « la révolution ayant été faite par les Russes, le pouvoir doit revenir aux Russes ».

Sans doute les nationalistes turkestanais eurent-ils un moment l'illusion qu'ils pourraient s'allier aux libéraux russes de leur région contre les dominateurs impénitents, mais ils furent vite déçus : tous les Russes, en dépit de leurs rivalités, étaient solidaires dès lors qu'il s'agissait d'écarter les nationaux des responsabilités. La situation se tendit alors rapidement en raison d'une part de conditions économiques difficiles – les céréales russes n'arrivaient plus en Asie centrale et le coton qui y était produit ne trouvait plus preneur – et d'autre part des heurts entre paysans musulmans (qui croyaient pouvoir récupérer des terres en invoquant les mots d'ordre révolutionnaires d'égalité des droits) et colons russes (convaincus que, forts du soutien des autorités, ils pouvaient ne rien leur céder). Si l'on y ajoute la rumeur persistante que les Dunganes exilés en Chine après 1916 allaient revenir pour régler leurs comptes avec l'oppresseur russe et soutenir les paysans de la région, on voit aisément combien tout avait changé en l'espace de quelques mois.

En septembre, une Conférence des musulmans d'Asie centrale réunie à Tachkent rassembla des représentants de toutes les organisations et couches sociales de la région, des soviets aux mollahs les plus conservateurs. Cette conférence se prononça pour la création d'une république autonome du Turkestan, fédérée certes avec la Russie, mais conservant son propre système légal, la charia. La république devait être dirigée par une Assemblée islamique et présidée par un chef religieux, le cheikh ul-Islam. Pour la dernière fois, une délégation fut envoyée à Kerenski afin de chercher à s'entendre avec Petrograd. Kerenski lui remontra qu'il ne croyait pas à un soulèvement antirusse en Asie centrale et que, s'il avait jamais lieu, il était prêt à le briser.

Ainsi, sur la scène politique du Turkestan s'opposaient trois systèmes d'autorité : les représentants russes du Gouvernement provisoire, coupés des allogènes et incapables de toute action ; le soviet de Tachkent, composé lui aussi de Russes, acharné à défendre les intérêts russes ; enfin, un pouvoir musulman dont les réformateurs djadids prirent progressivement la tête et qui était accepté par l'ensemble de la communauté. Le choc des deux forces, russe et indigène, conféra à cette révolution sa coloration particulière : il s'agissait bien ici, comme en 1905, d'une révolution coloniale où les Russes, pour sauvegarder leur autorité et leurs biens, étaient prêts, dès septembre 1917, à rallier les bolcheviks, dont ils pressentaient la victoire. Cette situation justifiera le jugement porté par la suite par certains historiens : « Octobre au Turkestan aura commencé bien avant octobre... »

L'agitation reprit au même moment dans la steppe kazakhe, complétant le tableau d'une révolution coloniale qui se développait sur fond des convulsions de l'Empire. Les nomades, quasi anéantis par la répression de 1916, étaient cependant prêts à reprendre la lutte. Deux groupes politiques se constituèrent dans la Steppe au lendemain de la chute de la monarchie.

Le parti Alash Orda était dirigé par des intellectuels kazakhs libéraux – Boukeihanov, Baïtoursoun, Mir Yakoub Doulatov –, tous proches du parti K.-D., mais défendant en même temps les positions plus radicales des socialistes-révolutionnaires : partage des terres, séparation de l'Église et de l'État, et surtout formation d'un État kazakh autonome. Soucieux de représenter pleinement les intérêts des tribus de la Steppe, ce parti se voulut indépendant des Tatars qui prétendaient rassembler et conduire l'ensemble des mouvements musulmans. Lors du premier congrès pankirghiz (kazakh) tenu à Orenbourg en avril 1917, les Kazakhs défendirent la thèse du soutien au Gouvernement provisoire, espérant lui extorquer en échange la reconnaissance de leur autonomie administrative et culturelle. L'idée du fédéralisme devait progresser par la suite, mais les chefs d'Alash Orda pensaient alors qu'une alliance avec les mouvements progressistes russes était nécessaire pour assurer le développement des nomades. Leurs mots d'ordre – autonomie, fin de la colonisation, expulsion des colons récemment arrivés – étaient modérés, mais suffisaient à indigner les Russes, et ils conduisirent à des affrontements au cours de l'été de 1917.

Tout autre était la position d'un second groupe qui se manifesta à partir de l'été de 1917 et qui œuvrait parmi les Kazakhs du Syr Dar, dans le gouvernement du Turkestan. Ce groupe, qui s'intitula Ütch jüz (les Trois Hordes), était influencé par les idées panislamistes, et son orientation était plus nettement antirusse. Ütch jüz s'adressait à des Kazakhs islamisés de plus longue date que ceux de la Steppe, et plus sensibles aux appels extrémistes. La propagande d'Ütch jüz contribua à affaiblir les positions d'Alash Orda en l'accusant de tenir une position par trop modérée face aux Russes. Pour ces extrémistes, y compris même pour ceux qui avaient été nourris de panislamisme, le soutien au discours radical des bolcheviks, dont ils n'entendaient pas la tonalité très russe, était le meilleur moyen de gagner la bataille nationale. Ce qui explique l'étrange alliance qui se noua alors entre de pieux musulmans et le parti de Lénine.

Pour compléter ce tableau, on ne saurait oublier les Tatars et les montagnards du Caucase. C'est en Crimée que le mouvement national tatar prend son essor avec la formation d'un parti politique national et progressiste, Milli Firka, qui revendique l'autonomie pour la Crimée et des réformes politiques empruntées au programme des socialistes avec qui ce parti va coopérer jusqu'en octobre. Dans le même temps, une fraction de gauche de Milli Firka est tentée par le bolchevisme, ce qui conduit une partie des cadres nationaux tatars à rejoindre le camp de la révolution d'Octobre. Au Caucase musulman, enfin, le poids du passé, le glorieux souvenir de Chamil et l'influence des confréries soufies expliquent la division des élites de la montagne entre des projets modérés, portant sur l'autonomie dans le cadre d'une fédération, et le rêve du retour à l'État théocratique. Ces deux tendances obtiennent chacune des succès. Le premier congrès des montagnards *(Gortsy)*, réuni à Vladikavkaz en mai 1917, décide de soutenir le Gouvernement provisoire ; l'étape suivante est la fondation dans les mois suivants de l'Union des peuples de la montagne, qui défend la thèse d'un Caucase autonome dans le cadre de la Russie. En sens inverse, sous l'influence du clergé, Daghestanais et Tchétchènes élisent un imam qui établit une autorité théocratique et déclare la guerre sainte aux Russes. Les montagnards du Daghestan ainsi que des pays tchétchène et ingouche envahissent alors la plaine pour y faire flotter le drapeau vert de l'islam et reprendre leurs terres. Les positions prorusses des *Gortsy* sont défaites au cours d'affrontements sanglants, et tout le Caucase du Nord sombre dans l'anarchie.

Tout différencie les comportements des populations des diverses régions de l'Empire durant les mois où le Gouvernement provisoire succède à la monarchie. Pourtant, deux traits s'imposent partout à l'observation : d'une part la montée des aspirations nationales et la volonté des peuples de définir de nouveaux rapports avec la Russie, du moins dans les premiers temps ; d'autre part l'incapacité du Gouvernement provisoire à répondre aux espoirs et aux demandes qui s'adressent à lui – incapacité qui se manifeste partout.

La révolution de Février fut, certes, une révolution russe. Mais elle entraîna rapidement une succession de révolutions nationales que le Gouvernement provisoire ne sut ni comprendre ni encadrer. En février 1917, rares étaient les peuples de l'Empire qui voulaient se séparer totalement de la Russie. L'égalité des droits, un traitement équitable : telles étaient leurs revendications premières. L'impuissance du Gouvernement provisoire à entendre ces demandes eut pour conséquences la radicalisation de tous les mouvements nationaux et, souvent, leur quête d'alliés plus attentifs à leurs aspirations. Les bolcheviks, que leur idéologie éloignait pourtant de celles-ci, surent s'y ouvrir et comprendre tout l'intérêt stratégique qu'il y avait à composer avec elles. La révolution d'Octobre bénéficia ainsi tout à la fois de l'aveuglement des hommes de Février et de l'intelligence opportuniste de Lénine et de ses compagnons.

CHAPITRE IX

Les avatars de l'autodétermination

Né de la révolution de Février, le Gouvernement provisoire allait, en moins d'un an, être balayé par le coup d'État de Lénine. Parmi les causes de cette défaite d'une révolution démocratique, il faut placer au premier plan la déception de la société. Déception de la société tout entière devant le refus du nouveau pouvoir de mettre fin à une guerre désastreuse. Déception de la paysannerie devant son impuissance à répondre au problème le plus urgent, celui de la terre, renvoyé à une Assemblée constituante dont les hommes de Février n'ont cessé de repousser la formation, fixant enfin la date des élections au 12 novembre, date à laquelle le pouvoir leur aura échappé. Déception de toutes les nationalités qui, durant des mois, ont pris en main leur destin, proposé des solutions de fortune destinées à assurer leur autodétermination, et qui se sont constamment heurtées à une même réponse : rien ne serait fait avant que la Constituante ne soit formée, alors que les sirènes bolcheviques leur chantaient toujours plus fort l'air de la marche à l'indépendance.

Faut-il s'étonner si Lénine, rentré en Russie en avril, a pris d'emblée la mesure et de la déception sociale et des solutions imaginées partout sur le terrain : d'un côté, désertions pour échapper à une guerre sans fin, confiscations des terres pour pallier l'absence de la réforme tant attendue ; de l'autre, mise en place de pouvoirs nationaux. Lénine comprend aussi que sa carence fait perdre au gouvernement la confiance de la société, laquelle se détourne de lui et s'abandonne à d'autres instances – soviets, avant tout – qui vont y gagner progressivement une légitimité. Conscient de cette évolution, il lance en avril 1917 son fameux appel « Tout le pouvoir aux soviets » – pas aux soviets tels que les conçoivent les hommes de Février, mais aux soviets conquis par son parti ; « soviets prolétariens », a-t-il précisé quelques heures après son retour en Russie.

Dès ce moment, l'investissement de ces instances par les bolcheviks devient un mot d'ordre qui produit partout des effets. Quelques semaines avant le coup d'État, Lénine constate qu'« ayant acquis la majorité au soviet [de Petrograd], les bolcheviks peuvent et doivent s'emparer du pouvoir ». Ce sera fait le 25 octobre. Une insurrection soigneusement préparée paralyse en une nuit les centres de communication, fait basculer l'armée, tomber le gouvernement retranché dans le palais d'Hiver, et place le IIe Congrès des soviets, politiquement encore hétérogène, sous l'autorité des bolcheviks. Devant ce congrès, Lénine triomphant lit un long document annonçant les trois premières décisions du nouveau pouvoir : décrets sur la paix et sur la terre, formation du gouvernement bolchevique. Mais aucun décret ne porte sur la question nationale. Pour le chef du coup d'État, ce qui importe d'abord, c'est de mettre fin à la guerre et d'engager la révolution mondiale.

Un pouvoir central fort

Au lendemain du 25 octobre, Lénine est maître du pouvoir grâce à deux institutions : le Conseil des commissaires du peuple (Sovnarkom), qu'il préside, et le Comité exécutif central panrusse, élu par le IIe Congrès des soviets, corps législatif de cent dix membres, dont quatre-vingt-dix bolcheviks et S.-R. de gauche. Mais la question de l'Assemblée constituante est encore à l'ordre du jour.

Le Gouvernement provisoire s'était décidé, à la veille de sa disparition, à en organiser l'élection ; elle eut lieu alors que les bolcheviks avaient conquis le pouvoir. Lénine, qui avait assuré avant le coup d'Octobre qu'il fallait convoquer la Constituante, eut au dernier moment la tentation de s'y soustraire. Pressé de le faire par Trotski et constatant que les partis politiques, les S.-R. avant tout, étaient déjà engagés dans une active campagne, il se résolut à respecter ses promesses. L'issue de ce scrutin massif, auquel participèrent les femmes, justifia ses craintes : les socialistes-révolutionnaires recueillirent 40 % des suffrages, soit dix-sept millions de voix, et les bolcheviks à peine 24 % avec dix millions de voix. Les élections en milieu national renforcèrent considérablement les S.-R. et confirmèrent la déroute des bolcheviks : les Ukrainiens donnèrent ainsi cinq millions de suffrages aux S.-R. ukrainiens, ce qui porta la part totale de ce parti à plus de 50 % du corps électoral.

En général, les non-Russes avaient accordé leurs voix aux partis nationaux. Les Géorgiens votèrent pour les mencheviks, les Arméniens pour le parti Dachnak, les Azéris pour le Mussawat. Il en alla de même sur la Volga et en Asie centrale, où les partis nationaux recueillirent presque tous les votes, au détriment et des

S.-R. et des bolcheviks. Cependant, les partis nationaux étaient souvent proches des S.-R. – cas des Ukrainiens et des Arméniens – ou des sociaux-démocrates pour les Géorgiens, voire des K.-D. pour les Kazakhs-Kirghiz ; mais, à l'exception des Baltes et des Biélorusses qui votèrent pour les bolcheviks, tous les partis nationaux excluaient de s'allier à eux.

Cette attitude hostile aux bolcheviks se conçoit aisément. La révolution d'Octobre fut généralement interprétée à la périphérie à la fois comme une victoire russe et comme une victoire de la ville et de la classe ouvrière sur les non-Russes, majoritairement paysans ou nomades.

Conséquence de l'attraction exercée sur les électeurs russes et ukrainiens par les S.-R. et de l'opposition entre Russes et non-Russes, la composition de l'Assemblée constituante consacrait l'échec des bolcheviks. Sur les sept cent trois sièges de l'Assemblée, les S.-R. en obtenaient quatre cent dix-neuf, soit 60 % ; les bolcheviks, cent soixante-huit, auxquels s'ajoutaient les quarante sièges des S.-R. de gauche ; les K.-D., dix-sept ; les mencheviks, seize ; quatre-vingt-dix sièges allaient aux représentants des partis nationaux, qui renforçaient les rangs des élus non bolcheviks.

Par sa composition, l'Assemblée constituante témoignait ainsi que le coup d'Octobre était loin de refléter la volonté sociale. Une assemblée issue du suffrage universel et d'une remarquable mobilisation sociale faisait face à un exécutif et à un législatif issus d'un coup d'État et de la manipulation du Congrès des soviets par le parti de Lénine. L'Assemblée constituante tant attendue se posait en contrepoids des bolcheviks, majoritairement hostile à leur pouvoir et à leurs thèses. Le conflit allait être d'autant plus vif que, sitôt l'Assemblée élue, un Comité pour la défense de l'Assemblée constituante se forma, rassemblant des représentants des partis non bolcheviques, des syndicats et de diverses associations. Ce comité témoignait de la lucidité de la société face à la situation politique paradoxale d'un pays que les bolcheviks minoritaires prétendaient diriger.

Pour Lénine, ce défi est inacceptable. Dès que les résultats de l'élection sont connus, il met en route la machine chargée de le débarrasser d'une assemblée qui le délégitima. Prétextant la difficulté de réunir les élus, il demande au Sovnarkom d'ajourner la réunion de la Constituante puis, par un décret du 28 novembre, il prononce l'interdiction du parti K.-D., l'accusant de « menées contre-révolutionnaires », c'est-à-dire de vouloir renverser le pouvoir en place depuis Octobre « en utilisant la Constituante pour le compte de la bourgeoisie ». Le 12 décembre, soit moins d'un mois avant la date prévue pour la réunion de la Constituante, Lénine explicite sa position dans les « Thèses sur l'Assemblée constituante », publiées par la *Pravda*. Il y écrit tout crûment que cette assemblée n'a plus de raison d'être dans la mesure où le stade parlementaire est dépassé. La Constituante, affirme-t-il, reflète l'état de la conscience sociale avant le 25 octobre.

Le 5 janvier 1918, jour de l'installation de l'Assemblée, toutes les dispositions prises par Lénine l'ont déjà condamnée à mort. Petrograd est en état de siège, le palais de Tauride où se réunit l'Assemblée est encerclé par les marins rouges ; les bolcheviks élus hurlent, injurient et menacent leurs collègues. En dépit de toutes les pressions, Victor Tchernov, porté à la présidence de l'Assemblée, fait débattre et adopter les décisions que la société attend depuis février 1917 : appel aux alliés pour la conclusion d'une paix générale, nationalisation de la terre et instauration d'une république fédérale. Même les nations ont été entendues.

Constatant le tumulte qui règne dans l'enceinte et autour du palais de Tauride et les menaces qui planent sur leurs débats, les députés décident en pleine nuit de lever la séance pour quelques heures. Mais, à leur retour, la troupe les empêche de pénétrer dans le palais, sur la porte duquel est affiché un décret conjoint du Sovnarkom et du Comité exécutif central proclamant la dissolution de l'Assemblée. Le rêve parlementaire est mort.

Parvenus pleinement au pouvoir, les bolcheviks prennent en compte la question des rapports avec les nationalités. Le IIe Congrès des soviets avait décidé le 25 octobre 1917 de créer un commissariat chargé des problèmes nationaux (Narkomnats), placé sous l'autorité d'un commissaire du peuple, Staline, assisté de deux adjoints dont un ex-cordonnier, Félix Seniouta. Ce commissariat devait être divisé en deux sections nationales, coiffées par des responsables qui seraient des nationaux. Mais, dans un premier temps – jusqu'en février 1918 –, Staline et ses adjoints sont seuls à le diriger et vont parer au plus pressé. La création de ce commissariat traduit la perplexité de Lénine face aux situations si diverses de la périphérie et à la confusion des pouvoirs assumés par d'innombrables instances et personnages. Comment, du fait de cette diversité, mettre en pratique l'autodétermination prônée dès 1913 ? La diversité des voies de l'autodétermination va être la réponse à cette question.

Des autodéterminations sous protection

Capables non seulement de revendiquer leur indépendance mais de la maintenir, la Pologne comme la Finlande l'avaient fait dès février 1917.

La guerre et l'occupation allemande avaient ouvert la voie à l'indépendance polonaise avant même l'arrivée au pouvoir des bolcheviks ; aussi la Russie révolutionnaire n'eut-elle plus la possibilité d'enrayer cette évolution. Pragmatique, Lénine la constata et en prit acte. Pour un temps bref, du moins, car ses espoirs révolutionnaires et les initiatives polonaises vont y mettre fin en 1920.

Chef de l'État polonais à l'heure où s'effondrait l'Allemagne, Piłsudski avait imaginé de créer une fédération réunissant la Pologne, la Lituanie, la Biélorussie et l'Ukraine contre la Russie. Pour sa part, Lénine voyait la Pologne comme un pont entre la révolution russe et la révolution mondiale. Mais quand fallait-il s'engager sur ce pont ? Après la défaite de Denikine, pensaient les bolcheviks, convaincus de pouvoir prendre l'initiative de ce nouveau conflit. Conscient des arrière-pensées des Russes, Piłsudski les devança. Le 17 avril 1920, ses troupes marchèrent sur Kiev ; il reconnut le Directoire dirigé par Petlioura et l'indépendance ukrainienne. Les troupes russes durent battre en retraite, mais les Ukrainiens n'étaient pas plus favorables aux Polonais qu'aux Russes et ils ne contribuèrent pas à la défense de Kiev quand l'Armée rouge y revint en juin.

Cette victoire des bolcheviks ouvrit un grand débat : fallait-il franchir la frontière polonaise pour y porter la révolution ? Lénine était convaincu que l'heure de la révolution mondiale avait sonné et que les progrès de l'Armée rouge en Pologne allaient inciter le prolétariat allemand à emprunter la même voie. C'est pourquoi, le 14 août, l'Armée rouge, placée sous les ordres de Toukhatchevski, envahit la Pologne aux cris de « À Varsovie ! ». Mais le peuple polonais resta sourd à cet appel, l'Armée rouge fut arrêtée devant Varsovie, défaite sur la Vistule et contrainte de battre en retraite.

La paix fut signée à Riga le 12 octobre 1920. La Pologne se vit accorder une frontière plus favorable que celle que l'Entente avait proposée, et la Russie dut s'incliner. Les Alliés pensaient avoir ainsi évité la révolution en Europe.

Comme la Pologne, estimait Lénine, la Finlande était en mesure d'exercer sa souveraineté, mais son jugement était ici plus ambigu. L'expérience politique passée, la situation du pays en 1917, l'existence d'élites conscientes et bien organisées, un gouvernement bourgeois issu des élections d'octobre 1917 et dirigé par Mannerheim, tout lui suggérait que la séparation s'imposait. Mais, dans le même temps, les bolcheviks étaient tentés par la solution contraire : l'autodétermination prolétarienne. La Finlande avait vu grandir un Parti social-démocrate soutenu par l'armée russe encore présente dans le pays, et semblait à même d'accomplir une révolution prolétarienne. En novembre 1917, Staline, s'exprimant devant le congrès de ce Parti social-démocrate finlandais en sa qualité de commissaire du peuple aux Nationalités, insista sur les potentialités révolutionnaires du pays et sur l'absurdité d'y mettre en œuvre l'autodétermination voulue par la bourgeoisie, puisqu'elle aurait pour conséquence de sacrifier le prolétariat et ses chances d'accéder au pouvoir. Ce discours – le premier prononcé en public par celui qui incarnait la politique de la Russie révolutionnaire en matière de nationalités – était révélateur de l'ambiguïté de la conception de l'autodétermination des bolcheviks et de leurs hésitations au moment de passer aux actes. Indifférent à leurs états d'âme, le gouvernement finlandais pressa Lénine de reconnaître l'indépendance du pays. Le Conseil des commissaires du peuple accéda à cette demande par le décret du 18 décembre 1917 qui reconnaissait formellement l'existence de l'État finlandais indépendant, procédure dont la Pologne ne fut pas bénéficiaire.

Encore plus nettement que lors de son intervention devant les sociaux-démocrates finlandais, Staline, au cours du débat au sein du Comité exécutif central qui devait approuver ce décret, critiqua une décision qui impliquait, disait-il, la trahison d'un prolétariat proche de la victoire. S'il ne fut pas entendu ce jour-là, la thèse qu'il défendait l'emporta néanmoins peu après. Le 15 janvier 1918, un coup d'État soutenu par l'Armée rouge mit en place la république socialiste des Travailleurs de Finlande. La veille, déjà, parlant au Congrès des cheminots, Lénine avait annoncé que la révolution était sur le point d'éclater en Finlande. Le 1er mars 1918, la République socialiste signait un traité d'amitié avec la Russie. Pour autant, la révolution prolétarienne n'avait pas triomphé : la guerre civile déclenchée opposa le gouvernement Mannerheim, que la Russie des soviets avait reconnu en décembre, à la république des Travailleurs, qu'elle avait reconnue en mars. Conflit remarquable entre deux légitimités contraires, que l'Allemagne encore en guerre va arbitrer. Appelées à l'aide par Mannerheim, les troupes allemandes anéantissent en effet la République socialiste et restaurent le gouvernement de ce dernier. L'État soviétique devra s'incliner et s'accommoder définitivement de l'indépendance finlandaise.

L'échec de la révolution prolétarienne en Finlande ouvre la série des révolutions des années 1918-1920 soutenues par la Russie et qui, toutes, s'effondreront. L'exemple finlandais est instructif à un double titre : par ce qui l'explique, mais aussi par ce qu'il révèle des difficultés des bolcheviks à mettre en œuvre le principe de l'autodétermination nationale ardemment défendu par Lénine avant 1917. Si la révolution prolétarienne finlandaise a échoué, c'est sans doute en raison de l'intervention militaire allemande, mais aussi parce que ses chefs de file étaient des sociaux-démocrates attachés à la légalité et à la démocratie, comme l'étaient leurs pairs russes. Le Parti communiste finlandais ne sera fondé qu'en août 1918, alors que la révolution n'est plus à l'ordre du jour. Cette révolution manquée témoigne des contradictions des bolcheviks, qui ont misé tout à la fois sur l'amitié d'un gouvernement bourgeois et sur la possibilité de le renverser en jouant la carte du prolétariat. Elle éclaire aussi les limites de la marche vers l'indépendance. Si la Finlande a pu y atteindre, c'est moins à ses propres forces qu'elle en est redevable qu'à l'intervention allemande. Les autodéterminations réussies en cette période d'éclatement de l'Empire l'ont été grâce à l'appui d'une tierce puissance. Il en est allé ainsi de la Pologne, sauvée en 1917 par l'occupation allemande, et ensuite par le fait que depuis un demi-siècle la « question polonaise » était internationalisée. Faible dans ses premières années d'existence, vaincue en Pologne en août 1920, la Russie n'était pas en mesure de lui imposer de nouveau son autorité.

De la même manière, c'est le poids d'un État tiers ainsi que la situation internationale qui vont permettre aux Baltes d'accéder à l'indépendance et de la conserver jusqu'à la Seconde Guerre mondiale. L'Estonie et la Lituanie rappellent à divers titres le cas de la Finlande. En octobre 1917, des gouvernements prosoviétiques s'y installent mais, comme en Finlande, ils sont emportés par l'avance des troupes allemandes et remplacés par des gouvernements nationaux. La défaite allemande ouvre en novembre 1918 l'époque de l'autodétermination des travailleurs, inspirée du modèle finlandais dont Staline s'était fait l'avocat. En Estonie, le soutien de l'armée russe permet alors d'installer la

Commune des travailleurs d'Estlandie, reconnue par la Russie le 7 décembre 1918. Par ailleurs, en Lettonie, dans les mêmes conditions, le gouvernement des députés ouvriers, paysans sans terre et *streltsy*, est créé le 4 décembre sous la présidence de Stoutchka.

Enfin, en Lituanie, un gouvernement proallemand avait proclamé l'indépendance du pays en février 1918. Comme les pouvoirs des deux États baltes voisins, il a été emporté par la défaite allemande et remplacé par un gouvernement révolutionnaire provisoire reconnu par la Russie le 22 décembre 1918. En février 1919, la Lituanie et la Biélorussie décident de s'unir autour d'un gouvernement installé à Vilno. Cette union est favorable à la Russie, laquelle est étroitement liée à la Biélorussie ; elle en reproduit les liens fédératifs et crée un espace organisé autour de la RSFSR, la République socialiste fédérative soviétique de Russie ; mais les circonstances internationales vont la condamner à une disparition rapide. Le destin de la Lituanie change en effet sous la pression polonaise. Lorsque, en 1920, les troupes polonaises en guerre contre la Russie occupent Vilno, l'union avec la Biélorussie cesse d'exister. Puis, quand les armées polonaises se retirent, la Lituanie proclame une nouvelle fois son indépendance, que la Russie devra reconnaître aux termes du traité de paix signé le 12 juillet 1920. La présence des troupes allemandes puis des troupes polonaises en Lituanie, ensuite l'arrivée de la flotte britannique en mer Baltique après la défaite allemande, et son soutien aux deux autres États baltes : tel a été l'environnement des indépendances dans cette région. Protégés après la fin de la guerre par la présence britannique, les gouvernements nationaux qui succèdent aux gouvernements prosoviétiques vont alors pouvoir assurer réellement leur indépendance et la préserver aussi longtemps que la situation internationale leur sera favorable, c'est-à-dire jusqu'à une autre guerre mondiale...

Ainsi, aux frontières occidentales de la Russie, l'autodétermination proclamée par Lénine a plutôt assuré, après de multiples difficultés, l'indépendance des États. Durant les trois années qui ont suivi la révolution russe, les bolcheviks y ont poursuivi des stratégies contraires, défendant la thèse de la « volonté des prolétaires » lorsque les révolutions semblaient pouvoir l'emporter et que la Russie était en mesure de les soutenir, acceptant l'autodétermination de gouvernements bourgeois lorsque ceux-ci jouissaient d'un soutien étranger et montraient leur aptitude à survivre. En dépit de ces fluctuations, témoignage du pragmatisme de Lénine, celui-ci a espéré, au cours de ces années troublées, que la révolution en Europe – révolution mondiale – déclenchée par l'offensive militaire en Pologne enlèverait à terme toute portée aux indépendances acquises. Cette révolution tant attendue devait donner naissance à un espace continu, substituant aux séparations d'un moment l'unité des États et des pouvoirs prolétariens. La défaite infligée à l'Armée rouge devant Varsovie par un prolétariat polonais indifférent à ses appels internationalistes convainquit Lénine qu'il lui fallait assurer en priorité la sécurité des frontières soviétiques à l'ouest. Ce constat impliquait de renoncer à la reconquête des parties perdues de l'Empire, sous peine de dresser les États européens contre l'État soviétique encore fragile. Contraint de reconnaître l'indépendance des anciennes possessions russes à l'ouest, Lénine espérait cependant que cette région deviendrait un glacis d'États tampons favorables à la Russie dans la mesure où celle-ci y avait abandonné ses prétentions impériales.

Ukraine, Biélorussie : la confusion

Avant la révolution, Lénine, qui était prêt à maintes concessions pour assurer à son parti des positions de force en milieu national, avait admis que l'Ukraine avait elle aussi droit à l'indépendance. Mais lorsqu'il s'empara du pouvoir à Petrograd, il se trouva d'emblée confronté au problème ukrainien, qui lui parut très différent de tous ceux qu'il avait vus surgir à la périphérie de la Russie. Ce qui caractérisait la situation de l'Ukraine, c'était l'étonnante confusion des autorités en compétition pour le pouvoir, et les contradictions de leurs ambitions.

Le 19 novembre 1917, la Rada d'Ukraine avait constitué une république nationale d'Ukraine sans user cependant du droit de séparation, c'est-à-dire « sans rompre les liens fédéraux avec la Russie », car elle ne voulait pas heurter la partie russe de sa population. Mais, en proclamant la république, la Rada ne précisait pas quelle Russie était ainsi évoquée, puisque le Gouvernement provisoire avait disparu, que la Rada refusait de reconnaître le pouvoir des bolcheviks et qu'elle ne dissimulait pas son intention de soutenir un gouvernement socialiste plus représentatif que celui de Lénine.

Entre Petrograd et Kiev, des sujets de friction apparaissent dès le début, et deux d'entre eux ont particulièrement pesé sur la suite des événements.

Les bolcheviks étaient inquiets des relations entretenues par la République ukrainienne avec les Cosaques du Don, ouvertement antibolcheviques. La région du Don attirait les officiers de l'armée tsariste et elle s'organisa en République cosaque sous l'autorité de l'ataman Kaledine. Le pouvoir bolchevique, qui trouvait à cette situation des analogies avec la révolte chouanne de Vendée, exigea de la République ukrainienne qu'elle interdise la traversée de son territoire aux Cosaques rentrant du front et faisant route vers le Don. L'ultimatum fut brutalement rejeté par la Rada.

Un second sujet troublait les bolcheviks : l'attitude nationaliste des troupes ukrainiennes incorporées dans l'armée russe qui se battait contre les empires centraux. Sur ce point, Lénine avait été pris à son propre piège. Avant Octobre, fidèle à sa stratégie défaitiste, il avait encouragé les Ukrainiens à constituer des unités nationales au sein de l'armée impériale. Après Octobre, quand Petlioura voulut prendre le commandement de ses compatriotes rassemblés au sein d'unités ukrainiennes, il se heurta à la volonté unitaire, cette fois, des bolcheviks, pour qui son projet n'était que pure trahison.

Le 4 décembre, Petrograd adressa un ultimatum au gouvernement ukrainien, critiquant son « comportement antibolchevique », exigeant son concours contre les Cosaques de Kaledine et interdisant toute tentative d'affaiblir les forces militaires présentes en Ukraine par la formation d'unités nationales. Cet ultimatum était fort menaçant : si les Ukrainiens ne pliaient pas, c'était la guerre. Le gouvernement ukrainien y répondit en arguant de sa souveraineté et en insistant sur l'illégitimité du pouvoir bolchevique.

Mais la République ukrainienne était alors prise entre deux feux : celui du pouvoir bolchevique à Petrograd, celui des bolcheviks sur son propre sol.

Le premier transféra des troupes à Kharkov, ville jugée suffisamment éloignée de Kiev pour servir de base à ses plans ; elles furent placées sous le commandement d'Antonov-Ovseenko, encore auréolé de sa gloire de conquérant du palais d'Hiver. Au même moment, Zinoviev arrivait à Kiev pour tenter d'y imposer un accord. En vain.

Les bolcheviks d'Ukraine constituaient le second front que le gouvernement national devait affronter. Ces bolcheviks nationaux hésitaient d'ailleurs entre l'adhésion à la ligne intransigeante de Petrograd et la recherche d'un compromis avec le pouvoir national en place, et ils comptaient, pour résoudre ce problème, sur le Congrès des soviets, dont ils avaient obtenu, malgré les réticences de la Rada, la convocation à Kiev. Ce congrès allait montrer en dernier ressort la puissance du sentiment national en condamnant les « ingérences » de Petrograd ; il allait aussi mettre en lumière la position minoritaire des bolcheviks ukrainiens – confirmant par là ce que les élections à la Constituante, tenues presque au même moment, avaient déjà démontré.

Furieux de leur échec au Congrès des soviets, où ils espéraient l'emporter, les quelque cent cinquante délégués bolcheviques qui y assistaient, et qui étaient confrontés à deux mille cinq cents délégués nationaux que la Rada avait réussi à rassembler, proclamèrent la nullité du Congrès et partirent aussitôt pour Kharkov, devenue, grâce à la présence des troupes d'Antonov-Ovseenko, la capitale du bolchevisme en Ukraine. Le 25 décembre, la coalition formée par les bolcheviks de Kharkov et leurs camarades de Kiev venus les rejoindre proclama la république des Soviets. Ce gouvernement soviétique ukrainien se réclamait de « l'identité d'intérêts entre les peuples russe et ukrainien » et de « l'autodétermination prolétarienne » qui devait, après la révolution, prévaloir sur les volontés nationales.

À partir de Kharkov, les bolcheviks allaient tenter, par une série de coups d'État conduits au nom de la république (dite légale) des Soviets, de s'emparer des grandes cités ukrainiennes. Soutenus par l'Armée rouge commandée par Mouraviev, ils marchèrent sur Kiev, où les bolcheviks qui y étaient restés fomentèrent un soulèvement. Menacée tout à la fois de l'extérieur et de l'intérieur, la Rada décida alors d'en appeler à l'aide des Empires centraux, ce qui impliquait la paix et la capacité juridique de la négocier. Le 22 janvier 1918, le IVe Universal proclama l'indépendance de l'Ukraine séparée officiellement de la Russie, afin de pouvoir envoyer des représentants à Brest-Litovsk.

Les négociations d'armistice de Brest-Litovsk avaient été engagées dès novembre 1917, sitôt que Lénine eut proclamé le décret sur la paix par lequel il espérait soulever les peuples contre leurs gouvernements. Mais, on le sait, il n'avait rencontré aucun écho chez les peuples, tandis que les gouvernements qu'il prétendait ignorer y répondirent, et c'est avec eux qu'il dut traiter. C'est ainsi que s'ouvrirent les négociations. En décembre 1917, Trotski prit la tête de la délégation russe, dans laquelle Petrograd avait initialement proposé d'inclure un délégué ukrainien, mais les Ukrainiens étaient bien décidés à agir seuls au nom de leur État souverain. Tandis que la Russie hésitait sur le but de la négociation – hésitations que traduit le rude débat entre Boukharine, qui refuse les pourparlers au nom de la priorité à accorder à la révolution mondiale, arguant qu'une paix signée avec des chefs d'État leur permettrait de se retourner contre leurs prolétariats respectifs pour mieux les écraser, et Lénine qui entend sauver *sa* révolution en sortant de la guerre à n'importe quel prix –, le but poursuivi par les Ukrainiens est clair : ils veulent la paix, c'est-à-dire le soutien des Empires centraux contre les bolcheviks.

Le 9 février 1918, les délégués ukrainiens concluent une paix séparée avec les Empires centraux, la Bulgarie et la Turquie ; l'indépendance ukrainienne est alors reconnue par les Allemands et les Autrichiens. Mais le soulagement des Ukrainiens est de courte durée.

L'Armée rouge s'empare de Kiev, le gouvernement national s'enfuit à Jitomir, et la république d'Ukraine cesse alors d'exister. Aussitôt, le gouvernement soviétique de Kharkov se transporte à Kiev, qui devient la capitale du pouvoir des soviets. Mais l'existence de cette république rouge sera elle aussi éphémère, d'abord parce qu'aux yeux des Ukrainiens elle n'est que le produit de la victoire de l'Armée rouge, ensuite parce que celle-ci, avec le concours de ses affidés bolcheviques venus de Kharkov, va faire montre d'une impitoyable cruauté envers les Ukrainiens.

Mais la situation militaire bouleverse encore ce tableau. Le 10 février, confronté à l'ultimatum allemand exigeant qu'il accepte toutes les conditions posées, Trotski rompt les pourparlers d'armistice, quitte Brest-Litovsk, et l'offensive allemande reprend aussitôt. Les troupes germano-autrichiennes, dont le mouvement était prévu par le traité de paix séparée signé par l'Ukraine, y progressent, s'emparent de Kiev et mettent fin à l'existence du gouvernement prosoviétique. En avril, le gouvernement national issu de la Rada connaît une deuxième naissance, mais sa nouvelle existence sera presque aussi brève que celle du gouvernement soviétique.

L'Ukraine est certes indépendante, les Empires centraux l'ont reconnue en février 1918 à Brest-Litovsk. Ils ont aussi imposé à la Russie, lorsqu'elle signe à son tour, et dans les pires conditions, le traité de paix en mars 1918, de reconnaître la perte de l'Ukraine. Mais l'indépendance reconnue ne résout rien. Les Allemands vont immédiatement entrer en conflit avec la population ukrainienne, qu'ils mettent en coupe réglée, lui extorquant avant tout les céréales qui manquent si cruellement à leur pays. Soucieux d'avoir affaire sur place à des autorités complaisantes, les occupants allemands

– car leur comportement n'est pas celui d'alliés – négocient en secret avec le général Skoropadski, porté au pouvoir le 29 avril 1918 et proclamé hetman d'Ukraine.

L'Hetmanat va se révéler une période sombre pour l'Ukraine, marquée politiquement par la dualité des pouvoirs : celui des Allemands, celui de l'hetman. Les premiers disposent d'une autorité considérable, pillent l'économie et interviennent dans la politique intérieure et extérieure de l'Hetmanat. Le pouvoir national ne se montre pas plus favorable à la société, avant tout à la paysannerie, déjà victime d'une exploitation systématique par les Allemands ; il est oublieux des réformes sociales décidées par la République nationale, ce qui entraîne des soulèvements et, en retour, une répression militaire.

L'impopularité de l'hetman, ajoutée à la perspective de la défaite des Empires centraux, conduit Skoropadski à prendre une décision désespérée qui va le précipiter dans un échec définitif. Dans la Charte du 14 novembre 1918, l'hetman annonce que l'Ukraine va se joindre à la Russie non bolchevique, et il constitue un gouvernement avec la participation de monarchistes russes. Le peuple ukrainien se soulève alors contre lui tandis que les Empires centraux, vaincus, retirent leurs troupes et le laissent sans soutien extérieur.

Succède à l'Hetmanat une république nationale sous l'autorité d'un Directoire dont l'homme fort est Petlioura, et le président, Vinitchenko.

Comment l'Ukraine peut-elle sauvegarder son indépendance dans un tel chaos et sous la menace bolchevique qui pèse sur elle en permanence ? Lénine y a successivement encouragé les deux variantes contraires de l'autodétermination. Puis, une fois l'Ukraine occupée par les troupes allemandes, il s'inquiète avant tout de la sécurité de la Russie ; c'est en Ukraine que se trouvent en effet rassemblées toutes les forces hostiles au régime bolchevique : les Allemands, d'abord ; puis les forces françaises que le Directoire appelle à son secours ; ensuite les troupes blanches du général Denikine, qui songe à restaurer un empire unifié à partir de cette base ; enfin les mouvements anarchistes – en premier lieu celui de Makhno –, qui contribuent à déstabiliser la région.

En Ukraine, l'État bolchevique est en concurrence avec d'autres États – l'Allemagne, les Alliés – et menacé sur ses arrières. Face à un tel péril, sa politique est incertaine, volatile. Mais c'est avec elle que les pouvoirs locaux – celui de Skoropadski, celui du Directoire – doivent tenter de composer en même temps qu'il leur faut s'en protéger.

Skoropadski est la première cible des bolcheviks. Au printemps de 1918, une délégation russe conduite par Christian Rakovski, bulgare de naissance, roumain de nationalité, français d'éducation, qui s'est fait remarquer avant guerre par sa réflexion sur la question nationale dans les Balkans, est envoyée en Ukraine par Lénine. Officiellement, Rakovski doit négocier la paix ; en réalité, il est chargé d'analyser la situation et de préparer les conditions du renversement du pouvoir ukrainien hostile à la Russie. Son dialogue avec Skoropadski est plutôt de façade ; en revanche, celui qu'il engage avec Vinitchenko et les futurs responsables du Directoire se révèle plus sérieux.

Mais les projets de Moscou – capitale de la Russie depuis mars 1918 – n'ont guère d'effet sur la réalité du terrain. Les bolcheviks s'y heurtent aux organisations communistes nationales, acharnées à mettre en pratique une politique insurrectionnelle. L'agent de cette politique est un communiste brillant que Lénine citera en 1923 comme l'un de ses héritiers putatifs, mais qui se montre aussi un grand critique de ses positions : Georgi Piatakov. Originaire de la province de Kiev, celui-ci est alors l'un des chefs les plus remarquables du communisme ukrainien. Au printemps de 1918, il est chargé d'y pratiquer l'autodétermination telle que la conçoit Lénine, dont il ne partage pourtant pas les conceptions nationales. Contre Vladimir Ilitch, Piatakov plaide pour la création d'une organisation autonome des communistes ukrainiens, car il est convaincu que le Parti bolchevique est trop éloigné, trop préoccupé des problèmes russes pour comprendre les besoins de l'Ukraine. À l'opposition Lénine/ Piatakov il convient d'ajouter celle que rencontre ce dernier chez les communistes d'Iekaterinoslav, qui lui remontrent que toute concession à un parti communiste ukrainien ruinera l'unité de la classe ouvrière russo-ukrainienne. Argument décisif de ce groupe hostile aux thèses de Piatakov : l'État soviétique ne pourra survivre s'il ne se rend pas maître des centres industriels du Donbass ainsi que de Kharkov, là où est rassemblé le prolétariat ouvrier de l'Ukraine.

La confusion du débat politique est accrue du fait que les pouvoirs se multiplient en Ukraine : le gouvernement de l'État et trois autorités communistes sont en compétition ! Alors qu'à Kiev le gouvernement soviétique a été mis en déroute par les Allemands, une république soviétique du Donetsk-Krivoï Rog est née à Kharkov, dont l'ambition était d'enlever aux communistes de Kiev, dans l'hypothèse où ils viendraient à reprendre le pouvoir, le contrôle des régions industrielles. Deux autres républiques soviétiques sont proclamées au même moment à Odessa et en Crimée. Non contents de subir cette prolifération de gouvernements, les communistes ukrainiens s'opposent sur leur vision de l'avenir. D'un côté la gauche, conduite par Georgi Piatakov, plaide pour la lutte insurrectionnelle et pour une alliance avec la paysannerie – indispensable, assure son chef, au succès de la révolution. Pour cette gauche, seul un parti communiste autonome et maître de ses décisions pourra se faire entendre de la population. En face, la « droite » communiste, qui domine la république du Donetsk-Krivoï Rog, rassemble les communistes de Kharkov et ne dissimule pas son orientation prorusse. Ses chefs affirment que l'Ukraine paysanne ne saurait s'engager dans la révolution que grâce à l'aide de la Russie. Droite et gauche élaborent un compromis à la conférence communiste de Taganrog, en avril 1918. Les deux factions rivales devront fusionner, comme le réclame Piatakov, au sein d'un Parti communiste ukrainien, mais, sur proposition de Skrypnik, à son nom sera ajouté « bolchevique ». Le fruit du compromis sera donc tout à la fois un parti indépendant, appelé à rejoindre la IIIe Internationale, mais aussi un parti bolchevique, donc lié au parti de Lénine.

La victoire – au demeurant relative – des partisans de l'indépendance de l'organisation communiste est de courte durée, car elle est inacceptable pour Lénine, toujours obsédé par la volonté de préserver l'unité du Parti. Dès juin 1918, la gauche doit s'incliner. Réuni en congrès à Moscou, le Parti vote son intégration au Parti communiste russe, acceptant d'être soumis aux décisions du Comité central russe et renonçant à avoir une représentation séparée au sein de la IIIe Internationale.

La victoire des communistes, qui plaidaient pour l'unité avec Moscou, fut consolidée par l'échec de l'insurrection décidée en août 1918 par Piatakov. Écrasée par les troupes allemandes encore présentes dans le pays, cette insurrection manquée signifiait la défaite de la gauche et de sa conception de l'autodétermination.

Lorsque le Parti communiste ukrainien tint congrès à Moscou en octobre 1918, Lénine lui imposa sans difficulté son autorité et sa stratégie. La droite allait occuper des positions fortes au sein du Comité central ; même si Piatakov et certains de ses partisans en restaient membres, ils pouvaient d'autant moins peser sur les choix politiques que Staline fit alors son entrée au Comité central du Parti ukrainien en tant que représentant du Parti russe. Lénine fit endosser par les Ukrainiens une politique prudente fondée sur l'agitation de la classe ouvrière des centres industriels, et il proposa qu'en accord avec Moscou le Parti élaborât une stratégie pour l'avenir de l'Ukraine après la défaite allemande.

En décembre 1918, débarrassée des Allemands, l'Ukraine est une fois encore le champ d'affrontement de deux pouvoirs rivaux : le Directoire, qui a succédé à l'Hetmanat, est soutenu par une fraction des communistes conduits par Manouilski et Rakovski, tous deux convaincus qu'une révolution en Ukraine est prématurée ; mais la gauche, dont Piatakov conserve la tête, est alors forte du soutien de Staline, lequel, considérant que le retrait des troupes allemandes a transformé la situation, se dit favorable à un coup de force contre le Directoire. Piatakov va dès lors diriger un gouvernement communiste de fait, installé à Koursk ; il lance une politique révolutionnaire dont les deux mots clés sont : distribution de la terre aux paysans et nationalisation des entreprises. Il bombarde Lénine de télégrammes pour obtenir l'autorisation de passer à l'attaque contre le Directoire.

Vinitchenko, qui croit au soutien que Manouilski lui a promis peu de mois auparavant, s'effare. Il voit se dresser contre lui le Gouvernement provisoire de l'Ukraine, nouvelle variante du gouvernement de

Koursk, de Piatakov, où sont entrés des militaires de l'Armée rouge en formation, Vorochilov et surtout Antonov-Ovseenko, dont la présence sur place manifeste les intentions belliqueuses. Dans le même temps, des troupes russes font mouvement dans le nord du pays, dont elles occupent les villes. Le 3 janvier 1919, Kharkov tombe. Vinitchenko a multiplié les protestations auprès de Tchitcherine, commissaire aux Affaires étrangères de Russie, puis il adresse un ultimatum au gouvernement de Lénine, lequel répond avec ironie que, l'Ukraine étant en proie à une guerre civile, la Russie ne peut évidemment s'ingérer dans ses affaires intérieures. Vinitchenko déclare alors la guerre à la Russie des soviets et accuse Lénine de vouloir « rétablir l'Empire des tsars ».

Mais le Directoire n'est pas de taille à combattre simultanément les troupes russes et les insurgés. Il appelle au secours l'Entente, qui a débarqué des troupes à Odessa, et le général Denikine. Appels vains. Le 6 février 1919, le Directoire doit fuir Kiev pour s'installer à Vinitsa, où il constitue un nouveau gouvernement, tandis qu'à Kiev un pouvoir soviétique est rétabli sous la protection de l'Armée rouge – mais il ne pourra se maintenir que sept mois avant d'être chassé par l'armée blanche de Denikine.

Durant ces quelques mois de pouvoir, les communistes se rendirent aussi impopulaires que leurs prédécesseurs par leurs décisions brutales : collectivisant les terres, forçant les paysans à entrer dans des fermes collectives, expropriant les entreprises. Si le paysage politique ukrainien ne cessait de varier, la situation de la population, elle, ne cessait de se dégrader. Lorsqu'elles reprirent à leur tour le contrôle de l'Ukraine, les troupes blanches ne furent pas moins haïes, à la fois à cause de la volonté proclamée par le général Denikine de rétablir, en cas de victoire, un État unitaire, et en raison des violences auxquelles elles se livrèrent contre les paysans et les juifs. Pour leur part, les communistes qui avaient fui en territoire russe avaient perdu le soutien de leurs alliés anarchistes, dont le célèbre Makhno, qu'indignaient leur esprit centralisateur et leur mépris pour la culture ukrainienne. C'est alors que Makhno lança le mot d'ordre « À bas les communistes, les juifs et les Russes ! ». On comprend aisément que, dans une Ukraine ainsi déchirée entre des forces qui se haïssaient les unes les autres et que la population haïssait en bloc, la guerre civile ait été, plus que partout ailleurs, aussi incontrôlable qu'effroyable.

Pour les forces révolutionnaires d'Ukraine comme pour la Russie, l'année 1919 s'achève sur un désastre général. L'anarchie triomphe certes en Ukraine, mais, à terme, Denikine semble en passe de l'emporter. Koltchak et lui lancent en effet contre l'Armée rouge une offensive globale qui, durant des mois, met en péril le pouvoir de Lénine. Celui-ci n'a dès lors que deux objectifs en tête : garder à tout prix le pouvoir et améliorer la situation économique de la Russie, laquelle en 1919 est désespérée et achève de lui aliéner la population. Mais comment remplir ce dernier objectif si la Russie vient à être privée des ressources de l'Ukraine ?

Le 22 mai 1919, Lénine télégraphie à Trotski que, « pour arracher du blé aux Ukrainiens et régler les problèmes militaires, il faudrait y envoyer un bataillon de confiance de tchekistes, plusieurs centaines de marins de la Baltique intéressés à obtenir du blé et du charbon, un détachement d'ouvriers de Moscou ou d'Ivanovo-Voznessensk, et quelques dizaines de propagandistes sérieux ».

Au cours de cette tragique année 1919, Lénine agit dans deux directions opposées. D'une part, il répète sans relâche qu'il faut respecter l'autodétermination de l'Ukraine sous peine de provoquer des crises qui menaceraient la survie de son propre pouvoir en Russie ; il soulève donc le problème de l'indépendance ukrainienne à la VIIIe Conférence du Parti communiste russe, tenue en décembre 1919, fustigeant le « chauvinisme grand-russe » de nombre d'acteurs du conflit, notamment de Piatakov, à qui il oppose la nécessité stratégique de respecter la volonté nationale des Ukrainiens. Mais, d'autre part, il répète que l'unité du prolétariat et du Parti est une nécessité, et que le Parti ukrainien doit donc être subordonné au Comité central russe. C'est en application de cette exigence que le Comité exécutif central a adopté dès l'été 1919 des textes plaçant les instances chargées en Ukraine de l'armée et des transports sous l'autorité unique des organes compétents de la République russe. Lénine justifie cette russification des secteurs sensibles en Ukraine par les nécessités de la guerre civile et de la lutte contre les armées blanches, affirmant qu'une fois la victoire remportée les Ukrainiens décideront seuls de l'avenir de leurs institutions. Mais le système ainsi mis en place dans une période difficile semble engager l'avenir. Les bolcheviks sont en effet majoritairement hostiles à l'autodétermination, et, en Ukraine, Rakovski, nommé président du Conseil des commissaires du peuple à la fin de 1919, peine à tenir la balance égale entre leur volonté centralisatrice et l'aspiration des Ukrainiens à un destin indépendant. De surcroît, les habitudes prises durant la guerre civile, où le Parti communiste russe tranche, décide de tout, soumet à son autorité toutes les instances ukrainiennes sous prétexte que l'urgence commande, tendent à se transformer en droit. C'est ainsi qu'en mars 1920, alors que le péril extrême est conjuré, le Parti communiste russe, confronté à un Comité central nouvellement élu en Ukraine, le déclare hostile à la Russie et le dissout sans autre forme de procès.

Durant les trois années qui séparent la révolution du succès définitif du mouvement bolchevique, l'histoire de l'Ukraine est la plus chaotique de toutes celles qui se sont déroulées dans les anciennes possessions des tsars. Neuf gouvernements s'y sont succédé, aucun n'a pu s'y maintenir, gagner un véritable soutien populaire ni freiner la désintégration de l'Ukraine qui, au sortir de ces années d'épreuves, n'a plus aucune unité géographique ou sociale. La paysannerie, majoritaire dans la population, a d'abord applaudi les bolcheviks qui lui promettaient la terre ; puis, révoltée par les confiscations que ceux-ci ont décidées, elle s'est insurgée et s'est tournée vers le socialiste-révolutionnaire Antonov, et, surtout, vers l'anarchiste Makhno, qui a pu lever en Ukraine une véritable armée paysanne. Soulevée contre les bolcheviks après avoir tant attendu d'eux, la paysannerie ukrainienne ne s'est pourtant pas portée au secours des Blancs, malgré leurs appels ; c'est que les contre-révolutionnaires défendaient deux principes : l'unité de la Russie, c'est-à-dire la reconstitution de l'Empire, et l'« inviolabilité de la propriété », ce qui impliquait la renonciation à la réforme agraire.

Au début de 1920, quand le gouvernement soviétique l'emporte, il se trouve confronté à une masse de paysans désespérés qu'aucun parti n'a su satisfaire et qui ne se sentent pas représentés par les bolcheviks.

La guerre civile a aussi désorganisé les villes, alors que les bolcheviks y avaient disposé jusqu'alors d'organisations solides ; mais les années de chaos et de querelles intestines ont entraîné la quasi-disparition des communistes nationaux tout comme des forces nationales. C'est de Russie que viendront dès lors ceux qui vont diriger la république des soviets, les cadres du jeune État, ce qui contribuera à donner à l'autodétermination un tour russificateur.

En définitive, comment ne pas constater que l'autodétermination ne s'est exercée en Ukraine qu'à la faveur d'une pression extérieure, celle de l'Allemagne, de la France, de la Pologne ? Mais l'Allemagne a été rapidement vaincue, la France était trop éloignée du théâtre ukrainien pour pouvoir y jouer un rôle durable, et la Pologne se préoccupait alors d'échapper aux ambitions révolutionnaires de la Russie. Dès lors que ces trois pays ne cherchent plus à y exercer une influence, l'Ukraine va perdre en peu de temps l'indépendance qu'elle avait acquise à Brest-Litovsk et se montrer incapable de résister à une Russie soudain plus sûre d'elle-même.

L'histoire révolutionnaire de la Biélorussie rappelle celle de l'Ukraine, même si ce pays va poser moins de problèmes à Moscou ; c'est que, dans le processus d'autodétermination qui s'y déroule, il manque un élément essentiel : une conscience nationale rassemblant la société. Certes, des intellectuels avaient rêvé de donner corps à une culture proprement biélorusse, mais, dans cette partie de l'Empire, de nombreux peuples étaient mêlés – Biélorusses, Polonais, Juifs et Lituaniens – et l'aspiration à définir une culture proprement biélorusse (il ne s'agit pas encore de nation !) était tournée contre les cultures de ces peuples plus encore que contre celle de la Russie.

Comme en Ukraine, la révolution et la guerre vont faire surgir des gouvernements successifs et tous éphémères. À l'heure de la révolution, le Congrès national biélorusse proclame une république indépendante presque aussitôt anéantie par les bolcheviks de Minsk, soutenus par des troupes bolchevisées et obéissant à Moscou, qui installent un gouvernement des soviets. Trois mois plus tard, celui-ci est balayé par les armées allemandes. Après diverses tentatives pour former des gouvernements séparés à Minsk et à Vilno, une République nationale biélorusse voit le jour en mars 1918. Cet État fantoche n'aura guère d'autorité et le départ des troupes allemandes entraînera sa disparition. Pourtant, cette éphémère république aura joué un rôle important, non par les décisions qu'elle aura prises, mais parce qu'elle aura marqué la conscience collective des Biélorusses. Cette brève expérience étatique va les inciter à croire que la Biélorussie indépendante a un droit légitime à exister, qu'elle peut revendiquer un statut semblable à celui des autres États, et traiter d'égal à égal avec eux.

Les bolcheviks biélorusses n'étaient certes pas nombreux, mais Moscou les respectait. Ils avaient en effet montré leur force, lors des élections à l'Assemblée constituante, en y obtenant 60 % des voix, soit une représentativité remarquable, comparée au quart des voix obtenu par leurs camarades pour l'ensemble du pays. Ces bolcheviks prirent conscience qu'un sentiment national s'était manifesté durant les huit mois d'indépendance relative de leur patrie, et ils comprirent la nécessité d'intégrer ce sentiment dans leurs calculs d'avenir.

Mais il y avait aussi en Biélorussie une « question polonaise », posée tout à la fois par les Biélorusses favorables à la Pologne et par les Polonais vivant dans la région. Au moment où disparaissait la république indépendante, les « polonophiles », s'interrogeant sur l'avenir, conclurent à la nécessité d'une union entre la Biélorussie et la Pologne. Piłsudski, disaient-ils, n'était-il pas d'origine biélorusse et lituanienne, et n'avait-il pas suggéré une union entre les deux pays ?

Inquiets de ces tendances séparatistes ou polonocentristes, les bolcheviks biélorusses convainquirent

Lénine qu'il lui fallait accepter un État biélorusse comme un moindre mal. Convaincu par ce raisonnement, Vladimir Ilitch donna son accord à l'instauration d'une république de Biélorussie, ce qui fut fait le 31 janvier 1919 ; dès le printemps, la Biélorussie fut dotée d'une Constitution et d'institutions témoignant de son existence réelle. Cependant, la Russie lui imposa dans le même temps des liens fédératifs qui limitaient sa souveraineté politique mais aussi économique.

L'opposition entre les hésitations de Lénine à propos de la question ukrainienne et ses décisions relativement claires et rapides en Biélorussie mérite quelques explications. D'abord, en Biélorussie, Lénine a été confronté à plusieurs problèmes spécifiques : un séparatisme certes plus faible qu'en Ukraine, mais surtout la menace polonaise et les velléités de rapprochement biélorusso-lituanien. Il a eu tendance à projeter ici sa perception du cas ukrainien, qui lui a fait surestimer le sentiment national biélorusse. Ce sont les bolcheviks qui, pense-t-il, en sont les représentants, et c'est en définitive à eux, et non à des forces nationales réelles, comme en Ukraine, qu'il accordera l'autodétermination, ce qui est assez inattendu. De même, confronté en Biélorussie à la présence allemande, Lénine comprend mal qu'elle n'a guère de rôle à jouer en présence d'un sentiment national encore faible, alors qu'en Ukraine les forces nationales ont cherché – vainement, d'ailleurs – à l'emporter en s'appuyant sur des puissances étrangères. De fait, la Biélorussie n'intéressera guère les puissances, exception faite de la Pologne.

En février 1919, les Congrès des soviets de Lituanie et de Biélorussie s'est entendu pour réunir les deux États, ce qui est une décision paradoxale, car la Lituanie est très attachée à son indépendance, alors que les bolcheviks, maîtres de la Biélorussie, sont favorables au renforcement des liens avec la Russie. Cet État binational, aux orientations contradictoires, ne connaîtra qu'une brève existence, puisqu'en avril 1919 les armées polonaises l'envahiront et l'occuperont durant plus d'un an. Piłsudski, ayant l'ambition de tout annexer à la Pologne, imposera dans les territoires occupés la langue polonaise et une réforme agraire qui rendra aux anciens propriétaires les terres dont les paysans se sont emparés. Puis il voudra étendre son projet à l'Ukraine. Si Lénine soutient sans hésiter l'indépendance de la Biélorussie – même lorsque l'essentiel de son territoire est occupé par les armées polonaises –, c'est que, proche de la Russie, elle préfigure dans son esprit l'union future des républiques de l'URSS. La Biélorussie jouera d'ailleurs le rôle d'un véritable auxiliaire de la Russie pour rapprocher celle-ci des entités indépendantes car, dès mai 1919, son Conseil de défense proposera une union militaire de toutes les républiques soviétiques.

Lorsque la guerre russo-polonaise sera achevée et le traité de Riga conclu, la Biélorussie retrouvera son statut de république soviétique indépendante, mais étroitement liée à la Russie. Certes, le projet d'union avec la Lituanie est mort, et les ambitions polonaises ont fait long feu ; mais l'orientation prorusse de la Biélorussie est confirmée. Elle constituera un modèle d'autodétermination favorable à la Russie. Et, en dépit du nombre de gouvernements qui s'y sont succédé – deux gouvernements nationaux, deux républiques soviétiques, et la république bicéphale –, une certaine unité caractérise en dernier ressort les développements politiques en Biélorussie de 1917 à 1920. Cette unité tient avant tout à la prééminence des bolcheviks locaux, à leur attachement à Moscou et à une certaine confiance que celle-ci leur accordait en retour. La Biélorussie illustre la conception « internationaliste » de Lénine, qui unit autodétermination nationale et rôle central des travailleurs, c'est-à-dire des bolcheviks locaux.

Le Caucase divisé

Le Caucase a vécu les difficiles années de l'autodétermination tout à la fois comme les États de l'Ouest et de manière spécifique, ce qui explique le caractère éphémère des indépendances qui y furent conquises. Comme celui de la Finlande ou des États baltes, le sort des États caucasiens va dépendre de la situation internationale ; mais – et ce sera leur particularité – ils seront victimes de leurs différences et de leurs divisions, dont les bolcheviks joueront avec habileté.

À l'heure de la révolution russe, l'unité caucasienne semble réalisée. Un Commissariat caucasien dominé par les Géorgiens se constitue à Tiflis le 15 novembre 1917, présidé par un menchevik radical, Evgueni Gueguetchkori, assisté d'un autre menchevik, de deux socialistes-révolutionnaires, de deux Arméniens membres du parti Dachnak, de quatre Azerbaïdjanais du Mussawat et d'un fédéraliste géorgien. Ce Gouvernement provisoire attendait de l'Assemblée constituante qu'elle répondît aux attentes nationales. La dissolution de la Constituante par Lénine le conduit à refuser de reconnaître le pouvoir bolchevique et à adopter une attitude d'indépendance vis-à-vis de la Russie. Cette volonté d'autonomie est aussitôt mise à l'épreuve, puisqu'à Brest-Litovsk, où les Caucasiens ne sont pas conviés, la Russie décide la cession à la Turquie de Batoum et des vilayets de Kars et Ardahan, lésant par là la Géorgie et l'Arménie, qui n'ont été ni consultées ni même prévenues des intentions russes. La réaction caucasienne est immédiate : le 25 avril 1918, l'Assemblée caucasienne instituée à Tiflis après la fin de la Constituante proclame la république fédérale de Transcaucasie, indépendante de la Russie. Trois formes d'autorité coexistent alors au Caucase : la République fédérale ; la Commune de Bakou, née en avril 1918, dominée par les bolcheviks et présidée par Stepan Chaumian, qui se dit « liée au pouvoir central russe » et entend « appliquer en conformité avec les conditions locales tous les décrets et décisions du gouvernement ouvrier et paysan de Russie » ; enfin les pouvoirs des régions cédées à Brest-Litovsk à la Turquie et administrées par elle.

L'existence de la République fédérale est troublée d'emblée par les discordes nationales qui se manifestent tout particulièrement lorsqu'il faut débattre d'un traité de paix avec la Turquie. Face aux rivalités ouvertes qui paralysent la République, l'Assemblée caucasienne décide de la dissoudre, le 26 mai 1918. Trois États indépendants en surgissent aussitôt : la Géorgie, où les mencheviks sont maîtres du jeu ; l'Arménie, gouvernée par des membres du parti Dachnak ; l'Azerbaïdjan, privé de Bakou et dominé par le Mussawat.

De ces trois républiques, celle qui paraît le mieux armée pour protéger son indépendance est la Géorgie. Sitôt née, elle se tourne vers Berlin avec qui elle signe, le 28 mai, un traité par lequel elle reconnaît les frontières fixées à Brest-Litovsk, c'est-à-dire la perte de Batoum et de Kars, mais elle obtient en échange la garantie du soutien allemand contre de nouvelles revendications territoriales turques. Ce traité consacre diverses ambitions allemandes : une présence sur la route des échanges pétroliers, des livraisons de manganèse. Dans le même temps, Berlin est soucieux de ne pas heurter la Russie et ne reconnaîtra qu'après elle l'indépendance de la Géorgie, en août 1918. Au cours de cette période qui dure jusqu'à la défaite des Empires centraux, la stratégie des mencheviks géorgiens sera fondée tout entière sur la quête d'un appui étranger pour garantir leur indépendance. Se sachant menacés par la Turquie, inquiets des ambitions révolutionnaires, voire territoriales, de la Russie, ils font le choix de l'alliance avec l'Allemagne en misant sur ses intérêts économiques et stratégiques, notamment pour les ressources naturelles du Caucase et pour l'accès à la mer Noire, et en tablant aussi sur une éventuelle rivalité russo-allemande dans la région. Après novembre 1918, privée de l'alliance allemande, la Géorgie va se trouver dans une situation plus difficile. Les troupes britanniques sont certes présentes dans les parages et l'Angleterre est favorable à la jeune république dont elle imposera la participation à la conférence de paix. Mais, simultanément, l'Angleterre soutient avec ses alliés les efforts de reconquête des généraux blancs qui luttent – ils le disent de manière explicite – non seulement pour vaincre les bolcheviks, mais pour restaurer l'Empire de Russie.

L'Arménie et l'Azerbaïdjan, devenus eux aussi des États indépendants, ne connaîtront qu'une très brève existence nationale, puisque la Turquie y mettra fin à l'été de 1918 par la force militaire. Bakou, jusqu'alors citadelle communiste, connaît une série de coups de force. En août, les troupes anglaises du général Dunsterville, venues de Perse, chassent les communistes de Bakou mais doivent s'incliner, un mois plus tard, devant les troupes turques. La Commune de Bakou est bel et bien morte ; ses responsables, qui ont fui par mer vers Astrakhan, sont pris et exécutés. La révolution au Caucase a cessé d'exister. Avec la fin de la guerre, Allemands et Turcs disparaissent à leur tour de la région et ce sont les Anglais et les armées blanches qui vont décider de son sort : l'Angleterre soutient la présence de l'Arménie et de l'Azerbaïdjan à la conférence de paix comme elle l'a fait pour la Géorgie.

Cependant, les vues des Alliés sur l'avenir des trois États du Caucase sont loin d'étayer leurs aspirations à une vie indépendante. Les Alliés considèrent d'abord qu'une fédération de ces États assurera mieux leur survie et préservera davantage la stabilité de la région que les divisions constatées à la fin de 1918. Jusqu'à la défaite des armées blanches en 1920, les Alliés se refusent à imaginer que l'avenir de ces États pourrait être indépendant de la Russie. Ce n'est qu'en janvier 1920, Denikine étant vaincu, que le Conseil suprême des Alliés reconnaît de facto leur indépendance. À ce moment-là, les troupes anglaises ont déjà quitté le Caucase (à l'exception de Batoum, où elles stationnent jusqu'en août), ce qui pose aux trois États le problème de la préservation de leur indépendance face à la Russie. Jusqu'alors, en effet, dans un Caucase où s'opposaient troupes allemandes, turques, puis anglaises, la Russie était la grande absente, exception faite (jusqu'en juillet 1918) de la Commune de Bakou qu'elle soutenait. Mais les troupes russes reviennent en force au Caucase dès lors que toutes les autres l'ont quitté, et elles agitent leurs intermédiaires communistes dans chacune des républiques, lesquelles doivent trouver de nouveaux soutiens internationaux. Déjà, à l'été de 1919, lorsque les armées blanches semblaient à même de l'emporter, les républiques du Caucase avaient envoyé des délégations à Paris pour demander l'aide des Alliés, qui leur avaient opposé un refus. À la fin de l'année, c'est pour se protéger du pouvoir soviétique qu'elles aspirent à être placées sous la protection d'une puissance mandataire, l'Arménie souhaitant que les États-Unis jouent ce rôle, la Géorgie et l'Azerbaïdjan se tournant pour leur part vers la Grande-Bretagne. Cette requête rejetée, surgit alors l'idée d'un mandat italien sur toute la Transcaucasie, qui ne remportera pas davantage de succès.

Les États indépendants se retrouvent alors seuls face aux bolcheviks. Or, pour la Russie, le Caucase est un tout autre enjeu que ses anciennes possessions occidentales. Enjeu économique, d'abord, car elle en tire l'essentiel de ses ressources minérales et énergétiques. Enjeu stratégique, aussi : depuis le XVIIIe siècle, la mer Noire a toujours été un objectif russe. Certes, en conquérant la Crimée, la Russie y a gagné sa place, mais elle ne peut ignorer que le long des côtes caucasiennes la Turquie menace toujours ses intérêts.

En 1919 s'esquisse un rapprochement inédit entre la Turquie – kémaliste, cette fois – et les soviets, qui va substituer l'amitié à une traditionnelle rivalité historique dont le Caucase – exception faite de l'Arménie – a toujours joué. La Russie y gagne une grande liberté d'action dans la mesure où la Turquie de Mustafa Kemal se consacre alors à sa transformation intérieure, au détriment des solidarités turcophones et de ses ambitions passées.

Jusqu'en août 1920 la Russie reste certes occupée par son projet révolutionnaire à l'ouest, mais, après cette date, sachant qu'il lui faut renoncer au rêve de la révolution mondiale, sa priorité est de sauver *sa* révolution, c'est-à-dire ses intérêts économiques, son espace, ses frontières. Comme le Caucase n'a guère de défenseurs extérieurs, son sort est scellé.

Le premier État indépendant à succomber va être l'Azerbaïdjan, où la Russie dispose – héritage de la Commune de Bakou – d'une solide base communiste. Un coup d'État fomenté par un Comité militaire révolutionnaire renverse en avril 1920 le gouvernement en place et appelle la Russie à l'aide pour « contribuer à la victoire du prolétariat » et le protéger contre les « impérialistes ». Cet appel venu de l'intérieur est un scénario qui sera maintes fois repris par la suite, jusqu'à la mort du régime soviétique. La Russie y répond et contribue à la naissance de la république socialiste soviétique d'Azerbaïdjan, où trois bolcheviks – un Russe, Kirov ; un Géorgien, Ordjonikidze ; un Arménien, Mikoyan – joueront un rôle décisif. Comment ne pas relever qu'au IIe Congrès du Komintern, Lénine affirmera sans ciller que la Russie et l'Azerbaïdjan entretiennent des liens fédéraux – ce qui légitime l'aide russe à la révolution –, alors que ces liens ne seront formellement établis que trois mois plus tard ! Mais le propos de Lénine est conforme à sa manière de concevoir la politique : la situation de fait doit automatiquement se traduire en termes juridiques. Le droit découle du fait, quand bien même il s'agit d'un coup de force.

Pour l'Arménie, la situation en 1920 est compliquée par deux facteurs : la coopération du gouvernement Dachnak avec l'état-major du général Denikine – compréhensible si l'on prend en compte l'isolement des Arméniens –, lequel fournira en retour à la république des armes et des moyens financiers ; par ailleurs, l'Arménie croyait la Turquie brisée par la défaite, ce qui l'incita à annexer, en mai 1919, des territoires arméniens sous domination turque. Or ce calcul était erroné : Mustafa Kemal était puissant et avait en tête de récupérer les territoires revendiqués par l'Arménie. Ce fut la mort de cet État. Dès la fin de l'année, une véritable guerre opposa Turcs et Arméniens pour la possession des territoires disputés ; elle aboutit à la défaite des seconds à l'automne de 1920. Occasion rêvée, pour Moscou, de mettre à profit l'effondrement arménien. Sans doute le Parti communiste y était-il très faible, mais Staline décida de renverser un gouvernement militairement vaincu pour lui substituer le pouvoir bolchevique. Ordjonikidze fut chargé de l'opération sur le terrain et un ultimatum russe fut adressé au gouvernement Dachnak, lui ordonnant de céder la place au Comité révolutionnaire de la république socialiste soviétique d'Arménie. Ce comité révolutionnaire, importé de Bakou par Ordjonikidze, décréta aussitôt que toutes les lois russes s'appliquaient en Arménie. Reconnu par Moscou, il signa en 1921 un traité de paix avec la Turquie reconnaissant à cette dernière la possession des territoires contestés. Territorialement amputée, l'Arménie dut, pour survivre à l'heure des révoltes populaires, appeler la Russie à l'aide. L'autodétermination que n'avait protégée aucune puissance extérieure s'achevait ainsi sur une annexion sans formalités, même si la république d'Arménie conservait encore officiellement sa souveraineté.

Restait la Géorgie, plus heureuse que les républiques voisines – pour un bref moment, du moins – puisqu'elle réussit d'abord à imposer son indépendance à la Russie. Le 7 mai 1920, le traité russo-géorgien consacre sa reconnaissance par l'État socialiste, et lui accorde de précieuses garanties puisque l'article 1 précise que la RSFSR « renonce de son plein gré à tous les droits souverains ayant appartenu à la Russie sur le peuple et le territoire de la Géorgie »; l'article 2 en tire la conclusion suivante : « La Russie s'engage à n'interférer en rien dans les affaires intérieures de la Géorgie. » Mais une clause secrète du traité ruine ce bel équilibre : en vertu de cette clause, la Géorgie s'engage à accorder un statut légal au Parti communiste et à ne pas entraver ses activités. Or le Parti est bien décidé à briser les mencheviks en Géorgie comme il l'a fait en Russie. Au moment précis où le traité est paraphé, Ordjonikidze part pour Tiflis et ordonne à ses troupes d'avancer vers la Koura. Il choisit pour prétexte les menaces de représailles pesant sur les communistes géorgiens qui ont tenté, le 2 mai, un coup de force dans la capitale. Les intentions agressives d'Ordjonikidze sont particulièrement malvenues alors que les troupes polonaises progressent en Ukraine. Prudent, Lénine ne veut en aucun cas ajouter aux difficultés militaires rencontrées face aux Polonais un conflit au Caucase, et il enjoint à Ordjonikidze de ne pas « autodéterminer » la Géorgie à sa façon. Le traité du 7 mai, en son article 2, semblait au demeurant interdire à ce dernier de poursuivre dans cette voie, mais la clause secrète allait en revanche lui permettre de jouer la carte du Parti pour contourner à la fois l'interdiction de Lénine et les termes du traité.

Moscou nomme Kirov, proche collaborateur d'Ordjonikidze, ambassadeur en Géorgie. Il met à profit ses fonctions pour introduire à Tiflis de nombreux communistes et tenter de déstabiliser le gouvernement menchevique qu'il accuse de violer le traité en « persécutant les communistes » et en appelant au soutien des Alliés. Les communistes géorgiens – ou plutôt le Parti communiste mis en place par Moscou – ne dissimulent pas qu'ils ont pour objectif de s'emparer du pouvoir. La Géorgie est par ailleurs mise en accusation par le journal du commissariat aux Nationalités – *La Vie des nationalités* – qui, dans son numéro du 3 novembre 1920, affirme que, malgré la légalisation du Parti, presque tous ses membres ont été jetés en prison. À Tiflis, apprend-on dans cet article, on ne peut rencontrer au siège du Parti qu'une employée, tous les cadres étant en prison ou réduits à la clandestinité.

Conscients de la menace qui pèse sur leur État, les mencheviks s'efforcent de gagner à sa cause la sympathie des sociaux-démocrates européens. En septembre, une délégation socialiste au sein de laquelle figurent

Kautsky, Ramsay MacDonald et Émile Vandervelde visite la Géorgie. Henri de Man lui apporte aussi son soutien. Encouragé par ce qu'il tient pour un courant favorable à sa cause, le gouvernement géorgien présente en décembre une demande d'admission à la Société des Nations : sans aucun succès. Le résultat est tout aussi négatif en Russie, où l'on voit dans cette démarche et dans les soutiens étrangers obtenus autant de gestes hostiles à la Russie. Adversaire acharné de l'indépendance de son pays d'origine, Staline multiplie alors les mises en garde. La Géorgie, assure-t-il, veut entraîner l'Entente dans un front antibolchevique. Il répète à l'envi que ce statut d'indépendance, alors que l'Arménie et l'Azerbaïdjan sont entrés dans la mouvance de la Russie, a aussi pour effet de déstabiliser le Caucase et d'y empêcher une politique unitaire communiste. Et il ajoute : « Le Caucase est important pour la révolution parce qu'il est une source de matières premières et de produits alimentaires. Il l'est aussi en raison de sa position géographique entre l'Europe et l'Asie, entre l'Europe et la Turquie, et en raison de l'existence de routes dont l'intérêt économique et stratégique est considérable. »

Ces propos brutaux de Staline traduisent la perception russe du problème national à la fin de l'année 1920. La révolution mondiale fait désormais partie du domaine du rêve ; la réalité est la lutte pour la survie de l'État soviétique, ce qui implique la prise en compte de ses intérêts économiques et stratégiques, et, en dernier ressort, la récupération de l'espace perdu.

Tout autant que Staline, Lénine est convaincu de ces priorités, mais il diffère de lui sur la voie à suivre et sur la stratégie. Il n'entend pas heurter l'opinion internationale favorable à la Géorgie indépendante. Il ne veut pas non plus nuire à l'intégration de la Russie dans la communauté internationale. Sans doute Lloyd George a-t-il assuré Krassine[1] que le Caucase tout entier faisait partie de la zone d'influence russe. Mais en employant la violence pour réduire une Géorgie qu'il sait prête à se défendre, Lénine craint que la Russie ne provoque une réaction anglaise dangereuse pour la sécurité de son pays, encore embourbé dans une interminable guerre civile. Il pense aussi aux négociations avec la Turquie, qui aboutiront au traité d'amitié de mars 1921, et redoute de susciter une réaction négative de ce type. À l'inverse, il sait que la Géorgie est menacée de l'intérieur par les communistes et affaiblie de l'extérieur par les pressions russes et l'hostilité turque. De là son hésitation à céder à la volonté conjuguée de Staline et d'Ordjonikidze d'en finir avec l'indépendance géorgienne.

Tchitcherine, commissaire aux Affaires étrangères, va voler au secours de ces deux derniers, en janvier 1921, en accusant la Géorgie de violer le traité du 7 mai et en réclamant une intervention pour « sauver les communistes ». Tout est d'ailleurs déjà prêt pour cette intervention. La XIe armée, qui a repris Bakou, attend l'ordre de marcher sur Tiflis. Le bureau caucasien du Parti (Kavburo), qui travaille en liaison avec la XIe armée, presse Lénine d'ordonner le passage à l'action. Le 14 février 1921, au terme de longs débats, Lénine donne son accord à l'opération militaire ; au vrai, il ignore qu'elle est déjà engagée depuis deux jours. Le « feu vert » de Lénine est cependant assorti de recommandations de prudence ; il veut en premier lieu « que les règles internationales soient respectées ». En fait, l'affaire géorgienne lui a déjà échappé. Tout

---

1. Leonid Krassine est alors, à Londres, chargé de négocier les accords anglo-soviétiques.

a été organisé, voire manipulé, par le Bureau caucasien mis en place pour coordonner la politique du Parti au Caucase, mais qui agit de concert avec Staline ; ce bureau affirme que la situation en Géorgie est intenable pour les communistes et insupportable pour la Russie, et que le devoir des bolcheviks est d'y instaurer la légalité communiste. C'est un appel à l'aide lancé par les Géorgiens que le Bureau caucasien prétend transmettre à Lénine, mais celui-ci ne pourra jamais en vérifier la véracité. De même, la XIe armée obéit à Ordjonikidze et non pas à son ministre, Trotski, qui, après l'invasion, enquêtera sur les conditions dans lesquelles elle a été décidée.

Cette invasion a lieu de deux côtés : par le sud et par l'est. En dépit d'une défense désespérée, les Géorgiens sont vaincus, et, pour comble d'infortune, la Turquie, profitant du conflit, envahit Batoum au début de mars et proclame son annexion le 17. Le 18, le gouvernement géorgien capitule. L'Armée rouge marche alors sur Batoum, cette fois au nom de la Géorgie révolutionnaire, et en expulse les Turcs dès le 19. Par le traité de Kars, la Turquie y renonce.

Toujours soucieux de ne pas créer un « *casus belli* géorgien » qui heurterait l'opinion internationale, Lénine multiplie les appels à respecter la population géorgienne, ses élites et ses institutions, ordonnant à Ordjonikidze de chercher un compromis avec les mencheviks et de ne pas imposer une politique « russe » au pays conquis. « Que les communistes géorgiens n'appliquent pas notre stéréotype, écrit-il, mais imaginent une tactique spécifique et souple. »

Le traité bilatéral signé le 21 mai 1921 aligne la Géorgie sur les autres républiques du Caucase et la place dans l'orbite russe. Dans ce cas, l'autodétermination a été victime tout à la fois d'un soutien international insuffisant à faire reculer la Russie et du retrait des troupes d'intervention.

Drapeau rouge contre drapeau vert

Si Lénine a toujours pensé que le prolétariat des sociétés avancées serait l'acteur premier de la révolution mondiale, il n'en est pas moins vrai qu'il a aussi intégré dans sa réflexion l'Orient, dont il entrevoyait les potentialités révolutionnaires. Parvenu au pouvoir, il se tourna vers les sociétés attardées de l'Empire disparu où dominait l'islam, et adressa le 24 novembre 1917 un appel aux « travailleurs musulmans de Russie et d'Orient » :

« Musulmans de Russie, Tatars de la Volga et de Crimée, Kirghiz et Sartes de Sibérie et du Turkestan, Turcs et Tatars de Transcaucasie, Tchétchènes et montagnards du Caucase, vous tous dont les mosquées et les maisons de prière ont été détruites, dont les croyances et les coutumes ont été piétinées par les tsars et les oppresseurs de la Russie [...] vos croyances et vos coutumes, vos institutions nationales et culturelles sont à jamais libres et inviolables. Organisez votre vie nationale en toute liberté, c'est votre droit ! »

Cet appel signifiait un soutien explicite de la révolution aux musulmans et les appelait en retour à soutenir la révolution. Le drapeau rouge et le drapeau vert devaient flotter à l'unisson. Pour marquer cette alliance, un geste symbolique fut aussitôt accompli : la restitution aux musulmans du Coran d'Osman, conservé à la Bibliothèque nationale de l'Empire. De l'appel à l'alliance à la constitution de cette même alliance entre bolcheviks et musulmans, le pas était néanmoins malaisé à franchir. Parmi les organisations islamiques existantes, les bolcheviks devaient trouver des alliés capables d'attirer les masses musulmanes. Il incombait à Staline, commissaire aux Nationalités, de mettre ce projet en œuvre.

Les musulmans n'étaient pas restés inactifs durant la période de préparation du coup d'Octobre, mais avaient essayé de mettre à profit la décomposition rapide de l'Empire pour assurer leurs intérêts propres. Le Ier Congrès des musulmans de Russie, réuni à Moscou en juillet 1917, avait attiré des représentants de tous les groupes nationaux et défendu le « droit des peuples à disposer d'eux-mêmes ». Surtout, il avait marqué son attachement à l'islam, que les congressistes affirmaient vouloir concilier avec le socialisme. Mais, dès lors que l'organisation politique était en jeu, ces intentions fort générales ne suffisaient pas à mettre d'accord les partisans de deux conceptions opposées : ceux qui plaidaient pour l'intégration des peuples musulmans au sein d'une Russie unifiée reconnaissant leur unité culturelle extraterritoriale ; ceux qui aspiraient au contraire à exister au sein d'un État fédéral. Si les Tatars se situaient dans le premier camp, les Turkestanais, les Caucasiens et les Criméens étaient d'intraitables fédéralistes réclamant une autonomie territoriale dans une république fédérative de Russie. Ces derniers l'emportèrent un moment, mais, à l'automne, conscients de la nécessité de traiter avec les bolcheviks à partir d'une position commune acceptable pour leurs interlocuteurs, les responsables musulmans proclamèrent l'autonomie nationale culturelle des Turcs de Russie et de Sibérie, et, pour la doter d'institutions politiques, ils imaginèrent de mettre en place une Assemblée nationale musulmane – qui ne verra jamais le jour – et des unités militaires qui se formèrent dans certaines régions, notamment à Kazan.

Pour sa part, Staline se tourna vers le Conseil national musulman créé à cette époque à Moscou mais qui siégeait à Petrograd, présidé par un menchevik caucasien, Ahmed bey Tsalikov, fervent défenseur des positions unitaires. C'est lui que Staline choisit comme partenaire en lui offrant la présidence du commissariat aux Affaires musulmanes que les bolcheviks entendaient créer. Devant son refus, il fit la même proposition à un Tatar de la Volga, Moullah Nour Vahitov, fondateur du Comité socialiste musulman, partisan des bolcheviks dès Octobre, mais dont l'adhésion au bolchevisme avait pour finalité essentielle de porter les idées de Marx au sein du monde musulman. Sa vision panislamique de la révolution n'empêchera pas Staline de lui confier la direction du commissariat aux Affaires musulmanes, poste aux compétences imprécises : un ministère, certes, et c'est ainsi que Staline le présentait à ses interlocuteurs, mais derrière ce statut flatteur la réalité était plus modeste, car il dépendait directement de lui et avait pour fonction de rassembler, sous l'égide du Parti communiste, toutes les organisations musulmanes et d'attirer les musulmans dans les rangs de l'Armée rouge.

Sur le terrain comme dans la plupart des autres territoires de l'Empire disparu, les relations entre bolcheviks et musulmans furent compliquées par deux facteurs : d'une part l'intervention de forces militaires étrangères, d'autre part le choix que devaient faire les bolcheviks d'alliances soit avec les mouvements musulmans nationaux qui s'étaient manifestés depuis la guerre, soit avec d'éventuelles organisations communistes.

Il faut considérer en premier lieu les diverses forces militaires qui, entre 1918 et 1920, menacent la révolution à la périphérie musulmane. Tout commence avec la légion tchèque, composée de prisonniers de l'armée autrichienne en cours d'évacuation vers Vladivostok. Ces Tchèques se soulèvent en avril 1918 et occupent les villes situées le long du Transsibérien, ce qui débouche sur une révolte générale contre les bolcheviks dans la région. Au même moment, les Alliés débarquent des troupes à Mourmansk et Vladivostok, des unités allemandes s'installent en Crimée, tandis que Turcs et Anglais se succèdent au Caucase. Menacé de tous côtés, le pouvoir bolchevique doit composer avec les mouvements nationaux après avoir tenté, au début, de contrôler les formations étatiques qui voient le jour.

La première formation de ce type est la république tataro-bachkire dirigée par Moullah Nour Vahitov, qui prétend concilier un État national musulman avec les exigences de Staline et de Lénine. Vahitov soutient que la république est « le cœur d'une révolution qui gagne tout l'Orient ». Mais la vie de cet État est des plus brèves, le soulèvement tchèque contraignant les troupes bolcheviques à fuir la région. Les Tchèques capturent Vahitov, qu'ils fusillent de même qu'un certain nombre de bolcheviks et de Tatars bolchévisés. La guerre civile qui déferle alors sur la région ôte toute initiative aux bolcheviks et entraîne la division entre Tatars et bolcheviks hostiles à l'union formelle du printemps de 1918.

Toujours sur la Volga, l'évolution des Bachkirs sous la conduite de Validov[1] – lequel a proclamé au lendemain de la révolution la naissance d'un État autonome rejeté par les bolcheviks – éclaire les hésitations des musulmans sur leurs alliances possibles. Constatant la déroute des bolcheviks, ils misent d'abord sur un front contre-révolutionnaire, cherchant à prendre appui sur les Russes, qui vont en quelques mois dominer la Sibérie sous l'autorité de l'amiral Koltchak, et le Sud sous celle de Denikine. Mais il va falloir peu de temps

---

1. Ou Ahmet Zeki Velidi Togan.

aux mouvements musulmans pour constater qu'un succès des forces blanches entraînerait le retour à l'Empire. C'est pourquoi, en mars 1919, Validov négocie secrètement avec les bolcheviks. L'accord conclu entre le chef bachkir et le régime communiste implique de grandes concessions de la part de ce dernier. Il stipule l'autonomie de la Bachkirie au sein d'un État fédéral – une autonomie entendue dans un sens très large puisque les Bachkirs sont censés conserver la maîtrise de leur politique intérieure et de leurs armées, ne laissant à la fédération que les mines, les usines et les voies de communication.

Pourquoi Lénine entérina-t-il un accord aussi éloigné des règles de l'organisation fédérale ? Au printemps de 1919, deux raisons expliquent sa volonté d'aboutir à un compromis. Il lui fallait avant tout priver de l'appui des musulmans les armées blanches en un temps où celles-ci triomphaient encore. Mais le raisonnement de Lénine allait aussi bien au-delà du cas bachkir : il entendait marquer par là son respect pour les musulmans afin de convaincre les « Kirghiz, Turkmènes, Ouzbeks, Tadjiks, encore influencés par leurs mollahs », que les bolcheviks n'étaient pas leurs ennemis. Dans l'esprit de Lénine, ce compromis était donc temporaire. On le constatera sitôt la guerre civile achevée, lorsque le pouvoir bolchevique donnera, par un décret de mai 1920, un statut définitif à la république bachkire.

Autonome, celle-ci le restait certes nominalement, conservant des compétences en matière d'administration locale. Mais ce décret – sur lequel, il faut le souligner, les Bachkirs ne furent pas consultés, dont ils ne furent même pas informés d'avance – les privait de toutes les compétences politiques, militaires et économiques inscrites dans leur statut de 1919. Validov le dénoncera en le disant plus centralisateur, même sur le plan des compétences de l'administration locale, que toutes les dispositions du régime tsariste. Indignés, les dirigeants bachkirs fuirent dans la montagne, et la population se souleva. Mais, en juillet 1920, les bolcheviks étaient devenus maîtres du jeu : contre cette guerre civile commençante, ils pouvaient mobiliser leurs troupes ; ils écrasèrent la rébellion, occupèrent le territoire et y semèrent la terreur.

La région de la Volga opposait à Lénine encore d'autres défis nationaux : ceux des Tatars et des Tchouvaches en premier lieu. À la différence des Bachkirs, unis autour de la forte personnalité de Validov et de son projet d'État national, les Tatars, conduits par Sultan Galiev, jouèrent d'emblée la carte communiste. Sultan Galiev était à la fois un nationaliste musulman et un communiste (il avait adhéré au Parti en novembre 1917) parce qu'il voyait dans la révolution la voie de l'émancipation pour son peuple et pour les peuples dominés. De l'islam, Sultan Galiev, qui était athée, pensait qu'il était un ciment unissant les peuples dominés, et que le pouvoir communiste devait composer avec lui en le modernisant. Il était le musulman le plus haut placé dans la hiérarchie de l'État soviétique ; après la mort de Vahitov, il occupa sa place aux côtés de Staline au commissariat aux Nationalités, et fut promu à la tête du Collège militaire musulman qui avait autorité sur les troupes musulmanes agissant auprès de l'Armée rouge.

Sultan Galiev militait pour l'unité de l'État tatarobachkir, soit pour une formation regroupant tous les musulmans de la Volga et de l'Oural. Devant l'opposition de Lénine et la création en 1919 de la République autonome de Bachkirie, il modifia son projet en réclamant la formation d'une République tatare englobant tous les territoires musulmans de la Volga à l'exception de la république des Bachkirs, réduite à sa plus simple expression.

Le conflit entre Sultan Galiev et Lénine éclaire un autre aspect de l'application du projet d'autodétermination. Le chef de file des Tatars comptait sur son adhésion au communisme et sur l'acceptation d'une fédération centralisée pour organiser le regroupement de tous les musulmans de la Volga. Lénine vit dans ce dessein une menace de rassemblement des peuples musulmans autour des Tatars, plus éduqués que les autres, donc un projet national qui, même s'il revendiquait une orientation communiste, était à ses yeux inacceptable. Il conjura ce péril « grand-tatar » par la création d'une République autonome de Tatarie, puis de la région autonome des Tchouvaches, ceux-ci ayant exprimé un moment le désir de rejoindre les Tatars. Enfin, deux autres régions autonomes virent le jour à la fin de 1920 : celle des Maris et celle des Votiaks. Ainsi le rêve d'unir les peuples musulmans de la Volga déboucha-t-il, lorsque les bolcheviks purent reprendre l'initiative, sur la multiplication d'entités nationales disposant de compétences réduites.

Autre région difficile, mais pour des raisons différentes : le pays kirghiz. Il s'était rassemblé, on l'a vu, autour du parti Alash Orda, qui avait cherché, aussi longtemps que les troupes de Koltchak menaçaient les bolcheviks, à s'appuyer sur la contre-révolution russe. Mais les revers subis par les troupes blanches et par leur allié, l'ataman Doutov, rendirent progressivement la maîtrise de la Steppe aux bolcheviks, qui promirent aux Kirghiz une amnistie totale s'ils passaient dans leurs rangs.

En pays kirghiz, les bolcheviks étaient confrontés à un redoutable défi : la coexistence de deux communautés humaines irréconciliables : les Kirghiz, qui exigeaient avant tout la restitution de leurs terres, et les colons russes, qui s'étaient ralliés à la révolution pour conserver les terres accaparées. Comment concilier ces exigences contraires ? Quelle forme nationale donner à la cohabitation de deux cultures si différentes ? Lénine avait inclus les Kirghiz dans la série des peuples qu'il convenait de traiter avec compréhension pour les « arracher à leurs mollahs », car il était conscient du prestige de l'islam dans toute la région. La solution vint de Moscou sans même que fût préservée l'apparence d'une concertation : le 10 juin 1919, un Comité révolutionnaire kirghiz composé de communistes souvent étrangers à ce peuple et à l'islam fut créé à Moscou, placé sous la présidence d'un Polonais, et « parachuté » sur le terrain pour y exercer une autorité directe.

Ce comité devait respecter les deux communautés nationales vivant dans la Steppe, donc les droits culturels de chacune d'elles. Mais, loin de résoudre les conflits, ce pouvoir envoyé du Centre les aggrava. Les Russes refusèrent de le reconnaître et les Kirghiz en appelèrent directement contre lui à Lénine, sans obtenir le moindre résultat. Finalement, comme cela s'était passé sur la Volga, l'effondrement des Blancs et la fin des pressions étrangères permirent aux bolcheviks d'imposer en pays kirghiz la solution déjà adoptée ailleurs : celle d'une république autonome qui abandonna toutes ses compétences au bénéfice du Centre. Une seule concession fut faite aux Kirghiz qui exigeaient la restitution de leurs terres : l'arrêt de la colonisation ; mais les colons conservaient les terres qu'ils avaient déjà prises. Cette solution incomplète et injuste, accroissant ses difficultés économiques, indigna la population indigène. La Steppe allait poser un dramatique et durable problème à Moscou.

Au Turkestan, où l'islam était solidement implanté et où le communisme n'attirait que la population russe,

Lénine considérait qu'on ne pouvait mettre en œuvre l'autodétermination. Colonie de l'Empire, puis du pouvoir révolutionnaire, le Turkestan vit son cas négligé à Moscou jusqu'en 1919. Ce n'est qu'à l'automne de cette année-là que la mission Safarov, qui y avait été envoyée, exposa à Lénine la situation explosive de ces confins : chauvinisme des Russes dressant la population indigène contre le pouvoir des bolcheviks, identifié purement et simplement à l'impérialisme des tsars ; montée d'une opposition nationale armée, le mouvement des Basmatchis, menaçant de s'étendre à toute la région ; enfin, agitation croissante des élites nationales, peu intéressées par l'autodétermination mais désireuses d'opposer à la présence russe l'unité du Turkestan autour de sa culture et de l'islam. Le drapeau vert agité par les nationalistes ou par les combattants basmatchis est, en dernier ressort, la réponse de la population indigène tout entière au drapeau rouge.

Comment apaiser ces confins stratégiquement importants, mais culturellement étrangers à la Russie ? Comment y introduire l'ordre soviétique sans provoquer de résistances encore plus vives ? Comment répondre aussi à l'attente des Russes et des Ukrainiens, nombreux au Turkestan, qui refusaient la séparation et exigeaient du pouvoir bolchevique qu'il maintînt un « ordre russe » ?

Lénine va être confronté à deux propositions contraires. L'une est élaborée par des Turkestanais venus au communisme, dont les chefs de file sont Tourar Ryskoulov et Faizoullah Khodjaev ; ils proposent la création d'une république autonome du Turkestan incorporée à la Russie, mais rassemblant tous les peuples musulmans turcs de la région. Lénine ne veut pas entendre parler d'un projet si opposé aux intérêts de la révolution. Mais il n'est pas moins troublé par la solution de rechange que propose une commission du Comité central : celle-ci prévoit une organisation centralisée de toute la région tout en ignorant les aspirations des populations musulmanes. Lénine voit juste en condamnant l'un et l'autre projet.

Exaspérés par l'attitude « colonialiste » des Russes, les Turkestanais soutiennent tout à la fois les Basmatchis et la solution politique prônée par Ryskoulov et Khodjaev sous sa forme la plus radicale : le noyautage de toutes les structures communistes par des nationalistes se réclamant ouvertement de l'unité turque. La commission spéciale que Lénine avait dépêchée dans la région en 1919, pour y mettre sur pied une politique de coopération avec la population locale en même temps que pour enquêter sur la situation, avait eu en effet des conséquences imprévues. Les musulmans avaient mis à profit ce climat de compromis pour s'infiltrer dans le bureau régional des organisations musulmanes du PC russe. La conférence des communistes musulmans convoquée à Tachkent en janvier 1920 se trouvait ainsi noyautée par les nationalistes, ce qui explique sa décision de créer une république turque autonome incorporant tout le Turkestan et de transformer l'organisation régionale du PC russe en Parti communiste turc.

L'opération unitaire manquée par les musulmans de la Volga semblait ainsi réussir en Asie centrale au début de l'année 1920. Mais, comme dans le reste du pays, la fin des opérations polonaises en Ukraine et la déroute des Blancs permirent à Lénine de reprendre le contrôle de la situation. Il était temps : forts de leur premier succès, les communistes d'Asie centrale appelaient tous les Turcs de Russie à se joindre à la république qu'ils avaient fondée. Frounze, envoyé à Tachkent par Lénine, lui télégraphia : « Ici les musulmans sont en train de s'emparer de tout le pouvoir. »

Les bolcheviks ne pouvaient reprendre le contrôle de la région sans mettre aussi fin à l'indépendance des deux émirats de Khiva et Boukhara, qui servaient de base arrière aux Basmatchis. Frounze fut chargé de le faire. Pour autant, rien n'était résolu et la résistance nationale allait être longue à vaincre : éloigné du Centre russe, le Turkestan était très difficile à maîtriser.

Lénine était confronté dans ces conditions à une question particulièrement complexe : fallait-il, pour pacifier la région, tolérer le projet unitaire des musulmans ? Ou fallait-il, comme sur la Volga, imposer l'autodétermination selon des lignes de division strictes ?

La réponse était d'autant plus malaisée à trouver que le Turkestan était perçu par les Russes de la région, qui avaient adhéré au communisme pour préserver leurs acquis, comme une colonie ; tous les musulmans étaient pour eux des nationalistes avides d'abroger les privilèges russes. Pour les musulmans, les communistes étaient avant tout des Russes acharnés à préserver leur domination, et le drapeau rouge recouvrait des prétentions impériales immémoriales. Contre cet impérialisme permanent, l'islam, unifiant tous les dominés, était tenu pour l'unique recours. Lénine comprit dès 1920 la signification de cette confrontation du drapeau rouge et du drapeau vert. Pour lui, elle était d'autant plus inacceptable que la révolution en Asie commençait à occuper dans son projet une place centrale. Comment en appeler à l'internationalisme, à la solidarité des travailleurs occidentaux et des masses d'Orient alors que les populations musulmanes de Russie accusaient les bolcheviks de n'être que les successeurs des tsars ? Dès le début de 1920, l'avenir de l'Asie centrale devint ainsi un élément essentiel de la stratégie révolutionnaire.

Bakou : *le défi colonial*

Le 1ᵉʳ septembre 1920 s'ouvre à Bakou le Congrès des peuples de l'Orient, convoqué par la IIIᵉ Internationale pour élaborer une stratégie révolutionnaire propre à porter la révolution dans le monde colonial. Mais pour les bolcheviks, qui, en octobre 1917, pensaient avoir créé un monde nouveau, ce congrès, à l'heure où il débute, prend une dimension inattendue : celle de la dernière chance. Tout, en effet, a changé depuis Octobre. La révolution mondiale, dont la russe ne devait être qu'un premier maillon, a échoué là où elle était censée avoir lieu : dans les sociétés européennes. Pour survivre, la révolution russe doit prendre appui sur d'autres mouvements similaires. Puisque l'Europe s'y refuse, reste le monde colonial, et c'est à Bakou que l'Internationale l'y convoque.

Ce retournement désespéré vers les révolutions d'Orient – car quel communiste ose imaginer en 1920 que la révolution puisse se perpétuer dans un seul pays ! – nourrit tout le discours inaugural de Zinoviev. S'adressant à près de deux mille délégués orientaux, dont près des trois quarts venus des régions musulmanes de Russie, le président de l'Internationale les appelle à la guerre sainte contre l'impérialisme. Ce vocabulaire, ô combien étranger à Marx, est entendu au premier degré par les congressistes, qui y répondent par des cris aussi enthousiastes que stupéfiants : Djihad ! c'est-à-dire « guerre sainte ! ». Mais si l'Internationale, faisant litière de son discours traditionnel, cherche ainsi à se concilier l'Orient, force lui est de constater que les communistes musulmans convoqués à Bakou ont leur propre vision de la révolution, nourrie de leur expérience révolutionnaire en territoire impérial russe. À l'appel à la solidarité de classe que recouvre le discours de Zinoviev, les délégués d'Asie centrale répondent que la révolution en Orient doit être spécifique, nationale, seule garante de l'émancipation des peuples colonisés.

Peu après Bakou, Sultan Galiev, pourtant membre éminent de la hiérarchie communiste centrale, théorisa les propos des Turkestanais. Dominés, les peuples d'Orient, exposait-il, étaient par là même des peuples prolétaires. Par conséquent, leurs mouvements nationaux, qui visaient à les émanciper, avaient « le caractère d'une révolution socialiste ». Le Komintern devait entériner et soutenir les luttes nationales comme composantes incontestables du mouvement révolutionnaire mondial. À ce discours tout entier fondé sur l'expérience vécue par les musulmans de son pays, Lénine comprit que, loin de pouvoir espérer trouver en Orient un champ d'action révolutionnaire qui soulagerait la Russie, il y avait affaire à une compétition, voire à une opposition, entre révolutions.

De fait, dans les années qui suivirent, Sultan Galiev et ses compagnons devaient aller au bout de leur raisonnement en affirmant que le seul véritable foyer révolutionnaire vivant se trouvait dans les sociétés coloniales agraires, que la libération de ces sociétés passait par un renversement des rapports entre les métropoles industrielles d'Occident et les sociétés rurales d'Orient. Dans cette conception d'un renversement des situations d'hégémonie, la Russie, même révolutionnaire, était rattachée par les théoriciens musulmans au monde industrialisé. À l'Internationale marxiste les musulmans prétendaient opposer une Internationale coloniale où la solidarité et l'unité des musulmans – de ceux de Russie en premier lieu – joueraient un rôle décisif.

Ce discours, qui sous-tend déjà les interventions de Bakou et remplit les pages de l'organe du commissariat aux Nationalités avant qu'on en expulse et Sultan Galiev et ses émules au milieu des années 1920, inspire deux conclusions aux bolcheviks.

D'abord, la Russie révolutionnaire ne peut pas compter davantage sur la révolution coloniale qu'elle n'a pu pousser à la révolution en Europe. Elle est condamnée à rester le seul État né de la révolution. Il lui faut soit se suicider, soit accepter l'idée – combien hétérodoxe ! – de la révolution dans un seul pays, donc de l'édification du socialisme dans cet unique bastion.

Second constat : la survie de la citadelle révolutionnaire implique qu'elle en ait les moyens, l'espace et les ressources, tels que l'Empire les avait rassemblés. Il faut donc bâtir un État viable, et, pour ce faire, se réconcilier avec les peuples qui ont voulu pratiquer l'autodétermination, les réunir à la Russie, sans que pour autant ils vivent cette relation comme une contrainte. Dans le déferlement de guerres, de haines, de volontés d'indépendance qui a balayé l'espace russe depuis 1917, ce projet peut paraître un défi démentiel. C'est pourtant à y répondre et à y apporter des solutions rationnelles que Lénine va consacrer ses dernières années, et ses successeurs une part considérable de leurs efforts.

Chapitre X

Pax sovietica I
Le compromis politique

L'État accepté

1921 : les bolcheviks constatent qu'ils sont dans une impasse. Trois ans durant, ils ont attendu le soulèvement de la classe ouvrière occidentale. La passivité du prolétariat polonais, l'échec en 1920 des occupations d'usines en Italie, celui de la grève générale en Allemagne : autant de faits témoignant que la révolution mondiale n'est plus à l'ordre du jour. Dans le même temps, le congrès de Bakou leur a appris que la révolution en Orient mettrait en péril la lutte des classes et la solidarité des prolétaires au bénéfice de l'union des peuples opprimés contre leurs anciens oppresseurs, les pays occidentaux.

La révolution partout arrêtée, Lénine décide de sauver celle qu'il a conduite, même si elle reste cantonnée à l'espace d'ailleurs réduit de l'imperium russe.

Dès lors, il faut donner corps à l'État, préserver ses frontières en normalisant ses rapports avec les États voisins afin de sauver la forteresse révolutionnaire, et organiser sur des bases encore imprécises, que nul n'a encore imaginées, les rapports entre les peuples multiples divisés puis rassemblés par la révolution, mais dont les aspirations restent contradictoires.

Alors que l'État des soviets n'a pas encore défini sa nature – inédite – ni son mode d'organisation, il met en place sa défense face à un monde extérieur hostile à la révolution. En 1918, Trotski, commissaire aux Affaires étrangères, considérait sa fonction comme provisoire, puisque le développement du mouvement révolutionnaire européen emporterait l'État des soviets dans son élan irrépressible pour l'inscrire dans le cadre d'un État universel. En 1920, son successeur, Tchitcherine, sait déjà qu'il représente un État contraint de perdurer pour sauvegarder l'idée révolutionnaire et son avenir; il s'attache donc d'abord à défendre ses positions. C'est la raison des traités bilatéraux conclus avec les États limitrophes pour garantir la sécurité de la Russie et celle de ses frontières. En 1920, ces traités qui engagent les anciennes possessions des tsars consacrent leur indépendance : Estonie – 2 février 1920; Lituanie – 12 juillet 1920; Lettonie – 11 août 1920; Finlande – 14 octobre 1920; et Pologne – 18 mars 1921. Vient ensuite le tour de pays situés au sud de l'État des soviets, qui ne furent jamais des sujets de l'Empire mais constituèrent souvent pour lui des menaces. Ce sont les traités d'amitié signés avec l'Iran – 26 février 1921; avec la Turquie – 16 mars 1921. Les pays d'Extrême-Orient limitrophes, plus réticents à renouer avec la patrie de la révolution, ne négocieront qu'au milieu de la décennie.

Enfin l'État des soviets commença dès 1920 à traiter avec les pays occidentaux que la révolution effrayait. Les divisions entre Alliés favorisèrent la reprise des relations avec la Grande-Bretagne, ce qui aboutit à l'accord commercial de mars 1921, mais surtout avec l'Allemagne vaincue et humiliée, à l'adresse de laquelle Lénine en appela à la solidarité des « marginaux » de l'après-guerre, ce qui permit le rétablissement de certaines relations entre les deux gouvernements et par-dessus tout une coopération entre l'Armée rouge et la Reichswehr. Ainsi l'État révolutionnaire que les Puissances avaient mis au ban de leur vie commune et qui peinait à définir sa nature retrouva-t-il très tôt un statut international qui répondait à son exigence première : garantir sa survie sur la scène des nations.

Quel État pour une révolution isolée ? La question était particulièrement ardue dès lors qu'était en jeu un ensemble politique et humain si complexe. Dès 1920, l'État des soviets avait réussi à reprendre le contrôle d'une partie des peuples de l'imperium. Ce qui caractérise cette nouvelle communauté par rapport à celle qui a été détruite en 1917, c'est son basculement vers l'est. L'Empire des tsars était eurasiatique par son territoire, mais sa tradition historique était occidentaliste, ancrée dans ses conquêtes européennes. Or l'État des soviets a perdu en 1920 les possessions les plus occidentales de l'Empire – États baltes, Finlande, Pologne – et reconquis ses possessions orientales. La composition eurasiatique du nouvel État s'en trouve plus accentuée.

Par ailleurs, il est confronté alors à un problème que l'Empire disparu connaissait certes, mais en d'autres termes et avec une moindre acuité : son caractère multiethnique, que renforcent des volontés nationales désormais conscientes. Avant 1917, pour l'emporter, Lénine en avait appelé aux aspirations des nations et s'était engagé à les respecter. Mais, dans le cadre, inattendu pour lui, d'un État isolé, condamné à se battre pour survivre, les principes organisant la cohabitation de nations aux volontés contraires ne pouvaient être empruntés à l'Empire défunt. L'État des soviets reposait sur un projet, la révolution, et sur une idéologie, le triomphe de la classe ouvrière. Le contrôle des nations émancipéees réinstauré, on l'a vu, par la force, ne pouvait être maintenu. Les bolcheviks étaient contraints d'inventer un État d'un type nouveau où projet révolutionnaire et aspirations nationales seraient équilibrés.

En définitive, tout comme l'Empire, les bolcheviks se trouvaient confrontés aux problèmes des relations Centre/périphérie, mais, à la différence de l'Empire, qui avait fondé sa cohésion et sa stabilité sur la légitimité du fait acquis, c'est-à-dire sur la conquête, il leur fallait réorganiser tout le système dans une double perspective temporelle : un projet final où Centre et périphérie ne seraient plus différenciés ; une période transitoire où les intérêts de chaque partie seraient pris en compte. L'État fut ainsi conçu par Lénine comme un compromis entre le Centre, porteur du projet final (l'unité), et la périphérie, représentant la diversité des nations et des aspirations politiques.

Ce compromis a déterminé la forme de l'État et son mode de fonctionnement. Il a été complété par un second compromis, dans la sphère culturelle celui-là, destiné à rendre compte tout à la fois des volontés particulières et à accompagner les sociétés vers l'épanouissement d'une société unique, celle de l'*Homo communismus*.

Le fédéralisme ou la diversité reconnue

La « révolution dans un seul pays » appelait d'emblée la création d'un État ; or ni Marx ni ses successeurs ne s'étaient particulièrement penchés sur le problème de l'État ; les pères fondateurs avaient hésité entre l'idée de sa disparition pure et simple après la révolution (Engels) et des formulations générales – « l'État futur de la société communiste » (Marx) – où sa forme et ses tâches n'étaient pas précisées. Acharné à conquérir le pouvoir, Lénine s'était très tôt arrêté sur ce problème et avait, dès avant 1917, mis l'accent sur l'existence d'une phase de transition séparant le succès de la révolution de l'accomplissement du communisme, tout en concluant à la nécessité, durant cette phase, d'un État de transition. Cet État, différent par nature de l'État traditionnel, serait caractérisé par son caractère éphémère, par le fait que, sitôt apparu, commencerait le processus de son dépérissement. Lorsque, en Octobre 1917, le pouvoir à peine conquis, Lénine en appelle aux peuples et non aux gouvernements pour mettre fin à la guerre, c'est bien une esquisse de cet État de transition qu'exprime sa démarche, puisqu'il refuse de reconnaître les pouvoirs traditionnels comme acteurs des relations internationales, et leur substitue les peuples.

Cette conception d'un État de transition passe par une nouvelle définition de sa forme et de son contenu, et en premier lieu de son territoire. Celui-ci n'est plus stable, sauf à l'intérieur de l'espace conquis par la révolution. Lénine précisera que la réunion d'un État avec l'État de la révolution ne saurait être tenue pour une annexion, car elle résulte de la volonté populaire favorable à une telle fusion. Les frontières changent elles aussi de fonction : intangibles dès lors qu'elles protègent l'espace de la révolution, elles sont destinées à l'étendre quand les révolutions conduisent des peuples à rejoindre l'État des soviets, pour finalement disparaître lorsque la révolution mondiale aura eu pour effet la constitution d'un espace unique.

Mais, à l'époque de la transition, quelle place accorder aux nations ? La Déclaration des droits des peuples du 2 novembre 1917 précise bien que l'autodétermination est la règle, qu'elle peut conduire à la formation d'un État indépendant, mais aussi bien à une volonté d'union au sein d'un État unique né de la révolution.

État unitaire ou État fédéral? Lénine a toujours considéré que l'État unitaire centralisé était préférable aux solutions fédérales, mais le progrès des volontés nationales lui impose de composer avec elles, et, dès le 12 janvier 1918, la Déclaration du peuple travailleur et exploité pose que « la république soviétique de Russie se constitue sur la base d'une libre union de nations libres, comme fédération des républiques soviétiques nationales ».

Ainsi trois textes fondamentaux – le décret sur la Paix, la Déclaration des droits des peuples de Russie et la Déclaration des droits du peuple travailleur et exploité – ont-ils, en l'espace de trois mois, d'octobre 1917 à janvier 1918, dessiné les contours de l'État des soviets, ouvert aux volontés révolutionnaires ainsi qu'à leur union, mais dans un cadre fédéral. L'égalité des peuples au sein de l'État multinational en constitution est le principe qui fonde leur existence commune.

Ces textes fondamentaux ne sont pas pour autant dénués d'ambiguïté. Pour Lénine, l'essentiel reste le caractère transitoire de l'État des soviets et, partant, le caractère transitoire du fédéralisme qui résulte d'un compromis et non pas d'une vision politique à long terme. Essentielle aussi dans ce système, la volonté des travailleurs, qui commande tous les choix. Ce sont eux qui décident de rejoindre l'État des soviets, et non les classes privilégiées. Le compromis fédéral transitoire sera toujours, dans l'esprit de Lénine, compensé par le centralisme démocratique, qui constitue tout à la fois le principe organisateur majeur et le but final qui relativise la portée du fédéralisme.

La Constitution russe de 1918, adoptée le 10 juillet par le Ve Congrès panrusse des soviets, organise l'État en fonction des conceptions de Lénine et des textes évoqués, mais elle utilise fort parcimonieusement les termes « fédéral » et « fédération », quand bien même elle organise un État se réclamant de ces principes. C'est qu'en 1918, en pleine guerre civile, nul ne sait à quels peuples cette Constitution peut s'appliquer. Dans la pratique, la fédération soviétique va se constituer en l'espace de cinq années selon des procédures très diverses, correspondant à des rapports de forces différents ou à un état différent des consciences nationales.

Entre 1920 et 1923, dans des conditions variées, la Russie multiplie la création de républiques et de régions autonomes. Tantôt elle prend comme prétexte la défense d'un peuple menacé par les Blancs pour signer d'abord un accord d'amitié et de protection qu'elle transforme unilatéralement en annexion dès que le danger blanc a disparu ; elle agira ainsi avec la Bachkirie de Validov, dont Koltchak refusait de reconnaître l'existence, et le même processus vaudra pour la Tatarie et le pays tchouvache. Tantôt c'est l'« autodétermination des travailleurs » qui permet l'intégration d'un peuple à la fédération soviétique : l'exemple kalmouk en témoigne. Les Kalmouks, Mongols bouddhistes et nomades vivant à l'ouest de la Caspienne, ont été appelés par Lénine à s'autodéterminer en 1919, mais aussi à rejoindre l'Armée rouge pour lutter contre Denikine. L'autodétermination a été le salaire payé pour leur aide militaire. Mais cette autodétermination est biaisée d'emblée puisque c'est au seul Congrès des travailleurs que le gouvernement russe, qui lui prête un appui très voyant, reconnaît la capacité de se prononcer sur l'avenir. Le choix exercé par ces « travailleurs » – en réalité des nomades soigneusement encadrés – les conduit (comment s'en étonner ?) à la décision de s'intégrer à la Russie sous la forme d'une région autonome.

Dans la Steppe, l'effondrement de l'Alash Orda permit aux communistes de fonder une République kazakhe-kirghize divisée en 1920 en deux républiques qui furent alors incorporées à la RSFSR sous la forme d'une région autonome des Kirghiz et d'une République autonome kazakhe. Autre exemple d'autodétermination des travailleurs : l'union à la Russie décidée par la Commune des travailleurs de Carélie. Au Caucase du Nord, si morcelé, c'est Staline en personne qui organisa une autodétermination qui devait, il le répétait sans cesse, respecter les droits et les particularismes de la région, mais ne pouvait aboutir à la séparation. De son action naquirent deux républiques autonomes, le Daghestan et la république des Montagnards. La Russie incorpora encore selon le même modèle les républiques autonomes de Crimée (octobre 1921), des Yakoutes (avril 1922), et, dans l'année 1922, toute une série de régions autonomes : des Bouriates-Mongols, des Karatchaï-Tcherkesses et des Kabardino-Balkares, des Oirats et des Adyghés.

En tout, au terme de ce processus, la Russie intégra dix-sept républiques ou régions autonomes. Si les statuts diffèrent nominalement et en théorie – autonomie politique pour les républiques, administrative pour les régions –, dans la pratique leurs compétences sont sensiblement identiques, c'est-à-dire réduites et entravées par l'intervention permanente des partis communistes. Ce qui conduit à les doter de statuts différents, ce sont les conditions dans lesquelles s'est faite leur intégration. Mais, pour tous ces groupes nationaux, l'autodétermination a été en dernier ressort décidée ou manipulée par les communistes et s'est effectuée sous la pression du gouvernement russe.

Beaucoup plus difficile fut l'établissement de relations avec les républiques indépendantes qui s'étaient constituées durant la guerre civile et qui n'entendaient pas se soumettre à la volonté centralisatrice des bolcheviks. Dans ce cas, il s'agit de nations fortes ou qui se sont affirmées telles, et qui entendent suivre le modèle de la Pologne ou de la Finlande, dont l'émancipation se révélera définitive. Sept républiques ont ainsi représenté un vrai défi pour les bolcheviks : l'Ukraine et la Biélorussie, les trois États du Caucase et les deux émirats d'Asie centrale, Boukhara et Khiva, placés au XIXe siècle sous protectorat russe. Ici, point d'incorporations brutales, mais des relations bilatérales développées qui feront glisser progressivement les républiques indépendantes d'un partenariat équilibré avec la Russie à une souveraineté limitée.

Staline indiqua la voie que devaient suivre les relations avec ces républiques dans un article publié par la *Pravda*. Le 10 octobre 1920, il légitima d'emblée l'action qui allait être entreprise à la suite de l'arrêt de la révolution mondiale et la nécessité d'organiser de manière durable les relations de la Russie avec ses anciennes possessions périphériques. C'est, écrivit-il, par la voie de traités bilatéraux définissant les objectifs et les compétences communs à la république russe et à ses partenaires que l'équilibre indispensable serait trouvé.

En moins d'une année – du 30 novembre 1920, date du traité signé avec l'Azerbaïdjan, au 30 septembre 1921, date de celui signé avec l'Arménie –, le système prôné par Staline est mis en place ; il est caractérisé par des traits communs et quelques différences.

Tous ces traités revêtent la forme d'alliances classiques entre États égaux. Deux domaines d'intérêt commun sous-tendent ces alliances : l'économique et le militaire ; pour ce qui concerne ce dernier, l'Armée rouge, depuis la guerre civile, a déjà pris le contrôle des forces nationales. Si ces traités restent silencieux sur la politique étrangère, en pratique seule l'Ukraine conserve jusqu'en 1922 des relations avec d'autres États ; mais ses possibilités d'action sont restreintes d'emblée par l'imbrication politique et économique créée par les traités bilatéraux. En dépit du silence des textes, la dépendance internationale de la république sera évidente dès 1921, lors de la signature du traité de Riga qui mit fin à la guerre avec la Pologne. L'Ukraine y envoya certes deux délégués, mais, pour les Polonais, ceux-ci faisaient partie de la délégation russe. Plus éloquent encore est le cas des républiques caucasiennes, qui ne furent pas associées à la signature du traité soviéto-turc de 1921, censé pourtant régler leurs problèmes frontaliers. La Russie y fut seule présente, tout en annonçant pour une seconde phase la participation des États du Caucase directement intéressés. Ceux-ci signèrent en effet le traité de Kars, mais en précisant que leur position était le fruit d'un accord avec la Russie.

Jusqu'en 1922, la Russie s'efforça donc de préserver les apparences d'une compétence diplomatique des républiques ; mais ce respect de leur souveraineté prit fin à la conférence de Gênes qui, à la différence des traités que l'on vient d'évoquer, portant sur des problèmes régionaux, constitua un véritable forum international. Seule la Russie y fut conviée, en dépit des efforts désespérés déployés par l'Ukraine pour y envoyer une délégation. Le 22 février 1922, les républiques « souveraines » se résignèrent à « confier » à la république de Russie « la mission de les représenter et de signer en leur nom ».

Si la Russie a pu ainsi négocier les traités en évitant en général les conflits, en dépit des restrictions réelles apportées à la souveraineté des républiques, la Géorgie allait continuer à défendre son indépendance avec opiniâtreté, et son opposition à la conception russe de l'égalité entre les nations allait même engendrer une véritable crise politique au Kremlin.

L'intervention militaire de 1921, on l'a vu, a certes porté au pouvoir des communistes ; pour autant, elle n'a pas réduit la volonté d'indépendance dont les bolcheviks géorgiens Budu Mdivani et Filip Makharadze vont se faire les porte-parole face à leurs compatriotes qui incarnent à Moscou la volonté de faire plier la Géorgie : Staline et Ordjonikidze. Le conflit, qui se poursuit en 1921, va porter sur l'unification de la région. Hostile à l'usage de la force au début de l'hiver, Lénine, dans ce second temps du conflit avec la Géorgie, va se rallier à un projet d'union régionale qu'impose, pense-t-il, la désorganisation économique totale de la Russie. Des raisons politiques l'encouragent aussi à souhaiter une intégration régionale. Les républiques du Caucase, privées de leur indépendance, s'accrochent à leurs particularismes économiques – monnaies, barrières douanières, etc. –, qui sont autant de freins au développement de l'État soviétique commun. En outre, si l'Arménie accepte l'idée de liens régionaux comme préalable à la Fédération, la Géorgie entend privilégier l'entrée individuelle des républiques au sein de la future fédération sur un pied d'égalité, car elle considère que le préalable d'une fédération régionale réduira le poids de chaque État du Caucase dans l'État fédéral soviétique.

En vain, les communistes de Géorgie essaieront de convaincre Lénine de la légitimité de leur cause, car, pour lui, l'unité du Caucase a des vertus politiques et économiques incontestables. De son côté, Ordjonikidze brandit contre les communistes géorgiens la menace d'une condamnation pour « activités fractionnelles », ce que le Xᵉ Congrès du Parti vient précisément d'interdire en mars 1921. Les communistes géorgiens se plaignent à Lénine de se voir imposer « d'en haut » des relations interrégionales, arguant que c'est sur le terrain que les conditions d'une organisation fédérative doivent être trouvées. Leur combat est perdu : en 1921-1922, Lénine est convaincu de la nécessité de développer la fédéralisation de tout l'espace des soviets et d'accélérer la création d'institutions fédérales. C'est la thèse du Centre, qui est aussi la sienne à ce moment-là, qui va l'emporter sur celle des Géorgiens.

Le 12 mars 1922, l'Union des républiques socialistes soviétiques du Caucase naît à Tiflis, en dépit de la résistance désespérée des Géorgiens. Cette Fédération caucasienne a la charge des relations extérieures, de l'économie, des transports, de la sécurité et de l'information. Les compétences propres à chaque république sont réduites à des domaines d'action purement locaux. Et l'article 13 de l'accord du 12 mars, qui vaut Constitution, prévoit que les relations de la Fédération caucasienne avec la RSFSR seront définies par un traité. En pratique, une série d'accords vont, en l'espace de quelques mois, assurer l'intégration économique de la fédération caucasienne à la RSFSR et charger celle-ci de la représenter sur la scène internationale.

La Géorgie est la grande perdante de ce processus unitaire qui a ôté aux républiques du Caucase toute souveraineté apparente ou réelle, qui leur a interdit toutes relations directes avec le Centre, dont la fédération caucasienne est l'intermédiaire, et qui a renforcé dans le même temps l'autorité des partis communistes, tout dévoués à Moscou.

Reste à définir l'État fédéral qui regroupera ces entités à statut politique réduit. Dès 1920, Lénine avait exposé sa conception des relations entre républiques soviétiques : la fédération devait être un statut de transition vers l'unité, ce qui impliquait un resserrement constant des liens fédéraux. Sur la nature de ces liens, il se montrait relativement imprécis, mais il établissait une différence entre les liens contractuels entre la république de Russie et les républiques souveraines, et les liens organiques sous-tendant les rapports des entités autonomes intégrées à la RSFSR. Entre les deux, la Biélorussie et le Turkestan combinaient les deux types de relations.

En 1922, une commission chargée d'élaborer le système fédéral fut mise en place ; elle regroupait autour de Staline cinq représentants de la Fédération ainsi que les délégués des républiques (Boukhara et Khiva n'étant pas représentés). Rédacteur du projet, Staline y jouait un rôle central. Sa propre conception de la Fédération imprégna ce projet, qui fut alors mis en forme et envoyé dans les républiques aux comités centraux de leurs Partis. Aux termes de ce texte, la RSFSR servait de modèle à la Fédération tout entière. Celle-ci devait incorporer les républiques au terme d'un processus d'adhésion formelle, et leur conférer le statut de républiques autonomes.

Si les responsables de Biélorussie et d'Azerbaïdjan acceptèrent ce projet qui ne faisait qu'entériner les relations réelles déjà établies avec la Russie, ceux d'Ukraine déclarèrent préférer le statu quo, tandis qu'à Tbilissi on rejetait purement et simplement un texte qui transformait les républiques en simples entités autonomes. L'indignation y était d'autant plus forte que Staline proposait que les organes russes du pouvoir – gouvernement, Comité exécutif central – devinssent les organes du pouvoir au sein de la Fédération.

Appelé à l'aide par les contestataires, Lénine, dont l'état de santé était déjà précaire, prit parti pour eux et reprocha à Staline sa trop grande précipitation. Le projet qu'il rédigea pour le substituer à la variante de l'autonomisation partait du principe de l'égalité entre RSFSR et républiques, et non plus de leur subordination à la Russie. La fédération soviétique devait accueillir sur un pied d'égalité Russie et républiques non russes, et, pour que cette égalité fût réelle, Lénine stipulait que la Fédération devait disposer de ses propres organes de pouvoir.

Staline maudit intérieurement ce qu'il nommait le « libéralisme national » de Lénine, mais il feignit de s'incliner et proposa une nouvelle version du projet que le Comité central approuva, de même que les Partis nationaux. Les Géorgiens, isolés, furent contraints de l'accepter à leur tour, mais ils formulèrent une réserve de taille en refusant d'entrer dans l'Union par l'intermédiaire de la Fédération transcaucasienne, exigeant d'être traités comme les Ukrainiens, c'est-à-dire de se voir reconnaître le statut de membres à part entière de l'Union en gestation.

Dès lors, le conflit opposant Staline, soutenu par de hauts responsables du Parti russe (Boukharine et Kamenev), et la direction géorgienne fut d'une extraordinaire violence. Ce conflit Centre/périphérie se doubla sur le terrain de l'opposition entre Ordjonikidze, représentant de Staline à Tiflis, et les responsables géorgiens qui en appelaient avec persévérance à Lénine. Ordjonikidze répondit en purgeant le Parti géorgien, en menaçant ses responsables, voire en exerçant contre eux des violences physiques. Lénine, malade, prenait progressivement conscience du tour pris à la périphérie par la politique « chauvine, grand-russienne » de Staline et de ceux qui le soutenaient, qu'il traitait d'impérialistes et de *derjimordy*[1]. Ce constat le désespéra et le conduisit à deux ultimes démarches, avant que son mal ne le privât de tout moyen d'expression.

Dans les jours qui précèdent sa dernière attaque, et malgré les efforts de Staline pour l'isoler et le priver d'informations sur le développement de la crise, Lénine rédige des *Notes sur la question nationale* qui constituent son ultime réflexion. Il reconnaît avoir manqué de vigilance sur le sujet et constate combien les minorités nationales sont démunies face au chauvinisme grand-russe rhabillé aux couleurs du communisme. Ce qu'il faut, écrit-il, c'est protéger les petits, c'est-à-dire les nationalités, contre les bureaucrates russes. Ce texte pathétique dans lequel Lénine dresse un réquisitoire contre les siens sans parvenir, en raison de son mal, au bout de sa réflexion, il veut en faire une arme contre Staline. Il se tourne alors vers Trotski et lui remet ses *Notes*, pour qu'au XIIe Congrès du Parti celui-ci redresse la situation.

Cette toute dernière démarche de Lénine ne suffira pourtant pas à corriger la dérive qu'il dénonce. Devant le Congrès du Parti, Trotski, guère intéressé par les problèmes nationaux, n'utilisera pas l'arme que Lénine lui aura confiée. De toute manière, lorsque ce Congrès se réunira, en avril 1923, le problème aura déjà été réglé conformément aux intentions de Staline. Le 30 novembre 1922, le Politburo a adopté le texte énonçant les principes fondamentaux de la fondation de l'Union ; son article 1 précise que c'est la Fédération transcaucasienne qui adhérera à l'Union. Au même moment, la République fédérative transcaucasienne adopte sa Constitution et décide d'adhérer à l'Union,

---

[1]. Personnage de Gogol incarnant le fonctionnaire brutal et stupide.

laquelle voit le jour le 30 décembre, fruit d'un traité réunissant la RSFSR et trois républiques : Ukraine, Biélorussie, Transcaucasie. Nul n'a tenu compte, dans ce processus, des protestations de la Géorgie.

Le 6 juillet 1923, la Constitution de l'URSS est présentée aux instances responsables ; elle est adoptée par le IIe Congrès des soviets de l'Union le 31 janvier 1924.

Une Constitution pour un temps de transition

Cette Constitution, la première à consacrer l'adoption du fédéralisme, mérite qu'on en analyse certains traits essentiels.

Même si les termes « fédéral » et « fédération » n'y figurent pas, elle comporte des dispositions fédérales incontestables. C'est une union de nations égales en droit, souveraines, entrées librement dans l'Union et qui conservent en permanence le droit de faire sécession. Le système bicaméral de l'Union laisse place à une Assemblée qui reflète la composition multinationale de l'État, ce qui marque aussi son caractère fédéral. Pour autant, est-ce un véritable État fédéral propre à satisfaire les aspirations nationales ?

Une première réponse tient à la diversité des statuts accordés aux nations au sein de la Fédération. Le traité de 1922 réunit quatre républiques, dont deux – Russie et Transcaucasie – sont déjà des républiques fédérales. En 1925, l'Union sera rejointe par l'Ouzbékistan et le Turkménistan, qui auront quitté la RSFSR. Pour se hisser à un statut de républiques souveraines, ce n'est qu'en 1936 que la Fédération de Transcaucasie sera dissoute et que s'ajouteront à l'Union, de manière séparée, les trois États du Caucase. Enfin, les républiques tadjike, kazakhe et kirghize viendront compléter l'ensemble des États souverains que consacrera la Constitution de 1936.

Mais, en 1924, le nombre des républiques souveraines reste limité et, à côté de ce statut privilégié, de nombreuses entités sont organisées selon divers degrés d'autonomie : républiques autonomes, régions autonomes, groupes ethniques territorialement dispersés. Toutes les situations sont ainsi reconnues, de la souveraineté de plein droit à l'autonomie culturelle. Les différences statutaires tiennent aussi à des situations différentes : faiblesse numérique du groupe, ou encore situation géographique défavorable. Une nation enclavée, sans frontières extérieures à l'Union, ne peut aspirer à un statut souverain dans la mesure où le droit de sécession n'aurait pour elle aucun sens. Tatars ou Bachkirs, dont la conscience nationale est forte, ont été ainsi victimes de la géographie.

À cette variété de statuts il convient d'ajouter l'ambiguïté du fédéralisme soviétique de 1924 qui prolonge celle de la conception de l'État soviétique. D'un côté, cet État se veut de nature classique, durable, fixé dans l'espace, protégé contre l'« environnement capitaliste », donc doté de frontières sûres ; mais, d'un autre côté, il aspire à l'universalité et est donc transitoire, dans l'attente de nouvelles révolutions qui élargiraient son espace. Cette contradiction entre, dans le court terme, la volonté défensive, le repli, et la volonté d'expansion, dans un temps plus long, se retrouve dans la conception du fédéralisme : la Constitution souligne le caractère transitoire de l'État fédéral ; le fédéralisme y est une concession momentanée aux sentiments nationaux, dont le dépérissement sera facilité par le compromis de 1924.

À examiner de près cette Constitution, on retrouve dans ses dispositions pratiques la même ambiguïté.

Les compétences fédérales sont importantes et le texte insiste avant tout sur ce qui est du ressort de l'Union : primauté de la Constitution et des règles fédérales sur les Constitutions et les règles des républiques; rôle du Tribunal suprême comme organe de contrôle de la régularité des décisions républicaines; compétences économiques de la Fédération dans la mesure où la situation économique est au cœur des préoccupations du pouvoir. La Constitution de 1924 ne détaille pas les domaines de la compétence républicaine; elle ne stipule même pas que ce qui ne relève pas du champ fédéral ressortirait au champ d'action des républiques.

Les institutions de l'Union telles que les définit l'article 1 de la Constitution sont en définitive très proches du projet stalinien que Lénine avait condamné en 1922 : elles sont une transposition des organes de la RSFSR au niveau fédéral. Le Congrès des soviets de l'Union, élu au suffrage restreint, indirect et public, accorde la prééminence aux villes, c'est-à-dire au Centre russe. Entre les congrès, annuels en théorie, mais épisodiques surtout à partir de 1931, le Comité exécutif central est composé d'un Conseil de l'Union et d'un Conseil des nationalités qui prend le relais du commissariat aux Nationalités et compte cinq délégués par république fédérée ou autonome, et un par région autonome. Le gouvernement ou Sovnarkom, enfin, est un organe exécutif mais se voit aussi conférer des attributions législatives. La conduite des Affaires étrangères, de la Guerre, de la Marine, des Transports et des Communications relève de commissariats fédéraux dont l'autorité est absolue, cependant que les commissariats unifiés traitent des autres problèmes d'intérêt général avec des instances à deux niveaux de compétence – Centre et périphérie. Le système, on le voit, confie toutes les grandes questions au Centre, et privilégie l'unité future. Tel est le sens du compromis pour une période de transition.

En définitive, les imprécisions du texte favorisent les empiètements fédéraux sur les institutions et les décisions des républiques. En dépit de ce déséquilibre en faveur de la Fédération, la Constitution de 1924 a néanmoins consacré un double principe : la reconnaissance de la diversité nationale au sein de l'Union et le droit – tout relatif – des peuples à décider de leur destin politique et économique.

L'État réhabilité

L'État – celui de l'Union, mais aussi celui des républiques, tel que l'avait consacré la Constitution de 1924 – n'était pas destiné à durer. À partir de 1934, le droit et la conception de l'État soviétique sont très fortement infléchis. À l'origine de ce changement, le bilan que dresse Staline du Ier Plan quinquennal et de la transformation de l'URSS. C'est un constat de victoire qu'il établit à l'intention de ses compatriotes. La lutte des classes est achevée et, déclare Staline, « notre société a d'ores et déjà réalisé le socialisme pour l'essentiel. Elle a créé l'ordre socialiste, ce qui signifie qu'elle a atteint ce que les marxistes appellent la première phase du communisme ».

À quoi rime donc l'État soviétique si la transition qui le justifiait est achevée et si le socialisme est déjà construit ? En fait, cet État va se trouver au cœur de la Constitution de l'Union de l'époque socialiste, celle de 1936, et va recevoir une nouvelle justification théorique pour consolider sa nature nouvelle : il sera stable et défini, la perspective de son dépérissement étant oubliée. La Constitution de 1936, qui prétend rendre compte du succès remporté durant la transition, réhabilite l'État, confirme qu'il est fixé dans l'espace et pour un temps long, puisqu'il est perçu comme le successeur de l'État tsariste. La continuité étatique est ainsi restaurée. À bien lire les théoriciens de ces années-là, cet État est destiné à se maintenir même au stade du communisme, aussi longtemps que le capitalisme subsistera en quelque point du globe, donc tant qu'une menace, même éloignée, continuera de peser sur lui.

État doté d'un espace fixe, de la permanence et de la profondeur historique, non seulement il est fédéral, mais il renforce en théorie le compromis politique passé avec les nations. La stabilité de l'État fédéral implique en effet celle des républiques et la reconnaissance de leurs droits souverains ressort de la nouvelle organisation territoriale et des institutions. La Fédération compte en 1936 onze républiques au lieu de sept, du fait de l'éclatement de la Transcaucasie et de la création des républiques du Kazakhstan et de Kirghizie. Dans la seconde moitié des années 1940, conséquence des annexions de la Seconde Guerre mondiale, quatre nouvelles républiques viendront compléter l'Union : les trois États baltes, qui perdront alors leur indépendance conquise en 1918, et la Moldavie.

Le statut des républiques souveraines sera rehaussé par leur poids dans le Soviet des nationalités qui constitue, avec le Soviet de l'Union, le Soviet suprême de l'URSS. Dans cette nouvelle assemblée, les républiques souveraines élisent vingt-cinq députés, tandis que les républiques autonomes n'en disposent que de onze et les régions autonomes de cinq. De surcroît, grâce au suffrage universel direct qui se substitue au système restreint et indirect de 1924, le Soviet de l'Union est composé de députés élus à raison d'un pour trois cent mille électeurs. Les républiques nationales sont ainsi équitablement représentées au Centre et les principes d'égalité des droits, de libre adhésion à l'Union, ainsi que la liberté de la quitter paraissent consacrer un véritable équilibre entre Centre et périphérie.

Les deux premières Constitutions de l'Union ne traitaient que de l'État et ne faisaient guère de place au Parti communiste. En 1924, il n'était pas même mentionné ; en 1936, il était évoqué au passage, dans l'article 126 traitant des organisations sociales, comme « avant-garde des travailleurs », mais mêlé à d'autres organisations et sans privilèges particuliers. À s'en tenir aux textes, il apparaissait que l'organisation de l'État et son pouvoir reposaient sur des institutions de type législatif et exécutif traditionnel ainsi que sur le rôle respectif reconnu à ces institutions, le progrès des dispositions fédérales entre 1924 et 1936 suggérant que le compromis politique fonctionnait dans le sens d'une reconnaissance croissante des concessions faites aux nations.

La troisième et dernière Constitution de l'Union soviétique, élaborée en 1977, a sérieusement modifié l'équilibre institutionnel d'un demi-siècle. Le Parti logé au cœur de l'État, élément moteur et central de celui-ci : tel est le grand changement qu'apporte la Loi fondamentale défendue par Leonid Brejnev en 1977. Depuis près de vingt ans, les citoyens soviétiques savaient que leur Constitution n'était plus adaptée aux progrès historiques de leur pays. En 1959, au XXIe Congrès, Nikita Khrouchtchev, qui avait entamé la déstalinisation trois ans plus tôt, avait dressé un bilan triomphal de la situation de son pays : « L'édification de la société communiste est devenue une tâche pratique du Parti et du peuple. » Notons que, dans ce propos, l'État ne figurait pas au rang des bâtisseurs du communisme. Il allait revenir à son successeur, Brejnev, d'adapter les institutions aux développements de l'Histoire en proposant en 1977 une nouvelle Constitution.

En définissant dans son article 6 le Parti communiste comme la « force qui dirige et oriente la société soviétique, noyau de son système politique, des organismes d'État et des organisations sociales », la nouvelle Loi fondamentale reflétait l'équilibre des pouvoirs en URSS de manière bien plus véridique que les textes antérieurs, et jetait une lumière crue sur les ambiguïtés du compromis national. Sans doute le fédéralisme y était-il confirmé, mais sa place était nettement moins importante que dans les dispositions précédentes : il ne figurait pas dans les fondements de l'organisation sociale et politique, alors que le Parti communiste était placé au cœur de cette première partie de la Constitution, et il n'apparaissait qu'en troisième partie, après l'État et l'individu et le long exposé consacré aux droits des citoyens.

En 1977, l'article 70 du nouveau texte définit ainsi le fédéralisme : « État multinational fédéral uni, constitué selon le principe du fédéralisme socialiste. L'URSS incarne l'unité étatique du peuple soviétique, groupe toutes les nations et tous les peuples en vue d'édifier en commun le communisme. » Cet article est en retrait, on le voit, sur la définition proposée par l'article 13 du texte de 1936 : « L'Union des républiques socialistes soviétiques est un État fédéral constitué sur la base de l'union librement consentie. »

La place et le rôle dévolus au Parti en 1977 – « Il définit la perspective générale du développement de la société, les orientations de la politique intérieure et extérieure » – donnent tout son sens à l'emploi réitéré des termes *uni* et *unité*. Le Parti, guide de l'ensemble de l'URSS, est l'incarnation du principe d'unité qui caractérise déjà le système fédéral. Il est le garant de la légitimité de l'État, et, comme tel, à tous les niveaux, il dispose d'une souveraineté propre qui limite celle de l'État et, a fortiori, des sous-États que sont les républiques.

Au-dessus de l'État, le Parti

Lorsque naît l'État fédéral, concession faite aux aspirations nationales, il ne s'agit, on l'a vu, que d'une acceptation temporaire de la diversité afin de mieux avancer vers le but final : l'unité du peuple révolutionnaire. C'est le Parti communiste qui doit être le garant de cet objectif unitaire, inséparable de l'État sous peine de voir le compromis imposé par les circonstances se transformer en phénomène historique permanent.

En 1918, pourtant, quand se dessine ce compromis, le Parti n'est pas préparé à jouer ce rôle. Lénine – tous les conflits d'avant-guerre avec le Bund et les mencheviks en témoignent – s'est toujours opposé à l'idée de doter le Parti d'une organisation à base nationale. La centralisation, l'internationalisme : tels sont les principes dont il n'a jamais admis que l'on s'écarte. Dès lors, en 1918, il fallait que le Parti lui-même acceptât de passer des compromis sur le principe national pour n'être pas d'emblée perçu par les nations qui s'unissaient au sein de la Fédération naissante comme un parti purement russe, instrument d'une nouvelle domination.

Ces compromis vont être limités dans l'espace à quelques régions et quelques peuples, et surtout limités dans le temps à la période de transition qui sépare le coup d'État bolchevique de la première véritable construction fédérale, élaborée en 1924.

Le temps du communisme national

Deux exceptions remarquables : pour des raisons qui tiennent à la situation propre de chacun de ces groupes, Turkestanais et Juifs vont être l'objet de pratiques communistes particulières durant les premières années du pouvoir bolchevique.

En Asie centrale, les bolcheviks furent confrontés en 1928 à deux problèmes : l'inexistence presque totale de structures communistes nationales et le double caractère, russe et colonial, des groupes qui se réclamaient du communisme. Dès lors se posait avec acuité une double question : comment éviter que la révolution, puis le compromis fédéral apparussent à la population indigène comme une nouvelle variante de la domination impériale ? Comment éviter aussi, dès lors que l'on cherchait la voie d'un compromis donnant au Parti une « coloration indigène », que le communisme ne fût capté par des musulmans travestis en communistes, et détourné de ses objectifs internationalistes pour ne servir que les intérêts nationaux ?

À l'heure de la révolution bolchevique, le Parti, jusqu'alors assez faible dans la région, recrute massivement. Les organisations locales se multiplient, conformément aux instructions de Lénine ; les volontaires y affluent, d'innombrables comités sont élus, mais leurs effectifs restent essentiellement russes. Fonctionnaires, colons, clergé, même : tous les Russes se précipitent vers ces nouveaux lieux de pouvoir pour y préserver leur statut privilégié. Pourtant, Lénine a bien recommandé d'y attirer les indigènes que cette russification du Parti rebute. Ses ordres sont à cet égard formels : il convient, en Asie centrale, de « dérussifier le Parti » et de l'« indigéniser ».

Comment redresser une situation si mal engagée ? Au Ier Congrès régional du Parti qui se tient à Tachkent en décembre 1918, le principal rapporteur fait une proposition iconoclaste : propager les idées communistes en utilisant le Coran comme support ! Si ahurissante qu'elle puisse paraître, cette suggestion est adoptée, ce qui rend compte du désarroi des bolcheviks locaux. À ce véhicule inattendu des idées communistes, on va ajouter l'usage des langues locales, à parité avec le russe, pour les diffuser et dispenser une formation accélérée à des cadres nationaux, sans trop tenir compte de leur adhésion à l'islam ou de leur attachement à leur identité particulière.

Ces principes généraux, destinés à séduire la population indigène, vont être enrichis par un débat plus concret sur la nature du Parti communiste en milieu musulman. Que privilégier pour le temps du compromis : un Parti communiste musulman fédérant toutes les organisations existant en Asie centrale et qui bénéficierait d'un statut d'égalité avec le Parti russe ? ou bien une organisation du même type, mais intégrée au Parti russe, donc inscrite en position d'infériorité dans sa hiérarchie, en quelque sorte une section communiste musulmane du Parti russe ?

La discussion qui s'ouvre à Tachkent sur ce thème n'est pas isolée. Elle fait écho aux idées qui sous-tendent, à Moscou, l'action de Sultan Galiev, l'un des plus hauts responsables du commissariat musulman. Lui aussi se préoccupe de rassembler les musulmans dans le Parti communiste, mais il est convaincu qu'un parti unifié, tel que l'a voulu Lénine, n'a guère de chances de les séduire. C'est pourquoi il fonde en 1918 le Parti socialiste-communiste musulman, ouvert à tous, communistes ou non, qui deviendra quelques mois plus tard le Parti russe des communistes (bolcheviks) musulmans, indépendant du Parti communiste russe de Lénine.

Les propositions élaborées à Tachkent révèlent les dangers inhérents à la création d'un tel parti : le communisme est en passe d'éclater pour donner naissance à des organisations qui, sous couvert du drapeau rouge et du nom de Marx, refléteront les clivages nationaux, ethniques, voire religieux. Perspective inacceptable pour les bolcheviks. Staline va être l'artisan de la reprise en main : pour ce faire, il crée alors un Bureau central des organisations musulmanes au sein du PCR, le Musburo, lequel coiffera toutes les instances des Partis existants en terre d'islam. Le Turkestan sera le laboratoire de ce Musburo.

Le statut du Turkestan, il faut le préciser, est à cette époque fort ambigu. République autonome, il est néanmoins doté à ses débuts d'un commissariat en principe indépendant du commissariat aux Nationalités qui, à Moscou, sert d'intermédiaire entre le Centre et les entités périphériques, mais qui travaille dans la pratique à centraliser et contrôler toute la périphérie. Que le Turkestan ait été autorisé à disposer au sein de son gouvernement d'une telle instance témoigne de la perplexité de Lénine devant cette région. Ce n'est qu'en 1921 que le commissariat aux Nationalités du Centre pourra, par l'intermédiaire de sa représentation locale, intervenir directement dans la vie de la république.

La première manifestation du Musburo se tient en mai 1919 à Tachkent, où il convoque une Ire Conférence des organisations communistes musulmanes. Le moment est particulièrement mal choisi : les Basmatchis révoltés et partout victorieux sont soutenus par la population locale, qui voit dans leur mouvement la promesse d'une indépendance définitive; les autorités soviétiques de Tachkent se sentent en état de siège, menacées d'un côté par les Basmatchis, de l'autre par le Musburo, c'est-à-dire par le Centre, qui entend leur imposer la présence de musulmans dans toutes les instances du pouvoir. La conférence ainsi convoquée est fort représentative de ces problèmes, même si le pouvoir soviétique local, donc russe, a tenté d'en barrer l'accès aux indigènes. Mais le Musburo y a imposé leur présence, et cent huit organisations y ont dépêché des délégués. Leurs propositions ont tout lieu d'inquiéter les autorités locales, mais aussi Moscou, car ce que réclament ces indigènes qui se prétendent communistes, c'est que le Musburo soutienne la création d'un État musulman regroupant tous les Turcs de Russie ! Par surcroît, le comité régional du Musburo élu à l'issue de la conférence va compter de nombreux musulmans, dont des nationalistes véhéments, tel Tourar Ryskoulov.

Certes, Lénine a été obéi, mais à quel prix ? Les mots d'ordre de la conférence comme ses conclusions votées sont promusulmans ; le Musburo local est aux mains des indigènes qui, par ailleurs, se précipitent dans les rangs du Parti, à l'appel de leurs chefs, pour imposer leur domination par leur nombre.

Pour inquiétante que soit cette situation, Moscou ne saurait réagir sans pousser davantage la population dans les bras des Basmatchis, et peut-être même y pousser aussi les organisations communistes. Le résultat de cet attentisme ne se fait pas attendre : le noyautage du Parti communiste par les indigènes s'accélère. En juin 1919, au IIIe Congrès du PC du Turkestan, plus de la moitié des délégués sont des nationaux, et les débats ménagent une place croissante aux exigences nationales. Encore quelques mois, et la IIIe Conférence des organisations musulmanes érige le Turkestan en république turque unifiée regroupant les Turcs d'Asie centrale et du Caucase ; le Parti turkestanais, jusqu'alors intégré au Parti russe, devient Parti communiste turc indépendant.

Cette fois, c'est en trop, et Lénine prend personnellement la situation en main. Le Musburo est supprimé et remplacé par une Commission turque chargée de « liquider les déviations nationales dans le Parti communiste du Turkestan » ; Lénine en surveille la composition et en écarte tous les musulmans. Les organisations locales sont purgées.

Malgré cette réaction brutale, lors de la Ve Conférence régionale du Parti qui se tient en janvier 1920, Ryskoulov réclame le respect des décisions concernant la République panturque et le Parti turc, et la conférence, au sein de laquelle les musulmans restent encore majoritaires, le soutient. Le conflit avec Moscou est ouvert.

Le 8 mars, Moscou réplique qu'il ne peut y avoir qu'un seul Parti communiste au Turkestan, l'organisation régionale du PCR, et qu'une République turkestanaise autonome ; bref, que l'heure des compromis est passée. Les purges qui frappent toutes les organisations du Parti en témoignent : en 1922, quinze mille membres du Parti sont exclus de ses rangs, d'autres sont acculés à la démission ; comme le Parti ne compte alors que dix-neuf mille membres, cela signifie qu'il est totalement renouvelé en l'espace de quelques mois. Il doit en outre obéir désormais à des règles strictes : équilibrer les éléments nationaux et russes ; respecter la structure sociale de la région ; confier aux éléments prolétariens les postes de responsabilité.

Les conséquences de ce mode de recrutement autoritaire seront fort complexes. Les nationaux, certes, seront parfaitement représentés au sein du Parti ; mais leurs origines sociales – surtout agraires, les élites ayant été frappées par les purges – les écarteront des responsabilités au profit des Russes, qui représentent la classe ouvrière. Ainsi les apparences seront-elles sauves sur le plan numérique : ces Partis refléteront bien une population à dominante musulmane ; mais l'autorité y sera russe, et la soumission au PCR en sera d'autant plus facilitée. Dès 1922, Ryskoulov et ses émules ont perdu la bataille du pouvoir national.

Pour mieux contrôler la situation de Moscou, le Parti russe crée dès 1920 une nouvelle instance, le Bureau turc (Türkburo), chargée de promouvoir l'indigénisation du Parti et des structures de pouvoir, non plus en s'en remettant à des initiatives spontanées, comme ce fut le cas durant la première phase, mais en organisant, planifiant et contrôlant tout le processus à partir du Centre, afin de ne laisser nulle marge de manœuvre aux forces nationales. Lénine dira que l'indigénisation des cadres telle qu'elle s'est appliquée au Turkestan après 1920 doit « servir d'exemple à tout l'Orient ». Et il est vrai qu'à partir de là une véritable politique communiste musulmane va se développer.

C'est l'époque où les deux républiques encore indépendantes de Boukhara et de Khiva sont progressivement reprises en main par l'État des soviets, dont l'objectif reste d'unifier l'Asie centrale. Ce projet n'est pas exempt de dangers : le nationalisme panturc ne va-t-il pas s'emparer de la chance que lui offre un espace soviétique élargi pour mettre encore une fois en avant l'idée d'une grande République turque ou turkestanaise ? Sans doute les purges effectuées dans les rangs du Parti y ont-elles réduit le poids humain des avocats de la cause turque ; mais, à l'heure de l'intégration de nouvelles entités territoriales dans cette région, n'est-il pas tout aussi périlleux d'humilier les nationalités et de les pousser à considérer l'unification en cours comme un nouvel avatar de la domination russe ?

La voie est donc étroite entre la limitation du nationalisme panturc et musulman, d'une part, et, d'autre part, une russification des appareils qui risque d'exacerber les oppositions nationales. Comment contrôler ce Turkestan élargi sans être soupçonné de colonialisme ?

Première réponse de Moscou : un changement sémantique. Le mot Turkestan, porteur d'une charge historique et culturelle propre à unir tous les habitants de la région autour de ce qui est leur patrimoine commun – l'islam, les langues et la culture turques –, va être prohibé au profit d'une dénomination géographique neutre : Asie centrale. Le Bureau turc du Parti, le Türkburo, devient Bureau d'Asie centrale (Sredazburo), et l'autorité en son sein est confiée, au moment de ce changement d'appellation aux répercussions politiques considérables, au spécialiste des politiques d'unification au Caucase, Ordjonikidze.

À l'heure où celui-ci prend ses fonctions à Tachkent, cent cinquante communistes russes y sont expédiés pour l'assister et donner au Parti d'Asie centrale les moyens de contrôler efficacement toutes les instances étatiques de la région. La Constitution de 1924 omettra le Turkestan dans la catégorie des républiques souveraines : ce sont les États autonomes d'Asie centrale qui sont intégrés à l'Union en tant que composantes de la république socialiste fédérative soviétique de Russie. En quelques mois, la situation dans la région aura été redressée : les républiques autonomes sont dotées d'institutions stables, les cadres nationaux dont dispose chaque État sont autant de garants du respect porté à chaque nation d'Asie centrale, mais l'unité est réalisée par le Bureau d'Asie centrale, émanation directe du Parti communiste russe. De Turkestan et de nation turque il ne sera plus jamais question : ces termes disparaîtront pour des décennies du vocabulaire officiel.

Le cas de la communauté juive n'était pas moins difficile à traiter au lendemain de la révolution : là encore, c'est la définition de la nation qui posait un problème. Certes, la communauté juive ne disposait pas d'un territoire, alors que la conception bolchevique de la nation était d'ordre territorial. Lénine n'en reconnaît pas moins à cette communauté le statut de nationalité. Et, lors de la création du Narkomnats, de même qu'il a considéré que la création d'un commissariat musulman était imposée par la réalité humaine du pays, de même confère-t-il aux Juifs un statut national en mettant sur pied un commissariat aux Affaires juives, reconnaissant par là leurs aspirations.

Le commissaire aux Affaires juives, Dimanshtein, tire les conséquences de ce tournant en proposant à Lénine que des sections juives soient créées à l'intérieur du Parti pour y attirer les Juifs et les faire adhérer au système soviétique. Sverdlov, bolchevik de la première heure, qui est alors au sommet de la hiérarchie du Parti, s'indigne d'une proposition qu'il juge scandaleuse, propre à ressusciter la déviation du Bund et à briser l'unité du Parti. Lénine, qui fut pourtant toujours foncièrement hostile au Bund, fait preuve de pragmatisme et opte pour une solution moyenne : ce faisant, il constate l'existence d'une difficile question juive, mais sans aller jusqu'à accepter une dissociation au sein de l'organisation. Sa solution n'est au reste que temporaire. Il soutient à l'intérieur du Parti la création d'une section juive – la Yevsektsia – qui aura pour tâche de former des cadres communistes juifs et de familiariser le prolétariat juif avec le bolchevisme ; cette mission accomplie, la section n'aura plus qu'à disparaître.

Dans ce calcul où il oublie pour un temps ses principes, Lénine sera perdant : l'évolution de la section juive justifiera toutes les craintes de Sverdlov. L'absence de cadres juifs, à laquelle Lénine voulait répondre par ce compromis provisoire, va entraîner une quasi-fusion de la section juive avec le commissariat juif, organisation représentative de la communauté juive, ce qui, au lieu d'assurer le progrès d'un sentiment internationaliste juif, ne fera que renforcer le nationalisme juif.

Dimanshtein aura joué ici un rôle décisif en rassemblant autour de cette section des intellectuels juifs soucieux avant tout de défendre leur culture et leur sentiment d'appartenance à une véritable nation. Le yiddish devient la langue de travail et d'échanges parmi ces communistes d'une espèce particulière qui entendent consolider la section juive autour de leur spécificité pour en faire une organisation autonome. Le succès de cette entreprise va également peser sur les comportements de la communauté juive, conduisant les bolcheviks à critiquer vertement les illusions qui avaient nourri le choix de Lénine. Parce qu'elle est perçue comme une organisation juive, la section attire de très nombreux adhérents ; elle y gagne une liberté financière, du coup, prétend de plus en plus à une existence propre. Dès lors, c'est au sein même de la communauté juive que le conflit va se développer : face aux communistes attachés à leur identité juive, les Juifs assimilés, membres du Parti de longue date, veulent assurer la prééminence de la langue russe dans la vie de la section, où ils dénoncent des survivances de positions communautaristes inacceptables dans un État postrévolutionnaire.

Au sein du Parti, l'incongruité de cette création apparaît tout aussi rapidement. Dès lors que Lénine a accepté le modèle turkestanais, c'est-à-dire des organisations communistes nationales à base territoriale, la section juive, qui ne peut se prévaloir d'un territoire, se trouve en porte-à-faux avec le système. Pour remédier à cette difficulté, Lénine exige que partout les instances de cette section soient rattachées aux organisations sociales du Parti, donc progressivement fondues en leur sein.

Une autre raison de faire disparaître à brève échéance la section juive tient à son succès même. En acceptant la création de la Yevsektsia, Lénine cherchait avant tout à vider de leurs troupes les organisations juives traditionnelles : Bund, Poale Zion, qui attiraient les Juifs de Russie et les confortaient dans leur sentiment identitaire. En 1924, ce résultat est atteint grâce à la violence de la campagne conduite par la Yevsektsia contre le sionisme, le judaïsme ainsi que tous les groupes religieux ou laïcs qui donnaient une vie si bigarrée à l'importante communauté juive de l'Empire.

Dès 1924, le Parti russe dresse un bilan mitigé de cette entreprise si hétérodoxe : la communauté juive a certes été atteinte dans sa diversité par l'assaut lancé contre ses multiples organisations. Le Parti communiste russe a évité de se compromettre, laissant à sa section juive le soin de mener à bien cette œuvre destructrice. De ce point de vue, l'objectif poursuivi par Lénine est rempli. Mais un autre aspect du tableau l'inquiète : loin d'ouvrir la voie à l'assimilation des Juifs au sein d'un Parti unique, le succès de la Yevsektsia a renforcé le particularisme juif ; certes, celui-ci est teinté de communisme, mais, là encore, comme chez les musulmans, c'est la différence que le communisme national incarne et encourage, et non pas l'unité. Non seulement la section juive du Parti entend soutenir des organisations communistes particulières, mais encore veut-elle bâtir une société juive nouvelle, soviétique sans doute, mais rassemblée autour de ses spécificités culturelles. Cette évolution condamne le compromis.

Partout aux confins, en Asie centrale, au Caucase, en Ukraine, où la communauté juive est importante, mais aussi au cœur de la Russie, où elle ne l'est pas moins, dès 1924, une fois la Fédération consolidée, les responsables bolcheviques prennent conscience qu'un Parti unifié doit accompagner cette création. L'heure des communismes nationaux, qu'ils soient musulmans ou juifs, est passée.

L'unité du Parti, garante de l'avenir

Le système politique soviétique consacré par la Constitution de 1924 est en principe le fruit de la volonté de Lénine ; il est caractérisé par l'égalité des États au sein de la Fédération. Mais le second volet du système, le Parti, n'ajoute pas simplement une dimension unitaire à l'ensemble, il est plutôt conforme à la conception de l'unité propre à Staline : autrement dit, l'unité y est réalisée au bénéfice de la seule Russie et autour d'elle.

Le Parti communiste de Russie est organisé en 1924 selon un double principe, territorial et fonctionnel :

Territorial, c'est-à-dire parallèle aux subdivisions politiques et administratives : chaque république dispose d'un parti propre, incorporé au Parti fédéral. C'est sur ce point que les vues de Staline l'ont emporté. En effet, seule la république de Russie n'a pas de Parti communiste : c'est le Parti fédéral qui lui en tient lieu. Lénine avait condamné en 1922 l'idée de confondre organisation de l'État fédéral et organisation de la Russie ; si Staline a cédé, c'est qu'il envisageait déjà de reporter cette même confusion sur le Parti. En 1924, c'est chose faite, et la Russie détient par là même, dans le système soviétique, une position privilégiée ; elle se trouve « plus égale que les autres égaux ».

Par ailleurs, les Partis des républiques ne sont pas autonomes ; ce sont des organisations territoriales du Parti communiste fédéral. Ils n'ont donc pas de compétences propres, mais sont soumis, comme les échelons territoriaux inférieurs – organisations communistes de région, de ville, etc. –, à l'autorité idéologique et à la discipline du Parti commun. Dans le système de pouvoir qui se met en place, la fonction du Parti est éclairée par son organisation : à chaque niveau administratif ou national correspond un échelon du Parti qui recouvre aussi bien toutes les subdivisions territoriales et nationales de l'organisation de l'État, et qui en assure l'unité et l'intégration. Sverdlov avait clairement exposé la logique de ce système en 1919 : « Dans toutes les républiques soviétiques indépendantes que nous avons créées, nous devons maintenir la suprématie de notre Parti communiste. Partout la direction appartient au Comité central du PC russe. »

En 1923, au XIIe Congrès du Parti, Staline va définir les règles régissant les relations, au sein du Parti, entre Centre et périphérie. Dans sa toute dernière réflexion, Lénine s'était alarmé des dangers que le « chauvinisme russe » faisait peser sur la conscience internationaliste, affirmant qu'il était infiniment plus négatif que les nationalismes des petits groupes. Sans attaquer ouvertement ce propos de Lénine, Staline défend une autre vision des nationalismes locaux, les présentant non pas comme une réaction au chauvinisme grand-russe, mais comme un phénomène intrinsèque, appelant des solutions appropriées. Pour lui, c'est le Parti qui doit protéger la Fédération des nationalismes particuliers ; or, le Parti central qui a contribué à la développer est majoritairement russe.

Sans doute, comme Lénine, Staline admet-il la nécessité de prendre en compte les réalités nationales et il dit la nécessité pour le Parti de recruter partout, à cette fin, des cadres nationaux afin de jeter un pont entre le communisme et les masses, tout en permettant à tous les groupes nationaux d'être représentés dans l'organisation centrale du Parti. Cette proposition, qui, aux yeux de Lénine, eût été inattaquable, s'accompagnait de l'idée que les Partis nationaux devaient tout à la fois viser à être prolétariens par leur composition et refléter – au moins dans l'immédiat – la réalité sociale, c'est-à-dire, presque partout, la dominante paysanne du pays. Zinoviev avait clairement exprimé cette vision complexe et parfois contradictoire du Parti en déclarant que si le « Parti devait être ouvrier, mais, dans une société paysanne, compter aussi dans ses rangs des paysans », il devait veiller à ne pas se laisser déborder ni pénétrer par les idéaux de la paysannerie.

La politique poursuivie par les successeurs de Lénine va viser à enraciner les partis dans les sociétés nationales tout en les maintenant au-dessus d'elles par leurs objectifs finaux. Cet enracinement, appelé en russe *korenizatsiia*[1], sera à l'œuvre jusqu'en 1930. Il sera caractérisé par des efforts déployés en sens contraire pour attirer d'un côté des cadres nationaux, de l'autre pour « purger » les Partis de tous ceux qui tentent d'en faire un lieu de sauvegarde de leurs revendications particulières, ethniques ou culturelles. C'est dire que les campagnes de recrutement furent nombreuses, en général chaotiques, accompagnées d'exclusions d'autant plus aisées à décider que c'était aussi, au Centre, le temps des grandes batailles successorales propices aux vagues de purges au sein du Parti tout entier.

Les années de consolidation de l'Union – 1922-1927 – témoignent tout à la fois d'un certain succès de

---

1. Du substantif *koren'* : « racine ».

la politique d'enracinement des Partis et de la grande disparité des cas parmi les groupes nationaux.

Le succès – relatif, au demeurant – tient à un certain recul des Russes au bénéfice des non-Russes au sein du Parti fédéral : en 1922, les Russes, qui représentent 52,9 % de la population totale de l'URSS, sont présents à 72 % au sein du Parti ; ils n'y comptent plus que pour 65 % des membres en 1927. Dans le même temps, la part de certains groupes s'élève de manière significative, mais rarement en proportion de leur place dans la population totale. Quelques groupes sont favorisés : les peuples du Caucase, les Polonais et les Baltes, surreprésentés, et les Biélorusses qui, au bout de quelques années, sont représentés de manière équitable (3,2 % de la population de l'Union, 3,2 % des effectifs du Parti en 1927).

La situation privilégiée de ces peuples au sein du Parti s'explique par diverses raisons. Au Caucase, des organisations social-démocrates, anciennes et actives, et une intelligentsia de grande qualité ont joué un rôle dans tout le processus révolutionnaire tout en lui fournissant des cadres ; en dépit de purges importantes, les partis caucasiens ont pu, après la tourmente, recruter sans difficulté de nouveaux adhérents. Les Biélorusses, pour leur part, ont tiré bénéfice du retard de leur conscience nationale ; les circonstances, on l'a vu, ont conduit les bolcheviks à les doter de la souveraineté et à les tenir pour exemplaires : ce qui explique la place que le Parti leur a concédée. Polonais et Baltes n'étaient plus, après 1920, que des minorités sans territoire ; s'ils avaient préféré rester en URSS plutôt que de fuir vers leurs États nationaux indépendants, c'est qu'ils étaient « internationalistes » ou attachés à la cause soviétique. Pour le pouvoir soviétique qui avait accepté par nécessité l'indépendance de la Pologne et des États baltes, les nationaux de ces États restés en URSS symbolisaient la volonté prolétarienne, l'espoir de la réunion à venir avec les États séparés, et pouvaient même devenir une arme contre ceux-ci. Rien d'étonnant à ce que le Parti leur fît confiance et les mît à l'honneur.

Tout autre était la situation des Ukrainiens et davantage encore des musulmans. Les uns et les autres resteront fortement sous-représentés dans le Parti – 5,9 % d'Ukrainiens en 1922 et 11,7 % en 1927 alors qu'ils constituent 21 % de la population totale ; 2,5 % puis 3,5 % de communistes centro-asiatiques alors qu'ils comptent pour 7 % de la population de l'URSS. On en conçoit les raisons : une société paysanne en Ukraine ; une société paysanne ou nomade et une civilisation musulmane bien ancrée en Asie centrale. Autant d'éléments difficiles à intégrer aussi bien socialement que politiquement dans la société soviétique. De surcroît, dans le second cas, les élites étaient ultranationalistes et les masses guère éduquées ; il fallait bien recourir aux cadres russes.

L'État soviétique va se donner pour tâche d'éduquer au plus vite une périphérie attardée afin d'y faire surgir les cadres capables d'adhérer aux objectifs internationalistes du système, mais aussi de faire évoluer la société. Même parmi ceux qui sont jugés les plus sûrs, ce programme aura des effets inattendus sur la conscience collective des peuples. Formées partout rapidement, les élites communistes reprendront souvent à leur compte les idées nationales.

L'exemple biélorusse est à cet égard saisissant. Dans cette république où le sentiment national n'était guère développé et où les élites étaient russifiées, ces mêmes élites, devenues communistes, se sont orientées progressivement vers un nationalisme qui les conduira, en 1930, à former un Centre national. Cette organisation spontanée défendra deux idées : la réalité d'une nation biélorusse plus occidentale que russe ; la volonté de détacher la Biélorussie de la Fédération pour lui assurer un destin indépendant. Dans ce projet, l'idéal communiste ne tenait aucune place et il fallut une purge énergique du Parti biélorusse pour en éliminer les avocats de cette cause dont rien ne permettait de prévoir l'épanouissement.

En Asie centrale, c'est aussi au sein du Parti qu'éclata un mouvement similaire. À sa tête se trouvait un ex-dirigeant du mouvement national promu au sommet de la hiérarchie communiste, Faizoullah Khodjaev[1], qui tenait publiquement un langage soviétique mais freinait la soviétisation de la société et rassemblait autour de lui les partisans de l'unité turque. Cette résistance au système, grandissant sur la toile de fond de la lutte des Basmatchis que le pouvoir soviétique ne parvenait pas à vaincre, témoignait avant tout de l'attachement profond de la société d'Asie centrale – masses et élites confondues – à une civilisation que le communisme prétendait éliminer.

Lorsqu'il sera jugé en 1938[2], Khodjaev expliquera son attitude, et sa confession, quoique forcée, comme toutes celles qui marquèrent ces procès, et truffée d'aveux insensés, recélera des propos éclairants, applicables à d'autres communistes biélorusses ou ukrainiens... Son ralliement au communisme, déclarera-t-il, qui l'avait conduit aux plus hautes fonctions dans le

---

1. Faizoullah Khodja Oghli était un personnage haut en couleur. Grand seigneur dont la beauté en imposait, venu du mouvement réformateur Djadid de Boukhara, il en fut le premier président de la République.

2. Ce sera le procès du « Bloc des droitiers et des trotskistes antisoviétiques » qui se tiendra du 2 au 13 mars 1938. Khodjaev sera fusillé.

Parti, avait eu précisément cette finalité et ne résultait donc pas d'un choix idéologique. Ayant compris au début des années 1920 que le régime soviétique l'emportait, il avait décidé que le seul moyen de l'empêcher de dominer totalement l'Asie centrale était de pénétrer dans la machine du pouvoir et de jouer la carte de l'abandon des idées nationales au bénéfice du ralliement à l'URSS.

Les aveux de Khodjaev comme le comportement des Biélorusses montrent que partout à la périphérie, les élites avaient très tôt compris la nature du compromis que leur offraient les autorités soviétiques. Conscientes de la réalité du pouvoir détenu par le Parti derrière l'apparente souveraineté des États, les élites nationales tournèrent avant tout leurs efforts vers les Partis, essayant d'y gagner des positions qui leur permettraient d'infléchir le caractère et la pratique centraliste des Partis nationaux.

Cette évolution est parfaitement comprise par Staline, qui a été le vrai maître d'œuvre de la politique nationale et qui, dès 1929, détient un pouvoir suffisant pour appliquer ses conceptions. La réponse du Centre aux tentatives des nations pour orienter le système vers un fédéralisme réel et pour desserrer l'étau du Parti reçoit, pendant toute la période précédant la Seconde Guerre mondiale, une réponse sans équivoque : les purges. La logique du système répressif est rigoureuse : au tournant des années 1930, il frappe les élites qui découvrent le sentiment national, comme en Biélorussie, ou qui adhèrent au communisme pour préserver les intérêts nationaux, à l'instar de nombre de musulmans comme Sultan Galiev, épuré dès le milieu des années 1920, qui disparut au début de la décennie suivante ; ou encore comme les responsables communistes azerbaïdjanais que Kirov – un Russe –, secrétaire du Parti de la république entre 1921 et 1925, soumit à deux purges successives pour « déviations nationales communistes ».

En ces années qui précèdent le temps des « grandes purges » de la décennie suivante, des crises éclatent au sein des Partis communistes que des hommes de Moscou promus pour cette tâche à la tête des Partis nationaux – Kirov en Azerbaïdjan, Kaganovitch en Ukraine – sont chargés de « nettoyer ». Au cours des années 1930, quand la répression revêt une ampleur sans précédent et frappe indistinctement, semble-t-il, toute la population de l'URSS, une logique domine à la périphérie : celle de la destruction des élites nationales. Le vieux-bolchevik Mykola Skrypnik, qui avait été membre de l'exécutif du Komintern et vice-Premier ministre de l'URSS, occupant alors le poste de vice-président du gouvernement d'Ukraine, y défendait l'idée que le « travail des communistes devait tendre à donner à chaque nation la possibilité de développer autant que possible sa conscience nationale » en l'équilibrant avec l'internationalisme prolétarien ; il fut cloué au pilori en 1933 à Kharkov par un Russe, haut personnage du Parti ukrainien, Postychev, qui l'accusa d'être le chef de la contre-révolution ukrainienne. Skrypnik se suicida.

Cette tragédie donna le signal d'une ample purge des élites ukrainiennes et d'abord au sein du Parti. En 1938, aucun des membres du Politburo ukrainien n'y échappa. Le pouvoir dans le Parti fut alors confié à un Ukrainien d'origine, mais qui était secrétaire du Parti de Moscou, et qui fera beaucoup parler de lui par la suite : Nikita Khrouchtchev. Nommé Premier secrétaire en Ukraine, Khrouchtchev se chargea de l'éviction de toute l'élite communiste nationale, ce qu'il reconnaîtra avec regret lorsque, en 1956, il dénoncera les « excès de la répression stalinienne ».

Tous les dirigeants de la périphérie disparaissent alors : Ikramov en Ouzbékistan, les responsables du Parti kazakh, les dirigeants du Parti arménien ; en Géorgie, deux cent soixante secrétaires sur les trois cents que compte le Parti sont liquidés. Le même sort frappe partout les responsables de l'État, qui tous étaient communistes, faut-il le rappeler ?

Conséquence de ces purges : les Partis nationaux, qui, au cours des années 1920-1930, avaient attiré des cadres et des militants issus de leur communauté d'origine, auront bien du mal, ensuite, à reprendre un recrutement national que le Centre juge suspect. C'est ainsi que le Parti ouzbek, qui comptait en 1933 61 % d'adhérents nationaux, n'en a plus que 50 % au début de la guerre, tandis que chez les Tadjiks, ces proportions passent de 53 % à 45 %, et chez les Kirghiz, de 59 % à 44 %.

Mais à la fin des années 1930, l'indigénisation des élites n'est plus à l'ordre du jour. Au contraire, le Centre impose partout ses cadres, peu importe leur origine nationale, et les apparences d'un Parti issu de la société des républiques ne sont plus même respectées. Les choses ne changeront que dans les années d'après-guerre, quand le pouvoir stalinien aura tiré les leçons du désastre de 1941 et de l'infidélité des nationalités au système soviétique.

Au centre du système, le Parti communiste de l'URSS, s'il a fait place à des adhérents issus des groupes nationaux, ne leur a guère offert de postes d'influence dans ses organes d'autorité – Comité central, Politburo ou Orgburo. Sans doute y trouve-t-on des non-Russes en position importante, mais il s'agit toujours de bolcheviks qui ont œuvré au sein du Parti russe et qui ont en général perdu leurs liens avec leur communauté d'origine, qu'il s'agisse du Polonais

Kossior (liquidé en 1938), qui fut membre du Secrétariat en 1927 et du Politburo en 1928-1930, puis de nouveau en 1934 ; ou de l'Arménien Mikoyan, membre du Politburo en 1927 ; du Géorgien Ordjonikidze, officiellement « suicidé » en 1937, et de quelques autres encore. Leur nombre est faible et nul ne songerait à voir en eux des cadres nationaux. Les organes centraux du Parti sont bel et bien occupés par des Russes ou par des communistes « internationalistes ».

Faut-il conclure de l'histoire tourmentée du Parti communiste au cours de ces années que l'élimination de la plupart de ses cadres nationaux et l'affaiblissement du recrutement parmi les nationalités ont signifié une renonciation ouverte au compromis politique ? Certes non. La Constitution de 1936, l'accent qui y est mis sur l'État et le fédéralisme témoignent de la volonté de Staline de préserver les apparences du compromis avec les nations. Sans doute les Partis nationaux voient-ils se renforcer leur caractère russe, mais les purges, rendant toutes les positions éphémères, dissimulent en partie cette russification de l'encadrement des nations. La guerre sera le révélateur de réactions jusqu'alors inexprimées. Et ce n'est que dans l'après-guerre que la conception stalinienne du compromis politique pourra se manifester sans entraves.

CHAPITRE XI

Pax sovietica II
Le compromis culturel

Tous les utopistes ont rêvé de voir naître une société rassemblée et homogénéisée. Déjà Rousseau écrivait : « Les bonnes institutions sont celles qui sont capables de transporter le moi dans l'unité commune. »

En 1922, État né d'une révolution se réclamant du marxisme, l'URSS était de ce point de vue un monstre. D'un côté, la structure politique prétendait rendre compte du changement radical de 1917 par la création d'un État de type nouveau combinant nation et internationalisme, c'est-à-dire l'état réel de la société (la Fédération) et le projet futur (le Parti). Mais, d'un autre côté, la société, ou plutôt *les* société*s* vivant à l'intérieur de cet État étaient totalement étrangères à cette structure et brillaient par leur hétérogénéité. Ce sont alors en majorité des sociétés paysannes dont l'horizon est le village, où les fidélités sont déterminées par la religion, les valeurs familiales et sociales de proximité qui protègent l'individu des influences extérieures. Ce sont aussi des sociétés disparates sur le plan national ou ethnique, ainsi que par les cultures auxquelles elles se rattachent.

La majorité est slave – à plus de 75 % –, de tradition chrétienne, surtout orthodoxe, et relativement développéenne sur le plan intellectuel, puisque les Russes savent lire et écrire pour 45 % d'entre eux, les Ukrainiens pour 43 %, les Biélorusses pour 37 %. Sans doute sont-ils loin d'atteindre le niveau culturel de certains groupes minoritaires, Finnois, Estoniens et Juifs, alphabétisés à plus de 70 %. À l'intérieur de la Russie, ces groupes minoritaires ont pris part au progrès intellectuel des Russes et su de surcroît préserver leurs langues. Le Caucase offre un tableau beaucoup plus contrasté : les deux grands peuples chrétiens, Géorgiens et Arméniens, sont lettrés à 39 % et 35 %, mais, en face d'eux, les petits peuples voisins ne le sont presque pas. Quant aux peuples musulmans d'Asie centrale, ils sont encore plus en retard sur le plan des connaissances – hors des villes, l'alphabétisation oscille entre 3 et 10 % – et ils diffèrent par une organisation sociale spécifique où le nomadisme tient une grande place et où l'islam, surtout, ajoute aux solidarités tribales ou claniques et à l'attachement à l'ordre patriarcal un sentiment de solidarité globale qui confère aux peuples musulmans une identité propre. Le cadre des États nationaux renforce ce sentiment identitaire, accentue les différences d'un groupe à l'autre et contribue à créer des sous-clivages territoriaux à l'intérieur du grand clivage entre Russes et non-Russes.

Pour les fondateurs du système, une question se pose d'emblée : comment briser les spécificités pour donner naissance à un ensemble humain homogène, celui de l'*Homo sovieticus* ? Pour y atteindre, le pouvoir va emprunter deux voies : l'une, générale, fondée sur un compromis culturel parallèle au compromis politique, destiné à créer une culture soviétique pour l'homme soviétique ; l'autre, qui extirpe les spécificités par une « révolution culturelle » comme nulle société n'en a encore expérimenté, qui s'appliquera dans sa version globale à tous les peuples de l'URSS, mais dans une version « spéciale » aux peuples les plus éloignés du modèle commun, ceux qui se rattachent à l'islam.

Une culture combinant l'universel et le particulier

Fils d'un pédagogue réputé qui exerça un temps ses talents en milieu musulman, Lénine était conscient du poids des cultures nationales et soucieux, surtout à la fin de son existence, de ne pas heurter les sentiments identitaires des minorités. Il exprima alors le souhait que les cultures nationales conservent une place dans la vie de la Fédération soviétique. Mais comment combiner la reconnaissance de ces cultures et l'émergence d'une culture prolétarienne ?

C'est à Staline qu'il reviendra d'exposer la nature et les conditions du compromis censé faire de l'ensemble soviétique une communauté humaine d'un type inédit, respectée dans sa diversité, radicalement différente de l'Empire, réunie néanmoins autour d'une culture commune, celle du projet porté par la révolution. Staline a affirmé avec force la possibilité de concilier deux conceptions de la culture en apparence opposées, sans en sacrifier aucune : « Nous édifions une culture prolétarienne. Mais la culture prolétarienne, socialiste par son contenu, emprunte diverses formes et use de divers moyens d'expression, chez les peuples entraînés dans l'édification socialiste, selon la diversité des langues et des conditions d'existence. Prolétarienne par son contenu, nationale par sa forme : telle est la culture commune à toute l'humanité vers laquelle marche le socialisme [...]. La culture prolétarienne n'abolit pas la culture nationale, elle lui donne un contenu. La culture nationale n'abolit pas la culture prolétarienne, elle lui donne une forme. »

Le propos de Staline est d'autant plus légitime à ses yeux que, pour lui, la composante première de la culture nationale est la langue. C'est elle qui définit en premier lieu l'identité des peuples, et c'est autour d'elle que le pouvoir soviétique va élaborer sa politique culturelle.

Le respect de la langue propre à chaque peuple ne va pourtant pas sans soulever des difficultés. Si les grands peuples – Géorgiens, Arméniens, Ukrainiens et même Biélorusses – sont rassemblés autour de leurs langues propres, il n'en va pas de même des peuples musulmans, nombreux au début du XXe siècle à chercher à s'unir autour d'une langue commune : le tatar, le turc, voire l'arabe pour certains peuples du Caucase. Des communautés moins importantes, les bouddhistes par exemple, ont rêvé de se rattacher au mongol, tandis que le finnois attirait des petits peuples d'origine finlandaise ne disposant pas d'une langue écrite et soucieux de constituer, grâce au choix d'une langue commune, un groupe humain plus nombreux.

Quel choix opérer entre des volontés linguistiques particulières et les projets unificateurs ? La décision de Staline est sans appel : à chaque peuple sa langue, avec tous les privilèges liés à un tel choix, c'est-à-dire un enseignement dispensé dans la langue nationale et des institutions culturelles propres à la véhiculer.

Ce choix, s'il fut applaudi par les grandes nations, posait néanmoins de difficiles problèmes politiques. La Fédération soviétique reposait sur des bases territoriales. Que faire pour les peuples dispersés entre plusieurs États ? Et, surtout, que faire pour les petits peuples qui ne possédaient pas de langue propre, ou pas de langue écrite, pour ceux qui étaient statutairement rattachés à un territoire mais ne bénéficiaient pas d'un véritable statut national ? L'Extrême-Orient et la Sibérie en offraient d'innombrables exemples. Que faire, aussi, des entités territoriales où coexistaient une infinité de langues, comme c'était le cas dans le Nord-Caucase ? Le Daghestan cumulait à lui seul une centaine de parlers tenus pour des langues définissant une identité par ceux qui en usaient.

Pour les grandes nations unies autour d'une même langue, la solution était simple. Dès les premières années de l'URSS, elles furent conviées à faire de leur idiome l'outil de leur progrès et, en rupture totale avec les règles du passé impérial, à oublier la langue russe, qui leur avait été jusqu'alors imposée. Confrontées aux progrès des techniques, à des questions scientifiques ou politiques, ces langues manquaient souvent des mots nécessaires, l'usage durable du russe ayant freiné leur évolution. Soudain, on décréta qu'il leur fallait forger des mots propres pour éviter le recours aux vocables russes existants. Durant la première décennie d'existence de l'URSS, la politique de développement des cultures nationales imposa ainsi un nationalisme linguistique pointilleux. La langue nationale devait être la seule utilisée à l'intérieur du territoire et elle ne devait pas être « corrompue » par l'emprunt des termes manquants à une autre langue, particulièrement au russe.

Cette politique ne fut pas toujours d'une application aisée. Le cas de l'Ukraine en témoigne. Dans cette république, la langue ukrainienne n'était guère répandue, le russe y ayant été seul admis jusqu'en 1917. Là, le compromis revêtit des formes étonnantes. L'ukrainien fut imposé à tous, l'instruction ne put être dispensée que dans cette langue pour laquelle il n'existait en 1922 que peu de personnes capables de l'enseigner, puisque la plupart l'ignoraient. Mais il avait été décrété que l'enseignement devrait se faire en ukrainien, de même que cette langue serait d'usage exclusif dans la vie politique et administrative, et que nul ne pourrait accéder à la fonction publique sans la maîtriser pleinement. Staline, toujours lui, avait exposé à ce sujet des vues quelque peu cyniques, affirmant que l'obligation d'user dans un territoire de la langue nationale interdisait à ses ressortissants de ressentir une situation d'inégalité politique – en d'autres termes, la dissimulait commodément. C'est ainsi que les Ukrainiens furent invités à s'« ukrainiser », c'est-à-dire à acquérir la maîtrise d'une langue dont ils étaient jusqu'alors privés.

Il en alla de même des Biélorusses, dont l'unité nationale et culturelle n'était pas accomplie. Sur ce territoire, d'importantes minorités juive et russe cohabitaient avec les Biélorusses et l'on parlait en priorité le russe, mais aussi le polonais et le yiddish, plutôt que le biélorusse, qui n'existait pas sous forme de langue écrite. La république étant créée, une langue fut forgée à partir de l'un des trois parlers slaves de la région, choisi parce qu'il était le plus éloigné du russe !

La situation était particulièrement compliquée là où des projets linguistiques unitaires avaient séduit certains peuples. Tatars et Bachkirs, qui avaient réalisé en 1918 une éphémère unité, décidèrent de faire du tatar leur langue commune. Pour Staline, pareil projet était inacceptable, en ce qu'il annonçait, pensait-il, une volonté d'unité turque : le tatar ne rassemblait-il pas aussi divers peuples de la Volga habitués à utiliser tantôt leurs parlers, tantôt cette langue ? « Une langue pour chaque nation ! » : le slogan condamna l'unification projetée autour du tatar. Les Bachkirs furent dotés d'un État propre et leur langue promue langue littéraire écrite, avec tous les attributs culturels – écoles, presse, édition – destinés à la promouvoir.

Pour les détacher du monde tatar, les bolcheviks vont aussi doter de petits peuples – comme les Nagaïbaks – du statut de nationalité porteur du droit à une culture propre, c'est-à-dire à une langue – en fait, leur parler traditionnel pour lequel on élaborera une écriture. L'Asie centrale bénéficie alors de décisions de cet ordre. Les nomades kazakhs et kirghiz sont séparés statutairement. Les Kazakhs conservent leur langue, les Kirghiz auront droit à une langue propre, c'est-à-dire à la promotion de leur parler en langue de culture. Peu importe que ces deux peuples aient été un moment attirés par la solution d'une unité partagée avec tous les autres peuples du Turkestan (avant que ce nom ne soit interdit) et que ce rêve unitaire se soit cristallisé autour d'une langue commune, le turc djagataï ! Cette langue n'était certes pas utilisée par tous : outre les parlers divers des nomades, les Ouzbeks utilisaient à la fois leur langue – le turc – et, dans les milieux éduqués, le tadjik, dérivé du persan. S'y ajoutaient divers dialectes répandus dans des tribus turkmènes ou karakalpaks, et encore le tadjik, auquel était attaché le peuple tadjik, sédentaire et héritier d'une très vieille tradition culturelle. La crainte constante de voir surgir un État turc conduisit les bolcheviks à assigner à chacun de ces peuples – y compris les nomades au territoire mouvant – un statut territorial fixe et à leur imposer une langue propre en brisant les progrès du turc djagataï.

Ouzbeks, Tadjiks, Turkmènes, tous auront ainsi leur État particulier, avec obligation de n'utiliser que la langue nationale de cet État. Si, pour les Tadjiks, c'était relativement simple, il fallut forger pour les Ouzbeks une langue littéraire, puis l'imposer en territoire tadjik de l'Ouzbékistan, où vivaient des minorités ouzbèkes.

Certaines minorités n'avaient pas d'assise territoriale : c'était le cas des Ouïgours (Turcs). Pourtant, elles aussi reçurent des établissements culturels et une langue. C'est dire que la politique d'attribution d'une langue de culture à chaque groupe ethnique imposa parfois aux bolcheviks de renoncer au principe de l'autonomie culturelle territoriale au bénéfice de ces cultures extraterritoriales qu'ils avaient si violemment dénoncées dans un passé récent comme autant de déviations austro-marxistes. L'ensemble de l'Asie centrale se trouva ainsi divisé en États linguistiques, ce qui condamnait d'emblée toute volonté unitaire.

Au Caucase du Nord, l'élaboration de choix linguistiques cohérents était encore plus improbable. Dans ce monde si complexe où l'ordre et l'organisation sociale dépendaient à la fois des différences ethniques, de la répartition en tribus, en clans, en confréries religieuses, les bolcheviks pensèrent trouver un principe d'unité grâce à la mise en place d'États. En 1919, ils regroupèrent les innombrables entités dans deux républiques : celle des Montagnards et celle du Daghestan.

La première éclata presque aussitôt, laissant place à huit nations : Kabarde, Balkar, Tchétchène, Ingouche, Karatchaï, Tcherkesse, Adyghé, Ossète, que l'on inclut sous forme de régions autonomes dans la république de Russie (en réunissant d'ailleurs les deux premières en une seule formation). La solution semblait simple ; elle se compliqua par la division des Ossètes entre deux États, Russie et Géorgie, division qui pèsera lourd, trois quarts de siècle plus tard, sur les rapports russo-géorgiens. Comment expliquer cette scission territoriale ? Toujours par le souci stalinien de coller aux différences linguistiques : en 1920, Ossètes du Sud et du Nord utilisent deux dialectes différents, le digor et l'iron, dont aucun n'est écrit ; mais, dans le feu de la promotion des dialectes, tous deux sont dotés d'une écriture, et, à partir de là, proclamés langues de peuples différents, appelant donc des structures politiques différentes. À la veille de la Seconde Guerre mondiale, le digor disparaît progressivement, et les Ossètes de Russie et de Géorgie parlent la même langue, l'ossète. Mais les temps ont changé, le fédéralisme se trouve consolidé, et nul ne songera à réunifier ce peuple divisé.

De telles contradictions ne manquent pas : Kabardes et Balkars sont réunis dans un même territoire alors même que leurs parlers n'étaient pas identiques. En revanche, les Balkars et les Karatchaïs, qui utilisaient un même dialecte, sont séparés et dotés de langues différentes ! Et que dire de la politique suivie au Daghestan, où trente-cinq groupes ethniques se rattachaient à quatre groupes linguistiques : ibéro-caucasien, turc, iranien, sémite ?

Peut-être est-ce cette diversité en même temps que le poids des influences linguistiques et culturelles extérieures (turque, russe, arabe) qui expliquent que les peuples du Daghestan aient cherché à s'unifier autour d'une langue, que ce soit l'arabe, l'azéri ou le koumyk. Dans un premier temps, le pouvoir soviétique, confronté à un problème aussi complexe, choisit lui aussi, contrairement à sa politique générale, une solution propre à créer là une certaine unité : ce fut l'arabe. En 1923, Staline s'adressa même dans cette langue au clergé du Daghestan. Très vite, cette solution lui parut dangereuse et il pressa les responsables du Daghestan de rejeter l'arabe au profit d'une langue qui appartînt à l'univers culturel de la Fédération : l'azéri fut alors choisi. Il présentait aux yeux des élites communistes du Daghestan l'avantage de les relier au monde turc de l'ensemble soviétique. Mais, en 1928, le pouvoir soviétique prit conscience des inconvénients d'un tel choix : quoique divisé, le Daghestan s'orientait vers une unité panturque, tendance que Moscou cherchait à briser dans toute la périphérie nationale. C'est alors que le principe adopté presque partout – un peuple, une langue – l'emporta aussi au Daghestan, qui fut subdivisé suivant des frontières linguistiques, et onze langues locales se retrouvèrent dotées d'un statut officiel, et même d'une écriture lorsqu'elles n'en possédaient pas.

Enfin, comment ne pas citer ici l'ambition des peuples bouddhistes – Bouriates, Mongols, Kalmouks – qui, après la paix de 1918, réclamèrent la formation d'un grand Empire mongol censé les réunir à leurs frères de Mongolie-Extérieure ? Comme l'islam, le bouddhisme déconcerte les bolcheviks, qui s'interrogent dans un premier temps sur la possibilité de l'utiliser, de mobiliser ses élites, d'infiltrer les lamasseries pour les transformer en coopératives, espérant, par une telle politique de compromis, faire progresser le communisme là où il n'avait guère de bases visibles. Mais, au tournant des années 1930, cette illusion se dissipe. Moscou s'inquiète de la persistance d'un rêve « grand-mongol », y compris même chez les Bouriates, qui ont pourtant accédé au statut de nation dotée de l'autonomie politique. Cette inquiétude tient aussi à l'attraction exercée sur ces peuples par les Mongols de l'extérieur. C'est d'ailleurs de ces derniers que viendra le signal d'un abandon du compromis avec la culture bouddhiste mongole. En Mongolie-Extérieure, les autorités se déchaînent alors contre le bouddhisme et contre le particularisme mongol. Quelle justification invoquer à l'appui d'une protection de ce particularisme en territoire soviétique si, au cœur même du monde mongol, il se trouve en voie de disparition ? Pourtant, pendant quelques années encore, l'État soviétique tolérera à ses frontières un petit État mongol indépendant, Touva, qui fut protectorat russe et où, porté par la langue, le rêve de l'Empire mongol continue d'habiter une population qui compte, il est vrai, moins de cent mille âmes.

Quels alphabets pour éduquer ?

Pour transformer des dialectes en langues de culture, il convient d'abord de décider du choix des systèmes de transcription appropriés. Or, au début des années 1920, la multiplicité des alphabets utilisés dans l'espace de la Fédération soviétique constitue un obstacle considérable à la communication entre les peuples dès lors que le recours à une langue commune, le russe, est prohibé, et en raison du coût qu'implique une politique de développement culturel rapide. Le pouvoir soviétique doit dans le même temps choisir des alphabets pour les langues qu'il crée, former des cadres capables de les utiliser, imprimer des manuels et une presse en utilisant de multiples graphies.

Quand le problème surgit, les peuples à qui est destinée cette politique culturelle recourent, selon les cas, aux alphabets cyrillique, latin, arabe, mongol, géorgien, arménien, hébreu, ou encore à des systèmes mixtes. Que choisir ? Si, pour les peuples slaves, le cyrillique va de soi, si Géorgiens et Arméniens ont des alphabets spécifiques qu'il ne saurait être question de modifier, la question se pose pour les peuples musulmans, mais aussi pour tous ceux que l'on dote ex abrupto d'une langue écrite. Le cyrillique, utilisé avant 1917 par certains petits peuples – cas des Maris, d'origine finno-ougrienne, qui écrivaient leur langue en faisant appel aux caractères cyrilliques, ou cas des Tchouvaches turcophones, mais aussi usagers du cyrillique –, peut difficilement être substitué aux caractères arabes pour les musulmans qui disposent d'une langue écrite. Leur ôter une écriture qui est celle du Coran déboucherait d'emblée sur un conflit culturel. Y substituer l'alphabet servant à transcrire le russe y ajouterait un conflit politique et rendrait peu crédible le compromis proposé par les bolcheviks. Que vaut une langue nationale dont la forme et l'écriture seraient celles du russe ?

De surcroît, Mustafa Kemal vient alors d'opérer dans son pays une grande révolution linguistique en dotant le turc de l'alphabet latin. Pour les peuples turcs de l'ensemble soviétique, l'exemple est d'autant plus séduisant que, dès le début du siècle, certains intellectuels de l'Empire – des Azerbaïdjanais, notamment –, réfléchissant au moyen de moderniser leurs sociétés, avaient déjà proposé de substituer les caractères latins aux caractères arabes. En 1926, un Congrès de turcologie réuni à Bakou proposa cet échange, que soutint Moscou mais qui souleva l'opposition de musulmans rigoristes, surtout en Asie centrale, ainsi que celle de non-musulmans. Les caractères latins leur seront pourtant imposés. De même, les caractères verticaux mongols seront condamnés. Cette décision, prise au début des années 1930, créa une grande confusion. Pour les peuples qui conservaient alors leur alphabet – Slaves, Géorgiens, Arméniens, Juifs et certains groupes minoritaires –, pareille révolution graphique était sans conséquence. En revanche, pour ceux qui se voyaient imposer l'alphabet latin – cela concernait soixante-neuf langues ! –, la réforme profitait certes à leur progrès intellectuel, mais gênait leur communication avec les peuples utilisant le cyrillique ou d'autres alphabets ; plus généralement, l'absence d'une langue commune et l'extrême différenciation des alphabets entraînèrent un certain repli des peuples sur eux-mêmes.

Quelques années plus tard, Staline, alors seul maître de la politique soviétique, conclura à la nécessité de rapprocher tous les peuples de l'URSS autour d'une langue commune, et d'y aider en unifiant les alphabets des langues nationales. La fin des années 1930 sera marquée par l'élimination de l'alphabet latin et par l'imposition à tous du cyrillique, exception faite des Géorgiens et des Arméniens. On entrera alors dans une ère nouvelle où l'équilibre du compromis culturel – culture nationale dans la forme, prolétarienne dans le contenu – basculera vers le second terme, le contenu prolétarien commun à tous qui pèsera plus, désormais, dans l'orientation du système, que la forme nationale dont toutes les langues auront bénéficié dans un premier temps.

À cette politique générale de l'enracinement de la nation par le biais d'une langue dotée d'un statut privilégié dans la vie publique, il faut encore ajouter un aspect fort étonnant de la politique soviétique des années 1920 : l'invention pure et simple de nations et de cultures, due davantage à l'initiative de savants – linguistes, ethnologues – qu'à tout projet cohérent. Dans l'atmosphère enfiévrée de ces années où le débat sur le statut des peuples et de leurs cultures ne se relâchait pas, certains savants trouvèrent dans le Grand Nord et l'Extrême-Orient peuplés d'aborigènes vivant en tribus, généralement chasseurs et pêcheurs et utilisant des parlers vernaculaires, un véritable laboratoire où expérimenter leurs idées sur le développement culturel des communautés primitives. Ils se réclamaient du respect des groupes humains et de leurs droits à bénéficier de statuts nationaux reconnus. Quelques dizaines de milliers d'aborigènes appartenant à des groupes réduits furent, en vertu de ces principes, érigés en nationalités, virent reconnaître leurs institutions tribales, pourtant étrangères au droit commun soviétique, et qualifier leurs folklores de cultures nationales. Parfois aussi, des langues furent forgées à partir de leurs parlers. Du coup, cette politique les a souvent protégés de l'absorption par des groupes plus importants, ainsi que d'une russification imposée. S'ils recourront plus tard au russe, ce sera par volonté de ne pas rester totalement à l'écart d'un monde en transformation, non parce que ce choix leur aura été dicté.

Dans les conceptions en honneur en 1922, les langues représentaient la partie essentielle de la culture nationale. Elles devaient véhiculer une culture commune qui passait d'abord par l'éducation. L'école – c'est alors un impératif – doit être partout nationale, c'est-à-dire que l'enseignement qui y est dispensé doit l'être par des nationaux, dans leur langue. Lounatcharski, premier commissaire à l'Éducation du nouvel État, précisait dans le même temps que l'école devait être communiste, autrement dit devait dispenser un enseignement imprégné de communisme. Si l'on pouvait imaginer ce type d'enseignement pour les Russes ou les Ukrainiens, aptes à combiner leur développement culturel national avec les exigences de l'idéologie, une telle symbiose était infiniment moins acceptable pour les peuples dont la culture nationale était pénétrée de valeurs et de références religieuses, ce qui était avant tout le cas des musulmans. Ceux-ci avaient toujours privilégié les établissements d'enseignement traditionnels, les *mekteb*, où l'on récitait le Coran, et les madrasa où étaient formées de petites cohortes d'étudiants. Un décret du 23 janvier 1918 leur interdit de mêler des éléments d'éducation religieuse à l'enseignement général. Cette interdiction, d'abord théorique – plusieurs années durant, l'État toléra ces écoles et ces universités –, sera renforcée par la suppression des moyens matériels qui leur permettaient d'exister. Entre 1922 et 1925, l'État va confisquer les biens de mainmorte *(waqf)* dont les revenus finançaient ces établissements d'enseignement, ruinant ainsi leurs possibilités de survie.

Conscients de la résistance sociale à la soviétisation des mentalités, les bolcheviks avaient choisi durant quelques années d'offrir aux musulmans un discours relativement conciliant que contredisaient dans les faits les dispositions administratives. Ce discours officiel – égalité des peuples, égalité des cultures – ne s'appliquait pas à tous. Les Juifs furent attaqués plus directement. Leurs écoles *(kheder)* furent fermées, surtout en Biélorussie où elles étaient nombreuses, en vertu de textes interdisant de dispenser une éducation religieuse aux mineurs de moins de dix-huit ans. Si cette rigueur rencontra peu de résistance, c'est qu'en ces années encore marquées par l'hésitation entre politique de respect des cultures nationales et promotion des idées communistes, ce sont les sections juives du Parti qui assumèrent la charge de l'éducation des jeunes Juifs.

Mais c'est l'alphabétisation des adultes, grand projet des années 1920, qui va avant tout servir à charger les cultures nationales d'un contenu communiste. Les consignes ici étaient précises : il fallait certes alphabétiser, mais en dotant par-dessus tout les adultes d'une éducation politique. Une commission spéciale est instaurée, ayant mission de définir le contenu de cette éducation : la Commission de liquidation de l'analphabétisme. On doit apprendre aux analphabètes à lire grâce à des exercices de déchiffrement de slogans tels que « Les travailleurs doivent défendre la révolution », ou encore de textes antireligieux et d'appels à participer au sabotage des cérémonies religieuses. Quand ils commencent à pouvoir déchiffrer, ces élèves d'un genre nouveau sont conviés à lire des textes de Lénine ou des décisions du Parti.

En se lançant dans cette campagne éducative, le pouvoir soviétique imaginait que le problème se posait de la même manière dans tout l'espace qu'il contrôlait, et qu'il lui suffirait de mobiliser les membres du Parti et les cadres disponibles pour mener à bien cette grande aventure. Mais il lui fallut vite déchanter. Si les États slaves et la Transcaucasie, où le niveau d'éducation était déjà convenable, se prêtaient à un tel effort, les régions musulmanes, où à l'analphabétisme élevé s'ajoutait une forte résistance policito-culturelle aux slogans communistes, ou encore les régions où les langues non écrites pullulaient étaient peu propices à une alphabétisation idéologisée. Le pouvoir en conclut à la nécessité d'adapter sa vaste campagne d'alphabétisation aux situations particulières, donc de la confier aux autorités nationales, ce qui explique les résultats fort inégaux constatés au début des années 1930.

Un effort considérable fut accompli dans les mêmes années pour multiplier les supports matériels de la propagande communiste : manuels, presse, etc. Il a sans aucun doute porté des fruits. En Ukraine, en 1929, plus de 54 % des journaux et des ouvrages sont publiés en ukrainien. En Asie centrale, dix-neuf journaux et vingt-quatre revues imprimés dans les diverses langues nationales marquent un progrès considérable par rapport aux onze journaux existant au début de la période, dont le tirage était quatre fois moindre.

Mais le revers de la médaille mérite aussi d'être mentionné et n'a pas échappé à Moscou. Certes, de nouvelles élites nationales se forment partout et sont théoriquement acquises aux idéaux du système. Pour autant, ces élites éprouvent parfois la tentation de s'identifier aux valeurs de la société dont elles sont issues. Pas partout, certes, mais principalement là où les frustrations liées à l'indépendance confisquée sont fortes, l'usage des langues nationales contribue à donner plus de poids à la forme nationale qu'au contenu prolétarien de ces élites et des idées qu'elles véhiculent.

La place assignée dans les années 1920 aux cultures nationales et à leur expression linguistique explique néanmoins que l'État soviétique jouisse alors, dans l'ensemble de son espace – à quelques exceptions près, certes, dont témoignent le soulèvement de 1926 en Géorgie et la résistance poursuivie des Basmatchis –, d'une paix générale propice à son dessein de transformation des sociétés. C'est le temps de la *pax sovietica*.

La grande « repentance » russe

Une autre composante de ces cultures destinées à façonner progressivement la mentalité de l'*Homo sovieticus* à venir ne saurait être négligée : c'est la vision du passé des relations entre les peuples de l'Union que le pouvoir a développée.

Au début du XXIe siècle, alors que s'est répandu l'usage de la « repentance », on a le plus grand mal à apprécier le caractère stupéfiant de la révision du passé que proposa le nouvel État soviétique à ses administrés. De fait, il s'agit là d'une révision bien plus bouleversante que les repentances de la seconde moitié du XXe siècle où l'on remua les cendres d'un passé plus ou moins éloigné, dans le cadre de relations entre nations ou groupes dont le destin était rarement partagé.

Lénine donna le signal de cette révision en associant les termes *russe*, *chauvinisme* et *domination*. À sa suite, toute l'école historique russe des années 1920 reconsidérera le passé des relations entre nations de l'Union dans cette perspective dont la domination russe était la caractéristique première. De ce point de vue, le tsarisme fut un système dominateur qui imposa la force russe à tous les peuples admis dans son orbite. S'il était dominateur, si la Russie asservit de nombreux peuples, la cause en était le capitalisme, qui opprime les hommes, qu'ils soient organisés en nations ou en classes sociales.

Staline développa abondamment ces idées et donna le ton à l'école d'historiens russes alignée sur Mikhaïl Pokrovski, brillant savant qui se sera voué à l'analyse du phénomène historique que fut l'Empire des tsars.

Pour celui-ci, le cours de cette domination commence avec le grand-duché de Moscou qui engage une politique d'agressions et de violences à l'encontre des États voisins et entame une expansion qui se sera poursuivie sans interruption jusqu'à la fin du XIXe siècle. Ce passé russe que rien ne justifie, écrit-il, est celui d'un système politique, mais aussi d'une classe dirigeante et d'une armée à qui les souverains permettent tout en échange de leur soutien, leur abandonnant les territoires conquis. Pour Pokrovski, le système colonial développé par les tsars est tout simplement une extension du servage à des peuples non russes.

Ce colonialisme, écrivent les historiens russes, a été pire, par sa cruauté, que tous les autres systèmes de domination ou coloniaux. Cette diabolisation du colonialisme russe mérite une explication. Pokrovski et ses émules ont eu pour mission non seulement de le condamner, mais aussi de répudier les classiques justifications de la domination coloniale par l'œuvre civilisatrice accomplie par le colonisateur, encore invoquée dans les années 1920 par tous les systèmes coloniaux existants. C'est en effet au nom de cette « œuvre civilisatrice » qu'avait été avancée l'idée que la domination russe avait épargné à des peuples particuliers un destin plus cruel : ainsi, au XIXe siècle, de la Géorgie que la

Russie prétendait avoir « sauvée » de la domination des musulmans, Turcs ou Persans.

Dans la conception historique de Pokrovski, rien ne pouvait être retenu du passé colonial russe en sa faveur, pas même le fait que, liés à la Russie, les peuples dominés aient pu entrer avec elle dans l'ère de l'émancipation révolutionnaire. Si la colonisation russe fut, selon le terme employé alors, un « mal absolu », les peuples qui en furent victimes eurent absolument raison de s'y opposer par tous les moyens. De ce fait, leurs luttes nationales passées devaient être retenues comme des composantes de leur patrimoine historique et de leur culture nationale. Chamil, pourtant chef religieux, qui instaura un pouvoir dictatorial, était salué par Pokrovski comme un homme de progrès. Cette glorification de Chamil, qui tient une grande place dans ses écrits, est d'autant plus remarquable qu'en règle générale cet historien a plutôt mis en avant les luttes sociales et non pas celles des individus. Mais sa théorie exigeait la reconnaissance de héros nationaux. Tous les peuples se trouvent ainsi salués, sous sa plume, pour leur résistance : les Kirghiz, tous ceux d'Asie centrale en général, les Bachkirs, les Tatars ainsi que ceux qui ont engagé des guerres saintes. Le combat de Madali à Andijan en 1898 est par exemple retenu comme un glorieux moment du passé.

C'est à la lumière de cette vision radicale, en noir et blanc, des rapports entre Russes et non-Russes que l'historiographie soviétique des années 1920 prétend constituer la mémoire collective des peuples de l'URSS. Sur cette « repentance » doit se fonder le sentiment d'égalité entre les peuples. Elle doit aussi rassurer ceux qui furent dominés et contribuer à la *pax sovietica*. Puisque la dette russe à l'égard des peuples conquis est ineffaçable, les Russes ne peuvent prétendre à un rôle dirigeant au sein de la nouvelle Union. L'aveu du « mal absolu » leur donne seulement le droit d'y participer à égalité avec les autres. L'apport de cette repentance à la culture commune – socialiste, cette fois, et non pas nationale – doit, pensent ses promoteurs, se révéler décisif. Les Russes ne peuvent revendiquer qu'un droit : celui de prendre parti au destin commun et d'aider fraternellement ceux qu'ils ont opprimés à rattraper le temps perdu à l'époque coloniale.

De cette pédagogie de l'internationalisme, les effets ne seront pas toujours, tant s'en faut, internationalistes. Convaincus de leur martyre passé, les peuples non russes en nourriront souvent leurs frustrations, et un regain d'admiration pour la résistance qu'opposèrent à la Russie leurs prédécesseurs. La conscience nationale des non-Russes se sera plus souvent alimentée à cette repentance qu'elle n'en aura été orientée vers un sentiment de solidarité avec les Russes.

La *pax sovietica* y aura néanmoins gagné des années décisives, quand les peuples de l'ex-Empire devaient accepter que leurs éphémères indépendances eussent été confisquées et qu'un espace rappelant fâcheusement celui de l'ancien Empire eût été reconstitué.

Des sociétés nationales transformées

Les langues, l'éducation, le regard jeté sur le passé ne suffisent pas à rendre compte de la vision bolchevique de la réconciliation des aspirations nationales et de la formation d'une société universelle. Dans l'esprit des promoteurs de ces idées, c'est la société tout entière qui devait être préservée dans sa forme nationale, mais aussi gagnée à une vision commune du destin de tous les citoyens de l'État postrévolutionnaire.

Comment sauvegarder l'identité des nations dans leur organisation sociale et leurs modes de vie ? et comment faire naître en même temps une société sans classes, homogène dans ses aspirations et dans sa mentalité ? Questions d'autant plus difficiles à résoudre qu'ici encore le pouvoir soviétique se trouvait confronté à la diversité, et que la « table rase » sur laquelle il prétendra un jour édifier la société communiste ne pouvait être réalisée partout en même temps ni dans les mêmes conditions. À partir de 1921, la chance du pouvoir fut la NEP qui, après les tragédies et les destructions du communisme de guerre, lui offrit un cadre de transformation graduelle en accord avec une société qui commençait à s'apaiser.

C'est surtout mais pas uniquement en milieu colonial musulman que les bolcheviks sont alors confrontés au plus sérieux défi. Ils doivent traiter là avec des sociétés ancrées dans des traditions liées à l'islam, voire au bouddhisme mongol ainsi qu'aux coutumes nomades. Ce défi est d'abord celui du droit musulman, qui dessine les contours de sociétés fermées aux normes juridiques européennes. L'Empire l'avait accepté, lui laissant son autorité et les institutions s'y rattachant. La charia ou encore le droit coutumier *(adat)* coexistaient avec le droit russe, la seule limitation à leur maintien étant qu'ils ne contredisent pas le droit commun. Le pouvoir soviétique, lui, n'hésita pas et abolit d'emblée ce droit particulier et le système judiciaire musulman qui y était lié ; mais, confronté à la résistance opiniâtre des peuples concernés, il fit montre dans la pratique d'un certain laxisme, ce qui eut pour conséquence de laisser subsister pendant quelques années un double réseau judiciaire. En 1922, Lénine décida d'y mettre fin : la Constitution élaborée alors et qui va s'appliquer à toutes les républiques souveraines consacre la confusion des pouvoirs et le contrôle du Parti sur la justice. Même si la compétence des républiques était reconnue, s'agissant de la mise en place de leurs systèmes judiciaires et de leurs codes, la loi de la RSFSR s'y étendit rapidement, réduisant le nombre et la compétence des tribunaux canoniques en terre d'islam, ainsi que les pratiques sociales et judiciaires spécifiques que ces tribunaux continuaient à entériner (tels le *kalym*, paiement d'une indemnité d'achat de la fiancée, les mariages forcés, la polygamie, etc.). Dès 1927, la loi musulmane n'a plus droit de cité dans l'espace soviétique.

Cette révolution juridique des années 1920 eut avant tout pour cibles le Caucase et l'Asie centrale, l'intégration des sociétés au nouveau système s'y heurtant à des traditions familiales et patriarcales très vivaces. La cohésion de la famille, l'autorité des anciens et, plus généralement, des hommes, le statut soumis des femmes isolaient ces régions du reste de la Fédération et freinaient l'effort d'éducation que le pouvoir soviétique entendait y mener à vive allure. Les traditions étaient comprises par les musulmans comme faisant partie intégrante de leur culture, mais le pouvoir soviétique ne s'y trompa pas : ce qui était ici en jeu, ce n'était pas la forme, mais le contenu des cultures, c'est-à-dire ce qui, dans le compromis, devait être commun, inspiré par l'idéologie. Ce qui explique l'accent mis sur le droit commun en matière de statut familial et surtout de statut des femmes. Le droit soviétique condamne tout ce qui définit une condition féminine spécifique : mariages arrangés, mariages de filles impubères, répudiation, polygamie, etc. Au lieu de ces pratiques traditionnelles dénoncées comme autant de coutumes criminelles, la loi soviétique impose un divorce par consentement des deux parties et l'attribution de pensions alimentaires, une responsabilité parentale partagée, un régime de séparation des biens et l'égalité des droits pour les femmes dans la vie publique. Enfin, la vendetta, encore largement pratiquée, est inscrite dans le code pénal au chapitre des crimes.

Ces dispositions étaient destinées à ébranler une famille qui enserrait l'individu dans ses règles et l'isolait de la communauté. Émancipant les femmes de l'autorité masculine, elles visaient également à en faire les agents de la transformation des mentalités, notamment en inculquant aux enfants les nouvelles normes de la vie sociale dont l'enseignement soviétique devait être lui aussi porteur. Cette attaque directe contre un mode de relations sociales profondément ancré dans les régions à dominante musulmane fut particulièrement mal vécue par les intéressés, qui comprirent que les fondements de leur civilisation en seraient ébranlés. S'ils acceptèrent sans trop broncher la mise en cause de leur système judiciaire – car les tribunaux traditionnels devenaient trop coûteux au regard de leurs homologues soviétiques, et leurs décisions restaient sans effet –, ils résistèrent farouchement aux mesures qui mettaient à mal leurs habitudes sociales. Les femmes furent soumises à des pressions, à des menaces, parfois même à des violences dès lors qu'elles respectaient la loi soviétique. Le port du voile en Asie centrale – au Caucase, il n'était pas généralisé, loin de là – fut sinon interdit, du moins « déconseillé » dans un premier temps. Mais les exemples ne manquent pas de femmes dévoilées qui furent menacées, vilipendées, parfois répudiées, privées de leurs enfants, et, dans des cas extrêmes, enterrées vivantes avec l'accord de l'ensemble de la communauté.

La grande difficulté à imposer des coutumes sociales uniformisées en lieu et place de ce que l'on nommait volontiers les « survivances d'un ordre tribal » incita le pouvoir à miser surtout sur la transformation du cadre de vie des hommes pour substituer, à des sociétés essentiellement paysannes ou nomades, une urbanisation et une prolétarisation progressives censées les rapprocher du modèle social du communisme.

Après 1917, la diversité ethnique et culturelle de l'Empire russe eut pour conséquence que le monde soviétique naissant se trouva dans une situation de grande inégalité, ce qui conduisit le pouvoir à opter pour des stratégies contradictoires selon que son action portait sur la culture ou sur le cadre de vie des peuples. En matière culturelle, le pouvoir était confronté à deux situations : celle du monde slave, autrement dit de la partie européenne de l'ensemble, pas très éloignée du modèle élaboré par les bolcheviks, combinant civilisation slave et vision révolutionnaire ; de l'autre, des sociétés périphériques dominées par l'islam, le judaïsme, et des structures tribales ou claniques étrangères aussi bien au modèle slave qu'au futur modèle de la révolution. Ce qui explique que, passé la violence du « communisme de guerre », le pouvoir soviétique ait opté, en milieu slave ou européen, pour une stratégie de changement graduel, alors qu'en milieu non européen il s'attaquait dans le même temps et avec violence à l'ordre social existant. Cette dernière stratégie sera qualifiée par les musulmans de *khudjum* (« tempête »), ce qui rend bien compte de l'assaut multidimensionnel lancé contre leurs sociétés. Conséquence de cette dualité stratégique : au cours de ces années, la paix sociale régna en Russie et dans le monde slave, tandis que la périphérie non européenne se réfugiait, malgré le compromis culturel, dans une opposition nationale croissante, ou bien s'éloignait du système.

Égalité économique : inégalité des politiques

À la double stratégie sociale correspond une double stratégie d'intégration économique où subsiste l'opposition entre les deux situations. L'État soviétique avait été d'emblée confronté à la question paysanne. Certes, il existait dans l'Empire des zones industrialisées où un prolétariat s'était développé en même temps que le niveau culturel moyen des masses s'y élevait ; mais c'est précisément cette partie de l'Empire qui avait donné naissance aux États indépendants de 1918, privant le système soviétique des éléments favorables à un progrès général. Amputé de sa périphérie occidentale, l'État des soviets conservait jusqu'à un certain point une partie avancée : la Russie, paysanne, certes, mais où le développement prolétarien était amorcé.

Même si Lénine refusait de reconnaître à la Russie une position privilégiée et une autorité sur l'ensemble territorial préservé après 1920, la réalité allait à l'encontre de ce vœu. C'est en Russie que se trouvaient les cadres et les moyens de développement général. Il était donc tentant de mettre l'accent en priorité sur elle et sur ses chances de progrès. Le message de Lénine fut cependant entendu, et l'option consistant à réaliser l'égalité économique entre les nations prévalut, ce qui impliquait la mise à contribution de la Russie pour aider à se développer les autres composantes de la Fédération. D'une certaine manière, ce choix était conforme à la doctrine égalitaire appliquée au problème national ; conforme aussi à la conception de l'Histoire en honneur, qui mettait l'accent sur la dette contractée par la Russie envers ses partenaires. C'était toutefois un choix idéologique qui se heurtait non seulement à des questions pratiques, mais aussi à la rationalité de la stratégie de développement définie alors.

Le remarquable progrès de l'Empire russe entre 1880 et 1914, que tous les économistes ont relevé, reposait sur l'apport des richesses naturelles de la périphérie : blé, cultures industrielles de l'Ukraine, du Caucase, du Turkestan, et ressources minières de ces régions qui donnèrent à l'industrie russe les moyens de son essor et permirent au prolétariat russe de se former. À l'heure des reconquêtes, les bolcheviks avaient été conscients de la nécessité de conserver ces richesses pour sauver la Révolution russe, et l'abrogation des indépendances répondait à cette exigence. Mais le problème resurgit lorsqu'il fallut décider de la voie à suivre pour transformer le pays et l'adapter au projet révolutionnaire. L'égalité économique impliquait la fin de la division du travail entre une Russie qui s'industrialisait et une périphérie qui lui fournissait les ressources nécessaires. Renoncer à cette division du travail signifiait que l'on sacrifiait l'efficacité aux impératifs de l'idéologie égalitaire et que la Russie, freinée dans son développement par un effort accompli au bénéfice de toutes les nations, ne serait pas en mesure, par son progrès propre, de leur apporter ultérieurement une aide efficace.

Confrontés à des exigences contraires, les bolcheviks cherchèrent les voies d'un compromis qui tînt compte des situations particulières et des intérêts en jeu tout en maintenant l'objectif général de l'égalité. Pour la Russie, la NEP fut un temps de répit consacré à restaurer la vie urbaine et à rassurer la paysannerie, à qui Boukharine lança le fameux appel : « Enrichissez-vous ! » Et Staline de promettre en 1925 d'« assurer une alliance solide avec la paysannerie moyenne ». Grâce à la NEP, l'industrie put renaître, surtout dans le secteur des biens de consommation, ce qui contribua à stimuler la vie urbaine et à encourager la paysannerie. Certes, la campagne demeurait le refuge des valeurs traditionnelles – celles de la famille et de la religion – et l'autorité des cadres communistes y restait faible; mais ces années furent marquées incontestablement par une certaine réconciliation entre le pouvoir et la société russe.

Tout autre fut la situation à la périphérie non russe.

En Ukraine, d'abord : on y comptait, avant la révolution, des villes importantes qui s'étaient développées avec l'industrialisation; l'effort du pouvoir y fut orienté vers la reconstruction de la vie urbaine, et, en raison de la politique d'enracinement national, vers l'ukrainisation des villes où les Ukrainiens étaient jusque-là minoritaires, dépassés par les Russes, les Juifs et les Polonais. Le mot d'ordre d'« ukrainisation de la classe ouvrière » de la république va modifier de fond en comble cette situation. À la veille du tournant de 1929, les Ukrainiens, minoritaires dans la classe ouvrière de leur territoire avant la guerre, y avaient rattrapé les Russes. Si ces derniers applaudirent à la montée d'une classe ouvrière autochtone, les Juifs s'en plaignirent, considérant que l'indigénisation prônée par le pouvoir dans les républiques périphériques s'exerçait au détriment des minorités qui y vivaient. La population ukrainienne s'urbanisa rapidement, conquit les villes, sans que la campagne en souffrît pour autant.

Le succès de cet appel à la prolétarisation et à l'urbanisation se révélera bien moindre en Biélorussie, où près de la moitié de la population urbaine est juive, alors que cette communauté ne représente que 8,20 % de la population totale et le cinquième des effectifs du prolétariat. Dans les grandes villes – à l'exception de Moghilev –, on compte plus de Juifs que de Biélorusses, et l'antisémitisme de ces derniers s'en nourrira durablement; la Seconde Guerre mondiale sera, hélas, l'occasion de le vérifier.

Les encouragements apportés à la transformation sociale des peuples périphériques achoppent ainsi parfois sur une difficulté nationale, que l'on perçoit ici dans l'opposition entre Biélorusses et Juifs mais que l'on mesure encore mieux dans le cas des Allemands de la Volga.

La situation de cette minorité installée en Russie depuis deux siècles est, dans les années 1920, assez particulière. Dans la pensée socialiste, l'Allemagne devait être la locomotive de la révolution mondiale. Si la réalité a démenti cet espoir, les bolcheviks manifestent cependant une grande considération pour leur population allemande, qu'ils organisent – symbole du mythe révolutionnaire allemand – en Commune de travailleurs, puis en république autonome. Mais, peu à peu, le mythe allemand s'estompe et laisse place au soupçon que cette communauté culturellement très homogène ne devienne, grâce à ses progrès rapides, une enclave allemande en terre russe. De là une politique qui combine l'encouragement à l'urbanisation et au développement économique de la république, et une mesure visant à « dénationaliser » la vie urbaine : le changement de capitale de la république autonome. À l'origine, la capitale était un centre de peuplement allemand, Marxstaadt ; elle fut remplacée par une ville russe, Pokrovsk – près de 80 % de ses habitants étaient russes ou ukrainiens –, qui sera ensuite baptisée Engels. Même si les Allemands ne migrèrent pas en nombre conséquent vers la nouvelle capitale, ils allaient parvenir à en faire aussi un centre de culture et de traditions allemandes.

La modernisation économique de la périphérie extra-européenne posait des problèmes beaucoup plus ardus. Ici, seulement six villes importantes s'étaient développées avant la révolution ; les industries, exception faite de Bakou, transformée par le pétrole, y étaient rares, et le pouvoir soviétique était résolu à y imposer l'urbanisation et l'essor industriel pour transformer des sociétés si éloignées du modèle communiste. L'effort accompli fut grand, et les résultats non négligeables. Les usines existantes, dont la guerre avait arrêté le fonctionnement, furent remises en route, de nouvelles industries créées, des ressources nouvelles (pétrole au Kazakhstan) exploitées. Si les villes bénéficièrent de cette industrialisation, il n'en alla pas de même de leur peuplement indigène. Le chômage qui sévit durant les années de la NEP dans tout l'espace soviétique n'encourageait pas les habitants de l'Asie centrale à quitter les campagnes et le prolétariat autochtone n'y augmenta que faiblement.

C'est donc sur la paysannerie que va porter l'effort des autorités, conscientes que les traditions sociales et le sentiment national s'y opposent à la lutte de classe. La division de la société suit des lignes de clivage ethno-historique : indigènes contre colons russes. Pour leur part, les nomades sont préservés de toute influence extérieure par leur mode de vie. Comment atteindre les paysans repliés sur eux-mêmes ? les nomades reclus dans leurs tribus ?

L'Asie centrale va être la cible d'une politique de transformation volontariste qui contraste fortement avec la politique conciliante dont bénéficient alors les paysans slaves. Plusieurs objectifs sont poursuivis simultanément par le pouvoir dans un milieu marqué par les habitudes coloniales :

En premier lieu, et au nom du principe d'égalité, les dirigeants entendent extirper les survivances du passé colonial, familiariser la paysannerie indigène avec les rapports de classes, créer un prolétariat, sédentariser les nomades. Ce premier objectif eut pour cibles et victimes les colons russes. Lénine avait personnellement veillé à en définir le moyen : enlever aux colons les terres prises aux indigènes. Il accentua la pression exercée sur les colons en recommandant, pour que l'action du pouvoir central fût comprise des autochtones, d'envoyer dans des camps de concentration les fonctionnaires et les « koulaks » russes. La terre confisquée devait être rendue aux autochtones selon des modalités que ceux-ci définiraient eux-mêmes. En pays kirghiz, ce sont ainsi les responsables tribaux qui furent chargés de la répartir.

Le pouvoir espéra un temps faire de la sorte coup double : convaincre les indigènes de la réalité de sa politique égalitaire (objectif atteint) et, en confiant les terres restituées aux tribus, parvenir à réduire la population nomade que l'octroi de ces terres contribuerait à fixer. Ce second objectif fut manqué et eut de surcroît des conséquences économiques négatives; les nomades, guère préparés à abandonner leur mode de vie traditionnel, laissèrent les terres qu'ils avaient reçues en déshérence, et la production agricole s'en trouva affectée.

Les autorités se convainquirent alors que la réduction du nomadisme requérait l'usage de la force. Mais elles préférèrent s'attaquer auparavant au problème de la transformation de la paysannerie sédentaire, en la familiarisant avec la lutte des classes afin de la diviser et d'en prolétariser une fraction. Pour ce faire, des organisations sociales rassemblant « paysans pauvres » et « paysans sans terre » furent mises sur pied en sorte d'engager les paysans ainsi rassemblés dans une opposition aux éléments plus fortunés de la campagne, et surtout à ses autorités traditionnelles. Pour gagner les paysans les plus démunis à ces organisations, le pouvoir leur offrit deux moyens de pression sur leurs semblables :

En premier lieu, le contrôle de l'application de toutes les mesures liées à la distribution de l'eau, alors l'élément le plus important de la vie dans la campagne centro-asiatique, l'or véritable de cette région. Les bolcheviks imposent un principe : l'eau doit revenir à ceux qui travaillent eux-mêmes la terre, non à ceux qui exploitent le travail d'autrui. En remettant le contrôle de l'attribution de l'eau aux pauvres, le pouvoir leur donne une autorité immense sur l'ensemble de la population rurale et en brise déjà les solidarités.

À cela s'ajoute en second lieu l'autorité donnée aux Unions de pauvres sur la terre. Ce sont elles qui font pression pour que l'on confisque, que l'on répartisse ; elles qui dressent les listes des possédants de terres mal exploitées ; elles qui signalent et dénoncent, cela va de soi. Dès que ces unions commencent d'exister, la campagne se divise en deux camps : les démunis, arbitres du progrès à venir et protégés par le pouvoir, d'un côté ; les grands et les moyens propriétaires qui jusqu'alors détenaient l'autorité en milieu rural, de l'autre.

Alors que la NEP est toujours à l'ordre du jour dans l'ensemble du monde soviétique, Staline décrète en 1925 que l'heure de la révolution agraire a sonné en Asie centrale – une révolution dont le but sera non pas de collectiviser, ce qui unirait l'ensemble de la paysannerie dans un même projet, mais de confisquer la terre des riches pour la remettre aux pauvres, ce qui aggrave les divisions en donnant naissance à des classes opposées.

Cette politique, poursuivie jusqu'à la fin de la NEP, s'est traduite par un succès politique incontestable. Toutes les propriétés *waqf* sont alors confisquées sous une double pression : implicite des communistes, explicite des paysans musulmans qui réclament l'égalité, donc la fin des *waqf* au nom de l'idéal de justice sociale du Coran. Cette étrange conjonction d'intérêts est révélatrice de la volonté des communistes d'utiliser l'islam lorsqu'ils le jugent utile. Les terres communes des grandes tribus sont elles aussi confisquées et redistribuées à leurs membres, ce qui est censé affaiblir les solidarités tribales. Souvent, les confiscations des terres d'une tribu conduisent à les transférer à une autre tribu : autre moyen de briser les solidarités, cette fois non pas à l'intérieur d'une même tribu, mais au sein de la société tribale tout entière. Ces mesures, réclamées avec force par les associations de pauvres, ont présenté l'avantage de dissimuler le rôle joué par les autorités communistes et de concentrer les mécontentements à l'intérieur de la communauté indigène sédentaire ou nomade.

Sur le plan strictement économique, ces mêmes mesures ont eu souvent des effets pervers, désorganisant la production plus qu'elles ne la favorisaient, mais l'essentiel était ailleurs. Le pouvoir entendait briser les spécificités des sociétés échappant à ses normes, et il y réussit largement. En 1929, la campagne musulmane a changé : elle est divisée, souvent oublieuse de ses autorités et de ses références traditionnelles. Si le monde nomade a mieux résisté aux systèmes de pression mis en place, le répit qu'il aura connu sera de brève durée : les « années de fer » l'emporteront.

Deux groupes encore ont été au centre de l'effort soviétique visant à détruire les mentalités et les comportements hérités du passé : les Juifs et les aborigènes – deux cas extrêmes de la politique nationale au temps de la NEP.

Les Juifs posaient au pouvoir russe, on l'a déjà vu, un problème particulier, sans équivalent. Plus ouvriers que paysans, plus éduqués que presque tous les autres peuples de l'Union, plus urbanisés, actifs aussi dans l'administration, le commerce et l'artisanat, ils ne ressemblent à aucune autre communauté. Socialement, on pouvait penser qu'ils allaient s'intégrer aisément à la société soviétique en voie de constitution, notamment au milieu ouvrier. Mais les responsables communistes de la Section juive s'inquiètent alors des conséquences de leur dispersion territoriale. Si le principe de l'égalité et de la préservation des cultures prévaut à l'époque, les Juifs risquent de ne pas en bénéficier, car, n'ayant pas d'assise territoriale, ils ne pourraient protéger leur identité. C'est à ce moment que surgit le projet déconcertant de les lier à une terre en les transformant en paysans alors qu'ailleurs, la paysannerie est menacée dans son existence même. En 1924, le Parti décide d'encourager la colonisation juive, et des institutions sont mises en place pour organiser l'installation des Juifs à la campagne. Deux cent mille d'entre eux vont obéir à l'appel, s'organiser en communes rurales, et, à partir de cette réussite, poser le problème de leur statut national et de ses conséquences, c'est-à-dire l'attribution d'un territoire propre.

Mais quel territoire leur donner? Des terres en Ukraine? La question a été posée, et les Juifs qui y vivaient nombreux auraient certes souhaité qu'une solution ukrainienne leur fût offerte. Mais ils se heurtèrent à une très vive réaction des Ukrainiens, qui rejetaient la perspective d'une colonisation juive sur leur sol. L'antisémitisme se conjugue ici au nationalisme ukrainien pour bannir un tel projet.

Finalement, c'est le Birobidjan qui sera choisi en 1928. Ce territoire, situé à la frontière de la Chine du Nord, érigé en district national, puis en région autonome en 1934, est accueilli d'abord avec faveur par les Juifs. Mais, progressivement, ils le déserteront, ceux qui resteront y devenant une minorité face aux Russes et aux Ukrainiens. On comprend ce rejet, le choix du territoire étant on ne peut plus malheureux. Il était avant tout stratégique, destiné à contenir les ambitions chinoises; il était non seulement peu propice à l'agriculture, mais éloigné de tous les centres de culture et des lieux de vie traditionnels des Juifs. Si, en Ukraine, les Juifs avaient montré qu'ils pouvaient devenir un peuple d'agriculteurs, il leur était plus difficile de s'enraciner dans une terre aussi ingrate, à cent lieues de leurs traditions. Reste de ce projet une étrange démarche consistant à vouloir réorienter vers la vie rurale un peuple qui demeura longtemps sans guère de liens avec la terre. A contrario, le succès de la colonisation juive en Palestine, amorcée dès le début du XIXe siècle, aura démontré qu'une telle greffe est possible lorsqu'elle se réclame d'une conscience nationale fondée sur la certitude d'être en accord avec l'Histoire, fût-elle très ancienne.

Autre exemple extrême de cette volonté de fonder la *pax sovietica* sur le principe d'égalité de tous les peuples : celui des aborigènes. Sous l'Empire, ils avaient vécu à l'abri de toute ingérence des autorités ; jusqu'au milieu des années 1920, Moscou les ignora, s'efforçant seulement de leur prodiguer une aide sanitaire. Mais le pouvoir soviétique s'inquiéta de l'influence exercée au sein de ces petits groupes par les chamans, souvent hostiles à la pénétration d'équipes médicales ou vétérinaires, et notamment aux campagnes de vaccination. Un conflit économique s'y ajouta, provoqué par la volonté soviétique d'encourager l'élevage et la commercialisation des rennes ; les aborigènes s'y opposèrent, pressés par les chamans, qui insistaient sur le caractère sacré de l'animal et interdisant d'en faire commerce. Dès lors, Moscou se contenta de quelques tentatives d'importation de la lutte des classes chez les aborigènes en s'efforçant de les dresser contre les chamans, présentés comme des « exploiteurs ». L'insuccès de l'entreprise fut total. Et parce qu'il s'agissait de petits groupes humains dispersés, isolés, elle fut abandonnée. Seuls des savants continuèrent à s'intéresser à ces peuples, les uns cherchant à les doter de moyens de communiquer entre eux, les autres étant surtout soucieux de les maintenir à l'écart de changements susceptibles de les détruire. Ce bienheureux oubli les protégea.

La NEP, qui accorda à tous, pouvoirs et sociétés, un répit nécessaire, aura cependant été marquée, chez toutes les nations, par l'effort continu des bolcheviks pour répondre au problème posé à la révolution par son enfermement dans un monde multiethnique et multiculturel, effort destiné à transformer les consciences, les mentalités, les comportements. Au cours de cette période où, après la césure cataclysmique du « communisme de guerre », prévaut une volonté d'agir avec prudence et graduellement pour réconcilier les sociétés et la révolution, la politique culturelle, dans ses diverses dimensions – définition d'un compromis entre identité nationale et conscience universaliste, politique volontariste d'attribution d'une langue propre à chaque nation, enracinement de l'éducation et des références culturelles, enracinement des cadres, recherche d'une égalité économique engendrant une conscience et des comportements de classe communs à toutes les nations –, se révéla conforme à l'utopie originelle. C'est bien l'homme nouveau qui devait surgir de ces sociétés libérées des frustrations de la domination passée, rassurées sur leur identité et prêtes à accepter l'étape suivante.

Jusqu'à un certain point, cette conception utopique fut couronnée de succès; la *pax sovietica* l'atteste. Mais la rupture était proche. Elle ne résulta pas des difficultés créées par les nations, d'un refus du compromis politique et culturel des années 1920; elle fut le fruit de la volonté délibérée du Parti communiste de passer à une autre étape, destinée à changer les sociétés et les hommes, sans compromis aucun, « par en haut ».

Chapitre XII

Tous soviétiques !

« Nous allons à toute vapeur sur la route de l'industrialisation et du socialisme, laissant derrière nous notre vieille Russie et son séculaire retard. » Ces vigoureux propos de Staline, tenus le 7 novembre 1929 pour le douzième anniversaire de la révolution, consacrent la rupture avec la NEP. Ils portent surtout condamnation d'un système ambigu où coexistaient deux cultures : celle du pouvoir né de la révolution et de l'utopie qui le sous-tend ; celle d'une société divisée selon de multiples lignes de clivage culturelles.

La principale opposition est celle qui sépare l'utopie communiste et la société paysanne que la NEP avait rassurée. Cette société lourdement majoritaire – cent vingt millions de paysans pour vingt-six millions d'urbains – a pu, grâce à l'état de paix de la NEP, reconstituer son cadre de vie et les valeurs auxquelles elle était attachée. En tout paysan russe, si pauvre fût-il, sommeille un *khoziain*[1]. Son univers est le village. Tous les efforts du pouvoir, durant les années de la NEP, pour l'arracher à son mode d'activité individuel

---

1. Mot complexe désignant à la fois le maître de maison et le propriétaire.

et à son horizon villageois au bénéfice d'entreprises collectivisées ont produit bien peu de résultats : 1,7 % des paysans ont adhéré à celles-ci en 1928.

À la juxtaposition de la culture socialiste et de la culture paysanne s'ajoute la multiplicité des cultures nationales. À cet égard, le mot d'ordre de Lénine – laisser s'épanouir les nations – a produit un maximum d'effets. La NEP a été une période d'épanouissement de toutes les cultures nationales, partant, des consciences nationales, et le « compromis » censé équilibrer la forme nationale par un contenu socialiste n'a pas vraiment joué. La civilisation paysanne partout triomphante a contribué à neutraliser le contenu socialiste des cultures.

L'appel de Staline, le 7 novembre, va donner le signal du rejet complet de tout compromis : toute la société, toutes les sociétés particulières devront sacrifier au fond socialiste et transformer la mosaïque nationale en un peuple soviétique. Staline aurait pu ajouter : « Devenons tous soviétiques en abandonnant nos différences. » Son propos intervient d'ailleurs en conclusion de la crise qui s'est dessinée depuis 1927 et 1928, années de récoltes insuffisantes où s'est ouvert le débat sur le thème : « Comment contraindre la paysannerie à produire plus et mieux ? »

C'est la question de la contrainte qui est d'emblée posée et, derrière elle, celle de la possibilité ou non de laisser la paysannerie travailler à sa guise, c'est-à-dire la question de la collectivisation. Les partisans de la NEP plaident qu'à contraindre la paysannerie on aboutira à l'épreuve de force politique et au désastre économique. Mais, dès 1928, Staline va faire la démonstration que l'épreuve de force, en fait, brise la paysannerie au lieu de la soulever. Cette démonstration portera un nom : la « méthode ouralo-sibérienne ». Staline l'a expérimentée en janvier de cette année-là lorsqu'il se rend personnellement en Sibérie et dans l'Oural pour réagir à ce qu'il tient pour « une grève des koulaks ». Une bonne récolte, mais des livraisons faibles à l'État. Il y répond par des confiscations forcées. La périphérie nationale va être le champ d'application de cette méthode que les adjoints de Staline porteront en Ukraine, dans le Nord-Caucase et sur la Volga. Le débat est engagé : à ceux qui prêchent la modération et le relèvement des prix du blé pour inciter le paysan à produire et vendre, Staline va opposer que confisquer n'est pas une méthode suffisante pour résoudre le problème de la paysannerie, qu'il faut passer à un autre système : remplacer la petite propriété paysanne par de vastes exploitations techniquement bien équipées ; à ses yeux, c'est donc la collectivisation et une industrialisation totale du pays qui s'imposent. Dès 1929, le projet stalinien est limpide : le temps du compromis avec la société est passé, celui des mesures graduelles aussi ; il faut un changement radical où seule entre en ligne de compte la volonté du Parti, et non pas celle des hommes.

Les années de fer

Pour Staline, les difficultés économiques du pays – dans l'agriculture, mais aussi dans une industrie aux rendements insuffisants, coûteuse et de faible qualité, sans omettre la flambée des prix – sont toutes imputables au monde paysan. C'est donc lui qu'il faut en premier lieu transformer.

Le 27 décembre 1929, il annonce le début des temps nouveaux, la « marche en avant » par la collectivisation et la « dékoulakisation ». Toute la société paysanne est soumise à ce programme, et la périphérie non slave, essentiellement rurale, le subit de plein fouet. Ce sont les « années de fer » ; la suppression de la liberté paysanne s'accompagne d'un programme de développement industriel accéléré, résumé par le slogan : « Réaliser le plan quinquennal en quatre ans ! », et d'objectifs accrus qui ne pourront être atteints.

On sait quelle ampleur revêtit le processus de collectivisation. La presse publia des statistiques éblouissantes : près de 60 % de paysans collectivisés en trois mois ! Mais la réalité était tout autre. Les kolkhozes n'existaient pas, malgré cela les paysans étaient arrachés à leurs exploitations, et leurs biens confisqués. Désespérés, ils répondirent à ces mesures en abattant leur bétail ; et ils ne pouvaient rien semer, puisque les semences avaient été raflées.

En mars 1930, Staline lui-même, effrayé des conséquences du mouvement qu'il avait voulu, lança un avertissement pour dénoncer le « vertige du succès » et appelant à mettre fin aux excès. Mais ce répit fut de courte durée. Autorisés à se « décollectiviser » en mars, les paysans fuirent les entreprises collectives, mais, quelques mois plus tard, le mouvement de collectivisation reprit, cette fois de manière irréversible. Dès 1932, 61 % des exploitations étaient collectivisées ; elles couvraient 88 % de la surface cultivée.

Le prix de cette politique passe l'imagination ! Les paysans révoltés ont, par leurs abattages sauvages, réduit tous les cheptels – 55 % des chevaux et autant des porcs, 66 % des ovins, 40 % des bovins. Des cohortes de koulaks, ou supposés tels, ont été expédiées vers les camps et les grands chantiers. Les campagnes ont été mises en coupe réglée, on n'a pratiquement rien laissé aux paysans pour survivre, et les mesures répressives prises pour des délits allant du vol de grain à une production jugée insuffisante ont été très lourdes – la mort, parfois !

Les conséquences de cette violence exercée contre la majorité de la population furent à la fois communes à tous et particulières à certains peuples. Sur un plan général, la société entière subit un ébranlement et un déplacement humain sans précédent historique. Toute la paysannerie fut arrachée à son cadre de vie – le village – pour être incorporée à un cadre totalement étranger à sa tradition morale et à ses habitudes de travail. Une grande partie fut expédiée dans les fermes collectives. Mais le programme d'industrialisation requérait lui aussi une main-d'œuvre nombreuse. Une fraction des paysans dut aller vers les villes, quand elle ne fut pas exilée sur les grands chantiers ou dans les camps où elle ne coûtait rien à l'État. La relation entre répression et besoins en main-d'œuvre est alors étroite, le pouvoir faisant de la première un outil de régulation économique.

La paysannerie telle qu'elle existait disparaît alors pour faire place à des « travailleurs de la campagne » ou de la ville ; elle est devenue un véritable *Lumpenproletariat*. Devant la violence de la répression qui s'exerce contre eux, nombreux sont les paysans – notamment ceux qui sont classés comme koulaks – qui préfèrent fuir vers les villes ou même vers les grands chantiers. En 1932, la création d'un passeport intérieur destiné à limiter les déplacements des individus permet de les retrouver et de les expédier dans des camps de travail qui portent parfois le nom plus innocent de « colonies » ou « communautés de travail », ce qui ne change rien à leur nature.

La culture paysanne ne peut survivre ni dans le cadre des campagnes, décomposées et dont tous les repères traditionnels – villages, paroisses et même familles, car c'est aussi le temps de la destruction de celles-ci, on y reviendra – ont disparu, ni dans le cadre des villes, qui doivent absorber brutalement un excédent de population étrangère à la civilisation urbaine, et qui n'y trouve qu'une situation chaotique dont la pénurie de logements est l'illustration première.

Peut-être faut-il résumer cette période tourmentée par un constat : c'est qu'au terme du Ier Plan quinquennal, soit en 1933, presque aucun citoyen de ce pays ne se trouve là où il était en 1929 ; là où il a échoué, il n'a ni le même environnement, ni le même mode de vie. C'est une population arrachée à elle-même, à ses croyances et à ses repères que Staline a créée ; mais la question paysanne – telle qu'il la conçoit – est en effet réglée : la civilisation rurale a été emportée dans la tourmente.

À la décomposition de toute la société vont s'ajouter des épreuves marquant plus particulièrement certains peuples : les Ukrainiens, les peuples musulmans d'Asie centrale, quelques peuples aborigènes.

Le sort des Ukrainiens fut, en ces années, particulièrement tragique. Deux raisons en rendent compte : le rôle de l'Ukraine dans l'approvisionnement du pays en céréales ; la persistance d'un nationalisme ukrainien, y compris même au sein du Parti. En 1928, la revue *Bolchevik Ukrainy* dénonce « la politique coloniale de Moscou en Ukraine ». On le voit ici : la contestation se développe, même parmi les plus hauts cadres du Parti. Et en 1932, Kossior, Polonais d'origine, certes, mais qui s'est investi dans le Parti ukrainien, tente de convaincre Staline de la nécessité de composer avec les paysans de cette république. Staline répond par des déclarations apaisantes, mais ne modifie en rien sa conception intransigeante des exigences à imposer à la paysannerie ukrainienne. En 1932, il est particulièrement exaspéré par les mauvais résultats céréaliers obtenus en Ukraine et au Caucase du Nord, et y expédie une mission dirigée par Molotov pour « faire pression », confisquer et appliquer la manière forte ; c'est-à-dire toutes les dispositions répressives du décret du 7 août 1932 punissant de peines sévères, allant de longs emprisonnements à la déportation, voire la mort, toutes les atteintes à la propriété publique (glaner des épis entre alors dans la liste des délits les plus sévèrement punis). En dépit des menaces, la récolte sera mauvaise, mais les paysans n'ont plus de quoi survivre, tout leur ayant été confisqué. La famine est là, reconnue par des responsables comme Molotov, mais niée par Staline. Cette famine pousse les paysans à fuir, ce qui leur vaut d'être condamnés – car toujours ils sont pris et arrêtés – à la déportation. Plus de trois millions d'Ukrainiens meurent alors de faim ; des familles entières seront déportées par dizaines de milliers.

L'acharnement de Staline contre l'Ukraine en 1933, alors qu'on ne peut plus rien y confisquer et que la population agonise, n'est certes qu'une partie du tableau général de la destruction de la paysannerie, mais, au-delà, c'est bien une nation entière que l'on terrorise et assassine. Les Ukrainiens en garderont un brûlant souvenir que la littérature – clandestine d'abord, officielle ensuite – portera ; et qui resurgira en 1941 lorsque les troupes allemandes pénétreront sur leur territoire ; puis, après 1990, lorsqu'il faudra construire l'avenir de l'Ukraine.

Les peuples musulmans n'inspiraient pas davantage confiance à Staline. La révolte des Basmatchis, affaiblie à la fin des années 1920 du fait que nombre de rebelles fuyaient l'Armée rouge en Afghanistan, recouvra sa force en 1930 grâce à la collectivisation à laquelle les paysans cherchaient à échapper en allant rejoindre leurs rangs. Ce n'est qu'en 1933, la collectivisation étant achevée, que le pouvoir put écraser définitivement cette interminable résistance qui ne trouvait plus refuge ni secours dans une campagne déstructurée.

Mais le pouvoir soviétique ne se contenta pas de contraindre les paysans à rejoindre les fermes collectives; il appliqua ici deux lignes politiques destinées à intégrer socialement et économiquement des peuples réticents à un système uniformisant.

Première cible: les nomades, dont la culture soviétique ne pouvait s'accommoder; en 1930, il leur fut interdit de se déplacer, d'utiliser les terres de pâture, et on les poussa énergiquement à entrer dans des fermes d'élevage collectives. Leur résistance entraîna l'usage de la force et, en retour, des révoltes et la destruction du bétail. Sédentarisés d'autorité, fusillés ou déportés eux aussi comme koulaks ou « contre-révolutionnaires », mourant de faim puisque leurs troupeaux étaient soit détruits par eux, soit confisqués par le pouvoir, les Kirghiz durent se soumettre; mais un million des leurs, pour le moins, périrent.

En pays kazakh, le désastre ne fut pas moindre, même si l'on y comptait aussi des paysans sédentaires. Comme les nomades, ceux-ci se livrent à la destruction du bétail et doivent subir la violence; la conséquence en est aussi la famine pour tous.

L'Ouzbékistan connut pour sa part une épreuve différente, non moins coûteuse pour son avenir. Les paysans avaient toujours voulu y trouver un équilibre entre cultures vivrières et culture du coton. Le pouvoir tsariste avait poussé la seconde, ce dont Lénine l'accusa, qualifiant sa politique de « coloniale ». Mais, après 1917, les bolcheviks y suivirent la même voie et la collectivisation allait leur permettre, pensaient-ils, d'en faire une région « cotonnière » indispensable aux exportations et à l'industrie textile russe. L'avantage d'une telle orientation agricole de l'Ouzbékistan n'était pas qu'économique. Elle était censée assurer l'intégration totale de la république dans l'ensemble soviétique, dont elle serait ainsi dépendante. Mais les responsables communistes nationaux s'arc-boutèrent sur la défense d'une agriculture différenciée, propre à sauvegarder une certaine autonomie économique. La collectivisation y éveilla donc une double opposition : celle des paysans, celle des cadres locaux.

Moscou imposa son choix : la résistance paysanne fut brisée, notamment par la pénurie de vivres – surtout de riz qui constituait l'essentiel de l'alimentation populaire et dont la culture avait été supprimée au profit de celle du coton – et par la répression qui frappa comme partout la paysannerie, mais aussi les cadres communistes nationaux. Purgés dès 1933, ceux-ci furent vite liquidés. Lors de son procès en 1938, alors qu'il était accusé de « sabotage économique », Faizoullah Khodjaev explicita les raisons de son opposition à la transformation de l'Ouzbékistan en paradis du coton. Ce n'était pas l'indépendance qu'il défendait, déclara-t-il, mais l'autonomie économique. Son exécution montra clairement que les choix économiques des années 1930 visaient certes à transformer la réalité de l'Union, mais aussi à réduire la marge de manœuvre des républiques nationales les plus rétives.

Les petits peuples aborigènes ne faisaient, pour leur part, peser aucune menace nationale sur le système. Dans le Grand Nord, nombre d'entre eux vivaient une existence étrangère au reste du pays, élevant des rennes chacun pour soi, individualistes impénitents dont l'horizon ne dépassait pas le groupe restreint. Cette situation extrême d'isolement, qui ne touchait que cent cinquante à deux cent mille personnes, parut elle aussi insupportable au pouvoir dès lors que la lutte de classe devait devenir la règle appliquée à tous. En 1931, ces éleveurs furent informés qu'ils relevaient de trois catégories selon le nombre de rennes qu'ils possédaient : les koulaks (riches propriétaires), les *seredniaks* (moyens propriétaires) et les *bedniaks* (pauvres). Les premiers avaient la déportation pour avenir, les deux autres groupes devaient intégrer les fermes collectives ou s'employer dans les fermes d'État, riches des rennes et des biens confisqués aux koulaks. Peu au fait des principes économiques soviétiques, les aborigènes ne comprirent rien à ce projet, sinon qu'on les dépossédait de leurs biens et qu'on leur imposait un cadre de vie qu'ils ne pouvaient accepter. Comment réagir autrement que par la fuite, et le plus loin possible de tout centre d'autorité ? mais aussi, comme partout ailleurs, par l'abattage massif des rennes ?

La riposte du pouvoir fut immédiate : « roitelets tribaux, chamans et koulaks » s'étant rendus coupables d'activités terroristes nationalistes, ils furent réprimés sauvagement, mais le désastre fut tel qu'en juin 1932 le Parti décida de tempérer son programme et de ne plus viser qu'à « réduire le nombre de koulaks » parmi ces peuples en attendant que les conditions fussent plus propices à leur intégration sociale. Les pertes humaines furent grandes dans le Nord, qui devint progressivement une sorte de conservatoire de peuples en voie de disparition.

Privée de son environnement, la population de l'Union va être aussi privée de ses repères moraux. La famille, autre structure protectrice de l'individu, est atteinte de plein fouet par la tourmente de ces années-là. Les deux principaux facteurs d'affaiblissement de la famille – inséparables, d'ailleurs – sont liés à la répression. Arrestations et déportations qui, dans les années

1930, frappent toute la société, séparent les familles et minent leurs solidarités : peut-on rester attaché à un ennemi du peuple ? Le chapitre le plus tragique est celui de l'enfance, vulnérable par définition ; elle va être soumise à une pédagogie de la délation qui brisera les liens familiaux. Cette pédagogie, la loi d'abord lui donne force : à partir de 1934, la responsabilité pénale des adolescents est fixée à douze ans. Or il n'est pas nécessaire, pour être accusé, d'avoir commis un délit ; il suffit simplement de ne pas l'avoir dénoncé.

Cette disposition prend tout son sens à la lumière du mythe du « bon adolescent soviétique » illustré par la légende de Pavlik Morozov. Dans les années 1930, où tous les enfants doivent vouloir être pionniers, puis, plus tard, komsomols (ne pas l'être est signe d'infidélité au système et rend suspect), le héros qu'on leur propose et dont ils feront serment d'imiter l'exemple est un fils de paysan, Pavlik Morozov, qui a dénoncé son père aux autorités. Le mythe est parfaitement articulé : un père coupable à l'égard du communisme ne mérite plus le titre de père ; en le dénonçant aux autorités, c'est vers le véritable père du peuple et de tous les enfants, le Parti, que se tourne en dernier ressort Pavlik Morozov.

Ce modèle – que les paysans de son village, indignés, tuèrent au péril de leur vie, témoignant de la vitalité de leur morale traditionnelle ! – est riche d'enseignements pour la société. Il lui apprend la précarité des liens familiaux dès lors que les individus qui composent la famille n'œuvrent pas tous au service du projet communiste ; il lui démontre la fragilité des autorités traditionnelles, des pères en premier lieu ; il lui inculque enfin que la seule source d'autorité est le Parti, que Staline, en ces années-là, commence à dominer totalement.

La leçon est particulièrement importante pour les sociétés traditionnelles de la périphérie, où la famille, les anciens, les responsables religieux ont toujours servi de médiateurs entre le pouvoir et l'individu. Les années 1930 voient ainsi disparaître tous les écrans qui se dressaient entre celui-ci et celui-là.

La lutte antireligieuse qui se déchaîne avec le tournant pris en 1929 et qui frappe toutes les confessions conduit à liquider ou déporter tous ceux qui détenaient une autorité spirituelle, et contribue davantage encore à l'isolement de l'individu. De surcroît, la disparition des religions – dans les écoles, les enfants sont invités à voter la « mort de Dieu » – supprime toute norme morale, laissant le champ libre au Parti pour l'édicter.

En 1935, l'*Homo sovieticus* peut naître, le Parti étant désormais seul à pouvoir le former. Nulle nation ou groupe n'a échappé à cette révolution culturelle qui définit ce que doit être l'homme de la société soviétique, identique d'un bout à l'autre du territoire, même s'il exprime ses attentes et ses peines dans des langues différentes.

Dans cette révolution des mentalités sans précédent dans le monde, les nations ont vu disparaître ceux qui avaient été promus, au cours des années 1920, comme représentants de leurs groupes afin d'indigéniser l'autorité au sein des républiques et de démontrer l'égalité revendiquée par les bolcheviks. Les purges de tous les appareils, Partis et États, se sont succédé par vagues et ont été caractérisées par le renouvellement continu des adhérents et des cadres. Si ces purges ont frappé l'ensemble de la population, on constate, à y regarder de près, qu'elles ont surtout éliminé presque tous les cadres nationaux, des niveaux les plus bas jusqu'au sommet des appareils, ainsi que les élites intellectuelles de chaque république. Cette liquidation systématique des élites nationales a deux conséquences : elle met d'abord fin au mot d'ordre d'indigénisation, car représenter la culture nationale n'est plus un avantage pour accéder à des postes de responsabilités, c'est devenu au contraire, à partir du milieu des années 1930, un critère d'exclusion ; par ailleurs, dans toutes les républiques, les élites nationales sont remplacées par des cadres de formation soviétique, plus souples vis-à-vis du pouvoir central. C'est l'homme de l'univers soviétique – univers où le « compromis national » n'a plus sa place – qui prend partout les commandes.

La Russie réhabilitée

De la révolution à la fin des années 1930, la Russie avait été chassée de la conscience collective à la fois en raison de ses fautes passées – « chauvinisme grand-russe » et colonialisme – et parce qu'étant le centre de la révolution de 1917, elle devait apparaître aussi et avant tout comme le pilier central de l'internationalisme. Dès le milieu des années 1930 s'esquisse un changement pourtant qui, très vite, va s'accentuer. Ce sont d'abord les journaux qui sont révélateurs de l'évolution en cours. Deux mots y font leur apparition : *Patrie* et *Russie*. La lutte contre l'opposition et les procès des années 1930 donnent à ce vocabulaire toute latitude de s'installer. Les opposants sont souvent taxés de « cosmopolitisme » ; on souligne leurs « origines étrangères à la Russie » ou leurs activités « antirusses ». Le Parti, qui rassemble et a jusqu'alors salué les nations dans leur multiplicité, ne s'en soucie plus guère en un temps où refait aussi surface la notion d'internationalisme.

Mais c'est la Constitution de 1936 qui ouvre vraiment la voie à cette réintégration de la Russie dans la conscience collective. Dans la discussion qui préside au débat constitutionnel, l'État, réhabilité, est présenté dans sa profondeur historique : celle de l'histoire de la Russie ; les *Izvestia*, résumant les débats, invitent les Soviétiques – et pas seulement les Russes – à mieux connaître le passé qui sert d'arrière-plan à la Constitution. La conséquence de cette invite sera la mise en avant, dans une perspective de réhabilitation, de toute l'histoire de la Russie. Si Pokrovski avait naguère été le maître d'œuvre d'une histoire de la « repentance », Staline s'avise au milieu des années 1930 que celui-ci et ses émules non seulement n'avaient pas compris l'importance du passé pour agir dans le présent, mais qu'ils l'avaient méconnu. En fonction de cette prise de conscience, on va commencer par réécrire l'histoire du Parti communiste, mais, surtout, et c'est l'essentiel, jeter un regard neuf sur l'histoire russe, sur celle des peuples qui partagèrent le destin de la Russie et sur leurs relations passées.

C'est bien sûr sur la Russie qu'il convient d'abord de réfléchir, en s'interrogeant sur les liens entre passé russe et révolution de 1917. Jusqu'au moment où Staline attaque la vision mécaniste de Pokrovski, le credo était simple : la Russie n'avait connu par le passé aucun moment de progrès qui permît d'espérer qu'elle deviendrait le pays le plus avancé au monde grâce à la révolution de 1917. Un État oppressif, une société opprimée (esclavagiste, dit-on longtemps pour stigmatiser le servage), une culture étrangère au peuple : rien ne pouvait être retenu de cette histoire, à l'exception des révoltes populaires, spontanées certes, mais qui démontraient les vertus naturelles du peuple. La nouvelle vision s'attache en premier lieu à mettre en relief les caractères particuliers de l'État russe et la personnalité de ceux qui l'ont forgé. Cet État a joué, écrivent les historiens à partir de 1936, un rôle positif parce qu'il a été pour l'Europe un rempart contre les grandes invasions, ce qui a permis à celle-ci de se développer continûment. Dès lors, l'évaluation positive portée sur ceux qui se révoltèrent contre l'État – qu'il s'agisse de mouvements populaires tels ceux de Stenka Razine ou de Pougatchev, ou encore d'une protestation plus élaborée comme celle des décabristes – se nuance beaucoup. Affaiblissant l'État russe, écrivent alors les historiens, ils ont souvent freiné le progrès vers lequel tendaient des souverains remarquables comme Dimitri Donskoï ou Pierre le Grand. La réhabilitation des chefs de l'État russe, ou tout au moins de certains, même si elle est compensée par la description des excès du système politique (paysans asservis, pouvoir personnel illimité), tient avant tout à la place reconnue dans ces jugements à l'État et à l'intérêt national de la Russie.

Cette mise en valeur du passé a aussi porté sur la culture sociale de la Russie et sur certains traits spécifiques de son histoire. Dès ce moment, la révolution est rattachée au passé russe, à ses particularités, et l'on en vient à affirmer que si elle a triomphé en Russie alors qu'elle a échoué dans des sociétés européennes plus avancées, c'est parce qu'elle y a trouvé un terreau historique et mental favorable.

Les historiens communistes du milieu des années 1930 tendent aussi la main aux populistes du XIXe siècle en associant spécificité russe et développement politique du pays. Mais si la Russie a eu le mérite d'édifier un État fort, comment apprécier son passé impérial, que Pokrovski avait qualifié de passé de « gangsters », lié à une vocation dominatrice inscrite dans toute l'histoire russe ? Sur ce point particulier – relation entre Russie et non-Russes – la réévaluation historique est relativement prudente, car il n'est guère aisé de bousculer trop radicalement la thèse de l'égalité des peuples. Certes, le colonialisme est toujours condamné, mais son exercice, les effets qu'il a entraînés sont décrits de manière plus nuancée. Pokrovski avait affirmé que le colonialisme russe était pire que tous les autres, plus brutal, plus exploiteur, plus irrespectueux des peuples dominés. Non, corrigent ses successeurs, il n'était certes pas aisé à supporter, mais il n'était pas plus cruel que les colonialismes anglais ou français. Et même, sans que cela justifie la domination qu'il imposait, convient-il de pondérer sa condamnation pour deux raisons. Dans certains cas, en conquérant des peuples, la Russie les aura préservés d'un sort plus cruel, que ce soit l'asservissement par d'autres conquérants ou celui que leur infligeraient leurs propres dirigeants, tous moins attentifs au destin des hommes. Par ailleurs, pour tous les peuples conquis, cette domination a présenté au moins un avantage : elle leur a permis d'entrer dans l'ère révolutionnaire avec la Russie. Ces conséquences non négligeables de la conquête russe, écrit-on alors, font qu'elle ne peut être définie, comme le faisaient Pokrovski et ses disciples, comme un mal absolu, mais doit l'être plutôt comme un mal relatif devant être évalué à la lumière de tous les éléments entourant l'événement.

Si la domination imposée par la Russie à d'autres peuples n'est plus jugée absolument condamnable, la résistance des peuples soumis doit elle aussi être appréciée de manière plus complète. Au cours des années 1920, les historiens non russes s'étaient penchés avec passion sur leur passé national et, surtout, sur les combats conduits contre l'envahisseur. L'Histoire, mais aussi l'École avaient véhiculé les images magnifiées des grands adversaires de la conquête : Chamil, Khan Kenessary Kasymov, Madali, c'est-à-dire avant tout ceux qui brandirent contre la Russie le drapeau de l'islam et les attributs de la civilisation musulmane. Peut-être est-ce le constat de l'attachement persistant à l'islam, de la difficulté à incorporer les musulmans à la culture soviétique qui explique que, tout en engageant les historiens nationaux à regarder d'un œil différent leur passé, le Parti communiste, inspirant et pilotant cette révision, se soit d'abord attaqué, de manière plus explicite, aux élites nationales de peuples plus proches, surtout aux Ukrainiens, dont le nationalisme inquiétait assez pour qu'ils fussent énergiquement conviés à prendre en considération les nouvelles thèses. De manière générale, tous les historiens sont rappelés à l'ordre, et les artisans de ce rappel, Staline et Jdanov, proclament qu'il convient de cesser de valoriser à l'excès l'histoire respective des Ukrainiens ou des Géorgiens, qu'il faut au contraire privilégier l'histoire des peuples de l'URSS, c'est-à-dire ce qui leur est commun.

Dès le 16 mai 1934, le Parti communiste a précisé qu'il lui incombait de guider ce travail historique et l'enseignement du passé. En vertu de cette mission qu'il s'est assignée, il ne cessera de multiplier avertissements et condamnations. Les historiens ukrainiens ont le privilège d'être les premiers visés, à commencer par le plus réputé d'entre eux, Hrouchevski, très tôt accusé d'avoir, en mettant excessivement l'accent sur la seule nation d'Ukraine et sur son passé, freiné les progrès de la compréhension et de l'amitié entre Russes et Ukrainiens. Clair avertissement : l'étude du passé ne doit pas dissimuler l'objectif commun, qui est d'édifier un ensemble soviétique ; en d'autres termes, une trop grande attention prêtée au passé national est contraire au progrès des peuples. Il ne convient plus, en ces années, de trop broder sur le thème de la « prison des peuples », l'expression elle-même devient suspecte. Le Parti brandit soudain contre les Ukrainiens le personnage de Bogdan Khmelnitski, qui signa au XVIIe siècle le traité unissant l'Ukraine à la Russie. Jusqu'alors, les historiens ukrainiens le traitaient au mieux d'opportuniste, au pis de traître. Le Parti les appelle à réévaluer le rôle de celui qui fit entrer l'Ukraine dans l'Empire avant que celui-ci connût sa mutation révolutionnaire, ce qui « épargna à la nation ukrainienne d'être dominée par les Polonais », dont l'« impérialisme » était jadis très actif.

Même constat fait par Staline pour les Géorgiens, qui se tournèrent au XVIIIe siècle vers la Russie parce qu'ils avaient toujours été menacés par les conquérants turcs et persans, dont la domination sapait leur civilisation chrétienne.

Pour ces deux peuples, conclura Staline en 1937, l'union à la Russie fut un moindre mal. L'évolution sémantique définissant la domination russe aura été ultrarapide : mal absolu au cours des années 1920, mal relatif quand commence la réévaluation, puis, dès 1937, moindre mal !

La réhabilitation de la Russie et de la patrie qui est au cœur de la réévaluation idéologique des années 1930 abandonne le principe d'égalité qui présida aux débuts de l'Union des soviets. Même si le mot même d'*égalité* n'est pas gommé, c'est la Russie, son patrimoine historique et ses valeurs qui sont mis à l'honneur. Sans doute l'idée de patriotisme, qui progresse dans le même temps, n'est-elle pas identifiée à la Russie, elle est soviétique et supposée englober les fidélités et valeurs communes à tous les peuples de l'Union. Si un nouvel équilibre se dessine dans cette conception de la nation et du patriotisme, l'accent reste encore mis sur ce qui est commun, sur le projet soviétique. Mais la guerre va accentuer une certaine dérive vers la glorification pure et simple de la Russie.

La guerre russe

Le 22 juin 1941, date à laquelle les troupes allemandes pénètrent en territoire soviétique, le pays est mal préparé. Les purges ont décimé l'armée. Sans doute, à la fin des années 1930, Staline a-t-il consacré des efforts considérables à constituer une nouvelle armée dont les effectifs seront, à l'heure de l'attaque allemande, très supérieurs aux capacités de l'assaillant. L'Armée rouge de 1939 n'a plus rien à voir avec les conceptions en vigueur en 1917. La discipline y est rigoureuse ; c'est un corps fermé, doté des privilèges nécessaires pour guérir le désarroi qu'y ont semé les purges. L'unité de commandement y a été rétablie.

La faiblesse de l'URSS en 1941 tient à deux éléments. En premier lieu, la confiance durable que Staline a mise en Hitler. Sans doute sait-il que le pacte germano-soviétique de 1939 n'a que des vertus temporaires. Mais il est encore convaincu, deux ans plus tard, que l'initiative de la rupture lui appartiendra et qu'Hitler, victorieux sur le continent, aura le souci de parachever sa conquête à l'ouest avant d'ouvrir un front à l'est. Tout le dispositif militaire soviétique conçu par Staline contre l'avis de son commandement est inspiré de ces certitudes et de la volonté de ne pas donner prétexte à Hitler à le précéder dans la rupture du pacte. D'une certaine manière, les comportements d'Hitler et de Staline sont identiques. L'un et l'autre ont refusé de tenir compte de l'avis de leurs généraux : Hitler dans sa volonté d'engager la campagne de Russie, Staline dans celle de se poser en allié confiant. La conséquence en fut que l'armée soviétique, placée en position défensive, offrit aux troupes allemandes la possibilité d'une avancée remarquable qui leur livra d'immenses territoires ainsi que plus de deux millions de prisonniers, jusqu'à les conduire aux portes de Moscou.

C'est ici qu'intervient un second élément, touchant cette fois l'ensemble de la population. Lorsque débute la Seconde Guerre mondiale, celle-ci est à maints égards mal préparée à l'épreuve. Elle sort à peine de l'ébranlement moral des années de collectivisation et de purges. La paysannerie est certes matée, mais désespérée par le sort qui lui a été imposé. Les nations non russes ne sont plus certaines d'être les égales de la nation russe, et aux épreuves communes s'ajoute pour elles la différenciation qui s'esquisse et affecte la solidarité internationale.

Tout en maintenant l'étau qui enserre la population et la terrorise, Staline s'efforce, pour lui réinsuffler une certaine vitalité, de restaurer des facteurs de confiance. Il en va ainsi de la Constitution, qui paraît stabiliser l'ensemble du système et confirmer que le temps des changements cataclysmiques est révolu. Il en va ainsi de la réhabilitation de la famille, ébranlée sinon détruite par le laxisme des années 1920 et par la terreur qui en dispersait les membres, substituant la suspicion aux liens traditionnels du cœur. Mais la chute de la démographie, due tout à la fois au tribut humain payé à la Grande Guerre, puis à la guerre civile, à la collectivisation, aux purges, incita Staline à revenir sur une politique qui brisait la famille, pour la remettre au contraire à l'honneur et encourager la natalité. La femme émancipée par le travail demeure certes un modèle, mais elle est aussi le ciment de la famille, la mère que l'on honore et que l'on décore. Cette évolution encourage les Soviétiques, si désorientés, à se replier sur le cadre familial qui leur est restitué et à tenter d'oublier l'État et ses exigences.

La société ainsi partiellement rassurée – elle ne peut pour autant oublier ses souffrances, ni tous ceux qui peuplent l'univers glacé des camps, et chacun essaie dans le silence de son cœur de perpétuer le souvenir d'un être proche – le sera davantage encore, en juin 1941, par les efforts que déploie Staline pour convaincre l'ensemble du pays qu'aucune menace immédiate n'émane de l'Allemagne. Alors que l'on entend déjà des bruits de bottes aux frontières, la presse et la radio s'emploient à assurer aux Soviétiques que les questions à l'ordre du jour sont avant tout celles de l'organisation de leur repos estival ! Aussi comprend-on mieux qu'une société qui hésite entre amertume et apaisement n'ait guère été prête pour les immenses défis que la rapide progression allemande allait poser.

S'y ajoute de surcroît un dernier facteur. Le pacte germano-soviétique avait livré à l'URSS les territoires et les peuples qui avaient vu consacrer leur indépendance en 1918-1920. Pour les pays Baltes, pour la Bessarabie et la Bukovine, pour l'Ukraine et la Biélorussie occidentale, il s'agissait là d'une annexion intolérable ; la cause de l'URSS leur était non seulement étrangère, mais haïssable. L'avance allemande enleva au contrôle de l'URSS une portion importante de l'Ukraine et du Caucase. Cette progression se fit souvent dans les régions nouvellement acquises que le pouvoir soviétique avait aussitôt soumises à de terribles purges. Leurs habitants, espérant un moment que les Allemands les libéreraient de la domination soviétique, les accueillirent d'abord avec joie. C'est donc à la périphérie non russe que l'édifice soviétique montra sa vulnérabilité. Staline, dont la politique annexionniste et violente avait suscité pareils réflexes de collaboration, n'avait au demeurant aucune confiance dans les non-Russes. Il le montra dès le début de la guerre par le traitement infligé aux Allemands de la Volga. Ceux-ci, descendants des colons conviés en Russie par Catherine II, n'avaient jamais manifesté une quelconque solidarité avec le pays de leurs ancêtres, jamais l'Empire ne s'en était défié. En 1914, nul n'avait imaginé de les éloigner des frontières. Staline, lui, agit tout autrement, et, dès le mois d'août 1941, sitôt l'invasion commencée, il les accusa de collaboration avec l'Allemagne – ce qui était pure invention, leur loyauté ne faisant aucun doute – et les punit collectivement en abolissant leur république autonome et en les déportant dans l'Oural et en Asie centrale.

Cette répression de tout un peuple, innocent des griefs qui lui étaient faits, annonce des décisions analogues prises après le redressement militaire soviétique. Mais, sur le moment, c'est – hors ce cas-là – à une réconciliation nationale que Staline va convier son peuple autour du patriotisme soviétique. L'effondrement militaire de la fin de l'année 1941 lui a révélé les ravages causés par les manipulations successives qu'a subies la loyauté des populations. L'internationalisme a fait long feu, l'égalité des nations s'est trouvée elle aussi mise en cause, et nul ne sait trop, en 1941, sur quels thèmes asseoir ce patriotisme soviétique. La mémoire des fondateurs du communisme ou de la révolution n'y suffisant pas, le constat est clair. Dans le premier appel qu'il adresse à la société, Staline a perçu la nécessité de parer le patriotisme qu'il évoque d'une profondeur historique susceptible de mobiliser tous les peuples, et d'un vocabulaire qui dépasse les divisions de la lutte des classes pour bien marquer l'existence d'un peuple solidaire. Il abandonne le traditionnel « camarade » pour s'adresser à ses « frères et sœurs », renouant par là avec l'idéal fraternel et égalitaire des débuts, mais sans y ajouter le moindre contenu marxiste. Il en appelle aussi à la fierté nationale, non pas seulement russe, mais à toutes les fiertés nationales, en invoquant les héros qui surent mobiliser les sociétés à l'heure où elles résistaient à l'envahisseur, quel qu'ait été celui-ci, même russe! Staline convoque à ce rendez-vous patriotique « la grande nation russe de Plekhanov, Lénine, Bielinsky, Tchernychevski, Pouchkine, Tolstoï, Glinka, Tchaïkovski, Gorki, Tchekhov, Lermontov, Souvorov, Koutouzov », et demande que soit suivi « le glorieux exemple d'Alexandre Nevski, Dimitri Donskoï, Kouzma Minine, Dimitri Pojarski... ».

Certes, les Russes étaient préparés à entendre évoquer ces gloires de leur passé national dont les noms résonnaient souvent depuis le milieu des années 1930. Mais, pour les non-Russes, la question se posait différemment. Fallait-il aussi réhabiliter les héros que l'on avait, peu d'années auparavant, si violemment décriés pour n'avoir pas compris le « sens de l'Histoire » et s'être opposés à la Russie? Une certaine prudence l'emporta sur la volonté d'utiliser le passé de tous les peuples à seule fin de les mobiliser. Deux grands personnages non russes seulement furent appelés à la rescousse du patriotisme commun : Bogdan Khmelnitski et Chamil. Ce choix s'explique. Le premier, on l'a dit, incarnait l'union de l'Ukraine à la Russie. Le second combattit certes la Russie, mais, vaincu, s'inclina et fut traité fraternellement par le souverain russe. On voit ici comment, en ces années si difficiles où tout paraît bon pour rameuter les peuples dans le combat commun, le sentiment national des non-Russes continue d'inquiéter un pouvoir qui veillera à n'en appeler qu'aux symboles d'union avec la Russie, ou, à la rigueur, à ceux qui ont incarné la lutte des peuples non russes contre des voisins hostiles aussi à la Russie. C'est ainsi que les Géorgiens seront invités à se souvenir de deux grands souverains, la reine Thamar et David le Constructeur, qui luttèrent contre les Turcs, et du roi Georges V qui chassa les Tatars du pays ; les Arméniens, de David Bek, qui lutta au XVIIIe siècle contre l'Empire perse ; et les Azerbaïdjanais, de Babek, héros de la résistance aux Arabes. Mais, aux peuples de l'Asie centrale dont l'histoire avait été une longue suite de combats contre le péril russe, on ne proposa pas de glorifier leurs héros ; ils ne pouvaient que se rattacher à la légende commune, dont Staline ne cessait d'égrener les noms.

L'effort de guerre exigeait cependant la participation de tous les peuples. Ayant mobilisé l'ensemble de ses forces, la Russie avait besoin qu'à l'arrière, dans les terres nationales, les cadres indigènes prissent la relève des cadres russes appelés au combat. On vit alors revenir aux responsabilités des cadres autochtones écartés au début des années 1930 en raison de leur nationalisme réel ou supposé, qui tout naturellement encouragèrent une certaine renaissance des idées nationales.

Les forces spirituelles que Staline fut aussi contraint d'appeler à l'aide pour rassembler des hommes désemparés par les épreuves subies jouèrent le même rôle. La Constitution de 1936 avait ouvert la voie à un changement de la politique, jusqu'alors impitoyable, menée en matière de religion, en reconnaissant aux citoyens le droit de pratiquer la leur, droit qui resta d'ailleurs assez théorique jusqu'en 1941. À l'heure de l'invasion ennemie, face à l'atonie et à l'atomisation sociales, Staline découvrit que l'appel à la conscience religieuse des individus pouvait produire bien plus d'effets que l'invocation des mânes de Marx et de Lénine ! Dès 1942, l'État s'engagea dans la voie de la reconnaissance de ses liens historiques avec l'Église orthodoxe, rouvrant des lieux de culte, libérant les clercs des camps où ils avaient été jetés, et, au lendemain de la victoire de

Stalingrad, autorisant la tenue d'un concile et l'élection d'un patriarche (car, depuis 1926, l'Église russe n'avait plus de chef), espérant ainsi unir autour de lui non seulement les Russes, mais aussi les autres peuples slaves, Ukrainiens et Biélorusses.

Les peuples musulmans allaient bénéficier eux aussi de cette révision politique. La vie de l'islam était totalement paralysée depuis le début des années 1930 ; aucune de ses autorités religieuses n'était reconnue en URSS. Mais, dès 1942, le discours de Staline sur l'islam met en avant le « patriotisme des musulmans » et une tradition de luttes communes aux chrétiens et aux musulmans à la périphérie de l'Empire. En 1943, au moment où l'Église de Russie recouvre sa hiérarchie, Staline annonce la mise en place d'une « Direction spirituelle centrale des musulmans » installée à Tachkent, dont le muphti sera l'interlocuteur du pouvoir et le guide de tous les musulmans du pays. Les autorités allemandes d'occupation au Caucase prirent d'emblée la mesure du choc causé chez les musulmans par cette décision qui leur reconnaissait une existence communautaire. Elles voulurent y opposer un muphti proallemand, mais cherchèrent en vain une personnalité qui pût jouer ce rôle. Dès cette année 1943, les musulmans de l'URSS avaient compris que l'Allemagne n'était plus la puissance invincible qui, deux ans plus tôt, avait occupé une si grande part du territoire de l'URSS. La victoire de Stalingrad commençait à décourager les candidats à la collaboration, et, de surcroît, pour les musulmans du Caucase comme pour ceux d'Asie centrale, c'est Moscou qui avait donné le signal de la renaissance de leur communauté, dont le chef spirituel se trouvait en territoire soviétique et non pas en zone occupée.

La communauté juive vit elle aussi reconnaître, jusqu'à un certain point, ses aspirations. L'attitude du pouvoir soviétique à son égard fut particulièrement étonnante. Les concessions faites aux orthodoxes et aux musulmans découlaient d'une logique nationale, et non pas purement religieuse ; en ces années de guerre, le pouvoir reconnaissait la religion comme une composante historique et culturelle des nations. Mais la reconnaissance ambiguë d'une nationalité juive que l'on avait installée au Birobidjan n'avait plus de fondement au début des années 1940, les Juifs ayant en majorité déserté le territoire qui leur avait été attribué pour s'en retourner vers leurs lieux de vie traditionnels ; des Russes étaient allés peupler à leur place cette terre ingrate. Les juifs n'avaient plus ni écoles ni institutions culturelles, ils étaient dispersés, mais un grand nombre d'entre eux se trouvaient implantés en Ukraine, en Biélorussie ainsi qu'en Crimée. Dans les deux républiques nationales, l'invasion allemande les surprit et les décima, tandis que ceux qui vivaient en Crimée furent évacués et envoyés là où les Allemands n'avaient pas pénétré. Mais l'invasion et les massacres perpétrés dans les territoires occupés provoquèrent chez eux un véritable sursaut identitaire dont rend compte la déclaration faite par Ehrenbourg – pourtant un véritable Soviétique ! – en août 1941, proclamant qu'il était certes soviétique, mais qu'il venait de prendre conscience qu'il était aussi juif. La publicité donnée par la presse à cette déclaration suggérait une certaine inflexion de la politique suivie jusqu'alors.

La politique extérieure allait aussi encourager Staline à réviser pour un temps ses positions. C'est le problème de l'aide militaire américaine qui suscita une réorientation de ses vues, les Juifs russes pouvant contribuer à jeter un pont avec les États-Unis, où une communauté très influente était prête à entendre ses frères d'URSS. Un Comité antifasciste juif fut créé en 1942, présidé par Beria qui l'axa sur une action militante de soutien à l'effort militaire soviétique. Grâce à sa propagande et à ses collectes de fonds, le Comité antifasciste reçut des seuls États-Unis trois millions de dollars, qu'il reversa à l'Armée rouge.

Mais, contrairement aux chrétiens et aux musulmans, les juifs n'obtinrent pas, en échange de leurs manifestations de solidarité, de concessions en matière de vie culturelle et religieuse. Aucune école, aucun journal, à l'exception de quelques publications destinées à la propagande extérieure, ne virent le jour. Les responsables du Comité antifasciste – deux bundistes polonais fort opportunément libérés de prison, Heinrich Erlich et Victor Alter – espéraient néanmoins que, la paix revenue, le rôle joué par leur mouvement serait reconnu et ouvrirait enfin à leur communauté le droit de vivre plus librement.

Bien que le discours de Staline ait été dominé par la glorification de la Russie, ses concessions en matière religieuse et nationale nourrissaient partout l'espoir que l'après-guerre serait marqué par un retour aux conceptions égalitaires des rapports entre nations. On ne peut comprendre les espérances nées durant la guerre si l'on néglige le caractère chaotique et la brièveté des phases qui ont jalonné la politique nationale. Le discours égalitaire aura duré de 1922 à 1929. Le tournant de la collectivisation aura annoncé une pratique centralisatrice violente visant à uniformiser tout l'espace et les hommes de toutes origines. La Constitution de 1936 aura encouragé l'illusion d'un apaisement. Enfin, les aménagements de la politique nationale durant la guerre ont conforté cet espoir. À l'heure de la victoire – une victoire qui étend l'espace soviétique et, au-delà, l'espace « satellisé » en y incluant des nations on ne peut plus conscientes de leur identité – un tel changement conduit le pouvoir à s'interroger sur un nécessaire durcissement. Staline est alors confronté à une alternative très nette : ou bien il accepte le retour du sentiment national dans la conscience soviétique, et compose avec lui ; ou bien il le brise.

C'est le second terme de l'alternative qui sera retenu.

Les nations ont trahi

Le 24 mai 1945, Staline s'adresse à son pays pour célébrer la victoire. Mais cette victoire, il va le dire sans fioritures, c'est au peuple russe que le pays entier en est redevable. Le « toast de la victoire » célèbre le peuple russe, non le peuple soviétique, et Staline énumère ce qui justifie un tel choix : « C'est la nation dirigeante de l'URSS. » Le rôle joué dans la guerre par les Russes leur a donné le droit d'être les guides de tous les autres peuples de l'Union. Enfin, il reconnaît à la nation russe des vertus propres de courage, de rigueur intellectuelle et d'opiniâtreté qui légitiment sa place centrale parmi toutes les autres nations.

Ce discours est d'une importance que l'on ne saurait sous-estimer ; il est en rupture complète avec la théorie de l'égalité des nations, mais aussi avec une pratique qui, après 1924, avait combiné un compromis politique et culturel et une orientation devenue moins égalitaire. Quelles qu'aient été, avant-guerre, les inflexions apportées à l'exigence léniniste de « respecter les petits et de renoncer au chauvinisme russe », le discours officiel avait néanmoins maintenu constamment la ligne proposée par le père de la révolution. Certes, à l'égalité des nations avait progressivement succédé l'idée d'un peuple russe *primus inter pares*, ou encore « plus égal que les autres », mais les fondements théoriques de la politique nationale élaborée en 1920-1922 n'avaient jamais été dénoncés.

En 1945, Staline développe sa conception personnelle d'une politique nationale reposant sur trois piliers : la répression des nationalismes dont la guerre a favorisé l'expression ; le rassemblement soviétique autour de la Russie ; un rigoureux encadrement politique des nations qui ne laisse guère de place au compromis antérieur.

La répression a déjà commencé durant la guerre pour s'épanouir ensuite. En principe, ce n'est pas l'affirmation d'aspirations nationales que l'on va réprimer, mais la collaboration de tels ou tels nationalistes avec les troupes d'occupation allemandes. Donc, le sentiment national dévoyé. Au cours du conflit, évoquant le problème de la collaboration de certaines nations, Staline déclara que, s'il fallait frapper les collaborateurs, c'est tout le peuple ukrainien qu'il faudrait sanctionner par la déportation, soit 18 % du peuple soviétique ; il argua que le nombre seul lui permettrait d'échapper au châtiment mérité. La conclusion implicite de ce propos était que la collaboration était bel et bien le fait de nations entières. Cette conception globale, d'ampleur nationale, de la collaboration présentait l'avantage d'opposer des nations coupables de trahison et une nation intégralement héroïque, la nation russe !

Il faut souligner ici deux traits caractéristiques de cette approche et du jugement nouveau porté sur les nations. D'abord, Staline oublie ici les différences de classes pour considérer la nation comme un tout. Par ailleurs, à dénoncer ainsi des nations entières, c'est la nation russe en bloc qui voit légitimer par là la supériorité morale qu'il lui attribue ainsi que son rôle dominant. Il en ressort que s'il est des bons et des mauvais comportements nationaux, c'est dans ce qui les définit, dans la tradition et les valeurs qui leur sont propres, que résident le bien et le mal.

La mise en pratique de cette condamnation globale de certaines nations commença dès l'automne de 1943 et s'étendit jusqu'au milieu de 1944. Au fur et à mesure que les troupes soviétiques progressèrent dans les territoires occupés par les Allemands, la répression s'abattit sur certains peuples. Ayant reconnu l'impossibilité de s'attaquer à tous les Ukrainiens, Staline décida d'y substituer la dénonciation de six petits peuples accusés de trahison collective, de les punir en les déportant et en anéantissant tous signes de leur existence nationale : territoire, statut, institutions culturelles. Ces six peuples étaient en majorité caucasiens : Tchétchènes, Ingouches, Karatchaïs, Balkars, mais aussi Tatars de Crimée et Kalmouks vivant dans une république autonome située au nord du Caucase. Six petites nations représentant plus d'un million de personnes furent ainsi arrachées à leurs foyers, jetées en plein hiver – y compris vieillards, enfants, malades – dans des wagons à bestiaux où on les entassa dans les mêmes conditions que connurent en Europe occidentale les déportés du régime nazi, et expédiées en Asie centrale ou en Sibérie. Durant ces transferts inhumains, mais aussi pendant les mois qui suivirent leur débarquement en terre d'exil, par dizaines de milliers ces déportés moururent de faim, de maladie ou du fait de conditions de vie quasi concentrationnaires. Ils furent en effet installés ou plutôt enfermés dans des lieux de peuplement spéciaux *(spetsposelenie)*, c'est-à-dire des lieux où la loi et les règlements ordinaires ne s'appliquaient pas, mais où dominait un système réglementaire réservé à la population des déportés et des relégués. Les koulaks avaient été auparavant assignés dans de tels lieux de vie. Tout ce système de déportation et de surveillance relevait de Lavrenti Beria, épurateur en chef des années 30 et ministre de l'Intérieur durant la guerre. Outre ces peuples, des minorités non russes vivant dans les mêmes régions furent elles aussi « éloignées » (mot pudique recouvrant la déportation) : Kurdes, Grecs, Bulgares ; on se préparait même à déporter tous les Abkhazes – seuls les événements s'y opposèrent.

Outre son aspect pédagogique hiérarchisant les peuples de l'URSS selon leurs mérites supposés, cette punition collective présentait l'avantage de chasser des zones stratégiques et des bords de la mer Noire, voire des régions où s'étaient manifestées des tensions nationales, leurs habitants naturels et de les peupler de Russes auxquels le pouvoir faisait en définitive davantage confiance. Après la guerre vint le tour des peuples que le conflit mondial avait fait entrer dans la sphère soviétique. Déjà, en 1939, conséquence du pacte germano-russe, des Baltes, des Polonais – on en compta plus d'un million – et des Ukrainiens, à peine « soviétisés », furent déportés. En 1945, bien qu'il eût évoqué la difficulté de « punir » l'ensemble de l'Ukraine, Staline fit déporter massivement des Ukrainiens d'Ukraine occidentale, et abolit dans cette région annexée l'Église gréco-catholique en la soumettant à l'autorité du patriarcat de Moscou.

Aux châtiments pour faits de collaboration va s'ajouter, après 1945, la déportation pour « refus de se soumettre à la collectivisation » des Baltes farouchement opposés à ce système qu'on leur impose en sus de leur incorporation forcée dans l'État soviétique. En Ukraine aussi, une véritable lutte s'engage alors, qui s'achèvera seulement au début des années 1950, quand la répression aura eu raison de la résistance de petits groupes isolés mais décidés à se battre jusqu'au bout.

Soviétiques ou Russes ?

Ainsi la remise en ordre d'après-guerre a-t-elle eu pour premiers effets de détruire des petites nations, de déplacer des populations entières et de couper nombre de peuples de leur environnement traditionnel. Mais cette pédagogie par la terreur n'a été qu'un aspect du nouvel ordre soviéto-russe. Ce sont les sentiments nationaux eux-mêmes que Staline va s'efforcer d'extirper en élaborant une nouvelle culture dont, cette fois, sans ambiguïté, la Russie fournit et le modèle et les modalités. L'Histoire se trouve encore « améliorée » dans cette perspective grand-russe, mais aussi slavo-centriste.

La réécriture de l'histoire russe va bon train. Elle passe par la glorification du plus lointain passé, celui de la *Rus'* kievienne, dont le haut degré de développement est affirmé. Mais aussi par celle du passé russe du XIXe siècle, si longtemps dénoncé par les bolcheviks comme temps d'arriération et d'asservissement des autres peuples, dont on proclame soudain qu'il fut totalement progressiste. La réaction au XIXe siècle ne se situait pas en Russie, mais dans les États d'Europe occidentale, apprendront dès lors les écoliers soviétiques. Cette réévaluation si positive de tout le passé russe présente un grand avantage : elle justifie le socialisme dans un seul pays, car ce passé de progrès explique que la révolution ait eu lieu en Russie et non pas ailleurs, et que la Russie, même isolée, ait pu en préserver l'esprit et les buts.

Enfin, toujours à propos du passé, l'accent mis à cette époque sur la communauté historique et de culture des trois peuples slaves de l'URSS tient à des raisons intérieures et extérieures. À l'intérieur, il sert à valoriser un ensemble slave rassemblé autour de la Russie ; ce faisant, Staline indiquait que, par-delà les différences nationales, il existe en URSS un autre clivage opposant les peuples slaves, occidentaux, à d'autres peuples étrangers. Cette distinction a un volet extérieur : la Seconde Guerre mondiale a étendu l'aire soviétique jusqu'au cœur de l'Europe et les peuples slaves occupent une place considérable dans ce nouveau paysage géopolitique. Le panslavisme rampant inhérent à la nouvelle conception historique tend à conférer une légitimité à ces acquisitions forcées. Le mérite de la Russie, suggérèrent alors des spécialistes du domaine, est d'avoir donné vie au rêve panslave non seulement à l'intérieur des frontières de l'URSS, mais aussi dans une large partie de l'Europe. En clair, Staline préfère ici fonder la domination sur les solidarités de la conscience collective slave plutôt que sur celles des classes laborieuses ; le panslavisme discrètement ressuscité n'est-il pas un moyen d'affirmer que la satellisation imposée à certains peuples en 1945 est la conséquence naturelle de leur appartenance à une même famille historique ?

La mise en avant d'un ensemble slave à l'intérieur de l'URSS se trouve étayée par le statut que Staline va obtenir aux Nations unies pour l'Ukraine et la Biélorussie. Sans doute espérait-il que toutes les républiques dites « souveraines » de l'URSS se verraient dotées d'un siège en cette instance. Il dut se contenter des deux attribués aux deux républiques slaves. La Constitution soviétique fut modifiée en 1946 pour tenir compte de leur nouveau statut international : elle autorisa les républiques à avoir des représentations diplomatiques séparées, ainsi que leurs propres forces armées. Ces droits restèrent naturellement du domaine de la théorie, mais ils renforcèrent partout le sentiment national et réveillèrent çà et là des frustrations.

L'État soviétique qui, après-guerre, priva certains de ses peuples de toute existence nationale les priva tous du droit à se croire égaux. En quelques années, il leur ôta aussi la part autonome de leur histoire ainsi que les éléments culturels les plus symboliques qu'ils avaient su sauvegarder. L'attachement au passé, étranger à l'union avec la Russie, fut condamné, car c'est cette union forcée ou non (le débat sur ce point n'a plus lieu d'être), appelée « rapprochement des peuples », qui leur a apporté les bienfaits de la révolution que les sociétés européennes dites « avancées » ont manqués. Du passé et des personnages souvent hauts en couleur qui l'ont incarné les nations ne sont autorisées à retenir que les héros de l'unité, incarnations du bien absolu, du destin partagé avec la Russie, dont le plus représentatif est Staline le Géorgien, qui s'est fait en même temps le héraut de la gloire russe.

Mais ce sont surtout les monuments littéraires symbolisant chez tous ces peuples leur identité culturelle qui vont leur être enlevés. Le « compromis » associant la forme nationale et le fond socialiste est balayé d'un coup par une campagne idéologique de grande envergure qui soumet au feu de la critique toutes les œuvres épiques autour desquelles se sont développées les cultures nationales. Toutes ces œuvres sont rejetées et interdites parce que nationales et dans le fond, et dans la forme. Les Ouzbeks sont ainsi priés de rayer de leurs mémoires *Alpamych*, l'épopée qui chante leur lutte passée contre les Kalmouks bouddhistes. Pour les Kirghiz, ce sera *Manas*, récit épique du combat qui opposa les nomades musulmans aux Chinois ; la critique, dans ce dernier cas, avance que ces récits des luttes des peuples turcs musulmans exaltent un nationalisme outrancier et l'incapacité de ces peuples à comprendre qu'il leur faut cohabiter avec leurs voisins, et non les combattre. Il est vrai que la Chine est, à l'heure de ces épurations, devenue un État communiste, donc fraternel. Les Azéris, dont on condamne *Dede Korkut*, qui retrace l'histoire des Oghouz, sont déclarés coupables de sympathies « cléricales panturques et antipopulaires ». Le même interdit frappe *Kurkut Ata*, variante de l'épopée azérie, œuvre chère aux Turkmènes, accusée de favoriser les mêmes penchants. Les Kazakhs ne sont pas épargnés par cette épuration de la mémoire littéraire et le soupçon pèse aussi sur les Géorgiens, attachés à *L'Homme à la peau de léopard*; dépossédés de leur patrimoine épique qui les incite, dit-on alors, à se replier sur eux-mêmes et sur un passé qui ne les prépare guère au progrès, les peuples non russes sont conviés, en guise de compensation, à partager avec les Russes leur culture dont Staline et ses proches répètent qu'elle a toujours été ouverte sur le monde et le progrès. Le *Dit du prince Igor* peut ainsi tenir lieu de patrimoine propre à tous les peuples de l'Union.

Les années d'après-guerre sont caractérisées par des contradictions saillantes dans la conduite de la politique nationale. La « punition » infligée pour trahison à certains peuples, l'affirmation répétée de la supériorité historique et culturelle de la Russie semblent rompre totalement avec la volonté de préserver un certain équilibre entre les nations. Après avoir été conviées à se fondre dans un creuset soviétique, celles-ci sont toutes soumises en ces années à un processus russificateur. En bref, les Soviétiques doivent être russes ou se réclamer du modèle russe.

Pourtant, le « compromis politique » subsiste et, au tournant des années 1950, c'est le Parti, organe de contrôle et de centralisation, qui s'assigne pour tâche de représenter le fédéralisme en restituant une certaine place aux cadres nationaux. Cette évolution du Parti et de sa politique nationale a certes été précédée de purges qui, en Géorgie, prirent en 1952 l'allure d'une épuration totale frappant avant tout l'appareil du Parti et, à un moindre degré, l'appareil d'État. Mais si l'accusation classique de nationalisme servit à justifier ces purges, il n'est pas inutile de constater qu'elle recouvrait surtout un jeu complexe de Moscou opposant au nationalisme géorgien – très antirusse – la défense des minorités de la république : Adjars, Ossètes, Abkhazes. Dans une Géorgie qui avait, durant la guerre, suivi avec attention la progression des troupes allemandes et le soulèvement de certains peuples du Caucase, l'espoir d'une émancipation favorisée par le concours de l'Allemagne avait nourri un nationalisme déjà bien installé. Plutôt que d'attaquer de front cette volonté nationale dont il connaissait le caractère irréductible, Staline préféra lui opposer – au nom de l'égalité – les « droits des petites nationalités » incorporées à la Géorgie. Les clivages nationaux des années d'après-guerre et le rôle joué par eux dans l'élaboration d'une politique caucasienne retrouveront toute leur force, un demi-siècle plus tard, quand l'URSS aura disparu et que la Russie s'efforcera, avec les mêmes alliés – Abkhazes et Ossètes, surtout –, de maintenir son influence sur la Géorgie devenue indépendante.

Mais, au-delà du cas géorgien, on doit noter que, dès 1946, le Parti s'attache à réduire la part des Russes au sein des appareils nationaux et à y pousser en avant des cadres dont il attend qu'ils représentent une génération internationaliste soviétique, c'est-à-dire suffisamment russifiée pour ne pas verser dans la tentation nationaliste. Au cours de ces années, la situation de presque toutes les républiques va à cet égard s'améliorer. Les seules exceptions sont l'Ukraine et les États baltes : la situation d'après-guerre explique que le Parti se montre encore réticent à réduire le contrôle russe sur leurs appareils nationaux. Les Baltes, indépendants jusqu'en 1940, violemment opposés à l'annexion, ont été de surcroît victimes de déportations massives et remplacés dans leurs républiques par des Russes. Où trouver, dans ces conditions, des cadres nationaux ? L'Ukraine a posé un problème semblable en raison de l'incorporation de territoires ukrainiens occidentaux à la République. Il faudra du temps pour réduire la résistance nationale dans ces territoires et y former des élites qui acceptent la soviétisation. Mais, à l'exception de ces républiques aux peuples traumatisés après la guerre par leur sort, partout ailleurs l'appel du Parti à s'indigéniser (on revient jusqu'à un certain point aux slogans des premières années de l'URSS) et à promouvoir des cadres nationaux porte ses fruits. L'évolution ne sera certes pas spectaculaire, mais elle est réelle.

Au centre du système, en revanche, un constat différent s'impose : tous les postes du Parti et de l'État restent aux mains des Russes ; et même à la périphérie, l'autorité absolue du Secrétaire chargé des cadres – ce poste n'a jamais échappé aux Russes – sur l'appareil du Parti permet de contrôler efficacement la montée de cadres nationaux conformes au modèle humain et politique de l'URSS d'après-guerre : soviétique toujours et plutôt russifié.

Cette volonté contradictoire de préserver des apparences d'égalité dans le système politique tout en s'en affranchissant dans le domaine de la culture est aisée à comprendre. La guerre, qui a soudain livré une partie de la population soviétique à une puissance extérieure et confronté la totalité de la population au constat d'un possible effondrement de l'ensemble du système, a fait prendre conscience à Staline des limites de l'efficacité du gouvernement par la terreur. La leçon tirée des événements est que si, en période de toute-puissance, le pouvoir peut par la terreur imposer aux hommes des comportements de soumission, il n'a pu cependant modifier leurs mentalités. Pour assurer l'avenir, c'est bien sur l'homme et donc sur les mentalités que doivent se porter les efforts, ce qui explique l'acharnement à façonner un homme nouveau et une conscience commune. C'est en ce domaine qu'il faut atteindre un stade nouveau ; et, pour équilibrer la contrainte pesant sur les esprits, des concessions politiques – mineures, certes, puisque les structures de contrôle restent inchangées – sont avancées.

Le fédéralisme sort inentamé et même apparemment renforcé de l'épreuve de la guerre et de la remise en ordre qui a suivi, mais l'accent mis sur l'uniformisation des esprits, sur leur adhésion à une culture commune, nationale dans la forme et désormais russe par le contenu, annonce déjà que le fédéralisme, justifié par la persistance des consciences nationales, pourrait bien être à bref délai remis en cause.

Retour à l'utopie

La mort de Staline fut suivie de signaux suggérant une évolution du système. D'emblée, ils ouvrirent d'immenses espoirs à tous ceux que la répression avait frappés, et d'abord aux nations déportées. Conscients de l'impossibilité de maintenir intact le système de terreur, les successeurs de Staline entrebâillèrent avec précaution les portes des camps et annoncèrent, en 1955, une amnistie pour les personnes (mais non pas les peuples) condamnées pour collaboration avec les Allemands. Même si ces mesures ne leur bénéficiaient pas encore, les peuples déportés en conçurent le vœu puis la volonté de s'en retourner dans leurs patries respectives. Clandestinement, au prix d'énormes difficultés et de réels dangers, ils partirent par petits groupes vers les lieux où, légalement, ils n'avaient pas le droit de retourner, et moins encore de résider. Le pouvoir s'efforça de freiner ce mouvement en adoucissant les dispositions qui réglaient l'existence des déportés. Le contrôle spécial auquel ceux-ci étaient soumis fut supprimé, mais ils restaient attachés à leurs lieux de déportation, d'autant plus que leur retour chez eux eût posé deux sérieux problèmes à un pouvoir déjà hésitant sur la voie à suivre.

Leur départ risquait d'abord d'entraîner des difficultés économiques dans les régions où ils vivaient et travaillaient. Puis, que faire d'eux dans leurs lieux de vie originels alors que d'autres populations avaient été installées à leur place, dans leurs maisons, leurs emplois, leurs écoles ? Plus encore que les difficultés économiques, les retours allaient être générateurs de violents conflits entre « dépossédés » et « accapareurs ». Des conflits ethniques, car ces derniers étaient en général des Russes.

La Crimée en était l'illustration : un peuplement russe y avait totalement remplacé le peuplement tatar. Sans doute, en la rattachant à l'Ukraine en 1954 pour célébrer le tricentenaire de son ralliement à la Russie, Nikita Khrouchtchev, en esprit prévoyant, se défaussait-il sur les Ukrainiens du soin de régler le problème de la réinsertion des Tatars dans leur patrie le jour où il se poserait. Ainsi le conflit, s'il devait surgir, opposerait-il une république non russe à une minorité non russe, et cette confrontation aurait pour victimes désignées les Russes installés par Staline dans la Crimée contestée. Le pouvoir central pourrait ainsi jouer un légitime rôle d'arbitre. Ce calcul tortueux pèserait lourdement sur les intérêts de la Russie en mer Noire à l'heure de la disparition de l'URSS et de l'indépendance ukrainienne. Mais qui, en 1954, pouvait imaginer de tels développements ?

Deux ans plus tard, pourtant, Moscou ne put davantage éviter de poser le problème des peuples déportés. Dans son Rapport secret au XXe Congrès du Parti dans lequel il dénonça – avec prudence et moyennant d'innombrables omissions – les crimes de Staline, Khrouchtchev aborda le problème de manière sélective. Pourquoi avait-on accusé de collaboration les Karatchaïs, les Balkars et les Kalmouks ? s'indignat-il. Soit, mais les Tchétchènes, les Ingouches, les Tatars de Crimée, les Allemands de la Volga et tous ceux qui avaient été déportés non pas globalement, mais par groupes importants, comme les Ukrainiens et les Baltes, ne furent pas mentionnés. Ces oubliés de la déstalinisation refusèrent d'accepter un sort aussi discriminatoire et, Tchétchènes et Ingouches en tête, décidèrent de s'accorder à eux-mêmes le bénéfice de la révision khrouchtchévienne en forçant tous les barrages administratifs et pratiques pour rentrer chez eux.

Le 24 novembre 1956, soit moins d'un an après la lecture du Rapport secret, le Parti tira la leçon des révélations de Nikita Khrouchtchev en rétablissant l'autonomie nationale des Tchétchènes, des Ingouches, des Kalmouks, des Karatchaïs, des Balkars, mais en oubliant encore les Tatars et les Allemands de la Volga.

Indignés, les Tatars multiplient les appels au Kremlin, les pétitions et les manifestations qu'encourage la déstalinisation. Ce n'est qu'en 1967, alors que

Khrouchtchev, qui avait ouvert la voie, n'est plus au pouvoir, qu'ils remportent une semi-victoire : le 5 septembre, un décret les exonère du crime de collaboration. Réhabilités, les Tatars n'en récupèrent pas pour autant leur statut politique ni leur droit au retour. Le décret qui les lave du crime de trahison spécifie que les bénéficiaires en sont « les Tatars qui résidaient en Crimée et sont installés dans la république ouzbeke et en d'autres républiques ». Ce qui revient à dire que le lien entre un groupe ethnique et le sol qui lui confère la qualité de nation n'est pas reconnu par ce décret, ce qui ferme aux Tatars tout droit au retour. La nation tatare n'existe pas : tel est le sens du décret qui la réhabilite !

Les Allemands ne furent pas mieux traités. Ils embarrassaient un pouvoir contraint de tenir compte des exigences de l'Allemagne de l'Ouest lorsque les liens entre Bonn et Moscou se rétablirent. Adenauer, puis ses successeurs se sont constamment inquiétés du sort de ces compatriotes installés en Russie deux siècles plus tôt, et ont plaidé pour que leur république soit restaurée. Khrouchtchev réhabilita les Allemands en 1964, mais n'évoqua pas pour autant la question de leur territoire national. Il devait céder en revanche aux demandes allemandes sur la question de la « réunion des familles », et l'émigration se développera progressivement en même temps que l'*Ostpolitik*.

Au Caucase, le retour des peuples ne fut pas facile. Tchétchènes et Ingouches eurent du mal à retrouver une place que les Russes leur contestèrent aussi bien sur le plan politique que sur celui, plus matériel, de leur réinstallation. C'est ainsi qu'un sanglant conflit opposa en 1958 ces deux peuples aux Russes à Groznyï, et tourna au pogrome. Les Russes, qui se réclamaient du communisme « internationaliste », refusaient tous les postes de responsabilité aux Tchétchènes et le climat de tension interethnique au Caucase fut durable. Mais les tensions opposèrent aussi les Ingouches aux Ossètes dans un district ingouche – Prigorodnyi – que Staline avait rattaché à l'Ossétie du Nord après la déportation des premiers. Ces lignes de clivage resurgiront, un demi-siècle plus tard, à l'occasion de nouveaux affrontements ethniques. Les Kalmouks ne furent pas mieux accueillis chez eux par les Russes qui les y avaient remplacés. Les Ukrainiens, au contraire, à qui avait échu la Crimée, étaient redevables à Khrouchtchev d'un geste qui visait à racheter la dureté dont Staline avait fait preuve vis-à-vis d'eux, et cette acquisition territoriale leur simplifia, en 1954, le problème de l'accueil de leurs compatriotes déportés.

Mot d'ordre inspirant toute l'action de Khrouchtchev : le « retour à Lénine ». Il n'est donc pas étonnant qu'il ait voulu y être fidèle en revenant jusqu'à un certain point à l'idée d'égalité entre les nations. De surcroît, sa politique étrangère et sa politique en Europe de l'Est imposaient ce retour à des pratiques plus égalitaires. À l'étranger, Khrouchtchev mise alors sur les révolutions nationales au Moyen-Orient et en Asie pour y gagner en influence. Une telle politique ne peut s'accommoder d'un mépris total envers les aspirations nationales à l'intérieur de l'URSS. Les réactions à la déstalinisation dans l'Est européen lui suggèrent aussi de composer avec les peuples dominés. Déjà, en 1955, pour se réconcilier avec Tito, Khrouchtchev a dû reconnaître que Staline avait eu tort en essayant d'imposer sa volonté à la Yougoslavie ; il a reconnu de surcroît – condition imposée par Tito – que l'adhésion au même système idéologique et politique n'empiétait en rien sur l'indépendance de la Yougoslavie et ne donnait à l'URSS aucune autorité sur elle. Au XXe Congrès, il lui a fallu aussi avouer les excès commis à l'encontre des

Partis communistes étrangers, en particulier du Parti polonais. Ces aveux impliquaient que les États communistes satellisés en 1945 devaient être traités en égaux de l'URSS.

N'en allait-il pas de même pour les nations non russes ? Khrouchtchev dut trouver un délicat équilibre entre le « retour au léninisme » et la nécessité de ne pas aller trop loin dans cette voie, sous peine de déstabiliser toute la construction soviétique. Le retour au léninisme sera donc d'ordre surtout idéologique. Le pouvoir soviétique doit s'employer une fois encore à redéfinir la nature des relations passées entre les nations de l'URSS ; autrement dit, il faut préciser si les peuples ont le droit d'intégrer leur patrimoine historique dans la culture soviétique. C'est l'histoire qui, comme toujours, va être révisée, et la question de la légitimité de la domination russe sur les non-Russes, réévaluée. Invoquant Lénine, Khrouchtchev exhorte les historiens à reconnaître que conquête et colonisation ont été des politiques condamnables. Pratiquée par la Russie, une telle politique était un mal ; les peuples conquis étant fondés à s'y opposer, leurs héros, ayant combattu la Russie, pouvaient recouvrer leur place dans leur panthéon national. Ainsi de Chamil, sempiternelle vedette des querelles historico-idéologiques. Son combat avait été héroïque, écrivent alors les historiens mobilisés pour la circonstance, mais, ajoutent-ils, s'il avait triomphé, quelle catastrophe c'eût été pour le Caucase qui eût été par là durablement écarté du progrès !

Ce débat témoigne de l'ambiguïté du projet de Nikita Khrouchtchev. Pour se réconcilier avec les nations et pouvoir s'appuyer sur elles, il leur restitue leur passé. Mais cette restitution n'est pas une fin en soi. Pour lui comme pour Lénine, les concessions ont une finalité pédagogique, sont censées apaiser les tensions et inculquer un véritable internationalisme. Il n'accepte pas, en revanche, qu'elles servent d'aliment à une réactivation des sentiments nationaux.

À l'aspect idéologique de la phase de concessions s'ajoute un aspect plus politique qui touche au fédéralisme. Khrouchtchev entend y revenir. Pour ce faire, il accorde plus d'autonomie économique aux nations en leur transférant la responsabilité des entreprises situées sur leur sol et qui dépendaient jusqu'alors du Centre (des ministères fédéraux). Il agit de même dans le domaine du droit en développant les compétences des républiques en matière de législation et d'organisation judiciaire. Enfin, à deux reprises, en 1957 et 1959, les prérogatives appartenant en propre aux autorités politiques des républiques – notamment des Conseils des ministres – sont accrues. Et, en suivant toujours la voie tracée par Lénine, Khrouchtchev va pousser à l'accroissement du nombre de cadres nationaux et à l'élargissement de leurs compétences afin que les réformes accordant plus de responsabilités aux républiques soient applicables.

Ce n'est pas seulement dans les républiques que cette indigénisation de l'encadrement est pratiquée ; elle l'est aussi au Centre où le Premier secrétaire, si actif sur la scène mondiale, associe un certain nombre de cadres nationaux à son action diplomatique. Sans doute les amendements apportés en 1946 à la Constitution stalinienne donnaient-ils aux républiques le droit de disposer de représentations diplomatiques propres (alinéa 18 b ajouté à la Constitution). Mais cette disposition, destinée à justifier les sièges ukrainien et biélorusse aux Nations unies, était restée lettre morte. Dans les années 1960, elle commence à recevoir un début de réalité. Des diplomates non russes, surtout originaires d'Asie centrale, font leur apparition dans les ambassades soviétiques des pays du Moyen-Orient et plus largement du monde musulman. Dans ses voyages, en particulier dans le tiers-monde, Khrouchtchev se fait parfois accompagner par des représentants des peuples musulmans d'URSS. Ils jouent aussi un rôle de coopérants dans les pays où l'URSS s'active en ces années-là. Cette association de non-Russes à la politique conduite dans le tiers-monde produit alors des effets certains, l'URSS s'y présentant comme un pays multiethnique, à la fois européen et oriental, voire asiatique, qui a su combiner progrès et respect des traditions, ce dont témoignent ses élites. Elle peut ainsi légitimement y proposer son modèle de développement.

Cette politique d'apaisement a des effets positifs et les relations Centre/périphérie s'en trouvent facilitées. Mais elle a aussi son revers, les élites nationales ayant parfois tendance à penser qu'il leur faut se montrer exigeantes pour consolider un statut et des droits plus étendus qu'auparavant. Khrouchtchev va rapidement en prendre conscience et constater cette montée des tensions. Sa pédagogie visait à abolir définitivement la conscience nationale et ses requêtes ; elle leur a donné un nouveau dynamisme. Ses collègues du Parti et rivaux potentiels ne se privèrent pas de contester une politique nationale qui nourrissait, disaient-ils, le « chauvinisme local ». La réaction de Nikita Khrouchtchev ne se fera pas attendre, inspirée cette fois de conceptions utopiques.

En 1961, au XXIIe Congrès, il annonce qu'en URSS une société nouvelle, une société avançant à vive allure vers le communisme achevé, est déjà en place. Cette société est caractérisée, selon lui, par le dépassement de toutes les différences antérieures, nationales et culturelles. Tout témoigne de la réalité de cette société nouvelle : la transformation économique de l'URSS dont les progrès sont constants ; le mot d'ordre « rattraper et dépasser les États-Unis », qui en découle ; ces progrès ont unifié l'espace et les hommes, lesquels ont pris l'habitude de se déplacer au gré des besoins de l'économie, ce qui contribue à distendre leurs liens avec leurs terres d'origine. L'unification de l'espace a donc eu pour conséquence un brassage humain constant qui renvoie aux oubliettes le souvenir des différences ethniques. Mais c'est aussi un espace culturel transformé que décrit Khrouchtchev. Le haut degré d'éducation de la société qui, certes, conserve l'usage des langues nationales, l'a unifiée, dit-il, autour de la langue commune, le russe, qui était auparavant simplement une *lingua franca*, mais qui est devenu la « deuxième langue maternelle de tous les Soviétiques ».

Reprenant à son compte le parcours proposé par ses prédécesseurs aux nations de l'URSS – épanouissement, fruit de la phase égalitaire voulue par Lénine ; rapprochement dû au progrès général des sociétés et à la confiance que cette égalité a engendrée –, Khrouchtchev estime que les nations de l'URSS sont parvenues à cette phase où, avançant vers le communisme, elles sont aussi engagées dans un processus de fusion pour former une seule et même communauté humaine, celle du communisme.

Volontariste comme l'était Lénine, Khrouchtchev considère en 1961 que la politique poursuivie durant les cinq années écoulées depuis la déstalinisation a produit ses effets. Que les mentalités, libérées de la chape de méfiance sécrétée par la politique centralisatrice stalinienne, ont pu, grâce à l'égalité retrouvée, atteindre au niveau où domine le sens des solidarités sociales. L'État nouveau qu'il propose donc à ses compatriotes – « État du peuple tout entier » – doit refléter aussi, de par sa nature inédite, la réalité du changement moral de la société. Les différences nationales n'y ont plus de place, effacées qu'elles sont par la communauté de langage, par l'unité de la culture politique et par les migrations qu'impose l'économie, lesquelles, aux liens traditionnels de l'individu avec son sol natal, substituent des liens nouveaux avec la totalité de l'espace qu'il s'approprie. Khrouchtchev imaginait d'ailleurs d'inscrire cette marche vers le communisme, en deux décennies, dans une nouvelle Constitution. Ses rivaux, qui le destituèrent en 1964, ne lui en laissèrent pas le temps. Tout en contestant vigoureusement son héritage, ils retinrent néanmoins ses certitudes sur la disparition des nations et, au moins en partie, les méthodes qu'il proposait d'employer pour accélérer ce processus.

En 1977, Leonid Brejnev réalise le vœu de Khrouchtchev en faisant adopter une nouvelle Constitution – la dernière de l'histoire de l'URSS. Si le fédéralisme y est préservé, le rôle dirigeant du Parti, inscrit au cœur du texte, cantonne l'État et le droit à une « souveraineté limitée ». Les nations n'y sont conservées que comme des survivances et à condition de se plier au principe unitaire du Parti. « L'État socialiste du peuple entier », sujet de cette dernière Constitution, est bien celui qu'avait imaginé Khrouchtchev : un État où le fédéralisme constitue l'habillage pudique du dépérissement des nations. Le débat Centre/périphérie entamé en 1920 touche ainsi à son terme. L'URSS ne peut plus que se figer dans la certitude d'un processus achevé, ou bien cesser d'exister. C'est le dilemme d'où tentera sans succès de sortir son ultime dirigeant, le réformateur Mikhaïl Gorbatchev.

Chapitre XIII

L'Empire éclaté

Le 11 mars 1985, au terme d'une crise successorale de trois ans qui a paralysé en URSS débats et décisions indispensables, Mikhaïl Gorbatchev accède au sommet du Parti communiste. Le pays dont il prend la responsabilité est marqué à l'intérieur par une stagnation générale, et défié à l'extérieur par les États-Unis, qui lui imposent une épuisante course aux armements et à l'espace dont le poids sur l'économie soviétique est devenu intolérable. La promotion du jeune dirigeant (cinquante-quatre ans) s'imposait pour sortir le pays de l'impasse où l'avaient conduit des équipes à bout de souffle, dirigées par des vieillards dont l'unique souci était de mourir paisiblement dans leurs fonctions. Gorbatchev est porté à la tête du Parti par un consensus implicite de la nomenklatura, consciente que le salut du système est bien l'enjeu de son choix.

Arrivé au pouvoir dans de telles conditions, Gorbatchev bénéficie d'un atout que n'avait pas eu, trois décennies plus tôt, Nikita Khrouchtchev. Le Congrès du Parti doit se réunir quelques mois plus tard ; c'est dans ce cadre que peuvent s'esquisser les indispensables changements, et surtout qu'il peut être procédé aux mutations et promotions qui renforceront le pouvoir du nouveau chef du Parti et lui permettront d'appliquer une politique nouvelle.

Ce XXVII⁰ Congrès du Parti s'ouvre le 25 février 1986, trente ans exactement après le XX⁰ ; comme celui de Khrouchtchev par rapport au stalinisme, il doit être le congrès de la rupture avec l'enlisement brejnévien. À certains égards, le discours de Gorbatchev incite en effet à rapprocher ces deux congrès si décisifs dans l'histoire de l'URSS. Le nouveau secrétaire général du Parti établit un état des lieux d'une grande franchise et adopte un ton nouveau qui annonce la perestroïka. Si le pays l'écoute avec attention, c'est que les vérités sur les échecs du système qui y sont dites, il les connaît déjà, instruit non par ses responsables, qui n'ont cessé de lui brosser un tableau idyllique de réussites inexistantes, mais par des moyens de communication de masse qui, révolution des technologies aidant, franchissent les frontières en dépit de tous les interdits. Le discours franc de Gorbatchev réconcilie un moment la conscience collective avec celui qui dirige le pays, et ce, autour d'une vérité connue de tous mais tue jusqu'alors par le pouvoir.

Mais l'URSS est aussi une société multiethnique, celle des nations qui, dans les propos qui les concernent, ne rencontrent pas d'écho à leurs préoccupations. Soucieux de décrire le réel, Gorbatchev, dès qu'il évoque l'état de la société dans sa diversité, en revient aux accents optimistes traditionnels et à la langue de bois. Dans le grand fiasco général, il retient précisément au chapitre des réussites la politique suivie à l'égard des nations, l'existence d'une « communauté d'un type nouveau » où « les oppressions et les inégalités ont été supprimées » et que caractérisent « l'amitié des peuples, le respect des cultures et de la dignité nationale de tous ».

L'intégration des peuples dans une société nouvelle est acquise, conclut-il.

Pourtant, au-delà de ces propos triomphalistes qui rattachent l'état présent de la société multiethnique aux vues de Lénine et qui semblent en montrer la justesse, Gorbatchev laisse pointer le bout de l'oreille, à savoir une vision centraliste du problème national. Tout est parfait, si l'on suit son propos, dans la ligne suivie obstinément depuis 1922, et le Parti ne peut que s'en féliciter. En revanche, c'est du côté des nations qu'il décèle des manquements certains. Le nationalisme, voire des réactions « étroites » à coloration ethniciste (*mesnitchestvo* ou « localisme ») persistent au niveau local. Et, plus grave, la tentation du « parasitisme » national se manifeste fréquemment. Certaines républiques, dit-il, considèrent que l'Union, leur commune famille, a pour raison d'être de les entretenir sans qu'en retour elles participent au bien commun. Contre ce penchant inacceptable, compte tenu des efforts déployés par l'Union en faveur du développement des républiques, l'URSS doit accélérer la formation d'un espace économique unifié, ce qui implique que tous s'y soumettent.

Cette critique a des conséquences pratiques dans le domaine si sensible des cultures et des élites nationales. Gorbatchev salue les premières, mais à condition de ne pas oublier que la protection dont elles ont joui doit conduire au rapprochement des nations, et non à la perpétuation de leurs différences. L'idéologie commune fournit cadre aux cultures nationales et assigne une direction à leur évolution. Quant aux élites nationales, en particulier les élites politiques, elles ont constamment tendu à se replier sur elles-mêmes, accuse le secrétaire général du Parti, à cultiver la « préférence nationale » et le népotisme, lesquels expliquent une corruption trop souvent caractéristique des pratiques républicaines.

À favoriser le groupe national au détriment de la société commune, de telles déviations étaient inévitables.

En insistant dans le même temps sur l'intégration d'un peuple soviétique et sur les déviances du parasitisme national, Gorbatchev ne se contredit pas. Il constate que le progrès accompli, dont la traduction est l'existence d'un peuple soviétique, a été freiné ou dévié par la stagnation brejnévienne qui a permis aux mentalités nationales, survivances d'un passé condamné, de reprendre force.

Ce discours a une finalité pratique. Gorbatchev est certes bien installé au sommet du système et domine l'appareil ; mais il doit compter avec des oppositions, les plus pesantes étant les véritables « baronnies » communistes locales dont la paralysie brejnévienne a favorisé le développement.

Les ravages de la perestroïka

Le problème de la représentation des cadres nationaux à tous les niveaux du pouvoir – républicain et central – n'a jamais cessé d'être posé depuis 1922, et il a connu de multiples solutions qui tantôt favorisaient ces cadres, tantôt les réduisaient à la portion congrue, voire les éliminaient. Et les républiques nationales n'ont jamais cessé de faire pression sur le Centre pour préserver leur encadrement propre tantôt en donnant à cette revendication la justification du respect du compromis fédéral, tantôt en la dissimulant sous une prétention internationaliste. Gorbatchev, pour sa part, mit d'emblée l'accent sur la nécessité de favoriser l'accès des groupes nationaux minoritaires aux postes de responsabilité des républiques, mais dans un seul but : faire progresser l'internationalisme.

Pour comprendre les données du problème tel qu'il se pose en 1986, il importe d'en considérer divers aspects.

Première constatation : la place des cadres nationaux dans les républiques relève de règles connues et souvent appliquées. Longtemps, le partage des responsabilités entre Russes et non-Russes s'était fait de manière chaotique, au fil des crises et des rapports de force. Mais, surtout depuis 1956, la règle générale de la responsabilité prééminente des cadres nationaux était assez bien appliquée dans les instances des États. Le Premier ministre, les ministres étaient issus du groupe national, même si, par moments, quelques postes sensibles – le ministère de l'Intérieur, notamment – étaient attribués à des Russes ou à des Ukrainiens. Le débat, à ce niveau, portait donc moins sur la présence russe aux postes de responsabilités que sur la répartition de ces postes entre la nation titulaire de la république et les groupes minoritaires qui y étaient rattachés.

Mais, au sein du Parti, il en allait tout autrement. Dès lors qu'une certaine stabilité fut instaurée de par la déstalinisation, un principe présida presque sans exception à la politique d'encadrement appliquée aux républiques : la division stricte des responsabilités entre nationaux et Russes aux postes principaux du Parti. Le Premier secrétaire du Parti en était en principe le plus haut dignitaire, celui qui officiellement le dirige. Dans la remise en ordre opérée par Khrouchtchev et qui fut maintenue jusqu'à la disparition de l'URSS, le Second secrétaire avait pour première responsabilité la charge des cadres ; il en assurait la sélection, la direction, le contrôle. Parfois il dominait aussi ouvertement d'autres secteurs, mais l'autorité qu'il exerçait sur les cadres suffisait à lui assurer en réalité un ascendant sur l'État, le Parti mais aussi sur la culture. L'octroi de ces postes fut clairement établi dès le début des années 1960 : aux nationaux le poste de Premier secrétaire, aux Russes celui de Second (ce furent aussi parfois des Ukrainiens).

Le poste de Premier secrétaire était valorisé par l'appartenance de certains d'entre eux au Politburo du Parti, en tout cas au Comité central, alors que les Seconds secrétaires ne figuraient qu'au Comité central, et encore, pas toujours comme membres à part entière, parfois avec le simple statut de « candidat[1] ». Dans les républiques, le souci de conférer au responsable national du Parti un prestige ostensible témoignait de la volonté du Kremlin de sauvegarder les apparences de l'autorité des cadres nationaux et de leur primauté sur les cadres russes, même si la réalité du pouvoir était plutôt aux mains de ces derniers. Mais cette apparente primauté incita souvent les cadres nationaux à chercher à élargir leur pouvoir, à affirmer leur autorité sur les Russes, et les encouragea de ce fait au nationalisme. Le partage des tâches y contribuait, au demeurant, puisque le Premier secrétaire incarnait la diversité nationale, tandis que le Second était le symbole de la centralisation et du projet politique commun.

Au sommet du système, dans les organes centraux, la part des non-Russes se réduisait, de même que leur capacité à représenter leur nation. Lorsqu'il accéda au pouvoir, Gorbatchev trouva dans les instances suprêmes du Parti une situation qui ne favorisait guère les non-Russes. Sur les treize membres disposant du droit de vote au Politburo, trois seulement n'étaient pas russes. Au Secrétariat du Parti, exécutif de la forteresse communiste, l'exclusion des non-Russes avait été

---

1. Un candidat n'était pas un suppléant, et il n'était pas appelé à devenir automatiquement membre à part entière.

accomplie dès la fin des années Khrouchtchev. Dans un même mouvement, Mikhaïl Gorbatchev va exiger que les cadres nationaux soient plus nombreux chez eux, mais réduire encore leur place au sommet du système.

Fait caractéristique de l'évolution des organes centraux du Parti à la fin des années 1980 : c'est d'abord que les non-Russes qui y figurent y sont souvent en vertu d'une fonction occupée au niveau central, et non pas de leur rôle dans leurs républiques. C'est le cas de Chevardnadze, qui fut longtemps candidat au Politburo, représentant la Géorgie dont il était Premier secrétaire du Parti. Mais en 1985, Gorbatchev le nomme ministre des Affaires étrangères et il devient dès lors membre votant du Politburo. Promotion personnelle d'un Géorgien, certes, mais la Géorgie n'aura plus de représentant à titre national au sein du Politburo ! La Biélorussie y est présente en la personne de Sliounkov, venu y remplacer un compatriote ; mais en 1987, il est promu au Secrétariat et quitte ainsi sa fonction nationale. Certes, ce Biélorusse a encore l'air d'assurer une représentation nationale dans les organes centraux du Parti, mais le pouvoir associe alors davantage les frères slaves à son autorité, ajoutant de la sorte à l'opposition Russes/non-Russes une nouvelle dichotomie opposant Slaves et non-Slaves.

Conséquence de l'accent ainsi mis sur la solidarité des Slaves : sous Gorbatchev, la représentation républicaine du Caucase et des États musulmans n'est plus assurée au faîte du système. Et c'est sans parler des Baltes ou des Arméniens, grands absents de longue date. Du fait de cette évolution, les élites républicaines ont le sentiment d'avoir perdu du terrain et d'être soumises à un projet centralisateur accéléré qui les noiera.

Pour corriger les déviations nationales dénoncées par le Secrétaire général, Ligatchev, qui monte dans la hiérarchie du Parti derrière Gorbatchev, prône une politique d'« échange de cadres » d'une république à l'autre et du Centre vers la périphérie. Ce qui signifie en clair un « parachutage de cadres », politique dont les élites nationales ont assez souvent éprouvé les effets pour en connaître les périls. Il s'agit avant tout, elles le savent, de briser leur unité en les déplaçant vers d'autres milieux nationaux, ou encore en imposant des cadres étrangers à leur groupe.

Durant cette période, le mécontentement grandit à la périphérie, nourri par les propos peu flatteurs de Gorbatchev sur le « parasitisme » national et par la russification on ne peut plus voyante du personnel politique central. C'est un domaine auquel Gorbatchev est mal préparé. Il manque de collaborateurs issus du terrain et qui y soient toujours présents pour l'alerter sur l'inquiétude qui s'y développe et dont il comprendra trop tardivement et les causes spécifiques et l'ampleur. Lui-même est étranger à la périphérie. Originaire de Stavropol, où s'est déroulé l'essentiel de sa carrière, c'est un cadre russe, même si cette ville se trouve aux confins d'une périphérie toujours agitée. Pour des motifs biographiques ou de carrière, ses prédécesseurs avaient tous eu une expérience en milieu national. Staline connaissait parfaitement son Caucase natal; Khrouchtchev et Brejnev, l'Ukraine. Brejnev avait aussi connu une expérience moldave et kazakhstanaise, et Andropov avait travaillé en Carélie. Même le très éphémère et peu remarquable Tchernenko avait exercé d'importantes responsabilités en Carélie. Tous y avaient pris une certaine conscience des spécificités et des aspirations nationales, et ils s'y étaient gagné des amitiés ou des compagnonnages qui les aidèrent à s'entourer de nationaux et à garder des liens avec le milieu non russe. Gorbatchev, pour sa part, a été cantonné à la Russie dans son expérience des problèmes et des hommes. Sans doute a-t-il choisi Chevardnadze comme ministre des Affaires étrangères, mais, ce faisant, il l'a écarté de son milieu, que celui-ci connaissait à la perfection, et s'est privé en matière de politique nationale des conseils d'un homme qui en avait une très riche expérience. L'entourage personnel de Gorbatchev et ses conseillers – à l'exception de l'Arménien Aganbegian, certes, mais installé à Moscou et bien éloigné de ses compatriotes – sont avant tout des Russes, ce qui contribue à faire considérer le nouveau maître de l'URSS comme tel, à la périphérie, plutôt que comme un numéro un *soviétique*.

Par ailleurs, Gorbatchev met en avant un programme de redressement qui passe par la lutte contre la corruption et l'épuration des cadres corrompus. Or les républiques du Sud-Caucase et l'Asie centrale offrent un terreau particulièrement propice à de telles pratiques. Quand le secrétaire général s'y attaque, il ne sait pas – et nul ne l'en avertira à temps – que cet effort nécessaire est perçu, à la périphérie méridionale, comme une mise en cause russe de pratiques nationales ou conformes à la tradition nationale. Lorsqu'il se lance dans la perestroïka, il ignore que la société soviétique, loin d'être ce peuple nouveau dont il chante les vertus, est toujours traversée de volontés nationales que la stagnation a renforcées.

La désagrégation de l'ensemble soviétique est déjà en cours et les mesures radicales de la perestroïka vont l'accélérer.

Explosions nationales

Dans les années 1970, l'équipe de Brejnev avait infligé d'importantes purges aux républiques sous prétexte d'y freiner la corruption et de sanctionner une gestion économique déplorable qui affectait les intérêts de tout le pays. Les appareils politiques du Tadjikistan et de Turkménie avaient ainsi été profondément remodelés en 1969 ; ceux d'Azerbaïdjan, en 1970 ; l'Arménie subit le même sort à plusieurs reprises entre 1971 et 1974 ; enfin vint le tour de la Géorgie et de l'Ukraine en 1972. Ces épurations furent vécues par les nations comme autant de coups portés à leur intégrité et à leurs droits.

En 1986, le discours réformateur de Gorbatchev réveilla à la périphérie le souvenir des pratiques brejnéviennes et y provoqua un mécontentement général, une mobilisation des cadres et, dans certains cas, l'explosion. Ce concert de protestations commença au Kazakhstan, à la fin de l'année 1986, par un véritable soulèvement qui allait préluder à une série d'événements dramatiques enflammant une nation après l'autre. Les motifs ou parfois les prétextes de ces explosions sont divers, mais toutes ont eu en commun de remettre en cause le fédéralisme soviétique et, en dernier ressort, le système tout entier.

Tout commença à Alma-Ata, le 17 décembre 1986, par une manifestation de masse rassemblant surtout la jeunesse, sur le slogan : « Le Kazakhstan aux Kazakhs ! » La répression eut raison de la foule, mais ne suffit pas à effacer l'importance de l'événement. D'abord parce que, depuis 1927, date à laquelle Staline avait réussi à briser le dernier rassemblement public de ses adversaires de gauche, on ne manifestait plus en URSS autrement que sur appel du pouvoir et encadré par lui. Ensuite parce que le mot d'ordre qui a réuni les manifestants d'Alma-Ata recouvre un autre slogan inexprimé mais que tous entendent : « Non à la mainmise russe sur le Kazakhstan ! » Le pouvoir a beau expliquer qu'il s'est agi d'un rassemblement de voyous, peut-être poussés par des partisans de l'ancien patron du Parti de la république, évincé depuis peu, la réalité des griefs inspirant ceux qui manifestent est à divers égards inquiétante pour Moscou.

Le détonateur a certes été proprement national : le Premier secrétaire, un Kazakh, Kounaïev, a été remplacé par un Russe, ce qui impliquait l'abandon du principe de partage des postes au sommet du Parti, donc une tentative pour le russifier totalement. La leçon fut vite comprise à Moscou et, trois semaines après les émeutes, un Kazakh remplaça le Russe au poste de Second secrétaire, toujours tenu pour le plus important des deux. Mais les Kazakhs n'acceptèrent pas cet échange. Après tout, le Premier secrétaire serait peut-être admis à siéger au Politburo, et ce serait alors un Russe... Deux ans et demi plus tard, Gorbatchev céda, et nomma un Kazakh à la tête du parti : Noursoultan Nazarbaev, homme fort habile, aussi bien vu à Moscou que dans sa patrie et dont la longévité politique témoigne d'un rare talent.

Mais s'ils ont pris prétexte d'un mouvement de cadres maladroit – celui-là même que prône alors Ligatchev –, les Kazakhs voient plus loin et soulèvent, par leur rébellion, des problèmes bien plus importants.

C'est d'abord leur existence en tant que nation qu'ils entendent défendre. Or, que de coups ont été portés à leur pays depuis la révolution qui succéda à la colonisation russe ! La sédentarisation et la collectivisation lui ont coûté près d'un million de citoyens, soit un quart de sa population – un véritable génocide, disent les Kazakhs, et ils ont raison. Puis leur république fut envahie par des colons russes, ukrainiens, biélorusses. Ensuite par les peuples punis et par d'autres victimes de la fureur stalinienne qui y furent exilés, soit des centaines de milliers d'immigrants. Plus tard, Khrouchtchev, jamais à court d'idées, lança sur les « terres vierges » du Kazakhstan de nouvelles vagues de colons. Sur ces terres toujours contraintes à s'ouvrir à de constantes et massives arrivées d'étrangers, la nation kazakhe finit par perdre sa place prééminente. Dans les années 1960, les Kazakhs n'y comptaient plus que pour un tiers de la population, et ils craignaient tout naturellement d'y voir se dissoudre leur identité. Le Kazakhstan, devenu mosaïque nationale – en 1979, la population russe, à elle seule, y a dépassé en nombre les Kazakhs –, a paru bien près de succomber à la capacité intégratrice des Russes. Déjà la langue russe s'y était imposée à tous, car dans cet univers complexe il fallait disposer d'un tel outil linguistique pour communiquer et vivre ensemble.

Mais le recensement de 1989 allait apporter aux Kazakhs une surprise de taille : celle d'un redressement démographique spectaculaire qui faisait d'eux le premier groupe de la république, devançant les Russes pour la première fois depuis des décennies et pouvant espérer représenter un jour jusqu'à la moitié de la population totale. Quel stimulant pour la fierté nationale ! Nul ne s'y est trompé dans la république, dont les élites ont bruyamment salué ce changement autorisant tous les espoirs pour l'avenir d'une nation qui, peu d'années auparavant, craignait de se voir condamnée à la disparition politique. Dès lors, les Kazakhs calculent qu'au millénaire suivant, si ce réveil démographique se poursuit, ils pourraient être quelque douze millions.

La confiance qu'ils en tirent se double d'une égale fureur au vu de leurs difficultés économiques. Certes, toute l'URSS connaît alors une régression. Mais leur situation est l'une des pires. Durant des décennies, le Kazakhstan, dont les ressources naturelles sont remarquables, fut, en termes de développement, en tête de l'Asie centrale, dominant aussi les États du Caucase et la Moldavie. Mais son appauvrissement a été rapide et, au moment où le sursaut démographique le réconforte, il sait qu'il a régressé au point de n'être devancé dans la misère que par le Tadjikistan et la Turkménie. Ce recul, il sait que c'est aux politiques élaborées à Moscou qu'il faut l'imputer. Tant que l'industrie lourde fut privilégiée, le Kazakhstan intéressa le Centre. Il en était allé de même à l'époque de la conquête des « terres vierges ». Les investissements y pleuvaient. Ensuite les planificateurs de Moscou se sont tournés vers d'autres priorités, d'autres régions, et le Kazakhstan s'est trouvé livré à lui-même. Et dans quelles conditions effroyables : ses terres, par trop sollicitées, sont devenues moins fertiles ; et la région, utilisée comme base d'essais nucléaires, a payé ce choix d'un prix terrible : des centaines de milliers de personnes irradiées, au moins cent mille morts.

Si les Kazakhs gardèrent longtemps le silence, c'est que le système des transferts de ressources du Centre vers la périphérie leur restait favorable. Mais lorsque Gorbatchev se prit à dénoncer le « parasitisme » des républiques, ils surent qu'ils étaient visés. L'arrivée d'un Russe à la tête du Parti national, appelé à débattre de leur sort à Moscou, les effraya, car ils savaient qu'aucun peuple n'était autant qu'eux menacé de disparition politique. Les Kazakhs étant encore minoritaires au sein de leur république, à maintes reprises Moscou avait eu la tentation de rattacher le Kazakhstan à la Russie. Khrouchtchev en avait élaboré le projet, imaginant d'ôter à la république les régions où il envoyait ses vagues conquérantes à l'assaut des « terres vierges », c'est-à-dire les zones les plus fertiles, où se trouvait un bon tiers de la population. Première étape de ce projet, il avait déjà russifié le nom de la vieille ville kazakhe d'Akmolinsk en Tselinograd, pour en faire la capitale d'une région n'appartenant déjà plus tout à fait au Kazakhstan.

Son rêve, abandonné tout comme la campagne des « terres vierges », reprit vie sous une autre forme en 1979 : pressé par la république fédérale d'Allemagne, Brejnev imagina alors de faire un geste en faveur des Allemands installés de force en Asie centrale en 1942, et de transformer la région de Tselinograd en territoire allemand. Les émeutes que suscita cette idée conduisirent à y renoncer. Mais le souvenir de la menace pesant sur Tselinograd et sur l'intégrité du Kazakhstan est toujours présent dans les esprits en 1986.

Les manifestations d'Alma-Ata prolongent ainsi celles qui avaient eu lieu à Tselinograd sept ans plus tôt. Elles signifient que les Kazakhs refusent d'être un laboratoire de la « fusion » des nations. Certes, avec une population minoritaire, une langue nationale presque en déshérence, affaiblie par l'omniprésence du russe et un bilinguisme galopant, les Kazakhs savent qu'aux yeux de Moscou pareille évolution implique la possibilité d'abandonner chez eux le fédéralisme et de démontrer ainsi que le problème national est pratiquement résolu. La répression et le silence qui la suivit firent espérer à Gorbatchev que ce chapitre-là était clos. Pourtant, à peine le calme était-il revenu dans le Sud que la contestation reprit ailleurs, chez les Baltes puis chez les Ukrainiens.

Août 1987 marquait pour certains peuples un pénible anniversaire. Quarante-huit ans s'étaient écoulés depuis la signature du pacte germano-soviétique par lequel les deux ogres de l'Europe s'étaient entendus pour liquider l'indépendance des États baltes. Depuis le mois de janvier de cette année fatidique, Gorbatchev a donné libre cours à la glasnost (le « parler vrai », le discours de vérité qui suppose que tout un chacun s'exprime). Les révélations pleuvent. Un film fait fureur : *Le Repentir*, du Géorgien Abouladze, qui bouleverse l'opinion soviétique. L'heure des comptes est venue, en concluent les Baltes, qui se rassemblent pour crier leur indignation et demander que cesse l'oppression endurée par eux depuis près d'un demi-siècle. Les Ukrainiens de la partie occidentale de la république, que la complicité germano-soviétique avait condamnés eux aussi à l'annexion, participent à ce mouvement par lequel les victimes exigent, certes, que le pouvoir manifeste son repentir, mais où elles réclament surtout justice, c'est-à-dire la fin de la domination. La marche à l'indépendance est déjà en germe dans ces premières protestations de masse.

Sans doute la gravité de ces mouvements échappe-t-elle pour l'heure à Gorbatchev, car au Caucase les déchirements interethniques tournent à la guerre civile et oblitèrent les manifestations pacifiques qui se déroulent ailleurs. Là, c'est le statut inventé par Staline, grand faiseur d'États et traceur de frontières s'inspirant du traditionnel principe « *divide ut regnes* », qui est à l'origine de la tragédie qui va ensanglanter tout le Caucase. En 1920, le Haut-Karabakh, région montagneuse peuplée d'Arméniens, avait été, dans le cadre des remembrements territoriaux de Lénine et de Staline, attribué à l'Azerbaïdjan dans le souci de donner satisfaction à la Turquie kémaliste. Il fut alors doté du statut de région autonome de l'Azerbaïdjan. Situation intolérable pour les Arméniens, placés, avec des droits très restreints, dans la dépendance d'un État turc si peu d'années après le génocide de 1915. Depuis le début des années 1960, les habitants du Haut-Karabakh n'avaient cessé de réclamer à Moscou leur rattachement à l'Arménie. En vain. Mais, en 1987, lorsque la glasnost ouvre les vannes du débat public sur tous les sujets, les Arméniens d'Azerbaïdjan ne supportent plus d'attendre et envoient à Gorbatchev une pétition revêtue de quatre-vingt mille signatures, soit celles de tous les adultes de la région autonome, exigeant que soient corrigées les frontières de 1920. Ignoré par son destinataire, cet appel connaît une suite rapide. Le 11 février 1988, des manifestations de masse éclatent à Stepanakert, capitale de la région. L'écho en retentit en Arménie même, où la protestation en faveur du Haut-Karabakh se double d'un débat écologique, les Arméniens dénonçant aussi le « génocide de l'environnement » dont ils se disent victimes. De Stepanakert à Erevan, on n'entend plus qu'un seul cri : « Un peuple, une République ! », c'est-à-dire une fois encore, comme à Alma-Ata un an plus tôt, « À nous de décider de notre destin ! ».

De leur côté, les Azéris s'affolent. Aliev, qui fut le chef de leur Parti communiste, puis le Premier vice-président du gouvernement soviétique, a été écarté de ce poste et du Politburo en 1987. Dès lors, les Azéris n'ont plus de représentants au cœur du système et craignent que Gorbatchev ne bascule du côté arménien. Ils décident donc de régler seuls ce problème, et, après des heurts sporadiques, les Azéris déchaînés se livrent à un pogrome à Sumgaït, banlieue industrielle de Bakou, où ils cohabitent avec les Arméniens. À l'horreur de l'événement s'ajoutent bientôt des affrontements en série au Karabakh et jusqu'à Bakou. Du coup, les Arméniens fuient l'Azerbaïdjan tandis que les Azéris vivant en Arménie se sauvent et gagnent leur patrie.

Tous se tournent vers Gorbatchev, qui hésite. D'un côté, il mesure le poids politique des Arméniens, nombreux à Moscou et en Russie. Nulle nation de l'URSS n'est plus fidèle, plus proche des Russes et mieux intégrée. Les Arméniens bénéficient par ailleurs dans maints pays de l'appui d'une diaspora puissante que le tremblement de terre de décembre 1988 rappellera à la solidarité avec sa patrie d'origine. Mais, d'un autre côté, l'Azerbaïdjan est soutenu comme en 1920 par la Turquie, qui déclare fort opportunément à Gorbatchev qu'elle est attentive au sort de tous les Turcs, fussent-ils incorporés à un autre État. Or aucune solution ne peut satisfaire en même temps les deux peuples qui se disputent le Karabakh.

Le 26 mars 1988, Gorbatchev donne un coup d'arrêt au mouvement des Arméniens. Initiative malheureuse, car ceux-ci sont rassemblés autour d'une remarquable organisation de masse, le Comité Karabakh, dont Moscou va interdire par la suite les activités et faire arrêter les chefs. Ce qui n'empêche pas les affrontements de se poursuivre. Le désarroi du Centre transparaît dans ses mesures contradictoires. Une commission d'enquête est nommée : procédure classique. Mais, dans le même temps, Gorbatchev recourt aux vieilles méthodes soviétiques en décidant de régler le problème d'en haut, administrativement. Les deux Premiers secrétaires des Partis en lutte – Demirchian pour l'Arménie, Baghirov pour l'Azerbaïdjan – sont démis de leurs fonctions, et la remise en ordre opérée par deux très proches collaborateurs de Gorbatchev : Ligatchev, le conservateur, à Bakou ; Iakovlev, le réformateur, père de la perestroïka, à Erevan.

Cette « descente de police » du pouvoir central sur le terrain ne résout rien. La rue et les élites locales se saisissent définitivement du problème, ignorent Moscou, et l'autodétermination devient leur affaire. En juin 1988, les députés arméniens votent le rattachement du Haut-Karabakh à l'Arménie tandis que ceux d'Azerbaïdjan votent pour son maintien dans leur république. Un mois plus tard, c'est au tour des députés du Haut-Karabakh de s'aligner sur ceux d'Arménie. Le peuple arménien a donc proclamé à Erevan comme à Stepanakert son droit à décider de son propre destin. Ainsi défié par des peuples d'une Union qui existe encore – c'est la première fois que la volonté d'un peuple à déterminer son statut politique s'exprime ouvertement depuis 1920 –, Moscou est acculé à répondre. Après avoir longtemps tergiversé, Gorbatchev comprend que l'autodétermination des Arméniens, ignorant le pouvoir central et tout le système fédéral, risque d'ouvrir un processus de décomposition dont nul ne sait où ni comment il prendra fin. Ce sont donc eux, coupables de vouloir définir seuls leur destin, qu'il convient d'arrêter sur la voie dangereuse qu'ils ont tracée.

Le 18 juillet 1988, le Soviet suprême de l'URSS vote le rejet du projet arménien de rattachement du Haut-Karabakh et annonce qu'aucune mesure ne sera épargnée pour imposer le retour à l'ordre. Le tremblement de terre du 7 décembre, qui ravage l'Arménie, achève de briser une population qui sera aussi, dans les heures suivantes, privée de ceux qu'elle avait choisis pour guides, les membres du Comité Karabakh, dont Gorbatchev fait arrêter les chefs ainsi que de nombreux militants, convaincu que dans le chaos politique et les décombres du séisme les Arméniens ne réagiront pas et que l'ordre reviendra au Caucase.

Sans doute avait-il raison : le calme fut rétabli pour un temps. Mais le prix payé par Gorbatchev pour mettre fin à cette crise est considérable. Toujours fidèles à la Russie, puis à l'URSS, les Arméniens ont le sentiment d'avoir été trahis par ceux qu'ils tenaient pour leurs protecteurs naturels contre les Turcs. Du coup, le contrat moral liant l'Arménie à l'URSS n'a plus de raison d'être. Cette rupture avec la Russie – car celle-ci est assimilée à l'URSS par les Arméniens – s'exprimera, le 28 mai 1989, lorsqu'ils défileront à Erevan pour marquer le 70ᵉ anniversaire de leur indépendance sous les drapeaux tricolores rouge-bleu-orange de l'Arménie libre. Le processus d'indépendance n'est pas encore enclenché, mais déjà le fédéralisme se meurt à Erevan.

Du côté des Azéris, Gorbatchev n'est pas mieux traité. Sans doute ceux-ci ont-ils gagné sur la question du Haut-Karabakh, que Moscou a tranchée en leur faveur. Mais ils estiment que Moscou devrait aller plus loin, cesser de soutenir les droits culturels de la minorité arménienne ; ce qu'ils veulent, c'est « turquiser » le Haut-Karabakh par un afflux de population azérie. Les regards des Azerbaïdjanais se tournent aussi vers l'Azerbaïdjan iranien, où résident leurs frères ethniques, qui sont aussi leurs frères en religion. Le rêve d'un Azerbaïdjan unifié, qui horrifiait déjà Lénine, puis qui terrifia Staline en 1946 et le conduisit à trahir la république démocratique d'Azerbaïdjan, née au nord de l'Iran et qui attendait son soutien, resurgit en ces mois troublés, remettant lui aussi en cause la construction étatique soviétique.

Cette fois, Gorbatchev comprend qu'il faut proposer de véritables solutions aux deux parties. Le Haut-Karabakh est provisoirement placé hors de l'autorité de l'Azerbaïdjan et confié à une commission spéciale présidée par un Russe qui n'a pas fini de faire parler de lui : Arkadi Volski, assisté de trois Arméniens et d'un Azéri. L'armée soviétique prête son appui au maintien de l'ordre dans la région, et Volski rassure les Azéris en invoquant le caractère provisoire de cet état d'exception. Mais nul, au Caucase, ne l'entend ainsi. Les Arméniens voudraient que le statut spécial préparât, dans l'apaisement revenu, le rattachement du Haut-Karabakh à l'Arménie. Les Azéris n'acceptent pour leur part ni cette instance – atteinte, fût-elle provisoire, portée à leur autorité –, ni, surtout, que des Arméniens soient associés à la commission spéciale.

Le Congrès des députés du peuple élu en mars 1989 va devenir le lieu du débat, ce qui va aussi modifier sa nature. Dans ce Congrès extraordinaire que toute l'URSS observe avec passion, les députés arméniens qui y siègent réclament publiquement à Moscou qu'un référendum règle la question du Haut-Karabakh. Naturellement, Gorbatchev refuse; il peut se prévaloir, pour ce faire, de l'appui de toutes les républiques qui renferment dans leurs frontières des entités ethniques différentes, autonomes, prêtes à se saisir du précédent d'un référendum au Haut-Karabakh pour défendre leur propre cause. Certes, les Arméniens sont ici perdants, mais l'URSS l'est plus encore, car l'idée d'un référendum remettant en cause tous les statuts nationaux ne pourra plus être endiguée.

Sur le terrain, la guerre civile éclate, menaçant d'embraser tout le Caucase. Les Azéris organisent le blocus de l'Arménie et appellent la Géorgie à s'y associer. Deux républiques se trouvent en guerre ouverte et les chants d'indépendance accompagnent partout manifestants et combattants. Volski décrète alors que sa commission spéciale est aussi paralysée qu'inutile, et réclame sa suppression. Moscou doit l'entériner. Mais la guerre civile s'étend jusqu'aux frontières de l'Iran, où les Azéris démantèlent les installations frontalières comme font les Hongrois de celles de l'Autriche, prélude à l'effondrement du pouvoir soviétique à Berlin et dans toute l'Europe satellisée. Le processus est ici le même : c'est en s'ouvrant sur le monde extérieur que les nations sujettes ou satellites de l'URSS tentent de briser l'étau qui les enserre et d'affirmer leur droit à l'autodétermination. Mais ce qui aura réussi à l'Europe de l'Est n'est pas encore possible à l'intérieur même de l'URSS. Et l'on peut penser que si Gorbatchev ne tenta pas de sauver à l'ouest les marches extérieures de l'Empire et s'il n'y envoya pas ses chars, c'est assurément parce qu'il n'avait pas l'âme d'un tyran, mais surtout parce qu'au même moment il lui fallait veiller à sauver l'intégrité de l'État soviétique.

Le conflit du Haut-Karabakh a en effet revêtu en deux ans une allure ouvertement antisoviétique tenant à l'évolution politique de l'Azerbaïdjan, plus tardive que celle de l'Arménie mais encore plus inquiétante pour Moscou, qui y voit resurgir un vieux fantôme : un front populaire qui s'islamise et se réclame de ses solidarités azerbaïdjanaises, turques et iraniennes. Ce front populaire réclame l'intégrité de l'Azerbaïdjan, c'est-à-dire le rapprochement du Haut-Karabakh et des deux Azerbaïdjans (soviétique et iranien), ainsi que le rejet du russe au profit de l'azéri comme langue officielle et unique de la république. Cette radicalisation de l'Azerbaïdjan est absolument inacceptable pour Moscou, qui choisit pour finir – mais bien tard – de lui faire la guerre.

Le conflit entre deux nations et deux républiques tourne ainsi en 1990 à la guerre du Caucase avec l'URSS ; et, parce qu'ils ont compris cette évolution et les conséquences qu'elle impliquait, Arméniens et Azéris négocient en janvier une trêve pour régler leurs problèmes sur le terrain sans consulter Moscou et dans une hostilité commune au pouvoir soviétique. Le conflit à la périphérie s'est mué en rejet du Centre par la périphérie. L'armée soviétique envoyée au Caucase n'y a aucune légitimité, Gorbatchev est hué partout aux cris de « Fasciste ! » et l'URSS a virtuellement cessé d'y exister.

Mais l'incendie a aussi embrasé la Géorgie. À l'origine, un conflit de minorités à l'intérieur d'une république. C'est encore une retombée des « charcutages » territoriaux de Staline. Ici, c'est le nationalisme géorgien qu'il entendait mater en imposant que le territoire où vivaient des Abkhazes, peu nombreux d'ailleurs par rapport aux Géorgiens, fût érigé en république autonome. Les Géorgiens ont toujours été hostiles à cette solution qui n'était pour eux qu'un moyen dont s'était doté Moscou pour soutenir à leur encontre une minorité qui lui serait reconnaissante de son statut privilégié.

Les Abkhazes musulmans s'étaient toujours rebellés contre les chrétiens, russes ou géorgiens. En 1977, un premier conflit éclate. Les Géorgiens manifestent alors pour obtenir que leur langue soit reconnue comme langue officielle de l'ensemble de la république, ce qui paraît aller de soi mais constituerait en réalité une révolution. La Géorgie est une fédération en miniature incluant deux républiques et une région : Abkhazie, Adjarie, Ossétie. La requête géorgienne aurait privé ces petits États d'un droit fondamental. Réponse des Abkhazes : en 1978, ils réclament leur rattachement à la république de Russie. Confronté à une violente réaction géorgienne, Moscou capitule et refuse aux Abkhazes le rattachement revendiqué. En 1989, les Abkhazes ne sont plus en Géorgie que quatre-vingt mille face à trois millions huit cent mille Géorgiens. Mais ils sont aussi minoritaires dans leur propre république, où les Géorgiens sont presque trois fois plus nombreux qu'eux. La part des Géorgiens en Abkhazie n'a cessé dans le même temps de croître, et les Abkhazes sont convaincus qu'il s'agit là d'une entreprise de peuplement délibérée pour mettre fin à leur autonomie. Le déséquilibre linguistique justifie cette défiance : à peine 0,3 % des Géorgiens parlent abkhaze et la région autonome est en voie de déculturation linguistique.

L'atmosphère fiévreuse de la perestroïka, la montée du débat national gagnent aussi les petites minorités, et les Abkhazes reprennent en 1988 leur combat perdu de 1978 en réclamant devant la XIXe Conférence du Parti, extraordinaire forum pour le renouveau, le droit de faire sécession. Ils vont même plus loin et exigent d'être promus au statut de république, comme les Géorgiens. L'idée est folle, car il n'est pas de république sans une population minimale d'un million d'habitants ni sans majorité nationale (même si le Kazakhstan, sur ce dernier point, fait exception). Mais la folie du projet témoigne du climat qui règne à la périphérie, où tous les changements semblent possibles, ou en tout cas paraissent pouvoir être revendiqués et mobilisent les foules.

En Géorgie règnent la fureur et l'inquiétude, car l'évident désarroi de Moscou dans le proche Karabakh témoigne qu'aucune réaction raisonnable ne peut être escomptée de Gorbatchev. Comme à Alma-Ata, comme à Erevan, ce sont les manifestants qui entendent imposer leurs vues, et Tbilissi, le 4 avril 1989, est le théâtre d'une manifestation monstre. Ce n'est pas la première sortie de la foule dans la capitale. Un mois et demi plus tôt, les Géorgiens ont commémoré en masse l'annexion de 1921, hué leurs dominateurs et exigé l'indépendance. Vient s'ajouter à cela en avril un autre slogan : le départ des Russes de la république afin que les Géorgiens puissent régler leurs affaires intérieures sans intervention de cette population qui représente Moscou. En trois jours, la manifestation gagne les principales villes et s'enrichit d'un thème nouveau : le rejet violent des prétentions abkhazes à la sécession.

Ainsi trois conflits sous-tendent-ils un mouvement qui ne cesse de s'élargir : un conflit Tbilissi/Moscou et deux conflits intérieurs, interculturels. Les Abkhazes s'en mêlent à leur tour et appellent les Russes à les accueillir dans leurs frontières. La réponse du Centre est fulgurante : sans hésitation, c'est l'écrasement de la rébellion à Tbilissi, qui laisse sur le terrain un grand nombre de victimes et voit surgir une accusation encore inédite, l'usage de gaz paralysants contre les manifestants – et contre des manifestants pacifiques, de surcroît ! La violence de la répression n'a pas calmé les Géorgiens qui manifestent ensuite contre elle, puis pour enterrer leurs morts.

L'ampleur de la tragédie de Tbilissi et ses conséquences sont immédiatement comprises à Moscou ; il est vrai qu'un Géorgien, Chevardnadze, est là pour sonner l'alarme. C'est lui qui se rend à Tbilissi pour tenter d'y ramener le calme et dialoguer avec le Front national, organisateur des manifestations et seule autorité reconnue par la population. Chevardnadze agit à la fois en homme qui connaît le terrain et en représentant du pouvoir central. L'homme de terrain accuse : les forces de l'ordre locales ont perdu la tête et commis des excès inacceptables ; il acule tous les hauts responsables du Parti et de l'État à la démission. L'homme de Moscou remporte pour sa part une double victoire : il contribue au retour au calme et rejette sur des cadres locaux la responsabilité première de la tragédie. Mais, au-delà, il fournit une explication propre, pense-t-il, à réconcilier la Géorgie et l'URSS de la perestroïka : c'est, dit-il, contre celle-ci, favorable à la satisfaction de toutes les aspirations nationales et sociales, que ses adversaires ont choisi de mobiliser la société géorgienne. En somme, un piège monté contre Gorbatchev et dans lequel sont tombés les Géorgiens.

Après la tragédie, le Soviet suprême de Géorgie et le Congrès des députés du peuple de l'URSS vont nommer chacun pour leur part une commission d'enquête confiée à d'irréprochables juristes. C'est Anatoli Sobtchak qui présidera la seconde, afin de faire toute la lumière sur les événements. Mais, avant même leur entrée en scène, Chevardnadze s'applique à déminer le terrain et à exonérer Gorbatchev de toute responsabilité, conscient que son image libérale pourrait voler en éclats s'il venait à être compromis dans la tragédie.

Pour les Géorgiens, cependant, l'affaire ne fait aucun doute : empêtré dans un impossible dilemme entre Arméniens et Azéris, partout confronté à la périphérie à des demandes d'indépendance multipliées, le pouvoir central aurait choisi la Géorgie pour faire un exemple et montrer qu'il existait une limite précise aux revendications nationales. Que les Géorgiens aient eu ou non raison de porter sur le drame un jugement aussi radical, une conclusion n'en est pas moins indiscutable : le système fédéral et le peuple soviétique ont sombré le 9 avril 1989 à Tbilissi. À cette date, les Géorgiens ont quitté – mentalement du moins – l'URSS et n'attendent plus que le moment où ils pourront transformer ce choix intérieur en décision concrète.

Mais c'est aussi l'intégrité territoriale de la Géorgie qui a souffert de cette tragédie. Les Abkhazes continuent de réclamer leur sortie de la république et s'arment pour se donner les moyens de l'obtenir. Conscients de cette volonté, les Géorgiens en font autant et les confrontations violentes entre les deux communautés se multiplient, paralysant la vie de l'ensemble de la république. Ce n'est d'ailleurs pas le seul problème ethnique que les Géorgiens doivent affronter : la minorité azerbaïdjanaise qui vit dans la république et compte trois fois plus de membres que les Abkhazes réclame un statut d'autonomie identique à celui de ces derniers.

Puis se joignent à ce chœur exigeant les Ossètes dont la situation n'est pas moins étrange que celle des autres minorités : six cent mille d'entre eux sont partagés entre une république autonome rattachée à la Russie et une région autonome incluse dans la Géorgie. Près des deux tiers des Ossètes sont en Russie et pour la plupart musulmans, alors que ceux de Géorgie sont plutôt chrétiens. Peuple indo-européen, parlant une langue d'origine persane, ils sont largement russophones, que ce soit en Russie ou en Géorgie où ils le sont beaucoup plus que les Géorgiens eux-mêmes. Ils ont constamment réclamé d'être réunis dans un seul État, mais Staline s'y est toujours opposé et les Géorgiens tout autant, sauf, disaient-ils, si une Ossétie unie leur était incorporée, ce dont les Ossètes ne veulent pas entendre parler.

Ce peuple a vécu au sein de l'Empire russe, a participé à ses batailles depuis Catherine II qui les avait conquis, et sa fidélité a même été reconnue en 1945 par Staline, qui a agrandi l'Ossétie du Nord au détriment du territoire des Tchétchènes, ce qui, six décennies plus tard, sera source de conflits ethniques et ajoutera à la déstabilisation du Caucase.

Les tragiques événements de Tbilissi incitent les Ossètes, comme les Abkhazes, à tenter de tirer profit des difficultés de la Géorgie. Un Front populaire ossète s'y constitue, qui réclame pour les Ossètes le droit de se séparer des Géorgiens et de former un État uni dans le cadre russe. Pour imposer ses vues, ce Front populaire arme ses militants, ce qui conduit le gouvernement géorgien à dépêcher des troupes dans la région. À défaut du droit de se séparer, les Ossètes défendent une solution de rechange : l'élévation de leur région au rang de république autonome, ce dont les Géorgiens ne veulent à aucun prix. Mais les Ossètes ont encore un tour dans leur sac : ils réclament pour leur région un trilinguisme officiel – ossète, russe, géorgien – et rejettent l'idée qu'à l'échelle de la république la langue géorgienne domine. La Géorgie, disent-ils, n'est pas un État cohérent, mais un conglomérat de peuples et de cultures exigeant une égalité de traitement pour tous.

Confrontée à ses minorités qui lui promettent un démantèlement parallèle à celui qui s'esquisse à l'échelle de l'URSS, la Géorgie entend prévenir toute proposition de changement des statuts qui émanerait de Moscou, et donc prendre ses distances avec l'URSS pour ne plus dépendre d'une politique nationale commune. Le 18 novembre 1989, c'est la grande rupture : le Soviet suprême géorgien décide par un vote amendant la Constitution que la loi fédérale ne s'appliquera plus dans la république dès lors que les Géorgiens l'estimeront préjudiciable à leurs intérêts. Plus de loi fédérale primant celle de la république : que reste-t-il du fédéralisme ? et de la Fédération ?

Quelques jours séparent ce vote de la chute du mur de Berlin. Partout, c'est la primauté soviétique qui est rejetée.

Partout, en effet, et dans le même temps, les violences condamnent le système et opposent les communautés entre elles, ou les communautés périphériques au Centre. En Asie centrale, Ouzbeks et Tadjiks commencent à ressortir d'anciens contentieux. Tous les peuples, notamment les Kazakhs et les Kirghiz, s'en prennent aux diverses minorités vivant chez eux et aux Russes en dernier ressort. Le climat est aux confrontations violentes, les armes s'accumulent et sortent au grand jour. La périphérie méridionale de l'URSS est une immense poudrière où nul ne sait plus comment apaiser les esprits. Mais la violence, dans cette partie de l'Empire, n'est pas le phénomène le plus inquiétant, car ailleurs, de manière concertée et dans le calme, s'opère la liquidation du fédéralisme, c'est-à-dire de l'URSS.

L'agonie du fédéralisme

Le système fédéral mis en place en 1922 pour assurer la vie d'un ensemble humain exceptionnellement hétérogène va s'écrouler sous les coups conjugués des fronts populaires nationaux, de la république de Russie qui s'engage à son tour dans la reconquête nationale, enfin des tentatives manquées de Gorbatchev pour reprendre le contrôle de la situation en cherchant les voies d'une nouvelle construction juridique.

La glasnost a ouvert les vannes à une remise en cause du système et mobilisé la société dans un débat sans fin. Partout des groupes se constituent pour y prendre part, et Gorbatchev, qui tout à la fois appelle à cette mobilisation sociale, pour soutenir son œuvre de reconstruction, mais en redoute le caractère spontané – fils de Lénine, il a appris dès l'enfance que le « spontanéisme » était l'ennemi juré de tout pouvoir –, cherche les moyens de canaliser l'énergie de la société. L'outil dont il encourage la formation, c'est le front populaire, produit en ces années de l'initiative sociale, mais aussi de la stratégie élaborée par le pouvoir. Gorbatchev espère que, comme par le passé – mais à une époque où la puissance de l'URSS était incontestée –, le Parti communiste saura encadrer ces fronts populaires et les utiliser. Ces fronts, qui parfois sont tout simplement des partis politiques, surgissent alors dans toute l'URSS et défendent les aspirations les plus variées. Ce qui va faire leur force en milieu national, c'est que la société entière, en dépit de ses différences, y défend en commun son existence en tant que nation. Autour de cet objectif, l'unité se fait.

Les pays Baltes, où le degré d'éducation de la société est très élevé, donnent le ton. Dès juin 1988 – alors qu'à la XIXe Conférence du Parti Gorbatchev a annoncé la création d'un « État de droit socialiste » et une réforme constitutionnelle –, des fronts populaires se mettent en place dans les trois républiques baltes. Mouvements de masse organisés, ils se veulent des soutiens de la perestroïka afin de l'orienter vers leurs intérêts nationaux. Ils se dotent de moyens de communication avec la société pour l'encadrer efficacement, et, dès mai 1989, ils créent un organe de coordination, le Conseil des fronts populaires baltes, destiné à assurer la cohérence des objectifs et des luttes, ainsi qu'à préparer l'avenir auquel aspirent tous les Baltes. Très vite, le Parti communiste perçoit le danger que représentent ces mouvements alternatifs qui mettent en cause son statut de parti dirigeant. À l'inverse des fronts populaires, les Partis communistes baltes n'ont pas de stratégie commune à leur opposer.

Si les communistes lituaniens et estoniens ont tendance à chercher un compromis avec les fronts populaires, le Parti letton joue la carte de l'intransigeance. Il est vrai qu'en Lettonie, la communauté russe, forte de neuf cent cinq mille membres, est presque aussi importante que celle des Lettons – un million trois cent quatre-vingt-huit mille –, d'autant plus que s'ajoutent à elle cent vingt mille Biélorusses, quatre-vingt mille Ukrainiens et une importante communauté juive. Le Front populaire letton est gêné par ces communautés étrangères denses. À l'origine, il a eu tendance à plaider en faveur d'un équilibre pacifique entre les communautés et d'un arrêt de l'immigration qui affaiblit la communauté lettone ; mais sa modération n'est pas comprise de l'ensemble de la société nationale qui, les yeux rivés sur les autres fronts baltes, exige que soit d'abord défendue la cause nationale. Le front populaire letton se radicalise donc rapidement alors que le Parti communiste letton cherche à s'appuyer sur les autres nationalités de la république et défend la thèse de l'« amitié des peuples », laquelle n'est plus de saison.

En dépit de ces différences, dans le monde balte, c'est l'union des fronts populaires qui sert de modèle à des peuples anxieux de prendre leur place dans la grande parade des nationalismes.

Des Baltes, certes, le pouvoir central pouvait s'attendre qu'ils prendraient la tête du combat national. À l'inverse, s'il est une république qui ne lui inspirait aucune inquiétude, c'était bien la Moldavie, soviétisée à la faveur de la guerre, coupée de la Roumanie et de la langue roumaine qui était autrefois la sienne par le système politique, mais surtout par la culture. La langue roumaine a été dotée de l'alphabet cyrillique et est devenue le moldave, fondement d'une culture nouvelle selon Staline, et donc d'un peuple nouveau. La Moldavie évoluait apparemment sans difficulté dans l'univers soviétique et le pouvoir saluait encore en 1989 sa parfaite adaptation à la langue russe, parlée parfaitement par plus de la moitié de la population alors que la langue nationale, le roumain, est étrangère au groupe des langues slaves. L'apparition dans cette république d'un Mouvement démocratique pour la perestroïka ne paraissait pas, en juin 1989, menacer le système. Pourtant, le programme élaboré par ce mouvement, porteur de revendications linguistiques et territoriales, le range vite dans la catégorie des fronts populaires (il épousera bientôt leur appellation) les plus actifs et revendicatifs. Il l'est, à propos de la langue, problème prioritaire pour les chefs du mouvement, qui exigent que le moldave devienne langue d'État de la république (alors que celle-ci inclut dans ses frontières de nombreuses minorités) et que l'alphabet cyrillique soit remplacé par l'alphabet latin afin de rendre à la langue nationale sa place au sein du groupe roman. Ce qui est implicite dans cette exigence, c'est la volonté de se couper de l'univers soviétique, où l'écriture cyrillique a été partout imposée (à l'exception de la Géorgie et de l'Arménie).

Si, sur la question des frontières, ce front populaire insiste moins dans un premier temps, il soulève cependant le problème des districts moldaves incorporés à l'Ukraine. Il est clair qu'ici aussi la volonté de voir rectifier leur tracé obsède la population. Et l'on rejoint par là un autre débat qui va revêtir une importance croissante : celui de la survie de la nation moldave menacée de deux côtés, par la politique d'intégration du pouvoir, et par des minorités dotées de droits exorbitants.

De leur côté, les membres de ces minorités – Russes, Ukrainiens et Juifs – s'alarment du nationalisme moldave. Russes et Ukrainiens forment, pour y résister, un Front internationaliste qui exige l'égalité pour le russe, qu'il soit reconnu langue d'État avec le moldave, et qui condamne l'idée d'en revenir à l'alphabet latin, étranger à la communauté des peuples soviétiques. Quant aux Juifs, ils fuient la république, dénonçant l'antisémitisme latent du Front.

Par réaction, le front populaire durcit ses positions et, en quelques mois, avance des demandes plus radicales : pleine souveraineté pour la Moldavie, coup d'arrêt donné à toute immigration, renouvellement de l'élite dirigeante sans intervention ni contrôle du Centre, abolition de la nomenklatura, c'est-à-dire du contrôle du Parti sur les nominations, enfin relatinisation de la langue. Ces exigences constituent un bloc dont aucun élément ne saurait être dissocié. C'est dire qu'il reste peu de place pour le dialogue avec Moscou, et les défilés impressionnants qui se succèdent à Kichinev font de la capitale moldave un des hauts lieux de l'agitation nationale. Les Moldaves se réfèrent d'ailleurs aux Baltes et prétendent constituer un front commun avec eux.

Les peuples slaves que le pouvoir central cherche dans cette tempête à associer au peuple russe ne sont pas davantage épargnés par la montée des aspirations nationales, qui rappelle l'atmosphère enfiévrée du début des années 1920. Les Biélorusses ont un puissant motif de dénoncer le mal que le pouvoir central leur a fait : Tchernobyl. Si, en 1986, la consigne du silence, puis le mensonge ont tenté de couvrir la catastrophe nucléaire, les Biélorusses se sont attachés à découvrir la vérité par tous les moyens, et nombre d'eux, isolés ou en groupes, se sont mués en enquêteurs traquant toutes les informations accessibles sur ce désastre. Un Front populaire est né de cette angoisse collective. Le pouvoir a tenté de l'annihiler en dispersant violemment ses premières manifestations et en intimidant ses meneurs. Mais les solidarités historiques ont joué. Le Front populaire de Lituanie a soutenu les Biélorusses et les a aidés à mettre sur pied une organisation officielle. Aidé ainsi par les Baltes, poussé par l'ampleur du drame de Tchernobyl, le Front biélorusse progresse à vive allure, même s'il ne fait pas montre de la même autorité, ni du même esprit d'indépendance que ses glorieux aînés de Vilnius, Riga ou même Kichinev.

C'est aussi la catastrophe menaçant physiquement et culturellement l'avenir du peuple ukrainien qui a donné son élan au Rukh (Front populaire ukrainien pour la perestroïka), fondé assez tardivement mais dont le poids dans le mouvement national qui ébranle de fond en comble l'URSS va devenir considérable.

L'Ukraine, il faut toujours s'en souvenir, est, en importance, la deuxième république de l'URSS, peuplée de cinquante millions d'habitants, dont 20 % sont russes. Sans doute la république est-elle constituée de deux parties hétérogènes : l'une, orientale, qui partagea pendant plus de trois siècles le destin de la Russie, de l'orthodoxie et des tragédies du stalinisme ; l'autre, occidentale, issue d'une tradition politique et culturelle différente, et pour qui le souvenir de l'incorporation forcée de 1945 reste brûlant. Beaucoup de ceux qui ont connu cette Ukraine étrangère à la Russie vivent encore en 1989 pour en témoigner. La mémoire de ces Ukrainiens « occidentaux » rejoint celle des peuples de l'est de l'Europe qui, en 1989, brisent l'un après l'autre les chaînes du soviétisme. Pour ces Ukrainiens catholiques, contraints par Staline de rompre avec le Vatican et de s'intégrer au monde orthodoxe, le pape slave Jean-Paul II est, comme pour ses compatriotes polonais, celui qui porte l'espoir de la liberté. Au demeurant, l'Église polonaise n'est pas loin, des prêtres franchissent clandestinement la frontière, au péril de leur vie, pour rendre l'espérance à leurs frères ukrainiens.

Coexistent donc deux Ukraine qui, parce qu'elles portent un regard différent sur la Russie et sur les rapports avec les Russes, moins présents en Ukraine occidentale, éprouvent une grande difficulté à définir en commun les priorités à défendre, donc à mettre en place une organisation commune. Néanmoins, le Rukh fait son apparition en septembre 1989 et à Lvov et à Kiev dans un contexte politique troublé. La défense de l'environnement, la question de la langue, que les Ukrainiens veulent doter d'un statut exclusif de langue d'État alors que le russe y est la langue la plus usitée, alimentent des revendications qui vont vite prendre corps. Mais il faut surtout inscrire dans ce tableau d'une Ukraine en mouvement la grève des mineurs qui paralyse le Donbass du 10 au 20 juillet et fait peser sur l'industrie minière une menace d'asphyxie. Les concessions accordées sur-le-champ par Moscou sont suivies d'une véritable révolution politique : la reconnaissance du droit de grève aux travailleurs soviétiques. Par ce succès, les mineurs ukrainiens rejoignent leurs frères polonais : on voit ici l'influence de Solidarność, que confirme la présence, lors du congrès fondateur du Rukh, d'Adam Michnik, proche conseiller de Lech Wałesa. Dès ce moment, le mouvement démocratique polonais, qui installe en août à Varsovie un gouvernement de coalition, prend les Ukrainiens sous sa protection comme il le fera, quinze ans plus tard, lorsque l'Ukraine, soulevée par un immense mouvement populaire, s'émancipera définitivement de la nomenklatura. À cet égard, l'automne de 1989 préfigure l'hiver ukrainien de 2005 ; il témoigne de l'attention que les Polonais portent à ce peuple qu'ils tiennent pour frère et dont, à ces deux reprises, ils auront à cœur de soutenir la volonté d'émancipation.

1989, année de la liberté recouvrée en Europe de l'Est, a été, pour les nations de Russie, celle de l'éclosion des fronts populaires : en Géorgie, en Asie centrale, en Azerbaïdjan, partout le mouvement progresse sous des formes variées mais tendant toujours au même but – affirmer bien haut l'existence de la nation. C'est aussi une année de troubles souvent sanglants. Enfin, c'est l'année où ce mouvement tend à devenir commun à tous les peuples de l'URSS à l'occasion de spectaculaires manifestations d'unité. Deux d'entre elles sont à retenir particulièrement par les coups qu'elles assènent au mythe de l'unité politique soviétique :

En 1989, les victimes du pacte germano-soviétique de 1939 se battent pour que le cinquantenaire de l'événement soit marqué par sa dénonciation. Les Baltes ont naturellement pris la tête de ce combat. Ils exercent une pression incessante sur Moscou pour que l'existence des protocoles secrets soit reconnue, ce qui entraînerait la reconnaissance de l'illégalité de leur annexion. Le pouvoir soviétique s'est en effet acharné à nier, puis à minimiser la portée de cet accord. Mais le 23 août 1989[1], ayant remporté ce combat, les trois fronts baltes organisent pour le cinquantenaire une chaîne humaine de six cents kilomètres, rassemblant entre deux et trois millions de personnes, qui relie les trois capitales : Vilnius, Riga, Tallin. Le symbole est clair : enchaînés en 1939, les Baltes se sont mis en marche ensemble pour briser leurs chaînes.

L'idée plaît aux Ukrainiens, qui, le 21 janvier 1990, vont célébrer un autre anniversaire : les soixante-douze ans de la fondation de leur république indépendante ; et une chaîne semblable relie alors Kiev à Lvov. Si le symbole est identique, la conclusion diffère : enchaînés, les Ukrainiens font de leurs chaînes un lien qui assure l'unité de leur nation.

Pour Moscou, ces deux manifestations sont également insupportables. Elles témoignent d'une même vision du destin des peuples au sein de l'Union – des peuples enchaînés, fédérés contre leur volonté, au contraire de ce que dit la Constitution – et de l'influence croissante des Baltes, déjà aux portes de l'indépendance, sur les Ukrainiens, que le pouvoir central espère encore tenir éloignés d'exigences aussi radicales.

Les coups ainsi portés au fédéralisme par les nations vont trouver un formidable écho au Centre, où le pouvoir lui-même, dans sa quête désespérée de réponses salvatrices, va involontairement accélérer la liquidation du système.

---

1. La dénonciation du texte et son invalidation sont annoncées le 22 août dans les États baltes et à Varsovie.

Les réformes politiques proposées par Gorbatchev étaient censées gagner de vitesse les nationalismes en leur proposant une refonte de l'État fédéral. La première réforme fut celle de la Constitution, votée le 1er décembre 1988, qui créait le Congrès des députés du peuple, organe supérieur du pouvoir d'État et élu – là était l'innovation radicale – avec pluralité des candidatures. La même procédure s'appliquait à l'élection au Soviet suprême. Cette réforme se révéla décevante pour les républiques, car elle réduisait leur représentation au Centre. Dans l'ancien système, les deux chambres leur donnaient 50 % des députés. La loi de 1988 ne leur offre plus que sept cent cinquante députés sur deux mille deux cent cinquante élus au Congrès, tandis qu'au Soviet suprême, désigné par le Congrès en son sein, le nombre des députés diminuant (cinq cent quarante-quatre), les républiques y sont aussi moins représentées.

Face à ces données nouvelles, l'électorat national, dérouté, renâcle à se rendre aux urnes, convaincu au demeurant que tout se joue sur le terrain des républiques. Les fronts populaires doivent faire campagne pour inciter leurs troupes à voter. Ces élections « pluralistes » permettent en effet aux fronts de présenter des candidats. À l'issue des scrutins, les candidats des fronts populaires baltes, mais aussi de Moldavie et d'Ukraine écrasent les candidats du Parti communiste, dont les plus hautes figures de l'État, et leurs très importantes représentations au Congrès des députés du peuple leur permettent de faire entendre leurs exigences dans ce forum d'une espèce encore inédite en URSS – le premier Parlement élu à demi librement depuis la Constituante de 1918. Lors des élections aux Parlements des républiques qui se déroulent en mars 1990 selon les mêmes modalités en Russie, en Ukraine et en Biélorussie, les communistes sont de nouveau battus. C'est d'ailleurs à cette occasion que les Russes en tant que nation rejoignent le mouvement de protestation périphérique et se désolidarisent de l'URSS, à laquelle la Russie a jusque-là toujours été identifiée. Dotée d'institutions à l'instar des autres républiques, la Russie accorde ses suffrages aux réformateurs et évince tous les communistes. Eltsine, déjà élu au Congrès de l'URSS, triomphe au Parlement russe, dont il devient président le 29 mai 1990, et apporte son soutien aux diverses déclarations d'indépendance.

Avant d'en venir là, il faut encore faire mention d'une autre réforme capitale qui contribua à priver le système fédéral, tel qu'il existait encore en 1989, de son principal facteur de cohésion : c'est la réforme du Parti. Le « rôle dirigeant » du Parti, inscrit dans la Constitution de 1977 (article 6), qui faisait de l'État soviétique un État spécifique dont le parti unique définissait les finalités, cimentait l'unité et dominait toutes les autres structures, se trouve au cœur des exigences présentées au Congrès. Dans son enceinte, Andreï Sakharov polémique avec violence sur ce thème et se fait presque insulter par un Gorbatchev encore hésitant sur la conduite à tenir. Le 4 février 1990, des foules énormes défilent dans Moscou, réclamant l'abrogation de l'article 6 qui bafoue la prétention du pouvoir à définir l'État soviétique comme un État de droit. Le 14 mars, sous ces multiples pressions, l'article est abrogé et la révision constitutionnelle qui introduit cette novation en ajoute une autre : la création d'un président de l'URSS, qu'assisteront un Conseil de la Fédération ainsi qu'un Conseil présidentiel. La première de ces deux instances devrait avoir pour charge de rendre plus transparents et efficaces les rapports du Centre avec la périphérie.

Apparemment, les nations peuvent s'estimer satisfaites. Le système soviétique évolue vers un État de droit où la coexistence des peuples n'est plus dominée par un Parti centralisateur, mais répond à des principes juridiques fédéralistes. Ces réformes dont Gorbatchev attend encore qu'elles restaurent l'ordre fédéral sont pourtant bien en retard sur la réalité. Si, au Kremlin, le système soviétique – Parti et État – semble fonctionner comme par le passé, le Congrès des députés du peuple, où des élus des fronts populaires mènent grand tapage, rend compte d'un changement de l'autorité qui n'émane plus du Centre et que celui-ci ne contrôle plus. À la périphérie et en Russie même, fronts populaires, comités et associations de toutes sortes constituent autant de sources de pouvoir spontanées, sans lien avec le pouvoir central, indifférentes à lui comme à ses éventuelles réactions. Cette situation rappelle fort celle qui prévalait dans l'Empire en 1917 alors qu'un pouvoir central existait encore, mais que, partout, dans les profondeurs du pays, surgissait une multiplicité d'autres centres de décision. Ligatchev, communiste conservateur dans l'âme, ne s'y trompe pas lorsqu'il s'alarme de l'existence d'un double pouvoir qui met en cause l'ensemble du système soviétique.

De fait, le système a cessé sinon d'exister officiellement, du moins de fonctionner, dans la mesure où des dispositions qui le démantèlent sont prises sans qu'il soit consulté, sans même souvent qu'il en ait été conscient sur le moment. En l'espace de deux ans, les mouvements nationaux vont en effet décider seuls d'abattre ou de rejeter les piliers du système commun : Constitution et lois fédérales primant sur les lois fondamentales des républiques ; Parti communiste ; respect de l'armée et de la conscription – autant d'institutions internationalistes, jamais limitées par les souverainetés nationales.

Comme toujours, ce sont les États baltes qui ont ouvert la danse en substituant une souveraineté de fait à la souveraineté théorique (limitée, en fait) que leur avaient conférée jusque-là les Constitutions soviétiques successives. Et d'abord en s'attaquant aux lois fondamentales. L'Estonie (16 novembre 1988), la Lituanie (18 mai 1989) et la Lettonie (28 juillet 1989) annoncèrent que les relations entre l'URSS et elles devaient reposer sur un traité de droit international et non sur des accords spécifiques, donc que l'URSS devait négocier la participation des républiques. Puis chacune de ces républiques décréta que sa loi primait sur la loi commune. De surcroît, les républiques baltes proclamèrent dans un même mouvement l'indépendance complète de leurs politiques économiques, l'appropriation de leurs ressources naturelles et leur volonté d'organiser un ensemble balte.

Dans un premier temps, le pouvoir central cherche à éviter un conflit et reconnaît aux Baltes une autonomie économique. Cette calme réaction a pour but de ne pas attirer l'attention des autres républiques sur ce précédent; mais trop tard! L'initiative balte fait tache d'encre.

L'Azerbaïdjan adopte en septembre 1989 une loi sur la souveraineté qui lui donne la maîtrise exclusive de l'organisation politique de son espace ainsi que de tout changement territorial. En clair, nul ne pourra toucher au Karabakh, sauf par décision du peuple ou de l'État azéris. Et la loi d'Azerbaïdjan devra dans tous les cas avoir le dernier mot. Pour renforcer cette déclaration de souveraineté, l'Azerbaïdjan prétend recourir au peuple, c'est-à-dire au référendum, et poser par cette voie la question ultime : celle de la sécession.

L'Arménie lui emboîte le pas et en 1990 la Géorgie se prépare ouvertement à accéder à l'indépendance. La Moldavie ajoute aux dispositions empruntées aux Baltes l'annonce d'une demande d'admission aux

Nations unies hors du cadre soviétique. L'Ukraine s'engage elle aussi dans cette voie de la souveraineté et décide d'un même mouvement de créer une citoyenneté (et non plus une nationalité) ukrainienne, de constituer une force armée nationale et de se doter d'une monnaie propre.

La Russie, enfin, joue un jeu complexe dont l'acteur principal sera, au lendemain des élections législatives, l'étoile montante de la république, Boris Eltsine. Elle s'inscrit dans ce processus d'affirmation de la souveraineté réelle en décidant de se doter d'un système présidentiel afin que le premier personnage de la république ne soit pas en position d'infériorité face à l'URSS et à son président. C'est ici que l'on mesure combien la souveraineté russe est malaisée à définir. Elle ne peut avoir pour finalité de quitter l'URSS, puisqu'elle en est le cœur. Elle ne peut faire sécession d'avec Moscou, puisqu'elle se confond avec elle. Alors que les autres peuples peuvent décider du jour au lendemain de tracer une frontière qui les séparera de l'URSS, la Russie – Eltsine le constate d'emblée – n'a pour alternative que de se substituer à l'URSS dans son territoire national, ou bien d'en expulser l'URSS. C'est ce qui se produira d'ailleurs à la fin de l'année 1991. Mais, dès lors que la Russie joue le jeu de la souveraineté réelle, il devient patent que ce jeu ne peut conduire qu'à l'extinction de l'Union et qu'elle seule peut assumer la direction de ce processus.

En attendant, c'est encore une fois du monde balte qu'est portée l'estocade finale : de Lituanie, et cette fois par la voix de son Parti communiste et non pas d'un Front populaire, car le PC de Lituanie existe encore et c'est lui qui, pour faire concurrence au Front, va se camper en champion de l'indépendance. Mieux encore : il décide de rompre avec le Parti communiste de l'URSS et le 20 décembre 1989 la rupture est votée lors d'un Congrès extraordinaire à la majorité écrasante de 80 % des voix. La Lituanie est encore théoriquement membre de l'URSS, mais ce vote consacre la défaite non seulement de Mikhaïl Gorbatchev, mais plus encore de Lénine, qui s'était toujours battu contre la fédéralisation du Parti. Or, dans un État dit fédéral, cette rupture signifie la fédéralisation du Parti. Quelques mois plus tard, le 11 mars 1990, le Soviet suprême de Lituanie vote le rétablissement de son indépendance. La république de Lituanie, qui n'est plus ni socialiste ni soviétique, est, décrètent les députés, l'État né en 1918 ; de 1945 à 1990 il n'y a eu qu'une parenthèse, que l'Histoire oubliera.

Après des mois d'hésitations et de pressions exercées sur les républiques – en avril-mai 1990, la Lituanie est soumise à un blocus énergétique –, Mikhaïl Gorbatchev décide enfin d'arrêter par la force la course aux indépendances. Le 7 janvier 1991, l'armée soviétique intervient dans les républiques baltes. Le prétexte en est le refus de la conscription par les jeunes Baltes qui se conforment aux nouvelles règles militaires édictées dans leur pays. Moscou pense alors avoir écrasé le mouvement.

Poursuivant son effort pour reprendre l'initiative, Gorbatchev propose aux nations un nouveau pacte de vie commune par un référendum portant sur « le maintien d'une Union rénovée ». Le pari semble gagné, puisque dans les neuf républiques[1] qui acceptent le principe de cette consultation, le 17 mars, plus des trois quarts des électeurs émettent un vote positif, et la participation électorale est impressionnante. Réconforté par cette apparente victoire, Gorbatchev convie dans sa

---

1. Seules les républiques baltes, la Moldavie, la Géorgie et l'Arménie refusent d'y participer.

villa de Novo-Ogarevo les responsables des neufs républiques votantes. Le processus de Novo-Ogarevo – dit aussi des 9 + 1 – s'enclenche, produit une déclaration commune riche d'excellentes intentions – préserver l'ordre constitutionnel, préparer ensemble le nouveau statut de l'Union – mais laisse apparaître les contradictions qui sous-tendent cette pseudo-réconciliation. Impossible d'y déceler une vision commune entre volonté fédérale ou projet confédéral. Gorbatchev mise sur l'ambiguïté de la déclaration, signée le 23 avril à Novo-Ogarevo et inscrite dans le texte final, connu en juillet, pour la faire accepter par tous.

Certes, les républiques, définies comme « États souverains [...], membres à part entière de la communauté internationale », y gagnent de larges compétences politiques et économiques, dont la propriété de leurs ressources naturelles. Elles ont aussi vaincu le Centre sur la question de la langue, puisque le russe n'est plus « langue d'État » de l'Union, mais « langue véhiculaire ». Mais le texte ne dit pas mot de ce que sera la position de l'Union à neuf face aux six républiques dissidentes. Politique de la chaise vide ? ou abandon définitif ? Sans compter que l'Ukraine manifeste dans le camp des Neuf de si vives réticences qu'elle condamne d'avance le destin du traité qui doit être soumis à ratification le 20 août.

« Liquidation de la patrie soviétique ! » tonnent les conservateurs, qui promettent de s'y opposer. Et ils y réussissent, le 19 août, lorsqu'un coup d'État fomenté à Moscou porte au pouvoir une équipe ultraconservatrice qui instaure l'état d'urgence, interdit les manifestations, rétablit la censure, écarte Gorbatchev et enterre le traité.

Contre ce putsch, la résistance s'organise autour de Boris Eltsine, président de la République russe depuis le 12 juin, qui y gagne sa stature d'homme d'État. Quand Gorbatchev revient de Crimée où l'ont confiné les putschistes, le face-à-face entre les deux hommes est aussi celui des nations et de l'URSS, de l'avenir des indépendances et du passé de l'Union.

Il n'y a plus de traité d'union, mais il n'y a surtout plus de républiques dans la Fédération. La Lituanie et la Géorgie ont proclamé leur indépendance dès avant le putsch. Au lendemain de ce dernier, ces pays seront imités par la Lettonie, l'Estonie, la Biélorussie, la Moldavie, l'Azerbaïdjan, la Kirghizie, l'Ouzbékistan, et, un mois plus tard, par le Tadjikistan, l'Arménie et le Turkménistan. L'Ukraine quitte l'URSS le 1er décembre. À la fin de l'année, l'Union est réduite au Kazakhstan – qui va s'en séparer le 16 décembre – et à la Russie. Mais cette dernière n'est-elle pas le Centre à elle seule ? Et, dès lors que la périphérie s'en est allée vers des destins indépendants, que doit-elle décider ?

L'Union n'est plus alors qu'un fantôme incarné par son président qui, à Alma-Ata, s'obstine encore durant quelques semaines à fonder une communauté économique et proclame à tout vent que la nouvelle Union (avec qui ?) est une « puissance mondiale ».

Fin de partie

Le 8 décembre 1991, les présidents des trois républiques slaves – Boris Eltsine, l'Ukrainien Kravtchouk et le Biélorusse Chouchkevitch –, réunis dans une datcha de la forêt de Beloveje, proche de Minsk, constatent que l'URSS, fondée en 1922 sur l'accord passé entre ces mêmes États (et l'Azerbaïdjan), n'existe plus, puisque tous viennent d'exercer leur droit à la séparation. L'URSS n'est plus ni comme sujet de droit international, ni comme réalité géopolitique. Ce constat fait, les trois hommes, soucieux de ne pas rompre des liens qui furent puissants, annoncent la naissance d'une Communauté des États slaves. Mais, à la plupart des autres républiques, ce constat de décès paraît tout à la fois désinvolte (elles n'ont pas été consultées) et inquiétant (rien n'est réglé des futures relations entre républiques, ni surtout des contentieux éventuels entre elles). À l'incitation du président du Kazakhstan, Noursoultan Nazarbaev, les républiques d'Asie centrale, l'Azerbaïdjan, l'Arménie et la Moldavie réclament leur association à la Communauté qui change alors de nom et devient, le 21 janvier à Alma-Ata, *Communauté des États indépendants* (CEI). Seule la Géorgie reste en dehors ; quant aux Baltes, ils ne veulent rien savoir de ce « Commonwealth » aux solidarités obscures.

Mikhaïl Gorbatchev est encore officiellement président d'une URSS dont l'acte de décès a été ainsi proclamé, mais nul n'a songé à le convier à cette fête de famille inédite. Pourtant, la Russie se pose déjà en État continuateur de l'URSS. Elle refuse le titre de successeur, mais récupère en son sein toutes les structures fédérales ; ses partenaires de la CEI lui concèdent le contrôle exclusif de l'armement nucléaire et le siège de membre permanent du Conseil de sécurité dévolu jusqu'alors à l'URSS. C'est dire que la succession de la Fédération a été réglée par des héritiers pressés alors qu'en droit, le mort respirait encore !

Ce n'est en effet que le 26 décembre 1991 que le Soviet suprême de l'URSS confirme la disparition de l'Union et s'autodissout. La veille, Mikhaïl Gorbatchev, démissionnant de la présidence de l'URSS, a transmis le code nucléaire à Boris Elstine. Jusqu'au dernier moment, ce sont donc les républiques – et d'abord celle de Russie, par la voix de son président – qui auront décidé du sort de l'Union, et non l'inverse. La périphérie a été maîtresse du jeu dans la dernière phase du processus, qui témoigne bien de la disparition de l'Union soviétique et du pouvoir fédéral, de fait, avant même que le droit ne vienne le consacrer.

La fin de l'URSS évoque irrésistiblement celle de l'Empire tsariste. En 1917 comme en 1991, l'État et ses structures sont encore intacts ; les forces qui vont les anéantir viennent des profondeurs des sociétés. Mais une différence considérable distingue les deux processus. En 1917, la Russie en guerre était dévastée et ni les masses ni les nations n'étaient capables de conduire l'aventure révolutionnaire à son terme. En 1991, l'URSS est certes confrontée à un désastre économique, mais nulle menace internationale ne pèse sur elle, elle ne subit aucune pression extérieure ; tout au contraire, le monde s'efforce de soutenir celui qui l'incarne alors, Mikhaïl Gorbatchev, et n'imagine pas la dissolution de l'Union. Au bout des deux parcours, celui de 1917 et celui de 1991, le résultat premier sera la disparition d'un Empire qu'une longue suite de tsars avaient forgé, puis que Lénine et ses successeurs avaient su reconquérir et rebâtir. Mais si l'utopie communiste a pu faire croire au monde qu'un nouvel empire universel avait remplacé celui des tsars, la fin de l'URSS consacre aussi la fin de toute espérance impériale de la Russie. La Russie sort seule de l'Empire ; elle est condamnée à s'inventer un destin étatique que, depuis le XVIe siècle, elle n'a jamais connu.

Conclusion

« Tout empire périra », écrivait Jean-Baptiste Duroselle en 1981. Dix ans plus tard, l'anéantissement de l'Empire soviétique et les turbulences qui s'ensuivirent lui donnaient raison. Ce bouleversement stupéfiant – un empire vieux de quatre siècles, légitimé au XXe siècle par le communisme, l'idéologie qui prétendait l'inscrire dans un futur sans fin –, la Russie seule en décida. Durant quatre siècles, elle avait été l'Empire, la métropole, l'espace toujours plus étendu. Dès lors que, s'associant à la grande parade des souverainetés nationales, elle se proclama elle aussi État souverain, il n'y avait plus d'Empire.

Mais, après l'Empire, qu'est la Russie ? Et qu'est la nation russe, si durablement identifiée à l'Empire ?

Jusqu'en 1917, c'est la Russie qui l'avait défini, qu'il ait été appelé Empire russe (*Russkaïa*) ou, au XIXe siècle, Empire de Russie (*Rossiiskaia*). Soucieux de couper les liens avec le passé, les bolcheviks lui auront donné le nom de leur système politique, celui des soviets ; il fut donc soviétique, marquant par là que l'idéologie l'emportait sur la géographie et les réalités humaines.

Aujourd'hui, la Russie a repris le nom de la nation qui toujours occupa son espace, réconciliant en cela État et nation. Mais de son histoire impériale mouvementée, elle a gardé une caractéristique : elle reste multiethnique et multiculturelle. Les Russes vivent au contact d'autres peuples, dont vingt millions de musulmans sur cent quarante millions d'habitants, installés tout le long de la Volga et au Caucase dans des régions qui leur appartiennent historiquement. La cohabitation des peuples n'est pas, en Russie, le fruit de migrations, elle résulte seulement de l'avancée russe sur les terres d'autres peuples dont certains se sont émancipés en 1992, quand d'autres sont restés sujets de la nouvelle Russie. De là une certaine incertitude des Russes à se qualifier. On dit aujourd'hui « Russes » (*Russkie*), mais aussi « de Russie » (*Rossiani*), terme qui s'applique aux Russes ainsi qu'aux habitants de l'espace recouvert par l'État russe.

Les rapports entre Russes et non-Russes dans les frontières de 1991 sont tout à la fois ceux qu'une longue histoire a forgés et ceux que détermine le passé récent. Les Russes sont désormais majoritaires dans leur État et ils en tirent une assurance nouvelle. Mais, dans le même temps, ils éprouvent un profond sentiment d'humiliation au spectacle de leur patrie réduite dans ses dimensions territoriales et humaines, déchue du statut impérial et de celui de superpuissance. Face aux Russes, les non-Russes ont une conscience d'autant plus aiguë de leurs droits nationaux que d'autres peuples de l'ancien Empire ont accédé à une indépendance qui leur est refusée.

L'équilibre géopolitique de la Russie est lui aussi transformé. L'Empire des tsars, puis celui des Soviets étaient tournés vers l'Ouest, ancrés en Europe. La perte des États baltes, de la Pologne et de l'Ukraine a éloigné la Russie de l'Europe alors que son espace asiatique restait inchangé. Sans doute la partie du pays qui s'étend au delà de l'Oural jusqu'à l'Extrême-Orient est-elle peu peuplée, mais elle est riche des ressources indispensables au développement russe. Enfin l'accès aux mers qui fascina tous les souverains russes et fut farouchement préservé par leurs successeurs communistes se réduit désormais à une petite ouverture sur la Baltique et à un seul port sur la mer Noire, Novorossiisk. Ce déclin de la présence russe sur les mers confère une importance nouvelle à la façade dont elle garde la maîtrise sur l'océan Pacifique. Les richesses de la Sibérie, l'ouverture maritime sur l'Asie s'opposent à la situation créée sur le versant européen où la Russie côtoie des États hostiles, au mieux méfiants, décidés à se protéger contre elle en recourant à l'Europe et davantage encore au parapluie de l'OTAN.

La Russie est donc écartelée entre un destin européen qu'elle n'a jamais cessé de revendiquer mais qui se dérobe, et les possibilités que lui ouvre l'Asie. Pourtant, la réalité géographique russe et sa dimension continentale rassemblent ces deux pôles de son destin, même si le pays est aujourd'hui plus eurasien qu'il ne le fut jamais et que ne le voulurent jamais ceux qui l'ont gouverné depuis des siècles.

La Russie doit donc définir son identité et son intérêt national dans un espace et un équilibre géopolitique inédits ; il lui faut y trouver les moyens d'une nouvelle *pax russica* et d'une nouvelle puissance.

À l'intérieur, cette *pax russica* n'était certes pas acquise. Les rapports entre nations au sein de la Russie s'inscrivent désormais dans un double cadre politique et institutionnel. Politique, d'abord, lié au conflit de personnes et de projets qui mit fin au système soviétique. Tandis qu'en 1990 Gorbatchev tentait de sauvegarder l'URSS en cherchant à réconcilier les nations avec elle, Boris Eltsine joua la carte de l'autodétermination totale. Qui, parmi les non-Russes, pouvait être indifférent à son appel : « Prenez autant d'indépendance que vous le pourrez ! », appel aussi iconoclaste et mobilisateur que l'« Enrichissez-vous ! » de Boukharine, lancé plus de six décennies auparavant. Ce fut la course à l'autodétermination, mais les Tchétchènes l'entendirent dans son acception la plus radicale : l'indépendance totale.

Parvenu au pouvoir après une phase d'attente et la tragique confrontation avec le Parlement (la « Maison blanche ») qui aboutit en octobre 1993 à sa destruction, Boris Eltsine décida de consolider le système et proposa par référendum à l'approbation du pays, le 12 décembre 1993, une Constitution fédérale qui fut approuvée par 58 % des votants (le taux d'abstentions atteignit près de 46 %). Cette Constitution consacra les frontières de l'État fédéral issues du processus qui vit éclore les indépendances durant les années 1989 à 1991. Le territoire de la RSFSR était celui de la fédération de Russie et les peuples qui faisaient partie de la première devenaient automatiquement « sujets de la Fédération ». La Constitution supposait que l'espace russe était unifié et les peuples réconciliés. Dans ce texte fondamental, la Russie est dite « État de droit multinational », incluant dans ses frontières quatre-vingt-neuf « sujets », dont vingt et un organisés en républiques, au nombre desquels figurent le Tatarstan, la Tchétchénie, l'Ingouchie.

C'est là que le droit et la volonté des peuples ne vont pas coïncider. La Loi fondamentale confie à la Fédération et à elle seule compétence pour assurer l'intégrité du territoire, pour « admettre ou former un nouveau sujet », mais elle ne dit mot d'un éventuel droit des sujets à faire sécession. La famille des peuples de Russie a donc, dans cette Constitution, un caractère définitif, ce qui sera d'emblée contesté par deux nations : les Tatars et les Tchétchènes. L'accueil fait au référendum laissait d'ailleurs prévoir les difficultés à venir. Au Tatarstan, l'abstentionnisme l'emporta ; en pays bachkir et au

Daghestan, le rejet fut radical. Quant à la Tchétchénie, elle était en conflit ouvert avec la Russie depuis 1990, et la guerre larvée y tint lieu de débat constitutionnel.

L'évolution du Tatarstan et celle de la Tchétchénie au sein de la Fédération – dont tous deux sont sujets – n'en ont pas moins suivi des voies différentes.

La souveraineté du Tatarstan avait été proclamée en août 1990 et approuvée par référendum en mars 1992. En novembre 1992 – un an donc avant que ne vît le jour la Constitution russe –, le Tatarstan adoptait sa propre Constitution, laquelle le définissait comme « État démocratique souverain, sujet de droit international, associé à la fédération de Russie ». La Constitution russe de 1993 allait poser le problème de la compatibilité entre deux statuts en apparence inconciliables, celui d'associé à la Fédération et celui de sujet de la Fédération. Mais le 15 février 1994, le Tatarstan signait avec la Russie un traité bilatéral aux termes duquel il était « uni » à la Fédération sur la base de ce texte et des deux Constitutions tatare et russe. La Russie reconnaissait au Tatarstan le droit d'avoir ses propres relations avec le monde extérieur et des politiques publiques échappant à l'État central. Les ambiguïtés rédactionnelles du traité russo-tatar ne suffisaient pas à dissimuler qu'il était truffé de clauses dérogatoires à la Constitution fédérale, mais le conflit institutionnel entre Moscou et Kazan était officiellement réglé et le Tatarstan put, dans la paix, affirmer sur son territoire la primauté de son intérêt national et afficher les signes croissants de sa différence, à commencer par l'Islam.

Au Tatarstan, l'adhésion à cette foi recouvre à la fois le sentiment national et la volonté de défendre un statut particulier. La décision prise par les autorités de reconstruire la grande mosquée qu'Ivan le Terrible avait fait abattre lorsqu'il conquit Kazan – décision qui effaçait l'humiliation de 1522 – est symbolique du pouvoir mobilisateur de l'Islam au sein de la société tatare ainsi que de sa souveraineté retrouvée. Mais c'est surtout le combat pour la langue tatare qui rend compte de la volonté de tout un peuple de fonder son existence sur sa propre culture. La langue tatare occupe désormais une place centrale dans la vie de la république et le russe, s'il jouit légalement d'un statut d'égalité (la population de la république compte presque autant de Russes que de Tatars), est affaibli dans l'usage par la place accordée aux langues des autres minorités – Tchouvaches, Maris, Oudmourtes, Mordves –, enseignées dans les écoles où ces minorités sont bien représentées. La promotion du tatar est un impératif absolu pour ceux qui dirigent la république, et le long débat sur le choix de l'alphabet – maintien du cyrillique, passage au latin, retour à l'arabe ? – témoigne avant tout du désir des Tatars d'affirmer leur différence au sein de la Russie. Pour autant, le compromis de 1992 a assuré une paix durable avec Moscou dans la mesure où il consacre la reconnaissance d'une nation forte.

La Tchétchénie a suivi une voie aux antipodes de celle des Tatars dans ses relations avec Moscou. La disparition de l'URSS et les encouragements prodigués par Eltsine aux indépendances ont certes compté dans le déclenchement du conflit russo-tchétchène, mais un très lourd contentieux doit aussi être pris en compte. Le chapitre des griefs nourris par les Tchétchènes s'ouvre sur le sort qui leur fut réservé en 1859, au terme de la guerre du Caucase. Vient ensuite la « punition » que leur infligea Staline durant la dernière guerre mondiale. À quoi s'ajoute la manière « impériale » qui présida à leur réhabilitation. Ils furent certes blanchis du crime de collaboration et autorisés à retourner dans un territoire national restauré ; mais ce qui leur fut rendu en

1956, c'était une République tchétchéno-ingouche dont l'espace avait été soigneusement redessiné – toujours la manipulation géographique des peuples –, de manière à diluer le ressentiment des « punis » dans un ensemble humain où leur place était réduite (58 % de Tchétchènes dans la double république en 1939 ; 41 % en 1956). Écoutant dans leur exil la dénonciation des crimes staliniens, les Tchétchènes avaient rêvé d'un État qui leur fût propre, tel celui qui avait existé de 1922 à 1934. Mais, en 1934, Staline avait élucubré que Tchétchènes et Ingouches, ayant une même identité *vainakh*, devaient vivre ensemble, et c'est ainsi que la République tchétchéno-ingouche fut formée puis restaurée en 1956 alors que les Tchétchènes avaient toujours contesté cette identité commune.

En mars 1991, le général Doudaev, retiré de l'armée russe, décida de réaliser le vieux rêve tchétchène d'un État homogène. Le premier président de la Géorgie indépendante, Zviad Gamsakhourdia, soutint alors les Tchétchènes et l'agitation gagna tout le Caucase. La République tchétchéno-ingouche cesse d'exister, mais l'État tchétchène indépendant effraie le pouvoir russe, pour qui Doudaev fait figure de nouveau Chamil, dont l'action pourrait provoquer une seconde guerre du Caucase. En dépit des pressions et d'une tentative d'invasion manquée à la fin de 1991, la Tchétchénie résiste et le pouvoir russe hésite à se lancer dans une épreuve de force. Deux États, en effet, sont alors en sécession : la Tchétchénie et le Tatarstan ; mais, après que celui-ci a fait la paix avec Moscou, la Tchétchénie reste seule à la défier.

Le problème est de taille. L'exemple tchétchène fascine tous les peuples du Caucase ; comment empêcher qu'ils ne l'imitent ? Sans doute l'Ingouchie, craignant d'être assimilée par un nationalisme tchétchène triomphant, se place-t-elle alors sous la protection de la Russie. Mais les difficultés économiques ne manquent pas de surgir. Doudaev a proclamé que la Tchétchénie allait être un « second Koweït » et qu'elle approvisionnerait en eau potable l'ensemble du monde arabe ! Ce n'était qu'un mirage. La production pétrolière, principale ressource des Tchétchènes, décline et les industries qui en dépendent se trouvent paralysées. Doudaev doit assurer la survie de la République par des expédients peu avouables : contrebande d'armes et production de fausse monnaie sont alors les deux mamelles d'une économie agonisante ; à quoi il convient d'ajouter le piratage du pipe-line allant au port de Novorossiisk, et le trafic de la drogue afghane ou tadjike qui, par Rostov-sur-le-Don, se déverse sur toute l'Europe.

Le gouvernement russe crie haut et fort que la Tchétchénie est devenue un haut lieu de la corruption et de la criminalité, le rendez-vous de toutes les mafias, même si, en portant ces accusations, il oublie de s'interroger sur la place que tiennent dans ce tableau certains de ses ressortissants, militaires et affairistes douteux. La Tchétchénie est en effet devenue une sorte de zone franche qui attire des organisations mafieuses et des personnalités corrompues que le « grand chambardement » de 1992 a fait surgir de l'ombre.

Et Moscou de s'alarmer aussi du projet de ressusciter la Confédération des peuples du Caucase qui avait brièvement existé en 1918 ; si cette idée de Doudaev s'était réalisée, une partie de la fédération russe aurait éclaté au profit d'une union caucasienne dirigée contre elle. Le « parti de la guerre » qui se forma alors à Moscou pressa Eltsine d'user de la force des armes contre l'indépendance tchétchène. Le président russe avait cru dans les vertus de la patience et du respect des institutions. Il espérait que la Constitution de 1993 pourrait apaiser les peuples rebelles. Si les Tatars lui donnèrent raison, les Tchétchènes restèrent sourds à son appel.

Et ce fut la guerre, commencée en décembre 1994. En décidant de briser la Tchétchénie par la force, Boris Eltsine espérait enrayer une « contagion tchétchène », mais les partisans de cette solution l'avaient aussi convaincu que la république sombrait dans le chaos et qu'il suffirait d'une guerre-éclair pour en venir à bout. Force lui fut de constater qu'il s'était nourri d'illusions. Sans doute la Tchétchénie n'avait-elle pas réuni autour d'elle les peuples du Caucase, effrayés par son radicalisme. Tous avaient pris leurs distances avec cette république. Pour autant, le Caucase ne fut pas épargné par la crise tchétchène. Partout – au Daghestan, en pays ossète, chez les Ingouches –, des revendications se réveillèrent et les conflits territoriaux, fruits des manipulations territoriales de Staline, revinrent à l'ordre du jour. Ce n'est plus à une Confédération des peuples du Caucase que la Russie dut faire face, mais à une menace non moins grave : la balkanisation. Quant à la guerre-éclair espérée, elle tourna à l'enlisement, soit deux guerres successives et d'innombrables attentats perpétrés au cœur même de la Russie.

Le successeur de Boris Eltsine se trouve tout aussi démuni que lui face à un conflit interminable qui rappelle fâcheusement que le Caucase sut résister jadis à la Russie pendant tout un demi-siècle. Cette guerre a également réveillé un spectre oublié, celui de la Guerre sainte. L'appel au djihad ne retentit plus seulement au Caucase, il séduit aussi par intervalles d'autres peuples de l'islam russe. À Oufa, en Bachkirie, il a été lancé en mars 2003 par de hautes autorités religieuses, non certes contre les Russes, mais, par solidarité avec les musulmans irakiens, contre les États-Unis. Il n'eut pas d'effets et fut contesté par les autorités civiles du

Bachkortostan[1], autre « sujet » de la Fédération, qui le déclarèrent certes contraire aux lois, mais durent néanmoins convenir que le djihad était conforme à celles d'une société musulmane.

On voit ici comment les particularismes des sujets de la Fédération trouvent à se loger dans les interstices du système. Il ne suffit pas d'affirmer l'existence d'*un* peuple multinational pour que ce raccourci sémantique abolisse la diversité des peuples et celle de leurs aspirations. C'est aussi en partie pour répondre à cette diversité que Vladimir Poutine a instauré la « verticale » du pouvoir, c'est-à-dire tenté d'accroître l'autorité centrale en regroupant certains territoires. Il n'en reste pas moins que les « sujets » musulmans de la Fédération opposent opiniâtrement, par des moyens divers – relations négociées, fronde ou rébellion –, leurs particularités au centralisme et, en dernier ressort, à la Russie. Leur volonté s'exprime assez fortement pour que le président russe ait à maintes reprises pris soin de proclamer son respect de l'islam et de ceux qui s'en réclament, tout en assortissant ce propos d'un rejet du fondamentalisme sur le territoire fédéral. Les Tchétchènes sont pour lui des islamistes fanatiques, liés à al-Qaida, et, comme tels, en guerre avec le reste du monde. Les autres musulmans de Russie sont des croyants ou des sympathisants d'une confession dont il répète à l'envi qu'elle fait partie intégrante des religions historiques de l'espace russe.

La Russie postsoviétique doit ainsi, comme le firent avant elle l'Empire des tsars et l'URSS, trouver un équilibre entre l'État multinational, les nationalismes souvent véhéments de ses « sujets », et une contrainte plus récente : un nationalisme proprement russe qui commence à s'exprimer.

---

1. Dénomination locale de Bachkirie.

Mais la Russie doit aussi faire face aux sujets de l'Empire qui ont gagné leur indépendance. Entrée la dernière dans le processus de décolonisation qui a caractérisé le XXᵉ siècle, elle doit, comme firent les autres métropoles des Empires défunts, inventer ses rapports avec les États libérés de sa tutelle. Les modèles ne manquaient certes pas, mais les spécificités de la décomposition de l'Empire soviétique appelaient des solutions appropriées. La dissolution pacifique de l'Empire, la continuité territoriale, le problème humain posé par d'importantes communautés russes (totalisant vingt-cinq millions de ressortissants) restées dans les nouveaux États, et des communautés non négligeables de nationaux de ces États vivant en Russie : quel empire se trouva jamais confronté à une situation aussi complexe ?

La sémantique est souvent utile à la compréhension des phénomènes historiques. Pour les Russes, en 1992, le monde formé d'États nés à leurs frontières porte un nom révélateur : c'est l'« étranger proche », par opposition à l'« étranger éloigné », soit le reste du monde. Dans les mentalités, comme on voit, la rupture avec le premier n'est pas totale. Tout imposait le maintien de liens particuliers entre la Russie et ces États indépendants, et tout suggérait qu'une construction nouvelle pourrait y répondre. Quelle solution retenir : une communauté organisée sur une base volontaire, permettant de préserver les acquis du passé et de définir les modalités d'une politique commune ou du moins concertée ? ou bien fallait-il recouvrir un complet divorce par l'alibi d'un Commonwealth dépourvu d'institutions, sans réalité, sans volonté de lui donner vie ?

C'est partagés entre ces deux visions des lendemains d'Empire que, le 8 décembre 1991, les présidents des trois républiques slaves signèrent l'acte de décès de l'URSS et inventèrent la Communauté des États slaves. Cette première version de la CEI était déjà le fruit d'un grave malentendu. Boris Eltsine avait souvent admis que l'intérêt russe commandait d'abandonner l'Empire, mais il n'imaginait pas pour autant que la rupture concernerait la Russie et l'Ukraine. Aidé du Biélorusse Chouchkevitch, il parvint à convaincre l'Ukrainien Kravtchouk, très réticent, que la Communauté slave allait leur permettre de régler pacifiquement les problèmes de la séparation. Mais les autres peuples de l'URSS, oubliés dans cet accord, se rebellèrent. Même s'ils estimaient que le Centre les avait toujours mis en coupe réglée, ils n'imaginaient pas une rupture aussi brutale. C'est ainsi que la Communauté des États Indépendants naquit, le 21 décembre à Alma-Ata.

À l'origine, nul ne sait trop que souhaiter : une CEI forte et intégratrice ? ou une CEI de pure forme ? Cette hésitation a pour effet que ses membres y sont d'abord assez indifférents : la Russie se concentre alors sur ses réformes et est impuissante à aider ses voisins proches ; quant à ceux-ci, c'est du monde extérieur – Banque mondiale, BERD, États occidentaux – qu'ils attendent investissements et aide au développement. Andreï Kozyrev, premier ministre des Affaires étrangères de la jeune république russe, occidentaliste farouche, ne manifeste guère d'intérêt pour la CEI. Mais, en 1996, il est remplacé par Evgeni Primakov, vieux routier de l'Orient, spécialiste des renseignements extérieurs, qui tient la CEI pour un espace indispensable aux intérêts russes, pour un marché mais surtout pour une zone d'influence qui permettra à son pays privé d'empire de recouvrer sa puissance perdue. Et il se fait d'emblée l'avocat d'une organisation structurée de la CEI.

Dans nombre de républiques, un même mouvement s'esquisse déjà. Il est dû à la déception des jeunes

États face aux réticences occidentales à les aider, ainsi qu'aux difficultés économiques engendrées par la perte des solidarités et des transferts de ressources qui prévalaient au temps de l'URSS. De surcroît, ces jeunes États isolés sont souvent confrontés à des crises, voire à la menace de dislocations internes, fruits de la géographie ethnique si perverse que leur a léguée Staline. La Géorgie en est très tôt victime et son conflit avec l'Abkhazie l'incite alors à rejoindre la CEI.

Promue par Staline république autonome au sein de la Géorgie, l'Abkhazie manifesta très tôt un nationalisme sourcilleux, donnant en 1989 le signal de la lutte pour la restauration de l'unité des peuples du Caucase, dont une première assemblée se tint dans sa capitale, Soukhoumi. Le flambeau de l'unité caucasienne sera ensuite repris par les Tchétchènes; mais, forts du rôle qu'ils ont joué dans le réveil du Caucase, les Abkhazes réclament en juillet 1992 le droit de se séparer de la Géorgie. Ils en appellent à l'aide de la Russie et se disent prêts à passer sous son protectorat.

Leur révolte a d'abord été tournée contre le président Gamsakhourdia, adversaire déclaré de toutes les autonomies à l'intérieur de son pays, puis le sera, plus généralement, contre Tbilissi lorsque Chevardnadze, ancien ministre des Affaires étrangères de Gorbatchev, l'aura remplacé. Une véritable guerre oppose dès lors Abkhazes et Géorgiens, et les premiers l'emportent, soutenus par des volontaires descendus de la montagne caucasienne : des Tchétchènes, conduits par celui qui y deviendra plus tard un chef légendaire du combat contre la Russie, Chamil Bassaev, mais aussi des Russes. À l'issue des combats, les Abkhazes se livrent au « nettoyage ethnique » de leur région, chassant deux cent mille Géorgiens qui migrent alors vers les villes de Géorgie, y accroissant ainsi les difficultés politiques et économiques. Après quinze mois d'une guerre malheureuse pour la Géorgie, qui doit aussi faire face à la rébellion des Ossètes, séduits par l'exemple abkhaze, Chevardnadze est contraint de se tourner vers Moscou, d'adhérer à la CEI et de signer avec la Russie un traité bilatéral qui assure à celle-ci quatre bases militaires en territoire géorgien et la responsabilité de la sécurité des frontières. En retour, la Russie se porte garante de l'intégrité territoriale de la Géorgie et s'engage à l'aider dans le règlement de ses conflits internes. Pour les Géorgiens, ce Canossa est d'autant plus inacceptable qu'ils accusent volontiers la Russie d'avoir manipulé les Abkhazes et les Ossètes afin d'acculer Tbilissi au compromis. Pour Moscou qui recouvre ainsi au Caucase une influence contestée, le succès est réel.

En 1994, cet élargissement de la CEI semble confirmer ses chances de devenir un espace d'intégration, et l'Union européenne commence alors à être invoquée comme modèle. La réalité de cette intégration laisse cependant toujours à désirer. Sans doute la CEI a-t-elle défini des champs de coopération précis et divers, multiplié les réunions, les accords bilatéraux ou multilatéraux, les sommets et les institutions, et donné naissance à une bureaucratie proliférante. Mais ce que la Russie souhaitait avant tout, c'était établir une coopération en politique étrangère et former un système de sécurité collective fondé sur des forces armées multinationales. En somme, une copie de l'OTAN, ou encore un système rappelant fâcheusement aux États indépendants le défunt pacte de Varsovie... La première ambition ne conduisit qu'à des déclarations d'intentions; la seconde achoppa sur la volonté des États de se doter de leurs propres forces armées. L'idée d'une coopération militaire ne séduit guère les partenaires de la Russie et ne sera mise en pratique que pour protéger l'Asie centrale de l'Afghanistan. L'Armée russe y aura été en définitive la principale « force de paix ». Ainsi au Tadjikistan, en proie à une guerre civile qui menaçait de gagner l'ensemble de la région.

Union aux objectifs imprécis, la CEI n'a pas non plus réussi à devenir un pôle d'intégration économique, les intérêts de ses membres divergeant trop souvent. Certains – Biélorussie, Kazakhstan, Arménie, Tadjikistan, Kirghizstan – souhaitaient développer un marché commun. D'autres – Ukraine, Ouzbékistan, Turkménistan, Azerbaïdjan et Moldavie – ont cherché d'emblée à s'orienter vers l'extérieur. La Russie, qui se voulait chef de file du premier groupe, n'entendait cependant pas y sacrifier sa volonté d'ouverture sur l'Occident. Elle n'était pas davantage tentée de soutenir ceux qui seraient des partenaires coûteux en crédits ou par les prix préférentiels qu'ils réclamaient. Et elle usa volontiers de mesures de rétorsion économiques pour faire payer à certains États leurs écarts politiques.

Du coup, les jeunes États inventèrent des regroupements excluant la Russie, tel le GUAM (Géorgie, Ukraine, Moldavie, Azerbaïdjan) qui deviendra GOUAM, en 1999, quand l'Ouzbékistan le rejoindra. La Russie a encouragé en 2003 l'Espace économique unifié, regroupant autour d'elle la Biélorussie, l'Ukraine et le Kazakhstan. Espace contesté dès sa première réunion à Yalta, le 24 mai 2004, par le Kazakhstan et l'Ukraine, hostiles à la volonté « intégrationniste » du Biélorusse Loukachenko. Du coup, la Russie a conçu un regroupement dépassant la CEI tout en ignorant certains de ses membres : le groupe de Shanghai, créé le 26 avril 1996 et qui rassemble à ses côtés le Kirghizstan, le Kazakhstan, le Tadjikistan et la Chine. Ces multiples organisations font de la CEI une communauté à géométrie variable et témoignent de désaccords politiques ou d'intérêts divergents entre les États qui la constituent.

Lorsqu'il accéda au pouvoir en 2000, Vladimir Poutine entendit clarifier sa conception de la Communauté des États indépendants et faire le tri entre les alliés loyaux, les opportunistes et ceux qui déjà glissaient vers d'autres pôles. Au bout de huit ans d'existence, le compte est vite fait ; il est peu encourageant.

L'Ukraine, qui a toléré la CEI plus qu'elle ne l'a choisie, prend ses distances avec Moscou, se rapproche des États de la CEI qui pourraient lui fournir de l'énergie et des matières premières, comme le Kazakhstan ou l'Azerbaïdjan, et ambitionne surtout de rejoindre l'Union européenne, à laquelle elle est liée depuis 1994, en attendant mieux, par un traité de partenariat et de coopération. Au Caucase, la Russie dispose de deux partenaires incommodes, la Géorgie et l'Azerbaïdjan, dont les politiques sont obérées par de graves conflits internes, et d'un seul allié loyal, l'Arménie, qui compte sur le soutien russe face à l'Azerbaïdjan et dont une fraction importante de la population vit en Russie. Mais, à la fin des années 1990, les efforts de médiation occidentaux, surtout américains, dans le conflit du Karabakh, ont privé la Russie de son rôle de protecteur privilégié de la région. Du coup, les Arméniens commencent eux aussi à lorgner au-delà de la CEI. L'Asie centrale n'est pas davantage une place forte de l'influence russe au sein de la Communauté. Chaque État y cultive sa différence, qui rejaillit sur les choix effectués pour résoudre les problèmes de la région. L'Ouzbékistan répète à l'envi que la sécurité est l'affaire des seuls États de la région ou de chacun d'entre eux ; pour cette raison, il s'est retiré du système de sécurité collective, et il aimerait que la CEI soit avant tout une zone de libre-échange. Le Turkménistan affiche sa neutralité et, riche de son gaz naturel, refuse d'entretenir des liens par trop étroits avec la Russie. Seul le Kazakhstan plaide en définitive pour une véritable intégration qui l'aiderait à surmonter un délicat problème de population : les Kazakhs, peuple éponyme, minoritaires dans la République, y sont à peine plus nombreux que les Russes ; de surcroît, les deux parties du Kazakhstan, Nord et Sud, sont loin de constituer un État homogène. Dans les dernières années d'existence de l'URSS, l'idée avait été avancée à Moscou d'un rattachement du nord de la république à la Sibérie. Fort de son soutien intransigeant à la CEI, le président Nazarbaev a pu écarter ce péril.

À l'ouest, reste la Moldavie, sur laquelle la Russie pensait pouvoir se reposer ; la dissidence de la Transnistrie et le succès électoral des communistes locaux en 2001 semblaient propres à nourrir dans ce pays des sentiments prorusses, mais, liés aux circonstances, ces facteurs sont sujets à révision et nul ne l'ignore à Moscou. En définitive, l'État de la CEI le plus prorusse est la Biélorussie qui signa le 8 décembre 1999 – date anniversaire et combien symbolique[1] – à Minsk l'acte l'unissant à la Russie. Le président Loukachenko répète inlassablement qu'il aspire à reconstituer l'unité perdue. Pour la Russie, cet allié est encore plus encombrant que des partenaires réticents ou hostiles. Le président biélorusse est en effet un homme compromettant par ses orientations politiques : il a installé son pays dans un système que Brejnev n'eût pas désavoué. De surcroît, son rêve d'une présidence alternée de l'ensemble slave réunifié placerait un jour, s'il se réalisait, la Russie sous l'autorité d'un Biélorusse ! Ce que le nationalisme russe ne saurait accepter.

---

1. Huit ans, jour pour jour, séparent l'événement de la liquidation de l'URSS, décidée presque au même endroit.

À l'heure du bilan, le président Poutine va constater que la CEI n'est pas une Union européenne en formation, car ce qui y domine, c'est la faiblesse des liens et des solidarités et la montée de forces centrifuges. De même a-t-elle peu de chances de devenir, par son système de sécurité collective, une copie de l'OTAN. Même si l'Afghanistan fait peser une menace constante sur la stabilité de l'Asie centrale, les partenaires de la Russie, qui sont certes soucieux de protéger leurs frontières, ne le sont pas moins d'éviter de dépendre de Moscou pour assurer leur sécurité. La quête d'autres soutiens est devenue pour la plupart une sérieuse préoccupation.

La méfiance des États indépendants à l'égard de la Russie n'a d'égale, après 2000, que la prudence de Vladimir Poutine, voire peut-être un certain désenchantement à constater que la CEI n'a guère progressé. Les choix du nouveau président russe vis-à-vis de l'« étranger proche » ont été clairement exposés : la sécurité collective est la préoccupation première de la Russie, qu'inquiètent la montée à ses frontières de mouvements extrémistes, l'essor du terrorisme, parfois aussi les retombées de conflits internes aux États voisins. Cette priorité se combine chez Vladimir Poutine avec une volonté de réalisme. La Russie n'est plus prête à sacrifier ses intérêts économiques pour des partenaires incertains ou instables. Elle veut bien poursuivre la coopération, mais sur la base du donnant donnant, et non plus de solidarités confuses. Si la CEI avait été conçue comme une compensation à la perte de l'Empire, ou, mieux encore, comme un moyen de le restaurer sous une autre forme, l'échec est patent. L'étranger proche s'est refusé à être une zone privilégiée de l'action internationale de la Russie. Restait l'espoir que ce fût une zone d'influence, mais les événements qui se succèdent à un rythme rapide vont aussi remettre cette perspective en question.

Conclusion

L'Amérique est de retour : c'est le maître mot des événements qui bouleversent la vie internationale de 2001 à 2005. L'attaque foudroyante d'al-Qaida sur le sol américain, en septembre 2001, avait ouvert à la Russie une possibilité de renouer avec une posture de puissance. Mais, dans le même temps, cet avantage de la Russie aura affaibli son influence là où elle tentait de la préserver : dans l'étranger proche. En se joignant aux États-Unis pour combattre le terrorisme, elle est certes redevenue un important acteur du jeu international. Ce partenariat lui a assurément rendu son rang de puissance, mais il a eu pour conséquence que là où sévit le terrorisme, Russes et Américains doivent désormais se partager la tâche. Or les lieux privilégiés de l'action terroriste, ceux du développement des mouvements islamistes, se situent avant tout aux abords de la Russie, dans la zone même où elle lutte depuis le début des années 1990 pour préserver une influence exclusive. Est-il possible de contrôler l'Afghanistan, le Tadjikistan et le Caucase en excluant de ces régions les États-Unis, pourtant associés à la Russie dans le combat antiterroriste ?

Moscou a donc dû donner son accord à l'implantation de bases américaines en Ouzbékistan, au Tadjikistan, puis en Azerbaïdjan. En Géorgie, sans même être consultée, elle a assisté, impuissante, au rapprochement spectaculaire de ce pays avec l'OTAN, et entendu en 1999 le président Chevardnadze proclamer que le soutien de l'organisation atlantique était indispensable au rétablissement de la stabilité dans le Caucase. Au même moment, les députés géorgiens exigeaient le démantèlement des bases russes, le retrait de troupes russes de maintien de la paix, et leur remplacement par des forces venues de pays membres de l'OTAN. Peu après, la Géorgie se retirait du traité de sécurité collective de la CEI.

L'attrait suscité par l'OTAN et les États-Unis battait déjà son plein dans la CEI avant même que n'y commencent les révolutions « colorées » qui allaient bouleverser le paysage politique de l'étranger proche. Rien d'étonnant si c'est de Géorgie que vient le signal qui va aboutir à la révolution des Roses à l'hiver de 2003. La révolution orange qui suivit en Ukraine un an plus tard est nettement moins aisée à mettre en œuvre même si elle est tout aussi pacifique que celle qui a porté Saakachvili au pouvoir. Dans les deux cas, le détonateur est identique : l'indignation devant des élections truquées. Mais il a fallu à Iouchtchenko une grande persévérance pour mobiliser des foules dans le froid et la neige jusqu'à ce que la bataille soit gagnée. Une véritable avalanche révolutionnaire a alors pris des formes diverses : révolution des Tulipes, très confuse, en Kirghizie ; révolution en Moldavie sans changement d'équipe, mais marquée par la rupture avec la CEI et par un tournant radical vers l'Occident ; enfin, révolution manquée en Ouzbékistan, mais pour quels lendemains ?

Ces bouleversements arrachent à la CEI un certain nombre de pays et lui laissent des alliés douteux – Loukachenko, Nazarbaev, le *Turkmenbachi* (« chef des Turkmènes ») Niazov. Le président arménien lui-même, Robert Kotcharian, s'il n'a pas été victime de cette fièvre révolutionnaire, cherche à s'orienter, comme ses voisins du Caucase, vers le monde euro-atlantique.

Ces révolutions, si elles n'ont pas suivi partout le même cours, présentent deux traits communs. D'abord, le rejet d'équipes qui incarnent encore l'ère soviétique et d'un modèle de transition qui n'a débouché ni sur la démocratie, ni sur l'économie de marché. Les nouvelles élites qui s'emparent du pouvoir se réclament d'une volonté de marche accélérée vers ces deux objectifs avec l'aide du monde occidental. Ensuite, ces révolutions de l'espace postsoviétique expriment un même refus d'appartenance à la CEI, communauté liée au passé et plus encore à la Russie. Cette dernière a dû assister passivement à ce déferlement qui condamnait ses efforts pour construire un destin collectif et sauvegarder une zone d'influence. Même ses quelques timides tentatives visant à effrayer l'Ukraine en agitant l'épouvantail d'un séparatisme oriental n'ont pu freiner le cours des événements ni empêcher qu'au moins dans un premier temps les États-Unis en soient les grands bénéficiaires. C'est vers eux – vers l'Europe aussi, certes, à laquelle les États qui divorcent de la CEI souhaiteraient adhérer –, mais surtout vers l'OTAN que les nouveaux responsables n'ont de cesse de se tourner.

Si ces révolutions ont revêtu presque partout (pas vraiment en Kirghizie, certes) un caractère pacifique, c'est que Moscou est resté hors du jeu, travaillant même, dans certains cas, à éviter le conflit (il en alla ainsi en Géorgie, où le ministre russe des Affaires étrangères persuada Chevardnadze de ne pas résister au mouvement qui l'évinçait). Cette passivité de la Russie tient à plusieurs causes. La première est la volonté d'éviter toute confrontation avec les États-Unis. On le voit à comparer le silence de Moscou vis-à-vis de la Géorgie et les menaces adressées naguère aux États baltes pour les convaincre de ne pas adhérer à l'OTAN. Les temps ont changé. Moscou tient avant tout à sauvegarder son partenariat avec les États-Unis, même s'il s'effrite peu à peu.

Les dirigeants russes s'inquiètent par ailleurs de l'instabilité qui se développe à leurs frontières méridionales. Si l'avenir de la révolution kirghize paraît peu déchiffrable et si le président turkmène paraît en mesure de maintenir son autorité, le Tadjikistan et l'Ouzbékistan, en proie aux attaques des mouvements islamistes, semblent avoir du mal à leur résister. Andijan, qui fut il y a plus d'un siècle le centre d'une guerre sainte antirusse, est à nouveau le lieu et le symbole de ce réveil d'un islam extrême qui refuse l'influence et les modèles occidentaux dont la Russie entend être aujourd'hui l'intermédiaire. Seul le Kazakhstan paraît fermé à la tentation islamiste. Les Kazakhs nomades ont été tardivement islamisés, ce qui explique probablement leur indifférence à ce courant politico-religieux. De surcroît, une jeune élite kazakhe a été formée, depuis 1992, dans le monde occidental, et rêve d'une modernisation en rupture avec le modèle hérité de l'URSS, mais aussi avec celui que véhiculent les islamistes.

Dans certains pays de l'Asie centrale, les révolutions qui liquident les survivances du système soviétique prennent cependant une dimension islamique qui n'est pas sans alarmer tout autant les États-Unis que la Russie, en dépit de leur rivalité pour exercer une influence décisive dans la région. La réserve américaine face aux événements d'Andijan et à la répression qui a suivi témoigne d'une réelle inquiétude de Washington. Quant à la Russie, elle voit monter aussi à l'intérieur de ses frontières – et pas seulement dans les difficiles républiques du Caucase et de la Volga – un islam revendicatif dont les manifestations font écho à celles qui agitent les États indépendants d'Asie centrale. Des clercs musulmans y réclament ouvertement l'unité de tous les musulmans de Russie et font distribuer dans les lieux publics une littérature intégriste; des jeunes gens exigent bruyamment le droit d'étudier dans les universités islamiques du Moyen-Orient et de se rendre en pèlerinage à La Mecque. Lorsque de tels faits se produisent dans l'Oural, dans des villes comme Iekaterinbourg, où semblables débordements étaient jusqu'alors inconnus, le pouvoir russe tend à les relier aux mouvements qui agitent les républiques centro-asiatiques et à dénoncer une expansion de l'islamisme.

Les révolutions qui se succèdent dans l'espace postsoviétique ont-elles été en partie manipulées ? et par qui ?

Ces questions que les autorités de Moscou n'osent poser ouvertement, mais dont des experts et la presse russe débattent sans précautions, reçoivent des réponses qui méritent examen. Que ces révolutions aient bénéficié de soutiens extérieurs, bien des faits en témoignent, mais les recenser et en conclure à une stratégie de déstabilisation de la périphérie russe risque de se révéler fort hasardeux. Pour les médias russes, les États-Unis se tiennent embusqués derrière les masses qui manifestent, et ces révolutions s'inscrivent dans un « Grand Jeu américain » qui vise à isoler la Russie, voire à y fomenter une déstabilisation.

Plus prudents, certains analystes[1] décèlent dans ces mouvements l'action systématique d'une nouvelle sorte d'Internationale, celle des ONG, « brigades internationales démocratiques parrainées par Washington ». Ces agitateurs venus de tous les horizons se donneraient pour mission de faire surgir la démocratie des ruines des États communistes. L'hypothèse est séduisante. Elle intègre divers types d'organisations et surtout l'intervention incontestable, dans l'ombre, de puissantes instances, telle la fondation Soros, active dans certains pays où couvent des révolutions.

Si, sur ce chapitre, s'impose une certaine circonspection, on ne peut passer sous silence la solidarité manifestée à l'Ukraine par ses influentes diasporas installées aux États-Unis et au Canada, ou encore par des Polonais, anciens de Solidarność, pour qui les foules rassemblées

---

1. Voir l'article très précis de Vincent Jauvert, « Les faiseurs de révolutions », *Le Nouvel Observateur*, 25 mai 2005.

sur la place de Maydan reprenaient leur propre modèle. Les interférences ici sont incontestables. Qu'elles dissimulent la « main des États-Unis » peut passer pour une conclusion hâtive. La vérité est que dans toutes les sociétés qui se sont révoltées entre 2003 et 2005, l'exaspération née de la corruption des équipes au pouvoir, de leur autoritarisme, des fraudes électorales et de l'inefficacité économique était immense et alimentait le feu des événements à venir. Cette violence populaire latente offrait au zèle de conseillers ou d'institutions un terreau remarquable, et, en dernier ressort, les États-Unis y ont certes applaudi. Les dirigeants russes sont d'autant plus prudents dans leurs commentaires qu'ils n'ignorent pas qu'à Kiev et dans quelques autres capitales chemine l'idée que ce modèle devrait être étendu à Moscou même et qu'il y faudrait contribuer en tissant des liens avec les libéraux qui se sont écartés de Vladimir Poutine. Quand le réformateur Nemtsov, étoile des années postsoviétiques à Nijni-Novgorod, puis membre du gouvernement, accourt à Kiev pour proposer ses services au nouveau président de l'Ukraine, c'est bien la tentation de bousculer aussi la Russie qui sous-tend son initiative, et un tel constat ne peut qu'inciter les responsables russes à une sage modération.

Mais le « Grand Jeu américain » n'est pas que pure supputation. Il est au cœur de la rude compétition pour le contrôle des voies pétrolières, et, partant, de la constitution d'un axe reliant l'Azerbaïdjan au Kazakhstan, que patronnent les États-Unis. Ces visées concernent le pétrole et les réserves de la Caspienne. Bakou fut longtemps un important centre de la production pétrolière russe, puis soviétique, mais on savait que l'épuisement des ressources y menaçait. Au début des années 1990, la découverte de notables réserves au large des côtes de l'Azerbaïdjan a fait naître l'espoir que l'approvisionnement mondial pourrait n'être plus dépendant des gisements du golfe Persique. Dès lors a commencé une course aux investissements dans la Caspienne, à laquelle la Russie a pris part. Cette course fut dominée par la querelle des oléoducs. Deux tracés furent proposés : celui convenant à la Russie, l'oléoduc Bakou-Novorossiisk, passant par Makhatchkala pour éviter la Tchétchénie ; et la voie reliant Bakou à Ceyhan, en Turquie, qui traverserait la Géorgie. Les États-Unis ont vigoureusement soutenu le second, qui présente à leurs yeux deux avantages : celui de contourner la Russie, donc de l'écarter de la Caspienne et de la route du pétrole ; mais aussi celui de favoriser la Turquie et surtout la Géorgie, qui tend à devenir un point d'appui de la stratégie américaine au Caucase. Le choix s'est porté en définitive sur la seconde voie, le corridor pétrolier « Orient-Occident », qui sera ultérieurement prolongé au Kazakhstan et qui constitue déjà l'axe d'une véritable alliance.

Une première conséquence en est que les pays situés sur ce trajet doivent bénéficier des moyens d'en assurer la sécurité, c'est-à-dire du concours militaire des États-Unis. L'Azerbaïdjan et la Géorgie ont déjà ouvert leurs territoires aux bases américaines ; la question se pose désormais pour le Kazakhstan, ce qui achèverait d'ébranler le système de sécurité collective de la CEI. Quant à la Russie, elle doit se contenter du rôle d'observatrice d'une stratégie qui place progressivement dans la zone d'influence des États-Unis et de l'OTAN une partie de ce qui fut son étranger proche. Et, s'agissant de l'Azerbaïdjan et du Kazakhstan, Moscou ne peut tenter de les intimider ou d'exercer sur eux des pressions économiques, leurs ressources les mettant à l'abri de telles mesures.

La fin de l'Empire impliquerait-elle la fin de la Russie ? Sans doute non. Moscou a encore des atouts dans son jeu, même s'il s'est singulièrement appauvri. La première de ces cartes, ce sont les anciens États de l'URSS avec lesquels subsistent des liens qui ne peuvent être totalement oubliés.

Sans doute la Géorgie, qui a tenu à obtenir au printemps de 2005 un accord sur le départ des bases russes âprement défendues par Moscou, ne fait-elle plus partie des pays sur lesquels la Russie conserve la moindre prise. Même les conflits internes qui divisent ce pays – ceux d'Abkhazie, d'Ossétie, d'Adjarie – peuvent difficilement servir le jeu russe, tout au moins pour le présent, dans la mesure où l'investissement politique des États-Unis dans la région est grand.

Différent, en revanche, est le cas de l'Ukraine. Sa dimension territoriale et humaine, le poids représenté dans ce pays par la population russe, les liens créés par les mariages mixtes et les relations sociales, la présence d'une importante communauté ukrainienne en Russie même plaident contre une rupture réelle. L'économie laisse aussi à la Russie des moyens d'action. Certes, la révolution orange a suscité en Ukraine l'espoir de couper à jamais avec le passé et de basculer vers l'Europe, dont le rapide élargissement semblait promettre un accueil chaleureux à un pays dont la Pologne patronne ardemment la candidature. Mais, passé le temps des enthousiasmes, la réalité reprend ses droits. L'économie ukrainienne est étroitement liée à la Russie et ne peut se reconstruire instantanément. Les États-Unis, dont l'Ukraine attend son salut, ne pourront probablement pas porter à bout de bras dans un même temps tous les pays qui viennent à eux. Pour la Russie aussi, l'heure est à la réflexion et à la modération. Après l'exaspération maladroite qui accueillit la révolution orange, les responsables russes commencent à comprendre que la nation ukrainienne existe, transcendant la coupure entre les deux parties du pays, et qu'elle entend fonder ses relations avec tout État – la Russie en premier lieu – sur le respect de son unité. Si Moscou admet une fois pour toutes que l'Ukraine est un pays semblable aux autres, et non l'étranger proche, le voisinage que la géographie impose pourra se nourrir de solidarités indéniables.

Au nombre des cartes figurant encore dans le jeu russe, il faut inclure une réorientation de la politique étrangère dont la finalité est précisément de compenser la perte de l'étranger proche par l'acquisition de nouvelles positions d'influence. Plusieurs événements de cette réorientation commencent à se dessiner. D'abord une orientation islamique : contre la défection de certains partenaires musulmans, contre la menace islamiste, la Russie joue, comme elle l'a déjà fait par le passé, de son statut d'État à composante musulmane. Vladimir Poutine déclare de plus en plus souvent et fortement que l'islam fait partie intégrante de la Russie, de son histoire, de sa civilisation, et il en tire argument pour conduire une politique active au Moyen-Orient. Mais, quand il évoque l'islam, il précise aussitôt : ce n'est pas de l'islamisme qu'il s'agit. En dépit de la guerre en Tchétchénie – dont la responsabilité est imputée aux islamistes –, la Russie développe ses échanges économiques et sa coopération avec la Turquie. Échanges commerciaux, tourisme, appel aux travailleurs turcs donnent depuis des années un contenu concret aux rapports entre ces deux pays. Sans doute le tracé de l'oléoduc qui ignore la Russie pour aboutir à Ceyhan a-t-il jeté une ombre sur ces relations ; comment pourtant ne pas voir que le pouvoir russe s'est bien gardé, à l'heure du choix qui lui était défavorable, de critiquer la position turque ?

Mais la cible première de la diplomatie russe est l'Iran. Des deux côtés, les encouragements au dialogue n'ont pas manqué. Téhéran est toujours resté silencieux sur la question tchétchène, même lorsqu'il était appelé à s'exprimer sur ce sujet. Cette neutralité bienveillante a favorisé le développement des échanges entre les deux pays et une coopération nucléaire – construction d'une centrale – qui est peut-être l'ultime manifestation de résistance russe aux pressions américaines. Depuis 2001, la Russie a dû se résigner à maintes avancées des États-Unis, cédant à chaque fois pour éviter de rompre le pacte implicite conclu le 11 septembre 2001 avec Washington, qui la réintroduisait parmi les « grands » de la vie internationale. Mais, sur la coopération nucléaire avec l'Iran, sujet des plus vives critiques américaines, elle n'a jamais cédé, ce qui donne la mesure de l'importance qu'occupe ce pays dans sa stratégie. Depuis que le choix du tracé de l'oléoduc a favorisé les préférences américaines, l'Iran a une raison supplémentaire d'écouter les sirènes moscovites. Comme la Russie, ce pays est victime d'une décision qui l'écarte de la nouvelle voie royale du pétrole.

Deux pays arabes figurent aussi dans la stratégie russe qui se dessine : l'Arabie Saoudite et la Syrie. À la première, la Russie pouvait reprocher tout à la fois son soutien apporté à la Tchétchénie et une politique de promotion de l'islam qui a porté ses fruits dans les ex-républiques musulmanes de l'URSS et qui se poursuit jusqu'à l'intérieur des frontières russes. L'Arabie Saoudite a financé – et continue de le faire – la construction de mosquées et formé des clercs pour un monde musulman en déshérence. Malgré cela, Vladimir Poutine cherche à établir une véritable coopération avec ce pays en raison d'intérêts pétroliers communs – les productions des deux pays ne peuvent sans dommage rester rivales – et en profitant du refroidissement des relations entre l'Arabie et les États-Unis, provoqué par la guerre d'Irak. La Syrie, enfin, est un vieux partenaire de la Russie qui, au fil des décennies, y a formé des cadres politiques et techniques, et a entretenu avec elle une coopération militaire. Vladimir Poutine exploite les possibilités que lui ouvrent les besoins en armements de Damas et sa méfiance envers des États-Unis soupçonnés de s'être lancés dans une croisade démocratique dont la prochaine victime pourrait bien être le régime baasiste.

Au-delà du monde musulman, c'est en Asie que la Russie cherche désormais des alliés, et d'abord en Chine, pays avec lequel elle a réglé ses contentieux. Sans doute s'agit-il là d'une politique à court terme plutôt que d'une véritable réorientation, car la Russie, qui se dépeuple – cent quarante millions d'habitants en 2005, mais quatre-vingt-dix à cent millions à l'horizon de 2050 –, dont les territoires adjacents à la Chine sont vides d'habitants et riches de réserves énergétiques et minérales, ne peut que craindre un voisin à la population écrasante et qui a toujours eu les yeux rivés sur les espaces et le sous-sol de la Sibérie. L'avenir des relations russo-chinoises n'est peut-être pas serein, mais, à une époque où la Russie est repoussée de ses frontières méridionales et surveillée à l'ouest par des pays qui veulent se protéger d'elle, l'Asie lui offre un recours. La Chine et la Russie ont aujourd'hui en commun de se sentir les États mal-aimés d'une vie internationale que l'Amérique au faîte de sa puissance cherche à contrôler totalement. Le rapprochement russo-chinois, dont l'avenir est assurément incertain, présente pour l'immédiat l'avantage de consolider un « front » asiatique face à Washington.

Consciente des problèmes futurs, la Russie équilibre néanmoins ses rapports avec la Chine en prenant appui sur un autre pôle asiatique, l'Inde, dont, comme pour la Syrie, le pouvoir soviétique a pendant des décennies formé certaines élites.

Le Japon n'est pas absent non plus de cette réévaluation internationale. Sans doute les rapports avec ce pays sont-ils obérés par le contentieux portant sur les îles acquises par la Russie en 1945. Mais, là encore, Moscou tente de trouver la voie du dialogue et fait des « petits pas » en vue de déboucher sur un compromis, non pas sur l'ensemble des Kouriles, mais en suggérant que le sort d'une partie d'entre elles pourrait être négociable.

En se glissant dans le groupe des grands États d'Asie, en se réclamant d'une nature « musulmane » autant qu'européenne, la Russie semble se rallier aux idées développées dans les premières décennies du XXe siècle par les inventeurs de l'eurasisme, lesquels soulignaient la dualité de cette « unique puissance eurasienne », médiatrice naturelle entre Europe et Asie, Occident et Orient. Ces idées retrouvent une certaine vogue en Russie sous l'influence de nationalistes nostalgiques de l'Empire perdu qui tentent de faire revivre le rêve impérial dans cette conception de l'Eurasie. Faut-il en conclure que l'accent mis aujourd'hui par le pouvoir russe sur l'islam et sur l'Asie, comme l'y encourage la géographie, serait le dernier avatar d'une mentalité impériale qui survivrait à la disparition de l'Empire ? Ou bien ne serait-ce pas plus simplement le pragmatisme d'un État qui doit apprendre à vivre sans empire ? et qui tente, pour répondre à sa dislocation, d'y substituer un espace d'influence privilégiée fondé sur une sorte de « doctrine Monroe à la russe » ?

En dernier ressort, l'ambition de la Russie ne serait-elle pas, en s'inspirant du modèle américain, de se transformer en république impériale ?

GLOSSAIRE

Adat : droit coutumier.

Allogène *(inorodtsy)* : terme utilisé pour définir les peuples nomades de Sibérie en 1798 et qui devient une catégorie juridique en 1822. Ce terme fut ensuite étendu à divers groupes de la Russie d'Asie. Depuis le milieu du XIXe siècle, il est utilisé péjorativement pour qualifier les non-Russes de l'Empire.

Bolcheviks (les) : fraction du Parti social-démocrate ouvrier russe, dirigée par Lénine et assimilée par lui à la majorité du Parti.

Charia : loi musulmane qui règle la vie des fidèles dans les domaines religieux et civil.

Collège : administration centrale fondée par Pierre le Grand remplaçant les *prikazy* et remplacée au XIXe siècle par les ministères.

Confédération : ancienne institution polonaise formée par le roi ou contre lui, prend la forme d'un mouvement armé.

Conseil d'État : autorité politique en Russie au XIXe siècle ; devient en 1906 la seconde Chambre de la Douma.

Dachnak *(Dachnaktsutiun)* : Parti fédéraliste révolutionnaire arménien.

Diète : *voir* Sejm.

Djadid : réformiste, par opposition aux traditionalistes (*voir* Qadymiste).

Douma : Conseil du prince, puis Assemblée.

Gazavat : guerre sainte au Caucase et en Asie centrale. Se dit ailleurs djihad.

Gouvernement *(gouberniia)* : unité administrative de l'Empire russe.

Gouvernement provisoire : désigne les gouvernements qui se succéderont à Petrograd de février à octobre 1917.

Hamestnik : celui qui représentait le tsar sur le terrain, se traduisait par lieutenant de l'Empereur et parfois par vice-roi.

Hetman : chef cosaque ; à cette forme polono-ukrainienne, les Russes préfèrent ataman.

Hromada (communauté) : organisation du mouvement national ukrainien.

Imam : « guide ». Celui qui dirige la prière collective à la mosquée. En Asie centrale et au Caucase, chef spirituel de la communauté.

Imamat : État théocratique dirigé par l'imam.

Inorodtsy : *voir* allogène.

Ittifaq : Union des musulmans de Russie.

Jüz : horde kazakhe.

Kavburo : Bureau caucasien du Parti bolchevique.

KD : abréviation de Parti constitutionnel démocrate russe.

Khan : souverain d'un khanat ; titre porté par les souverains de l'Empire mongol.

Khanat : principauté.

Kolkhoze : ferme collective.

Kombedy : comité des pauvres.

Koulak : paysan riche dans le langage des bolcheviks.

Liberum veto : en Pologne, principe permettant à chaque membre de la Diète (Sejm) de bloquer par sa seule voix tout projet.

Madrasa (ou, en turc, *medresseh*) : à l'origine école de théologie. Ensuite établissement d'enseignement et de recherche.

Mekteb : école primaire coranique.

Mencheviks : fraction du Parti social-démocrate ouvrier russe (PSDOR) qualifiée de minoritaire par Lénine.

Mollah (ou Mulla) : religieux, docteur de la loi.

Muphti : jurisconsulte musulman. En Russie, président de l'Assemblée spirituelle des musulmans.

Müridisme : doctrine des confréries soufies imposant au disciple *(mürid)* une obéissance totale au chef religieux ou *mürchid*.

Musburo : Bureau musulman du Parti communiste russe.

Oblast : unité administrative des régions périphériques de l'Empire.

Opritchnina : troupes « spéciales » d'Ivan le Terrible.

Ouezd : district.

Oukaze : décret.

Pomestie : domaine inaliénable.

Prikaz : administration centrale dans la Moscovie ; ancêtre des ministères.

PSDOR : Parti social-démocrate ouvrier russe, devient Parti communiste (b), c'est-à-dire bolchevik, puis Parti communiste de l'URSS : PCUS.

Qadymiste : traditionaliste, par opposition aux novateurs, ou djadid.

Rada : Assemblée ukrainienne.

Rzeczpospolita : Union de la Lituanie et de la Pologne.

Sejm : Parlement en Pologne-Lituanie (dit aussi Diète).

Sénat : autorité suprême fondée par Pierre le Grand.

Sietch : république franche cosaque.

Soviet : Conseil.

Sovnarkom : Conseil des commissaires du peuple, gouvernement russe après la révolution de 1917.

SR : Parti socialiste-révolutionnaire.
Streltsy : arquebusiers.
Uniates : Église d'obédience romaine fondée en 1596 (Union de Brest), de rite oriental mais reconnaissant l'autorité du pape ; appelée aussi Église gréco-romaine.
Voïévode : chef d'armée ; gouverneur d'une province.
Volost : district rural.
Votchina : domaine patrimonial.
Waqf : biens de mainmorte légués par un fondateur à une œuvre pie ou d'intérêt public.
Yarlik : chez les Mongols, décret et charte d'investiture accordée par le souverain aux princes russes.
Yasak : tribut payé en Moscovie par les personnes soumises à la domination mongole ; puis par toutes les tribus de Sibérie sous forme d'un impôt en fourrures.
Zemskii Sobor : Assemblée de la terre, formée des délégués des principaux groupes de la population désignés par le gouvernement.

BIBLIOGRAPHIE GÉNÉRALE

Géographie

Brawer (M.), *Atlas of Russia and the Independent Republics*, New York, Londres, 1994.

Brunet (R.), Eckert (D.), Kolossov (V.), *Atlas de la Russie et des pays proches*, Paris, 1995.

Chew (A.F.), *Atlas of Russian History : Eleven Centuries of Changing Borders*, New Haven, 1970.

Feshbach (M.) ed., *Environmental and Health Atlas of Russia*, Moscou, 1995.

Kolossov (V.) dir., *Geopolititcheskoe polojenie Rossii, predstavlenie i real'nost'*, Moscou, 2000.

Lamanski (I.I.), Semenoff Tianchanski (P.P.), *Rossiia. Polnoe geografitcheskoe opisanie nachego otetchestva*, Saint-Pétersbourg, 1901.

Masal'skii (V.I.), *Rossia-Polnoe geografitcheskoe opisanie nachego otetchestva*, Saint-Pétersbourg, 1913.

Ethnographie

Alektorov (A.E.), *Inorodtsy v rossii*, Saint-Pétersbourg, 1906.

Budilovitch (A.S.), *Mojet li Rossiia otdat'inorodtsam svoi okrainy?*, Saint-Pétersbourg, 1907.

Pipin (A.N.), *Istoriia russkoi etnografii*, Saint-Pétersbourg, 1890-1892, 4 vol.

Tokarev (S.A.), *Etnografiia narodov SSSR*, Moscou, 1958.

Histoire

Histoire de la Russie

Florinski (M.T.), *Russia : A History and an Interpretation*, New York, 1953, 2 vol.

Heller (M.), *Histoire de la Russie et de son Empire*, Paris, 1997.

Kappeler (A.), *La Russie. Empire multiethnique*, Paris, 1994.

Karamzin (N.M.), *Istoriia Gosoudarstva Rossiiskogo*, Saint-Pétersbourg, 1892, 12 vol.

Kizevetter (A.), *Istoritcheskie otcherki*, Moscou, 1912.

Klioutchevski (V.O.), *Kours rousskoi Istorii*, 5 vol. réédités à Moscou, 1956-1958. Éd. française, Paris, 1956.

Leroy-Beaulieu (A.), *L'Empire des Tsars et les Russes*, Paris, 1881-1898, 3 vol.

Milioukov (P.), Seignobos (C.), Eisenman (H.), *Histoire de Russie*, Paris, 1933, 3 vol.

Nache Otetchestvo. Opyt polititcheskoi istorii, Moscou, 1991, 2 vol.

Nolde (B.), *La Formation de l'Empire russe*, Paris, 1952-1953, 3 vol.

Pascal (P.), *Histoire de la Russie des origines à 1917*, Paris, 1972.

Pipes (R.), *Russia under the Old Regime*, New York, 1974.

—, *The Formation of the Soviet Union*, Harvard University Press, 1964 (éd. révisée).

Platonov, *Histoire de la Russie des origines à 1918*, Paris, 1929.

Rambaud (A.), *Histoire de la Russie*, Paris, 1918.

Riazanovsky (N.), *A History of Russia*, Oxford University Press, 1963 (complétée en 1984). Version française, 1987.

Sokoloff (G.), *La Puissance pauvre. Une histoire de la Russie de 1815 à nos jours*, Paris, 1993.

Soloviev (S.M.), *Istoriia rossii s drevneichyh vremen*, Moscou, 1960.

Stählin (K.), *Geschichte Russlands von den Anfängen bis zur Gegenwart*, Berlin, 1930-1939, 4 vol.

Szamuely (T.), *La Tradition russe*, Paris, 1971.

Vernadsky (G.), Karpovitch (M.), *A History of Russia*, New Haven (Conn.), 1943-1969, 5 vol. dont le dernier en deux tomes.

Weidlé (W.), *La Russie absente et présente*, Paris, 1949.

Werth (N.), *L'Histoire de l'Union soviétique, de l'Empire russe à l'Union soviétique, 1900-1990*, Paris, 1991.

LA RUSSIE, L'EUROPE ET L'ASIE

Berdiaev (N.), *Russkaia ideia*, Paris, 1946.

Danilevski (N. Ja), *Rossiia i Evropa. Vzgliad na koultournye i polititcheskie otnocheniia slaviavianskogo mira k germano-rimskomou*, Saint-Pétersbourg, 1889.

Grünwald (C. de), *Trois siècles de diplomatie russe*, Paris, 1945.

Karsavin (L.), *Vostok, zapad i rousskaia ideia*, Petrograd, 1922.

Los' (V.A.), *Rossia-Vostok i zapad : na pouti k oustoitchevoi tsivilizatsii tretiego tysiatchiletiia*, Moscou, 1994.

Rousskaia intelligentsia i soud'by rossii, Moscou, 1992. Voir chapitre sur l'eurasisme *(Evroaziistvo. Opyt systematitcheskogo izlojeniia)*.

Tarle (E.), *Zapad i rossiia*, Saint-Pétersbourg, 1918.

Troubetzkoï (N.S.), *O Touranskom elemente v rousskoi koultoure. Rossiia mejdou Evropoi i Aziei. Evraziiskii soblazn*, Moscou, 1993.

—, *Verhi i nizy rousskoi koul'toury – pouti evrazii*, Moscou, 1992.

LA CONQUÊTE DE L'EMPIRE

Allen (W.E.D.), Muratov (P.), *Caucasian Battlefields : A History of the War on the Turco-Caucasian Border 1828-1921*, Princeton, 1953.

Barthold (W.), *Histoire des Turcs d'Asie centrale*, Paris, 1945 (trad. française).

Duby (G.), Mantran (R.), *L'Eurasie, XIe-XIIIe siècle*, Paris, 1982.

Erofeeva (N.), *Rousskaia imperskaia ideia v istorii. Rossiia i vostok*, Moscou, 1993, 2 vol.

Grekov (B.), Iaboulovski, *La Horde d'Or et la Russie*, Paris, 1939.

Grousset (R.), *L'Empire des steppes*, Paris, 1939.

Hunczak (T.), ed., *Russian Imperialism from Ivan the Great to the Revolution*, Rutger University Press, New Brunswick (N.J.), 1974.

Lantsev (G.), Pierce (R.), *Eastward to Empire. Exploration and Conquest of the Russian Open Frontiers to 1750*, Montréal-Londres, 1973.

Lensen (G.), *The Russian Push towards Japan 1697-1875*, Princeton, 1959.

Presniakov (A.), *The Formation of the Great Russian State : a Study of Russian History in the Thirteenth to Fifteenth centuries*, Chicago, 1970.

Riasanovsky (V.), *Fundamental Principes of Mongol law*, La Haye, 1969.
Roux (J.P.), *Histoire de l'Empire mongol*, Paris, 1993.
Rywkin (M.), *Russian Colonial Expansion*, Londres-New York, 1988.
Seton-Watson (H.), *The Russian Empire 1801-1917*, Oxford, 1967.
—, *Nations and States. An Inquiry into the Origins of Nation and the Politics of Nationalism*, Londres, 1977.
Spuler (B.), *Die Goldene Horde. Die Mongolen in Russland, 1223-1502*, Leipzig, 1943.
Toynbee (A.), « Islam in the West and the Future », in Toynbee, *A Civilization on Trial*, Londres, 1948.
Vernadsky (G.), *The Mongols and Russia*, New Haven, 1953.
—, *The Origins of Russia*, Oxford, 1959.

NATIONALISME

Gellner (E.), *Nations and Nationalism*, Oxford, 1983.
Kedourie (E.), *Nationalism*, Londres, 1960.
Kohn (H.), *The Idea of Nationalism*, New York, 1961.
Lichtheim (G.), *Imperialism*, New York, Washington, 1971.
Smith (A.D.), *The Ethnic Origins of Nations*, Oxford, 1986.

BIBLIOGRAPHIE PAR CHAPITRE

Chapitre premier. De Moscou à la Russie

Batunski (M.), « Muscovy and Islam : Irreconciliable Strategy. Pragmatic tactics », *Seculum*, 39, 1988.

Boyle (J.A.), *The Mongol World Empire 1206-1370*, Londres, 1977.

Fennel (J.), *The Crisis of Medieval Russia 1200-1304*, Londres-New York, 1983.

—, *The Emergence of Moscow*, Londres, 1968.

Goumilev (L.N.), *Drevniaia Rous i velikaia step'*, Moscou, 1989.

Halperin (Ch. J.), *Russia and the Golden Horde. The Mongol Impact on Medieval Russian History*, Bloomington, 1985.

Kizilov (A.), *Zemli i narody rossii v XIII-XV vv*, Moscou, 1984.

Lemercier-Quelquejay (C.), *La Paix mongole*, Paris, 1970.

Plan Carpin (J. du), *Histoire des Mongols*, Paris, 1965.

Roublev (M.), « Le tribut aux Mongols d'après les testaments et accords des princes russes », *Cahiers du monde russe et soviétique*, VII-4.

Rydzevskaia (E.A.), *Drevniaia Rous' I Skandinaviia v IX-XIV vv*, Moscou, 1978.

Spuler (B.), *Les Mongols dans l'histoire*, Paris, 1961.
Troitskaia letopis, Moscou-Leningrad, 1950 (sur la bataille de Koulikovo).
Tikhomirov (M.), *Drevniaias Rous'*, Moscou, 1975.

Chapitre II. Naissance d'un empire

Bakhrouchin (S.), *Otcherkie po kolonizatsii Sibiri v XVI-i XVII vekah*, Moscou, 1928.
—, *Izbrannye raboty po istorii Sibiri v XVI-XVII vv*, Moscou, 1955.
Basarab (J.), *Pereiaslavl 1654. A Historiografical Study*, Edmonton, 1982.
Bazilevitch (K.V.), *Vnechniaia politika rousskogo tsentralizovannogo gosoudarstva. Vtoraia polovina XV veka*, Moscou, 1952.
Bickford O'Brien (C.), *Muscovy and the Ukraine from the Pereiaslavl Agreement to the Truce of Andrussovo 1654-1667*, Berkeley, 1963.
Collins (D.N.), « Subjugation and Settlement in Seventeenth and Eigteenth-Century Siberia », in Wodd (A.E.), *The History of Siberia : from Russian Conquest to Revolution*, Londres-New York, 1991.
Debolskii (N.V.), *Istoriia Prikaznogo stroia Moskovskogo gosoudarstva – posobiie po lektsiam*, Saint-Pétersbourg, 1900-1901.
Dmytryshyn (B.), *To Siberia and Russian America : Three Centuries of Russian Eastward Expansion, 1558-1857*, Portland, 1985-1989, 3 t.
Dolghih (V.O.), *Rodovoi I plemennoi sostav narodov sibiri v. XVII v.*, Moscou, 1960.
Durand-Cheynet (C.), *Ivan le Terrible*, Paris, 1981.
Fennel (J.L.), *Ivan the Great of Moscow*, New York, 1961.

Gajecky (G.), *The Cossack Administration of the Hetmanate*, Cambridge (Mass.), 1972, 2 vol.

Gordeev (A.), *Istoriia Kazakov*, 4 vol., Moscou, 1992-1995.

Grey (I.), *Ivan III and the Unification of Russia*, New York, 1964.

Hrushevsky (M.), *Istoriia Ukrainy*, Lviv 1898, 9 vol. Et Kiev, 1991.

Keenan (E.L.), *Muscovy and Kazan 1445-1552. A study in Steppe politics*, Ph.D., Harvard, 1965.

Kizevetter (A.), *Mestnoe samoupravlenie v. rossii IX-XIX stoletii. Istoritcheskii otcherk*, Petrograd, 1917.

Kobrin (V.), *Ivan Groznyi*, Moscou, 1989.

Kohut (Z.), *Russian Centralism and Ukrainian Autonomy : Imperial Absorption of the Hetmanate 1760-1830*, Cambridge (Mass.), 1988.

Kostomarov (N.), *Bogdan Khmelnitski. Istoritcheskaia Monografiia*, Saint-Pétersbourg, 1894, 3 vol.

Kotoshikhin (G.), *O Rossii v tsarstvovanie Alexeia Mihailovitcha*, Saint-Pétersbourg, 1906 (4e éd.).

Krypiakevych (I.), *Bogdan Khmelnitskyi*, Kiev, 1954.

Lantzeff (G.), *Siberia in the Seventeeth Century*, Los Angeles, 1934.

Novosel'skii (A.A.), *Bor'ba Moskovskogo gosoudarstva s tatarami v pervoi polovine XVII veka*, Moscou-Leningrad, 1948.

Oustiougov (N.V.), « Evolioutsia prikaznogo stroia rousskago gosoudarstva v XVII v », in *Absoloutizm v rossii*, Moscou, 1964.

Pelenski (J.), *Russia and Kazan : Conquest and Imperial Ideology (1438-1560)*, La Haye-Paris, 1974.

Platonov (S.), *Ivan Groznyi*, Petrograd, 1923.

Rywkin (M.), « The Prikaz of the Kazan Court : first Russian colonial office », *Canadian Slavonic Papers*, vol. VIII, septembre 1976.

Sergeev (V.I.), « K voprosou o pohode v Sibir Droujiny Ermaka », *Voprosy Istorii*, n° 1, 1959.

Skrynnikov (R.), *Ivan Groznyi*, Moscou, 1976.

Subtel'nyi (O.), *Ukraine. A History*, Toronto-Buffalo-Londres, 1988.

Tcherepnin (L.), *Obrazovanie rousskogo tsentralizovannogo gosoudarstva XIV-XV vv*, Moscou, 1960.

Vernadsky (G.), *Bohdan Khmelnitsky, Hetman of Ukraine*, New Haven, Yale University Press, 1941.

Verner (I.I.), *O vremeni i pritchinah obrazovaniia Moskovskih prikazah*, Moscou, 1907.

Vedenski (A. A.), *Dom Stroganovyh v XVI-XVII v*, Moscou, 1962.

Vossoedinenie Ukrainy s Rossiei Dokoumenty i materially 1620-1654, Moscou, 1953-1954, 3 vol.

Zimin (A.), « Slojenie prikaznoi sistemy na Roussi », *Doklady i soobchtcheniia*, Institut Istorii-AK, Naouk, Moscou, 1954.

Chapitre III. Vers l'Empire universel

Alexander (J.), *Catherine the Great. Life and Legend*, Oxford, 1989.

Anisimov (E.V.), *Elizaveta Petrovna*, Moscou, 2002.

Bil'basov (V.A.), *Istoriia Ekateriny II*, Saint-Pétersbourg 1890-91, 2 vol.

Blanc (S.), *Pierre le Grand*, Paris, 1974.

Bogoslovski (M.), *Piotr I. Materialy dlia biografii*, Moscou, 1940-1948, 5 vol.

Brikner (A.G.), *Istoriia Ekateriny II v piati Tchastiah*, Saint-Pétersbourg, 1885.

Carrère d'Encausse (H.), *Catherine II. Un âge d'or pour la Russie*, Paris, 2002.

Chtcherbatov (éd.), *Journal de Pierre le Grand depuis l'année 1698 jusqu'à la paix de Nystadt*, Londres-Berlin, 1773, 2 vol.

Dabrowski (J.), *Étienne Báthory, roi de Pologne, prince de Transylvanie*, Cracovie, 1935.

Davidenkoff (A.), *Catherine II et l'Europe*, Paris, 1997.

Davies (N.), *God's Playground. A History of Poland*, Oxford, 1981, 2 vol.

Dubrovin (N.) ed., *Prisoedinenie Kryma k Rossii*, Saint-Pétersbourg, 1885-1889, 4 vol.

Duffy (C.), *Russia's Military Way to the West : Origins and Nature of Russian Military Power 1700-1800*, Londres, 1981.

Eversley (lord), *The Partitions of Poland*, Londres, 1915.

Fischer (A.W.), *The Russian Annexation of the Crimea 1772-1783*, Cambridge University Press, 1970.

Fleischhauer (I.), *Die Deutschen im Zarenreich. Zwei jahrhunderte deutsch-russische Kulturgemeinschaft*, Stuttgart, 1986.

Hatton (R.), *Charles XII of Sweden*, Londres, 1968.

Jewsbury (G.), *The Russian Annexion of Bessarabia 1774-1828 : A Study of Imperial Expansion*, New York, 1976.

Kabuzan (V.M.), « Nemetskoe naseleniev rossii XVIII-natchale XIX veka », *Voprosy Istorii*, 12-1989.

Kamenskii (A.B.), *Jizn i soud'ba Ekateriny Velikoi*, Moscou, 1997.

Klioutchevski (V.), *Pierre le Grand et son œuvre*, Paris, 1853.

Kudrinski (F.A.), *Imperatrista Ekaterina II i razdely Pol'chy*, Vilno, 1905.

Lebedev (P.S.), *Grafy Nikita i Piotr Paniny*, Saint-Pétersbourg, 1863.

Liechtenham (F.D.), *La Russie entre en Europe. Élisabeth Ire et la succession d'Autriche 1740-1750*, Paris, 1997.

Longworth (Ph.), *The Three Empresses : Catherine I, Anne and Elizabeth of Russia*, Londres, 1973.

Lopatin (V.S.), *Potemkin i Souvorov*, Moscou, 1992.

Madariaga (I. de), *Russia in the Age of Catherine the Great*, Londres, 1981.

Martens (F. de), *Recueil de traités et conventions conclus par la Russie avec les puissances étrangères*, Saint-Pétersbourg, 1874-1909, 15 t.

Massie (R.), *Pierre le Grand*, Paris, 1980.

Nekrassov (G.A.), *Rol'Rossii v Evropeiskoi mejdounarodnoi politike 1725-1739 gg*, Moscou, 1976.

Oldenbourg (Z.), *Catherine de Russie*, Paris, 1966.

Olivier (D.), *Élisabeth de Russie*, Paris, 1962.

Oustrialov (M.), *Istoriia tsarstvovania Petra Velikogo*, Saint-Pétersbourg, 1858, 6 vol.

Pascal (P.), *La Révolte de Pougatchev*, Paris, 1971.

Pavlenko (N.I.), *Piotr Velikii*, Moscou, 1990.

—, *Ekaterina Velikaia*, Moscou, 1991.

Petrov (A.), *Voina Rossii s Tourtsei i Polskimi konfederatami v. 1769-1774 gg*, Saint-Pétersbourg, 1866.

—, *Ekaterina II. Ee Jizn'i sotchineniia*, Moscou, 1910.

Portal (R.), *Pierre le Grand*, Paris, 1969.

Pouchkine, *Istoriia Pougatcheva*, in *Sobranie Sotchinenii*, Moscou, 1962, t. 7.

Pronchtein (A.P.) ed., *Don i Nijnie Povoljie v period Krestianskoi voiny, 1773-1775 gg*, Sbornik dokoumentov, Rostov, 1961.

Raeff (M.), *Peter the Great. Reformer or Revolutionary?*, Boston, 1966.

—, *Catherine the Great. A Profile*, Londres, 1972.

Rossiia I Gollandia. 300 let Sotroudnitchetva, Moscou, 1995.

Rossiia i Tchernomorskie prolivy (XVIII-XX Stoletiia), Moscou, 1999.

Sebag Montefiore (S.), *Prince of Princes : the Life of Potemkine*, Londres, 2000.

Solov'ev (V.), *Istoriia rossii v tsarstvovanie Elizavety Petrovny*, Moscou, 1874.

Solov'ev (S.M.), *Istoriia padeniia Pol'chy*, Rostov-sur-le-Don, 1997, 2 t.

Soumarokov (P.I.), *Obozrenie Tsartvovaniia i svoistv Ekateriny velikoi*, Saint-Pétersbourg, 1852.

Stegni (P.), *Razdely Pol'chy i diplomatiia Ekateriny II*, Moscou, 2002.

Tarle (E.V.), *Ekaterina II i ee diplomatiia*, Moscou, 1945.

Tcherkassov (P.), *Dvouhglavyi orel i Korolevskie lilii*, Moscou, 1995.

—, *Ekaterina II i Lioudovik XVI*, Moscou, 2001.

—, *Lioudovik XV i Emelian Pougatchev : frantsouzskaia diplomatiia I vosstanie Pougatcheva*, Moscou, 1998.

Tchetchoulin (N.D.), *Vnechnaiaia politika rossii v natchale tsarstvovania Ekateriny II 1762-1774*, Saint-Pétersbourg, 1896.

Thaden (E.C.), *Russia's Western Borderlands 1710-1870*, Princeton, 1984.

Tolstoï (A.), *Pierre le Grand*, Paris, 1929.

Troyat (H.), *Pierre le Grand*, Paris, 1979.

—, *Catherine la Grande*, Paris, 1977.

Vinogradov (V.N.), « Diplomatiia Ekateriny Velikoi », *Novaia I noveichaia Istoriia*, n° 3-4 et 6, 2001.

Voltaire, *Histoire de l'Empire de Russie sous Pierre le Grand*, in *Œuvres complètes*, éd. 1784 en 70 vol., t. XXIV.

Waliczewski (K.), *Pierre le Grand*, Paris, 1887.
—, *La Dernière des Romanov. Élisabeth Ire impératrice de Russie 1741-1762*, Paris, 1902.
—, *Le Roman d'une impératrice. Catherine II de Russie*, Paris, 1892.
Williams (N.), *Chronology of the Expanding World 1492-1762*, Londres, 1969.
Wittram (R.), *Peter I. Tsar under Kaiser*, Göttingen, 1964, 2 vol.
Woodward (D.), *The Russians at Sea : A History of the Russian Navy*, New York, 1966.
Zamoyski (A.), *The Last King of Poland*, Londres, 1992.

Chapitre IV. L'expansion coloniale

Adaiev (éd.), *Tchetchentsy : istoriia i Sovremennost'*, Moscou, 1996.
Ahmedov (Ch.), *Imam Mansur*, Groznyi, 1991.
Afghanskie razgranitchenie : peregovory mejdou rossii I velikobritanii 1872-1885, Saint-Pétersbourg, 1886.
Alekseiev (A.I.), *Osvoenie rousskimi lioudmi dal'nego Vostoka i rousskoameriki do kontsa XIX veka*, Moscou, 1982.
Allworth (E.) ed., *Central Asia. A Century of Russian Rule*, Duke University Press, Durham-Londres, 1989.
Atkin (M.), *Russia and Iran 1780-1828*, Minneapolis, 1980.
Baddeley (J.), *The Russian Conquest of the Caucasus*, Londres, 1908.
Becker (S.), *Russia's Protectorates in Central Asia : Bukhara and Khiva, 1865-1924*, Cambridge (Mass.), 1968.
Bekmakhanov (B.), *Prisoedinenie Kazakhstana k Rossii*, Moscou, 1957.

Beliavski (N.N.), Potto (V.A.), *Outchrejdenie rousskogo vladytchestva na Kavkaze*, Saint-Pétersbourg, 1901-1902, 12 vol.

Belokourov, *Snochenie Rossii s Kavkazom*, Moscou, 1889.

Bennigsen (A.), « Un mouvement populaire au Caucase au XVIIIe siècle », *Cahiers du monde russe et soviétique*, avril-juin 1964.

Blanch (L.), *Les Sabres du paradis*, Paris, 1990 (éd. originale anglaise, 1960).

Bliev (M.), Degoev (V.V.), *Kavkazkaia Voina*, Moscou, 1994.

Butkov (P.), *Materialy dlia novoi istorii Kavkaza s 1772 po 1803*, Saint-Pétersbourg, 1869, 3 vol.

Carrère d'Encausse (H.), *Réforme et Révolution chez les musulmans de l'Empire russe. Bukhara 1867-1924*, Paris, 1966.

Curzon (G.), *Russia in Central Asia in 1899 and the Anglo-Russian Question*, Londres, 1889.

Degoev (V.), *Imam Chamil', prorok, vlastitel', voin*, Moscou, 2001.

Dubrovin (N.F.), *Istoriia voiny i vladitchestva rousskih na Kavkaze*, Saint-Pétersbourg, 1871-1888, 6 vol.

Ermakov (I.), Mikul'skii (D.), *Islam v Rossii i Srednei Azii*, Moscou, 1993.

Fadeev (A.V.), *Rossiia i Kavkaz v pervoi treti XIX veka*, Moscou, 1960.

Fischer (R.), *The Russian Fur Trade 1550-1700*, Berkeley-Los Angeles, 1943.

Galuzo (P.G.), *Turkestan koloniia*, Moscou, 1929.

Gammer (M.), *Muslim Resistance to the Tsar. Shamil and the Conquest of Chechnia and Daghestan*, Londres, 1994.

Grodekov (N.I.), *Voina v Turkmenii. Pohod Skobeleva v 1880-81 gody*, Saint-Pétersbourg, 1883, 3 vol.

Hayit (B.), *Turkestan zwischen Russland und China*, Amsterdam, 1971.

Hoetzsch (O.), *Russland in Asien : Geschichte einer Expansion*, Stuttgart, 1966.

Kabardino-Rousskie otnocheniia v XVI-XVII vv, Moscou, 1957.

Kazakhsko-Rousskie otnocheniia XVIII-XIX vekah, sbornik dokoumentov, Alma-Ata, 1964.

Kauffmanskii Sbornik, Moscou, 1910.

Kazembek (M.A.), « Muridizm i Chamil », *Rousskoe slovo*, 1859, t. 12.

Khalfin, *Prisoedinenie Srednei Azii k Rossii*, Moscou, 1965.

Lang (D.M.), *The Last Years of Georgian Monarchy 1658-1832*, New York, 1957.

—, *A Modern History of Georgia*, Londres, 1962.

Mackie (J.M.), *Life of Schamil and narrative of the Circassian War of Independence against Russia*, Boston, 1956.

Makheev (A.I.), *Istoritcheskii obzor Turkestana i nastoupatelnogo dvijenia v nego rousskih*, Saint-Pétersbourg, 1890.

Olcott (M. Brill), *The Kazakhs*, Stanford, 1987.

Pierce (R.), *Russian Central Asia 1867-1917 : A Study in Colonial Rule*, Berkeley-Los Angeles, 1960.

Salia (K.), *History of the Georgian Nation*, Paris, 1983.

Schuyler (E.), *Turkistan : Notes of a Journey in Russian Turkistan, Kokand, Bukhara and Khiva*, New York, 1877.

Suny (R.), *The Making of the Georgian Nation*, Bloomington, Indiana University Press, 1994.

—, *Transcaucasia. Nationalism and Social Change. Essays in the History of Armenia, Azerbaidjan and Georgia*, Ann Arbor (Michigan), 1983.

Tchitchagova (M.N.), *Chamil na Kavkaze i v Rossii. Biografitcheskii Otcherk*, Saint-Pétersbourg, 1889.

Terent'ev (M.A.), *Istoriia zavoevaniia Srednei Azii*, Saint-Pétersbourg, 1906.

Turkestanskii krai : Sbornik materialov dlia istorii ego zavoevaniia, Tachkent, 1912-1916, vol. XIX.

Yaroshevski (Dov), « The attitude of Catherine II towards the nomads of the Russian Empire », *Paper, IV International Conference on Eighteenth-Century Russia*, Hoddeson, 1989.

Zapiski A.P. Ermolova 1798-1826, Moscou, 1991.

Chapitres V et VI. Pax russica I *et* II

Absolioutzm v Rossii (XVII-XVIII vv), Sbornik Statei, Moscou, 1964.

Alston (P.), *Education and State in Tsarist Russia*, Stanford, 1969.

Andreev (A.P.), *Istoriia ordenov jesuitov. Iezuity v rossiiskoi imperii (XVI-natchalo XIX veka)*, Moscou, 1998.

Arkhangelski (A.), *Le Feu follet*, Paris, 2000.

Bacon (E.), *Central Asia under Russian Rule. A Study in Cultural Change*, Ithaca, New York, 1966.

Baron (S.), *The Russian Jews under Tsars and Soviets*, New York-Londres, 1964.

Baumann (R.), « Subject Nationalities in the Military Service of Imperial Russia », *Slavic Review*, 46, 1987.

Beauvois (D.), *Le noble, le serf et le revizor : la noblesse polonaise entre le tsarisme et les masses ukrainiennes 1831-1863*, Paris, 1985.

Childer (N.), *Imperator Alexandr I*, Saint-Pétersbourg, 1897, 4 vol.

Czartoryski (prince A.), *Mémoires et Correspondance avec l'Empereur Alexandre I*^{er}, Paris, 1887, 2 vol.

Curtiss (J.S.), *The Russian Army under Nicholas I. 1825-1855*, Durham, 1965.

Dameshek (L.M.), *Vnoutreniaia politika tsarizma i narody Sibiri, XIX-natchala XX veka*, Irkoutsk, 1986.

Demko (G.), *The Russian Colonization of Kazakhstan 1896-1916*, Bloomington (Indiana), 1969.

Fedorov (M.M.), *Pravovoe polojenie narodov vostotchnoi Sibiri (XVII-natchala XX veka)*, Iakoutsk, 1978.

Firsov (N.N.), *Prochloe Tatarii*, Kazan, 1926.

Gradovski (A.), *Vyschaia administratsiia Rossii XVIII st. i general-prokourory*, Saint-Pétersbourg, 1866.

Gribovski (V.M.), *Gosoudarstvennoe oustroistvo i oupravlenie rossiiskoi imperii*, Odessa, 1912.

Grigor'ev (A.N.), « Hristianizatsiia nerousskih narodnostei, kak odin iz metodov natsional'no-kolonial'noi politiki tsarizma », *Materialy po istorii tatarii*, Kazan, 1948.

Kazanskaia Novo-Krechtchenskaia chkola, Kazan, 1887.

Grigoriev (V.A.), *Reforma mestnogo oupravleniia pri Ekaterine II. Outchrejdeniia o gouberniah 7 Nojabria 1775 g*, Saint-Pétersbourg, 1910.

Ivancevitch, *The Ukrainian National Movement and Russification*, Ph.D., 1976, Chicago Northwestern University.

Kabuzan (V.M.), *Izmenenia v razmechtchenii naseleniia Rossii v XVIII-pervoi polovine XIX veka. Po materialam revizii*, Moscou, 1971.

—, « Nemetskoe naselenie v rossii XVIII-natchale XIX veka », *Voprosy Istorii*, Moscou, 1971.

Kamenskii (A.B.), *Ot Petra I do Pavla I, Reformy v rossii XVIII v*, Moscou, 2001.

Kappeler (A.) ed., *The Formation of National Elites*, Aldershot, 1992.

Keep (J.), *Soldier of the Tsar : Army and Society in Russia 1462-1874*, Oxford, 1985.

Kirby (D.G.) ed., *Finland and Russia. 1808-1920. From Autonomy to Independence*, Londres, 1975.

Korkounov (N.M.), *Rousskoe gosoudarstvennoe pravo*, Saint-Pétersbourg, 1899, 2 vol.

Landa (P.G.), *Islam v istorii rossii*, Moscou, 1995, chapitres IV-V-VI.

Le Donne (J.P.), *Ruling Russia. Politics and Administration in the Age of Absolutism*, Princeton, 1984.

Liechtenham (F.D.), *Les Trois Christianismes et la Russie*, Paris, 2002.

Malov (A.O.), *O Novo Krechtchenskoi Kontore*, Kazan, 1878.

Mironenko (S.V.), *Stranitsy tainoi istorii samoderjaviia : polititcheskaia istoriia pervoi poloviny XIX stoletiia*, Moscou, 1990.

Nikol'skii (N.M.), *Istoriia Rousskoi Tserkvi* (Histoire de l'Église russe), Moscou, 1985.

O namestnikah, voevodah i goubernatorah, Saint-Pétersbourg, 1864.

Osten-Sacken (baron von der), *The Legal Position of the Grand-Duchy of Finland in the Russian Empire*, Londres, 1912.

Paléologue (M.), *Alexandre Ier, un tsar énigmatique*, Paris, 1937.

Pierling (P.), *La Russie et le Saint-Siège*, Paris, 1891-1912, 4 vol.

Raeff (M.), « Patterns of Russian Imperial Policy towards the Nationalities », in Allworth, *Soviet Nationality Problems*, New York-Londres, 1971.

Riazanovski (N.), *Nicholas I and Official Nationality in Russia*, Los Angeles, 1959.

Saunders (D.), *The Ukrainian Impact on Russian Culture 1750-1850*, Edmonton, 1985.

Screen (J.), *The Entry of Finnish Officers into Russian Military Service 1809-1917*, Londres, 1967.

Skrynnikov (R.), *Krest i korona. Tserkov I gosoudarstvo na Rousi IX-XVII vv*, Saint-Pétersbourg, 2000.

Solov'ev (S.M.), *Aleksandr I. Politika-diplomatiia*, Moscou, 1995.

Thaden (E.), ed., *Russification in the Baltic Provinces and Finland 1855-1914*, Princeton, 1981.

Vladimirskii-Boudakov, *Gosoudarstvo i narodnoe obrazovanie v Rossii XVII v*, Moscou, 1878.

Zaborovskii (L.), *Katoliki, pravoslavnye, ouniaty, problemy religii v russo pol'sko-oukrainkih otnocheniiah kontsa 40-80 godov XVII v. Dokoumenty Issledovaniia*, Moscou, 1998.

Zaiontchkovski (P.), *Pravitel'stvennoi apparat samoderjaviia Rossii v XIX veke*, Moscou, 1978.

Zenkovski (S.), « KulturKampf in pre-revolutionary Russia », *The American Slavic and East-European Review*, février 1955.

Chapitre VII. Le « Tsar blanc » ébranlé

Achirov (N.), *Islam i Natsii*, Moscou, 1975.

Allworth (E.) ed., *Tatars of the Crimea : Their Struggle for Survival*, Durham-Londres, 1998.

Aronson (I.M.), *Troubled Waters : the Origins of the 1881 Anti-Jewish Pogroms in Russia*, Pittsburgh, 1990.

Arsharuni (A.), Gabidullin (Kh.), *Otcherki panislamizma i pantiurkizma v rossii*.

Ascher (A.), *The Revolution of 1905 : Russia in Disarray*, Stanford, 1988.

Barthold (W.), *Istoriia koul'tournoi jizni Turkestana*, Leningrad, 1927.

Bennigsen (A.), Quelquejay (C.), *Les Mouvements nationaux chez les musulmans de Russie. Le sultangaliévisme au Tatarstan*, Paris, 1960.

—, *L'Islam en Union soviétique*, Paris, 1968.

Bensidoun (S.), *Alexandre III, 1881-1894*, Paris, 1990.

Berk (S.), *Years of Crisis, Years of Hope : Russian Jewry and the Pogroms of 1881-1882*, Londres, 1985.

Carrère d'Encausse (H.), *Nicolas II. La transition interrompue*, Paris, 1996.

—, « La politique culturelle du pouvoir tsariste au Turkestan », *Cahiers du monde russe et soviétique*, III, 1962.

Coquin (Fr.-X.), Gervais-Francelle (C.) éd., *1905 : la première révolution russe*, Paris, 1986.

Firsov (N.N.), *Aleksandr III*, Moscou, 1925.

Gasprinski (I.), *Rousskoe mousoulmanstvo. Mysli, zametkii, nablioudeniia Mousoul'manina*, Simferopol, 1881.

Kaufman (A.A.), *K voprosu o rousskoi kolonizatsii Turkestanskogo kraia*, Saint-Pétersbourg, 1903.

Klimovitch (L.), *Islam v Tsarskoi Rossii*, Moscou, 1936.

Krawchenko (B.), *Social Change and National Consciousness in Twentieth Century Russia*, Londres, 1985.

Krendler (I.), « Nikolai Ilminski and Language planning in Nineteenth Century Russia », *International Journal of Sociology of Languages* 22, 1979.

Kuznetsov (I.D.) ed., *Natsional'nye dvijeniia v period pervoi revolioutsii v Rossii. Sbornik dokoumentov*, Tcheboksary, 1935.

Le Donne (J.), « La réforme de 1883 au Caucase », *Cahiers du monde russe et soviétique*, 8, 1967.

Lieven (D.), *Nicolas II, Emperor of all Russias*, Londres, 1993.

Martens (F.F.), *Rossiia i Angliia v Srednei Azii*, Saint-Pétersbourg, 1960.

Mende (G. von), *Die Nationale Kampf der Russlands Türken*, Berlin, 1936.

Pahlen (K.K.), *Otchet po revizii Turkestanskogo kraja proizvedennyi po Vysotchaichomou poveleniou Senatorom Grafom K.K. Palenom*, Saint-Pétersbourg, 1910-1911.

Pierce (R.), *Russian Central Asia 1867-1917. A Study in Colonial Rule*, Berkeley-Los Angeles, 1960.

Revolioutsiia 1905-1907 v natsional'nykh raionah rossii. Sbornik Statei, Moscou, 1955.

Seton-Watson, *The Decline of Imperial Russia 1855-1914*, Londres, 1952.

Shanin (Th.), *Russia 1905-1907 : Revolution as a Moment of Truth*, Londres, 1986.

Tikhonov (V.), *Pereseleniia v Rossii vo vtoroi polovine XIX v*, Moscou, 1978.

Vernier (B.), *Qedar. Carnets d'un méhariste syrien*, Paris, 1938.

Villari (V.), *Fire and Sword in the Caucasus*, Londres, 1906.

Chapitre VIII. Quand la « prison des peuples » s'ouvre

Asfendiarov (D.), *Natsional'no-osvoboditel'noe vosstanie 1916 g. v Kazakkhstane*, Alma-Ata, 1936.

—, « Djizaksoe Vosstanie 1916 g. », *Krasnyi Arkhiv*, LX, 1933.

Bakounine (M.), *Federalizm, sotsializm, antiteologizm. Izbrannye Sotchineniia*, Petrograd-Moscou, 1920, t. III.
Bloom (S.), *The World of Nations. A Study of the National Implications of the Work of Karl Marx*, New York, 1941.
Boersner (D.), *The Bolsheviks and the National and Colonial Question*, Genève-Paris, 1957.
Bund (publication du Comité central), « *K voprosou o natsional'noi avtonomii i preobrazovaniia partii na federativnyh natchalah* », Londres S.D.
Bourmistrova (T.), *Natsional'nyi vopros i rabotchie dvijenie v Rossii*, Moscou, 1954, 3 vol.
Brainin (S.), *Amangeldi Imanov*, Alma-Ata, 1936.
Broido (G.), « Materialy k istorii vosstaniia Kirghiz », in *Novyi Vostok*, 6, 1924.
Carrère d'Encausse (H.), « Unité prolétarienne et diversité nationale. Lénine et la théorie de l'autodétermination », *Revue française de science politique*, vol. XXI, avril 1971.
Chmieliewski (E.), *The Polish Question in the Russian State Duma*, Knoxville, 1970.
Comptes rendus analytiques, L'Union des nationalités, Lausanne, 1917.
Davis (H.B.), *Nationalism and Socialism. Marxist Theories of Nationalism to 1917*, New York-Londres, 1967.
Dimanchtein (S.) éd., *Revolioutsiia i natsional'noi Vopros*, t. III, Moscou, 1930.
Dragomanov (M.), « Otnochenia velikorussikh sotsialistov 70 h. godov k narodno federal'nomou napraveleniiou », *Kievskaia Starina*, mai-juin, 1906.
Galuzo (P.), *Turkestan Koloniia*, Moscou, 1929.
Gratchev (G.), « La politique des nationalités du gouvernement provisoire », *Cahiers du monde russe et soviétique*, 2, 1961.

Grouchevski (M.S.), *Oukrainstvo v rossii. Ego zaprosy i noujdy*, Saint-Pétersbourg, 1906.

—, *Dvijenie polititcheskoi i obchtchestvennoi oukrainskoi mysli v XIX stoletii*, Saint-Pétersbourg, 1907.

Hasegawa (T.), *The February Revolution, Petrograd 1917*, Londres, 1981.

Haupt (G.), Lowy (M.), Weill (C.), *Les Marxistes et la Question nationale, 1848-1914*, Paris, 1974.

Kalinitchev (F.) éd., *Gosoudarstvennaia douma v Rossii v dokoumentah i materialah*, Moscou, 1957.

Kerenski (F.), Browder (F.), *The Russian Provisional Government 1917*, 3 vol. (documents), Stanford, 1961.

Medem (V.), *Sotsial-demokratiia i natsional'noi vopros*, Saint-Pétersbourg, 1906.

Minsky (E.L.) ed., *The National Question in the Russian Duma*, Londres, 1915.

Ol'chanski (P.), *Dekabristy i polsko natsional'no osvoboditel'noe dvijenie*, Moscou, 1959.

Olcott (M.), *The Kazakhs*, Stanford, 1987.

Rubach (M.), « Federalistitcheskii theorii v istorii rossii », in Pokrovski (éd.), *Rousskaia istoritcheskaia litteratura v klassovom osvechtchenii*, Moscou, 1930.

Sokol (E.D.), *The Revolt of 1916 in Russian Central Asia*, Baltimore, 1954.

Soloviev (V.), « Natsional'nyi vopros v Rossii », *Sobranie Sotchinenii*, Saint-Pétersbourg, vol. V, 1901-1905.

Toursounov (K.H.), *Vosstanie 1916 goda v Srednei Azii i Kazakhstane*, Tachkent, 1962.

Vosstanie 1916 goda v Srednei Azii i Kazakhstane, Moscou, 1960.

Chapitre IX. Les avatars de l'autodétermination

Aisener (R.), « Bukhara v 1917 g. », *Vostok.*, 4-1994.

Armstrong (J.), *Ukrainian Nationalism*, Littleton (Col.), 1980.

—, *Nations before Nationalism*, Chapel Hill (North Carolina), 1982.

Bammate (H.), *Le Caucase et la Révolution russe*, Paris, 1921.

Carr (E. H.), *The Bolshevik Revolution 1917-1923*, vol. I, Londres, 1950.

Carrère d'Encausse (H.), *Le Grand Défi : bolcheviks et nations, 1917-1930*, Paris, 1987.

Castagne (J.), « Le bolchevisme et l'Islam », *Revue du monde musulman*, LX, 1, 1922.

—, *Les Basmatchis*, Paris, 1925.

Conte (F.), *Christian Rakovski 1873-1941*, Paris, 1975.

Daniels (R.), *Red October*, Londres, 1968.

Drizul (A.), *V.I. Lenin i revolioutsionnaia Latviia*, Riga, 1970.

Ferro (M.), *La Révolution de 1917*, 2 vol., Paris, 1967.

Florinsky (M.), *The End of the Russian Empire*, New Haven, 1931.

Guthier (S.), « The Popular Base of Ukrainian Nationalism in 1917 », *Slavic Review*, mars 1979.

Jvania (G.), *Velikii oktiabr' i bor'ba za sovetskouiou vlast'*, Tbilissi, 1967.

Kazemzadeh (I.), *The Struggle for Transcaucasia 1917-1921*, New York-Oxford, 1921.

Kuusinen (O.V.), *Revolioutsia v Finlandii*, Petrograd, 1919.

Mal'tchevski (I.) éd., *Vserossiiskoe Outchreditel'noe Sobranie*, Moscou-Leningrad, 1930.

Mel'gunov (S.), *Kak bol'cheviki zahvatili vlast'*, Paris, 1953.
M.N., « Pod znakom islama », *Novyi vostok*, 4, 1923.
Natsional'nyi vopros i sovetskaia Rossiia, Moscou, 1921.
Pipes (R.), *The Russian Revolution*, Londres, 1990.
—, *The Formation of the Soviet Union. Communism and Nationalism 1917-1923*, Cambridge (Mass.), 1964.
Politika sovetskoi vlasti po natsional'nym delam za tri goda 1917-1920, Moscou, 1920.
Premier Congrès des Peuples de l'Orient, Bakou, 1920. Compte rendu sténographique, Pétrograd, 1921 (en français).
Reshetar (J.), *The Ukrainian Revolution 1917-1920*, Princeton, 1952.
Safarov (G.), *Kolonial'naia revolioutsiia (opyt Turkestana)*, Moscou, 1921.
Sagadeiev (A.), *Sultan Galiev i ideologia natsional'no osvoboditel' nogo dvijeniia*, Moscou, 1990.
Skirda (A.), *Les Cosaques de la liberté. Nestor Makhno, le cosaque de l'anarchie et la guerre civile russe, 1917-1921*, Paris, 1985.
Suny (R.), *Nationalism and Class as Factors in the Revolution of 1917*, Ann Arbor (Michigan), 1988.
—, *The Baku Commune : Class and Nationality in the Russian Revolution*, Princeton, 1972.
Tchokaev (M.), « The Basmaji Movement in Turkestan », *The Asiatic Review*, Londres, XXIV, 1928.
Tchougounov (A.), *Konets Basmatchestva*, Moscou, 1970.
Vaitkiavitchus (B.) éd., *Bor'ba za sovetskouiou vlast'v Litve v 1918-1920 gg. Sbornik dokoumentov*, Vilno, 1967.

Voina v peskah. Materialy po istorii grajdanskoi voiny. Granjdanskaia voina v Srednei Azii, 12 vol., Leningrad, 1935.

Znamenskii (O.), *Vserossiskoe Outchreditel'noe Sobranie*, Leningrad, 1976.

Chapitres X et XI. Pax sovietica I et II

Alekséenkov, *Krestianskoe vostanie v Fergane*, Tachkent, 1927.

Carr (E.H.), *A History of Soviet Russia*, vol. II, *The Interregnum 1923-1924*, Londres, 1954; vol. III, *Socialism in One Country 1924-1926*, Londres, 1958.

Carrère d'Encausse (H.), *L'Empire éclaté*, Paris, 1978.

« Le réformisme musulman en Asie centrale (ouvrage collectif). Du premier renouveau à la soviétisation » in *Cahiers du monde russe et soviétique*, vol. XXXVII, 1996 (numéro spécial consacré à un colloque).

Castagne (J.), *Notes prises par J. Castagne au Turkestan*, papiers personnels, 3 cahiers, s.d.

—, « La réforme agraire au Turkestan », *Revue des études islamiques*, II, 1928.

Chohor, « Religiozno-bytovye soudy v SSSR », *Sovetskoe Stroitel'stvo*, n° 8-9, 1927.

Conquest (R.), *Soviet Nationality Policies in Practice*, Londres, 1967.

Deiatel'nost' Soveta Natsional'nostei : ego prezidiouma, Moscou, 1929.

Dekrety Sovetskoi vlasti, Moscou, 1957-1975 (tomes I à VII, 1917-1920).

Dembo, *Zemel'nyi stroi vostoka*, Leningrad, 1927.

Denisov (A.), *Narodnyi komissariat po delam Natsional'nostei*, Moscou, 1931.

Dimanchtein (S.), *Revolioutsiia i Natsional'noi vopros – dokoumenty i materialy*, vol. III, Moscou, 1930.

Dourdenevskii (V.N.), *Ravnopravie iazykov v sovetskom stroe*, Moscou, 1927.

Drabkina (E.), *Grouzinskaia kontr revoliutsiia*, Leningrad, 1928.

Fioletov (N.), « *Osnovnye voprosy sovetskogo bratchnogo prava* », Tachkent, 1929.

Ginsbourg (S.B.), « Basmatchestvo v Fergane », *Novyi Vostok*, n° 10-11, 1925.

Harmandarian, *Lenin i stanovlenie zakavkazskoi federatsii*, Erivan, 1969.

Holquist (P.), « Conduct merciless mass terror. Decossackization on the Don », *Cahiers du monde russe et soviétique*, vol. 37 (1-2), 1997.

Iaroslavski (E.), *Religion in the USSR*, Londres, 1932.

Istoriia Sovetskoi Konstitoutsii v dokoumentah 1917-1934, Moscou, 1957.

Khansouvarov, *Latinizatsiia oroudie Leninskoi natsional'noi politiki*, Moscou, 1932.

Kolarz (W.), *Russia and Her Colonies*, Londres, 1952.

—, *Peoples of the Soviet Far East*, Londres, 1967.

Koshelivet's (I.), *Mykola Skrypnyk*, Munich, 1972.

Kraskin, *Zemel'no vodnaia reforma v Srednei Azii. Sbornik dokoumentov*, Moscou, 1927.

Lewin (M.), *Le Dernier Combat de Lénine*, Paris, 1967.

Lozovskii (J.), Bibin (J.), *Sovetskaia Politika za 10 let po natsional'nomou voprosou v RSFSR*, Moscou, 1928 (recueil de documents).

Maier (A.) éd., *Boevye epizody, Basmatchestvo v Fergane i Horezme*, Moscou-Tachkent, 1934.

Massel (G.), « Law as Instrument of Revolutionary change in a traditional milieu : the case of Soviet Central Asia », *Law and Society Review*, II, 1968.

—, *The Surrogate Proletariat : Moslem Women and Revolutionary Strategies in Soviet Central Asia 1919-1929*, Princeton, 1974.

Merkviladze (V.N.), *Sozdanie i okreplenie sovetskoi gosoudarstvennosti v Grouzii*(1921-1936), Tbilissi, 1969.

Motyl (A.) éd., *Thinking Theoretically about Soviet Nationalities*, Columbia University Press, 1992.

Mousaev (K.M.), *Alfavity iazykov narodov SSSR*, Moscou, 1965.

—, « iz opyta sozdaniia pismenostei dlia iazykov narodov sovetskogo soiouza », in *Sotsiologitcheskie problemy razvivaiouchtchihsia stran* (Decheriev Iu. ed.), Moscou, 1975.

Muchpert (Ja), Fainberg (E.), *Komsomol i molodej natsional'nyh menchinstv*, Moscou, 1926.

Pachoukanis, « Mejdounarodnoe pravo », *Entsiklopedia Gosoudarstva i Prava*, Moscou, 1925.

—, *Obchtchaia teoria prava i marksizm*, Moscou, 1927.

Pentkovskaia (V.V.), « Rol'V. Lenina v obrazovanie SSSR », *Voprosy Istorii*, 3-1956.

Pokrovski (M.), *Russkaia Istoriia s drevneichih vremen*, Moscou, 1933.

—, *Diplomatiia I voiny Tsarskoi Rossii v XIX stoletii*, Moscou, 1923.

Poliakov (Iu.), Chougounov (A.), *Konets basmatchestva*, Moscou, 1976.

Politika sovetskoi vlasti po natsional'nym delam za tri goda 1917-1920, Moscou, 1920.

Reikhel (M.O.) éd., *Sovetskii federalizm*, Moscou, 1930.

Smith (D.E.), *Religion and Political Modernization*, Yale University Press., 1974.

S'ezdy sovetov soiouza SSR, soiouznih i avtonomnyh sovetskih sotsialititcheskih respoublik 1917-1936, 3 vol., Moscou, 1959-1960.

Sotsial'nyi i natsional'nyi sostav VKP (b.) Itogi vsesouznoi partiinoi perepisi 1927 g., Moscou-Leningrad, 1928.

Spisok narodnostei Soiouza sovetskih sotsialistitcheskih respoublik sostavlen pod redaktsii I.I Zaroubiny, Leningrad, 1927.

Spravotchnik narodnogo komissariata po delam natsional' nostei, Moscou, 1921.

Vorob'ev (N.A.), *Vsesoiouznaia perepis' naseleniia 1926 g.*, Moscou, 1927.

Vasilevski, « Fazy basmatcheskogo dvijenia v Srednei Azii », *Novyi Vostok*, t. 29, 1930.

Zak (L.), Isaev (M.), « Problemy pismennosti narodov v koultournoi revolioutsii », *Voprosy Istorii*, 2-1966.

Chapitre XII. Tous soviétiques !

Aliev (T.), « Sledstvia deportatsii », *Izvestia*, 23-6-2005.

Allworth (E.) ed., *Ethnic Russia in the USSR*, New York, 1980.

Avtorkhanov (A.), *Sila i bessilie Brejneva*, Francfort, 1979.

Azrael (J.) ed., *Soviet Nationality Policies and Practices*, New York, 1978.

Barghoorn (F.), « Stalinism and the Russian Cultural Heritage », *Review of Politics*, XIV, 1952.

Bilinsky (J.), *The Second Soviet Republic : Ukraine after World War II*, Rutgers University Press, 1964.

Black (C.) ed., *Rewriting Russian History*, New York, 1956.

Blum (A.), *Naître, vivre et mourir en URSS, 1917-1991*, Paris, 1994.

Bromlei (I.U.) éd., *Sovremennye etnitcheskie protsessy v SSSR*, Moscou, 1975.

Brzezinski (Z.) ed., *Dilemmas of Change in Soviet Politics*, New York, Columbia University Press, 1969.

Bugai (N.), « V bessrotchnouiou ssylkou », *Kommounist*, 3, 1990.

Burlatskii (F.), « Krouchtchev », *Litteraturnaia Gazeta*, 24-12-1982.

Cohen (S.), *The Soviet Union since Stalin*, Bloomington, Indiana Un. Press, 1980.

Collignon (J.-G.), *La Théorie de l'État du peuple tout entier en Union soviétique*, Paris, 1967.

Conquest (R.), *Harvest of Sorrow : Soviet Collectivization and the Terror Famine*, Oxford University Press, 1986.

—, *The Nations Killers*, New York, 1970.

Davies (R.W.), *The Industrialization of Soviet Russia*, 2 vol., Londres, 1980.

—, *The Socialist Offensive : The Collectivization of Soviet Agriculture 1929-1930*, Cambridge (Mass.), Harvard University Press, 1980.

Dolot (M.), *Les Affamés. Ukraine 1929-1932*, Paris, 1986.

Dunlop (J.), *Russia Confronts Chechnya*, chap. II, Cambridge University Press, 1998.

Gammer (M.), « Shamil in Soviet Historiography », *Middle-Eastern Studies*, n° 4, 1992.

Ichmaev, *Sovetskaia armiia-armiia droujby narodov*, Moscou, 1955.

Kerblay (B.), *Du Mir aux agrovilles*, Paris, 1985.

—, *La Société soviétique contemporaine*, Paris, 1977.

Khrouchtchev (N.S.), « Stalinskaia Droujba narodov. Zalog nepobedinosti nachei Rodiny », *Bolchevik*, 24, 1949.

Khrushchev Remembers : The Last Testament, Boston, 1974, et *Time*, 1.10.1990; et *Khrushchev Remembers : the Glasnost Tapes*, Boston, 1990.

Knight (A.), *Beria. Stalin's First Lieutenant*, Princeton University Press, 1993.

Kojevnikov (N.), *Sovetskoe gosoudarstvo i mejdounarodnoe pravo 1917-1947*, Moscou, 1948.

Koulichenko (M.I.), *Natsional'nye otnocheniia v SSSR*, Moscou, 1972.

Lewin (M.), *Political Undercurrents in Soviet Economic Debates*, Princeton (N.J.), 1974.

Linden (C.), *Khrushchev and the Soviet Leadership 1957-1964*, Baltimore, 1969.

Malia (M.), *The Soviet Tragedy. A History of Socialism in Russia 1917-1991*, New York-Toronto, 1994.

Mazour (A.), *Modern Russian History*, Princeton, 1958.

Medvedev (Jores), *Krushchev : the Years in Power*, New York-Columbia University Press, 1978.

Medvedev (Roy), *Krushchev*, New York, 1984.

Motyl (A.), *Sovietology, Rationality, Nationality. Coming to Grips with Nationalism in the USSR*, Columbia University Press, 1990.

Nekritch (A.), *The Punished Peoples*, New York, 1978.

Netchkina (M.V.) éd., *Istoriia SSSR* vol. II *Rossiia v XIX veke*, Moscou, 1940.

Nove (A.), *Stalinism and After : the Road to Gorbatchev*, Boston, 1989.

Pankratova (A.M.), « Velikii rousskii narod i ego rol'v Istorii », *Prepodovanie Istorii v chkole*, 5, 1946.

Pokrovski (M.N.), *Istoritcheskaia Naouka i bor'ba klassov*, vol. I, Moscou, 1933.

Popov (A.), « Iz istorii zavoevaniia srednei Azii », *Istoritcheskie zapiski*, IX, 1940.

Present-Day Ethnic Processes in the USSR, Moscou, 1982.

Protiv antimarksistskoi kontseptsii M.N Pokrovskogo. Sbornik statei, Moscou, 1939.

Shafarevitch (I.), « Separation or Reconciliation the Nationalities Question in the USSR », in Soljenitsyne (ed.), *From under the Rubble*, Boston, 1975.

Sokoloff (G.), *L'Année noire. Témoignages sur la famine en Ukraine*, Paris, 2000.

Sovetskii narod. Novaia Istoritcheskaia Obchtchnost', Moscou, 1975.

Tatu (M.), *Le Pouvoir en URSS : du déclin de Khrouchtchev à la direction collective*, Paris, 1967.

Tillet (L.), *The Great Friendship : Soviet Historians on the Non-Russian Nationalities*, Chapel Hill, 1969.

Tucker (R.C.), *Stalinism. Essays in Historical Interpretation*, New York, 1977.

Vakar (N.), *Belorussia : the Making of a Nation*, Harvard University Press, 1956.

Williams (C.) ed., *National Separatism*, Cardiff, 1982.

Zotov (V.), « Natsional'nyi vopros : deformatsii prochlogo », *Kommounist*, n° 3, fév. 1989.

Chapitre XIII. L'Empire éclaté

Alexiev (H.), Wimbush (E.), *Ethnic Minorities in the Red Army : Asset or Liability ?*, Londres, 1987.

Bialer (S.), ed., *Politics, Society and Nationality inside Gorbachev's Russia*, Boulder (Colorado), 1989.

Bromlei (J.), *Etnosotsial'nye protsessy i teorii. Istoriia i sovremennost'*, Moscou, 1987.

Brzezinski (Z.), *The Grand Failure : the Birth and Death of Communism in the Twentieth Century*, New York, 1989.

Carrère d'Encausse (H.), *The Nationality Question in the Soviet Union and Russia*, Scandinavian University Press, Oslo, 1995.

Chechko (S.), *Raspad sovetskogo soiouza*, Moscou, 1996.

Conquest (R.), *The Last Empire : Nationality and the Soviet Future*, Stanford, 1986.

Dallin (A.), Lapidus (G.), ed., *The Soviet System from Crisis to Collapse*, Boulder (Col.), 1995.

Dunlop (J.), *The Rise of Russia and the Fall of the Soviet Empire*, Princeton University Press, 1993.

Eltsine (B.), *Jusqu'au bout*, Paris, 1990.

Enloe (C.), *Police, Military and Ethnicity : Foundations of State Power*, Londres, 1980.

Feshbach (M.), *The Soviet Population Policy Debate. Actors and Issues*, Santa Monica, Rand Corporation, 1986.

Gerner (K.), Hedlund (S.), *The Baltic States and the End of the Soviet Empire*, Londres, 1993.

Gorbatchev (M.), *Perestroïka : New Thinking for Our Country and the World*, New York, 1987, et version française, 1987.

—, *Za novoe polititcheskoe mychlenie v mejdounorodnyh otnocheniiah*, Dokoumenty i materialy, Moscou, 1987.

—, *Jizn'i reformy*, Moscou, 1995, 2 vol.

Hérodote, *Geopolitique de l'URSS*, n° 54, 4ᵉ trimestre, 1989, particulièrement introduction d'Yves Lacoste « Perestroïka et géopolitiques ».

Iakovlev (A.), *Sumerki*, Moscou, 2003.

Iarlykapov (A.A.), *Vahabizm na Kavkaze : sotsal'noi-polititcheskaia sitouatsiia na Kavkaze*, Moscou, 2001.

Itogi vsesoiouznoi perepisi naseleniia 1989 g, Moscou, 1991.

Karklins (R.), *Ethnic Relations in the USSR : the Perspective from Below*, Boston, 1986.

Lewin (M.), *The Gorbachev Phenomenon*, Berkeley, University of California, 1988 (éd. complétée en 1991).

—, *Russia-USSR-Russia : The Drive and Drift of a Super State*, New York, 1995.

Materialy XXVII s'ezda KPSS, Moscou, 1986.

Materialy Plenouma Tsk KPSS, 27-28 ianv. 1987, Moscou, 1987.

Materialy XIX vsesoiouznoi konferentsii Kommounisticheskoi Partii sovetskogo soiouza, Stenografitcheskii otchet, Moscou, 1988, 2 vol.

Matlock (J.), *Autopsy of an Empire : The American Ambassador's Account of the Collapse of the Soviet Union*, New York, Random House, 1996.

Motyl (J.), *Will the non-Russian Rebel ? State, Ethnicity and Stability in the USSR*, Ithaca-Londres, 1987.

Mouradian (C.), *De Staline à Gorbatchev. Histoire d'une République soviétique : l'Arménie*, Paris, 1990.

« Natsional'naia Politika Partii v sovremennyh ousloviiah », *Pravda*, 16 et 17.7.1989.

Primakov (E.), *Gody bol'choi Politiki*, Moscou, 1999.

Shahnazarov (G.), *Tsena svobody : reformatsii Gorbatcheva glazami ego pomochnika*, Moscou, 1993.

Smith (G.E.), « Gorbachev's Greatest Challenge. Perestroika and the Nationality Question », *Political Geography Quarterly*, 8, 1989.

Ter Minassian (A.), *La République d'Arménie*, Bruxelles, 1989.

Tinguy (A. de), ed., *The Fall of the Soviet Empire*, Boulder, New York, 1997.

Conclusion

Broxup (M.) ed., *The North Caucasus Barrier*, New York, 1992.

Buharaev (R.), *Nostalgiie po otkroveniiou*, Moscou, 2005 (en particulier les chapitres consacrés au Tatarstan, « Zatchem Tatarstanu souverenitet ? » et « Tatarstan i islamskie traditsii demokratii »).

—, *President Mintimer Chaimiev i model' Tatarstana*, Saint-Pétersbourg, 2001.

Danilin (I.V.), « Politika Scha v zakavkazie. 1991-2004 », in *Kavkazskii Sbornik*, tome 1 [33], Moscou, 2004.

Degoev (V.), *Bol'chaia igra na Kavkaze*, Moscou, 2003.

Dunlop (J.), *Russia Confronts Chechnya. Roots of a Separatist Conflict*, Cambridge University Press, 1998.

Einsenbaum (B.), *Guerres en Asie centrale, 1850-2004*, Paris, 2005.

Gadjiev (K.S.), *Geopolitika Kavkaza*, Moscou, 2003.

Gousaev (M.), « Rossiia i Scha na ioujnom Kavkaze, perspektivy sotroudnitchestva ili sopernitchestva », in *Tsentral'naia Aziia i Kavkaz*, 1, 2003.

Islam na territorii byvchyi rossiiskoi imperii, Moscou, 1999.

Jil'tsov (K.S.), *Geopolitika Kaspiiskogo raiona*, Moscou, 2003.

Johnson (L.), Archer (C.) ed., *Peace Keeping and the Role of Russia in Eurasia*, Boulder (Col.), 1996.

Karabakh, vtchera, segodnia, zavtra, Bakou, 2002.

Khanbabaev (K.M.) ed., *Religiia i religioznye organizatsii v Dagestane. Spravotchnik*, Makhatch-Kala, 2001.

Khasbulatov (R.), *Chechnia : mne ne dali ostanovit'voinou*, Moscou, 1995.

Kramer (M.), « Guerilla Warfare. Counterinsurgency and Terrorism in the North Caucasus : The Military Dimensions of the Russian-Chechen Conflict », *Europe-Asia Studies*, vol. 57, 2, 2005.

Landa (P.), *Islam v istorii Rossi*, Moscou, 1995 (chapitre x et conclusion).

Makarov (D.V.), *Ofitsial'nyi i neofitsialnyi Islam v Dagestane*, Moscou, 2000.

Malachenko (A.V.), *Islamskoe vozrojdenie v sovremennoi Rossii*, Moscou, 1998.

—, *Islam i politika v gosoudarstvah Tsentral'noi Azii*, Moscou, 2000.

Malycheva (D.), « Scha I Rossiia na postsovetskom vostoke. Tchto vpered ? », *Tsentral'naia Aziia i Kavkaz*, 1, 2003.

Medvedev (R.), *Vladimir Poutin : tchityri goda v Kremle*, Moscou, 2005 (particulièrement chapitres IV et VIII sur la Tchétchénie).

Moisseiev (E.), *Mejdounarodnyoe-pravovye osnovy sotroudnitchestva stran SNG*, Moscou, 1977.

Motyl (A.), *Dilemmas of Independence : Ukraine after Totalitarism*, New York, 1993.

Mouzzafarli (N.), *Khartiia Tchetyreh. Ioujnyi Kavkaz-nestabil'nyi region zamorojenyh konflikov*, Tbilissi, 2002.

Muzaev (T.), *Tchetchenskaia Respoublika*, Moscou, 1995.

Nadein-Raievski (V.), « Tourtsiia, Rossiia i tiourko-iazytchnye narody posle raspada SSSR », *MEIMO*, 4, 1994.

Nikolaievski (Ju.), « Kazan'otkryvaet samouiou vysokouiou metchet' evropy », *Izvestia*, 24-6-2005.

Orlov (D.), « Bol'chaia Trouba dlia diadi Sema », *Nezavisimaia Gazeta*, 26-12-2003.

Pavlov (A.), « Grouziia mojet razvalitsia na vosem melkih gosoudarstv », *Expert Evrazii*, août 2001.

Postnova (V.), « Ot terakta k teraktou. Radikalizatsiia molodyh mousoul'man v Tatarstane idet po narastaiouchtchei », *Nezavisimaia Gazeta*, 20-6-2005.

Raanan (U.), Martin (K.) eds., *Russia a return to Imperialism?*, New York, 1995.

Rashid (A.), *Central Asia. The Resurgence of Islam or Nationalism?*, Londres, 1994.

Roy (O.), *La Nouvelle Asie centrale ou la Fabrication des nations*, Paris, 1997.

Rubinski (I.), *Les Éclats de l'Empire ou la Communauté des États indépendants* (CEI), Paris, 2001.

Sbornik dogorov I soglachenii mejdou organami gosoudarstvennoi vlasti Rossiiskoi federatsii I organami gosoudarstvennoi vlasti soubiektov Rossiskoi federatsii o razgranitchenii predmetov vedeniia i polnomotchii, Moscou, 1997.

Szporluk (R.) ed., *National Identity and Ethnicity in Russia and the New States of Eurasia*, Armonk-New York, 1994.

Sokoloff (G.), *La Métamorphose de la Russie, 1984-2004*, Paris, 2003.

Tinguy (A. de), *La Grande Migration. La Russie et les Russes depuis l'ouverture du rideau de fer*, Paris, 2004.

Waal (Th.), *Black Garden : Armenia and Azerbaidjan through Peace and War*, Londres, 2003.

INDEX

Abd al-Qadir al-Ghilani : 90
Abdul Hamid Ier, sultan ottoman : 77
Abouladze, Tenguiz : 413
Adachev, Alexis : 29, 39
Aganbegian, Abel : 407
Aktchura, Yussuf : 187
Alexandre Ier, empereur de Russie 84, 119, 124-126
Alexandre II, empereur de Russie : 105, 107, 109, 130, 152, 155
Alexandre III, empereur de Russie : 110, 118, 127(n), 129, 152, 155
Alexandre Mikhaïlovitch : 169
Alexeïev, Eugène, amiral : 169
Alexis, Mikhaïlovitch, deuxième souverain Romanov, dit le Très Paisible : 52-56, 59, 60, 67, 123, 130, 151, 152
Alexis, Petrovitch, fils de Pierre le Grand : 67
Ali Bek Hadji : 90
Aliev, Gueïdar : 414
Alter, Victor : 378
Altynsaryn, Ibray : 135
Amangeldi, Uli : 205
Anastasia, épouse d'Ivan le Terrible : 29, 41
Andropov, Iouri : 406
Anne, impératrice de Russie : 69
Antonov, socialiste-révolutionnaire : 244
Antonov-Ovseenko, Vladimir : 232, 233, 241
Auguste II, dit le Fort : 62, 63, 69

Auguste III : 69
Avtobashi, Abdur Rahman : 108

Babek : 375
Baghirov, : 415
Baïtoursoun : 216
Barthold, W. : 146
Bassaev, Chamil : 457
Batu, khan : 21(n)
Bauer, Otto : 195, 196, 200
Beria, Lavrenti : 378, 382
Bezobrazov N.P. : 169
Bielinsky, Vissarion : 374
Biron, Ernst Johann Biren dit : 69
Bokassa, Jean-Bedel : 11
Bokey Nurali Khan : 99
Boris Godounov, empereur de Russie : 48
Boukeihanov, Alikhan : 216
Boukharine, Nicolas : 234, 287, 342, 448
Brejnev, Leonid : 294, 398, 406, 407, 412, 461
Byron, George, lord : 64

Catherine II, impératrice de Russie : 37, 67-82, 83, 84, 97, 101, 102, 119, 120, 123, 125, 129, 131, 133, 134, 141-146, 152, 153, 373, 424

Chah Ali : 40
Chamil, imam :15, 87, 88, 92, 99, 146, 147, 166, 217, 355, 367, 374, 394, 451
Chappe d'Auteroche, Jean, abbé : 26
Charlemagne : 11, 14
Charles XII : 63
Chaumian, Stepan : 250
Cheikh Mansur, imam : 79, 80, 84, 146
Chevardnadze, Édouard : 405, 407, 422, 457, 458, 463, 465
Choiseul, Étienne François, duc de : 74
Chouchkevitch, Stanislas : 441, 456
Clément VIII : 51
Clément XIV : 152
Colomb, Christophe : 19

David Bek, héros arménien du XVIIIe siècle : 375
David le Constructeur, souverain géorgien : 375
Dejnev, Simon : 111
Demirchian, Karen : 415
Denikine, général Anton Ivanovitch : 225, 237, 241, 242, 252, 254, 263, 280

Dervich Ali : 38
Devlet-Giray, khan de Crimée : 65
Dimanshtein, Simon : 304, 305
Dimitri Donskoï : 23, 24, 31, 366, 374
Djamal al-din al-Afghani : 160, 171
Djötchi-Chaïban, fondateur de l'État chaibanide en Asie centrale : 31
Djougachvili, Joseph : voir Staline.
Dolgorouki, Georges, prince de Moscou : 20
Doudaev, Djokhar : 451, 452
Doukhovski, général, gouverneur du Turkistan : 166
Doulatov, Mir Yakoub : 216
Doutov, ataman : 266
Dragomanov, Mihailo : 194
Dunsterville, général Lionel : 251
Duroselle, Jean-Baptiste : 12, 445

Edigeï, khan : 44
Ehrenbourg, Ilya : 377
Élisabeth Ire Petrovna, impératrice de Russie : 67
Eltsine, Boris : 435, 438, 440, 441, 447, 448, 450, 452, 456
Engels, Friedrich : 195, 277
Erlich, Heinrich : 378
Ermak Timofeievitch, hetman : 45, 46
Ermolov, général Alexis : 85-87
Étienne Báthory, roi élu de Pologne : 42

Ferdinand Ier, empereur d'Autriche : 40
Ferdinand II, roi d'Espagne : 19
Fiodor Ivanovitch, empereur de Russie, fils d'Ivan Terrible : 47, 48
François-Joseph, empereur d'Autriche : 202
Frédéric II de Prusse : 70
Frédéric-Guillaume II de Prusse : 71
Frounze, Mikhaïl : 269, 270

Galiev, Sultan : 265, 266, 272, 273, 298, 313

Gama, Vasco de : 19
Gamsakhourdia, Zviad : 451, 457
Gapone, Georges, prêtre : 173
Gasprinski, Ismael, bey : 157-159, 161, 163, 187
Gaulle, Charles de : 15
Gazi Muhammad, imam : 146
Gengis Khan : 31
Georges V, roi de Géorgie : 375
Glinka, Mikhaïl : 374
Gogol, Nicolas : 131, 288(n)
Golitsyne, prince : 175
Gorbatchev, Mikhaïl : 398, 399-409, 411-419, 421, 426, 427, 434
Gorbatyi, Alendre, prince, *voïevode* de Kazan : 35
Gorki, Maxime : 202, 374
Gortchakov, prince Alexandre : 105, 109
Gouri, Mgr : 141
Griboïedov, Alexandre : 153
Grousset, René : 11
Gueguetchkori, Evgueni : 249
Guillaume II, empereur d'Allemagne : 169

Hadji Mourat : 89
Hadji Muhammad : 90
Hitler, Adolf : 370
Hrouchevski, Mikhaïl : 209, 211, 368

Iakovlev, Alexandre : 415
Ignatiev, Nicolas : 104
Ikramov : 315
Ilminski, Nicolas : 134
Innocent XI, pape : 62
Iouchtchenko, Victor : 464
Irakli II, roi de Géorgie : 79
Isabelle Ire, reine d'Espagne : 19
Ivan Kalita, prince de Moscou : 21
Ivan III, dit le Grand : 25, 26, 33, 34
Ivan IV, dit le Terrible, empereur de Russie : 16, 28-31, 34-42, 44-47, 92

Jdanov, Andreï : 368
Jean-Paul II, pape : 431
Jenkinson, Anthony : 92
Joseph II d'Autriche : 70, 81
Joukovski, Vassili : 153

Kaledine, Alexis, ataman : 231, 232

Kamenev, Lev : 287
Kangxi, empereur de Chine : 111
Karachi, khan : 47
Karamzine, Nicolas : 41, 125
Kasym, prince : 32
Kaufmann, Constantin von, général : 108, 109, 135-137, 166
Kautsky, Karl : 195, 196, 257
Kenessary Kasymov (Kenisari Qasym Uli), sultan : 99, 367
Kerenski, Alexandre : 211, 215
Khmelnitski, Bogdan, hetman : 52-54, 56, 368, 374
Khodjaev, Faizoullah (Faizullah Khodja Oghli) : 268, 312, 313, 360
Khrouchtchev, Nikita : 294, 314, 390-398, 399, 403, 405, 406, 409, 411
Kirov : 254, 256, 313
Klioutchevski, Vassili : 28, 60, 61
Kolbo, Ivan (Ivan Kolychev dit) : 47
Koltchak, Alexandre, amiral : 242, 263, 266, 280

Kolychev, Ivan, voir Kolbo, Ivan.
Kościuszko, Thadeus : 71
Kossior, Vladimir : 316, 357
Kostomarov, Mykola : 193
Kotcharian, Robert : 464
Kounaïev : 409
Kounanbaev, Abay : 135
Kourbski, Andreï, prince : 29, 39, 40
Kouropatkine, Alexis, colonel puis général après la conquête du Turkestan : 110, 114, 168, 206, 213
Kozyrev, Andreï : 456
Krassine, Leonid : 258
Kravtchouk, Leonid : 441, 456
Kutchum, khan : 46-48

La Harpe, Frédéric de : 119
Lamsdorff, Nicolas, ministre des Affaires étrangères : 168
Lazarev, général : 206
Le Prophète, voir Mahomet.
Lénine, Vladimir Ilitch Oulianov, dit : 195, 199-203, 217, 218, 219-227, 230-232, 234, 236,

238-243, 247-249, 254-260, 263-273, 274-280, 284-288, 291, 296-309, 319, 331, 334, 337, 341, 345, 353, 359, 374, 375, 393-395, 397, 401, 413, 417, 426, 439, 443
Lermontov, Mikhaïl : 153, 374
Leroy-Beaulieu, Anatole : 117
Leszczyński, Stanislas : 63, 69
Ligatchev, Egor : 405, 409, 415, 436
Littré, Émile : 11, 12
Lloyd George, David : 258
Louis XI : 19
Louis XV : 69, 74, 77
Louis XVI : 77
Loukachenko, Alexandre : 459, 461, 464
Luxemburg, Rosa : 201

MacDonald, Ramsay : 257
Madali, Muhammad Ali dit : 164-166, 335, 367
Mahomet ou le Prophète : 79, 88, 138, 140, 144, 159
Makharadze, Filip : 284
Makhno, Nestor : 237, 242, 244

Maksimovitch, Mikhaïl : 131
Man, Henri de : 257
Mannerheim, Gustaf, maréchal : 226, 227
Manouilski : 240
Marie-Thérèse, impératrice d'Autriche : 74
Marjani, Chihab ud-din : 161
Marx, Karl : 195-201, 271, 277, 299, 375
Maximilien Ier : 19
Mazeppa, Ivan, hetman : 61, 63-65, 76, 123
Mdivani, Budu : 284
Michel, premier souverain Romanov : 50, 54, 139
Michnik, Adam : 432
Mikoyan, Anastase : 254, 316
Milioukov, Pavel : 29
Milioutine, Dimitri : 105
Minine, Kouzma : 374
Mohyla, Piotr, métropolite : 51
Mollah Djemal ud Din : 88
Mollah Muhammad : 87
Molotov, Viatcheslav : 358
Morozov, Pavlik : 362
Mouraviev, Nicolas nommé ensuite

Mouraviev Amurski : 113, 233
Muhammad Ali, voir Madali.
Muhammad Giray, khan : 34
Muzzafar ud-Din : 106-108

Namaz, brigand populaire en Asie centrale : 184
Napoléon : 11, 14, 85, 91
Nathalie, tsarine, mère de Pierre le Grand : 67
Nazarbaev, Noursoultan : 409, 442, 461, 464
Nemtsov, Boris : 468
Nevski, Alexandre : 374
Niazov, Saparmourad : 464
Nicolas Ier, empereur de Russie : 89, 126, 129, 147, 152
Nicolas II, empereur de Russie : 155, 167-170, 185, 189, 202(n)
Nurali Khan : 99

Ordjonikidze, Sergo : 254-256, 258, 259, 284, 287, 303, 316
Orlov Alexis : 75
Ostroumov : 171
Oukhtomski, prince : 114

Ouvarov, Serge, comte : 118
Ouzbek Khan : 21

Pahlen, K. K., comte : 180, 183, 184
Panine, Nikita : 75
Paskievitch, général : 87
Paul Ier, empereur de Russie : 83, 84, 124, 129
Perovski, général : 100, 105
Petlioura, Simon : 210, 211, 225, 232, 236
Piatakov, Georgi : 238-241, 243
Pierre Ier, dit Pierre le Grand, empereur de Russie : 16, 53, 57, 59-69, 74, 75, 77, 81, 83, 120, 121, 139-141, 152, 153, 366
Pierre III, empereur de Russie : 76
Pierre le Grand, voir Pierre Ier.
Piłsudski, Józef : 225, 246, 248
Plehve, Vyacheslav : 169, 172, 175
Plekhanov, Georgi : 199, 202, 374
Pobedonostsev, Constantin : 118, 168

Pojarski, Dimitri : 374
Pokrovski, Mikhaïl : 88, 334, 335, 365-367
Postychev, Pavel : 314
Potemkine, Grigori, prince : 78, 84
Pouchkine, Alexandre : 64, 86, 153, 374
Pougatchev, Emelian : 76, 97, 143, 144, 366
Poutine, Vladimir : 454, 460, 462, 468, 471-473

Qazi Muhammad, dit Qazi Mollah : 87
Qazi Mollah, voir Qazi Muhammad.

Radonèje, Serge de, ou saint Serge de : 32
Rakovski, Christian : 237, 240, 243
Razine, Stenka : 60, 97, 366
Reitern : 105
Renner, Karl : 195, 196
Riza ud-din Fakhriddin : 162
Romanov, les, voir aussi : Michel III, Alexis Ier, Pierre Ier, Anna Ivanovna, Élisabeth Ire : 14, 50, 52, 54, 121, 139, 141

Rousseau, Jean-Jacques : 317
Ryskoulov, Tourar : 269, 300-302

Saakachvili, Mikhaïl, président de Géorgie : 464
Safarov, Georgi : 268
Sakharov, Andreï : 435
Salomon II, roi d'Imérétie : 91
Samsonov, Alexandre, gouverneur général du Turkestan : 186
Schiller, Friedrich von : 64
Selim II : 38
Seniouta, Félix : 224
Sigismond-Auguste II, roi de Pologne : 40
Skobelev, général Mikhaïl : 109, 110
Skoropadski, général Pavel, hetman d'Ukraine : 236, 237
Skrypnik, Mykola : 239, 314
Sliounkov : 405
Sobtchak, Anatoli : 423
Speranski, Mikhaïl : 124, 132
Staline, Joseph Djougachvili, dit : 183, 197,

200, 224, 226, 227, 228, 240, 254, 257-259, 261-263, 265, 281, 284, 286-288, 292, 313, 316, 319, 320, 322, 325, 328, 334, 342, 347, 352-355, 357, 358, 362, 365, 368-391, 393, 406, 408, 413, 417, 420, 424, 428, 431, 450, 451, 453, 457
Stanislas-Auguste Poniatowski : 69, 70
Stolypine, Piotr : 189
Stroganov, les : 44-47
Sverdlov, Yakov : 304, 308
Sviatopolk-Mirski, prince : 172

Tamerlan : 23-25
Tchaïkovski, Piotr : 374
Tchekhov, Anton : 374
Tcherniaïev, général Mikhaïl : 105, 106
Tchernenko, Constantin : 406
Tchernov, Victor : 223
Tchernychevski, Nicolas : 374
Tchitcherine, Georgi : 241
Tchkeidze : 212
Thamar, reine de Géorgie : 375
Tikhon, Mgr : 141

Tito, Josip Broz, dit : 393
Toktamytch, khan de la Horde d'Or : 23-25
Tolstoï, Léon : 89, 147, 153, 374
Topchibachy, Ali bey : 187
Toukhatchevski, Mikhaïl : 225
Toynbee, Arnold : 12
Trotski, Léon : 199, 202, 221, 235, 242, 259, 275, 288
Tsalikov, Ahmed bey : 262
Tseretelli, Irakli : 212
Tsitsianov, Paul : 85
Tudors, les : 19

Vahitov Moullah Nour : 262, 263, 265
Validov, Ahmet Zeki (Ahmet Zeki Velidi Togan) : 263-265, 280
Valikhanov, Tchokan : 134, 135
Vandervelde, Émile : 257
Vassili I*er*, grand-prince de Moscou : 24
Vassili II, dit l'Aveugle : 32-34
Vassili III : 26, 28
Vernier, Bernard : 171
Veyne, Paul : 12

Vinitchenko, président du Directoire de la République d'Ukraine : 211, 236, 240
Volkonski, prince Ivan : 47
Volski, Arkadi : 417, 418
Voltaire : 64
Vorontzov-Dachkov, vice-roi du Caucase : 177

Wałesa, Lech : 432
Washington, George : 119
Witte, Serge : 114, 168, 169, 191

Zinoviev, Grigori : 232, 271, 272, 309
Zoubov, Platon : 80, 84
Zoubov, Valerian : 81

Cartes

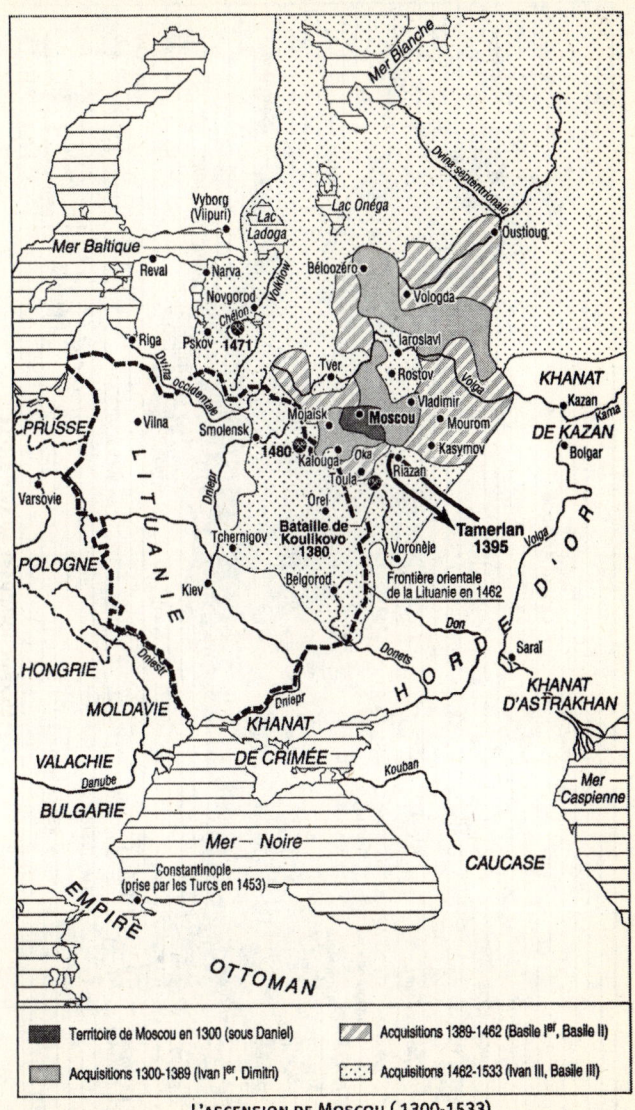

L'ASCENSION DE MOSCOU (1300-1533)

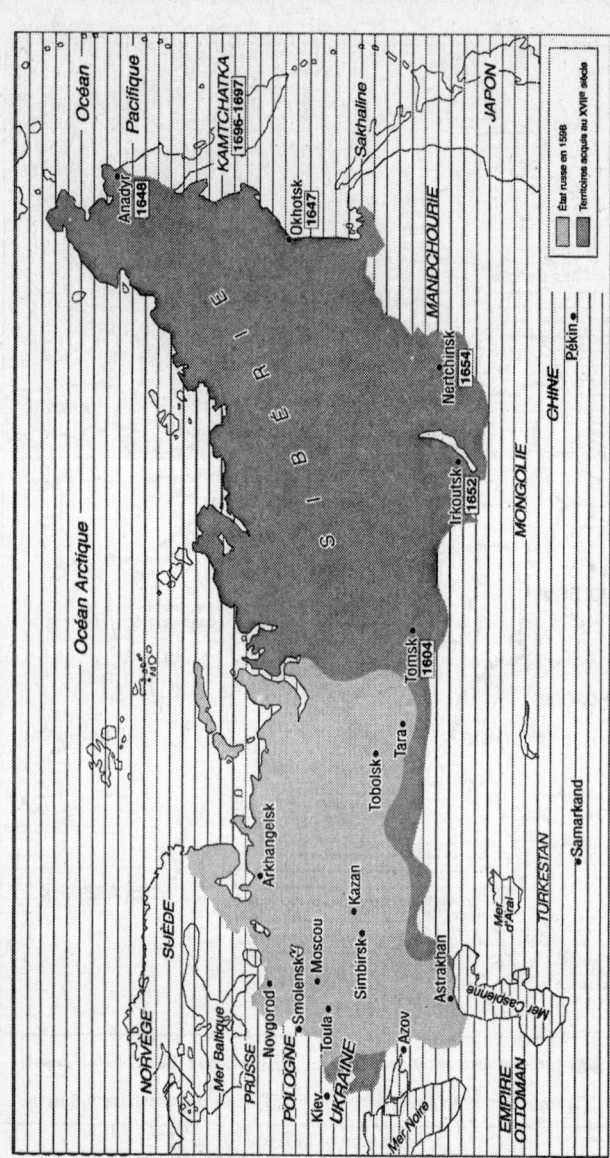

L'EXPANSION RUSSE AU XVIIe SIÈCLE

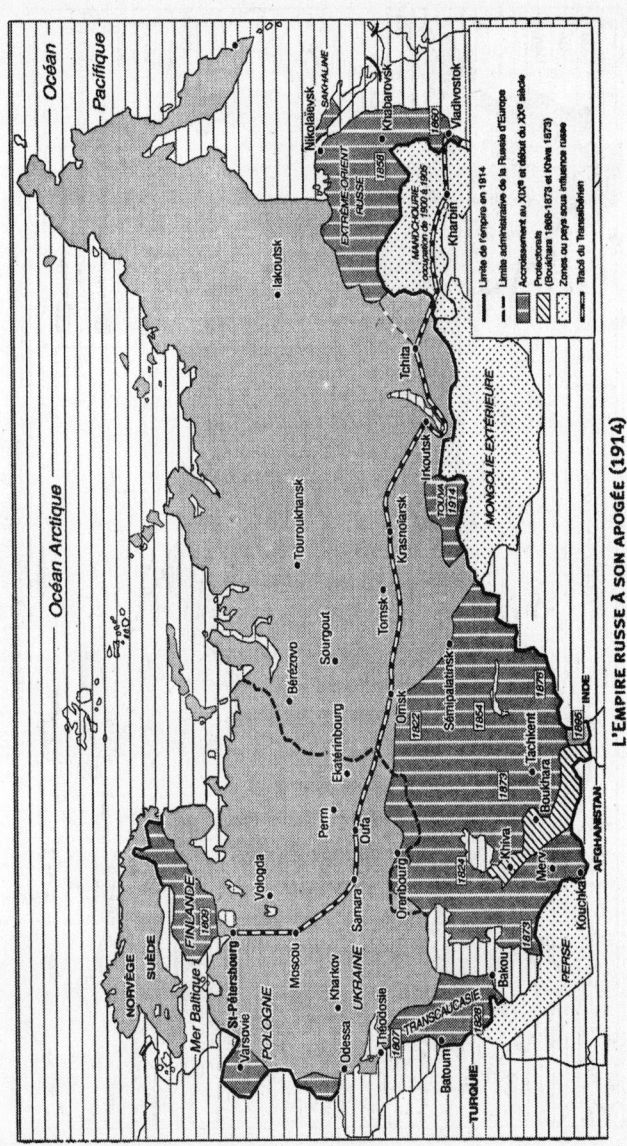

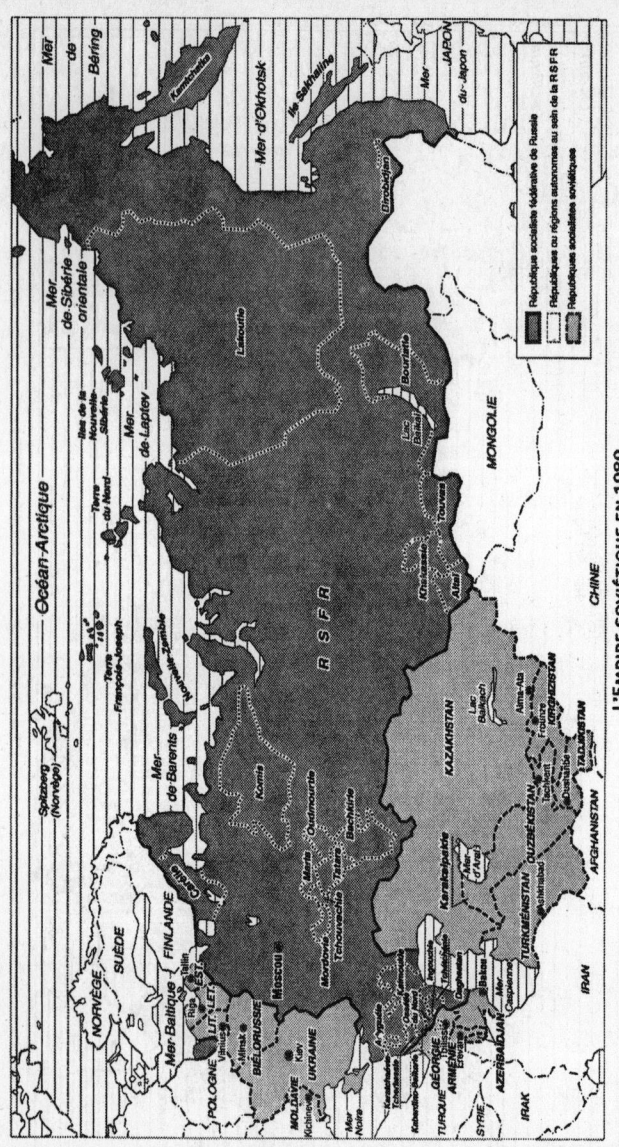

L'EMPIRE SOVIÉTIQUE EN 1989

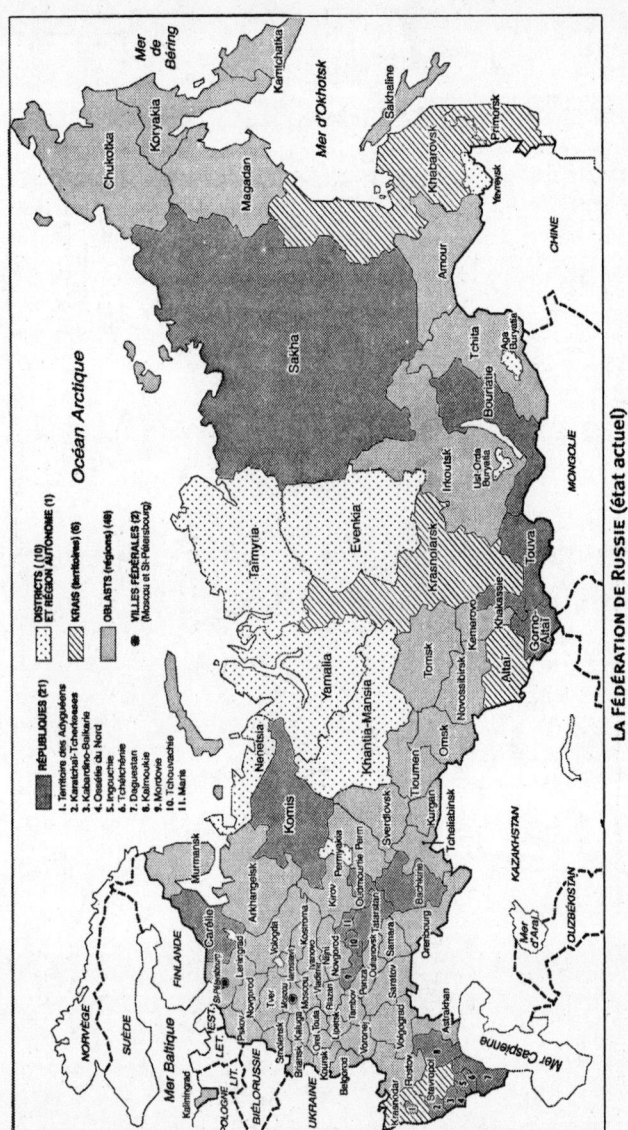

Table

INTRODUCTION	11
Chapitre premier. De Moscou à la Russie	19
– Au service des Mongols	21
– Koulikovo : naissance d'une nation	23
– La métamorphose russe	25
Chapitre II. Naissance d'un empire	28
– La fin de la Horde d'Or	30
– Échec à l'ouest	39
– Sibérie : la nouvelle frontière	43
– Ukraine : un pas vers l'Europe	51
Chapitre III. Vers l'Empire universel	58
– Une « fenêtre » sur la Baltique	59
– La Pologne dominée	66
– À l'assaut de la mer Noire	73
– Caucase : la route de l'Inde ?	78
Chapitre IV. L'expansion coloniale	83
– Caucase-Transcaucasie : le royaume de la complexité	83
– La frontière toujours repoussée	92

- Au cœur de l'Islam 102
- L'entrée en Extrême-Orient 111

Chapitre V. *Pax russica I* 117
- Intégrer ? ou respecter les différences ? 117
- Centralisation et diversité 119
- Élites et cultures nationales 127

Chapitre VI. *Pax russica II* 139
- Invention d'une politique musulmane 141
- Asie centrale : le compromis 145
- Le Vatican, c'est l'ennemi ! 151

Chapitre VII. Le « Tsar blanc » ébranlé 155
- Tradition ou réforme ? 156
- Guerre sainte contre l'Empire 163
- La défaite du Tsar blanc 167
- 1905 : éveil d'une conscience nationale 171
- La Transcaucasie dans la tourmente 174
- Révolution coloniale au Turkestan 179

Chapitre VIII. Quand la « prison des peuples »
s'ouvre 189
- Oublier les nations 190
- Réformer ou détruire l'Empire ? 192
- La grande révolte de la Steppe 204
- L'Empire décomposé 207

Chapitre IX. Les avatars
de l'autodétermination 219
- Un pouvoir central fort 221
- Des autodéterminations sous protection 224
- Ukraine, Biélorussie : la confusion 231
- Le Caucase divisé 249

- Drapeau rouge contre drapeau vert 260
- Bakou : le défi colonial 271

Chapitre X. *Pax sovietica I*
Le compromis politique 274
- L'État accepté 274
- Le fédéralisme ou la diversité reconnue 277
- Une Constitution pour un temps de transition 289
- L'État réhabilité 292
- Au-dessus de l'État, le Parti 296
- Le temps du communisme national 297
- L'unité du Parti, garante de l'avenir 307

Chapitre XI. *Pax sovietica II*
Le compromis culturel 317
- Une culture combinant l'universel et le particulier 319
- Quels alphabets pour éduquer ? 327
- La grande « repentance » russe 333
- Des sociétés nationales transformées 336
- Égalité économique : inégalité des politiques 341

Chapitre XII. Tous soviétiques ! 352
- Les années de fer 354
- La Russie réhabilitée 364
- La guerre russe 370
- Les nations ont trahi 379
- Soviétiques ou Russes ? 383
- Retour à l'utopie 389

Chapitre XIII. L'Empire éclaté 399
- Les ravages de la perestroïka 402
- Explosions nationales 407

- L'agonie du fédéralisme 426
- Fin de partie 441

CONCLUSION 445

Glossaire 475
Bibliographie générale 479
Bibliographie par chapitre 485

INDEX 517

CARTES 529

Hélène Carrère d'Encausse
dans Le Livre de Poche

La Russie inachevée n° 15345

Y a-t-il en tout, mais d'abord dans le malheur, une exception russe ? Une fatalité qui ferait échapper ce peuple et ce pays aux convergences de la mondialisation, qui les ferait diverger d'une évolution favorable qui profite même aux plus déshérités de leurs anciens vassaux ? Des pesanteurs qui, à chaque pas en avant, les tirent à nouveau en arrière ou vers le bas ? Le mieux est d'y aller voir, comme toujours, mais, à la manière de Michelet brossant ses *Tableaux de la France*, d'aller, si l'on peut dire, sur le terrain du Temps, là où l'on voit mieux affleurer ou saillir les grandes permanences d'un pays. Dans le cas russe, ce sont : l'immense espace, et donc ses décompositions et recompositions successives ; le pouvoir total, ses chutes et ses restaurations ; la tentation européenne ou le rejet de cette appartenance ; le retard sur tout et sur tous et les effets de la conscience de ce retard ; la peur de l'extérieur avec sa double traduction dans l'expansion et l'agressivité. De quel poids pèsent ces grands traits du passé dans l'évolution de la Russie actuelle, confrontée à un problème qui menace son avenir : une régression démographique sans précédent ? Un tel phénomène, inconnu partout ailleurs, est-il compatible avec la survie d'un pays et la permanence de son identité ? Tout est-il perdu pour la Russie affaiblie, alors que jamais les chances de renaître à la liberté et de se « mondialiser » n'ont été aussi grandes pour elle ?

Victorieuse Russie n° 13598

Faut-il avoir peur de la Russie ? Face au déferlement des revendications nationales ou identitaires, aux désordres du passage à l'économie de marché, l'Occident va-t-il regretter, après soixante-dix ans de lâchetés, le totalitarisme communiste ? Auteur voilà quinze ans d'un prophétique *Empire éclaté*, Hélène Carrère d'Encausse nous incite à redécouvrir ce pays au seuil d'une nouvelle ère : la Russie. Un grand pays, placé au cœur d'une des révolutions les plus gigantesques et les plus rapides de notre temps, et qui doit maintenant prendre en charge les aspirations des peuples qui le composent, et retrouver son destin en Europe. Une utopie totalitaire enterrée, des nations rendues à la souveraineté, des institutions démocratiques en cours d'instauration, un dialogue ouvert avec le monde dans le respect du droit international : tel est le bilan de la victoire russe. À nous d'en prendre la mesure et de relever le défi qui nous est lancé…

Du même auteur :

RÉFORME ET RÉVOLUTION CHEZ LES MUSULMANS DE L'EMPIRE RUSSE, Paris, Presses FNSP, 1966.
LE MARXISME ET L'ASIE (en coll. avec Stuart Schram), Paris, A. Colin, 1966.
LA POLITIQUE SOVIÉTIQUE AU MOYEN-ORIENT, Paris, Presses FNSP, 1976.
L'EMPIRE ÉCLATÉ, Paris, Flammarion, 1978. (Prix Aujourd'hui.)
LÉNINE, LA RÉVOLUTION ET LE POUVOIR, Paris, Flammarion, 1979.
STALINE, L'ORDRE PAR LA TERREUR, Paris, Flammarion, 1979.
LE POUVOIR CONFISQUÉ, Paris, Flammarion, 1980.
LE GRAND FRÈRE, Paris, Flammarion, 1983.
LA DÉSTALINISATION COMMENCE, Paris-Bruxelles, Complexe, 1986.
NI PAIX NI GUERRE, Paris, Flammarion, 1986.
LE GRAND DÉFI, Paris, Flammarion, 1987.
LE MALHEUR RUSSE. ESSAI SUR LE MEURTRE POLITIQUE, Paris, Fayard, 1988.
LA GLOIRE DES NATIONS, Paris, Fayard, 1990.
VICTORIEUSE RUSSIE, Paris, Fayard, 1992.
L'URSS, DE LA RÉVOLUTION À LA MORT DE STALINE (1917-1953), Paris, Seuil, «Points-Histoire», 1993.

Nicolas II. La transition interrompue, Paris, Fayard, 1996.

Lénine, Paris, Fayard, 1998.

La Russie inachevée, Paris, Fayard, 2000.

Catherine II, Paris, Fayard, 2002.

L'Impératrice et l'Abbé, un duel littéraire inédit entre Catherine II et l'abbé Chappe d'Auteroche, Paris, Fayard, 2003.

Composition réalisée par Asiatype

Achevé d'imprimer en février 2008 en France par
MAURY Imprimeur
45330 Malesherbes
Dépôt légal 1re publication : mars 2008
LIBRAIRIE GÉNÉRALE FRANÇAISE
31, rue de Fleurus – 75278 Paris Cedex 06

31/2188/6